谨以此书敬献给跟着黄河一路走来的垦利县的父老乡亲。

——魏金永

尼采谓："一切文学，余爱以血书者。"

——王国维《人间词话》

跟着黄河走

——从梁山泊来，到垦利洼去

魏金永 著

山东人民出版社
国家一级出版社 全国百佳图书出版单位

图书在版编目（CIP）数据

跟着黄河走：从梁山泊来，到垦利洼去/魏金永著.
——济南：山东人民出版社，2017.3
ISBN 978-7-209-10559-0

Ⅰ．①跟… Ⅱ．①魏… Ⅲ．①长篇小说－中国－当代 Ⅳ．①I247.5

中国版本图书馆CIP数据核字(2017)第070577号

跟着黄河走
——从梁山泊来，到垦利洼去

魏金永　著

主管部门	山东出版传媒股份有限公司
出版发行	山东人民出版社
社　　址	济南市胜利大街39号
邮　　编	250001
电　　话	总编室 (0531) 82098914
	市场部 (0531) 82098027
网　　址	http://www.sd-book.com.cn
印　　装	山东省东营市新华印刷厂
经　　销	新华书店

规　　格	16开（170mm×240mm）
印　　张	37.25
字　　数	650千字
版　　次	2017年3月第1版
印　　次	2017年3月第1次
ISBN 978-7-209-10559-0	
印　　数	1—2000
定　　价	58.00元

如有印装质量问题，请与出版社总编室联系调换。

目 录

楔　　子 ······················· 1
第 一 章　孽子三虎 ············· 5
第 二 章　黄龙罹难 ············· 29
第 三 章　民不畏死 ············· 50
第 四 章　人情超重 ············· 68
第 五 章　芳草萋萋 ············· 88
第 六 章　海屋添筹 ············· 106
第 七 章　漏夜惊堂 ············· 123
第 八 章　以攻为守 ············· 141
第 九 章　烛影斧声 ············· 161
第 十 章　祸不单行 ············· 180
第十一章　筹措营救 ············· 199
第十二章　侠骨溢香 ············· 218
第十三章　青天老爷 ············· 245
第十四章　阴晴圆缺 ············· 266
第十五章　山雨欲来 ············· 287
第十六章　大河之殇 ············· 307
第十七章　灾连祸结 ············· 330
第十八章　热土难离 ············· 359
第十九章　世态物情 ············· 379
第二十章　满堂出彩 ············· 398

目录

第二十一章　平安是福……………… 423

第二十二章　天地不仁……………… 446

第二十三章　进出茅茨……………… 468

第二十四章　恩怨情仇……………… 495

第二十五章　国难当头……………… 515

第二十六章　时乖命蹇……………… 536

第二十七章　薪尽火传……………… 563

后　　记……………… 584

楔　子

　　山东垦利，老百姓有两句"经典"话语："要吃饭，围着黄河转；要糊口，跟着黄河走！"

　　这两句话，字面好懂，就是说黄河每次泛滥，虽然造成泼天大祸，但黄水沉淀淤积却能留下大片肥沃土地，让老百姓实实地种上几年好庄稼。"十年九不收、收一年吃九秋"的东平湖畔各县如此，黄河口荒洼亦是如此。至于这两句话的更深义理，我在垦利县工作了二十年，才逐渐有所领悟。

　　垦利县东部农民，多是1935年黄河在山东鄄城决口后迁来的鲁西（鄄城、梁山、东平、巨野、寿张、阳谷、东阿等）十几个县的灾民。我的学生大部分则是这些灾民的后辈。在与他们长期交往中，听他们讲述了他们的父母兄长姊妹逃荒来垦利以前和以后的许多动人故事。无论是在旱涝频仍的东平湖畔之水浒荒村，还是在土匪猖獗的黄河尾闾之旷野荒洼，这些农民、渔民、读书人，在黄水泛滥之后，为了糊口、为了活命、为了儿女、为了家庭、为了乡亲，是如何义结同心与官匪黑恶势力进行殊死拼斗的；是如何相依为命、相互救助战胜天灾人祸的；是如何背乡离井拖儿带女到天涯海角重新安家立业的……这些故事经过几代人的血泪浸泡，饱含了人世活命的酸甜苦辣，人物情节，形形色色、古怪离奇，甚至惊心动魄、血肉横飞……听后留下了深刻印象。

　　尔后进一步采访，让我料想不到的是，这些鲁西灾民的父兄中，甚至在某个家族或家庭中，既有本原的草莽英雄，亦不乏革命先驱和志士精英。有的是跟随孙中山闹革命的同盟会会员，有的是黄埔军校毕业的将官，也有早期的马克思主义传播者和延安抗大的学生，他们为了民族的独立和解放，在不同时期、不同领域、不同战线，谱写过不同的篇章，做出了不同的贡献，让人肃然起敬、拳拳服膺。

　　两千多年以前的《礼记》中，"修身齐家治国平天下"的理念，就明确了立身之道和家国关系。百年之前，有的学者则指出，要估价一种文明，必须看它能够生产什么样子的人。中国文化，即使在国家民族最危难的时刻，也总能为我们培育出一些心怀苍生、以身许国，进则可运筹帷幄、力挽狂澜，退则可著书立传或归隐田园的奇男子；以及温婉贤淑、才智超卓、有胆有识、不让须眉的好女子。也许只有他们，才堪称中华民族的脊梁……

以上见解是否确当，姑且不论，但我们中国的文化，确乎有一种很强的向心力，历经劫难，血脉始终延续；中国的历史，分久必合，也是前仆后继，薪尽火传，把一场一场空前的民族灾难，转化成为伟大的民族复兴。

总之，面对如此丰富的生活素材，年逾古稀的我，经几番思索，便萌动了写部小说的念头。然而，生活素材，如同乱麻，很长时间找不到头绪，不知从何处入手……

后来，我意外发现了两张老照片：一张因年久褪色，人像模糊，后经技术处理，方能辨识。确认是清光绪三十一年（1905年）摄于日本横滨，是八个留日学生（七男一女），他们都是孙中山领导的同盟会的山东会员。因"各有其能"，有人称他们为"渡海八仙"；也有人说，他们个个激进勇猛，便称这七位男同学为齐鲁"留日七雄"。其中有山东同学会的会长、同盟会北方支部的主盟人徐镜心；有后来当过山东省议会议长的王鸿一；还有赵汗青、黄云生、冯文魁、阮宗圣、潘响晴（女）、龚无忌。后来一一考订，有的并非真实姓名，而是字、是号、是笔名或化名。在照片后边，还写着"勿忘国耻：光绪21年4月17日"。这是中日签订马关条约的日期。

另一张照片摄于1940年前后的黄河口永安镇，是老阮家的女眷和亲戚，计十二人：坐在中间的是阮家主妇吕蕴玉和她的表妹严依霞、弟妹孙尚香、亲戚李二姑；还有她家的四个女儿：学兰、学梅、学菊、学竹（干女儿小桂花）；她的三个儿媳：玉莲、小琴、秋鸿；还有吕蕴玉的另一个干女儿宁小娥。

而今九十五岁高龄的宁小娥说，那是省城逃难来的照相馆的老师傅在永安镇给照的。她穿的旗袍还是向学校的女老师借的。

面对这两张老照片，我突发奇想，既然掌握的主要素材，都与这两张照片上的人物有直接或间接的关系，何不以此为线索，编织串联，次第进行讲述？小说的初名则定为《两张老照片背后的故事》。可及至动笔谋篇，却发现题目欠妥，圈子画得太窄，某些事件纳不进去。

后来又发现老阮家吕蕴玉的一本日记，记于民国二十八年（1939年），其中有一首词，调寄"水调歌头"，题目《跟着黄河走》。

楔子

水调歌头
跟着黄河走

迈出屋门口，一步一回头，
穷家热土难离，儿女泪双流。
千里黄河涣涣，万丈烟波漫漫，唯蜃景虚楼。
何日重团聚？何处有归舟？

天长久，地长久，水悠悠。
黄粱梦醒，黑发早已变白头。
几度补苴罅漏，几度悲欢苦斗，岁月蓄乡愁。
跟着黄河走，血泪写春秋。

  跟着黄河走，原为圆温饱梦、永安梦。可一年复一年，何曾有风平浪静之日？正如黄庭坚诗云："人间欲避风波险，一日风波十二时。"兴许，这就是生活，这就是命运，这就是岁月，这就是历史……
  世界上的古老民族，多围绕着一条主要河流繁衍生息，叫作母亲河。埃及有尼罗河；印度有恒河；咱中国则有条黄河。
  黄河之水天上来，奔流到海不复回。九曲十八弯，波涛高万丈。有时逆风千里，有时野马脱缰。三十年河东、三十年河西，数不清多少次筑堤、修坝、泛滥、改道。但它一路东去，不舍昼夜，浩浩荡荡，顺昌逆亡，最后，则汇入大海，汇入大洋……
  于是，我想仍以那两张老照片为主线串联故事，小说题目则定为：《跟着黄河走》。

第一章　孽子三虎

1

　　看大戏，莫着慌，开台主角不登场。都是先打一通锣鼓，叫"闹场"；继之演唱折子小段，叫"垫戏"。这是早先看大戏的常识。但真懂行的说，莫小瞧演垫戏的小角，尤其丑行，往往是全知全能的"戏母子"或掌门业师。后来阅读元杂剧传奇，那开场第一出是安排"家门引子"，由"副末"（男配角）开场，自然不得忽略，它既是引子，又是标目。本书也仿效奉行故事，开篇先表黄三虎。有人说他是个楞头青、虎将坯子；也有人说他是个孽种、土匪崽子。莫衷一是。

　　黄三虎家住东平湖畔某县的阮家岭镇。

　　东平湖，古称大野泽；宋代称"八百里梁山泊"，也叫蓼儿洼。《水浒传》中的"水浒"，其字义就是水边。这里的"水"，就是东平湖。说八百里，黄河决口时，不算夸张；平素水少，则是号称了。

　　黄三虎亲兄弟仨。老大，龙年正月生，叫大龙；老二蛇年腊月生，比哥小一岁，叫小龙，后来叫二龙，字云生；大龙、二龙的亲娘阮氏，是阮家岭首户老阮家阮宗圣的姑母，她在二龙六岁那年长肺痨死了。

　　三年后，大龙爹又娶了九龙峪一个屠户的闺女葛氏。爷爷奶奶想起这门婚事，就感到堵心。仿佛葛氏家杀猪宰牛的那把明晃晃的屠刀，早晚会伤害着他们黄家……

　　巧买不如拙卖的，贱钱必定没好货。与葛氏成亲那年，大龙爹已经二十八岁，而且有了两个半大儿子。她葛氏只有十八岁，柳眉杏眼，身材修长，是个聪慧端庄的俊媳妇。无论家里坡里的活路，拾得起，放得下。她葛家的人犯傻吗？女婿大十岁，让个黄花闺女进门就当后妈，咋想的？明摆着，这里藏着披着瞒着不可告人的猫腻。公婆心里犯疑，先后托亲朋好友，暗暗去九龙峪悄悄打听。打听葛家祖辈的德行，打听葛氏婚前有没有那种"违规过失"？可反复打听的结果，就四个字：清白无辜。

其实，吃透内情的一想就明白，哪儿有什么藏掖？九龙峪的山里人不开化，比水陆四通八达的阮家岭，想法上还落后个十年二十年的。葛家的闺女虽然模样俊秀，可长了一双大脚，小船似的；长了一双大手，搂草耙子一样。这都犯了那些"老讲究"忌讳。大脚，不守家、不发家，兴许还会败家；大手抓草，小手抓宝，一辈子得过拾柴禾的贫寒日子。就是说，在她九龙峪一带，手大脚大，难找婆家。可这些忌讳，在阮家岭已经给淡忘了多年。首户老阮家是书香门第，老二阮宗贤的媳妇是渔家的黑妮儿，就是大手大脚。人家都不在乎，小户人家还计较个啥？另外，大龙爹浓眉大眼，身材魁梧，咋看都是条英武的汉子，又有木匠手艺，去九龙峪帮人做衣柜时，住在葛氏家南屋里，就被葛家母女看中了。闺女动了心，早忘了进门当后妈的事，这才让他黄家讨了便宜。可世道人心哪儿有公正？讨了便宜还疑神疑鬼！

其实，"屠夫之女"才是公婆心里的疙瘩。那攥刀子敢捅死大牛大马的屠夫家，闺女会有什么教养？不仅与温顺贤淑、知书达礼不搭界，从那门里走出来，咋说也沾染着血腥、背负着血债——尽管那是些牲畜，可个个是性灵啊！这一切形成了层层乌云暗影，一直笼罩着、纠结着公婆的心。这两颗心，时常悄然颤抖。他们的耳边，也时常听到："屠户的野闺女，早晚会给老黄家带来大祸！"

公婆这些担忧，新媳妇葛氏很快就弄明白了。她暗暗发了狠誓，决心用自己的行动，尽快消除公婆的顾虑。她苦心体味老人的心思，不折不扣地按照公婆的意愿处理一切事情。一年三百六十天，不等鸡叫就起床，直到全家熄灯后才回房歇息。在家里，洗衣做饭推磨拉碾喂猪垫圈，几乎一人全包；上坡里，刨地锄地耕地浇地，样样活路插得手、做得细，让公爹连声夸奖。论讲礼仪，亦合古训：事上以敬，处下以和，终日缄默、无怒容，与之言，微笑而已。可谓言不高声，笑不露齿，目不斜视。衣服不弃破旧，饮食不择粗淡。公婆指派使唤，亦唯唯言"是"。就凭着这番苦功夫，不到两年，便赢得了全家、全村老老少少异口同声都说一个"好"字。当然，最最重要的是赢得了丈夫那发自内心的火一样炽热的爱恋。这种爱恋，藏在闺房，两人刻骨铭心、用言语则不可名状形容。另外对于大龙、二龙两个前房儿子的关心体贴，也是无微不至。过门未出当月，不仅大龙、就是倔强的二龙都亲亲热热地喊了"娘"！

庄稼人的孩子，最受苦、受累、受气、受难为的是老大。大龙十五岁就长得五大三粗、膀宽腰圆，出去打短工能挣个大人的钱。只是脾气"面"点儿、"怵"点儿、"黏"点儿，在外边交人处事，打不还手，骂不还口。就赚了个"面甜瓜"的绰号，虽"面"却"甜"。在阮家岭，谁家的猪圈满了，要出圈担粪了，找"面甜瓜"大龙去！谁家和泥脱坯、搭墙盖屋、搬石头、扛麻袋，找"面甜瓜"大龙去！他有力气、不怕脏、不在乎饭食、不计较工钱。他爷爷说，过春节报答大龙帮工，老乡们送来的白馍、年糕，吃到二月二都吃不完。

二龙与大龙不同，长的英武，有血性，有胆识。跟着大表哥阮宗圣进省城读过书，跟着二表哥阮宗贤练过武，有人欺侮他大哥，他上前一瞪眼，都得赶紧陪不是。年轻时出国留学，后来在河北某县当过几年县长。辞职回乡后，先当庄长、后当区长。他为人正派，办事公道，扶弱济贫，不贪不占。谁家儿女不孝顺、兄弟闹分家，谁家有红、白大事，都请他到场帮忙，在阮家岭是说了算的人物。

有了葛氏这么个贤惠儿媳妇，有了大龙二龙这么俩孙子，爷爷奶奶着实高兴了那么几年。然而，自从葛氏生了三虎头子这个孽障，老黄家就开始倒运了。

2

他是葛氏进门的第三年生的，生于虎年，便叫三虎。生下来头大，又叫三虎头子。三虎额头有三道花纹，像个"王"字，人们都说，他天生就是个混世魔王出世……

三虎头子落地时，整整哭了两天两宿。那哭声"嗷——嗷——"活像山里的野狼嚎叫。再说，他手上还有铜钱大小一块青痣，青痣上还长了一撮红毛。接生婆偷着对外人说，这孩子是虎狼托生的。再看那十根细长的小指头，前头弯曲带钩，活像毛螃蟹爪子。有人私下说，你想想，螃蟹咋走？是横行。这孩子日后肯定是个横行霸道的家伙。算命先生一问生辰八字，便说孩子命硬，克父妨母，还有副凶杀相。果然不错，没等到三虎会叫爹，爹去东昌府做木匠活儿，过年返回的路上，就被几个兵痞抢了钱款后打死了。

这孩子，往后还会给黄家带来什么不幸呢？爷爷奶奶不敢再想。试探着问儿媳妇，这么年轻就守寡？可屠夫的闺女偏有柏舟之志，跪在公婆面前哭着说："我生是黄家的人，死是黄家的鬼……"

世上哪儿有逼迫儿媳改嫁的公婆？

葛氏认命了！

公婆也认命了！

公爹又请算命先生算了卦。按照算命先生的破解法子，黄家拆了冲西南的大门，改建为冲东南方向；生母葛氏须长年吃斋，不动荤腥；孩子交给婆婆抚养，她是金命。如此方能躲过劫难。黄家一一照办了。

三虎头子一年一年梧桐芽子似的疯长，十几岁就窜了个大人个头，与他爹小时候简直是从一个模子里磕出来的，长的结实英俊，聪明伶俐。爷爷奶奶看见孙子，想起儿子，又疼又爱，早忘了什么命硬了。对三虎娇惯得也真有点儿出格，八九岁还把爷爷奶奶当马骑！当娘的看不过眼，劝说几句，爷爷奶奶还嫌她多管闲事。直到恶作剧把尿洒在爷爷头上，让二哥打了一巴掌才算作罢。

三虎从小与两个哥哥不同饭食。日子再难，他也不吃粗粮，逼着他吃块棒子面窝窝头，他抓起来就扔到院里喂狗。十岁那年，家里实在管不了，听说学堂里他大表哥阮宗圣教学生有办法，爷爷便把他送到了学堂。谁知不到三天，给五个孩子打破了头。大表哥用戒尺教训了他一次，他偷偷用杨树叶子包了鸡屎放进大表哥的茶壶里。大表哥这次没打他，而是到院子里太阳底下晒着罚站半天。谁知爷爷在墙外看着心疼，去找宗圣求情。宗圣让他爷爷把他领了回去，从此便停了上学。

爷爷总说，好孩子不是教出来的，天生啊！大龙、二龙跟三虎头子不是一块地里长的庄稼？再说，三虎头子比他俩哥哥更灵精、更泼实、更胆大，兴许而后更有出息。树大自直，千里马哪个不是又野又狂的驹子长大的？

娇惯、迁就、护短的结果，则是三虎头子的为所欲为。他彻底变成了一头没有缰绳的野马。

那是跟着大龙在东坡菜园拔草的时候——

"大哥，天这么热，渴吗？"

"咋不渴。虎头子，你回家提水去！"

"甭提水，这儿有瓜……"话没说完，他哧溜哧溜爬上了地头上老柳树，喊着，"大哥，接着！"

一个个还没长大的脆瓜纽子，从树上扔了下来。大哥哪儿接得及，多数都摔碎了。

"大哥，吃呀，多嫩！"三虎从树上溜下来，笑着催大哥快吃。

"虎头子，真作孽呀！这脆瓜才落花几天？你就……这是谁家的？啥时候放上树的？"大龙瞅瞅四下里没人，慌忙急促把摔碎的脆瓜收拾进苇笠头，用破小褂盖起来，给吓得呆呆的。

"哈哈哈哈……"三虎大笑着，"大哥，你胆子真小啊！管他谁家的，吃好了……"

"这么嫩就摘下来，太可惜了，正长哪！"

"你没听人家说，有钱人不怕价钱贵，就图个又嫩又脆吗？"

"虎头子，咱家穷，没钱……"

"让你花钱了？不是白吃吗？"

"你，你让我把话说完。咱家穷，没钱，可是，咱爷爷，咱爹，都是老实忠厚的善良人。咱无论如何不能糟践人……"

"哼，你就没听说，人善被人欺，马善被人骑吗？"

"我不跟你胡叨叨。你说，到底偷的谁家的？"

"张德厚家的。这小子是个老抠，都说全庄数他存粮多，可要饭的到了他门口，他都不打发！对我，从不拿正眼看，防贼一样。呸，你防吧！我不是偷，我是故意给他糟践。我恨这老小子！"

"呀呀呀，你呀，单单惹他干啥……虎头子，你闯下大祸了。张德厚，对谁，也是一毛不拔！"大龙吓得脸色苍白，又往四下里瞭了瞭，见没人，才压低声音说，"虎头子，你真是作死不看好日子。张德厚要是找咱爷爷，你这顿鞭子抽是躲不过的！"

三虎头子冲着大哥又是一阵捧腹大笑，就像笑一个胆小怕羞的小姑娘……

大龙偏偏忘了，张德厚外号叫猜不透。他家的脆瓜，刚落花不久就被撕光了，心疼得在瓜地里直转圈，直跺脚，嘟嘟哝哝地骂娘，也明明知道是三虎头子糟践的——他的小脚丫留下的印迹清清楚楚，可是考虑再三，就是不敢去找三虎的爷爷。为什么？他怕挨了爷爷打的三虎头子报复。到那时，不仅偷摘几个瓜纽子，连瓜蔓秧子拔干净都是可能的。阮家岭人谁不知道，老天爷是老大，三虎头子就是老二，哪有他不敢干的事儿？

那是阮家岭首富朱贵才的老奶奶死后，十几个朱家的儿孙亲戚，披麻戴孝，拖着缠了白纸的柳棍子哀杖，低着头排了一支嚎啕大哭的队伍，到旃檀寺庙前去烧纸钱、纸车、纸马——本地人叫"发盘缠"，咿咿呀呀哭着从庙墙下走的时候，三虎头子高高地站在庙墙顶上，解开裤子，边走边尿，一泡热尿洒下来，从头到尾浇湿了十几个朱家人的头顶。如此庄严肃穆的仪式，竟然让臊尿浇了。这是对神灵的亵渎，这是对亡魂的不敬，老朱家彻底恼羞成怒了！

朱贵才的父亲朱四海，是南京的富商，在殡葬母亲七日之后，他将三虎的爷爷传了去，一进门，二话没说，左右开弓，乒乒乓乓，劈脸就是几巴掌。爷爷摸着被捆红的脸面，双膝一弯便下了跪。第二天，他请德高望重的阮宗圣、阮宗贤兄弟俩出面调解说和，朱四海这才作罢，原谅了黄家。

这口窝囊气爷爷无论如何也咽不下去了！

他老发了狠，咬了牙，让俩哥哥将三虎头子剥下小褂，捆在院子里的梧桐树上。把放羊的短杆儿长梢儿鞭子递给大龙，便下了命令："给我打，狠狠地打！让他长个记性！"

"啪——啪——"大龙甩得鞭子挺响,可是,鞭梢子却没落在三虎身上。大龙明白,三虎还是个孩子,只能吓唬他,哪儿舍得真打?大龙一连抽了三鞭子,停下来,"虎头子,快向爷爷求个饶吧……"

"以后,还敢作孽不?说!"爷爷霍地从马扎子上站起来,齐胸的白胡子随着青筋暴起的干瘦脖颈不住地颤抖着。他用长长的蒿子杆儿烟袋点划着虎头子,声嘶力竭地吼叫着,眼珠子滚圆,像是要弹出来似的,"说,还作孽不?"

"三虎,快说再也不敢了。你说嘛!"

可三虎头子,呲呲牙,咧咧嘴,却笑着说:"打呀,再打呀,还不过瘾,跟搔痒痒差不多……"

"大龙,给我打。给我往死里打!"爷爷浑身颤抖着吼道。

"啪——啪——"鞭子举得更高,打得更响,落下来却是轻轻的。爷爷气不过,上前就要夺大龙手中的鞭子。大龙忙说,"爷爷,你,你老别生气,我,我替你解恨,狠狠打他,行不?"

大龙扬起鞭子,只一下,虎头子的肩膀上立时就暴起了"黄瓜鞭痕",鞭痕上渗出了血珠儿……

此时,在东厢房里的三虎娘葛氏,就像关在笼子的狼一样,发疯似的东撞一头,西撞一头,有几次想拽开房门冲出去,但是,那手又像被烫着似的缩回来。她狠狠抓住自己的头发,一绺黑发被采了下来……

"天啊,我前世犯下啥罪,养了这么个孽种?我该咋办?老天爷,告诉我,咋办啊?"她那没有血色的脸痉挛着,眼里已经没有泪水,却闪烁着凶光。

"大哥,你长得五大三粗的像条汉子,咋跟娘们儿似的?为了给爷爷出这口气,鞭子也得真抽啊!"三虎头子还呲牙笑着。

"大龙,打啊!知道不,这是个不值得心疼的狼崽子!"爷爷扔下烟袋,从大龙手中夺过鞭子,高高举过了头顶……

"爷爷,不能再打了。再打……爷爷——"大龙抓住了爷爷举鞭子的手,夺过鞭子跪在了地上……

"爹,要打,就打我吧!"不知什么时候三虎娘葛氏走出厢房,跪在了公爹面前。

老爷子一手扶着儿媳妇,一手扶着大龙,竟像受委屈的小孩子,跺着脚呜呜哭了起来。这个一辈子虽然贫穷,但要脸、要强的庄稼人,前年老婆子死时,都没掉几滴眼泪,谁见他张着大口嗷嗷哭过?

"虎头子啊,我求求你行不?我叫你爷爷行不?"爷爷沙哑地吼着,噗通也跪在了地上。接着"哇"地吐了一口鲜血,就瘫在了地上……

到这地步,葛氏和大龙一齐忙着搀扶起老人,二龙从地上拾起鞭子,说时迟，那时快，眼前一闪，只抽了弟弟一鞭子，鲜血顿时就顺着鞭痕冒了出来。弟弟立马告饶了："二哥，二哥，别，别……您，您下手太狠。我，我以后改了，不干傻事了，行不？"

"呸！"二哥这才扔下鞭子说，"就怕狗改不了吃屎。你给我说明白，为什么没羞没耻站在庙墙顶上撒尿？说！"

"他们老朱家，不就是有几个臭钱吗？你是没看见，满满一盘子猪头肉，哗啦——就倒进了狗食盆子里。奶奶的，我看见生气呗！"

原来为了这……

他还是个不谙世情的孩子！

时过不久，老朱家墓地两棵近两搂粗的大杨树突然萎蔫。五月里，本是葱郁茂盛的季节，可不到半月就耷拉了树头，又不到半月则落光了树叶，随后便慢慢干死了。村里人都暗地里说，不是个好兆头，老朱家得败落了。可这件事谁也没有怀疑是三虎头子干的。他终归还是个孩子，只是淘气而已，就是干坏事，道业也没那么深。

可是，他俩哥哥大龙和二龙都知道，确是三虎头子做的孽——他偷了腌制酱菜人家半口袋盐，埋在了那两棵大树下边。俩哥哥怕他以后再闯更大的祸，会气死爷爷，便叫上后娘葛氏商量，将三虎送到了姥姥家九龙峪。后来，大龙娶了媳妇，家里有人忙饭了，葛氏也回了娘家。直到姥爷姥娘先后去世，舅舅和妗子容不下这个惹是生非的混账外甥了，万不得已，娘才领着三虎头子回到了阮家岭。

3

那年三九天，接连下了三场大雪，大龙早晨扫雪，一开门，呀，咋两个要饭的死在了门口？他赶紧把爷爷喊来。爷爷上前一看，一男一女，才二十多岁，女人怀里还揣着个孩子，都像睡着了一样，脸色冻得发了青。爷爷在那男人的手腕子上摸了摸，还有脉。爷爷没犹豫，立马让三个孙子将他们抬到自己的热炕头上……

这一男一女，便是钱存粮和杏花，怀里的孩子名叫欢欢。他们是从河南考城拖着棍子一路要饭来的。活过来的小两口为了报答老黄家的救命恩德，就留下来，住在黄家场院屋里，只给干活，不要工钱。黄家老爷子厚道，麦秋收下粮食，都给他们留足，再着情给些零花钱；逢年过节，便叫到家里一起吃饭；还让媳妇葛氏给他们做了新被褥、新衣裳。跟亲孙子一样对待。钱家小两口自然感激不尽，也是尽心尽力拼命干活，报答东家的恩德。可是，安稳日子才过了几年，不料祸从天降，在老爷子想帮着他们准备盖新屋，钱存粮赶着大车到山上拉石头的时候，翻了车，把钱存粮的腿砸断了。因为伤得重，大龙兄弟仨，用大车拉着、小车推着，去过很多地方，请医生给他接骨，但都没有成功。据说是伤了脊梁杆子，钱存粮瘫痪了。

尽管发生了车祸，可在爷爷铺排下，大龙兄弟仨天天靠上干，拆除了场院原有的草棚子，三大间石头盘基、土墼砌墙、榆木梁、杨木檩、苇箔笆、麦秸草披顶的宽敞茅屋，这年端午节前就竣工了。钱家一家三口住进了新屋，对老黄家更感到恩深如海，终生难报。

如今，大龙多出外给人做木匠活儿，二龙已经当了区长，很少着家，坡里春种秋收的农活儿则多由三虎和钱存粮媳妇杏花两个承担。三虎已经二十，到了该托媒人说媳妇的年令，可媒人说过几次，人家一打听，便不再有回话——淘气作孽声名在外了。于是，他的衣服洗洗涮涮、缝缝补补则多由杏花包揽。一物降一物，卤水点豆腐。在人们眼里又歪又邪的三虎头子偏偏能听杏花铺排，干活不惜力气，而且规规矩矩。只要跟杏花一起干活，天再热也不脱小褂光膀子；连平素挂在嘴上的粗话都憋回肚子里。三虎说，存粮哥和杏花嫂子，比亲哥亲嫂还亲，从来不小看他。钱存粮夸他说，三虎像武松一样，是条汉子，不近女色，没花花肠子。杏花夸他说，别以为三虎只会淘气、胡闹，不，他眼里揉不进沙子，心里容不下富豪的白眼，是那种死得起伤不起的愣头青，日后肯定是梁山上那种好汉。

再说，杏花跟了钱存粮这么多年，男人不缠磨个三天五日的，她就不让你钻被窝，对男女那些事儿十分麻木冷漠。因此，瘫痪在炕上的存粮对于媳妇杏花与三虎头子一起干活儿，压根儿就没往歪处想。

可是，看起来人高马大、没心没肺、大咧咧只知道埋头干活的杏花，在虎头子身上却是体贴细微、知冷知热。遇上刮风下雨，她能脱下裳衣披到他身上，自己跑到家淋成落汤鸡。遇上太阳暴晒，她把自己的苇笠硬是扣到他头上。在一起吃饭，喝碗绿豆汤，她喝了清的，碗底的绿豆粒儿也都是趁他不注意倒进他碗里……自从奶奶死后，还没有第二个人这么疼爱过他！

按照本地不成文的风俗规定："公爹大伯哥，说话两句多。小叔与新嫂，打闹不能恼。"也就是说，公爹跟儿媳妇、大伯哥跟弟妹，是决不能随便开玩笑的，不咸不淡的话尽量少说，不能为长不尊。可小叔与嫂子就没那么多清规戒律了，即便新进门的嫂子，小叔与其开玩笑、甚至打打闹闹，再过火也不能恼怒变脸。也许因这风俗的默许，杏花最先用调笑，打破了两人一起干活儿时过于严肃的冷漠和尴尬。

"三虎，嫂子是个母老虎吗？你咋那么害怕？"

"我，没害怕。"

"三虎，嫂子是个丑八怪吗？你咋不愿看一眼？"

"不，不是……"三虎的脸顿时通红通红。

他是块冰坨子疙瘩，久而久之，也让她给暖和化了。

开始，他放大了胆子，敢眼对眼地看她。

继之，他敢说："嫂子的眼睛真好看，钩人的魂儿！"

后来，他在人前喊她嫂子，单独在一起时，就叫她杏花。

再后来，大热天汗水湿透了她的褂子，他递给她毛巾让她擦身时，他可以不再回头。

再再后来，他开始放肆了："杏花，您胸膛上那俩白馍馍真大！香不？"

杏花剜他一眼，或恼怒地臭骂他一通。他也是嬉皮笑脸嘿嘿几声，说几句："我以后不敢了。行不？"

他知道，她没有真恼，便得寸进尺了。

那是六月三伏打高粱底叶子的时候，高粱高得没人，有的开始秀穗儿了。瓦蓝瓦蓝的天上，没有一朵云彩，也没有一丝儿风，闷热闷热。钻在里边弯着腰劈底叶子，简直喘不过气来。两人已经通身汗淌、气喘吁吁。三虎头子想脱了小褂，光着膀子干，让杏花制止了。

"三虎，不行。高粱叶子上有毛毛刺儿，厉害着哪，会擦破皮肉，痒痒好多天。听话，别脱……"

"可是，褂子全让汗水湿透了，湿漉漉、粘糊糊，不好受……"

"来，嫂子给你擦擦。"她从肩膀上扯下毛巾，掀起他的褂子，先给他擦了脊梁，又给他擦了胸膛。

"杏花，反正没人看见，你回过头去，我帮你擦擦脊梁行不？"

"你可得规矩……"她娇嗔地瞪了他一眼，把毛巾递给他，她转过身子，让他掀起了褂子。

因为家里穷，村里的女人，夏天也没内衣，只穿一层褂子。掀起来自然就全露出了白白亮亮的脊梁。他给她擦了几把，再也控制不住那燃烧起来的欲火，猛地一下子就把她搂进怀里，两只大手则紧紧抓住了她胸前那两个软馍……

她没有挣扎，却厉声说："三虎，这么不好。听话，放开……"

"不，我不……"

"三虎，杏花这条命，是你们老黄家救的。杏花这贫贱身子，也没什么可爱惜的。若是你喜欢，你要……我没啥舍不得的。可是，一、爷爷万一知道了，他会气死的。这个世界上，俺对不住谁，也不能对不住他。二、你，你对杏花好，杏花知道。可是你还年轻，日后肯定会找个好媳妇、好女人。我不想作孽，坏你的名声。"

"不，我不……"

"放开！"杏花嗓门儿大了，"我回去跟爷爷说！"

"不，不不，就不……"

"三虎，你这是欺负人……存粮，如今瘫在炕上了，你……"她哭了，抽搐着，没有声音，可满脸泪水纵横……"说实话，三虎，我喜欢你，想你，有时想你想得睡不着觉。在睡梦里，早就跟你，亲过好多回了……可是，心里想，做个梦，既不犯规矩，也不犯法。三虎，杏花命苦，不到十岁，爹娘就在闹瘟疫时死了。当叫花子四庄八疃讨饭多年。十六岁嫁给存粮，他也没拿我当人，那些年，经常骂我打我。这些年，有了孩子，才好了些……三虎，我杏花，不是浪女人，也不想当坏女人。不能让人家说，存粮腿断了，就偷汉子……"

"别说了，我全知道。既然，已经豁出去，就豁到底了。爷爷，俺娘俺哥，存粮，他们要打要杀，我全认了。我就是喜欢你，我没法子制住自己。我三虎头子要做的事，从不后悔……"

两人就这么搂着，谁也没动，过了好长好长时间……

"三虎，我……我杏花，遇到你，你这个冤家，认了，认命了！从今天起，杏花，是你的了……全给你了……"显然，她软了下来，"可是，三虎，今们儿不成……"

"为什么？"

她抓着他的一只手，将它慢慢导引进自己裤内两腿之间一些草纸的里边，他立即触摸到一些黏湿……他的手像被蛇咬着一样，猛地抽了出来。他的指尖被染成了红色……

"血？杏花，告诉我，咋伤的？还是有啥病？今们儿，咱啥活儿也不干了。我进城给你买红伤药……"他松开了她，一脸惊恐。

"你个傻瓜蛋！"她慢慢回过身，猛地将他搂进怀了，"别怕。不是伤，也不是病。知道不，女人一个月总要出一次血，叫月经。三五天就过去了。等过去了，我洗干净了，再教你……"

"哦……"

"低下头……来，杏花口里有蜜糖……"她翘起双脚，吊挂在他的脖子上。

他乖孩子一样听话，低头弯腰，将嘴唇靠了上去，口对着口，她将舌头伸了进去……他把她抱了起来……

突然，他浑身猛烈痉挛几下，手慢慢松开来，把她放在地上。她伸手摸了一把他已经尿湿了的裤子。骂了一句："傻瓜蛋……急性子……"

这人啊，激情燃烧起来，往往就管不住自己了。但是冷静下来，理智复位了，就得先问问行为的对错。杏花回家进门，四岁的儿子小欢欢扑上前连声喊了一串娘，她的心就全乱了……

当然，首先发现杏花变化的是丈夫存粮。她不再喊活儿多累，变得很勤快、很温存，给存粮倒屎尿盆、洗屎尿布也不再嫌脏嫌臭；做饭时，还三番两次询问你爱吃这、还是爱吃哪？在烧饭棚子里多次弄得锅碗瓢盆叮当乱响。可是，一坐下来就走神，他问她我们儿干的啥活儿？高粱谷子抽穗没有？她听后，多时不回答，甚至反问，你刚才说什么？她丢魂儿了！

她遇到什么挠心事儿了？他问她，她摇头，可是脸红了。脸红了，她说天热。天热，她晚上要到湖边乘凉，可是，很明显，她不愿意带孩子一起去。

"欢欢，听话，在家里好好呆着，爹给你讲大老虎的故事。水边蚊子太多。好，那炕头桌抽屉里还有两块糖，你黄家奶奶给的，拿出来，跟爹一人一块，吃了吧。"哄孩子留在家里，她拿上芭蕉扇子出了门。当然，孩子实在死乞白赖要跟着，她没法子摆脱，还是带他去了。可是，第二天晚饭后她干脆偷溜了。

杏花走后，存粮开始审问儿子小欢欢。

"欢欢，昨晚上，去湖边凉快，谁跟你们在一起？"

"三虎叔。"

"还有谁？"

"没别人。三虎叔给我逮了五个知了猴（蝉幼虫）……我玩知了上树……"

"你娘呢？"

"我娘，不小心掉进湖水里，亏了三虎叔跳下去抱她上来。上来之后，娘搂着他亲了嘴……"

存粮心里明白了。他一夜没合眼，想好了，决定要捅破这层窗户纸……

那天半夜过后，十五的月光，已经照进了窗棂。杏花被噩梦惊醒，反常地钻进了存粮的怀抱，瑟瑟发抖，用祈求的口气说："存粮，来，搂搂我……搂紧……"

他的臂膀还是那么有力，像铁钳那样钳住了她……

可是，她觉得出他的眼泪一滴一滴、热乎乎地滴在了她的额头上，顺着她的眼角、鼻沟，流进了她的嘴里，味是咸的、苦的……她抽抽搭搭哭了，浑身开始颤抖……

"不，杏花，不哭。我这个人，已经废了。我看得出，你喜欢虎头子……"

"存粮，实话跟你说吧，他粘上我了，我躲不开他。我恨自己，像个发情的母狗，甩不掉尾巴后的公狗。他搂过我了，亲过我了……不怪他，是我，把不住自己……可是，我对老天发誓，我确实没有最后失身……你信不？"

第一章 孽子三虎

15

"我，信。"

"存粮，把我搂紧，用劲，搂住我，亲亲我吧，给我力量，帮帮我，把那只公狗甩开！我，还是你存粮的老婆！"

"杏花，我，已经废了……"

"别，别这么说！"

又过了好长好长时间，她蜷缩在他的怀中，浑身滚烫，颤抖得越来越厉害……

"存粮，我什么时候变成母狗了？你告诉我！存粮，快，公狗来了——快，把他赶走！"她惊恐地喊叫着。

"杏花，你醒醒！杏花，别怕！你病了？咋浑身颤抖、发烫？你睁开眼看看……咱家里，什么也没有。"

这时候，雄鸡的啼声清晰地传来。

杏花逐渐平静下来。她似乎已经疲惫不堪，虚弱无力，慢慢进入了梦乡……

直到窗纸麻麻亮，杏花终于睁开了眼睛。小两口都枕着各自的枕头平静地拉起家常，这是多少年来头一遭。

杏花问存粮，他爹是哪一年被黄水冲走的？他娘是哪年改嫁的？他在姥姥家住了几年？妗子为什么待他那么亲？

存粮一一作答。可他心里还是纠结着夜里她于噩梦中喊出的那些公狗母狗的浑话。

"杏花，你是清白的，我完全相信。可是，到哪山看哪柴吧……"

"存粮，为什么我没让他……那个呢？就是因为，想起了你。你残废了，在这个时候，丢下你，天理不容……"杏花又哭了。

"不，杏花，不哭，不哭。我想明白了，我一个半截身子死了的废人，拖累你一辈子守活寡，也是天理不容。你喜欢虎头子，我不阻拦……"

"不，我怕，人们的唾沫，会吐死我……"

"不怕。我可以立休书，正式离婚。让你俩名正言顺结婚……"

"不行。老黄家爷爷就不能同意。我，与你，与欢欢，咱对付着混吧，饿不死……"

"杏花，你就听我的吧。只要你们给我口饭吃，让我看到咱欢欢长大成人，由欢欢养活我，我就足意了。眼下，只有依仗虎头子帮着'拉偏套'，咱三口人才能活下去，才没人敢欺辱。杏花，'拉偏套'自古就有，都是有个残废男人逼出来的。只要三虎不怕……"

"不，他肯定不……咱也不，不要谁拉什么偏套，一定不要。就是我领欢欢当叫花子，也能养活你，也不要谁拉偏套……"

"杏花，你若不答应，我宁愿死……"

"不，你若是死……我杏花，会遭天雷霹雳的！"

回头再说三虎头子，他在煎熬中等待了四五天，女人每月那出血的事儿应该过去了吧？可是，杏花开始躲避他了。她推托身子不舒服，此后就真的病了。他去看她，她面色寡白，披头散发，哭得抬不起头来。什么话也不跟你说。像是换了个人似的。

两三个月过去了。有一天，存粮把腰带系到窗棂上，挂着脖颈，要上吊自缢。幸亏欢欢喊叫，叫醒了正在睡午觉的杏花，他才没有吊死。这一折腾，杏花终于答应了，同意让三虎头子'拉偏套'。可是，直到第二年，又是高粱谷子秀穗的时候，在高粱地里，三虎头子几乎是使用蛮力，将她扳倒在地，她咬破了他的肩膀，抓破了他的脸，跟强奸差不多才艰难地占有了她。她像一头被驯服的野马，浑身仿佛被抽去了筋骨，软塌塌地躺在他的身下，大口大口喘着粗气，说："虎头子，你，太可恶，太霸道，太凶狠……我，挡不住你了……我，服输了，我认命了，我把自己交给你了。虎头子，你得答应我，从今以后，虎头子就是俺杏花的虎头子了。你记着，若是变心，我会咬死你！我会杀死你！"

男人女人一旦越过了那条礼教道义与羞耻罪孽的鸿沟，兽性的欲望掌控了一切，则胆大包天、为所欲为了……

后来发展下去，刹不住车的不仅是三虎，主要还是杏花。杏花十六岁与存粮结婚，已经六年了，可是，用当代人的话说，那女人情窦初开的'性福'，仿佛刚刚被三虎的强势唤醒似的。她变得比三虎还要疯狂，还要急切……

但是，疯狂往往是悲剧的序幕。

4

常言道：纸里包不住火。三虎娘葛氏则渐渐觉出不对味儿。表面上，三虎的事，她不闻不问，可是，她那双盯梢儿子的眼睛，从来就没有眨一眨。

三虎头子跟人们爱说爱道了；变得勤快了；早晨起得早，晚上爱去湖边洗澡了；有零钱买鱼买肉总忘不了给钱存粮和杏花送一些去；最最让人怀疑的是杏花见了她，以往有些白皙的脸面，常无端地涨得通红通红，而且是尽量躲着她……

她已经猜到了七八分。私下便悄悄向大龙、二龙探听，问是否有所察觉三虎、杏花的异常？

大龙说，别疑神疑鬼，根本不可能。

二龙摇摇头，可他又说："存粮兄弟瘫在炕上，三虎又是个胆大妄为的楞头青，还是早提防他点儿有好处。若是真作孽，就难收场了。后悔来不及。"

"可是，咋提防？"

"娘，这确实不是件小事儿。"二龙说，"以我看，以后让大哥少出去干木匠活儿，留在家里，上坡下地，同去同回。另外，得想法子抓紧给三虎娶个媳妇……"

"唉，不是不抓紧、不着急。他跟个野畜一样，出名挂号的，谁家的闺女敢跟她？"

"娘，以我看，给三虎说亲，一、要到外乡、到远处托人去说；二、别疼钱。临时没钱，也不能再往后拖……咱，就借账。别怕，俺两个当哥哥的，都拼命挣钱，会还得上的，一定。"大龙结结巴巴诚心诚意地说。

"大哥说的对。娘，你跟爷爷说说，抓紧铺排。"二龙立即表示了赞同。

"那，好吧。"

5

葛氏在找公爹禀报之前，先跟儿子打了个招呼。

"三虎，你也老大不小了，该给你娶媳妇了。"

"不是托过媒人了？有跟的吗？"

"还不是你胡作非为，臭名远扬。可……总会有的——三条腿的蛤蟆难找，两条腿的大闺女有的是。三虎，只要你走正路，你放心，你爷爷，你大哥二哥，决不会让你打光棍子。说实话，模样丑的，性气坏的，娘看不上眼的，咱还不要哪！"

"娘，我不要。"

"要不要，你说了不算。我跟你两个哥哥商量过，近处没人跟，咱托媒人去外乡说；要钱多少咱不再计较，借钱也要娶个好的。但愿瞎猫能碰见个死老鼠。三虎，不能再耽搁了。你不知道，娘心里有多着急……"

"娘，我说不要就不要。"说着他转身就走。

"回来，我还有话跟你说。"

"好。我也有话跟你说。娘，你就甭操心了，我有媳妇了……"

"谁？在哪儿？"

"以后再告诉你……"他甩手走了。

"我可告诉你，要是来歪的邪的，娘饶不了你！"葛氏在儿子身后声嘶力竭地吼着。

儿子回头向娘做了个鬼脸儿，走远了。

娘气得浑身直打哆嗦……

6

　　前二年，娘找媒人说亲，三虎大咧咧地没表示过反对。可是，如今，他说，有了……明明白白，三虎跟杏花蹚到深水去了！咋办？

　　葛氏想来想去，她用手巾包了十几个鸡蛋，到场院去找存粮。

　　存粮能拄着双拐下地了。他正在一边剥花生种，一边给儿子欢欢讲大花猫逮小灰鼠的故事。见葛氏婶子送来了鸡蛋，自然是一番千恩万谢。葛氏从衣袋里又掏出一把红枣递给小欢欢，支派他到院子外边去玩耍之后，两人才开始秘密交谈。

　　"存粮，婶儿没拿你当外人，你得跟婶子说实话……"

　　"婶儿，说到家的话，亲爹亲娘待俺也没有您对俺好。婶儿，有什么话，您尽管说。"

　　"存粮，你告诉我，你三虎兄弟，我咋觉得不大对味儿？他，有没有欺负杏花？有没有越轨的地方？"

　　存粮一阵慌乱，可立即咬紧下唇，接着摇了摇头笑了。这种微妙细微变化，自然瞒不过葛氏的眼睛。她心里禁不住咯噔一震。

　　"婶儿，看你，想到哪儿去了？虎头子兄弟前些年作孽，那还是孩子淘气，不懂事。自从我摔断腿，咱家里坡里，特别是帮我盖屋，都全凭着他。俩哥哥多在外边忙，也只得由三虎帮助杏花干。婶儿，别想多了。没有老黄家，哪儿还有我存粮？"

　　"存粮，我不想听这，别跟我绕圈子！我问的啥，你心里烂明白。存粮，看着我的眼睛，说实话！"葛氏黑下脸来，提高了嗓门儿逼问着。

　　存粮一下子耷拉了脑袋。他哭了……

　　"说，存粮，什么也甭怕，我给你做主。"

　　存粮突然丢下双拐，跪在了地上，连连磕头。

　　"婶儿，我说，我全说……"

　　他把自己如何想离婚，让杏花光明正大地嫁给三虎；被杏花拒绝之后，又如何自杀没成被杏花救起；自己又如何逼杏花乞求三虎拉偏套，将孩子养活大……从头到尾，逐一细说一遍。最后，他又磕着头，乞求葛氏原谅。

　　"婶儿，千错万错，都是存粮一人的错。我成了废人，天天就想一件事，往后俺爷俩咋活？想来想去，就逼到这条路上来了……"

　　"存粮，咋这么糊涂？你记住，有你婶儿吃的，就有你和欢欢吃的。饿不死我，就饿不死你……咋出这歪歪主意？"她说着，把存粮从地上拉起来，又安慰了他一番。

她回到家，思前想后，也没了主意。生米已经熬成了熟饭……

她只得找公爹，下了跪，一五一十老老实实将三虎和杏花的事情说了一遍。公爹的眼都气蓝了，差点儿没背过气儿去……

"你，这娘……咋当的？眼瞎了？祸闯大了，没法收场了，才来告诉我？你……回去吧，让我想想，让我想想……"

三天后，正逢三虎爹的忌日。爷爷先跟大龙二龙商量好，买上香纸，做了祭供饭菜，喊上三虎，一起去墓地上坟。

在坟前兄弟仨烧了香纸，磕了头，刚想起身，爷爷却下了命令："三虎，你好好跪着。得对着你爹，发个誓……"

"发什么誓？"

"我说一句，你跟着说一句。"

"行。"

"儿子不孝，有违家训……"

"儿子不孝，有违家训。"三虎学着念道。

"乘人危难，秽乱人伦。"

"……"三虎一听不对，就想起身。可是，两个膀子被两个哥哥死死摁住，动弹不得。只好轻轻哼哼了两声。

"痛改前非，悔过自新。"

"痛改前非，悔过自新。"

"如若不改，逐出家门……"

"……"

上坟发誓后的第二天，三虎头子失踪了。

两年之后，存粮长黄病死了。关于他的死，村里人当时就有几种不同说法。多数人认为，人残废了心情长期不好，能不憋屈出病来？老黄家够意思了，非亲非故，平时管他老婆孩子吃穿；大龙二龙也多次请医生给存粮看病，谁得上这种大肚子黄病也没法子治好。老黄家仁至义尽，钱存粮命该如此！

还有的人认为，存粮的死活祸福都与老黄家攸关。没有老黄家救命，钱家三口早冻死了；可没有黄家三虎头子掺和，不到三十岁的存粮咋会得不治之病？

那些居心叵测的人则说，存粮最后死得不明不白：像自杀。是忍不住病痛折磨自杀？还是与媳妇怄气自杀？自然说不清楚。更甚者，说是媳妇或者外人帮他自杀。话越传越玄乎，有人竟造谣说，存粮死的头天夜里，三虎头子偷着回来过，他和杏花淫声浪气地快活了一夜，第二天，就对外说存粮死了。

为什么说这是造谣？因为存粮死前的三五天里，当区长的黄二龙不仅每天安排三四个女人陪伴杏花，至少还安排两个岁数大的男人宿在外边敞棚里，以防夜里有突发事故。本来有这么多人可以证明的无稽之谈，竟然多少年后还能骗得他的亲生儿子欢欢参与仇杀他们的恩人！当然，这儿子是个没头脑的半昏，要不，人们咋叫他混混呢？

说实话的人还是说实话，存粮死后半年多，三虎才回到阮家岭。

7

"嗵——嗵——"让人们心里打寒颤的警锣，一声声在旃檀寺门前响着。几个衙役荷枪实弹，正押解着短刀会绰号叫"夜猫子"的头目，以及被他诛连的父兄亲戚邻居二十余人，来阮家岭游街示众。据说明天正晌午时，就绑赴刑场开刀问斩。

在"嗵——嗵——"的锣声中，乡民们像羊群一样被衙役们驱赶到寺庙门前。一个衙役头目，站在庙门台阶的最高一层，声嘶力竭地喊着："四乡八庄的乡民们，听清楚了，一人犯法，连坐九族。亲戚朋友，四邻八舍，知情不报，与贼同罪……"

被捆绑押解的人，有男有女，有老有少，有的蓬头垢面，有的赤脚光臂，脸色个个蜡黄，浑身颤抖。听说"问斩"，早已灵魂出窍，吓成一摊烂泥了。唯独那个"夜猫子"（尽管只有他被粗铁丝穿了肩下锁骨和手腕子），仍然高昂着头颅，挺胸直立，面不改色，嘴里还在高声叫骂着。

"夜猫子，有种啊！是条汉子！"人群中三虎头子禁不住喝了声彩。

"哪个小子胡言乱语？咋，是不是'短刀会'的同党？"衙役头目冲着三虎头子喊道。

围观的几千双眼睛"刷"地转向了三虎头子。

"长官，莫生气，还是个愣头青傻小子。乡亲们都知道，他不懂事体，头脑少根弦，二百五——半吊子……"三虎的爷爷吓得脸色蜡黄，颤巍巍地急忙挤上前，向衙役头目谦卑地哈腰鞠了一躬，陪了个苦涩的笑脸。

"咋，不懂事？二百五？不像啊！我看，跟夜猫子一定有瓜葛！"

"长官，没有的事儿。他是俺孙子，自小傻瓜蛋一个！"

三虎不服气，还想开口，手腕子突然被人抓住了。他正想用力抽回，一转身，呆了。无可奈何地叫了声："娘。"

"走，跟娘走！"娘厉声喝道。这几年，三虎头子唯独对娘还不敢顶撞。

葛氏拽着儿子挤出人群。身后有人说："嗨，一辈子当屠夫，三辈子出凶手。他闯祸遭殃的日子还在后头哪！"

"狗日的，你活腻歪了？"三虎回头骂了一句。

葛氏苍白的脸上痉挛着，死死拉着儿子，径直向村外走去。

"娘，上哪儿？"

"菜园子。"

"天都快晌午了，正热，还去咋？"

"三虎，你看我这眼，都烂成什么样子了？"因长期失眠、流泪、心火上燃，致使葛氏双目赤红溃烂。没有什么药，她便让三虎采些苦苦菜、婆婆丁、野薄荷的叶子贴眼皮、或烧水熏洗。"三虎，前天你从哪儿采的薄荷叶儿？"

"不是跟你说过了吗？从东坡菜园子那口老井里采的。"

"井里能长薄荷？"

"是井傍砖石缝里长的。"

"怪不得，那么凉。好啊，走，领我再采去……"

"嗨，天这么热，你回家等着，我自己去……"

"不，咱一块去……"

六月三伏，久旱的大地像热鏊子一样灼人。蝉儿在杨柳树上聒噪。黄狗在各家果园的栅栏门边的树荫里，只顾伸着红舌头喘气，庄稼人们来来去去，它连眼皮都不抬一抬。

"三虎，今日你看见了？"

"看见啥了，娘？"

"砍头前游街的犯人！"

"看见了。娘，夜猫子这人，不光有本事，讲义气，还有骨气，有虎胆……"

"还有什么？反正他的爹娘、亲戚、朋友、邻居，将近二十个人，全被他连累要上法场了，全沾他的光了。三虎，你也二十五了吧？前些年那些事，只是糟践你自己的名声，老大不小说不上媳妇，顶多是让你爷爷、你娘生气……可是，你若是加入这帮那会的，就大不同了！不仅是自己去玩命，你得想想咱老黄家……"

"娘，你想多了。你儿子还没有夜猫子那么大的本领……"他显然不想与娘讨论这件事，大步走到前面去了。

儿子在前面走着，娘在后面则不眨眼地打量着……

儿子身上的夏布短袖衫子、茧绸半截裤子，都是她结婚后第二年给丈夫做的。如今穿在儿子身上已经有点儿瘦了，他比他爹身子还要魁伟！若是个听说听道、规规矩矩的孩子，不仅会有了媳妇，肯定连孩子也会有了……老少爷们儿都夸个好，当娘的脸上也有光，他爹在九泉之下也……

她用手帕擦着有烧灼刺痛感的双眼。手帕被血和泪染得红黄斑驳……

"我从二十几岁守寡，就守了这么个孽子吗？"这是她多少年来反复自问的话,"难道屠夫的闺女,真的给老黄家带来祸殃?"

她不愿承认,但又不能不承认。

上个月,在济南做买卖的朱四海他爹朱金旺,回家的第二天夜里,就被短刀会绑了票。没有内鬼,招不来外贼。短刀会是谁引来的?阮家岭人都在猜想。大约十人中会有九个往三虎身上猜……

前些天,三辆运税银的镖车,从河南郑州来、到济南府去,夜晚住在了望湖楼。守卫荷枪实弹、戒备十分森严,可夜里短刀会的人又来了。经过一番激战,拿枪的因麻痹大意,竟然败给了拿刀的,钱财全部被抢去。但因"夜猫子"太贪婪,一人背着八支大枪,走得太慢,最后落网被捕。又是谁引来的短刀会呢?

那天夜里,望湖楼里枪声一响,阮家岭的大狗小狗一齐疯咬。爷爷听见一阵急促的脚步声由远而近,他躲在院子的树影里瞅着,突然,一个黑影嗖地从墙头翻身而下,悄没声息地走进了三虎的房间。这哑谜还用再猜下去吗?引短刀会来阮家岭的果然是他!

作孽啊!在劫难逃啊!

第二天,爷爷从三虎枕头底下终于搜出了那把具有铁证标志的"短刀"。他将儿媳妇、大龙二龙都叫来,逼迫三虎坦白交代。

三虎说:"短刀会替天行道、杀富济贫,不是盗匪,不是坏人,都是英雄好汉,没一个孬种软蛋。你们都甭怕,论本事,论诚信,我还不够格哪!再修行几年,有了汗马功劳,兴许才能加入……"

"还狡辩!这短刀子,不是铁证?"

"哈哈哈……"三虎大笑,"你们仔细瞧瞧,这把刀子,就是铁匠摊上的剔庄货、下脚货。不是在会人的真品。我就是拿着玩玩、练练。看吓得你们,哈哈哈哈……"

三虎头子的笑声,让合家人的心都打寒颤……

爷爷扑通一声又跪下,"呜呜"地哭着说:"俺求求你了,三虎,俺叫你爷爷行不?你不要命,老黄家的人还想活啊!俺哪辈子造孽缺德、伤天害理遭报应,生了你这个冤家啊?"

葛氏与大龙拉起老人,又从老人手里夺过那把短刀,她冲着儿子厉声吼道:"三虎,给我跪下!"

三虎乖乖跪下了。

"三虎,你说句痛快话,从今以后,跟短刀会,能不能一刀两断?若不能,我今日就死给你看!"她说着,那把短刀便对准了自己的胸口。圆睁双眼,面色铁青,十分怕人。

"娘……"大龙、二龙都知道这位后娘倔强刚烈,说一不二。一看这阵势,立即一起跪下了,"娘,别跟他一般见识。"

"娘，我不是跟你们说了吗？我加入短刀会，不够格……"三虎说，"人家不要我……"

"你瞒不过我，你跟他们有联络。说，从今一刀两断。"

"好，我说，从今一刀两断……"

三虎头子下跪表明一刀两断才几天？可是，今们儿在寺庙门前又差一点惹出祸殃。他，狗改不了吃屎啊！

三虎一边走，一边低着头寻找苦苦菜、婆婆丁……

葛氏紧走了两步，追上了儿子。

"三虎，跟娘说实话，老朱家被绑票，是你引来的？"

"……"

"三虎，望湖楼抢镖车，也是你引来的？"

"……"

"给我说嘛，孬种了？敢作敢当嘛！"

"娘，抢的都是不义之财。该抢啊！"

正在这时，西边村里突然传来了枪声。

"好，劫法场了！"三虎兴奋地说，"短刀会来救夜猫子了！"

紧接着一支马队旋风一样呼啸着冲出了村庄……

在"踏踏踏踏"急骤杂沓的马蹄声中，那股旋风腾起的黄尘，沿着向东南的湖堤滚滚而来……

"三虎，快，躲在树后！"走在路上的葛氏冲儿子喊着。

马队快到面前了。三虎不但没有躲藏，反而摘下了苇笠，向那些骑马的人挥动着，高声喊着："弟兄们，好样的！"

一个骑马人突然勒住缰绳，那枣红马扬起前蹄"哕哕"叫了几声，终于在三虎面前停了下来。突然一挥手，甩出一个物件，同时喊道："虎头子，接刀！"

三虎头子身子向左一歪，伸出右手，挺熟练地接过了短刀。

马队的旋风转眼间在柳林中消失了。三虎双手捧着那把货真价实的短刀，还沉浸在被正式认可的兴奋之中，多时没有醒过神儿来。他自然不曾觉察，与此同时，娘的上牙咬破了下唇，面色灰白，两眼刹那间闪射出了绝望之后要拼死的凶光……

来到自家菜园子的井台旁边，三虎择了几棵野薄荷的叶子，问道："娘，你看，这，行吗？"

他娘葛氏的耳朵里此时却正响着："喤——喤——一人犯罪，九族灭绝！"

"娘，你看看嘛，这薄荷行不？"

"不，不行。"娘才被惊醒，"我不是跟你说过吗？得拔井筒子下边砖石缝里的，那里长的凉，贴上祛火。"

"那，好吧。"三虎说着，双脚勾着井边的辘轳木头架子，猴子捞月似的悬吊在井筒子里去了。

这是一口没人记得啥时挖砌的古井。井台井筒的砖石，残破得里出外拐，大多表面生长了绿滑的苔藓。砖石缝里，有的钻出赤红色的树根，有的则长出了黄绿色的薄荷。

三虎拔了一棵，用嘴咬住，再去拔另一棵……

"娘，七棵了，够用了不？"

"……"

这一声"娘"，让她浑身打了个寒颤。她的手发抖了，心又软了，"天底下有我这样的娘吗？"她逼问着自己。但就在这时，三虎的右手一扬，她看见了那块青痣上的那一撮红毛——那是凶杀相的标志。她终于心一横，眼一闭，双手抓住儿子的双脚，用力往下一推……

"娘——"三虎嚎叫着……"噗通"一声坠落到了井底……

娘跟跟跄跄走了……

她走到丈夫坟前，大声说着："从今往后，我这个屠夫的闺女，再也不欠你们老黄家了……"

她在丈夫坟旁的一棵小松树上，吊死了……

大龙闻讯赶来，将她从树上解下来、背回家，她再也没有活过来……

三虎头子却没淹死。原来，有一个人从庙门口一直尾随着他们娘俩，当娘将儿子推入井中后，她立马就赶到了井边……

这个人就是杏花。

长话短说，是她找来辘轳绳子，把三虎头子救了上来。

8

葛氏死了，殡葬时还费了不少周折。老黄家的族长七爷，当着本族几百个男女老少，孬好不准把她殡葬进老黄家的坟茔。

大龙、二龙一看族长阻挠，又气又恨，又怕三虎闹局，幸亏舅家表兄弟——阮宗圣、阮宗贤前来辞灵吊唁，大龙拉了两个弟弟，就赶紧上前祈求相助。大表哥阮宗圣是秀才出身，如今又是学堂先生，是阮家岭公认的明白人。他对这位姑父的继室葛氏，早有怜悯同情之心。一听表弟为此祈求，便立刻答应了。

黄家族长声色俱厉："常言说，虎不食子。这婆娘禽兽不如啊！老黄家的子子孙孙，若奉祀这等惨无人道的恶妇，会遭天诛地灭的！"

"黄老爷爷，此话差矣！"阮宗圣说，"黄门葛氏，乃我姑父之继室。

黄家老族长阻挠葛氏下葬，阮宗圣与之理论。

十八岁进门，二十二岁守寡。天性忠贞，矢志不嫁。孝敬公婆，惟命是从。抚育三子，亲爱仁厚。茹苦含辛，任劳任怨。此德此善，有目共睹。至于孽子难教，以死警示。从容慷慨，殒身殉夫。阮家岭乡里乡亲，见者谁不饮泣含泪？闻者谁不唏嘘赞叹？如若不受表彰，反被诟病，大道天理何在？九泉之下，岂能瞑目？哀哉！烈妇也。苦哉！烈妇也。怨哉！烈妇也。我愿意，为其上书州县，禀报忠烈事迹，以求匾其门，立其碑，旌其墓，铭其文。以流芳百世……"

阮宗圣"之乎者也"地一番鸣不平，令黄家族长已经神色慌乱，嘴唇抖颤，不知如何回答了。

阮宗圣乘机又以调侃语言进逼道："黄爷爷，您老若不以理秉公，我想，黄门葛氏，禀性刚烈，形骸虽殁，神灵仍在。若心怀耿耿，其鬼魂必厉，于夜深人静之时，能不找寻你这位老族长，讨个公道说法吗？黄老爷爷，你等着好了……"

"你……你……"族长显然害怕了，面色顿时变得苍白，"你就不知道，她是屠夫的闺女？"

"黄爷爷，家庙里祭祀祖宗都供三牲。三牲是什么？就是祭祀的牛羊猪。祖宗都要吃子孙所供三牲血食，才不当孤魂野鬼的。再者我还知道，黄族长你也从不吃素，对吧？因此，就该想想，吃者无罪，杀猪宰羊、准备三牲的屠夫，何罪之有？"

"她她她……谁不知道，她生了个孽子……"族长又说。

"自作孽，不可活。要打要杀，我自己承担。与俺娘无关！"三虎头子上前辩驳。

"你们都看见了吗？他自己都承认是孽子……"族长又像抓住了把柄。

"黄爷爷，可不能这么早就下狠话啊！那不是咀咒你老黄家的年轻人吗？亚圣孟子说：'独孤属孽子。其操心也危，其虑患也深，故达。'也就是说，从小没爹严教的穷苦孩子，他的长辈就得多操心。管教不到，他就必然多遭苦难、多走弯路。可是，这些受苦受难、淘气作孽的孩子，兴许长大了，会有更大的出息……"

这场当众辩论，不仅为大龙兄弟们解了围，而且为葛氏赢得了黄氏墓茔中最为高大的一幢"节烈碑"。碑额由县长亲自篆写，碑文则是阮宗圣撰文书丹了。后来阮宗圣说，碑文其实是让儿媳妇吕氏起草，他以为妇女更理解妇女，想得更周到，揭示更深刻。他只改动了三个字，落了个款。

这事之后，阮宗圣在乡里面前的形象，自然也高大了许多。

但是，在大龙兄弟仨去老阮家当面道谢的时候，阮宗圣还是将三虎头子臭骂了一通。最后他说："小表弟啊，你娘是因你而死。如果你仍然不学好，仍然作孽，你娘就算白死了。那么，她做神做鬼，也不会放过你的！你，记住了？"

"记住了。你放心……"

9

殡葬了亲娘，黄三虎与两位哥哥商量，想带着杏花离开阮家岭，外出自谋生活。因他还牵扯"短刀会"案情，两位哥哥怕官府追查，就同意了。好歹给他俩凑集了五十元钱当路费。临走前，他二哥说："把欢欢留下吧，出门在外，饥一顿，饱一顿，带个孩子不方便。"杏花舍不得，哭了好几天。最后，二哥说："杏花，只要饿不死我，我担保饿不着欢欢。你领着欢欢，能保证一天三顿吃上饭吗？跟你们走，我倒是不放心！"话说到这份上，杏花一咬牙同意了。

黄三虎带着杏花，转了大半个山东，走了几十个县，讨过饭，扛过活，在博山下过煤窑，去青岛码头驮过麻袋，在昌邑下营捕捞过鱼虾，到寿光羊角沟撑过渡船当过鱼贩子……他们俩就像水里的葫芦，稳不住坨，扎不下根。为啥？黄三虎脾气坏，总惹是生非。在这期间，他俩倒没耽误生崽儿——先后有了两个儿子一个女儿。杏花则天天嘟哝着，别这么狼攒了，得找地方安个家了。野鹊抱蛋（孵化）也得有个窝吧？后来听说这黄河口土地宽满，又没个老家的熟人，于是三虎头子挑着扁担——前后筐里装了儿子，杏花背着闺女，走了六天，到了黄河口的罗镇。后来结识了土匪小白龙刘景良，刘景良受招安后，在保安团当了团长，黄三虎便在刘手下当了连长，刘又帮他把老婆孩子安排到了海边的茅茨坨……文人说，人生如梦；老百姓说，一眨眼，半辈子过去了！

今年三虎回家，十月初一，兄弟仨带上全家儿孙去祖茔上坟，二龙代表大伙，说了几句："爷爷，奶奶，爹，大娘、二娘，你们看看，咱黄家，人丁兴旺，子孙满堂了。你们该高兴了，该放心了！俺大哥，心口疼病，今年好了；老三，原先回来，不敢露面，如今当连长了；我数了数，俺兄弟仨的儿孙加在一起，总共十八口了……"

可是，天有不测风云，人有旦夕祸福。又待了不到半年，于1935年春天，先是黄大龙胃口病复发死了；继之，黄二龙被人杀害；黄三虎又被保安团开除，再次当了土匪。黄家的顶梁柱，先后都倒塌了！

黄二龙区长，是挡了人家的财路被暗杀，参与者竟然还有他拉扯大的欢欢——外号"混混儿"！

谁想得到呢？

第二章 黄龙罹难

1

　　晚霞染红了寥廓空旷水波荡漾的湖面。湖中雾气氤氲，水鸟翻飞，呀呀鸣叫，似相约归宿。水面逐渐变得晦暗。

　　天空中蓦然闪亮了几颗星星，不安地眨巴着眼睛。不经意中，东边灰云里，钻出了一轮苍白的圆月。苍凉的湖面上，又洒下一片凄清的淡淡月光……

　　凄清淡淡的月光里，依稀可见湖水的北面东面，是一条蜿蜒迂曲的长堤；长堤北面，面水依山，阮家岭镇高高低低、稀稀疏疏的茅屋里，又渐次亮起凄清淡淡的灯光……

　　凄清淡淡的月光里、灯光里，仍然可见前年洪水造成的颓垣断壁，以及枯树枝干那些摇曳的暗影……

　　前年（1933年）那场洪水，报纸上称为"黄河百年来之奇变""空前之大灾"。据官方统计：全河决溢104处。其中山东有菏泽、巨野、寿张、阳谷、东平、东阿等22县受灾，被淹村庄6581个，冲毁村庄686个，受灾人口210万，淹耕地424万亩，倒塌房屋29万间……

　　当时的阮家岭镇，村内墙倒屋塌，叫苦连天；村前，水势凶猛，奔腾漫溢，一片汪洋。这次水灾自八月开始，直至来年凌汛，历时8个多月。整个阮家岭就像长了一场大病，一年半了，似乎还未康复。到处死迷塌眼，依旧破落荒凉。

　　然而，在这凄清苍凉萧条惨淡中，湖的岸边，那座二层小楼房，却格外招眼：门外飘着"酒"字旗幡；门旁亮起大红灯笼；门额上还挂了绿底金字"望湖楼酒家"横匾。虽然已经没有了往年熙熙攘攘的兴旺，但仍然门窗通明，弦歌声声……

　　楼上歌女唱的小曲儿，柔婉凄切。有点儿文化的一听就知道，那是宋代苏东坡的《蝶恋花》：

　　　　花褪残红青杏小，燕子飞时，绿水人家绕。
　　　　枝上柳绵吹又少，天涯何处无芳草……

2

　　走进望湖楼酒店的大门，底层则是饭厅。饭厅墙壁上张贴着一些不伦不类的小幅标语："开展文明新生活""能吃是福""闲谈莫论国事""禁毒禁赌""现金交易，概不赊账""讲求卫生，禁止随地吐痰"……

　　室内安放四张方桌。有六七位小商小贩在用便餐。

　　酒店的范师傅在热情招待着："东平湖糖醋鲤鱼来了——客官，慢用。要酒吗？好来，景阳冈老烧，半斤——"

　　范师傅端着酒壶熟练地为客人斟酒，并耐心解答客人询问："这儿号称五龙口，北去东昌，南去济宁，西去菏泽，东去济南、泰安，都有大路可通；雇镖车、雇货船、雇挑夫、雇脚力都很方便。我们也愿意效劳帮忙……"

　　这时，志成学堂的教师阮存忠鬼鬼祟祟走了进来。

　　"阮先生，里边请。"范师傅急忙迎上前引领。接着，又有一人大咧咧进门儿，范师傅又说，"朱先生，里边请！"

　　一客商问："这些先生到里边去，吃花酒？"

　　"哎呀，哪儿有什么花酒？人家是包雅间，请贵客。"范师傅不情愿地说着，随后进了里间。

　　另一客人冲墙上"禁赌禁毒"中的"毒"字指了指："明白吗？"

　　众客人："哦、哦……"

　　正在这时，又有四个身材高大、面孔黧黑的汉子闯进门来。范师傅急忙上前问道："是朱贵才区长的客人吧？楼上请，楼上请……"

　　范师傅头前带路，引领四条汉子上了二楼，进一号房间落了座，沏上茶水，道了声："慢用，酒菜立马就上……"

　　范师傅满心狐疑，退出门，下了楼，急忙进里边找到女掌柜孙尚香，在她耳边放低声音如此这般嘀咕了好大一阵子。女掌柜又对他交代了一番。范师傅这才又出来照应客人。

3

　　望湖楼酒家的二楼上，有两个雅间里亮着灯。

　　靠楼梯的一号房间里，那四条身强力壮的汉子在悄没声息地喝酒，闭着房门，神神秘秘。

在另一头的八号雅间里，县财政局的谭局长，由本地阮家岭的副区长朱贵才陪着喝酒。用朱贵才的话说，财政局长是真正的财神爷，每次迎接、款待，跟吴县长来都是同一规格。由区公所的钱混混站在门口暂作警卫，酒宴上由歌伎小桂花弹琵琶、小樱桃唱小曲儿……

小曲儿听了三段、烧酒喝了三杯之后，谭局长说要"方便方便"，站起身走了出来。钱混混急忙上前说："谭局长，解手吗？随我来。"

谭局长笑着说："我知道。就不劳你费心了。"

"谭局长，我不怕费心。"

朱贵才见他不识好歹，忙上前训斥了两句："闭嘴。没眼色的傻蛋！去，到楼下厨房快嘛溜地提壶开水来。"

"好好好。朱区长往日都叫我混混，咋又变成傻蛋了？"

惹得大伙哈哈大笑。

钱混混，就是钱存粮和杏花的儿子"欢欢"。钱存粮死后，杏花跟着黄三虎私奔了，"欢欢"则一直由黄二龙当儿子养着，转眼快三十岁了。黄区长给他娶过亲，媳妇是个讨饭来的寡妇，可没出半月，人就跑了，所以至今还打光棍。黄二龙便让他在区公所跑腿传信，收粮催款，混碗饭吃。他不认字，比常人似乎缺个心眼，自然担不起正经差事，也就是跟着混吃混喝，人们才叫他混混。真名"欢欢"，倒是被忘记了。

谭局长解完手，看看走廊里没人，悄悄推开靠楼梯的一号房间，走进去，随手带上门，对四位汉子低声说："都吃好喝好。我再说一遍：只要我敲你们的房门，大声说黄区长再见，你们就按计划行事。记住了？"

"好了好了，尽管放心。你忘了我们是干啥吃的？真是的。"四人中的头头有点儿不耐烦。

谭局长回到原来的雅间，落了座，钱混混急忙给斟上酒。朱贵才问："小桂花，还有没有编排的新曲？谭局长轻易不来，挑好听的，有点意思的，唱啊！"

朱贵才的意思是要听那些荤味的小曲儿。

小桂花说："有，有新编的。自从上边提倡新生活运动，我们根据吴县长的提议，用地方小调新编了《唱十二个月》。"

"好了，好了……"谭局长打着哈欠，似乎已带倦意，摆摆手，说："唱得很好……怎么，贵才，就到这儿吧？谢谢了……"

谭局长说着，拿出了一摞纸币作赏钱，喊过小桂花、小樱桃，亲自递给了她们："钱不多，拿着买支花戴。"

她们鞠躬谢过，一起下了楼。

4

　　谭局长找个理由，又将钱混混支派下了楼，然后关上了房门，拿出怀表看了看。多时，才说："贵才，得跟你谈点儿正经事儿了。"

　　"谭局长，有事尽管吩咐。"

　　"你们那位黄区长，咋就那么不通人气呢？昨天到县城蹲我的门子去了。什么教育经费，什么救济款，什么修建堤坝补贴……钱款不拿到手，非得讨要个说法不行……真是逼人太甚！他就忘了，那是县衙门啊，能让他去搅合？吴县长很不满意啊！贵才，你说，咋办？"

　　"这，我……我，只是个跑腿儿的副区长，当不了他的家。他，一向不识时务，不知进退。要不，外号咋叫黄橛子呢？"

　　谭局长站起身，黑下脸，两眼盯着朱贵才，从牙缝里挤出一句话来："我想，拔掉这个橛子。行吗？"

　　一听这话，朱贵才心头禁不住一阵颤抖。想了想，结结巴巴地说："这……他黄二龙——在外叫黄云生，早年去日本留过洋，在河北省当过七八年县长，可是个有来头的硬茬！再就是，他还有个三弟，叫黄三虎，那可是个楞头青、天不怕。当过土匪，而今在鲁北民团当了连长。这，日后怕是……另外，黄二龙，人耿直，威望高，若动他，不仅老黄家，全阮家岭人也都会瞪大眼睛跟你豁上。再说，学堂的老校长阮宗圣，那是他的表哥，他的后台……"

　　"我知道，他在咱县衙门里，没个亲戚朋友。他表哥，不就是个教书先生吗？"

　　"可是，在省城，有。教育厅长何思源，那是他同学、好友王鸿一的学生；在省城部队当旅长的冯剑秋，那是他结拜兄弟冯文魁的儿子，还是他孙女的公爹。有这么多硬茬，我看，还是……谭局长，需三思而后行啊！"

　　"让我，再想想……"谭局长端起酒杯，又喝了半杯，说，"他阮校长，不也是你的……什么干爹吗？"

　　"不，是干爹的爹，干爷爷。"

　　"呀，还就是连根扯蔓的。咋，抹不开情面了？"

　　"对，也不全对。你还不知道我，结交了一帮小兄弟，经常吃吃喝喝，也断不了干点儿偷鸡摸狗的事。俺这位干爷爷，能喜见我？你知道，我原来就在他们学堂教书，因为我跟……我跟这望湖楼上，原来那个唱小曲的小嫦娥相好，干爷爷一翻脸，就开除了我。害得我人不人鬼不鬼、灰头土脸的，在阮家岭很长时间抬不起头来。我恨他，恨得牙根疼。不过，终归是干爷爷嘛……"

"我原以为，你这个年轻人，还能扶得起来，干点儿大事，没想到，也婆婆妈妈的。"

"谭局长，别那么看着我，我听你的还不行？"

"那好……"谭局长放低了声音，在朱贵才耳边说着，"咱们办那事，黄橛子很可能……猜出几分了。要不，他去闯县衙门，敢那么硬气？由他当区长，啥事能避开他？让他摸到底细，再告诉他表哥阮宗圣，阮宗圣再往省城一捅……不成，不成啊，留下他，终究是个祸害。心慈手软，后患无穷……"

"不过，我还是担心，拔了橛子，俺那个干爷爷，肯定不会善罢甘休。要是顺藤摸瓜，追着我不放，我咋办？"

"看吓得你这个熊样！他不就是个书呆子吗？好对付！"

"咋对付？"

"他鱼再大，没了水，也会干死。卡住钱款，一分不给他，他能蹦跶几天？教员发不出薪水，吃不上饭，能安心教学？用不了多久，他就焦头烂额，自顾不暇，学堂办不下去了。他找你，你可以四乡扬言，说黄区长携款外逃。你还可以往上推，让他找我。我可以找吴县长，通过公安局下通缉令，到处张贴，将黄区长携款外逃，传得家喻户晓。反正死无对证，任他阮宗圣神通广大，也无计可施。再说，不拔了黄橛子，你朱贵才能提正区长？不提正区长，你能当家主事？"

朱贵才慢慢点了点头。多时，又说："可是……这橛子，若拔不利索，留下蛛丝马迹……"

"你尽管放心。这帮人，是专干这的。"

"噢……"朱贵才不是胆小，是害怕日后受牵连。再说，黄区长对自己也曾有恩德，自己掺和进去要他的命，也太缺德了！事到如今，真后悔，贪了点脏款，上了贼船。怎么办？还是再劝劝，能免则免，能罢则罢，"谭局长，我总觉着，黄区长，他，还摸不清咱的底细……"

"那就，再试探试探？"

"好，好。我让钱混混去叫他，再……"

5

不一会儿，钱混混就把黄区长传来了。

谭局长连忙迎上去握手，笑着说："黄兄，谭某昨天失礼了。今天特意前来当面道歉，请你多加担待。俗话说，穷家难当啊！连年战乱灾荒，国库自然亏空，村村墙倒屋塌，户户啼饥号寒，你得想想，饭都吃不上了，还会有什么办学钱款？"

"谭局长，我……"

"黄老兄，你先让我把话说完。我今天，走了八个村庄了，就是去察访，每一个村，每一个庄，到底有多少揭不开锅、断了顿的？救济款不多，总得先救命吧？我这是马不停蹄，刚刚赶到这里。听贵才兄弟说，你家里已经……也吃了上顿、没有下顿了。兄弟我，听说后心里很不是滋味。"谭局长说着，从衣袋里取出一摞钱，就往黄区长手里塞，"黄老兄，这是兄弟我的一点儿心意。别嫌少，先救救急吧。以后……咱同心协力，我想，还能难为着咱们？"

黄区长接过钱来，满脸酱红，又立马放到了谭局长面前的桌子上。说："谭局长，你的好意，我心领了。这钱，黄某一分也不能收。你误会我的意思了。我去县里找你，决不是为了我自己。我自己再困难，也会想法子自己解决，怎么敢去难为谭局长呢？"

"那，你是……"谭局长大惑不解。

"上边发的救济款，俺全区该发多少，我还不很清楚。可是，各村办学堂的款项，我打听明白了。谭局长，俺全区教书先生的薪水，已经三个月没发了。教师的家里也有老人孩子，也得吃饭，对不？教书先生家里吃不上饭，能有心思教学生？谭局长，总得帮我查明白，这钱，到底是哪里扣下了？哪里出了漏子？"

"好说，好说。我一定查清，一定查清。"谭局长满脸堆笑，却暗暗咬牙切齿了。

谈话没再继续。谭局长要一不做二不休了！

6

黄区长软硬不吃，酒没喝成，不欢而散。在送黄区长出门的时候，谭局长随手敲了两下靠近楼梯那一号房间的门儿，大声说了声："黄区长再见。恕不远送了……"

那四位汉子自然就按原定计划行事了……

黄区长带钱混混两人出了大门，四个汉子紧接尾随而出。谭局长与朱贵才嘀嘀咕咕了一阵子，也匆匆离去。

都走了，齐下手收拾好饭厅，掌柜的孙尚香感到可疑，便将大伙叫到自己房间，一一询问听到的情况。

小樱桃说，楼上一号房间的人，是谭局长带来的，鬼头鬼脑，不像好人。

小桂花说："朱贵才存心不良，黑影里，两次搂抱我。让我打了一巴掌。他还说，看我以后咋收拾你……我越想越怕……"

范师傅说："谭局长与朱贵才嘀嘀咕咕，好像是商量着对付黄区长……

我还听见，也想对付学堂的阮校长……"
"咋说的？"孙掌柜问。
"谭局长说：'他鱼再大，没了水，也会干死。卡住钱款，一分不给他，他能蹦跶几天？教员发不出薪水，吃不上饭，能安心教学？用不了多久，他就焦头烂额了，自顾不暇了，学堂办不下去了。'"
"来者不善啊！"

7

深夜，风息了。八百里水泊，万籁俱寂。已经偏西的圆圆月亮，却在辽阔幽黯的湖面上，洒下一层光亮闪烁乱蹦乱跳的碎金碎银……

荒村长夜，像座坟茔，死气沉沉，全入睡了。

望湖楼门前的大红灯笼，已经熄灭。只有小桂花和小樱桃的房间，还亮着烛光。今晚孙掌柜宿在了这里。三人分别坐在各自床上，斜倚枕头，用被子盖腿，在推心置腹地交谈着……

自从前年，因朱贵才勾引小嫦娥，小嫦娥被孙掌柜开除送走之后，朱贵才好长时间没来望湖楼捣乱了。可今晚上又发生了强行搂抱小桂花的事情，这便引起了孙掌柜的警惕。这一夜，她以老大姐的身份，跟两个小妹子睡在一个房间里，想说说知心话，开导开导她们。

"生在这个男人的世界里，当个女人不易啊！咱们做生意的女人，特别是唱小曲儿的，就更加不易了。在有钱有势的人眼里，咱们都是些小猫儿、小狗儿一样的耍物。女人年轻好看的时候格外招蜂引蝶，若是自己把持不住，不多长个心眼，往往是，开始像花儿一样被人疼爱，然后像破鞋一样被人扔掉。小嫦娥，走的就是这条路子……"

说到痛处，孙掌柜流泪了。

小桂花，还是头一回见这个泼泼辣辣、争强好胜的女掌柜掉眼泪。

"姐，姐……"

"小桂花，小樱桃，姐对你们絮叨这些，明白吗？"

"明白。俺俩有福，遇上了您这么一个好大姐，嘱咐俺，护着俺。让俺小姊妹俩，别变成下三烂……"小桂花说。

"对。您俩记着，别相信那些曲儿唱的，什么红杏出墙及时行乐的甜美春梦；也别相信那些新派小说上写的，什么个性解放叛逆女性的罗曼蒂克，那全是风流文人造出的鸦片烟，沾上有瘾，却毁人一生。"

"可是，遇上朱贵才，还真不知道怎么对付。我还是他家买来的……"小桂花说，"不过，我是横了心，真躲不过去，毋宁死！"

"小桂花，我就是想跟你说，朱贵才是个衣冠禽兽。无论如何得心中有数，别像小嫦娥那么相信他的鬼话。咱这个酒店，是租用他的楼房，但决不跟他蹚浑水。我已经下了决心，积攒点钱款，找机会就离开他，必须离开……"

"大姐，听了小嫦娥的遭遇，我真害怕，真不知道，今后怎么办？"

孙掌柜说："俺师傅临老前，嘱咐我说，跟着好人走，路，会越走越宽。没有路，也会走出路。跟着坏人走，挺宽的路，也能走进死胡同。染缸里淘出白布很难，但你到湖边看看，出淤泥而不染的莲花，很多。人，自己要有个主心骨，紧要关头，得咬住牙，把持住自己。乱世造英雄，淫乱出圣女！"

两个小姑娘，对她们的大姐，是从心底里敬重诚服。今夜拉呱，想啥说啥，后来就说起了阮家岭的首户阮宗圣家。

小樱桃说："人们都夸老阮家，是阮家岭第一户好人家。"

"大姐，老阮家，都说好，咋出了个大烟鬼？大姐，得跟他家里透个话。要不，这个人，就废了。"小桂花说。

"对。找机会，我得找阮校长谈谈。"

"他老阮家十多口人，俺一直闹不清谁是谁？"小樱桃说。

孙掌柜说："老阮家起名讲究，有四句顺口溜：'宗圣贤一文一武，存忠孝一马一驴，男学仁义礼智，女学兰梅菊竹。'"

"怎么讲？"小桂花问。

"宗圣贤一文一武，是说阮老先生这辈儿，兄弟俩，老大阮宗圣留过学、当校长，有文化；老二阮宗贤，自幼习武，他的阮家拳，百里闻名。第二句是说他们的下辈，宗圣的儿子，未及成年夭亡；宗贤有俩儿子：老大阮存忠，出嗣过继给大爷宗圣。自幼受宠娇惯，学习一般，在小学教书。亲爹说他没出息，到老是个驴驹子。"

"就是来吃……那个（大烟）的，那个？"

孙掌柜笑笑说："对，正是他。宗贤的二儿子阮存孝有出息，大学毕业，是治理黄河的工程师，爹说他是匹骏马。这便是存忠孝一马一驴。第三句说四个孙子：存忠一个儿子叫学仁；存孝三个儿子——学义、学礼、学智；第四句是说他们的四个孙女：存忠的女儿最大，叫学兰；存孝三个女儿，学梅、学菊、学竹……小樱桃，记住了？"

小樱桃摇摇头。

小桂花说："我记住了。'宗圣贤一文一武，存忠孝一马一驴，男学仁义礼智，女学兰梅菊竹。'"

"还是小桂花聪明……"

8

他们老阮家，在近六百户的阮家岭，论财产土地远不如朱家（朱贵才的父亲朱四海在南京、爷爷朱金旺在济南都有大买卖）；论存粮多，不如张德厚家；论做官为宦，不如冯家（冯剑秋如今是驻军的旅长）。但是，在阮家岭人们的心目中，老阮家仍是首户，是第一家。

阮宗圣与弟弟阮宗贤住在阮家岭镇的中间，一个依山傍水的大院内，人称阮家老宅。哥居东院，弟居西院。他们是不是《水浒传》里石碣村老阮家的后裔？有无瓜蔓承继关系？没有确凿证据。明代以前，族谱失传。明代以来，老阮家或渔或农。至清朝中后期，则是书香门第、殷实之家。曾出过进士、举人，老大宗圣十八岁时也中过秀才。祖上留下来的标志性建筑物有：大门外，一侧是一个当年竖旗杆的石头底座；一侧有方方正正的下马石。门口有十几层青石台阶；两侧是四尺高的石狮子；门额是蓝底金字"骏德遐昌"横匾；两扇门上是雕刻好的对联："处世无它莫如为善，传家有道还得读书。"听说，都是州府的官长写的。进门是砖砌雕花照壁，中间是个颜体大"福"字；照壁顶上是一棵盘根错节、枝蔓缠绕的百年大藤萝树，如今正繁花缀枝，香气郁郁；东西两院都有五间堂屋，东面堂屋带小阁楼；院中有梅花树，玉兰树，石榴树……

进了大门，绕过照壁墙，则是阮宗圣所居堂屋。屋内冲门正方是枣红色八仙桌。桌旁是太师椅子。桌后壁上悬挂着郑板桥的水墨竹子中堂。两旁对联是郑板桥书写的"删繁就简三秋树，标新立异二月花。"左侧是阮宗圣自己书写的对联："日月两轮天地眼，诗书万卷圣贤心。"

阮家虽已逐渐衰败，但祖上家风还有所保留。比如吃饭，还是"老少异粮"。正在这堂屋里吃早饭的，只有长辈和成年儿孙。

如今，这儿的男人，有四位：阮宗圣、阮宗贤老兄弟俩；长子阮存忠，还有三孙子学礼。次子阮存孝在省河务局工作，不在家。大孙子学仁、二孙子学义都在济南的学校里，也不在家。

女人只有三孙女学菊。她手勤腿快，干活利索，又善解人意，不乱插嘴。很符合"讷于言敏于行"的标准，所以最讨两位爷爷喜欢。她在这堂屋里负责：端碗、舀汤、递馍。

三菊递给两个爷爷的是白馍；递给大伯的是黑白卷儿。小三儿学礼伸手去拿黑白卷儿，三菊用筷子捅了他一下，瞅了他一眼，小三儿缩回了手。三菊立马递给他一个红高粱面的黑红色的窝窝头。自己也拿了个窝窝头，香甜地吃起来。

两位爷爷将这一切看在眼里，止不住哈哈大笑。

在阮家的厨房里，是妇女带着孩子们，正围坐在一个大面板四周吃早饭。阮宗贤的二儿媳妇（阮存孝妻）吕氏蕴玉，是阮家的内当家，饭前她对大伙说："都听着，咱家的粮米，顶多还能吃两个月。平时，都得节俭。每顿饭，大人分一个窝窝，不够，吃菜团子、喝菜汤。"

"小孩儿呢？分多少？"十五岁的小四儿学智问。

"小孩儿嘛，分半个窝窝。"

大伙笑了。

吕氏说："大兰，你嫂子玉莲，昨天下午回来了。叫叫她，来吃饭。"

大兰名学兰，存忠的女儿，孙辈闺女数她大。她已出嫁，这是回娘家为大爷爷准备过生日庆寿的。一提嫂子（学仁媳妇）谢玉莲，大兰的气就不打一处来。

"婶儿，甭叫她。不老不小的，不下厨房忙饭，吃饭还等着请啊？再说，这红高粱窝窝头，人家也咽不下去。有从娘家带回来的点心，藏在绣房里偷着吃哪！"

吕氏瞅了大兰一眼，笑了。又说："大兰，你这刀子嘴，就是不饶人。不过，俺嫂子这饭，你可得送回去。她腰疼，就别来厨房了。"

大兰的娘是韩氏。

大兰说："婶儿，俺娘闹特殊，摆架子，都是您给她养成的。"

"看你说了些啥？她身子弱，还不是生你那时候坐月子落下的？"吕氏说着，从饭布里拿出两个二合面卷子，用布包好，递给了大兰。又拿出一个小纸包递给大兰，说，"这是包炒面，让她冲着喝。"

"婶儿，你真是的……"大兰感动得眼里闪着泪花了。

"娘，我也要个黑白卷儿。半个也行……"小四儿喊道。

大兰正想递给他，让吕氏推着就出了门。说："甭听他的。半大小子壳郎猪，吃啥都上膘。"

大兰走远了，吕氏回身说："小四儿，咋又不听话？"

小四儿噘着嘴，生气地瞥着娘。

这时，三菊进屋说："娘，大爷爷让你吃完饭，过去一趟。"

"知道了。"

9

饭后吕氏走进堂屋。两位公爹阮宗圣、阮宗贤和大伯哥存忠在座。

"爷，爹，找我有事儿？"

"老二家，你坐。"大爷说。

大儿存忠起身想走。

阮宗圣喊住了他："老大，别走，你也听听。前年发大水，去年遭暴风，庄稼收获不到三成。今春谁家的日子也不好过，阮家岭有一百五六十户外出逃荒。学堂里只得停了两个班。这还不算，昨天黄区长告诉我，他到县上找过财政局的谭局长，死缠硬磨，都闹翻了脸，可教育钱款一分也没要来。也就是说，这老师的薪水还发不下去……"

"井里没水四下里淘嘛，咱阮家岭的首富，就是朱贵才家。在南京，济南，都有大买卖。他如今又是副区长，找他想想法子，兴许……"儿子存忠插嘴说。

"你呀，长了一对泥蛋子眼，不认人啊！他还是你干儿子，是个什么东西，就没看出来？让他捐献钱，白日做梦吧？我告诉你，他朱贵才正瞪大了眼睛，想看笑话哪！"阮宗贤插嘴说。阮存忠是他的大儿子，尽管早年过继给了他大哥，但他终归是存忠的亲爹，训斥存忠，仍是直来直去，不留情面。

阮宗圣也点头赞同："说的不错。他朱贵才，是让我从学堂开除的。开除后他爹又花了大钱，买通吴县长当了副区长，如今，跟县政府的人拉拉扯扯，把个黄区长晾到一边，正春风得意，能不挖空心思，报仇雪恨？"

"这，俺知道。哥，兴建学堂的时候，咱先捐出五亩坡地，当了学田。而后，教员发不下薪水，就是咱垫。过了年，老二家帮着筹集，又垫了两个月了。可是，再垫，还有钱垫吗？"阮宗贤说，"哥，你就别硬撑了。咱家里这十几口人，还得活命吧？"

"兄弟，这，我何尝不懂？可是，几十年、几辈人创建的这个学堂，眼下就要败落在我手里了！有人说我，一根肠子一根筋，是个迂腐的书呆子，四处碰壁，一事无成。可是，回头想想，我错了吗？这些年，我开始睁个眼闭个眼装糊涂，在人矮檐下，该低头也得低头。低了头，碰头是少了一些，可心里很苦很苦啊！"阮宗圣说着，落泪了，"兄弟，眼前，秃子头上的虱子——明摆着，是朱贵才这小子，想踢开黄区长这个绊脚石，挤垮学堂，看咱们的笑话。败在这个畜生手下，我，死不瞑目啊！"

阮宗圣说完，都沉默了。

多时，吕氏说："大爷，我说两句。"

"找你来，就是想听听你的……"

"爷，爹，只要咱心里有个数就可以了。古人道，'君子祸至不惧，福至不喜。'要是看眼前，君子永远斗不过小人。要从大处想，长远看，永远是邪不压正。歪的、邪的，没有好下场。世上的人，没见让鬼吃了的，却有让鬼吓死的。以我看，咱可以忍，可以让，但不能怕他，不能求他。

走一步，看一步，该干啥照旧干啥。也就是说，学堂得继续办，有几个学生教几个，就是不关门。实在过不去，砸锅卖铁也行。爷，眼看着你老六十五岁生日快到了，这是大寿，该过也得过。自家人可以吃糠咽菜，客人席面，十盘八碗我想法凑齐，该风光还得风光。一句话，就是不能让他看笑话。爷，您在乡里乡亲中德高望重；爹，您在梁山水泊一呼百应；你们的儿孙，也不是熊包孬种。咱，怕个啥？"

"对！老二家，就照你说的办！"

10

小学堂，原是一所旧寺院，砖砌拱式大门，门旁写着"阮家岭志成学堂"，十分醒目。门前十几层青石台阶，阶下左右两座大石狮，因年代久远，石狮面孔已残缺模糊。左侧石狮前面，一棵数百年老槐树，树身三个人搂不过来，早已枯朽糟烂成多个大大小小的窟窿。底部最大的窟窿里，孩子们捉迷藏能藏得下身子。顶部的躯干仍然虬枝盘桓，枝叶茂密，高出庙门，树荫笼罩了整个门前平坦的场地。是阮家岭元宵节闹花灯跑秧歌、夏天乘凉听快书的好去处。

眼下，正是早饭后孩子们拿着书本（多数孩子没有书包）上学的时辰。孩子们年龄差别较大，大的十五六岁，小的六七岁，男多女少，时逢灾年荒月，小学生多数衣服褴褛，面色憔悴。

老校长阮宗圣却满面阳光，精神矍铄，站在校门口，捋着长长的白胡须，笑容可掬地迎接着老师和学生，相互打着招呼、相互问候着。

这时，黄满囤领着自己的孩子，给阮校长行礼后，说："表叔，实不相瞒，家里已经没的吃，揭不开锅了。明天，俺全家，得去利津洼逃荒了……二牛儿这学，自己想上……恐怕也不能再上了……"

黄满囤的爷爷，是阮宗圣的姑父。黄满囤的父亲黄大龙，二叔黄二龙，三叔黄三虎，都是阮宗圣姑家的表兄弟。黄大龙在春节后得病死了，办丧事费了些粮食，家里已经非常困难。

阮宗圣听满囤一说，为难地来回走了几步，搓着手叹了口气，说："牛儿是个好学生，吃得苦，又聪明，日后会有大出息的。为此辍学，太可惜了！太可惜了！你看，这样行不，你让牛儿先住在他姥姥家，就是宋守信老师家，我帮你二斗粮食，也就是说，我管牛儿麦收前的饭食。学费嘛，全免。这样，行不？"

"行，行，牛儿，快谢谢阮校长，阮校长的大恩大德，一辈子也不能忘啊……"黄满囤忙拉牛儿跪下磕头。

阮校长突然发现，黄牛儿的棉鞋，后边已经开绽，露出脚后跟。老

老校长阮宗圣在学堂门口迎接师生。

人弯下腰，摸了摸，摇着头，叹了口气。急忙将他拉起来，说："牛儿，先上课去。"

牛儿刚走，黄区长的老婆慌慌张张从远处跑来。

黄满囤慌忙迎上去问道："二婶儿，有啥事，这么着急？"

"你二叔，出事了。"她气喘吁吁赶上前，又对阮宗圣说，"大表哥，俺老婆孩子的不知咋找，你可得帮忙啊！"

"别慌，慢慢说，说清楚，到底出了什么事？"

黄区长的老婆结结巴巴地说："昨天晚上，钱混混来喊他，说县上什么谭局长来了，在望湖楼摆了席，让他立马去陪酒。夜里也没回来，俺还以为他喝了酒，在酒店住下了。可是，等到今早晨还没回来，俺急了，去酒店一问，都说昨天晚上，他就走了。可，走哪去了？"

阮宗圣听完，吃了一惊，当机立断，说："走，咱一起找混混、找朱贵才，问个明白。"

阮宗圣领着他们急匆匆走了。

11

校园仍是老寺庙格局，在数株苍松古柏的掩映中，是几栋有廊柱飞檐、青瓦灰墙、朱红门窗的教室。原来的学堂在村子北边，地势洼，有一年黄河发大水给冲走了。是阮宗圣和他的几个学生，不顾乡亲们的劝阻，将这座破落的"旃檀寺"的神座搬了，当了学堂的教室。为此，他的儿子生病夭折，有人便说，这是他冲撞了神灵遭到的报应。阮宗圣自然不信这一套。

此时，上课的钟声（即寺庙的大钟）敲响了。各位先生（那时叫老师多称先生），都拿了教鞭、课本、粉笔盒等，匆匆走向自己任课的教室。先生武秋生是校长阮宗圣的学生，至今保留着阮校长的许多优良传统，做事认真，上课绝对按时按点：不等上课钟声敲完，他必定已经站在教室的讲台上，保证一分一秒不差。

武秋生担任三年级的国文课和修身课。他读古书多，讲课喜欢引用许多小故事，把很深奥的道理讲得浅显易懂。因此，学生们都喜欢听他讲课。他讲的课，还叫"武先生的故事课"。

学生班长喊过"起立——敬礼——"，师生相互行礼落座，武先生二话没说，抓起粉笔回身就在黑板上写了一个大大的"仁"字。

"同学们，这是个什么字？对，是'仁'字。树之本，谓之'干'；人之本，则是'仁'。咱这一堂修身课，讲的这个'仁'字，左边一个'人'，右边一个'二'，是两个人。哪两个人？一个是自己，一个是他人。意思是说，这个世界上除了自己，还有他人；什么事情除了替自己着想，还要替他人着想。所以，孔子说：'仁者，爱人。'意思是说，一个仁德之人，一定得关爱他人，一定得尊重他人……这些话对不对？非常非常的对！所以，咱不能不分青红皂白，就打倒孔家店……"

"报告，孔夫子逼着女人包小脚，好吗？应不应该打倒？"有个学生举手提问。

"你提这个问题太好了。逼着女人缠脚，把女人的脚搞残废了，太可恶了，应该批判，应该打倒。可这件事，孔老夫子并不知道。是孔子死了一千多年以后女人才开始缠脚的。所以，孔夫子托梦给我说，这件事，太冤枉我了……"

学生哄堂大笑。

12

在四年级教室里，教师凌春来正在讲国文课。

他是阮校长的大孙女学兰的女婿，教国文课，兼任教务主任。二十五六岁，黑黝黝的长方脸膛，浓眉大眼，膀宽腰圆。不仅人高马大，嗓门儿也大，可谓声若洪钟。人们说，他讲话，震得屋笆上都掉泥土坷垃。

凌春来先在黑板上写了个"口"字，然后问："同学们，这是个什么字？"

"口！"学生齐声念道。

"对。口的主要用处是干什么的？是吃饭。常言说，人是铁，饭是钢，一顿不吃饿得慌。饿得慌，没饭吃，人就不能活命。这就是说，口很重要，吃饭很重要，因此口就成为人的单位。家里几个人，就说几口人。有时干脆把人省略，直接用口代表人。黄牛儿，你家几口？"

黄牛儿站起来说："五口。"

"对。同学们，再想一想，平常素日大家见了面，第一句话，是先问什么？"

"吃饭！"学生齐声喊道。

"对，人们见面，先问吃了？喝了？这也说明用口吃喝的重要。今天给同学们讲的，就是'民以食为天'……"凌春来说着，将"民以食为天"五个字写在了黑板上。

一个学生举手说："老师，老天能吃吗？"

同学们都笑了。

凌春来说："同学们，我说的是，民以食为天，不是以天为食。以食为天，就是说，吃饭的事，有老天那么大，是头等的大事。因为吃饭重要，那么，吃饭的饭碗，也就跟着变得重要了。饭碗有时就指职业。有了能挣饭吃的职业，就算有了饭碗；失去了工作，就叫丢了饭碗；抢了人家的活路，就叫抢了人家的饭碗；让人活不下去，就叫砸了人家的饭碗。当年，被逼上梁山的好汉，一个一个，都是因为被官府抢了饭碗、砸了饭碗，走投无路，揭竿而起的。如今，军阀政府，忙于混战，克扣治黄经费；那些贪官污吏，层层剥皮，贪污治黄经费。致使黄河多年失修，连年泛滥，冲毁了我们的房屋、淹死了我们的庄稼，砸碎我们的饭碗。同学们，人活一辈子，不仅要保住自己的饭碗，还得尽心尽力保住亲人的饭碗；还得努力学习，增长本领，为天下的老百姓都有个饭碗，贡献一份力量……"

13

再说阮宗圣带着黄区长的婆娘和黄满囤急匆匆先去了望湖楼，刚到楼下，正碰上朱贵才和钱混混也风风火火赶了过来。

朱贵才先开口问黄区长的婆娘了："二奶奶，怎么回事，昨晚黄区长没回去？没回去，会上哪儿？咱都想想。二奶奶，黄区长酒量是大，可是……也许心情不好，酒喝得也太多了。我想劝他，他还推了我一把，骂了我一句，说，你见我醉一回酒来？我咋也劝不住。临出门的时候，就带酒了，身子有点儿晃，我让混混去送他……"

"他，还骂了我，说，滚，滚一边儿去！"钱混混插嘴说。

朱贵才又说："黄区长，昨天好像心里不痛快。县里谭局长一说办学钱款不是给你了吗？他就急了，两人还拌了几句嘴。"

"怎么，谭局长说办学钱款给了？"阮宗圣问。

"对。是这么说的。"朱贵才说。

"这，根本不可能。"

"是啊，要不，黄区长咋会发急？他还说，不行我就辞职。干不了不干还不行？还说，别人能去利津洼开荒，我就不能去？"

"对对对，就是这么说的……"

朱贵才和钱混混一唱一和说了半天，一口咬定：黄区长喝醉了，走了。走到哪儿去了？不知道。有可能去了利津洼……

阮宗圣只得带黄区长的婆娘和黄满囤回去，让满囤召集起黄家的男人们，进一步分析了一下情况，由近到远，分头寻找。到中午，再凑情况一起商量……

阮宗圣只得先回了学堂。

14

　　在学堂后院，是个不大的上体育课的操场。有两个用木头钉起来的非常简易的篮球杆，分立在操场的东西两头。青年教师宋守信正在给高年级学生上体育课。体育课是去年新增设的。教师宋守信，祖籍郓城，相传是宋江的后人。数百年来，他们宋家的花枪，号称压山东。去年他去东昌府比武，枪棒得了个第一名，学生们都很崇拜他。

　　"同学们，因为大多数家庭生活困难，吃不饱，活动量大的项目，比如打篮球，长跑，咱就暂时停停。今天体育课学武术，下边先做准备活动，跑跑步，热热身。"

　　然后，立正、向右转、齐步走、跑步走，按程序开始上课。

　　宋守信喊着："一，一，一二一……"

　　学生们跟着高声喊着："一，一，一二一！"

　　整齐的脚步声在学堂里振荡着……

　　私塾改学堂后，最初也曾设过体育课——原来叫体操课。时间不长，体育老师和十几个学生突然长肺痨（肺结核）死了，其中就有武秋生的儿子。人们都说是学生跑操，张口岔气炸了肺。这些死了孩子的家长领头闹了学堂。于是，体育课便停了下来。到现在想起来，许多人还有些后怕，十分担心。不过，你说教孩子们练拳脚，耍枪弄棒，倒是没人反对。阮校长便借用这个名堂恢复停了十几年的体育课。当然，还有不少人存有异议。

　　在学堂前院教师的办公室里，阮校长的过继儿子存忠，对于上体育课就很反感。他紧皱眉头，长叹一声，放下正在批改的作业，冲着与自己对桌办公的武秋生说："武老师，我怎么听见，谁把驴群赶到咱学堂里来了！"

　　武老师困惑不解地问："存忠，你说啥？哪来的驴群？"

　　"你再仔细听听，咿——咿——赶驴的不是这么喊吗？"

　　操场上又传来学生的喊声："一，一，一二一……"

　　武老师顿时醒悟，禁不住捧腹大笑。

　　就在这当口，阮宗圣校长一步闯了进来。阮存忠与武老师一惊。阮宗圣冲存忠厉声说道："怎么，说风凉话吗？"

　　阮存忠急忙说："儿子不敢。"

　　"你当我没听见？亏你想得出，咿、咿、赶驴群的来了。我实话告诉你，开体育课，是我经过几年考察后决定增设的。如今，咱山东省几乎所有学校，都设了体育课。国难当头，儿童健身强体，就应该放在首位，再也不能让外国人称我们是东亚病夫了。存忠，你看看你这副风干鸡似的身架，活像个大烟鬼。"

"爹，你可不能听风是雨，大烟，我可从来没敢吸过……"

"吸不吸，你自己心里明白。你，自幼好逸恶劳，不学无术，除了学会几句之乎者也，还懂点儿啥？"

阮校长一双犀利的目光又转向了武老师，口气却和缓了许多："秋生……我知道，你儿子那年也长肺痨死了，你媳妇也是疼儿子……"

"阮老师，别说了。我是个教师，也看书看报，完全明白，这肺结核是种传染病，与上体育课没有关系。但是，我觉着，这几年闹灾，学生上学不容易，再跑呀跳呀的，白白浪费了时间……"

"秋生，你是我的学生，我也想说你几句。"

"学生恭听教诲。"

"秋生，你跟存忠不同。虽自幼失怙，家景贫寒，然读书刻苦，古文功底深厚，如果不取消科举考试，肯定能中个秀才举人的。秋生，时代变了。我劝你，也得跟着变啊！"

"老师，民国以来，这是变了些啥？内忧外患，战乱频仍，黄河泛滥，饿殍遍野……我是晕头转向，简直找不到那是北了……"

"秋生，你找不到北，让学生怎么找？真的以其昏昏，使人昭昭吗？我劝你，还得多读一些新文化运动的书，跟上这个时代。居于乱世，头脑愈须清醒，否则，是你启蒙学生，还是学生启蒙你？"

"是，我听老师的。"武秋生随即叹了口气，又说，"阮老师，不瞒您说，俺家那几亩地，连年洪涝，几无收成。说实话，老师，两个月没发薪水，家里，没的吃了。学生若不是牢记着先祖武训的家教和老师对我的情义……"武老师说着，眼圈儿就红了。

"秋生，都怪我，都怪我……"阮宗圣顿时感到无地自容了。

阮存忠急忙为父亲辩解："武老师，你是不知道。教育经费快半年没发了。老师的薪水，俺爹已经垫了三四个月。再垫，也有困难……"

"存忠，你少说几句行不？秋生，你先安心教学，我一定，一定尽快想法子，即便卖宅子卖地，砸锅卖铁，也一定……"

"阮老师，对不起了，我，真不知道……"武老师惭愧地说。

"爹，让我说，你也别咬着牙强撑了。眼下已有三分之一学生退学，再熬到麦收——哪还有麦子可收？少说还得有三分之一退学……"阮存忠苦苦劝说着。

阮宗圣长叹一声："你们也不是不知道，这学堂是咋建起来的？我虽然比不上武家的先祖武训先生，可是，也不想辜负阮家岭诸位乡亲的重托，让志成学堂毁败在我的手里啊！我是铁了心了，只要有一个学生，我，也会奉陪到底！"

下课的钟声敲响了。各班学生都在唱着《祖国歌》站队放学了。

15

黄区长失踪的消息，很快传遍了阮家岭的大街小巷。

整个阮家岭，都在颤抖！

已是夜深人静，望湖楼的掌柜孙尚香由范师傅陪着，悄悄来到老阮家的门前，轻轻敲了三次大门，三菊在门内问明白，又得到大爷爷同意后，才给开门。范师傅黑影里见孙掌柜进了门，前后左右也无可疑踪影，才悄然离去。

阮宗圣与孙尚香虽然数次见面，却不知根底。她，是在租用朱贵才家望湖楼上开酒店的女老板，深夜而至，不知何意？因此一直存有戒心。当孙尚香说有要事告知后，他才让三菊请她进了堂屋。

孙尚香说："我等虽然是酒楼商贾女子，但也明白，谁正谁邪，谁是谁非。黄区长，为人耿直，为官清正。在阮家岭，一提黄区长，谁不说是个大好人。昨晚在望湖楼聚会后突然失踪，吉凶难卜。我们酒店，也是个个胆战心惊。回头想想昨天晚间的事情，才感到有许多可疑之处。跟谁说呢？想来想去，便不揣冒昧，深夜登门，来叨扰阮老先生了。"

"孙掌柜，有话便讲，不必客气。"

孙尚香与阮宗圣进行了长时间的密谈。

阮宗圣了解到：一、谭局长与朱贵才密谋之后，才将黄区长找去。黄区长根本没有喝酒。两人争吵过，不欢而散。二、谭局长还带来四条汉子，鬼鬼祟祟，不像好人。三、谭局长对朱贵才说过，怎么对付你阮老先生。是范师傅去送酒，在门外听到的。谭说："他鱼再大，没了水，也会干死。卡住钱款，一分不给他，他能蹦跶几天？教员发不出薪水，吃不上饭，能安心教学？用不了多久，他就焦头烂额，自顾不暇，学堂办不下去了。"

阮宗圣对孙尚香再三表示感谢。

16

第二天放学之后，阮宗圣留下凌春来，对黄区长失踪的情况，商量了半天。凌春来是阮宗圣的大孙女学兰的女婿，是学堂的教务主任。是个有思想、有能力的年轻人，也是他多年培育选拔的得力助手。

阮宗圣说："黄区长的失踪，村里人们议论，不外乎三种可能：一、喝醉了酒，掉到井里、落进湖里淹死。二、携持钱款逃往外地。三、因知道有人贪污内幕，被杀害灭口。"

凌春来说："根据黄区长的酒量，头一条没有可能。阮家岭人，谁见他醉过酒？再说，他既然在望湖楼没喝，又没回家，说他酒醉落水，纯属别有用心。第二条，根据黄区长的人品，说他携款外逃，更是不可能的。朱贵才、谭局长，硬说他携款外逃，无需再查，便是第三条了：因为黄区长知道了他们贪污的内幕，被杀灭口了。"

"我也是这么想的，因此越想越怕，怕黄区长已经不在人世了！"阮宗圣沉默多时，又说，"我想，今天若是井里湖里找不到，到明天，我就与黄满囤去报案。得抓紧……"

"爷爷，去报案也可以。不过，我估计，不会有什么结果。如今，黄区长活不见人，死不见尸，你报案，他们会给你破案吗？肯定不会。顶多让你写个寻人启事，等等再说。你想想，是不是这理儿？假若真是他们杀害的，他们不仅不去破案，肯定还会加个携款外逃的罪名，下个通缉令，到处张贴哪！"

"那怎么办？可不能这么就算了吧？"

"爷爷，衙门里没有人，想告官，想打赢官司，想查个水落石出，是不可能的。"

爷爷沉默了。

凌春来犹豫了一下，又说，"我觉着，爷爷你，也得有所防备。在他们眼里，您不仅是黄区长的表哥，也是黄区长的后台。一要防备他们采取极端手段——这些人已经像疯狗一样，什么事都干得出来。二要防备，如果他们扬言黄区长携款外逃，必然继续截留办学钱款。那么，学堂今后咋办？"

"春来，这，我何尝不知道。现如今，已经是拆了东墙补西墙，穷于应付了。我想再卖五亩地，堵堵窟窿，救救燃眉之急。可你二爷爷那一关，怕就难过。好几次，话到了嘴边，又咽了下去……"

"卖地，二爷爷肯定不能同意。再说，今年卖，明年卖，后年还有地卖吗？爷爷，卖地不是解决问题的根本办法。退一步说，即便谭局长、朱贵才这些人不贪不占，老百姓吃了上顿没下顿，都外出逃荒要饭了，这学还能办下去吗？"

"春来，我这是咬着牙一天天地坚持。常言说，文死谏，武死战，咱当教员的也得与学堂共存亡吧？只要有一个学生，咱也得教。现如今，东三省让日本鬼子占了，许多抗日将领，明明知道大刀片子抵不过鬼子的机关枪，不也是在拼命救亡吗？春来，如今，咱办学堂，也是在救亡！"

"爷爷，还没有那么严重。我听家驹说，冯剑秋叔叔最近就回来，给家驹和二梅完婚。只要他回来，让他出面，直接找找吴县长或者省里什么官长，上下斡旋，兴许还能……"

"你冯叔叔回来，当然好。可不知道，他冯剑秋愿意不愿意帮忙打这官司？别忘了，他还是朱贵才的亲姑父！"

"这，就吃不准了……"凌春来犹豫了一下，"不过，爷爷，能不能把冯叔叔争取过来，大义灭亲，帮着打这官司，我看，很关键。再说，也只有这一步棋了。这步棋若能走好，兴许还有希望！"

"我，尽力争取吧！"阮宗圣站起来刚想走，回身又说，"春来，你跟家驹打个招呼，只要他爹到家，立即给我报信，我得立即见他。另外，黄区长家里，替我常去看看。需要办的事儿，让黄满囤去办。真要贴出通缉告示，是否抄家抓人？也得有所防备啊……"

"我，明白。"

第三章　民不畏死

1

　　冯剑秋的家在阮家岭的最东头。也是个北依山丘，南傍湖畔的大院落。大门开在南面偏东。进门，转过照壁是一溜五间堂屋。堂屋正北是八仙桌，桌旁放太师椅。正面墙壁悬挂"关公夜读春秋"的中堂画，两侧对联："铁肩担道义，热血写春秋。"

　　这一切都是冯剑秋的父亲冯文魁留下来的。冯剑秋虽然不在家，却不准家里人动。谁动，则大发雷霆。

　　他父亲冯文魁与阮宗圣、黄云生、吕德懋，四人是磕头把兄弟。冯、阮、黄东渡日本留学，吕却去了美国。冯、阮、黄归来，因反清朝被捕坐牢，在美国某大学任教的吕德懋闻讯立马赶回来，尽倾家产，上下斡旋，才将三位兄长救出。出狱后，就在这堂屋里，四人各抒己见，慷慨陈词，开怀畅饮，酩酊大醉。

　　也是在这堂屋里，吕德懋，用类似"面试答辩"方式，为女儿吕蕴玉选择了女婿。参选的只有二人：冯文魁的儿子冯剑秋和阮宗圣的侄子阮存孝。冯剑秋求胜心切，侃侃而谈，对答如流，竟然败北。只说了八句话的阮存孝，却被吕德懋选中！

　　也是在这儿，生命垂危的冯文魁，铺开宣纸，用颜体正楷书写了唐代高适的诗（《送前卫县李采少府》），送给了又要出国的吕德懋。四兄弟似乎知道，这是最后诀别，四双大手相握，老泪纵横……

　　还是在这儿，弥留之际的冯文魁，向跪在膝前的儿子问："剑秋，你跟爹说实话，咱们国家、民族，还有希望吗？老百姓还能过上吃饱穿暖、平平安安的日子吗？"

　　"能。"儿子肯定地说。其实，他也不知道。

　　父亲却摇摇头。又吃力地说："你爹这辈子，跟范仲淹说的一样：

弥留之际的冯文魁问儿子冯剑秋,咱们的国家、民族还有希望吗?

居庙堂之高，则忧其民；处江湖之远，则忧其君。是进亦忧，退亦忧……儿啊，记住……"

"爹，您说。"

"这人啊，来世上走一遭，全是匆匆过客。甭梦想，做什么轰轰烈烈、惊天动地的大事。能为人们做些好事，不做坏事，于心无愧，就好……就好……"

"儿子记住了。"

父亲就是在这儿，坐在这把太师椅上，说完话，趴在这张八仙桌上走了。走完了他为国为民苦苦奋斗、却没有看见光明前景的一生！

冯剑秋每次回家，只要站在这儿，便会想起往事，便会心潮翻滚。

冯剑秋这次回家，是想为儿子冯家驹与阮家二孙女学梅完婚的。可想起这事，气就不打一处来。他老婆朱氏的兄弟朱四海，偏听姐姐的诉说，为拆散这门亲事，可谓机关算尽！

就因为冯剑秋当年与老阮家的二儿媳妇吕蕴玉上学时谈过恋爱，其妻朱氏则耿耿于怀。现在儿子冯家驹又与吕蕴玉的女儿学梅恋爱订婚，朱氏则坚决反对。可她没能力左右丈夫和儿子，便与兄弟朱四海煞费苦心想出了这么个馊主意——

朱四海花大价钱从江南买来歌女小桂花，以自己老婆娘家侄女的身份带回来。小桂花不仅姿色出众，而且琴棋书画、吹拉弹唱无一不精。原以为用小桂花作钓饵，诱冯家驹上钩，待他喜新厌旧，自会与老阮家的学梅分手。谁知朱氏跟儿子家驹一说，儿子表态很干脆："非她阮学梅不娶。"家驹油盐不进，朱四海只得把小桂花先安排在望湖楼，待从长计议。冯剑秋虽然知道朱四海的诡计落空，可也有点儿担心，夜长梦多，儿子经不住诱惑。这次借到济南开会的机会，就请假赶回来为其完婚。昨日冯剑秋到家跟妻子朱氏一说，朱氏立即表态，坚决反对。

"他爹，与老阮家这门儿亲事，我不愿意，不能结。"

"家驹和二梅愿意不愿意？"

"他们愿意。"

"只要他们俩愿意，你就没权阻拦，我也没权阻拦。"

对丈夫说不通，今天早饭后，儿子家驹出门去学堂时，朱氏又追出去跟儿子争吵了半天，自然毫无结果。她这才丧魂落魄、擦眼抹泪地走回家门。

2

朱贵才今日来望湖楼，已经改换了行头：深灰色的长袍，既斯文，又沉稳，一副读书人的气派。他漫步进入客室，向已经等在这儿的谭局长拱拱手，客气地说："谭局长，恕朱某怠慢之罪。"

朱贵才又探头看看门外，见没有人，顺手带上房门，先给谭局长斟满酒杯、夹了几筷子菜才坐下。又说："谭局长，在这个节骨眼上，咱们还是少见面为妙。"

"没有要事，我还真不愿频繁叨扰……"

"谭局长，有事尽管吩咐。"

"不知你听说过没有，咱吴县长的小舅子，在省府卫队里当差？"

"没听说过。"

"不瞒你说，他混了多年，也没个人引进，还是个大头兵。他听说你姑父冯剑秋，在韩主席手下当旅长，能跟韩主席递上话……"

"我姑父什么时候回来，我一定尽力……"

"听说，他昨天回来了。"

"他回来了？我，还不知道……"

"你的消息，还没吴县长快哪！吴县长昨天接到他小舅子的电话了，今天便急忙打发我来探听。贵才啊，我咋觉着，你这个姑父来得有点儿蹊跷。你跟我说实话，他跟黄区长、跟阮宗圣关系到底怎么样？是不是阮宗圣把他请回来的？"

"这个，这个，我，说实话，拿不准……"朱贵才可没想到这一层，让谭局长问得结结巴巴了，"若真是他请回来的，事情就有点儿……有点儿麻烦了……黄云生、阮宗圣与他父亲冯文魁，是生死之交，阮宗圣有事找他，他是决不会推辞的。"

"可是，他也是你朱贵才的亲姑父啊，他难道，不袒护你？"

"袒护我？这是咋说的？谭局长，至今还没人兴师问罪，就说这事与我有什么干系？我若求他袒护，岂不是此地无银三百两？"

"可是，他是正区长，你是副区长，与你一起喝完了酒当夜失踪，能说与你没有一点儿干系，假撇清吗？你不需要暗中袒护，大事化小、小事化了吗？"

"要是真到了那一步，我终归是晚辈，可没有阮宗圣和黄区长的分量。谭局长，咋办？可得早拿主意。"

"看看，又慌了？"谭局长一拍桌子站起来，拿过皮提包，拉开拉链，从提包内取出一摞盖了县公安局大红印章的"通缉令"，递给了朱贵才，说，"这是通缉捉拿携款外逃的黄某人的。抓紧贴出去，到处张贴，我就不信，他冯剑秋旅长，愿意找麻烦，为个逃犯辩解！"

"谭局长，你，深谋远虑啊！"朱贵才伸着大拇指，连声说，"佩服，佩服……"

"让钱混混赶紧贴出去。"

"不,谭局长,还是让公安局的人张贴才好。"

"也是。公安局的人一会儿就到,他们得去黄某人家搜查,然后大张旗鼓地撒网追捕!"

谭局长走到朱贵才身边,又说,"我再嘱咐你几句……"

两人低声耳语了多时。

3

望湖楼酒店门口,阮宗圣正在等待冯剑秋。不时手搭凉棚向大堤上望着。这时,酒店的范师傅来到面前,在他耳边低声说:"阮老先生,今日不巧,朱太岁在这儿宴请县上来的大员。"

"朱太岁?哪个朱太岁?"

"阮老先生,低声,低声。就是副区长朱贵才嘛。任谁也惹不起……阮老先生,你能不能……改日再来?"

阮宗圣眉头抖动了两下,说:"范师傅,今天是人家请我。"

"噢,噢……"

阮老先生向远处望着,刚有点儿焦躁,就听见远处传来"嗒嗒"的马蹄声。接着,冯剑秋策马而来,未等停下,便飞身下马。

范师傅急忙上前,接过缰绳,牵了马拴在了后院的大树上。

冯剑秋跑到阮老先生面前,半跪施礼:"阮叔叔,可好!"

"好,好,起来起来……让我看看,让我看看……"

冯剑秋摘下礼貌,直立着,一副军人气派,让阮老围着转了一圈。

"啊,两鬓也见白发了。不过,仍不减当年英武。"

"剑秋碌碌庸庸,一事不成,辜负叔父厚望了。"

冯剑秋搀扶着阮老先生,一边寒暄着,一边上了楼。由范师傅上前领他们进了一个小客间。

阮老先生低声说:"范师傅,随便给俺炒几个菜,尽量好一点。我们多年没见,想清清静静拉个呱,其他人,一概不见。范师傅,麻烦你给挡挡驾。"

"好来!"范师傅答应着出了门。

"剑秋,你就跟叔谈谈你自己吧,这么多年,咱爷儿俩,没坐下来,好好叙谈叙谈了。"

"叔,这么多年,侄儿有失长辈厚望。在队伍上,虽然也是出生入死,南讨北伐,但回头看看,多是军阀混战,争抢地盘。"冯剑秋又向阮宗圣介绍,"眼下,咱山东有不少文人达士,寄希望于韩复榘主席支持,忙着搞点事业。教育厅厅长何思源,声称逐渐普及小学教育;梁漱溟先生在邹平就忙着搞乡村建设研究院；我们在黄河口的利津洼，连续剿灭多股土匪，搞了屯田军垦……"

随后，冯剑秋便谈起了这次回来的目的："叔，我请了半月的假，想给家驹和学梅把婚事办了。他俩也都老大不小了，夜长梦多……"

阮老先生听后，沉吟了多时，才说："剑秋，是不是，过于仓促？实不相瞒，眼下俺阮家的日子过得十分拮据。主要是我，当这个学堂校长，实在周转不动了。我倾全部家产，只垫付了几个月的教员薪水。家驹和学梅结婚，是她们一辈子的大事。太寒碜，对不住孩子……"

"叔，孩子结婚，在这荒年灾月，也不宜过于铺张。"

"对，一切从简，不宜破费。"

"所用经费，我稍有准备。聘礼，我抓紧送过去。嫁妆，多少俺不计较。缺什么，日后慢慢买。我，只请了十几天假……"

"那，我回去，再跟我二兄弟和学梅她爹娘商量商量。不过，如今吹吹打打地结婚，想来想去……确实不适宜啊！"

"为什么？"

"你刚回来，兴许还不知道，黄云生区长出事了，出大事了……"

"黄叔叔，那可是个大好人啊！我长年在外，家里的事，我都是托付给他。叔，他出什么事了？"

阮宗圣将出事的来龙去脉，向冯剑秋一五一十说了一遍……

"剑秋，如今官场里的事情，你比我清楚，黄云生这桩冤案，我考虑再三，还是想让你帮帮忙，上下疏通疏通，否则，想弄个水落石出，那是根本不可能的。"

"可是，我是个军人。军人干政，这是……忌讳……可是，为了黄云生叔叔嘛，我一定尽心尽力。可是，如何介入？容我想想……"

4

县公安局的一行六人，骑了洋车子（那时对自行车的叫法）耀武扬威，一进阮家岭村，就大吆小喝地询问，黄区长的家在哪儿？早已候在村头的钱混混赶紧上前迎接，相互简要介绍之后，则直奔黄区长家门。

自从黄云生区长失踪，家里只剩下老婆和两个未成年的孩子，可谓孤儿寡母，十分可怜。黄云生在去日本留学之前则结过婚，回国闹革命坐牢期间，媳妇受惊吓得病死了。直到在河北省某县当县长的时候才又结婚。媳妇是一个大户人家的新寡女儿，比他小十五岁，至今孩子还未长大成人。偏又摊上这……苦命的人啊……但是，老黄家是个大家族，有百多户人家，这几辈年轻人哪个不是他黄区长拉拔着长大的？黄满囤的堂叔兄弟，有十五人，号称七龙八虎；加上其他同族兄弟总共一百多人，号称黄家一百单八将。七龙八虎也好，一百单八将也好，听起来有点唬人，其实跟祖传的阮家拳、宋家棍都不能相提并论。知根底的都知道，他们全是些在冬闲时练过几天棍棒拳脚的普通庄户汉子，没受过真传，都是野路子，凭着蛮力气有时也能对付那些外行，可遇到有真功夫的"门里人"就不敢接招了。因此，老黄家立下规矩，从来不跟外人单打独斗。多年来他们都是围着黄区长转，黄区长对内用家法统一节制，如有耍泼皮无赖欺侮人的，根据情节轻重，用鞭条抽打，严惩不贷。对外统一号令，遇事齐上齐下，一呼百应。就靠了人多势众，蚂蚁吃豆虫，村内村外，也无人敢欺侮。可是，如今黄区长突然失踪，群龙无首，几日过去，又查不出个头绪，这些人便有些焦躁了。昨天，黄满囤找到学堂的阮宗圣校长想法子，阮先生答应立即与省城的冯剑秋联系，争取他出面帮着打官司；另外又让教师武秋生和凌春来帮着书写了六十多张"寻人启事"。今天黄满囤刚拿回来准备分头外出张贴，就听见门外有人高声喊叫："衙役捕快来了——"

在农村，许多老百姓，对于公安局的警察，仍然沿袭了清朝的旧称：有的叫衙役，有的叫捕快，有的衙役捕快一起叫。

六个警察在钱混混带领下，在黄区长门前把洋车子搭下，便齐呼喇涌进了黄区长的院子。黄满囤急忙上前说："老总，里边请。"

一个像头头的警察说："我们是县公安局的，奉命前来搜查。你是什么人？"

"我是黄云生区长的侄子黄满囤。"

"对不起了大侄子。"警察头头一把拉开挡在屋门口的黄满囤，接着就冲警察们下了命令，"搜！细细搜！"

黄家的几个小伙子早齐呼喇站在了黄满囤身后，个个金刚怒目，想要阻拦搜查，却被黄满囤张开双臂挡住了。他说："让他们搜，让他们搜。不做亏心事，不怕鬼叫门！"

这六个警察如狼似虎，在几个房间里，翻箱倒柜，呼呼啪啪，顿时，各个房间，一片狼藉……

黄区长的老婆拦住警察头头，冲他扑通跪下，求告着："老总，别砸了，这些瓶瓶罐罐，俺过日子，还得用啊！"

"咋，还想过日子？做梦去吧！"

老黄家的这些子弟们，听了这话，眼都气蓝了，心都气炸了。

黄区长平时不管钱，不管帐，自然搜不出什么赃物。家里的日子过得也十分拮据，在装钱的褡裢里总共搜出不到十块钱。墙上还高挂着一杆打兔子的土枪。另外，搜出的是老婆当年的嫁妆，一对银镯子，三个银簪子。

警察们搜出之后向头头报告。

头头下了命令:"全部带走!"

黄区长的婆娘说:"老总啊,那是俺娘家给的,你们不能拿走!"

警察头头问:"你男人,带了多少钱款,逃到哪儿去了?说!"

"这,俺哪儿知道?"

"不说,跟我们走一趟吧。"警察头头又下了命令,"把她带走!"

两个警察正要上前捆绑,黄满囤大喊了一声:"慢着!凭什么乱抓好人?"

"凭什么?就凭这'通缉令'。你仔细看看。"警察头头从衣袋里掏出一张"通缉令"递给了黄满囤。

黄满囤接过来看了两眼,说:"全是栽赃陷害,胡说八道!"

"你说什么?好小子,有种的再给我说一遍。"

"好,再说一遍:全是栽赃陷害,胡说八道!"

警察头头,抡起巴掌,左右开弓,就打了黄满囤两个耳光。

黄满囤气得两眼喷火,浑身痉挛,几把就把"通缉令"撕了个粉碎。

"吆嗨,反了,反了!"警察头头恼羞成怒,吼道。

"反了也是让你们逼的。知道不,兔子急了也会咬人!"

"反了,反了,把他抓起来,抓起来,一块儿带走!"

"哼,带走?没那么容易!"

说时迟,那时快,只见黄满囤一个手势,身后的十二个小伙子一起动手,三下五除二,就把六个警察手中的长短枪缴械了。

有两个警察还想抢夺,顿时被打得趴在了地上。

"奶奶的,你睁开狗眼看看,这是哪儿?这是梁山水泊!容得你们横行霸道?"黄满囤怒吼着,还真把警察们镇住了。"把这些铁家伙统统扔到湖里,让他们往后长个记性!"

黄区长家门口就是湖,黄满囤收起六个警察的枪械,大步走到湖边,一件一件扔进了湖里。然后又将放在门口六辆洋车子,一辆一辆也扔进了湖里。这才回来抓住警察头头的前胸衣领,大声说:"奶奶的,再睁开你那狗眼,看明白,认清楚,这都是你黄满囤爷爷干的。好汉做事好汉当,走,我跟着你们去,要杀要剐,随你们的便。走哇!"

警察头头抬头一看,院内院外,黑压压的人群,一双双愤怒的眼睛,都在盯着他。他连忙说:"不敢,不敢……"

警察头头带着警察们灰溜溜地走了。

5

钱混混一见众人缴了警察的枪械,早吓得三魂去了两魂半。他惊惊慌慌跑到望湖楼，撞开了朱贵才和谭局长喝酒的房门，喘了半天，口里才送出两个字来："反了……"

"咋，出啥事了？说！"朱贵才急了，吼叫着。

钱混混又喘了多时，才结结巴巴把事情说明白。

"这可闹大发了！我，往后咋办？"朱贵才禁不住浑身颤抖了。

谭局长却冷笑了两声，说："闹大了好啊，好定案了。缴警察的枪械，枪毙也够格了。对吧？枪毙了黄满囤，还有人出头闹腾吗？"

说归说，直到夜色笼罩了阮家岭，街道上没了行人，谭局长才悄悄出门，回了县城。朱贵才也是抄小路走黑影悄悄回家。回家关上大门，立即嘱咐老婆，任谁叫门，也不能开……

可是，进屋还没落座，就听见外边有咚咚地敲门声。他惊得头发都炸了起来。

"开，还是不开？"老婆低声问。

"你，你，去问问，是谁？不是熟人，就说我不在家，还没回来。"

敲门声第二次响了。

"谁啊？"

"我，家驹。嫂子，俺爹回来了，他让贵才哥马上过去，有要事问他……"家驹没有进门，说完扭头就回去了。

朱贵才老婆回来一说，听那口气根本没有商量的余地，朱贵才不愿意去，却不敢不去。他一边往冯家走着，一边琢磨着，如何应对这个与黄区长、老阮家交情都非同一般的姑父……

6

阮家岭老老少少都被惊得目瞪口呆，吓得灵魂出窍了！

街头巷尾，墙角树后，人们都在窃窃私语，说啥的也有——

"黄满囤，这回可真捅破天了。怕是，不户灭九族，也得满门抄斩。老黄家，遭泼天大劫了！"

"三脚踢不出个屁来的黄满囤，咋就敢，领着人缴了警察的枪？分明是黑旋风李逵的魂灵附体了！"

"啥附体不附体，兔子急了咬人，换上你，你也敢！"

"公安局，会善罢甘休？闹不好，明天就会杀个回马枪。那，肯定要大开杀戒了……"

话越说越吓人。当晚家家闭门锁户，有的连灯盏也没敢点。

这是一个惶惶恐恐的不眠之夜！

大约二更时分，学堂教师宋守信与母亲严依霞，敲开了老阮家的大门，来找阮宗圣兄弟俩商量，如何帮着老黄家防备后事！

宋守信的母亲严依霞，是本地出名的侠女。不仅有超凡的枪棒功夫，且有侠肝义胆，一向乐于救苦救难。再说，宋家、阮家和黄家都是至亲，如今老黄家摊上飞灾横祸，她只能来老阮家找人商量了。

阮宗圣的堂屋里，老兄弟两个、二儿媳妇吕氏都在这儿。三菊在提壶倒水，把宋家母子接进屋、落座后，她给守信使了个眼色，领他去了别的房间，好让长辈们密谈。

"阮老师，二叔，黄家的事情咱不能不管，可怎么管？我没的主意。想听听两位叔叔的想法……"严依霞开门见山了。

"能有啥想法？也是让黄满囤缴了警察的枪，给惊懵了。"阮老二宗贤说，"说实话，我还真小瞧了满囤。平日里，看着他老实巴交的，满以为就是个只会刨硬地、扒拉土块的庄户孙。可是，遇上事了，腰杆子挺直了，还真像个爷们儿！"

"都是逼出来的。要不，黄区长家俺婶子和满囤，就会被押走。押进衙门还不知受什么刑罚，是死是活？真是无路可走啊！我当时就站在四周的人群里，若是老黄家那些人收拾不了警察，我都想插手，助他们一把。"严依霞说。

"依霞啊，还是当年的依霞！路见不平，拔刀相助，不计后果。"阮宗圣还是以老师长辈的口气，略带批评地说，"我记得，那是民国三年正月十一，山东乐安（广饶）县知事王文琬，因催验文契，搜刮民财，激起该县北部乡民暴动，他乱中被杀。成为轰动一时的'乐北戕官大案'。这是一次标准的'官逼民反'暴动，反抗压迫剥削的英雄壮举。但是，血的代价也是非常沉重的。杀死一个县知事，却有五十多个乡民被捕，十三个乡民被杀。也就是说，当官的命比老百姓的命值钱。咱老百姓就得长个记性，不能莽莽撞撞拿鸡蛋硬往石头上摔，对吧？"

"阮老师，我现在着急的是，若是明天县上来了大队人马抓人，到底咋办？"严依霞问。

"咋办？来不及细说了。我得立马去老黄家，说服满囤连夜逃命；再说服他们去求冯剑秋出面斡旋，大事化小，小事化了。待风波稍定，再进逼县长破黄云生的冤案……"

"噢，噢，阮老师，有用得着我的事情，尽管吩咐。"

"好。"阮宗圣站起身要走，又说，"现在，我估摸着，满囤正在组织他们一百单八将发誓，明天如何跟警察拼命哪！"

"走，我跟你一块去。"阮宗贤说。

7

此时此刻，冯剑秋也正在和妻侄朱贵才密谈。

冯剑秋两眼像两把刀子，刺得朱贵才浑身不自在，几乎要卷缩了。

"贵才，你去学堂里当教员教书，你知道不知道，那是你爷爷求我，我又求阮老先生，他才答应让你干的？"

"我知道。所以，我一直认真教学。直到区公所里缺人，我才……"

"这可不是实话。我咋听说，你是被开除的？为了啥？"

"为的，为的，我，年轻，贪酒，贪色，贪玩呗……"

"我还听说，是望湖楼有个什么小嫦娥？"

"姑父，你既然知道了，那把壶不开，你就别提了。"

"好，不提了。我还听说，后来，你又找你爹从南京回来，找县长，花钱买了这个副区长，有这事吗？"

"也算有吧，可是，这些事，经过阮老先生的嘴一说，我就变成纨绔子弟、二流子无赖了。"

"贵才，难道还不是吗？贵才，你得明白，我是你姑父，才管你这些闲事。你要说实话，黄区长这人，会不会侵吞钱款？"

"黄区长，对我，不孬。是个好人。可是，人心隔肚皮，眼下他家里又吃了上顿没下顿，见了钱是不是眼红？是不是想贪？我，就吃不准了……"

"贵才，黄区长若是侵吞钱款，家里还会吃了上顿没下顿？我再问你，黄区长失踪的那天晚上，在望湖楼一起喝酒的有谁？"

"有县政府财政局的谭局长，有黄区长和我，跑腿的有钱混混。"

"喝酒了？"

"喝、喝了。聚在一起，就是喝酒嘛，能不喝？"

"喝了多少？"

"大约二斤吧……"

"我咋听说，黄区长一滴酒也没喝。"

"这，不大可能吧？我出出进进，伺候他们，还真没大在意谁喝了多少酒？"朱贵才闪烁其词了。

"我实话告诉你，我到望湖楼查过那天的账，黄区长去后，你们没有喝酒。"

"这……也许，我记不清了……"

"记不清？你和钱混混，怎么到处说，黄区长可能是喝醉了酒、井里湖里落水而死？"

"这不是，被老乡们逼问得着急了嘛，也只是说可能……"

"贵才，你心里有鬼呀！我再问你……"

"姑父，你，你问。"

"今天，你跟那个谭局长在望湖楼，又在嘀咕什么？"

"谭局长，他今天来，是为你来的，我还没顾得上跟你说……"

"为我而来？"

朱贵才急忙说："吴县长的小舅子在省府当差，多少年也得不到重用提拔，打听到你是老乡，想走你的门子，就先派谭局长探探路。他还打听到你是我的姑父，这才先找我摸摸底细。就，就这嘛回事儿。"

"噢……"

"姑父，你叫我来，是审问我吧？"朱贵才开始不耐烦了。

"对，是审问你。我不审问，法官也会审问。用不了几天了，你等着吧……"

8

阮宗圣、阮宗贤老兄弟俩来到黄区长家门口的时候，就被老黄家的几十个婆娘包围了。

"这是咋回子事？"

"两位表叔，你们可来了。"是黄满囤的媳妇、宋守信的姑姑香菱，她抢到了阮宗圣的面前，抹了一把满脸的泪水，着急地说，"这不，把婆娘们挡在了门外，男人们都在堂屋里发誓赌咒，还要什么摁指头血印画押，要豁上身家性命，明天跟警察们拼去。就不想想，一个个拖家带口的，往后咋活？表叔，我求求你了，你进去跟满囤说，祸是他惹下的，要死要活，我陪着他去豁上，万万不可再连累大伙。谁家没老没少？再闹下去，老黄家一百多户，近五百口子人，都跟着遭劫，俺可就千刀万剐、天雷霹雳，也没法子赎罪了！表叔啊，俺求求你了……"满囤媳妇宋香菱说着双膝一曲就跪到了地下。

"香菱，起来，起来，有话好说。"阮宗圣将香菱拉起来，然后，向这几十个婆娘说，"都不要慌，不要乱，一慌一乱就没主意了。俺弟兄俩，这般时辰来，就是想劝说堂屋里那些男人，不能拿着鸡蛋硬往石头上摔。到明天，警察要来，肯定不会是六个了，甭多，来五十，全拿了大枪，你会个三拳两脚的，是对手吗？咱家里都有老有少，豁不上，也死不起。对吧？大伙若是信得过俺兄弟俩……"

"信得过！信得过！"

"那好。你们先回去等着，在这里吵吵闹闹，没有一点用处，甚至还会招灾引祸。先回去，好不好？"

"好，好……"

婆娘们答应着，除了宋香菱被留下，其他婆娘则陆续散去。

阮宗圣拉过宋香菱，在她耳边低声说："香菱，你这就回去，立马准备好一些吃的用的东西连夜与满囤逃走——我这就进屋去劝说满囤。你们先到外地躲几天，如果没事了，再回来。家里的孩子，先交给你娘家。你嫂子严依霞刚才去找过我，她是个难得的好人，她会管的。你放心，我也会帮她管。"

宋香菱又跪下，给阮家兄弟磕了头，起身立马回了家。

阮家老兄弟俩叫开门，与黄满囤他们，一直商量到三更过后，终于做出了三项决定：一、黄满囤与十二个参加夺枪的弟兄，连夜逃走，外出避难，不见信不要回来。二、今天夜里，组织七八个人，连夜悄悄将扔进湖里警察的枪支、车子捞出来，找时机还给他们，事态不要继续扩大。三、明天清早，动员老黄家男女老幼几百口人到冯家门前跪拜，祈求冯剑秋出面，去找吴县长，为黄区长喊冤，请求破案。

9

且说六个被缴了枪的警察，狼狈逃回县城，已经是晚上八点。丢了枪不是小事，没法子，只得硬着头皮去敲开公安局局长家的门汇报。局长姓马，性情暴躁，行伍出身，一听六人被缴了枪，顿时勃然大怒。先将领头的掌了两个嘴巴，骂了个狗血喷头；又一拍桌子，传令紧急集合，连夜杀回阮家岭。

"奶奶的龟孙，当警察的不是软皮柿子——爱谁捏谁捏。不开杀戒，他就不知道马王爷三只眼！"

警察集合起来，正在"一二三四……"报数，吴县长派人传他，他只得让警察暂且休息待命，去见吴县长。

原来，谭局长也刚刚回城，他向吴县长汇报说："卑职按照您的吩咐，没敢怠慢，急三火四地赶到了阮家岭，一打听，冯剑秋确实回来了，与学堂校长阮宗圣正在望湖楼喝酒，我立即找来副区长朱贵才。你知道，他是冯剑秋的妻侄。我想由他引见，找冯旅长攀谈一下提携你家小舅之事。哪想到，这时村里就发生了抢缴警察枪支事件，阮家岭一下子就炸了锅，什么也就顾不得了。难怪人们说，梁山水泊出强盗，穷山恶水出刁民，还真是个土匪窝子。他黄区长就敢携公款外逃，他家里人就敢赤手空拳夺枪。平素看上去死眯塌眼、窝窝囊囊的庄户老斗，咋就一瞪眼胆大包天、生死不怕呢？这么想想，咱在这种地方供职，还真让人毛骨悚然哪！"

吴县长，对待这些戕官害民的强梁恶霸，手可不能软啊！不赶尽杀绝，地方何以长治久安？"

这个吴县长出身清末秀才，在县衙从文案到知事，历经宦海沉浮，为人精明，处事圆滑，可不是这个巧舌如簧的谭局长几句话就能说晕头的主儿。再说，他对这个谭局长的贪婪奸诈，也早有觉察、心存疑虑。只是还没逮住他作奸犯科的"尾巴"，眼下还是装糊涂，未露声色。今日，他听完汇报，倒背着双手，来回走着，沉吟半天，才说："去，把公安局马局长，连同去阮家岭的警察，叫过来，商量商量。"

不一会儿，公安局马局长和六个警察叫来了。待两位局长落座，警察们站好，吴县长捋着尖下巴上那几根黄胡子，放低了声音，慢条斯理地开了腔："我听说，你们六位弟兄的枪，让阮家岭的乡民缴了？你们把那经过，从头到尾，如实给我说一遍。咱丑话说在前面，有一句假话，撒一句谎，今夜里就到大牢里过夜。好，谁先说？"

警察头头先说，其他五个补充，足足禀报了半个时辰。自然是添油加醋，把阮家岭人说得个个武功高强，凶神恶煞一般。吴县长则不断地插话追问。

"黄区长家里，除了一个老婆，还有两个没成年的孩子，对吧？"

"对。可有一个亲侄儿，叫黄满囤，五大三粗，膀宽腰圆，浑身武艺，就是他领的头。"

"他手里拿的什么家伙？如实讲！"

"开始，什么也没拿。"

"你们抄家搜查时，你们拿着枪，他们没有下手，对吧？"

"对。"

"你们搜出了什么东西？如实说！"

"没搜出多少东西。从装钱的褡裢里总共搜出不到十块钱。墙上挂着一杆打兔子的土枪。另外，是他老婆当年的嫁妆，一对银镯子，三个银簪子……"

"你们没收了，带回来了？"

"没，没有……不，还搜出一个记事本子，我悄悄带回来了。"警察头头把记事本递给吴县长。

吴县长将本子放进了抽屉。又问："他们到底什么时候下的手？"

"我递给黄满囤那张'通缉令'，他看了看，说'栽赃陷害，胡说八道'，守着满院子人，撕了个粉碎……"

谭局长正想插嘴，吴县长一摆手，制止了他，又问："你说满院子人，大约有多少？"

"大约千把人吧，反正院内院外、墙里墙外，黑压压的全是人。"

第三章 民不畏死

63

"他们都下手了？"

"没有。黄满囤撕碎了'通缉令'，我就火了。下令将其逮捕带走时，他们就下了手。当时，咱没防备啊，我被扭着胳膊转了个圈，还没醒过神来，一抬头，六个人的枪，全让他们夺去了。"

"草包，一群草包。真丢人啊！"公安局马局长愤愤地说。

"好了，马老弟，以后可别对我大夸海口，说什么强将手下无弱兵、警察们个个训练有素身手不凡。原来也是中看不中用的蜡枪头。连老百姓也吓唬不住了，铁家伙都让人家给扔到湖里去了……"

"吴县长，在下已经集合了队伍，连夜杀回阮家岭，难道还让他们反了天不成？"

"好了，你歇着吧！"吴县长把桌子一拍，站起来说，"你们知道不知道，今天这事，给我闯祸了，闯下大祸了！我再问你们一次，黄区长携款外逃有证据吗？如今活不见人死不见尸就下通缉令，谭局长，马局长，你们两位大局长，黄犯到底携款多少？是什么款？你们给我说个准数。他如果是携巨款外逃，给老婆孩子只留下不到十块钱吗？他们老黄家的人，为什么敢当众理直气壮撕毁'通缉令'？正说明他们心里没鬼，没做贼，心不虚。是不是这理儿？再说，他家的土枪还挂在墙上，他们手里没拿武器，缴了你们的枪也没开枪行凶，这足以说明，并非预谋聚众闹事，而是官逼民反，对吧？万幸的是，你马局长没去，枪支稀里糊涂就被缴了，否则，枪在你们手里，乱中扣了扳机，图一时痛快，打死个三十五十，恐怕都不在话下。那么，官逼民反，酿成民变的罪名，可就甩不掉了。兴许一夜之间，咱们就会见诸全国、甚至世界的各大报纸，名扬天下了。到那个时候，不是咱审判人家，而是山东省韩复榘主席亲自审判咱们了。我吴某人，一夜之间，也就变成当代的高俅了！都回去好好想想吧。想明白了，明天上午，两位大局长，仍然到我这里来，给我个说法。这件事，随后如何处理？夜里少睡点儿觉，仔细想想。回去吧！"

第二天，吴县长问谭、马二位局长："想好了吗？咋办？"

谭、马相互对视了一下，齐说："愿听县长训示。"

吴县长捋着黄胡子，沉吟多时，方才开口："《老子》有句话，说的很到家。'民不畏死，奈何以死惧之。'就是说，老百姓连死都不怕了，为什么还用死去吓唬他呢？你们得明白，不要以为老百姓永远那么怕死，你把老百姓逼急了，他们也会不怕死，也会跟你拼命。闹到这个地步，就不好收拾了。上司骂你昏庸无能，下边骂你官逼民反……马局长，总而言之，心急喝不得热粘粥，耐心等等，冷冷再喝。"

公安局马局长连声答应着回去了。

吴县长留下了谭局长，又说："谭老弟，这桩案子是你引起的，对吧？

你，心太贪，手太狠，把事情办砸了，闯祸了。你道黄区长是谁？他曾是齐鲁留日七雄之一，曾在河北省任过县长，就是因为看不惯上司的贪、占，托病辞职的。他这笔记本，我看了大半夜。最后一篇，他记了些什么？我给你念念：'进城与吴县令、贪局长——注意，他写的不是姓谭的'谭'字，而是贪污的'贪'字——与他们抓破脸理论了大半天，真是又可恨、又可气、又可悲、又可怜。然抚躬自问，我亦迂腐得可以！一个圆滑老道、得过且过；一个贪婪奸诈、浑水摸鱼。与其言亲民、言廉政，无乃对牛弹琴……本以为，值此荒年灾月，他们也难。这让我想起明代万历间苏州县令袁宏道之自嘲。大意说，县令备极丑态，不可名状。大约遇上官则奴，候过客则妓，征赋税则杂役，谕百姓则媒婆，一日之间，百暖百寒，乍阴乍阳，人间恶趣，令一身尝尽矣。苦哉，毒哉！'一个手中有镜、心地透亮的袁宏道，其苦衷尚可谅解；而昏庸贪黑小人，则只剩下可厌可恨了……'我的谭大局长、贪大局长，你听明白了吗？"

"我，我，没、没明白……"

"难怪，在他黄云生眼里，我是个窝囊县令，你是个贪利小人！我告诉你，他黄云生不是个凡夫俗子，不是个没根底的庄户孙。我断定阮家岭的阮宗圣、冯剑秋都会插手此案。你，玩火烧身了。我再给你留两天时间，准备一下打官司的善后事宜。这一关能不能过去，就看你的运气造化了。去吧，好好想想……"

"是……"谭局长心里打着冷颤，没敢辩解，也没敢抬头看吴县长那冷峻犀利的目光，低着头退了出去。

吴县长于当天，派了两个心腹下人，装扮成老百姓，去阮家岭打探真情……

10

第二天大清早，冯剑秋刚起床，儿子家驹就慌慌张张跑回来喊："爹，快起来，快……"

"出啥事了？看慌得你。天塌了？"

"天倒没塌。门外有好几百人，跪在地上哪！"

"完了完了。本来，不到万不得已，我不想跟着蹚这浑水，这是……赶着鸭子上架！"冯剑秋全明白了。

他连忙穿好衣裳，三步两步来到大门口，一看，黑压压几百人全跪在门前，心里咯噔一震，鼻子立时酸了。四十六岁了，头一回受这么大的香火！

"父老乡亲们，要折煞我冯剑秋啊？赶紧起来，有话好说，有话好说啊！"

黄区长的老婆跪在最前边，她说："冯旅长……"

"呀，这不是婶子嘛，起来，起来……"冯剑秋急忙弯腰拉她。任冯剑秋咋拉，她也没起来。

"剑秋啊，俺家你黄叔，脸够大的了吧？有这么多人都为他抱不平。他冤枉啊！可是，俺老黄家五六百口人，而今全是庄户孙，没出个当官为宦的，这官司再冤枉也甭想打赢。剑秋，看在俺家你黄叔的面上，看在老黄家几百口子乡亲的面上，你出出面，帮着说说话吧！不答应，我可不能起来。大伙也不会起来。求求你了！"黄区长的婆娘泪流满面地说着。

"冯旅长，求求你了！"众人一齐说。

冯剑秋也跪下了。顿时，双眼里也闪动着泪花。

"婶子，父老乡亲们，我在外边是个带兵打仗的，请假回来才两天，既不认识本县的官长，也不了解案件的内情。本来是不应该乱插手的。但是，我是阮家岭人，与黄区长是世交。几十年了，我跟你们一样，相信黄区长的人品，德行，我愿意跟你们一起，打这场官司。我向老天发誓，向乡亲们发誓，一定尽心尽力，伸张正义！"

"剑秋，婶子给你磕头了！"

"冯旅长，给你磕头了！"

几百人一齐喊着。惊天地、泣鬼神！

"婶子，乡亲们，我冯剑秋担待不起啊！"他也热泪纵横了。

这可是人命关天的凶杀大案，冯剑秋掂得出它的分量！既然接受了老黄家数百人的跪拜重托，就得头拱地尽心尽力了。他没顾得吃早饭，就去了望湖楼，找孙掌柜、范师傅等人询问了一些情况，又到学堂找他的老师阮宗圣和教导主任凌春来，三人在校长室关门密商对策，直到中午过后，才回家吃饭……

还有一事须交待两句：县城的谭局长派人悄悄把朱贵才传去，甭说，也是密商对策去了……

11

缴警察枪械的第二天，老黄家的男女老少，都是在惶恐不安中度过的。他们跪求冯剑秋之后，又去了祠堂、去了神庙，烧香烧纸，祈求祖宗神灵保佑！

老黄家的族长是黄满囤的七爷爷，快八十岁了，一直病歪歪地不出门。这天却颤颤巍巍地站在湖边，用手杖点点划划，指挥着几个年轻人，撑着小船，用小锚钩打捞出了警察的枪支和洋车子。捞洋车子没费多少事，可那六条枪，竟费了大半天工夫。枪分量轻，扔得远，生了气乱甩乱抛，你说血乎不，有一支竟抛出了十几丈远！

学堂先生武秋生和冯家驹，两人正走街串巷到各家各户劝说，在《阮家岭千人请愿书》上签字。请愿书是上书县政府，请求为黄区长伸冤撤销通缉令的。他们的目标是达到千名，才号称《阮家岭千人请愿书》。这事看似简单，落实却十分艰难。别看口头上咋说都行，可要白纸黑字写上名字，再摁上红手印，多数人支支吾吾、推三托四。任武秋生磨破嘴皮子，三千多人的村庄，最后只凑了八百多个。有的户，干脆关了门，咋叫也不开。气得文绉绉的武先生，放粗话骂人了！

"咱这些乡亲啊，咱这些国人啊，不遇上事，满嘴仁义道德，两肋插刀、誓同生死。真遇上事儿，就是这副德行——比乌龟还会缩头，比兔子跑得还快。离心离德，一盘散沙。呜呼哀哉，不当亡国奴，岂非怪事！"

"武老师，这不是发感慨的时候，还差一百多名哪！"

"没关系，把咱老婆孩子的名字都写上。"

"也只能如此了……"

阮家岭人倒是纳闷了："警察咋没来？"

第四章　人情超重

1

"缴枪事件"的第三天，早饭之后，副区长朱贵才带领，阮宗圣、冯剑秋陪同，武秋生、凌春来带上《阮家岭千人请愿书》，老黄家的六个年轻人推着警察的洋车子、背了警察的枪支，一行十一人，骑马的、骑驴的、推车的，快慢相互接就，依次向县城进发，近中午时分方才到达。因有枪支，未敢滞留，便直奔政府衙门。

这天，吴县长正在与公安局马局长商量如何去阮家岭打捞枪支，门卫便领着朱贵才进来了。朱贵才简要把来的人员和交还枪支的事情一说，吴县长就连声说："有请有请，堂上请！"

吴县长与马局长破格迎出大门外，让门卫收下枪支和车子。吴县长又从武秋生、凌春来两位教书先生手里诚惶诚恐接过《阮家岭千人请愿书》，看了一遍，立即表示："卑职失察，愧对阮家岭父老乡亲啊！"

随后，吴县长征求了冯剑秋的意见，让冯、阮、朱三人留下，其他人则先行回去。朱贵才也是头回大方，拿出一些钱，交给武老师，让他带领大家，牵了牲口，先去饭店用饭等候。

也算巧遇，他们八人刚出门，马局长回头便向冯剑秋拱手问安了："冯旅长一向可好？咋，不记得麾下先锋小马子了？"

"呀，这不是马春山吗？"

说着，两人没等握手就抱到了一起。原来这马春山过去曾在冯剑秋手下干过连长。

既然遇到了部下，冯剑秋也就不再客气，说："春山啊，人熟不拘礼，我等忙着赶路，从早至今还不曾吃饭哪！"

吴县长一听，便立即令马局长和朱贵才去饭店张罗。马、朱二人走后，冯剑秋借机向吴县长询问了一下他小舅子的情况，并答应回省城后尽心尽力。吴县长也立即向冯剑秋和阮宗圣询问黄区长的案情。最后表示，一定秉公执法，尽快查个水落石出。

2

再说，大清早阮宗圣离家，跟着冯剑秋等去了县城，老阮家的内当家吕氏蕴玉便来到公爹阮宗贤的堂屋。

"爹，大爷这些天，为了黄区长的事心烦意乱，废寝忘食了。三菊告诉我，晚上，他窗上的灯光，一直亮到下半夜；早上天不亮，又去了老黄家。可三顿饭吃不上两个馍。我怕，这样熬下去……"

"我，都知道。没法子，他跟表弟黄二龙，自幼同出同进，誓同生死，出这等事，咋受得了？老二家，他听你的，抽时间劝劝，宽慰宽慰他。"

"是。我想，这饭食，长期没点儿油水……"

"噢……"阮宗贤站起身，掀开衣柜，取出一个包袱，递给了儿媳，"这是我那件皮袄，先去当铺当了吧。等有了钱，再赎出来。"

"爹，不，还可以对付一阵子。"

"拿着吧。还有几天，就是你大爷的六十五岁生日了。越是这么坎坎坷坷，越要图个吉利、高高兴兴地过。"

"我，明白。"吕氏手里的包袱，想放下却没有放下。"既然没钱买肉，我想让三菊……找守信抽空帮着多打点鱼吧！"

"好，好。我想，这几天，小三儿兴许也能回来……"

"他初中毕业了，还想去省城读高中。"

"老二家，你掂量着，咱还有钱供他上高中？"

"……"她慢慢摇了摇头。

3

这天午后。老阮家的孙女三菊来到湖边自家的小船上，收拾着打渔的网具。还不时手搭凉棚向远处张望。这时，爷爷阮宗贤正牵着大骒马来湖边饮水。三菊猛然看见爷爷，赶忙划船，想到树后躲起来。

"三菊，跟爷爷藏猫猫啊？我看见你了。"

三菊只得停下手中的桨，不好意思地叫了声："爷爷……"

"下湖打渔去？"

"嗯。大爷爷的生日快到了，娘说庆寿没有大鲜鱼……"

"还是俺三菊孝顺。可惜是个丫头片子，若是个小子，准能替爷爷拉套了。"

"丫头片子咋啦？爷爷，我比哪个小子少干活儿？比俺大哥少干了？比俺二哥少干了？还是比小三儿少干了？"

"他们，不是进省城、进县城上学去了嘛……"

"两个爷爷，在外边都讲男女平等，可在家里就偏心眼儿，开口闭口丫头片子……"

爷爷哈哈大笑："怪不得人们都说，三菊不光有副男人肩膀，能挑能担；还有两片刀子嘴，不饶人。怎么，守信还没来？"

"爷爷，您咋知道守信哥要来？"

"什么能瞒过爷爷？"

"是大兰姐告诉你的？"

"还用谁告诉我吗？三菊啊，有眼力，没看错人。守信这孩子能文能武，跟他娘一样，心地善良。我那年受伤化脓，差点儿要了老命，就是守信他娘——您那个霞姨，救了我。她这救命恩情，三菊啊，就靠你替爷爷报答了。"

"爷爷，您说了些啥？我听不懂。"

"咋不懂？在三个孙女中，爷爷最喜欢的，就是你。爷爷想，把你嫁给守信，给你霞姨当儿媳妇，好好伺候您霞姨……"

"爷爷，你……"三菊顿时羞红了脸，更不好意思了。

"哈哈哈哈……"爷爷笑得那么爽朗，那么痛快，"这些年，爷爷最开心的事儿，就这么一件。没用爷爷费心，您俩，自己找到一块了，哈哈哈哈……"

爷爷笑着牵马走了。三菊又等了半天，宋守信才气喘吁吁地赶来。

"咋才来？"

"您那个校长爷爷，进城前留下话说，今天教师有课没课都不准离开学堂！下午，本来没有体育课，又不好走，可你还等着……我就瞎编了个理由，跟存忠大爷撒了个谎，才脱开身。嘿嘿……"

"撒谎可不好。"

"不撒谎，你得等到黑天。"

"等到黑天，你也不能撒谎。人们为什么相信你，因为你叫守信。一个叫守信的人，却经常撒谎……"

"好了好了，我向您发誓，从今以后，再不撒谎了——特别对三菊妹子，永远不撒谎！"

"对谁也不能撒谎。"

"好，对谁也不撒谎。如果撒谎，烂掉舌头！"

"去你的！"

两人说说笑笑，小船很快就进了深水区。三菊划着桨，守信收拾渔网。

他正要撒网，船却划走了。

"三菊，到底划到哪儿去？"

"哪儿鱼多，就到哪儿去。"

"自然老鱼沟最多，可是，太远了。"

"我划船的不怕远，你坐船的，倒沉不住气了。"

"好好好，有俺三菊妹子划船，我坐一辈子，保证不说草鸡话。"

"咋，一辈子？"三菊的脸又一下子通红了。

"对，一辈子！"守信盯着三菊，两眼放光。多时才说，"不，妹子划船，当哥的不过意。若把妹子累出个好歹，俺吕姨不待吃了我？"

"去你的。胡说八道，满嘴放炮。"

"说是说，闹是闹，咱俩换换吧。您划我坐着，让人家笑话我，不像个爷们儿。再说，您那脸上，全是汗水了。"他说着，扯下脖子上的毛巾，就去给三菊擦汗。

小船一下子就歪了……两人赶紧找平衡。他不由自主地跌倒在三菊的怀里。两人都傻了，多时才醒过神来。不好意思了。

三菊忙说："去去去，老实待着去。哎，你看，前面有大鱼花儿，你先撒两网……"

守信站在船头，熟练地撒了一网，网撒得很圆，但收起网，却没有鱼。守信摇了摇头，又撒了一网……

慢慢收起网，只有几条很小的鱼。守信摇着头说："看来，我今天运气不佳。"

"换我的行吗？"三菊说。

"你行？我咋没见你抡过旋网？"

"杨宗保能破天门阵，还用我穆桂英出场了？"

"对对对，我杨宗保破不了天门阵，只得请媳妇穆桂英了！"

三菊的脸更红了："我，说错了……"

"没错，您就是我的穆桂英……"

三菊耳边又响起爷爷的话："爷爷想，把你嫁给守信，给你霞姨当儿媳妇，好好伺候您霞姨……"

三菊红着脸、低着头、咬住嘴唇、没敢再说什么。与守信交换了一下位置，挥手让守信往前划船。她将渔网重新收拾了一遍，低声说："你看，这网兜开了三个扣儿，还想打渔，什么鱼跑不了？"

"哦，都怪我，光看妹子了，没心看渔网……"

"坏！哪儿像个哥？"三菊系好网兜扣儿，站稳，"刷"的一声，渔网撒了出去，出得远，撒得圆。

守信惊呆了。立时鼓着掌、高声叫好。

三菊收着网，突然喊道："哥，逮着了。"

"还是妹子手气好。拉网别太快……呀，还是大个的！"

收起网，确实逮了一条大鲤鱼。三菊兴奋地说："俺大爷爷过生日，总算有大鱼吃了。"

两人兴奋地撑船、撒网、逮鱼、嬉笑着……

东平湖上，晚霞已染红了湖水。

几乎网网有鱼，便越打越来劲了，便忘了时间。直到湖光暗淡，飞鸟"呀呀"呼唤归林，三菊才抬头望望，发现天色已晚。

"哥，你看，日头快沉湖了，该收网了。"

"不慌，再来一网。"

他又撒了一网，收网时却拉不动："三菊，逮住更大的了……"

"好啊！"

"不，不像鱼。拖不动……有东西挂网了。三菊，来，你抓住网纲，我下去摸摸……"

"不行，水还凉。"

"总得捞上网来吧。"

"宁愿拉破网，也不能冻坏人！"三菊很坚决。

"哪儿有那么娇贵！"守信说着就要脱衣裳往下跳。

"哥，不行就是不行。"她拉住了他，"你下去，我也下去。"

"好好好，我不下还不成！看急得你……可这网，咋办？"

"慢慢想法子呗。哎，我划船，围着网转，你试探着拉网……"

"好吧。"船围着网转，守信突然喊，"有门儿，网纲拉动了。可是，很沉……"

他慢慢往上拉着、拉着，块拖出水面了，他突然望见网里露出一只人的胳膊，禁不住"啊"地惊叫一声，松了手，渔网又沉了下去……

"哥，出啥事儿了？"三菊没看清网里有什么，可看清了守信哥随着一声惊叫，脸色煞白，浑身颤抖了。

守信没有吭声。喘了两口粗气，稍一镇定，双手抖抖地将渔网用力拉了上来。这一次，他终于看清，又惊叫了一声："啊，黄区长！"

他再次慌乱地将渔网松开……急中生智，在网纲上拴了葫芦瓢儿，丢下网纲，回头喊了一声："三菊，快，回去……"

三菊吓得浑身颤抖，面色蜡黄，扑到了他的怀里……

"三菊，不怕，不怕，有哥呢！"守信一边安慰着三菊，一边拼命划桨，离远了，喘着粗气说，"三菊，赶紧回去，告诉大爷爷。"

"能不能等大爷爷过完生日再说？"

"顾不得了，破案要紧……"

4

从县城回来，阮宗圣顾不得劳累，强拉冯剑秋来到他家，说是有事商量。冯剑秋也没推辞。

两人落座之后，吕氏提壶给二人斟满茶杯，客气几句，便悄然退出。冯剑秋猜出阮宗圣留下自己的用意，就主动询问朱贵才的情况。

阮宗圣没藏没掖，从老朱家托媒求学梅嫁朱贵才被一口拒绝，到朱贵才与望湖楼小嫦娥勾搭成奸被学校开除，遛根把梢说了一遍。

"叔，我都知道。说心里话，他们老朱家这种暴发户，还不知道富了以后应该怎么活。满以为富了，也就贵了，梦想出人头地，仍使用赚黑钱那些损招，对上买通贪官，对下欺行霸市，信奉有钱包打天下，肆意横行，无恶不作。他们就是不懂'多行不义必自毙'。"

阮宗圣见冯剑秋仍然一身正气，没有袒护朱贵才的意思，就放了心。又说："剑秋啊，你知道，我，你黄叔，跟你父亲是一路人，只知道读书求知，讲正道、认死理，对小人暗算，却束手无策。"他说着拉开桌子抽屉，取出那张"渡海八仙"的老照片，双手递给冯剑秋。

"剑秋，当年我们八人，曾面对大海明誓：'生当作人杰，死亦为鬼雄。'不幸言中。先是赵汗青在鲁北宣传反清被砍头；潘响晴死在流放路上；徐镜心反袁世凯被枪杀；王鸿一和你父亲，奔波操劳英年病逝；在大学教书的龚无忌也多次被捕，生死不明；如今，你黄云生叔，又……唉，八个人中，兴许就剩下了我这块废物！"

两人泪流满面……

正在这时，三菊领着宋守信慌慌张张走了进来，见没外人，便将撒网打渔打上黄区长尸首的经过，说了一遍。

阮宗圣、冯剑秋，尽管早有猜测，还是惊得半天说不出话来……

5

冯剑秋终归是军人出身，向宋守信问清楚以后，二话没说，即到门外骑马返回县城。他没找吴县长，直接找他部下公安局长马春山。

马局长说办就办，雷厉风行，第二天便带人来阮家岭破案。先找黄区长家人查问；又到望湖楼审问了孙尚香和范师傅；接着赶到区公所，将朱贵才、钱混混隔离看管；这才去湖中捞起黄区长认真验尸。最后要求几个参与人员严格保密，暂不安葬。直到与冯剑秋议定对策，看看天晚，便将朱贵才和钱混混押回县城，准备审讯。

6

朱贵才和钱混混是在公安局一间密室审讯的。

马局长没有想到，审讯之前吴县长来了，这还是破天荒头一次。

吴县长说："在省里，韩复榘主席每星期两次亲自审案，本县今后也得效法学习。马局长，我知道你是个急性子，办事果断，是在军队里养成的好习惯。操刀必割、兵贵神速嘛，拖泥带水，则贻误战机。我说得对吧？"

"对，对，对着哪！"

"可是，在地方上办事，大多时候，便是欲速则不达。特别特别是办案，尤其尤其是办大案……咱手里抓的是生杀大权。这手，人称贵手，抬得高一点儿、低一点儿，则人命关天！这脑袋壳一旦砍下来，想安就安不上了，对吧？"

"对！对！谢谢县长明教。"

"吃一堑长一智；摔个跟头爬起来两眼就看路了。我也是在官场里多年连爬带滚才长了一点儿见识。今夜我没睡好，翻来覆去，考虑再三，还是觉着，应该提前跟你念叨念叨。如果你把生米煮成熟饭，再逼你改判，那就不如事前早打招呼，让你心中有数，对吧？"

"吴县长，有话尽管吩咐，马某一定照办。"马春山来此任职，历经数年磨练，已体会到惟命是从的重要。

"那就好。我想告诉你两点：一、财政局谭局长，出事那天，他与他们一起喝过酒，若是有什么挂连牵扯，你得帮他掐断。他是县政府的人，不能给政府抹黑。二、朱贵才是冯剑秋的妻侄，是至亲。冯剑秋是你的老上司，而且身任要职，这个脸面……必须留足！"

"吴县长，冯剑秋旅长，你兴许对他不熟悉，他这个人很耿直，很正派，假若他妻侄朱贵才真是案犯，他是决不会徇私情包庇他的。冯旅长跟我再三表示了这个意思……"

"哎呀，你这个行伍出身的人，咋跟老实婆子差不多？他若不想保朱贵才，能跟着蹚这浑水？听我的，没错。"

马局长连声唯唯。但脑子里突然一片空白，禁不住口中喃喃自语："这案，咋审啊？"

"马局长，得冷静，得动脑筋，该咋审咋审。遇上难解的疙瘩，不是还有我帮着你撕扯嘛！"

7

审案开始。经过一番推让，马局长坐在了中间仍为主审，吴县长坐在了他的身后。既然是初审，吴县长又有交代，马局长则尽量减少了现场人员。除留下一个秘书记录和几名卫兵，其他人一概撤走。

先审的是朱贵才。他接受过谭局长面授机宜，早做了准备，统一了口径，因此回答从容，听起来顺情合理。他也明白，吴县长是给他留足了脸面。

朱贵才讲了一个多小时，最后说："吴县长，马局长，凡我知道的情况，我已经全部交代了。"

马局长说："那好，朱贵才，你先到后面坐着，不问你，你不能插嘴。"

"是，我听马局长的。"

下面审问钱混混。警察将他押了进来。

"你叫钱混混？不，你的真实姓名叫啥？对，叫什么钱焕光？这么绕嘴……"

"是绕嘴。小时候爹娘叫我焕焕、欢欢，现如今村里人就叫我混混了。马局长，叫我混混就行，顺嘴。"

"胡说！"马局长大喊了一声："这是什么场合？严肃点。钱焕光，关于黄区长失踪的情况，我已经基本查清了。钱焕光，下边，你要如实回答我提出的每一个问题。如果说一句假话，你得自负刑事责任。"

"说假话，小的不敢，小的不敢。"钱混混显然有些紧张了。

马局长问："初八那天晚上，你们一起喝酒的总共几人？"

"开始，有谭局长、朱区长、我，三人。后来，谭局长又让我找来了黄区长，三人就变成了四人。"

"谁负责倒酒？"

"我。"

"黄区长喝了几杯酒？"

"他来后，就跟谭局长抬杠。粗喉咙大嗓门，脸红脖子粗，倒上酒，好像，没喝。就不欢而散……"

"黄区长一杯没喝，你怎么到处说，他是喝醉了酒掉到湖里淹死了？"

"这个，这个，我，我还真记不清了。"

"真记不清了？"马局长站了起来。

钱混混拍打着脑袋说："看我这记性，还就是，真想不起来了。"

"来人！"马局长冲门外喊了一声。两名警察闻声进来，马局长命令道，"把他拉下去，清醒清醒。"

两名警察上前架起钱混混就往外拖……

钱混混吓得连声求饶："我说，我说，我说还不行吗？"

"拉他进来。"

俩警察听从局长的命令，将钱混混拖了回来。

马局长冷笑一声，说："钱焕光，你很不老实啊！不老实可得受点儿皮肉之苦了……"

"小的不敢，一定老老实实，坦白交代。"

"那么，黄区长，到底喝了几杯酒？"

"他，一杯没喝。"

"真是一杯没喝？"

"真是一杯没喝。"

"那，你为什么到处说他是喝醉了酒呢？"

"这，道理很简单。不是喝醉了酒，咋会往湖里掉？"

"噢，你早就知道，黄区长掉进湖里？"

"这个……不不不，早不知道，早不知道……"

"你，很不老实啊。看来，不受点皮肉之苦，你是不说实话。来人！"

俩警察又闻讯进来。

钱混混连声说："我说，我说……我，早就知道。"

马局长向秘书点划了一下，说："记录在案。钱焕光，我再问你，你们在望湖楼喝酒的那天晚上，二楼上还有四个人在另一个房间里喝酒，你知道吗？"

"知道。"

"那四个人喝完酒，他们的酒账是你去结的？"

"对，我去结的。"

马局长又冲秘书点划了一下，说："记录在案。钱焕光，那四个人是你请来的？"

"不，不是。那四个人，我根本不认识。是谭局长领来的……"

"又胡说八道。来人，大刑伺候！"

"我冤枉啊……"

正在这时，冯剑秋一步闯了进来，说："吴县长，马局长，甭问了。黄区长，他回来了。他没死，让豆腐营打渔的给救了。养了几天，好歹活过来了。就是脖子给勒歪了。他说，让你们，都去……都去，他家喝酒。"

"他回来了？不可能吧？"钱混混难以掩饰地慌了神。

"怎么不可能？你就忘了，有句老话，叫死里逃生。走啊，朱贵才，钱混混，如今，黄区长是怎么喝醉的酒？怎么绑上石头沉的湖？又是怎么大难不死，死里逃生的？可以三方对案，真相大白了。"冯剑秋说。

"你们，当官的去喝酒，我就，不去了……"钱混混浑身颤抖了。

马局长说："那怎么行？钱焕光，今们儿，少了你这硫磺膏子，俺割不出疥疮药来。你不去，咋问明白黄区长是咋跳的湖？钱焕光，我得告诉你，主动坦白交代，才能从轻发落。可你今天，关键问题，没说实话。我们只得从严处理了。来人，先把他押回去，打入死牢……"

钱混混扑通跪了下去，磕头如捣蒜："县长，局长，我坦白，我全坦白，我老老实实，全交代。这事不光我知道，朱贵才也知道……"

"原来是你这个狗杂碎，害的黄区长啊！"说是迟，那时快，冷不防，朱贵才抓起一条板凳，冲着钱混混的头就砸了下去。

钱混混脑袋往旁边一躲，胳膊上挨了一板凳。疼得嗷嗷直叫。几个警察急忙上前，把钱混混拖了出去。

马局长说："朱贵才，你这是杀人灭口啊！"

朱贵才立即跪下说："吴县长，马局长，我一时冲动，失手了。你们哪里知道，黄区长对我恩重如山，如同再生父母。竟然被这等小人算计，我恨不得食其肉，寝其皮……他们，老钱家和老黄家，是世仇。你不信，可以调查嘛。"

"我会调查的……来人，先收监，明天再审！"马局长向警察下了命令。

警察把朱贵才带走了。

吴县长立即安排酒席，热情款待了冯剑秋，并再三表示，一定尽心尽力，把黄区长的案子查个水落石出。

8

本来，冯剑秋与马局长已经商量好，以"黄区长没死"诈出钱、朱的口供，但因马局长预先听了吴县长的"明教"，就不敢与冯剑秋配合了。案子再审下去，钱、朱必然把谭局长供出来，那怎么好收场？

吴县长的如意算盘也让冯剑秋半路上插了这"一杠子"给搅和乱了。可是，吴县长终归老谋深算，经过一下午的思索，通知马局长，连夜审讯朱贵才，争取尽早结案。

在夜审时，吴县长先开口了："朱贵才，有什么话，尽管讲。在本县和马局长这里，没有一个屈死鬼。你上午说，黄家与钱家有怨仇，是怎么回事儿？"

吴县长宛如一个忠厚长者，口气十分平和。自然传送给朱贵才一个明确的信号：你有本事，可以为自己辩护了。

朱贵才既有事前思想准备，也有临场不惧的贼胆。用当地老百姓的话说，他还有吃进柳条、拉出篓子——在肚子里"现编"的才能。面对县长局长，他慢条斯理，讲故事似的，叙说着黄家和钱家的"宿怨旧仇"。

"阮家岭的老黄家，有一百多户，都是早些年黄河发大水逃难来的寿张台前人。而钱混混他爹娘是从河南考城一路拖棍子要饭来的。三九天，有天晚上，下着大雪，就躲在黄区长家的门前。他家里人早晨扫雪，一开门，呀，咋两个要饭的，死在门口？就赶紧咋呼人来，大伙一看，两人都还有气。而且女人怀里还揣了个孩子。黄老爷子没二乎，立马让儿子抬到了自家热炕头上……"

"你少罗嗦！"马局长听得不耐烦了。

"好，简单说，姓钱的小两口都被救活了，他们对老黄家感恩载德，就留下来，住在黄家场院屋里，只给干活，不要工钱。后来，孩子混混长到四岁时，他爹钱存粮上山拉石头翻了车砸断了腿，成了残废，两年后，突然得了个急病死了。没多久，他娘就跟着黄家的老三——就是黄区长的三弟黄三虎，小名叫三虎头子，他俩私奔了，据说是去了利津洼，当了土匪。撇下这个混混，由黄老爷子拉扯大。黄老爷子死后，便一直跟着黄区长。论说，黄家是他们的再生父母啊……"

朱贵才说到这里哽咽了，说不下去了。

"你说呀。"马局长催促着。

"这，就是我，一时冲动，想砸死他的原因。这是个没点儿人味的畜生啊！"

"那么，这个钱混混，为什么要害死黄区长呢？"马局长问。

"我想，原因有两条：其一，有人说——说的有鼻子有眼，像真的一样。说混混的亲爹钱存粮，不是病死的，是被黄家用毒药药死的。黄区长则是主谋。"

"为什么要毒死他呢？"马局长问。

"有人说，黄家三儿子——就是黄区长的三弟黄三虎，与混混他娘偷情，让小混混撞见了，告诉了他爹……所以……"

"其二呢？"

"其二，有人说，钱混混偷了区公所的钱款，让黄区长发现了，正准备查账。钱混混害怕了，先下了手……"

朱贵才挖空心思自圆其说，所有理由都是"有人说"。这"人"是谁？马局长还想追问，吴县长却连连打着哈欠说："明天再问，明天再问。"

明天没有再问。传出消息，钱混混畏罪自杀。

又过了两天，冯剑秋、阮宗圣派宋守信到县城打听破案进展情况时，打听到，钱混混妄图越狱逃跑，被当场击毙。后来布告上说：钱焕光，身份是泼皮无赖流氓赌徒。因长期猜疑黄家毒死父亲、霸占母亲而怀恨在心；近期又欠下赌债，偷盗公款，被黄区长发觉，因惧怕追查，遂起图财害命之心。后雇来杀手四人，于深夜将黄区长坠石沉湖杀害。手段残忍，罪大恶极，判处死刑，就地正法……

凶案既结，已难再查，经商量，老黄家则出了个大殡，将黄区长的尸首入殓，葬进黄家墓田，筑了一个高高的坟头。

老黄家数百口眷属在坟前嚎啕痛哭。燃烧的纸灰漫天飘摇……

在黄家老族长的陪同下，阮宗圣、阮宗贤、冯剑秋、武秋生、凌春来、宋守信等亲朋好友，按程序进行跪拜……

让众人想不到的是，已被释放的朱贵才身着孝服匆匆赶来，跪倒坟前，就放声大哭。

老黄家的眷属一看是他，没人理睬，都先后站起，陆续离去……

时过不久，黄区长老婆家的弟弟，闻讯赶来，一看姐姐外甥，孤儿寡母，日子很不好过，便领着她们回了河北省老家，不再赘述。

9

一桩命案如此迅捷利索结案，吴县长已是用心良苦，他既帮谭局长瞒天过海，逃脱罪责；又巧妙地将朱贵才从"协同共谋"中剥离出来，这无疑给冯剑秋留足了面子。但是，这自圆其说的结局，阮家岭人心里清清爽爽，这是官官相护，掩耳盗铃，糊弄老百姓。一个缺心眼儿的钱混混，能花大钱雇用四个职业杀手，将黄区长用船带到深水区，坠石沉湖？他办得到吗？鬼才相信！

阮宗圣是今天参加黄区长葬礼中年龄最大，哭得最痛心的一个。最后还冲着黄区长的坟头大声说："表弟啊，你死得冤屈啊！您表哥无能、无能啊！"

冯剑秋是个明白人，他像是哑巴吃了黄连。案破了，凶手枪决了，他去参加黄区长葬礼时，非但没有一个人对他表示谢意，反而，都以一种异样的疑惧的目光瞥他，瞥得他脊梁上直透冷风……晚上，妻侄朱贵才前来对他表示感谢时，他没好气地说："滚！我累了，我得睡觉……"

那天早上，数百人跪在他门前，尽管还不知道官司该怎么打，能否打赢，可是，乡亲们的信赖和期望，让他感到了人生的价值。还能为乡亲们排忧解难，这辈子就没有白活！

可是，如今案破了，钱混混明摆着是个替死鬼。朱贵才为何得以逃脱罪责，逍遥法外？就是有我冯剑秋这个姑父嘛！吴县长、马局长徇情枉法了，我冯剑秋是个啥人啊？

黄叔，对不住了！乡里乡亲，对不住了……

他让老婆朱氏烫了一壶梁山老烧酒，喝了个酩酊大醉。朱氏苦劝，还挨了一巴掌，他气急败坏，大骂："都是因为你们老朱家……"

10

冯剑秋心里苦闷，是否为儿子结婚已经拿不定主意了。此时举办喜事，既没心绪，也不适宜。他让儿子家驹给阮宗圣捎了口信，中午，去望湖楼商谈一下。

晌午，学堂放了学，阮宗圣没有回家，便直接去了望湖楼。一问，冯剑秋还没来到，掌柜孙尚香就把阮老先生领到二楼一个单间。孙掌柜亲自沏了壶上好的西湖龙井茶送来。阮老先生又想起前几天孙掌柜深夜去家里提供破案线索，一并表示了谢意。可是，孙掌柜突然问："阮老先生，黄区长的凶案，就这么了结了？"

阮宗圣苦涩地点了点头，沉吟多时，又苦涩地摇了摇头："可不，就这么落局了。明明知道，本来不是这样。可是，我们无权、无能啊！"

"噢，噢……"孙掌柜表示了理解。

孙掌柜给阮宗圣斟上水退了出去。在下楼的时候，正碰上阮宗圣的儿子阮存忠，戴个草帽，遮了半个脸，悄然走进来，歪着身子，闪进了那个吸毒室。孙掌柜犹豫半天，还是跟了进去，试试探探地说："阮先生，您是个知书明理的上等人，若是沾上这……"

"我，已经管不住自己了。你，你，卖萝卜的跟着盐担子走，也别闲（咸）操心了……"阮存忠贪婪地吸着，不耐烦地说。

"阮先生，我等乃是酒肆中伺候人的下等人，可最最敬重读书的先生。若不，怎会多嘴多舌、闲操心呢？岂不闻，这'吞云吐雾中，入手魂迷撒手醒'；这'烟榻卧床上，钻头容易出头难'。好端端一个贵君子进来，病歪歪一个痨病鬼出去啊……"

阮存忠此时已渐清醒，听了孙掌柜这两句文文雅雅的话，心里不禁一动。随后长叹一声说："这些道理，阮某何尝不懂。可是一旦吸上瘾，哪里还管得住自己？一个连自己都管不住的人，不论贫富贵贱，都属下等人。您，虽属商贾，却深明大义。于烟榻之旁，尚能好言相劝，如此仁慈善良，才是真正的上等人！我，行尸走肉耳！可是……"

孙掌柜无可奈何退了出来。心里不知是个什么滋味。这"闲心"操、还是不操？一时没了主意。

他又回想起：那次因为朱贵才与本店小嫦娥搂腰搭肩、招摇过市，阮家岭舆论哗然。几位大姓族长带了几十个人围了酒楼大门，贴满了"黑窑子"的帖子，眼看就要冲进来砸店的时候，还是阮宗圣赶来，苦劝众人散去，才解了重围。想想这些，孙掌柜把脚一跺，又上了二楼。可是，口张了几次，却没把话送出来。

阮宗圣看出了她的意思，便问道："孙掌柜，有话但讲无妨。"

"我，实在不知道，该不该讲……"

"孙掌柜，你在我心目中，可不是凡俗之人。难道，还信不过老朽？"

"不，信得过。我是怕，我说出来，会惹你老生大气。可是，不给你说，我又觉着对不住你……"

"说。我阮某人，什么样的酸甜苦辣都尝过，经得住……"

"那，我就如实说了。"

"说吧。知无不言、言无不尽，才好。"

"你知道不知道，我们望湖楼还有吸毒黑店？"

"什么？不会吧？"

"会。朱贵才在这儿设了个吃大烟的房间。"

"可恶！"

"这么说，你家阮存忠先生，也来吸毒的事，就更不知道了？"

阮宗圣像是从椅子上腾地弹了起来。他几乎不相信自己的耳朵了："你说什么？孙掌柜，你再说一遍……"

"阮老先生，你得冷静。你家存忠先生已经吸毒成瘾了。咱得一起想法子，帮他忌烟才好。"

阮宗圣眼前一黑，顿时天旋地转，跌坐在椅子上。

冯剑秋来到以后，哪儿还顾得上谈别的事情，阮宗圣愤愤地将朱贵才在此偷设吸毒室、儿子存忠竟然也吸毒成瘾，说了一遍。

"剑秋啊，这可咋办？摁下葫芦起来瓢，在眼皮子底下，我竟全然不觉！"

"叔，既然知道了，就比蒙在鼓里好。千万不能惊慌失措，尤其不能声张。首先要查清楚是怎么回事，到了什么地步。现如今，省里韩复榘主席亲自查禁、十分严厉。莫说黑烟室，就是存忠兄，也有生命之虞。叔，把这件事你就交给我，先沉住气，装作什么也不知道。后天是你老的生日，等过了生日再解决，行不？"

"嗨，还过什么生日！"

"叔，总得给我两天时间调查明白吧？"

"那是，那是……"

11

这天下午，冯剑秋把朱贵才叫到家中，先问了一下县公安局马局长、吴县长是如何审的。朱贵才开始还佯作镇静，谈笑自如，似乎案件跟自己根本就没有关系。冯剑秋两眼一瞪，把桌子一拍，真真假假、连唬带诈，狠狠敲打了他一番。

"贵才啊，在我面前，你就别捂着耳朵偷铃铛了。还以为，满世界都是聋子、瞎子吗？我告诉你，马局长跟我交过底了，对你的事，我心里跟明镜似的。你信不信，明天找马局长来对质一下？常言说，只有错捉，没有错放。你就没想想，是咋放出来的？"

朱贵才扑通跪下："姑父，我能不知道？都是姑父你的脸面，都是你的人情。我虽然，不是案犯，但也决不是没有瓜葛，按惯例还得株连亲属四邻。我是副区长嘛，既然抓进去了，能轻易放出来？姑父，咱是至亲，你是长辈，我一定牢记你的恩德，日后重重报答！"

"我也不图你报答，只希望你不辜负你爷爷的期盼，勤勤恳恳做事，老老实实做人。"

"是，是，一定，一定……"

"贵才，我还听说，你在望湖楼，有黑烟馆？"

"姑父，你听谁说？这可不是闹玩的……"

"甭管听谁说，到底有还是没有？"

"有。但不是我的。是租赁我的房间。因是上边的人……我也闹不明白是啥裙带关系，不敢问……人托人，脸托脸，明知犯法，也不敢拒绝。姑父，就这么回事。"

"到底是谁？"

"是……是黑道上的。如今，在地方上干点儿事儿，哪怕小事儿，得罪了他们，也过不安生。"

"不管是谁，立即关门，你不想活了咋的？"

"是。我一定，想办法，尽快关掉。"

朱贵才在想，凡吸大烟成瘾，谁敢走漏风声？肯定是酒店孙尚香这个臭女人……不给她点儿颜色瞧瞧，她不长记性！

12

傍晚，朱贵才来到望湖楼，他要找孙尚香问个明白。望湖楼是朱家的，在自家的地盘上养着个吃里扒外的"内奸"，怎么得了？

范师傅说孙掌柜到湖边买鲜鱼去了，便将朱贵才领到二楼茶室稍等，并让小桂花沏了好茶，送了上去。自从小嫦娥被开除，冯家驹又没被小桂花迷惑，朱贵才就开始瞄上她了。小桂花比小嫦娥小两岁，没有小嫦娥那么丰腴红润，但比小嫦娥苗条俊秀，唱曲儿更有韵味。这天，她穿了一件月白竹布紧身小褂，下身配着黛绿色裤子，俨然上海烟牌子广告画上的仕女。朱贵才那贼溜溜的眼睛转着，顿时放光了。

"小桂花，今年多大了？"

"十七。"

"老家，到底是什么地方？"

"南京。"

"不对。我知道，都是我那位老爹，为糊弄冯剑秋编的瞎话。唉！他一时高兴，却误了小女子的青春！好可怜。年已及笄，该找婆家了！该有个男人疼爱了！"朱贵才说着取出五块洋钱，拉过她的手，放到她手里，"拿着，买对耳环子戴。"

"谢谢，我，不要。"

"嗨，小桂花，没关系，有难处，尽管说……"

趁她放好茶杯，斟上茶水，转身要走的时候，朱贵才从后边张开胳膊突然将她抱住，低下头，那尖尖的下巴便拱在了她脸上……

"放开我，要不，我立马喊人！"

"小桂花，爷喜欢上你了。你听话，每月我给你大洋三十块！"

"我跟你说明白，我，誓死不从！"

"那，就由不得你了，得我说了算。"

小桂花猛一甩头，低下来，冲朱贵才的胳膊就狠狠地咬了一口。朱贵才疼得"嗷嗷"喊了两声，松开了胳膊。小桂花乘机挣开，跑出了房间。也巧，孙掌柜正走上楼来。

"小桂花，咋啦，出啥事儿了？"

"朱贵才，欺辱我。大姐，给我做主……"小桂花扑进孙的怀抱就呜呜哭了。

"小桂花，不哭，不哭。有姐哪，没人敢欺辱你！"

孙掌柜将小桂花送下楼，又详细问了一下情况，出来跟范师傅低声嘱咐了几句，便又返回二楼去找朱贵才。

朱贵才是县城烟花柳巷的常客，今日在自家的酒楼上竟然被咬，便有点儿恼羞成怒了。心里嘀咕着："既然喂不熟，一窝囫囵端了？可是，还不是时候，她知道的事太多。放出去，万一……"

这时，孙尚香带着范师傅来了。显然是来兴师问罪的。

他故作镇静，一声不吭。

孙尚香说："朱区长，是不是该摊牌了？"

"摊什么牌？说，我听着哪！"

"范师傅，备些酒菜，与东家喝告别酒。"

一听"告别酒"，朱贵才心里咯噔一震：这娘们儿葫芦里卖的什么药？真想跟我掰了？不过，他还是沉默着，不吭声。

范师傅将一些酒菜，陆续摆上了饭桌。

孙掌柜拿起酒杯斟上酒，递给了朱贵才。又冲范师傅说："我们租赁朱区长的楼房，没有欠下房租吧？"

"没有。这个月的房费，五天前已经交付。"

"那好。朱区长，咱们善始善终，好聚好散。如果没有什么纠葛了，喝杯告别酒吧！朱区长，请，干！"孙尚香举起酒杯，头一仰，把酒干了。

"慢着！谁说没有纠葛了？还有几件事情咱得查考明白，否则，你们怕是走不利索。范师傅，你先回避一下行不？"

"好。范师傅，不要走远，再去多准备些酒菜，等会儿，咱们一起，与朱区长喝告别酒。"

范师傅答应着退了出去。

"孙掌柜，常言道，病从口入，祸从口出。你这口，是不是闭不住啊？以前的事，我就不想问了。我只想知道，是谁跟我姑父冯剑秋说的，这望湖楼有吸毒室？"

"不知道。"

"真不知道？"

"真不知道。你不信？走，我陪你这就去找冯先生，当面对质。不光这一件事，包括黄区长在这里咋喝的酒，咋算的账？等等等等……咱都可以知无不言、言无不尽，竹筒倒豆子，毫不保留，说个明白，也好水落石出，搞个清清爽爽。免得你疑神疑鬼。走，走啊！"孙尚香说着，上前就拉朱贵才往外走。

朱贵才一听，顿时软了下来。笑着说："哎呀呀，还真是个孙二娘来！开几句玩笑，何必挖脸？"

"俺是你的佃户，你是俺的东家。这种玩笑以后开不得。你还有什么要问，问吧。我洗耳恭听。"

"让你这么一折腾，许多事都忘了。以后想起来，再说。"

"那么，我可要问问你了。刚才，小桂花哭着跑了出去。你堂堂的朱区长，为长不尊啊！"

"嗨，有什么老师就有什么徒弟，她跟你一模一样，开句玩笑，就翻脸，就哭闹。好了，都是我不好，从今往后，保证一句玩笑不开！"

"谢谢了。不过，话既然说到了这份上，我就开诚布公，向你提几个要求。你若不答应，我们明天就卷铺盖走人。"

"好个孙二娘，有话就说。"

"第一，本掌柜身虽卑微，但跟孙权的妹子孙夫人，同姓同名，姓孙名尚香，并不叫孙二娘。本店是阮家岭镇的望湖楼酒家，也不是母夜叉卖人肉馍的十字坡。因此，朱区长以后，直呼姓名可以，就是不准喊什么孙二娘。再喊孙二娘，就是给本店抹黑，就是砸本店的招牌……"

"好，朱某记下了。愿听其二……"

"第二嘛，就是从今以后，对于本店的小桂花、小樱桃，决不能再有非分之想。就像开除小嫦娥一样，你沾染那个，我开除那个。她们卖艺不卖身。我袒护她们，是袒护望湖楼酒家的名声。在阮家岭老少爷们儿心目中，这儿成了黑窑子，俺这些人就得喝西北风……"

"好，以上两条，我都可以答应。可是，你得答应我一条。我只一条……"

"说。"

"你把小嫦娥再给我接回来……你不接，我派人接也可以。不过，来了，你得容得下她。"

"如果再让她回来，除非你得答应一条……"

"莫说一条，就是十条八条，也不在话下。你说……"

"就一条。"

"哪一条？"

"你得找你姑父点头同意。"

"你说啥？"

"得找你姑父冯剑秋点头同意。他这次回来，特别进行了嘱咐。"

"哈哈哈哈……开什么玩笑？"

"开玩笑的不是我，而是你区长大人。小嫦娥，不是百灵、画眉，也不是叭儿狗，她是个大活人。在送她走之前，我与范师傅问过你，你若想娶她，给你留下。你咋说的？你说，开什么玩笑？对吧？办真事儿，咋一点儿也不像个爷们儿？"

"啪！"朱贵才拍案而起，青紫的嘴唇哆嗦了一阵子，却没送出半句话来。继之又慢慢落座，苦笑了一下。

孙掌柜趁机又给他斟上酒，他抓起酒杯一饮而尽。

"你也甭咬牙切齿吓唬人，我可不是怕谁吓唬的主儿。今们儿，有话我得说完。还有第三：楼底下那个大烟室，既然冯旅长都知道了，必须马上停业。按说，楼房是你的，买卖是你的，我管不着。可是，没人分得清是你的还是俺的。这是犯法的大事，我不能跟你蹚这个浑水。你甭瞪眼！"

朱贵才脸色难看，仍一声不吭。

孙掌柜又说："你心里想啥，甭说，我全知道。什么，谁对不住我，我就得对不住谁；谁妨碍了我，我就要除掉谁。这望湖楼是老朱家的地盘，俺老朱家不差这几个租赁钱，说叫你今天滚蛋，你甭想等到明天。我，猜的对不？"

望湖楼老板孙尚香借喝酒怒斥流氓朱贵才。

朱贵才破颜一笑："你这个女人啊，不是个人了。"

"我是个啥？"

"是个人精。修炼多年，得道成精。"

"看来是让我说准了，参透了。"她站起身，捋起衣袖，冲外喊道，"范师傅，提了大酒壶来！"

范师傅提了大酒壶进来，倒满六大海碗。

孙掌柜拱拱手道，"朱区长，朱大人，我再说一遍，你若答应，我说的三项要求。今们儿我豁出去了，舍命相陪，连碰连饮三大碗。"

"说话算话？不待当熊包、孬种！"朱贵才也晃晃悠悠站起来，脱去长袍，窜胳膊露袖子地强撑着，要回应这位女掌柜的"叫阵"。这位女掌柜，有文化，有胆识，也有韵味。是他这只狐狸，想吃又不敢吃的一串熟透的、酸酸甜甜的葡萄。

"喝。咋，你怕这酒里有毒？来，我先喝！"孙掌柜端起一碗咕咚咕咚喝了下去。

她又给朱贵才端起一碗，让他喝了下去。

孙掌柜又喝下一碗，顺便又端起一碗递给朱贵才，逼他喝干。

"不，不喝了。我当熊包行不？"朱贵才一歪，趴到了桌子上……

"范师傅，把他架到四号房间去。"

范师傅将朱贵才架了出去。

这天夜里，孙掌柜宿在小桂花、小樱桃的房间。

小樱桃笑着说："姐，朱贵才，今们儿倒叫咱涮了。正像古书上说的……"

孙掌柜问："说的啥？"

"任您精似鬼，还是喝了老娘的洗脚水……"

俩小姐妹大笑。

原来，朱贵才喝的是下了蒙汗药的酒，孙掌柜喝的却是凉开水。

孙掌柜没笑，长叹一声："唉！等明天他醒了酒，不会饶我。这小子，肚子里有牙，咱不跟着他蹚浑水，往后的日子就更难过了……"

第五章　芳草萋萋

1

早晨，湖面上雾气濛濛，湿漉漉，阴沉沉，弥漫着一种刚钻出水面那嫩芦苇的淡淡幽香。在芦苇蒲草深处，还传来"苇喳"那婉转清脆的唱曲和几声沙哑的野鸭鸣叫。灾荒和饥馑，也挡不住季节的脚步，春天还是慢腾腾地来了……

三菊挑水的水井挺远。挑着两大桶水，沿着大堤走半里路，及至到家门口，再吃力地爬上十几层台阶，就压不住气了。她放下担子，大口喘着，用手背胡乱擦了把流到下巴上的汗水。

门前老槐树上两只喜鹊正喳喳叫着。

三菊见大爷爷阮宗圣已经起床在用喷壶喷花，便喊道："大爷爷，喜鹊给您报喜了，祝寿了。"

"好，好，俺三菊是又勤快、又会说话。哎，三菊，怎么出去挑水，那么远？"

"咱后院那井多年没淘，水有味儿了，还是岭下的水甜，今儿们是你老的大寿，客人多，娘说咱得让人家喝甜水呀。"

"还是你娘想得周到，不过苦了俺三丫头了。"

"大爷爷，你放心，我挑得动。"

"三菊，等忙完了，让你娘过来一趟，我有事找他商量。"

三菊答应着去了厨房。厨房里热气腾腾，吕氏正端着刚出笼的寿馍，放到饭桌上，喊着："大兰，看，这馍你蒸得真好。"

"好啥，有手的女人谁不会蒸个馍？"

"不会蒸的，也有。不说别人，二梅就不会，也不学。"

"不会蒸馍的多着哪。俺娘会蒸？俺嫂会蒸？俺这一辈儿，就我和三菊是干活的命……"

"还是会干活好,讨人喜见呗。"

这时,三菊挑水进来,将水倒进水缸里。喊道:"大姐,你看我昨天晚上做那寿糕,手艺咋样?"

学兰撩开蒸寿糕的布子,说:"哟,有模有样了。三菊,出手了!再挑剔的婆婆,也没的说。婶儿,抽空,得教教二梅。"

吕氏叹了口气说:"厨房里的活儿,二梅,嗨,不愿学,也不开窍。真不知道,怎么过她婆婆那一关?"

"咋,她婆婆再厉害,还能吃了她。"学兰压低声音说,"再笨,比俺那位大嫂也巧。那位大嫂妄长了个俊模样,又馋又懒又歪又邪,还是个潘金莲!"

吕氏说:"不准胡说!"

2

与此同时,阮老先生过继儿子存忠卧室里,妻子韩氏正推丈夫起床:"今们儿,是老爷子的生日,你这阮家的长子,得起来主持着商量商量咋过呀!光知道撅着屁股睡觉?"

"我身子不舒坦,夜里半宿没合眼你不知道?狗苍蝇似的嗡嗡叫,烦人不烦人?"阮存忠没好气地说。他昨天去望湖楼吃大烟过瘾,正碰上老爹宴请冯剑秋,老爹守着众人,只瞥了他一眼,没吭声。他明白,老爹轻饶不了他。但是,烟瘾越来越大,咋收场呢?

蒙在鼓里的老婆还在唠叨:"你呀,白让爹妈疼了,死狗撮不到墙上去。当不的梁,当不的柱。霜降后耩的晚麦子——该露头的时候不露头。"

"蠢婆娘,知道不,两个月学堂没发薪水了。我两个爪子空空,不识相,去当饿皮虱子——往头里拱啊?"

"嗨,你没听人家说评书的咋开场:有钱的帮个钱场,没钱的帮个人场。你没钱,爹知道。你不起床,不到场,爹可就生气了。昨天,爹回来,呱嗒着个脸,挺吓人的……"

"哎,你那体己首饰还有吧?再拿两件,先当几个救救急吧!"

"俺那亲娘哎,摊了你这个败家的,俺算没咒念了……俺那金圈子、银环子还没赎出来,又来抠索……"韩氏尽管嘟哝着,还是找来钥匙,开了小箱子。

阮存忠急忙起床穿衣下了地。

韩氏拿出一副翡翠镯子,说:"这是俺姥姥给俺娘的,俺娘又给了我。要是进了当铺,赎不出来,可就对不住老人家了。伤天理啊!"

正在这时，女儿学兰一步闯了进来。

阮存忠一手将韩氏的翡翠镯子抢了过去。

学兰门外高声说："娘，今们儿是啥日子，您俩咋就不出屋了？"

阮存忠袖了镯子连声说："这就走，这就走……"

阮存忠出门后，学兰进了门，又随手关上，悄声说："娘，有件事儿，我不知道该不该跟你说？"

"咋，跟娘还有隔肚皮的话，藏着掖着？"

"我说了怕你生气。"

"谁，你爹？"

"不，是俺嫂。"

"你嫂，咋着？"

"俺嫂不正经。"

"跟谁？"

"俺哥他干兄弟——朱贵才！"

"别胡说。"

"让俺女婿撞见了……"

韩氏一时气昏，脸色苍白，眼冒金星，站立不住，学兰急忙上前搀扶，喊着："娘——"

3

大嫂去世多年了，弟弟宗贤曾多次劝说哥哥续弦，无非是找个老伴，在生活上早晚有个照料。可都被老哥哥拒绝了。对于弟弟的苦苦劝谏，直到哥哥恼怒翻脸，说："我的事，甭你管！再来絮烦，我就搬出去，自己过……"此后弟弟才不敢再提这事。在生活上，全是老二媳妇吕氏具体安排，由孙女去做。先是大兰负责伺候，她不怕脏不怕累，泼辣能干。但是，心粗一点儿，口快一点儿。老人生活上一向不拘小节，好歹能够对付，便心满意足了。大兰出门子后，由三菊接替。三菊不仅跟大兰一样勤劳能干，而且灵活心细，想事周到。最大优点是嘴甜、嘴严。该说话的时候，她像花喜鹊那样，叫喳喳的让老人阴沉的脸，一会儿就开晴。不该她管的事情，她从不掺半句话。两个爷爷都说，这，最随她娘。当然，她还没有她娘那么深的道业。她娘不仅能周到地安排老人的生活，有时还能用不同方式，宽解俩老人内心解不开的疙瘩。自从吕氏的母亲去世后，一直住在姥姥家的二梅回来了。二梅不会忙家务，却长于诗词歌赋。娘便让她多陪陪大爷爷。一来，可以取得老人的指教；二来，可以排解老人的寂寞……

这不，今们儿大清早二梅便来了，说："大爷爷，昨晚我写了两首诗，祝贺你老大寿。您给批改批改。"

二梅将诗稿呈给大爷爷。

阮宗圣接过诗稿，立马看了一遍，还念出了声："夸父女娲非说梦，岂因胜败论英雄……好，立意不俗啊！"

二梅又向大爷爷请教了半天。如什么是广韵？什么是集韵？广韵、集韵与平水韵有什么关系？而后大爷爷还颤巍巍地爬上阁楼，拿出保存多年的线装古本《诗韵珠玑》，交给了二梅。直到听见吕氏的喊声，二梅才搀扶老人家下楼。

4

二梅拿着宝贝似的《诗韵珠玑》高高兴兴地走了。吕氏扶老人落了座，才问："爷，找我有事儿？"

"老二家，存孝来信了，他说，黄河上工程繁忙，最近什么联合国又派了个德国人来沿河视察，他负责接待，一时脱不开身。我过生日，他可能晚回来半天。"

"哦。他往家捎钱没有？"

"没有。嗨，他说，这些年，兵连祸结，本来就不多的治河经费，层层克扣，所剩无几。他们正担心今年夏天洪峰到来，会淹多少地方……他们的薪水，已经三个月未发了……"

沉默多时，吕氏又说："可是，眼下咱家里，难啊……"

"我，都知道。实在不行，就先把东河滩那五亩地卖了……"

"那咋行？再说，俺爹，肯定不答应。"

"好了，咱先不谈这……"阮大爷一筹莫展了，多时又说，"老二家，我今天把你找来，就是想跟你说说，二梅和冯家的婚事……"

"爷，您老说。"

"我想，他们的婚事，既然我和你爹都点了头、拍了板，请客坐席跟人家订过亲，尽管前前后后有些磕磕啦啦的过节儿，但是，两个孩子确实是诚心诚意、恩恩爱爱。我看，这是最最重要的。当爹娘的，得尊重他们的选择。纵有千条万条理由，也不能拆散他们，对吧？"

"可是……"

"你心里咋想的，我全明白。事到如今，就什么也甭说了。行不？"

"我，听大爷的。不过，孩子结婚，总得等他爹从黄河上回来，问问他的意见……"

"上个月他回来，俺老兄弟俩，都问过他，他说，让我们看着办。"

"哦……"

"那么,今天,他冯剑秋若是来下聘礼,咱就尽心支应,好好待成。别让人家坐冷板凳,下不来台。"

"我听大爷的。只是今年,家家日子紧巴,我东取西借,你老这庆寿席面,还是有些寒碜。"

"爷知道,知道。黄区长出了事,我,哪儿还有心思过什么生日?你爹,又说非过不行。唉,难为你了。巧妇难为无米之炊啊。"阮老迟疑、犹豫了片刻,又很难为情地说,"老二家,另外,我今天还有件事儿,求你……"

"大爷,你得折煞媳妇呀?有用得着媳妇的,你老尽管吩咐。"

"你知道,黄满囤躲出去了。我曾经答应过,帮他照应孩子。就是那个牛儿——满囤的小儿子,找我退学,怪可怜的。我答应资助孩子二斗粮食。他如今,住在姥姥家,就是守信家……"

"我知道。大爷,咱家里也难啊……另外,也得俺爹点头……"

"找他点头,我就不找您了。"

"那好吧。爷当了活菩萨,那我可要破破规矩当贼媳妇了。"

阮老哈哈大笑。接着又说:"老二家,你先别走,还有件事……"

"爷,你说。"

"我看见满囤家牛儿,那棉鞋,都露出脚后跟来了,怪可怜的。咱小三儿那几年穿下来的鞋,能不能找一双……"

"行,我这就去找。爷,你尽管放心。"

吕氏答应着出了门,阮老望着她的背影,感叹地说:"好媳妇啊!"

5

学梅正在居室梳妆打扮,冲着镜子里的自己挤挤眼,傻笑了。

小弟弟学智则在门口石板上用河泥做小鸡、小狗、小老鼠。口里还不住地念叨着地方唱儿(民谣):

> 小老鼠,上谷穗儿,掉下来,没喽气儿。
> 大老鼠哭,小老鼠叫,蛤蟆娃子来吊孝。
> 给它个孝帽它不戴,给它身孝衣它不穿,
> 撅着个黑腚哭老天……

"小四儿,闭嘴!"学梅生气地吼道。

"二姐,为啥?这都是三姐教给我的。"

"小四儿啊，二姐就要办喜事了，唱这，不吉利……"
"哦，我懂了。办喜事儿，就是您女婿，骑着高头大马，来咱家娶你。您得打扮成个小美人，坐上花轿，到婆家去。我再给你唱个好听的，行不？"他说着，又唱道：

> 东家的妮儿，西家的妮儿，坐在炕头纳鞋底儿。
> 这个想女婿，那个想过门儿，哪还有心纳鞋底儿？
> 这个断麻线，那个掉顶指儿，这个抹胭脂儿，那个搽官粉儿，
> 一个一个打扮成个小美人儿……

"四儿，您看看姐，像不像个小美人？"学梅自我陶醉地端详着镜子里的自己，问还不太懂事儿的小弟弟。

小四儿装作认真地说："来，让我看看。"他㧟挲着两只泥手就走到了姐姐面前。感到不妥，又把双手藏在了身后。

姐姐天真地回过头问："姐姐俊吗？"

"还差一点儿。"

"哪儿？"

"就少眉心儿一点红了。来，我帮您点上。"小四儿突然伸出指头冲姐姐眉心里点上一点泥巴，回头就跑。

姐姐猛然醒悟："好你个小鬼头，看我咋收拾你？"

弟跑姐追，姐终于逮住了弟弟。弟弟赶紧求饶："姐，俺的好姐姐，我再也不敢了，行不？"

"淘气鬼！"姐在弟弟屁股上轻轻打了一巴掌。

"姐，你放开我，我给您念个吉利唱儿，让老天爷给您个好女婿……"

姐扑哧笑了："去你的！"姐松开了手，就去照着镜子洗脸上的泥。

小四儿㧟挲着两只泥手念道：

> 公鸡叫，天明了，婆婆送了花来了。
> 什么花？大枣花，一棍打死个大老鸹。
> 老鸹河里打嘭嘭，娶了个媳妇骂公公。
> 儿来家，不吱声，揪着头发打畜牲……

"去去去，胡说八道，满嘴放炮！"学梅一边给弟弟洗着小手，一边说，"小四儿，往后，别跟您三姐学那些庄户老婆顺嘴胡诌的东西。还是跟二姐学几首正经诗。"

"好啊。"

"小四儿，咱家里数您这小脑袋机灵。听姐话，好好认字，好好背诗，日后肯定能成个大诗人。"

"谁教我？"

"姐教您啊。"

"姐，几天后，你就到婆家去了，咋教？"

"这……跟大爷爷学。"

"不行。我望着大爷爷害怕。"

"那么，就跟咱娘学。咱娘比我读书还多。"

"咱娘忙，哪有工夫管我？我，想好了，谁也不跟，就跟您！"

"我去了婆家……有时还回来……"

"不，你去婆家，我也去，你走到哪儿，我跟到哪儿！"

姐姐扑哧笑了："好，好，我走到哪儿，您跟到哪儿……"

"姐姐说话算数？"

"当然算数。"

"拉钩？"

"拉钩就拉钩。"

姐弟认真拉钩。

小四儿跳起来亲了姐一口。

姐姐哈哈大笑，笑得前仰后哈，满眼淌泪。猛地抱起弟弟，在弟弟小脸蛋上连亲了几口。小弟弟愣了。他怎么会理解，婚前沉浸在幸福憧憬中的姐姐……

"姐，昨天，你教我的那首'芳草萋萋鹦鹉洲'，我背熟了……"

"不能这么说，'芳草萋萋鹦鹉洲'只是其中一句，题目是《黄鹤楼》，是唐代崔颢写的。还有一首李叔同写的《送别》，背过了吗？"

"也背过了。我背背，你听听？"

"好啊"

小四儿很熟练地背诵着：

长亭外，古道边，芳草碧连天。
晚风拂柳笛声残，夕阳山外山……

"好，好。今们儿再教您一首。"

"教啥？您说。"

姐望着窗外湖边飞来飞去的燕子，水里双双对对的野鸭，触景生情，朗诵起杜甫的诗：

迟日江山丽，春风花草香。
泥融飞燕子，沙暖睡鸳鸯……

小四儿认真地跟着念叨着……

6

老阮家的场院，是一亩多地的大院子。院子边上有几棵大枣树。院子里面是放农具的敞棚、牲口棚。场院北面是个高岭子。南面有一条东西小路。小路南面则是东平湖。湖边有只打渔小船。清早，从湖面上刮过来的风，湿漉漉的，还夹杂着淡淡的鱼腥味儿。

六十三岁的阮宗贤，身子骨还很壮实。正在和十七岁的三孙子学礼收拾牲口棚。两人用柳条筐抬了一趟牛粪，孙子没觉着咋的，爷爷却气喘吁吁了。

爷爷说："三儿啊，把牲口牵出来，拴在枣树上。"

学礼答应着，把一头毛驴，一头黄牛，一头骡马，都牵了出来，拴在了枣树上。

老人就拾起掉在地上的一支皮鞭子，在系鞭梢子。

学礼说："爷爷，您看过三国戏《定军山》没有？"

"看过，演的老黄忠嘛，我不仅看过，还能吼它几口哪！"

"爷爷，你如今就是定军山的老黄忠了。"小三学着演戏的腔口说，"'将是好将，可惜老了。'爷爷，老了就是老了，该歇着了。"

"三儿啊，就是你还说句让爷爷暖心的话。爷爷是该歇着了，可是，我能歇着吗？肩膀上这套绳索拿下来谁接？"

"反正我不接，我还得上学。"

"三儿，你这中学不是上完了吗？"

"我这是初中毕业，我还想去省城上高中、上大学。"

"三儿啊，什么学咱也不上了。你得回来，当咱老阮家的顶梁柱子！"

"不成不成，那会把我压趴的。哎，爷爷，咋不叫俺俩哥回来？"

"您大爷爷说，人家将来是干大事业的。当年，你大爷爷走的就是上学的路：县城上、省城上、出国上。全家人满以为老阮家要出大人物了，要出将入相了。嘿，留学回来反皇上，坐了三年大牢。变卖了大部家产，把你姥爷从美国叫回来，上下疏通，才把他赎出来。从此咱老阮家就败落了。就像棵几百年的枯老槐树，外表又高又大，中间早掏空了……"

就在这当口，阮宗圣老人悄悄进了场院。

阮宗贤并没发现，还在跟孙子唠叨着："三儿啊，从那以后，咱老

阮宗贤失手鞭打戏骑骡马的孙子小三。

阮家这辆破车，就是您这个斗大字识不了半升的爷爷，像头老黄牛那样驾辕拉着。可是当家不主事儿。到你爷、你爹这一辈儿，我没留住一个，我这头牛，还有力气拉车。到如今，我是真拉不动了。可是，你大爷爷那张老脸还得要，学堂还得硬撑着，教书先生的薪水还得垫。三儿啊，我这个当兄弟的，能说半个不字？再说，这十几口子人，哪个不是亲骨肉？我能说草鸡话吗？咱老阮家下一个倒霉蛋、冤大头，我选中你了……"

"我？我不干！"

"哼，你跑不了啦！"爷爷修着鞭子笑着说。

在爷爷说话其间，三儿学礼早解开了骒马的缰绳，趁爷爷不备，骗上马就想跑："爷爷，你看，我跑不了？"

爷爷着急了，喊着、撵着："三儿啊，停下，快停下，不能骑，骒马怀着驹儿啦！"

三儿哪儿肯听，在场院里慢转了一圈，还不过瘾，两脚一磕马肚皮，就想往栅栏门外跑。

"你往哪儿跑！"爷爷更急了，说时迟，那时快，抢手一皮鞭就打在了马和学礼的身上。马腾起了前腿，唠唠叫着，把学礼掀了下来……

三儿学礼"哎吆哎吆"连声喊着疼。

爷爷上前逮住了骒马，还恨恨地骂着孙子："摔死你这淘气鬼！"

这时阮宗圣大爷爷可急了，歪歪啦啦急忙抢上前去，抱起了三儿："三儿，三儿，摔着胳膊腿没？呀，这脸上出血了，打着眼睛没？"

爷爷在一旁说："没那么娇贵。"

大爷爷抱不动三儿，又松不得手，一老一少一起摔倒在地上，连滚带爬了。阮宗贤一看老哥哥倒在了地下，吓坏了，也着急去拉。老哥哥刚被扶起来，拾起手杖冲着老弟抢过去："你个没心没肺、没轻没重的狠孙，马比孙子还娇贵？你看看，他这一脸血，你得狠煞，你得狠煞……三儿啊，睁睁眼，看看大爷爷，能看见吗？"

爷爷这才真急了，也着急地问："三儿啊，真伤着眼啦？"

三儿咬着牙，撸了把脸上的血，睁开双眼，说："兴许不大管乎！"

"嗨！"爷爷悔恨，"咔嚓"，撅断了马鞭子……

7

常言说，你家有金银，四邻有戥子。张德厚家，是个从不露富的土财主，跟老阮家也是儿女亲家。张家的女儿张小勤（上学后改为小琴），与阮家二孙子学义青梅竹马，自小订过娃子亲。订这门亲事是老阮家老老爷子——宗圣他爹在世时拍的板。他说，世道要乱了，要兵荒马乱。

老大心里光想着闹什么革命，老二心里光想着舞枪弄棒，没一个安心刨土快种庄稼的，老阮家忍饿的日子到了。咱得娶老张家的闺女当媳妇，改改门风了。自从老老爷子下世，两家冷了一阵子。学义的爷爷宗贤，嫌老张家庄户孙，太"孙"、太抠、太小气，上不得台面。学义的爹娘存孝和吕氏觉得，这是老人包办，孩子还不知道出息个啥？等等以后再说。

你想再说，人家老张家也想等等再说。你富家子弟不懂种庄稼，不会过日子，受不得累，吃不得苦。别看长得人模人样、眉清目秀的，日后出息个啥？尿腔小子没处估（出骨）。只会吃喝玩乐、声色犬马的公子哥儿不在少数。学义自小随他爹，老实忠厚，话不多，心眼不少。关键时刻，还是老阮家人的德性。那年下大雨，他与小琴进城上学，河水冲了石桥，学义硬是背着小琴蹚水走了三里多路。从此，小琴和爹娘，对这门亲事才算死心塌地了。对于老阮家，虽然没有死皮赖脸地上赶、贴磨、套近乎，可是，逢年过节，礼尚往来，总是忍疼割肉，破格应酬，不敢露半点小作。

因为庆寿送礼，在阮家岭已经留下两句歇后语。一句是："张德厚的寿馍——馊了好，做甜酱嘛！"一句是："张德厚的寿糕——进不去门儿！"

还是阮家的老老爷——宗圣他爹在世的时候，他过生日正是中伏大热天，张家祝寿送去的十个馍是头两天早上蒸的，到第三天中午宴席上一吃，有人咬了一口便吐了出来。小声说："张德厚的馍，馊了。"正巧让张德厚听见了。他不服气地说："胡说。你咋知道是俺家的？"那人也没客气，说："错不了。谁家的馍也比你家的大。小点儿没啥，好歹能吃，可惜还馊了。"张德厚下不了台，红着脸说："馊了好，做甜酱嘛！"惹得哄堂大笑。

为这，村里人讲咕了好大一阵子，丢人显眼，小琴在家里也闹腾了好大一阵子。第二年又送礼的时候，张德厚发狠了。他到下粉条的粉坊里，用大烧锅蒸了个大寿糕，及抬到老阮家时，屋门口都进不去。张德厚说："张家的寿糕还小吗？"为这，人们又讲咕了好大一阵子。

这次小琴的老公公宗圣庆寿，是昨天她严姨给捎话来的。她严姨还开玩笑说："张家兄弟，人家都说，论存粮多少，您是阮家岭头一家。这回给亲家的老寿星送礼，又有什么新名堂？准备的啥，能不能先给我透个口风？"

张德厚哈哈大笑，说："她严姨，你小瞧俺了。俺可不仅是阮家岭的第一家，而是全县的第一家。给阮老先生贺六十五岁大寿，俺准备的是王母娘娘家的寿桃六十个，长白山的老人参七十二根，还有昆仑山上的灵芝草……"

"好了好了，兴许是胡萝卜、野蘑菇吧？"

两人打了阵子哈哈，到底也没说出送什么礼。难怪都叫他张德厚是"估不透"。到底送什么礼？小琴爹娘可真费了不少心思。

这天夜里，张德厚几乎没让老婆子睡安稳。

"她娘，你先别睡。后天贺寿，明天就得去置办了，咱到底是送利源盛的点心？还是送景阳冈的老烧酒？"

"我不管。爱送啥就送啥，反正都是你说了算，俺说了也是白说。"

"这不是，让你帮着拿个主意吗？"

"让我说，既然送礼，就别抠抠搜搜。干脆，点心、烧酒都送。"

"不成不成。这荒年灾月的，咱去充的哪门子大头？你没听见她严姨说，咱是阮家岭第一家了。我一听，吓出了一身冷汗！"

"人家那是开玩笑，你倒当真了？"

"不当真咋的？论存粮食，阮家岭还有第二家？这富名张扬出去，可不是个'福'，穷招虮子富招贼。我看，这一回宁愿让大伙说咱小气，也别露富。"

"可是，太小气，小琴第一个就不干，她不得哭鼻子跟你豁上？"

"是啊，我就为这才跟你合计，她若是撅嘴甩脸子，你当娘的多解劝解劝。"

"我倒不怕闺女甩脸子，我是怕他老阮家嫌你小家子气，慢散了这门子亲事。"

"那咋办？"

"他爹，你跟我说痛快话，你到底是疼钱，还是怕显摆？"

"说实话，我都怕。可是……"

"那，什么也甭商量了，别耽误我睡觉。"小琴娘扭头躺下，用被子蒙了头，又扔出两句狠话，"没根男人骨头。白开水都能藏着喝，放馊了！"

"看看，你这急性子，等我把话说完嘛……"

"有话快说，有屁快放。三更半夜的，别黏歪！"

"她娘，一滴血一滴汗挣来的东西，往外拿，谁不疼得慌？可是为了咱小琴，自己的肉也得往下割，对不？这回送礼，我是下了狠心，准备再出点儿血。可是，得想个好法子，既让老阮家满意，心里记着，忘不了咱张家的厚礼。又不扬摆，不起眼，即便人们说咱穷气，咱也不在乎，是吧？"

小琴娘一个鲤鱼打挺坐了起来，说："这还不好办，三十块大洋一个红包，偷着塞给她婆婆，不显摆吧？另外拎上二斤利源盛的好点心，人眼前递给她公公，少有点儿寒碜，可不显摆。这，行不？"

"不行，不行，三十块啊，亏你想得出，二十块就不少了。"

"守财奴！反正赖和尚打不出响咣咣（铍）！不跟你磨叽了，睡觉！"

8

阮存忠在一个小当铺里，匆匆忙忙将老婆那副翡翠镯子当上，手里攥着钱，立马鬼鬼祟祟溜出门，沿街一溜小跑，前后左右看看没有熟人，便又溜进了望湖楼。

阮存忠将当铺当来的钱，扔到柜台上，没等会计点点数，就快步进了烟室，迫不及待抢过烟枪，点起烟灯，上了烟榻……

他过了瘾，从烟室走出后，酒店孙尚香掌柜跟他说："阮先生，这烟室今天就关门，你以后不要来了。"

"什么？关门？那么，我上哪儿？"

"你愿意上哪儿就上哪儿……"

"老天爷，咋办？"

9

再说吕氏，忙里偷闲，得去落实大公爹的要求，资助黄满囤的儿子牛儿的口粮。她牵了一头草驴，驴背上驼了一长口袋粮食，见四下无人，便悄悄走出阮家后院角门。

大伯嫂子韩氏正从角门儿旁边走过，远远瞧着，便有些犯疑。悄悄招手叫过女儿学兰，低声说："看，您婶儿，干啥去？这才是知人知面难知心……"

"娘，你说了些啥？别疑神疑鬼的。俺婶儿可不是那些偷针盗线、藏芝麻捡豆粒儿的小气女人。"

"你说说，她偷偷摸摸，牵驴驼粮食，这是上哪儿？家贼难防啊！"

"也许是，俺爷爷这寿宴，还没操办齐吧……"

"你呀，从小就偏向您婶儿！"

"娘，不是我说你，你就是小心眼儿，好猜忌。"

"你呀，是喝了你婶儿的迷魂药了……"

其实吕氏也瞥见了大伯嫂和大兰的身影，但是，来不及再去解释，便牵驴上了道。宋家住在村子西头，相隔里数路，不一会儿，就到了。她上前叩门，表妹严依霞与儿子宋守信一同迎了出来。

"姐，您这是——"

"这是，俺那大公爹——不是在学堂当校长嘛，答应下，资助您家小外甥牛儿上学的粮米……"

"嗨，别人不知道可我知道，您家也不宽绰……就别拆东墙补西墙啦。牛儿上学，俺再想法子帮他。您回去跟阮校长说，俺砸锅卖铁，也不让牛儿失学行不？"

正在这当口，从望湖楼走出来的阮存忠一眼就望见了弟妹吕氏。他悄悄躲在了一棵大树的背后，偷偷瞧着……

吕氏还在与严依霞争究着。

"你呀，就别跟我啰嗦了。俺大公爹，那是要脸面的人，答应下的事儿，不给他办成，他能依我？守信啊，您娘儿俩就别黏歪了。今天，我挺忙，快，卸下来，我得立马回去。"

"这……"宋守信望着娘等候表态。

"卸吧，您吕姨娘定下的事儿，谁也甭想掰过来。"严依霞与儿子一边从驴背上卸下麻袋，一边又说，"守信啊，快麻溜的，还得给您阮校长祝寿去，别让老人家等着咱……"

吕氏又从驴脖子上取下一双鞋来——用细绳一头拴了一只。她说："这是俺小三儿那几年穿过的，一块给牛儿。"

远处的阮存忠望着这一切，满脸疑惑……

10

厨房里。大姐学兰切着青菜，三妹学菊拉着风箱，两人一边干活儿，一边拉呱。

正在这时，小三儿学礼捂着脸跑了进来，喊着："姐，您知道哪儿有伤药？"

"怎么啦？怎么啦？"两个姐姐一齐惊喊着。

鲜血从小三儿指缝里流了出来。

学兰掰开小三儿的手指一看，不由地"啊"了一声，急忙撕了几缕布条，简单包扎，急急说："三菊，赶紧，去，去找严二姨。她有创伤药，快，快……"

三菊跑了出去……

学菊娘吕氏刚告别严氏母子，正骑着驴沿湖堤急匆匆回家。

学菊望见母亲迎面而来，更加快了脚步。

母亲问："三菊，上哪儿？出啥事儿？"

学菊喘着，上气不接下气地说："娘，把驴，给我，找，找霞姨，要创伤药……"

"谁伤了？"

"小三儿学礼。"

"咋伤的？"

"……"学菊没说清楚，骑上驴就跑了起来。

吕氏也转身往家跑，绊了一跤，爬起来又跑。

11

阮存忠的妻子韩氏，今日瞅见了弟妹吕氏往外偷着倒腾粮食，跟女儿大兰说了，她也见了，可她不以为然。她是自己的亲闺女啊，在明明白白的事实面前，她还替婶子找什么理由，而嫌自己的亲娘小心眼儿，好猜忌。这是怎么回子事儿呢？

韩氏回到自己室内，咋想咋憋气。就像人们戏说的，猪八戒吃了粪叉子——喉咙眼子再粗也咽不下去。这人名声倒了牌子，谁也不拿你当人。即便做了好事，人家也怀疑你，是否有好心？相反，这人若是让众人捧起来，做了坏事儿，也没人相信。俺妯娌俩，不正是如此吗？两个公爹，不管在家里外头，见人就夸赞老二家，如何如何孝顺，如何如何能干。而对自己，平常素日，根本不拿正眼看你。老天爷啊，这人世上，哪有什么公道！

韩氏满以为这一回逮住老二家的小尾巴了，便顺手抓了把扫帚，走出房门，装作扫院子，那双眼睛却在扑捉两个公爹的身影。

不一会儿，就见二公爹急三火四进了门。她拖着扫帚迎了上去。

"爹，媳妇有话跟你说。"

"你说。"

"老二家倒腾粮食。"

"她不倒腾粮食，你吃什么？"

"我是说，她往外倒腾。"

"啥叫倒腾？就是也往里，也往外，你不懂。我有急事，顾不得。以后再说……"他根本没心思听。他打小三儿那一鞭子，还没闹明白，伤得怎么样了，哪还有心思，听你这些娘们儿相互妒忌的嚼舌头。他一抡手，走了。

韩氏碰了一鼻子灰，又气又恼。心一横，一不做二不休，索性扔下扫帚，直闯堂屋，去找一家之主大公爹告状。进门便开门见山了："爹，咱家里有家贼。"

"家贼？谁？"

"恐怕说出来，你也不信。"

"你说！"

"老二家。她背着人，牵了驴，出后院小角门儿，往外偷运粮食。爹，她没想到，我躲在墙角里，看了个一清二楚！"

公爹的脸色阴沉着，变得越来越难看。

"噢，我，知道了。以后再说。"

"爹，家贼难防啊！"她感到公爹反映迟钝，又加了一句。

让她做梦也没想到，公爹说："老大媳妇，我今天郑重告诉你，老二媳妇吕蕴玉，不仅不是家贼，而是咱老阮家过日子的家主，家里大小事，她做主，她当家。往后，她做什么，你少说三道四。若是再嚼老婆舌头，闹得家不和，我会动用家法。"

公爹声音不高，但每个字都像是从牙缝里挤出来的。

韩氏当头挨了一闷棍，给打懵了。顿时脸色苍白，浑身颤抖。

沉默了片刻，公爹口气略缓了一下，说："你身子骨孱弱，家里的活儿，能干多少干多少，没人计较。这为人嘛，得厚道点儿。先管好自己，管好自己的男人，管好自己的媳妇。而后，再瞅瞙别人的短处，抓别人的辫子。"

"爹，你还……"

"我心里明白着哪！我说的话，你记住了？"

"记住了。"

"回去吧！"

韩氏听了公爹今天这番话，按说应该如醍醐灌顶、彻底醒悟，认识到小叔媳妇吕氏在两位公爹心目中和整个家庭里，原来有如此重的分量和地位。然而，她只是如闻霹雷，惊得灵魂出窍、一身冷汗，顿时昏天黑地，却越来越糊涂了。她惊愕，她愤慨，她懊恼，她委屈。她跌跌撞撞回到自己房间，扑到炕上，呜呜哭了起来。

正在这时，丈夫存忠一步闯了进来。今天是爹的喜日子，咋见得这阵势？就没好气地说："多大岁数了，耍孩子脾气，说哭就哭啊？哪儿来的这些娇气？"

韩氏一听，更是放大了嗓门儿，嚎啕大哭起来……

"住声！"又是一声霹雳，吓得老婆一哆嗦，嘎然停下哭号。丈夫彻底恼怒了，"你再哭，我就……我就……"

丈夫顺手抓起扫炕笤帚疙瘩，高高举过头顶，双眼瞪得像铃铛，那笤帚疙瘩却没有落下来。只是大声吼道："你知道不知道，今天是老爷子六十五岁大寿？你还像个长房媳妇？"

老婆一个鲤鱼打挺蹦下了炕，双手卡腰，披头散发，疯了似的指着丈夫喊："我问你，咱老阮家，两个老爹，谁拿我当长房媳妇？妻因夫贵，有你这么个没出息的男人，老婆啥时候也甭想抬起头来！"

丈夫原以为偷去望湖楼吸大烟她已知道，便立即没了底气，放低了声音，说："好了好了，俺那老祖奶奶，疯够了该收场就收场吧。别闹得俺那亲爹真翻脸，动用家法，离滚出老阮家门儿就不远了……"

一提"动用家法"，韩氏不禁又打了个寒颤。大公爹说这四个字时，那咄咄逼人的眼神，那抖动长胡子的模样，立时浮现眼前……

她也软了下来。不过，她还没有忘记盘问丈夫："我那翡翠镯子到底当了多少钱？当票呢？"

阮存忠无可奈何从衣袋里掏出当票，递给韩氏。

"那，钱呢？"

"我，花了。"

"咋花的？不是要买寿礼吗？"

阮存忠低头不语，一副死猪不怕开水烫的样子。

韩氏又抽抽哒哒哭了。

阮存忠说："你先别哭，我告诉你件事儿，老二家媳妇往外倒腾粮食，让我瞅见了。"

"你瞅见了又能咋的？我实话跟你说，我也瞅见了。管个屁用？有两个老爹护着，把老阮家全部家当卖了，你也是白瞅着。信不？我算看明白了，又是败家子，又是家贼，又是破鞋……这老阮家，算是气数已尽，完完的了……"

"咋，你给我说明白，谁是破鞋？"

"还能有谁？你儿媳妇，是个潘金莲！"

"你胡说！"

"嘿嘿嘿……"韩氏歇斯底里地一阵冷笑。她真有点儿疯了……

12

厨房里。学兰正在问小三儿："还疼吗？"

"疼。"小三儿咧着嘴说。

吕氏喘着粗气，一步闯了进来。跑到儿子跟前，俯身蹲下，拿开儿子捂脸的双手，问："三儿，睁开眼，让娘看看。"

三儿脸上痉挛着，强睁开眼："娘，你看，没事，不管乎。"

正在这当口，爷爷悄然出现在门口。见者阵势，一脚门里，一脚门外，停在了那里。

娘轻轻捧着儿子的带血伤的圆脸，立时浑身颤抖，满眼泪水了。多时又问："三儿，咋伤的？"

"不小心，让树枝子划破的。"

学兰说："不说实话。是骑骡马，让二爷爷用鞭子抽的。二爷爷下手真狠。"

　　爷爷眼里闪着泪花，退出那只门里的脚，回身抽了自己一个嘴巴。

　　室内的三菊娘叹了口气说："若是骑骡马，就该挨打了。你不知道，骡马怀着小驹儿了？"

　　学兰插嘴说："咋说，也是人比马金贵吧？"

　　三菊娘接着说："三儿，你想过吗？如今咱老阮家这十几张嘴巴吃饭，就凭着你爷爷和这匹老马，在地里忙活哪……"

　　门外的爷爷胡乱抹了把流到脸上的泪水，悄然走了。

　　不大工夫，严依霞就赶来了，立马给小三儿消毒创口，敷上创伤药。又嘱咐小三儿："可要记住，十天内，要忌腥忌辣，不能沾水。"

第六章　海屋添筹

1

既然姑父冯剑秋插手干预，望湖楼的黑烟室看来必须关门。朱贵才这天骑马去了县城，先去找那位供应"烟土"的哥们儿，说明了必须关门的原因，结了账，随后便去财政局找到了谭局长。

谭局长领朱贵才去了南关一个小胡同，找了一个小饭馆，挑选了一个最僻静的小房间，点了两个价钱最贵的菜，要了一瓶价钱最高的名酒，两个蒙混闯过鬼门关的难兄难弟，有一种按捺不住的胜利喜悦，今天要偷偷庆贺一番；还有一肚子的知心话要说，不说憋得难受。

从中午坐下，一直啦扯到日头偏西。谭局长给朱贵才出了一个"借刀杀人"的馊主意：用保安队禁烟查烟的名义，大闹阮宗圣的寿堂，逮捕他儿子阮存忠，彻底把老阮家搞臭；另外，敲山震虎，捎带给望湖楼酒家孙尚香点儿颜色瞧瞧……

2

阮宗圣庆寿，尽管捂着藏着，严禁宣扬，但学堂的教师们还是都知道了。这天，又逢星期日不上课，明知道庆寿，装糊涂不行。要去，甩着两只空巴掌，咋去？学堂教师武秋生从昨天就犯了难为！

因为不去学堂，武秋生起床较晚，妻子叫了好几遍，他才起床吃饭。说是吃饭，饭桌上哪儿有什么饭食？

武秋生吃了一个菜团子，又伸手去拿，见小盆里还剩下两个小菜团子，手便缩了回来。妻子将这全看在眼里。便立即拿起一个菜团子，说："他爹，你吃。"

武秋生苦笑着摇摇头，说："我，饱了……再给我舀碗菜糊糊吧。"

妻子舀来一碗很稀的菜汤，却放在了自己面前："他爹，你得出去教书，你吃这（又将菜团子递给丈夫），我喝糊糊……"

"啰嗦！"武秋生霍地站了起来，"我走。"

"他爹。"妻子哭了，"他爹，俺知道，阮校长是你老师，你不好意思开口。可，两个多月不发薪水，咱咋活命？要不，就辞职别干了，咱一起去捞个鱼虾、挖个野菜的，兴许还能活命……"

"你少给我打谱。我告诉你，阮校长，那不是一般老师，那是比亲爹还亲的老师……"

"他爹，你若不好意思要薪水，我跟孩子去……"

"好了好了。今天是阮老师的生日，我得出去借钱，多多少少买点儿寿礼……"他一转身，大步出了门。

恰在这时，凌春来提拎着二斤点心迎面走来。见面二话没说，就将点心递给了武秋生老师。

"春来，这……"

"走，给老爷子祝寿去！"

"唉，我这赤脚的，本来不愿掺和人家穿鞋的……"

"正好相反，咱赤脚的不怕他穿鞋的。孔子曰：'衣敝缊袍，与衣狐貉者立，而不耻者，其由也与？'他老夫子都夸奖仲由，穿着破旧的棉袍子，和穿着狐貉皮袍的富人一道站着，并不觉得有什么可耻。武老师，你学得还不到家。走吧！"

"说得也是。俺阮老师，从来就没小看过赤脚的……"

3

半上午，阮存忠便来到大门口，准备迎接着前来拜寿的人们。

阮宗贤走出来，存忠说："叔，您去堂屋陪俺爹喝茶去，有客人来，帮他照应照应。这儿有我哪！"

存忠自小出嗣，过继给伯父，对亲爹早改口叫"叔"了。

"叔"说："老大，今年闹灾荒，不少人家揭不开锅了，咱也不能太张扬。门上这寿匾，就别挂了；那鞭炮，也别放了；除了自己上门儿的亲友，其他人也别请了。一切从简。"

"叔，我知道。爹也是这么嘱咐的。"

"不过，黄区长家你婶子，老宋家你大娘，这些来不了的长辈，事后得送些点心、饭食的过去。别忘了。"

"我记住了。"

学兰的女婿凌春来和武秋生来得最早，寒暄了几句，就将带来的礼物递给了阮宗贤，说："二爷爷，你和武老师里边，我和爹迎客。"

宗贤刚转身要走，冯剑秋和儿子冯家驹就来了。经过一番寒暄，宗贤与冯家父子带了礼物就进门去了堂屋。门口就只留下了存忠和凌春来。存忠见左右没人，悄悄问："春来，玉莲跟朱贵才，是……"

凌春来轻轻点了下头，可接着说："爹，今儿，是大爷爷他老人家大喜的日子，他朱贵才是冯剑秋的妻侄儿，还是你的干儿子，一定会前来祝寿，无论如何得忍住，万万不可捅破这层窗户纸。要是让他给搅了局，把两个老爷子还不得活活气死啊！"

"我知道。春来，你说，老大媳妇……这种败坏门风的丑事儿，怎么了断？"

"爷，咱一怕丢人，二怕生气，对吧？"

"对。"

"既然如此，让我说，先得装聋作哑，尽着她胡做，咱一眼不看，一言不发，千万别打草惊蛇。等学仁回来，神不知，鬼不觉，一纸休书，打发她走人了事。"

"不过，这口气，真咽不下去。"

"咽不下去也得咽。咱梁山泊人都知道，武松那样的打虎英雄与西门庆斗，也是两败俱伤……"

这时，张家小琴的爹挎着盛满寿馍的筻筻子（柳编椭圆口篮子），小琴的娘提溜着点心，来到门前。存忠老远便热情迎上去，女婿凌春来忙接过寿馍筻筻子。相互寒暄客套了一番，便引领到了堂屋，去见今日的寿星，自然又是一番寒暄客套。

昨天，小琴爹张德厚又经过几番斟酌，最后决定：红包内由三十元减为二十元；又让小琴娘连夜蒸了两锅寿馍，满满装了一大筻筻子。总共用不了三块钱，可满满当当，体体面面。张德厚在堂屋里一看客人渐多，将红包递给了二爷宗贤，他们便适时退出来，在厨房里，将寿馍当面交给了吕氏。老阮家老老少少，都笑容满面，热情迎接。说实话，对于如今的老阮家，这就是雪中送炭。张德厚的心里自然也是美美的，满意自己既精打细算，又办得十二分得体。

4

堂屋里，阮家老兄弟俩正在接待冯剑秋父子。

冯剑秋要过儿子背的褡裢，便挥手让儿子出去。然后从褡裢中取出一包货币，双手交给了阮宗圣，说："二位叔父，这是聘礼，不多，请收下。"

这时学兰正从门前经过，阮宗圣叫了声："大兰，叫你二婶儿过来一下。"学兰应声走后，他又说，"剑秋啊，你这两个叔叔，经营无方，家道日衰，加上黄河连年出水，庄稼被淹，仅于艰难竭蹶中聊以糊口度日。学梅的嫁妆嘛，几乎不曾准备。惭愧啊！您老冯家谅解吧。"

"老叔，你客气了。"

这时，媳妇吕氏进了门，冲冯剑秋点点头，便问："爷，爹，找我有事儿？"

阮宗圣说："这是剑秋带来的聘礼，你收好。给学梅置办点嫁妆。"

"是。"她从大爷手中接过聘礼，"爷，爹，二老还有什么吩咐？"

两位老人摇摇头。吕氏带着聘礼悄然出门。

在阮家大门口。阮存忠和凌春来还在迎接着前来祝寿的客人。

朱贵才及其随从抬了酒、肉、寿帐呼呼隆隆来到门前。

"哟，还是朱区长的礼厚。请，请，里边请……"凌春来见岳父阮存忠不搭理朱贵才，怕冷了场，便主动上前说话。

朱贵才满面堆笑："不成敬意，不成敬意……"

阮家大门口，朱贵才显然有张扬显摆之意，他见许多村民前来围观，便与来贺寿的人们没完没了地寒暄着，他还想等等县上的保安队来，借禁毒名义逮捕阮存忠。那就有好戏可看了。

5

堂屋内，宋守信与冯家驹分别展开各个寿联，让主人阮老先生观看。众人拍手叫好。

先展开武秋生写的："海屋添筹林壬洽颂，乡间进杖花甲征祥。"

阮存忠先称赞道："秋生兄，终归古文根底深厚，这林壬洽颂、花甲征祥对得多好！"

又展开冯剑秋的："寿同山月永，福共海天长。"

众人都面面相觑，不敢品评。阮老先生怕冷了场，忙说："剑秋写的虽属熟联，然而，这颜体大字，笔力雄健，沉稳浑厚，真如关老爷坐帐啊！"

众人一齐附和着："正是，正是……"

又展开宋守信的，是："大德仁翁多福多寿，南山松柏愈老愈坚。"

一展开，宋守信自己就急忙说："我这，与诸位不能相比，只表心意，献丑了。"

阮宗圣却说："不，您看，这'老'字、'松'字、'愈'字，一波三折，长枪大戟，倒有几分黄山谷的味道。字如其人啊，看这字，就知道是个习武功、教体育的。"

众人笑了,说:"对对对……"

阮宗贤问:"守信啊……"

"爷爷。"

"前些日子,去东昌府比武,拿了个几等奖?"

"不好,总评二等,枪棒一等。"

朱贵才抢着说:"四弟啊,拿个二等,也是百里挑一,了不起啊!"

"别啰嗦了,看看您写了些啥?"守信说。

及展开朱贵才的,写的是:"德如膏雨都润泽,寿比松柏是长春。"

宋守信惊奇的说道:"呀,三哥这字,当刮目相看了。是你自己写的?"

朱贵才忙说:"你看看这落款,是我写的吗?大爷爷六十五岁大寿,我那两把刷子,写出来还不让人笑掉大牙?这是咱县上吴县长的墨宝。我送了份厚礼,吴县长才肯动笔……"

"让你破费了。老朽过个生日,还惊动吴县长,真是的……"阮老先生很客气地说。

朱贵才轻咳一声,微微一笑,说:"看爷爷说到哪里去了?就您几十年如一日,兢兢业业,呕心沥血,为乡里乡亲办学的功德、名望,莫说县长、就是省主席、国家总统,题个字、送个匾的,也都是应该的。当年武训老先生兴办义学,他大清皇上还恩赐个黄马褂穿穿哪!是不是?"

武秋生也干咳了一声,说:"当年先祖武训为民办学,那可不是为了什么黄马褂……如今阮老师也是如此,昨天阮校长跟我说:只要剩下一个学生,这学,也要办下去。国家要救亡,咱学堂,也得救亡。这句话,我翻来覆去想了一夜。常言道,佛争一炷香,人争一口气。且不说《山海经》里那女娲补天、夸父追日、精卫填海、后羿射日等等神话故事,就是当年孔老夫子周游列国,孟夫子游说诸王,有一个听他的吗?没有。为什么?"

凌春来说:"我琢磨着,历来的帝王,都是千方百计想让老百姓变成没有头脑、老实听话的奴才、绵羊。而好的教书先生,都是教导学生增长知识,独立思考。唯有国民有了知识,人人能独立思考,国家才有希望。正因如此,这些好的教书先生,就不受当局欢迎……"

武秋生说:"也正因如此,有头脑的先生就必须有一种知其不可为而为之的精神。这是一种不计得失、不计成败、坚韧不拔、一往无前的伟大精神……"

"知我者,秋生也。"阮老先生给感动得老泪纵横了,"其实还不仅秋生,你们看,这是我孙女二梅,写给我的诗,就说道,处世不问成败,明眼只辨是非。家驹啊，您给大家念念。就念头两句。"

"好。"冯家驹很高兴地接过诗稿念道，"填海补天非说梦，岂因胜败论英雄……"

"哟，对梅丫头也得刮目相看了，女才子啊！竟然跟她秋生叔叔不谋而合了！"阮存忠高兴地说道。

阮宗贤低声嘟哝着："唉，一个比一个呆。不是我扫你们的兴，你们这些读书人，都是关上门，嘴皮子上的本事，不管用！"

武秋生说："二爷，是得想想，若是连读书人也没有这点儿精神了，咱中华民族还会有希望吗？"

阮宗圣擦了把流出眼眶的泪水，抽搭了一下鼻子，说："秋生说的对。连读书人也丢了这种精神，那书也就白念了。"

"可别再提你们读书人那什么精神了，去年傍年你们俩……"阮宗贤刚想提老哥和秋生被朱贵才戏弄的事，老哥瞪了他一眼，老弟很不情愿地把话咽了回去。

6

他们是怎么被朱贵才戏弄的呢？

傍年备节，不仅富裕家庭要杀猪宰羊、蒸馍煮肉、挂画悬彩、预订戏班，忙得不可开交，就是贫苦人家，也总得准备几斤猪肉、几斤白面，包饺子、蒸白馍上坟祭祖，给老人换换衣帽，给孩子买挂鞭炮，再买几张红纸、剪窗花、贴对联，也忙得团团转。总之，都忙，这叫忙大年。常言道，忙大年，花大钱。一棵葱，一头蒜，没钱也买不来。但是，学堂的教员薪水却发不下来。

就在这当口，朱贵才在望湖楼宴请他那些铁哥们儿时，有的说，在咱鲁西，阮宗圣是第一支笔了，人称一字千金。朱老兄如有能耐，求他老人家写几副对联，哥们儿过年贴贴，咋样？其他人忙说，对对对，还听说他是你干爷爷，干孙子向干爷爷讨几副对联有什么为难的？贵才兄若是实在手头紧，弟兄们凑个钱买总可以吧？

朱贵才还是摇头。

那个姓王的科长说："贵才兄，谁不知道，你们老朱家有万贯家财？平常素日，天天喊什么梁山泊人，仗义疏财，为兄弟两肋插刀，咋，办真事了，一毛不拔？"

"看看，您说了些啥？根本不是花几个钱的事。当然，没钱也根本办不到。兄弟实在有难处啊！一是俺这位干爷爷烦我，甚至说是恨我。恨我不成才啊！咱吃喝嫖赌惯了，不拿这当回子事。二是老爷子的字实在难求，要不咋说一字千金呢？这三，俺朱家几百亩地，前年、去年都没收起租子。黄河水淹了庄稼，佃户逃荒去了，俺向谁要？我朱某若不是手头紧，能欠下诸位赌债六七百块大洋？"

王科长说："好了，好了。俺今们儿总算看明白了，你跟诸位弟兄的交情到底有多厚？只不过玩玩嘴皮子罢了。贵才兄，这样行不，每副对联大洋五元，要几副，交几副的钱。不够你给垫上。你出面给联系联系总可以了吧？"

"要不，你欠下那七百块大洋的赌债，一笔勾销。"外号叫王光棍儿的说。

"不行不行，俺还不知道，他不欠你的。"姓李的村长说。

"看看，李村长，太小家子气了吧？这吃喝嫖赌钱，说透了就是个玩，玩个痛快就可以了。咋，你是发财来了？我是大哥，今们儿这事儿，我做主了。赌债，一笔勾销。朱贵才，这过年对子嘛，就看你的了。行不？"王科长挺横地说。

既然说到了这个地步，朱贵才再也不好推辞了。便说："那么，谁需要几副，报个数吧！"

本来这是想啃朱贵才的"冤大头"，可事情急转直下，几百块大洋一笔勾销。再看看王科长那双瞪得像牛蛋子似的眼睛，知道再说无益。便齐呼喇地赞同了。反正不用自己掏腰包，于是，姑家姨家姥娘家都数上，这个要十五副，哪个要十二副，最后累计一百零八副。朱贵才说，这也太多了。今天已经腊月二十五了，明天买纸准备，后天二十七写，二十八你们来拿对子，除夕贴对子，算来算去，写对子的时间只有二十七日一天，就是把阮老头子累死，也写不出来。但是，减谁的谁不干。最后，还是王科长一锤定音：干脆凑个整数，一百副。

一百副，每副大洋五元，总共五百元。却勾销七百元的欠款，按说，朱贵才是有利可图。但是，欠酒肉朋友的是赌债，欠多长时间，谁好意思上门讨要？这求告阮老爷子写对子就不同了，必须现钱。如今手头就是缺现钱。得受难为啊！再看看眼前这十几个人中，最大的官才是个小科长，其他全是些跟班走卒之辈。为这帮龟孙子作难，才是十足的冤大头。但是，为五百块熊钱得罪这一帮人，也不成！

他骑虎难下了！他心里也烂明白，自己出面，出多大价钱，写这么多对联，他阮老爷子，也决不会买账。朱贵才就是朱贵才，歪点子就是多！

第二天，一个身着长袍马褂、头戴礼帽的李先生来到了老阮家。说是济南府翰林书画店的，慕名而来，订春联一百二十副，每副大洋三元。阮宗圣正为教员薪水发不下去着急，一听就想立马答应。这天，武秋生和凌春来也在。武秋生一看，也觉着是山穷水尽之时的"又一村"，便

阮宗圣被朱贵才戏弄，咬牙切齿，撕碎对联。

急着劝老师应承。幸亏凌春来在场，又给李先生进行了一番讨价还价。

"李先生，您既然是慕名而来，总该知道阮老先生这墨宝的价位吧？再说，写的时间不足两天……"

"知道。统统知道。一来俺是一次一百二十副，量大，等于批发；二来，写对子不用宣纸，不用装裱，成本低。大洋三元已经是天价了。"

凌春来又跟他争了一下，李先生把价码提到每副四元，一百二十副共四百八十元。凌春来说，也不差这二十元了。最后以五百元拍板成交。又仔细商量了一下有关字体、尺寸、规格等具体事宜。其实最困难的还是：腊月二十八日早晨八点一定交货。

腊月二十六日上午，凌春来帮着买来红纸。武秋生老师和小三儿都帮着裁纸、研墨。当天下午阮老先生就动笔写了。一百二十副对子，是二百四十幅；还需要横档一百二；大小"福"字三百六十个。一天半完成，谈何容易！

遇到的第一个难题，就是对子写出来如何晾干？两间屋地连二十幅放不下。放到院子里行不？不行。一是天太冷，上冻；二是风太大，有时风里还夹杂着碎雪花，很容易刮破。那咋办？还是凌春来心眼快，他说，如今学生放了寒假，去学堂教室，生上火炉子，一个教室不够，用两个、三个，摆得开，干得快。于是便齐呼喇一起转移到了学堂。有的磨墨，有的裁纸，武秋生和凌春来一直在打下手，跟小工。一下午，加上一晚上，就写出了四十副（八十幅）。可是写到最后，阮老爷子就给累垮了：眼花手颤，面色苍白，满脸虚汗，站不稳了……

凌春来就与阮老爷子商量："爷爷，你看这样行不，横档、'福'帖，让武老师写，武老师的字在咱县也是上数的。书写是跟着你学的，书体接近，甚至能以假乱真……"

"不，就是秋生写的再好，咱也不能骗人家，对吧？济南翰林书画店的掌柜的姓郭，我见过。也是出名的书家，真草隶篆都十分了得。人家头一回上门儿找咱，是看得起咱，咱不能自己糟践自己。"

"可是，还有明天一天时间，算算账，能写出来？这不是别的，写不出来，误了人家过年贴，咋交待？再说，你老终归上了岁数，万一累出个好歹，也不值过。咋说也不能要钱不要命，对吧？"凌春来见老爷子很倔，不转弯，说得就更直了一些。

武秋生也乘机插嘴道："俺老师不是为钱。我看是为名，为名声，为名誉。对不？"

"反正是为名为利！"凌春来开始挖苦了。

阮老爷子扑哧笑了。说："也是实话。并且主要是为利，舍命不舍财。不到两天，挣大洋五百，够学堂三个月的花销。学堂经费发不下去，已经到了饥不择食的地步,还要什么名声?不做假,讲实在,是怕砸了买卖。你俩就别费口舌了,我想,只要咬住牙,到明天晚上,反正鸡不叫算今日,早点或晚点,肯定能写出来。春来,你回去,让存忠把我的大棉袄拿来。秋生把火炉子生旺,来个挑灯夜战。"

武秋生知道再说也没用了,便与凌春来商量,落实夜战。

夜里写到十一点,老爷子先是头晕站不稳,就坐下写。不一会儿,便手打颤拿不住毛笔了。只得收场回家睡觉。第二天上午、下午接连写,午饭是家里送到学堂吃的。及至傍晚,一百副对联就写了出来。老爷子长长抒了口气:"还有二十副,今晚上,再咬咬牙,胜利在望啊!这五百大洋,手拿把攥了……"

可是,话还没说完,眼前一花,就蹲倒在地上。春来、秋生一看老爷子面色苍白,浑身颤抖,给吓坏了,急忙上前搀扶……

"别扶,让我在地上躺一会儿……没事儿的。别慌,写不出来,我不会死的……去,端碗开水,最好,加点儿红糖……"

果然,老爷子在地上躺了一会儿,苏醒了一下,又坐起来,在春来的帮助下,咕咚咕咚喝了一大碗糖水,顿时出了一身大汗。不到一顿饭工夫,就从地上爬了起来。摇了摇头,苦笑着说:"没事儿,老毛病了,累过了就犯病。好了,都去吃饭,再准备挑灯夜战!"

晚饭是二梅和冯家驹一起送来的。让大家没有想到的是,吃饭时冯家驹的一句话,又把老爷子气了个半昏。

家驹说:"武老师,春来哥,我真不知道你们是咋想的?这么冷的天,拉来老爷子受这个洋罪,去伺候那些泼皮无赖的狐朋狗友吗?"

春来一惊,问:"家驹,你把话说明白些。什么泼皮无赖、狐朋狗友?"

冯家驹说:"哥,武老师,爷爷,我说了你们可别生气啊!"

春来说:"生啥气,这不是出力挣钱、穿衣吃饭吗?"

家驹说:"这些对子,根本不是济南人来订的。"

"哪是谁?"

"是朱贵才,安排人来订的。"

"是他?咋会是他呢?"

"一点儿不错。朱贵才那帮狐朋狗友,今晚在望湖楼集合了,准备明天早晨派人来取春联对子。他们有的说,重奖之下必有勇夫;有的还说,有钱买得鬼推磨嘛!"

"这个狗杂碎,是耍咱!"武秋生破口大骂。

"家里有几个臭钱,不知道咋霍霍了!"凌春来也气得骂道。但一看老爷子,他害怕了,赶紧劝道,"爷爷,你,你……"

老爷子浑身痉挛,眼里似乎冒着蓝色火花,抓着砚台举起来,"啪"

地一声摔到地上。然后，以命令的口气说："把所有的对子，全部给我撕碎，全部撕碎，全部烧掉！"

他说着，将刚写出的一幅抓过来，咬牙切齿地撕了个粉碎，扔到地上，又踩了两脚。可接着，"哇"地一声，吐出了一口鲜血……

人们手忙脚乱，不知如何才好。还是凌春来心眼快，背起老爷子，说："走，回家！"

回到家，家里人齐呼喇地围着老爷子的病床，此时，还能说啥？都在搜肠刮肚，找话劝解了。亲兄弟宗贤给儿媳妇吕氏递了个眼色，吕氏上前说："大人们留下，年轻的除了三菊，都回去吧。我得告诉你们，这件事，出去对谁都不能说。记住。"

年轻人走后，她让三菊倒了碗开水，调温乎，帮老爷子漱了口，又扶他躺下，这才慢条斯理地说："爷，你大人大度量，君子不跟小人制气。跟这些流氓泼皮生气，犯不着。常言道，敬君子方显有德，怕小人不算无能。让三分心平气和，退一步天高地阔。爷，不是媳妇说你，你们还是有读书人那种清高、迂执。人家农民种出庄稼，上集市粜粮食，只要给钱，从来不去查问买粮的是什么人。对吧？朱贵才求你写对子，无非是慕你的大名，知道你写得好，一字千金，怕你不给写，才找外人，编瞎话，来订你的对子。第一，他不是拦路抢劫，也不是巧取豪夺，而是高价收买。大不了是炫耀有钱、有能力、耍点儿小聪明、小伎俩，仅此而已。第二，这对子的词义，都是喜庆新春，祝福吉祥，教人向善的。贴到门上，人人能看，亦有教化民众之功效。要是为这，气出个好歹来，值得吗？"

"你说的也不是没有道理。可是，窝囊啊！让这小子当猴耍了，能不生气？"经侄儿媳妇一破解，老爷子的口气缓和了许多。

武秋生插嘴说，"可不是咋的，咱这么多人，全让他算计了。这口气，任谁也咽不下去。"

吕氏笑笑说："你想想，你们武家令祖武训先生，当初为办义学四乡募捐，什么羞辱没有受过？什么酸苦没有吃过？与他老人家相比，这又算个啥？爷，这事儿，你甭管了。让武老师和春来商量商量，去了结吧！"

老爷子沉默了多时，长长地叹了一口气，说："这人穷志短、马瘦毛长啊……五百块大洋，对于穷学堂不是个小数目了。生气归生气，可还舍不得这大洋。咱当回子阿Q吧，不是两天功夫吗？没吃亏……"

老爷子苦笑着向武秋生摆了摆手："你们看着办吧。"

当晚，由武秋生将剩下的二十副对联和横批、'福'帖等全部写完。第二天早饭后，李先生来取货时，武秋生还怕姓李的眼贼，看出破绽。凌春来说，你们都别管，我对付他。

那位李先生一进门，凌春来就开口盘问了："李先生，我们阮校长跟你们济南翰林书画店的老板是故交、知交、至交。因此，不敢敷衍，可谓一字不苟。不到两天，写出这么多副对子，都累倒了。回去，跟你们老板……"

"你放心，李某回去，一定跟俺老板言明此事，有机会让老板前来当面致谢。"

"那倒不必了。唉，李先生，你们老板贵姓？"

"这个……对，姓王。"

"不对吧？我咋听说，是姓郭，不姓王啊？李先生，你是……"

"对不起，说实话，我是受书画店之托，来的……这个……时间已经来不及再拖延了，今天赶回去，明天就是除夕了……"李先生已经有些慌乱了，"这是五百大洋，一枚不缺。你先生当面点清，收好，收好……"

凌春来点过大洋，收好，客气地说："是不是还检验一下……"

"哪里哪里，信得过，信得过……"

这位李先生唯恐全露马脚，捆好对子，可谓仓皇溜走了……

这件事儿过后，谁也不愿再提。当初老哥差点儿没累死，闹了半天，是被朱贵才耍了。可舍不得那五百大洋，打掉牙咽到肚子里去了。读书人那"精神"、那傲骨呢？这把壶不开啊！二爷宗贤听不惯这些读书人的高谈阔论，急了眼，就想提提这把壶……

7

因为老兄庆寿，当兄弟的不好败这些读书人的兴头，他便悄然离席了。老兄宗圣还在旁若无人地讲着："我赞成梁漱溟先生的主张，民德非常重要。举个例子说吧，疼爱自己的儿女，这就不用学，是天性。虎不食子，骡马牛羊，都护犊子。这，人跟动物一样。但是，人要孝顺父母，那就是后天学习的。不是天生就懂。不少人就像山喳子，尾巴长，娶了媳妇忘了娘。黄河水一来，他们先救孩子老婆，老爹老娘却全淹死了；春上没饭吃，也有的领着老婆孩子逃荒去了，却丢下老爹老娘不管了。所以，人们称这些人是畜生……"

武秋生说："老师，我心里总想不明白，鲁迅小说中说，翻看几千年的历史，篇篇都讲仁义道德，可在字里行间细看，却只有'吃人'两字。老师，这标榜仁义道德的人干了坏事，咱就不讲仁义道德了？披着人皮的狼吃了人，难道还得让好人去伐毛洗髓？"

"秋生，你说的不无道理。可你得理解鲁迅，理解鲁迅说这番话的背景和对象。你想想，吃不饱肚子的母亲，也得给孩子喂奶，需要声明自己的慈爱吗？当乞丐的儿子，将讨来的饭食先让给娘吃，需要先声明自己的孝顺吗？相反把慈爱挂着嘴上的，一定不慈；把孝顺挂在嘴上的，一定不孝。历代的王侯贵胄，'满口的仁义道德，一肚子男盗女娼。'好话说尽，坏事做绝。鲁迅这是字字带血地解剖，这是痛心疾首地呐喊，这是黑夜的闪电，这是惊蛰的春雷。这就像《老子》中说的：'大道废，有仁义，慧智出，有大伪……绝圣弃智，民利百倍；绝仁弃义，民复孝慈……'秋生，这都是一些激愤之词，是诅咒。什么圣贤，什么大师，你们说的比唱的还好听，可仁义道德的事你们做了多少？去你的吧，我们听够了！你们别再瞎折腾唱高调了。秋生，是不是这么个意思呀？"

大家都点头赞同。

这时大兰在门外喊道："爹，俺婶儿说，酒菜都准备齐了，该拜寿入席了。"

"知道了。"

8

地方寿宴风俗，入席喝酒以前，要先拜寿。

武秋生被推举拜寿主持。

武秋生喊道："阮老先生，数十年来，苦心育人。一身许国传道义，两袖清风作师表。而今年逢六十五岁寿诞，真乃可喜可贺。下边由弟子晚辈拜寿：一鞠躬，二鞠躬，三鞠躬……"

"好，好，免了，免了……"阮宗圣笑着连连摇头摆手。

由冯剑秋率领宾客鞠躬拜寿。

武秋生又高声喊道："岭上阮门，诗书继世，忠厚传家；阮老先生，自强不息，身为楷模。值此海屋添筹、亲友同庆之际，请受儿孙眷属叩拜。一叩首，二叩首，三叩首。礼毕，宾客入席！"

儿孙眷属行的是跪拜大礼。拜寿仪式结束，男女分别入席。

可没待半个时辰，大门口突然传来吵闹声。三菊慌忙急促地跑来，悄声说："娘，咋办，武秋生老师的婆娘领着孩子来闹。"

严依霞腾地站了起来，说："这武秋生安的啥心？自己来拜寿，却让老婆来搅局。"

吕氏强按下严依霞，说："武老师肯定不知道老婆会来。他老婆也肯定是揭不开锅了。都坐着别动，该吃吃，该喝喝。三菊，走……"

男客宴席安排在堂屋。大伙斟上酒刚要举杯，大门口便传来了武秋生老婆的声音："这才是饱汉子不知饿汉子饥。你家里四盘八碗，喝酒吃肉。俺老婆孩子两天没吃饭了你知道不知道……"

朱贵才腾地站起来，说："这是谁来胡闹？把她赶出去！"

武秋生怯生生地站起来说:"可能是,俺那个不懂事儿的老婆。奶奶的,丢死活人啊!"

武秋生冲着阮老先生打了自己两个嘴巴,说着就要往外走。

"慢!秋生,都是因为我两个月没发薪水啊!"阮老先生颤巍巍地站起来喊住武秋生,自己却一头栽倒地上。

众人急忙喊叫抢救,乱作一团。

9

再说吕氏走出厨房,三菊问:"娘,你说咋办?"

"我也没有好法子……"

"要不,找武老师自己去管吧……"

"不行。他这婆娘,是个二婚头,孩子是带犊子,武老师也不便过分管她……"

娘俩赶到大门口。

武秋生老婆还在大声喊着:"老少爷们儿,你们都来看看,都来瞧瞧,这个当学堂校长的,说是没钱,教员两个月没发薪水了。可在家里摆大席,吃肉喝酒……"

吕氏上前拉住了她,说:"你是武家大嫂吧?来,跟我走。"

"你是谁?"

"我是阮校长的侄儿媳妇。你不是来要武老师的薪水吗?来,跟我走。"吕氏拉了武秋生老师的老婆和孩子就往西院自己的住房走。

三菊冲着围观的人们说:"都散了吧,这儿没什么热闹可看……"

人们议论着散去……

吕氏让三菊去厨房拿了两个馒头递给了武家的孩子。孩子抢过馒头就往口里拥,噎得脖子直弯。

吕氏忙说:"三菊,快给孩子倒碗水来。"

三菊答应着去了。

"孩子,慢点儿吃。唉,可怜的孩子啊!"吕氏说着,便将一摞钱递给武秋生老婆,"按你说的数,这是武老师两个月的薪水。你点一点,对不?"

三菊让孩子喝了水,又问:"娘,哪来的钱?"

武秋生老婆也问:"你们不是说没钱吗?"

吕氏苦笑着说:"我们家是没有钱。俺爷已经给学堂垫了三个月的经费了。这两个月实在没的垫了。"

"没钱,这是啥?"武老师的女人仍不依不饶。

"武家嫂子，你实在要问，我就实话告诉你。这是俺闺女二梅，她公爹——冯剑秋，刚给她送过来的聘礼。冯先生还没走，正与你丈夫武老师一起喝酒。嫂子，您若不信，咱去问问。"

"娘，这不是咱的钱。是冯家给俺姐姐的聘礼，你咋好动？再有几天她就结婚了，花了钱，咋买嫁妆？"三菊着急地问。

"嫁妆可多可少，可有可无。但是，一天这三顿饭，一顿也不能少。这是救人活命的大事……"

武秋生老婆扑到吕氏面前双膝一曲跪了下去："弟妹啊，原谅你这个穷疯了不要头脸的嫂子吧！看着孩子忍饿，心里不是滋味啊！"

吕氏拉起秋生老婆。忙对三菊说："去，快去告诉你大爷爷，一切安顿了，没啥事了，都是误会。"

三菊急忙跑出门。

吕氏又包了一些饭食，递给武家大嫂，送她们母子出了门。

10

堂屋男席上。阮老已经苏醒过来，大家才松了口气。

三菊悄然进来，在爷爷耳边低声说了几句，爷爷的情绪便渐渐安定下来。三菊退出。阮老摇了摇头，凄然一笑，说："我，用咱的土话讲，真是公鸡不公鸡，母鸡不母鸡，草鸡毛了。这胸膛里，盛不下事儿了。唉，扫大家的兴了。"

武秋生突然跪了下去："老师，都是学生的罪过。漫天儿续了这么个二婚头，半熟儿，也不知听了谁的挑唆，敢来搅这个局。看我回去，咋收拾她！"

阮老苦涩地笑了笑："秋生啊，起来起来，看你咬牙切齿那个凶相，能怪人家吗？嫁汉嫁汉，穿衣吃饭。你这个七尺汉子挣不出饭食，怨谁？怨你，怨你没拿回薪水去；你为啥没拿回去？因为我没发给你。得怨我啊！来来来，大家继续喝酒。守信啊，给我也倒上一杯！"

他苦笑着老泪纵横……

11

在西院堂屋里。老二阮宗贤不知什么时候离开了酒席，将孙子小三儿学礼、小四儿学智悄悄喊来。神神秘秘地从袖筒里取出一个小酒壶，又将怀揣的一个一个纸包包放到桌上，慢慢解开，原来是几根油条、两个猪蹄、半斤炒花生米。两个孙子一看，便眼睛放光了。

"爷爷，是犒劳俺俩的？"小四儿问。

"不，是咱仨的。"爷爷说。

小四儿刚想伸手去抓，爷爷把他的手挡在一边，说："慢着。先沉住气，等爷爷收拾好，说明白规矩，再吃不晚。"

爷爷不慌不忙地用小刀把油条切成一段一段放于盘子，再把酱猪蹄切成一块一块放于盘子，再把花生仁放进盘子……

时间过得真慢，小孙子都馋的流口水了。小四儿趁爷爷没留心抓了一块猪蹄就填进口里。

"小馋猫，慢点儿，猪蹄儿有骨头，得吐出来，别卡着。"爷爷疼爱地拍着小四儿的小脑袋说。然后自己又嘟哝着，"这才三个菜，不成双，三儿，想想，再凑上个啥？"

小三儿说："有咸蟹子，咸辣子，咸香椿……"

"你不能吃腥，不能吃辣。就拿香椿吧。小三儿啊，今们儿，爷爷这一鞭子，够狠的吧？"

小三儿说："都怪我，不懂事儿。"

"不，都怪爷爷，手太狠啊！"

小三儿拿来咸香椿盘子。四个盘子摆好，爷爷说："咱爷仨，划拳。不，就来包袱、剪子、锤。我赢了，喝酒吃菜；您俩，谁赢了，喝水吃菜。咋样？"

"好啊！"

开始后，有赢有输。爷爷笑得满眼淌泪，孙子笑得前仰后哈……

老少三个直到酒足饭饱了，爷爷才突然想起来："三儿，快去看看客人走了没有？别失了礼……"

12

东院里，众人正在看宋守信舞枪弄棒。

大兰、三菊都跑来观看，站在了吕氏、严氏身边。

宋守信先走了一趟基本拳路子，打了几个旋子，翻了几个跟头。

大兰、二梅连声喊好，拉着三菊鼓掌……

小四儿、小三儿架了爷爷也赶了过来。吕氏进屋搬了一个凳子，让公爹坐下。

守信招呼小三儿："三儿，找两根棍子，来个对打。"

"不行不行，我不是你的对手。"小三儿谦让着。

爷爷宗贤却站起来喊道："守信啊，我跟你走两路？"

"好啊，二爷爷，手下留情。"

严氏插嘴道："守信，好好跟你二爷爷学几招。你二爷爷，可是咱梁山泊出名的阮老二。"

爷爷说："三儿说我，将是好将，可惜老了。倒是守信，该手下留情了。俺这阮家拳，从来就怕您宋家的棍。"

爷爷自己先练了一下拳脚，打了"醉拳"中的几个套路……

严氏连声喊好。

"他霞姨，咱俩先走几路，让他们开开眼，咋样？"

严氏摆手推托。

"既然俺爹点将，你就别客气了。"吕氏说。

"那，献丑了！"严氏没有再推辞。

两人从三儿手中接过棍棒，稍作练习，便招呼交手。两人似乎突然都变了一个人。手脚灵捷，精神抖擞，抡得棍棒上飞下舞，左旋右转，乓乓乓乓，嗖嗖作响。真格的，一个似猛虎下山，一个如蛟龙出水……

正在大家看得目瞪口呆之时，忽听到有人在外围大声喊道："好啊！"

大家定神一看，三菊、三儿、四儿，同时喊了声："爹！回来了！"

孩子们一齐向阮存孝涌过去……

一直站在外圈想看"大闹寿堂"热闹的朱贵才，不时向门外瞥几眼，很是纳闷儿，心里嘀咕着："说的好好的，保安队咋没来？"

朱贵才离开老阮家，一边往家走，一边还在琢磨"保安队为啥没来"的原因……他突然望见村头上黄家的老老少少正去给黄区长上"二七"坟，心里猛然一下透亮了："这是该烧香送钱了！"朱贵才回家二话没说，骑上马就去了县城，找到保安队李队长一问，果不然，李队长没好气地说："保安队是你家喂的狗咋的，唤一声就跟着走？"

朱贵才赶紧把红包塞进李队长衣袋里，连声道歉。李队长见钱眼开，立时答应，今天晚上就去……

第七章　漏夜惊堂

1

冯剑秋从阮家回来，已带了几分醉意，当晚，他将妻子朱氏、妻侄朱贵才、儿子家驹召集来商量婚事。

冯剑秋说："家驹就要成亲了，我已经请了亲戚朋友。他娘，家里的事儿由你操办。场面上的事儿，贵才，你帮着张罗张罗。"

朱氏低着头、哭丧着脸，一声不响。

朱贵才忙说："姑父，这是表弟一辈子的大事，这么急头搔脑的，是不是，有点儿过于草率？"

"贵才啊，你知不知道，你姑父是干啥的？是吃军粮的，得出生入死。能活着回来给儿子操办喜事，这就是家驹的造化了。"

"姑父，我不是那意思，我是说，这件事还得商量。如今两家的老人，还有些凄厉差啦、横七竖八的事儿抈在中间，咋也高兴不起来。这么强扭的瓜，能甜？你不信，问问俺姑。俺姑，终归是家驹的亲娘吧？"朱贵才说。

朱氏说："家驹是我的儿，我不同意，他这婚，就不能结。"

家驹急了，连忙说："爹，你看……"

朱贵才也说："姑父，这样的喜事，咋办？"

冯剑秋不慌不忙，喝了杯茶，干咳一声，说："贵才啊，别看你姑父跟着军阀干，可在这件事上决没有军阀作风，也不想当封建家长，包办儿子的婚事。今天，当着你的面，再问问家驹。家驹，你得回答两个问题：第一，你跟学梅谈恋爱，直到订婚，我知道吗？"

"没跟爹说，没跟娘说，爹娘都不知道。这是我的不对。"

"第二，你跟学梅的关系，若是父母不同意，你们可以再分离吗？"冯剑秋又问。

123

"我这辈子，非学梅不娶。若被拆散，毋宁死。"

"我只能尊重孩子们的意愿了。贵才，你说呢？"冯剑秋说。

朱氏没等侄子开口，便说："你今天娶了他姓阮的闺女，明天我就死给你看。"

冯剑秋说："你就是死，也只能说明，你是个不通情理、胡搅蛮缠的糊涂娘！"

2

与此同时，在阮家东院堂屋里，宗圣、宗贤老兄弟俩，也正在和刚回来的存孝商量学梅的婚事。吕氏和学梅，娘俩也都在座。当着大伙的面，存孝又询问了两位老人和闺女的意见，才表示自己的态度。

"既然二梅非家驹不嫁，我这个当爹的决不阻拦。但是，二梅啊，你还得回答爹一个问题。我听说，家驹他娘不同意你们的婚事。等你们结了婚，家驹他爹一走，你跟婆婆能和睦相处吗？"

"跟她和睦相处，恐怕很难。"

"那怎么办？"

"我尽量敬重她，孝顺她，逆来顺受……"

"她就是不依不饶呢？"

"家驹说过，我一个大活人，她能把我吃了不成！"

爹笑了，说："二梅，你记着，婆家实在待不下去，还有娘家。娘家会给你做主，娘家的大门始终为闺女开着。"

"爹，闺女记着了，你放心……"二梅感动了，流泪了。

大爷爷宗圣说："二梅，我打听过，你那个婆婆，受朱贵才挑唆，肯定容不下你。我想，你们结婚之后，不要等撕破脸再离开。你公爹一走，五日回门，咱就不回去了。"

"不回去，总得找个理由。"存孝说。

"理由嘛，我已经想好了。替你大爷到学堂教学。"大爷爷说。

"我哥教学好好的，二梅顶他下来，合适吗？"存孝提出质疑。

"哥，老大干鸡似的，他下来能干啥？"宗贤问。

"啥也不能干。都怪俺俩，从小娇他、疼他、惯他。惯子如杀子，养了个废物……"

"我哥，到底出啥事儿了？"存孝问。

"以后再说。今们儿我这个生日，过得好累啊！我得早歇着啦……"老人发了话，大伙便陆续退了出来。

3

存孝从大爷的堂屋回来，没等落座，他就急着问："蕴玉，大哥犯下啥过错了，爷要把他辞退？"

"抽大烟。"吕氏说。

"怎么，抽大烟？真的？"存孝一惊。

"对，去望湖楼抽大烟。前段时间，只瞒了爷、爹、大嫂。爷可能也知道了。"

"大哥虽然有点儿那个……但是，正正派派。是谁引诱他抽上的？"

"好像是咱那个干儿子朱贵才。"

"干儿子？"

"跟咱家学仁、学义，跟宋家守信，冯家家驹，他们五个在县城上学的时候，拜的把子兄弟嘛！"

他们五人当年结拜时的照片，还挂在墙上。

存孝说："啊，我想起来了。小名叫兰桂，学仁他们就叫他懒鬼。"

吕氏将朱贵才如何勾搭小嫦娥被大爷开除；如何引诱大哥抽上大烟；如何跟老大学仁媳妇玉莲勾搭成奸；如何与县上一些当官的勾结将黄区长拴上石头沉了湖；大爷与冯剑秋如何参与打官司；县公安局如何结的案等等情况，前前后后，细说了一遍。

"朱贵才，还真成了地方一霸了。"

"我怕，往后，咱老阮家，还要遭他的祸害……他爹，趁着你在家，无论如何得想法子给大哥戒烟。"

"难啊！"

"再难，也得戒。要不，大哥这个人就废了。"

"我明白。"

4

与此同时，在存忠和韩氏的居室里，夫妻已经在大声吵闹。

"我他妈的活够了！"存忠刚进门，抓起个茶碗摔在了地上。

"他爹，没什么大不了的，别想不开，有错咱就改呗。"

"我实话跟你说吧，我这毛病改不了。除非，你一天给我一件东西去当铺……"

"你——你，吃上大烟了？"

"不错。"

韩氏"哇"的一声,坐在地上,放开嗓门儿哭起来……

女儿学兰闻讯赶了过来。

"爹,娘,你们这是闹的哪一出?"

存忠一看老婆豁出去闹大发了,赶紧说:"大兰,你来的正好,劝劝您娘,别这么胡搅蛮缠,让人看见笑话!"

"大兰,您是俺亲闺女,俺也不瞒你了。你爹,他抽大烟!"

"咋,爹,真的?"

"别听你娘胡说八道。"

"大兰,刚才他自己说的。怪不得天天往外偷东西……"

存忠恼恨地打了老婆一巴掌,骂道:"你个臭嘴婆娘!"

韩氏捂着脸喊:"大兰,赶紧找爷爷去!"

大兰回头就跑。找到爷爷,喘着粗气,说:"爷爷,快,爹,抽大烟,偷东西,跟娘打仗……"

"大兰,赶紧去找你二爷爷,只有他,能治得了你爹……"

大兰又跑到西院,找到二爷爷,拖着二爷爷就走。

"大兰,出啥事儿了?"

大兰喘着粗气,稍一镇定,便跟二爷爷说了实话。

"什么,吃大烟?畜生!"二爷爷骂了一声,抬脚就走……

这时,在吕氏夫妇居室里,吕氏正往盆里倒水,搞丈夫洗脚。三菊急三火四地跑进来说:"娘,大爷和大娘打起来了。"

娘问:"为啥?"

三菊摇摇头:"不知道。大兰姐,把爷爷也叫过去了。"

吕氏说:"他爹,赶紧去看看,别让爹打他,爹下手太狠。"

"我,立马过去。"存孝扔下毛巾,转身就跑了出去。

东院存忠夫妇居室内,眼下已是满地摔碎的杯盘……

韩氏跪在地上,死死抱住丈夫的腿。她满脸是血,似乎鼻子被打破了,大声哭喊着:"你打死我吧,打死我吧,我不活了……"

存忠不能挣脱,抡起巴掌还要打……

正在这时他亲爹宗贤一步闯进门来,霹雳似的大喊一声:"住手!"

存忠浑身一颤,抱着的一个古瓷瓶掉在地上破碎了。

韩氏也松开了手,匍匐着爬到宗贤面前,捣蒜似的磕着头,喊着:"叔,你是他亲爹,管管他吧,他吃上大烟了!"

"吃上大烟了?"

"爹,爹,别听她的,别听她的。她胡说八道……"

"我不听她的听谁的?"宗贤已经气蓝双眼,冲上前先打了儿子一个耳光,又踢了一脚。

"爹，爹，我不敢了，再也不敢……"存忠跪着乞求着。

宗贤顺手又绰起扫地笤帚，抡起笤帚把还要打。被二儿子存孝抓住了。存孝也跪下，说："爹，求求你，先别生气。论说，大哥不是那样的人……"

"他不是那样的人，是啥样的？我心里明镜似的。从小，跟着你大爷、大娘，娇他、惯他、疼他、宠他。他上学不吃苦，干活怕受累；夏天怕晒，冬天怕冻。这不，好吃懒做，横草不拿竖立，不折不扣的一个懒汉二流子。又吃上大烟，嗨，给咱老阮家丢人啊！"

"爹，我觉着，这里边还有……绝对是有人下了套，坑害大哥……走，找大爷咱一起商量商量……"

二儿子几句话，像瓢冷水，把爹那一头怒火泼灭了。他扭头走出去，两个儿子乖乖跟在后边。

5

爷仨来到东院堂屋。

阮宗圣说："走，上阁楼。"

四人沿着木板楼梯，先后登上小阁楼。

小阁楼是个小书房，是阮宗圣自己的小天地。除了当年的冯文魁、黄云生、吕德懋，每次来都是到小阁楼上款待，其他人便无此待遇了。今日则是破例。这里有一些简易书架，还有一些老式的箱柜。临窗是个书写墨笔字的案板。墙上悬挂着一些名人字画。

阮宗圣、阮宗贤老兄弟俩坐下之后，阮存忠就跪下了。

阮存孝站在老人一侧，却先开口了："哥，你得知道，这吃大烟的厉害。损害身体不说，让人告发了可不得了。韩复榘为了提高自己的声望，扩大自己的影响，处治吸毒贩毒非常严厉。第一次逮住，臂上刺字，第二次逮住统统枪毙。也就是说，不管多么难受，没有什么商量，必须立马戒烟。"

"从今天起，就不准出门。若不听，我先砸断你的腿！"当爹的咬牙切齿地说。

存孝说："爷，爹，我不是为大哥开脱，我总觉这里边……"

阮宗圣说："存忠，你老实说，怎么吃上的大烟？"

"我说。朱贵才和学仁、学义是拜把子兄弟，我和存孝都是他的干爹。我过生日，他儿子过百日，他拖我到望湖楼接连喝了几次酒，酒醉后就教我吸几口大烟，一来二去，便有了瘾，瘾头越来越大……"

存孝说："爷，如果，与你在学堂里开除他，联系起来，不难看出，这是一种心狠手辣的报复……爷，爹，我以为，必须当机立断，马上叫俺哥出外躲一躲。他既然下了圈套让你钻，他就还会收套。韩复榘的规定传下来了，说抓就抓，说打就打，说杀就杀……"

存忠急了："让我上哪儿去躲？"

"咱那几家亲戚，狗日的朱贵才都知道……"宗贤说。

"那咋办？"宗圣说。

存孝说："爷，爹，先跟着我到河务局躲些日子吧。不是太远，再说，他们也查不到河务局去。"

"那好吧。说走就走。"宗圣说，"不过，总得拿点儿盘缠吧？"

大家沉默多时，宗贤说："昨天冯家给二梅送了聘礼，张德厚也给了个红包，拆东墙补西墙吧，有啥法子！"

存孝又说："哥，这大烟，再难忌，你也得忌。无论如何，得下决心。"

"你放心，我一定忌。"

"再忌不了，自己就去碰死！"当爹的说。

6

商量后拿定了主意，宗贤就来到了存忠夫妇居室。

宗贤说："兰她娘，你听着……"

"爹，你说，媳妇听着。"

"老大吃大烟，如今官家抓得紧。抓了去，说打就打，说罚就罚，说杀就杀。得让他出外躲躲。"

"上哪儿躲？"

"那，你就别管了，说不准。他常用的东西、常穿的衣裳，给他找几件……"

"你这作死的……"韩氏低声嘟哝着，剜了丈夫一眼，翻箱倒柜找东西去了。

宗贤又说："大兰，把你婶儿叫来。"

"爹，我来了。"说着，吕氏正好进了门。

"老二家，没法子，也算当爹的，求你了。老大出门，没有盘费。还得往二梅那聘礼里边抠……"宗贤难为地说不下去了。

"啥？爷爷，还得抠那聘礼？"大兰惊愕地问。

"实在没法子！"爷爷说，"苦了二梅！"

"爹，什么也别说了。钱，我拿来了。哥，你收好。"吕氏将钱双手交给了存忠。

存忠双手接过。满眼泪水。冲吕氏跪了下去："弟妹，受这个没出息的大哥一拜。"

吕氏急忙拉起大伯哥。

存忠又冲爷、爹跪下，说："爹，叔，儿子不孝……走了。你们，多保重。儿子忌不了，决不回来见您……"存忠含泪磕了三个响头，站了起来。

宗圣抓了他的手说："存忠，一个男人，得长志气。有了志气，就能咬住牙，挺得住脊梁，没有过不去的火焰山。别忘了，你还有个家。我跟你爹，都岁数不小了，都没多长时间的活头了！"

"爹，叔，一定要等着我，我一定忌，一定忌！"

存忠、存孝从后门悄悄离去，在朦朦胧胧的月色中走了。

宗圣、宗贤老兄弟俩眼里都含满了泪水……

韩氏、吕氏妯娌俩都不断地擦着泪水……

7

阮存忠、阮存孝兄弟俩黑更半夜地走了。兴许没过半个时辰，突然，一阵咚咚的砸门声，惊心动魄。

"谁啊？"还是大兰胆大，她在院子里问道。

"开门吧！"又是一阵更响的砸门声。

"等着！"小三儿推开大兰姐，冲了上去，开了门，问，"干啥的？"

"县保安队的。阮存忠在家吗？"

"长官，阮存忠不在。他今们儿，上省城看儿子去了。"阮宗圣赶紧上前应对。

"胡说八道。今们儿还有人看见过他。"

"今过午走的。"阮宗贤把老哥哥推到一边，上前支应着。

"少废话，给我搜！"

保安队持枪到处搜索，叮叮当当，又翻又砸……

有两个夹了两轴字画从阁楼上下来，向他们的头头摇了摇头，说："没有。"

正在这时，朱贵才带着几个人跑了进来。忙着向保安队的头头作揖，说："长官，误会，误会。这是志成学堂的阮校长，他为人师表，家里咋会有贩毒、吸毒的？"朱贵才说着，从衣袋里掏出一叠纸币塞给了这位"长官"，又说，"这位老先生、老校长，酷爱字画。您，是不是，能留下……对您，没有一点用处……"

"好了好了，别絮叨了！"那"长官"将画轴扔到了地下。然后招呼队员退了出去。

朱贵才见保安队员走了，这才对阮宗圣说："这几天上边查得忒紧，让俺干爹在外边多躲些日子吧。"

朱贵才说完也匆匆走了。

"这小子是个大白脸啊！"阮宗圣倒抽了口冷气说。

"狗杂碎！"阮宗贤也骂道。

当夜，县保安队的又闯进望湖楼酒家，又抢又砸，最后绑走了小桂花。

8

两天之后。湖边路上。

夜色朦胧。北风凛冽。

望湖楼的小桂花，被打、被关逃出以后，遍体鳞伤，拄着一根柳木棍子艰难地往前走着。

身后传来急促的脚步声。小桂花挡在了路中间。当来人走到跟前时，小桂花伸出手："大爷，可怜可怜我吧，我两天没吃饭了……"

"我，今们儿没带钱。"是学堂教师宋守信。

"大爷，我已经两天没吃一口东西了！您给我一个馍，我给你唱歌，唱曲儿，您想听啥我唱啥……"

"贱货！"宋守信推开她就走了过去。

"我不贱。俺酒店被砸了，关板儿。人也不知去向了。我，两天没吃一口东西了……"

宋守信又走回来，说："我今们儿，确实没带钱……"

宋守信走远了。

这时又有脚步声传来。

小桂花又挡在了路中间。当来人走到跟前时，小桂花伸出手："大爷，可怜可怜我吧，我两天没吃饭了……"

"是吗？"

"大爷，你给我一个馍，我给你唱曲儿，让我唱啥我唱啥……"小桂花又重复着那些话。

"哟呵，跑出来了？算你命大……"

这时冯家驹走来。听见朱贵才的声音，藏在了树后。

"你，你是朱贵才？"小桂花一惊。

"是，是大爷我啊！"

"朱贵才，你个畜生！你，不要认为别人不知道，保安队是你找来的！砸了望湖楼，抓了我去，打得我皮开肉绽……关了我两天，一口饭不给我吃……你狠得还不够吗？"

"对，还不够。我告诉你，谁不听我朱贵才摆布，谁让我朱贵才活得不自在，我必定让谁也活得不自在。你小桂花，也不撒泡尿照照，上秤称称，你是个什么东西？你不就是，俺爹买来的歌女吗？原想送给家驹，可他不稀罕你……你呀，没那个命啊……"

"我也告诉你，朱贵才，我就是饿死，也清清白白。你就是砸死我，我当鬼，也饶不了你！"

朱贵才从小桂花手中夺过棍子，正要打小桂花，冯家驹走了出来。

"老兄，这深更半夜的跟谁较劲？"

"这不，流年不利，出门闯见鬼了。遇上这么个贱货，拦路纠缠，表弟啊，您带零钱没有？快打发她，好走路。"

"好来。"冯家驹拿出一些纸币递给了小桂花。小桂花刚要谢他，他马上摆手谢绝。回头拉了朱贵才就走，"走走走，别跟她一般见识。"

二人走远了。小桂花又艰难地往前走着……

9

冯家驹在岔路口与朱贵才告别分手。

冯家驹见朱贵才走远了，又返回原路，来寻找小桂花。

冯家驹迎上小桂花，低声说："小桂花！"

"你是，曾经跟我学唱曲儿的家驹哥？"

"正是。小桂花，怎么落到这般地步？"

"一言难尽啊。家驹哥，您看看，朱贵才让人打得我，浑身是伤，两天，两天没给饭吃……"小桂花说着就要晕倒……

冯家驹赶紧扶住了她。

"两天没吃一口饭了。家驹哥，救救我……"

"走，我背着你……"他背起了她。

黑影里，朱贵才老远躲在树后，瞄着她们。

"上哪儿？"小桂花问。

"这近处有亲戚吗？"家驹问。

"没有。家驹哥，求求您，赶紧找饭馆儿……"

"这黑灯瞎火的，所有饭馆儿都关板儿。"

"唉，我饿得不行了……"

"你先上龙王庙里歇歇，我回家，拿吃食。"

"家驹哥啊，救救我这条小命儿吧！"

冯家驹吃力地背着小桂花踉踉跄跄冲龙王庙走去。

朱贵才尾随着他俩，偷偷笑了。家驹终于上钩了……

冯家驹将受伤的小桂花背到破庙里。

10

冯家驹将小桂花在龙王庙安顿下，便急三火四地往家跑着……

冯家堂屋里，冯剑秋手握毛笔，趴在方桌上睡去。桌上还陈放着酒壶、酒杯，以及他用颜体大字书写的《悲歌》。

朱氏手端茶杯，小心翼翼地想叫醒他："他爹，他爹，到炕上睡吧！别冻着……"

正在这时，家驹像被人追着一样，喘着粗气走了进来。径直去厨房找饭食……

"驹子啊，又饿了？"

"嗯……"

"你等着，这儿还有点心——您爹捎回来的，我没舍得全拿出来。你等着，等着，娘给你拿……"娘进了卧室。

冯家驹拿好饭食，找了水壶，刚想走，又拿了火镰、火石、蜡烛，慌忙急促地悄然出了门，冲龙王庙跑去……

朱氏拿点心出来，不见了儿子，急忙出门，儿子的身影出现在远处。她没顾得想啥，就紧紧跟了上去……

在龙王庙里，冯家驹摸黑递给了小桂花吃食，她狼吞虎咽地吃着。

冯家驹笨拙地用火镰、火石打着了火，点着了蜡烛。说："慢点吃，慢点吃，先喝点水……"

朱氏悄没声息地跟进了庙门，藏在了一棵松树的后边。见这阵势，差点儿惊叫出声。她想，半夜三更的，在这破庙里，家驹这是遇到狐狸精了。世上哪会有这样的女人？披头散发，衣服凌乱。但是，在烛光里，她那俊俏眉眼——甚至说有点儿狐媚的模样，却看得分分明明。这里靠近荒草野坡，自古就有狐狸精出没的传说……

小桂花吃了一阵子，又咕咚咕咚喝了一阵子，仿佛吃饱了，喘了口粗气，说："家驹哥，看来，我饿不死了！我又活过来了！我小桂花这条命，哥，是您救活的。对您的救命之恩，我，没齿不忘。家驹哥，我愿意给你做牛做马……"小桂花气喘吁吁，挣扎着要脱衣服。

朱氏一听这是小桂花，又是一惊。家驹呀，送给你，你不要，倒是你自己找到一起了……朱氏没再犹豫，悄然退了出去。

"小桂花，你这是干啥？"

"家驹哥，别看朱贵才逼我，我至死不从。可你不同，我甘心情愿，你咋玩，我都奉陪。"

"小桂花，你怎么说这？"

"哥，你救我，不就是为了……要玩我……吗？你们男人的心思我知道，见了有几分姿色的女人，都想玩。干我们这行的没几个躲得过去。我小桂花遇到你破身，也算造化了。我不骗你，我对天发誓，我小桂花还是清白之身。你，是第一个……"

　　"不要说了！"家驹提高了嗓门儿，"你拿我当什么人了？刚才你就要饿死，我能见死不救？你再胡说，我就走了。"

　　"哥，原谅我，我饿昏了头。胡思乱想，胡说八道。哥在上，受我一拜。"

　　小桂花说着，就跪在了地上给家驹捣蒜似的磕头。

　　家驹急忙拉她起来。说："小桂花，望湖楼的人在哪儿，你知道吗？明天我想法送你回去，行吗？"

　　小桂花哭了："望湖楼，刚才我去过了，黑着灯，没一个人。家驹哥，我，从小卖给人家当丫头，因为好唱小曲儿，又转卖给了歌楼。朱四海把我买来，原本想送给你的，想用我拆散你和阮家二小姐的婚事。你没上当，朱贵才又想霸占我，我不从，他们往死里打我……我好歹逃出来了，可现在是举目无亲，无家可归。你就可怜可怜我，帮我找个场院屋子，牲口棚也行，能藏着头就可以……千万别让朱贵才再找到。好歹养几天伤，顶多三天五日，我就走。我对老天发誓，对你的救命之恩，我小桂花至死不忘，一定报答。"

　　"不，不需要什么报答。小桂花，今晚，先在这里将就一夜，行不？"

　　"咋不行？"小桂花看了一眼周围，几个张口瞪眼的神像，又听见屋外松柏树间，越来越大的"呜呜"风声。屋内的蜡烛，也被风吹得忽明忽暗。她又用一种颤抖的声音说："在这儿？哥，我……害怕……还不如到坡里，找个看坡的小屋子躲躲……哥，您听，好像有动静……"

　　"嗨，你呀，刚吃饱了，又怕这怕那了……"冯家驹让小桂花说的，也是头皮直炸，但还是壮着胆子充当男子汉，端起蜡烛在屋里四周照了照……"看见了吗？有啥？害啥怕？"

　　似乎风刮大了。开始在树间吼叫……

　　"噗"地一下，蜡烛被刮灭了。

　　小桂花"啊"的一声扑进了冯家驹的怀抱……

　　小桂花不停地颤抖着……

　　"小桂花，别怕，别怕。有我呢……我把蜡烛再点起来。"

　　"不用点了。有你在，我不怕，有你在，我就是死了，也是我的造化。"

　　"小桂花，别那么说。只要活着，一切会好的。以后，我还得向您学唱小曲儿。学唱好多好多小曲儿。还得跟您学吹箫、吹笛子、弹琵琶。您唱得好听，您弹得也好听……"冯家驹为了减少恐惧，分散注意力，找话说着。但是，这么一个女人软软烘烘地趴在自己怀里，他心里发慌了，不知所措了……

"您想学唱小曲儿，您想学乐器，没说的，只要我会的，全教您。哥，我的命都是您给的。在这个世界上，您是少有的好男人。我，我的一切，都是您给的。我再说一遍，只要您不嫌我，我愿意……"

"我求求你，别这么说。再有两三天，我就结婚了。阮家的学梅，我很爱她。她比我看书多，有学问，能写诗，能填词，能写曲儿。以后，她写出词，你谱上曲儿，咱们一起唱……"

"我还有那一天吗？哥，我跟你们，不在一个等级上。您拿我当个人，可我自己，知道自己姓啥。我羡慕阮小姐，但决不会妒忌阮小姐。我只是求求你，把我当个小猫小狗养活着，别嫌弃我，行不？"

"不，不，这不公平……"他搂紧了她……

"哥，我，在酒楼唱歌多年，可是，我卖艺不卖身，还是个好闺女，不骗你。今们儿，是饿疯了，想破罐子破摔了，才……你，要了我吧。你要了我吧！我现在，除了这贱身子，再也没有什么报答您了……以后，我，我给您当一辈子丫头行不？"她搂紧了他，疯狂地、饥渴地在他的脸上、嘴上吻着……

他像抱了一团火，火在燃烧着。他灵魂出窍了，傻了……

"不，不，我不能……你是我的恩人，我不能啊……"她一下子推开了他，"你走吧，我任啥也不怕了。我要是管不住自己，就，真是个贱女人了……"

11

清早起床，冯剑秋坐在桌旁，便一直在发呆。这些年他戎马倥偬，居无定处，多么想有朝一日回到家乡，过几天安稳日子。如今，他回来了，与妻子团聚了，老夫老妻，白天同桌供餐，夜晚同床共眠，按说应该感到温暖，感到足意，可事实恰恰相反——同床异梦、面冷心凉，话不投机半句多……

朱氏已经端来了饭菜，却不见儿子的踪影。

冯剑秋这才问："家驹呢？喊他吃饭。"

"他爹，家驹出去了。要不，咱先吃，不等他了。"

"他去了哪儿？"

"他，他……"

"干嘛吞吞吐吐？他到底去哪儿？说！"

"我，不敢说……"

"自己的儿子去哪儿，咋不敢说？"

"我，真不敢……"

"说！"冯剑秋一拍桌子，站了起来，吼道。

"我说，我说……"朱氏"扑通"就跪在了地上。

朱氏将昨晚见到的一切，加上自己的想象，对丈夫说了一遍……

他们的宝贝儿子冯家驹，天麻麻亮就走了。现在正艰难地背着小桂花，离开了龙王庙，向自家的小场院屋里走去。一路上他生怕别人看见，慌慌忙忙，气喘吁吁。他明显地感觉到小桂花一阵阵痉挛、抖颤，浑身发烫。

"疼吗？"

"不……疼。"

当走进小屋，将小桂花慢慢放在一堆麦秸草上时，她已经面色蜡黄，嘴唇已经咬破了，并禁不住喊了出来："哎哟，疼死我了……"

"怎么？哪儿疼？"

"家驹，你看看，这后背上……"

冯家驹轻轻地掀开她的衣裳，衣裳让血粘住了……

"他们，下手真狠。桂花，小褂，让血粘住了。你等等，我用湿毛巾先润润，要不，揭不下来……"家驹找来准备洗脸的毛巾，蘸上水润着……

"别费那个事了。硬撕就行，我挨得住！"

"不，别急。好像有点儿感染。吃了饭，找个看病先生给您看看。"

"我，一个贫贱身子，没那么娇贵。暂时有个地方藏着头，歇几天就好了……"

"那，怎么成？先洗脸吃饭。"

冯家驹将毛巾先洗干净，帮她擦了遍手脸，又从墙角落里取出早拿来的煎饼和汤罐，收拾着让小桂花吃饭。

"今上午，我得去学堂上课。下午，我去请个先生，给你看看这浑身的伤，开些药来，该吃就吃，该搽就搽。千万别感染化脓。"

"就别麻烦了。你认识宋家的严依霞不？"

"咋不认识，那是俺干娘。你甭说了，我求她点儿刀伤药吧。"

"家驹哥，你，让我咋感谢好？"

"事到如今，还客气啥？"

冯家驹一边往家走，一边琢磨着："怎么跟父母说呢？"

他万万想不到的是，家里，父亲冯剑秋正在怒气冲冲地审问母亲。

朱氏跪在地上，说着："他和小桂花，反正是搂在一起了。家驹直到天快亮了才回来。我做出饭，他又给她送饭去了……"

"气死我了。你这个糊涂娘，竟然背着我……"冯剑秋气得浑身颤抖，脸上痉挛着。他思前想后，明白了这是朱贵才下的套，家驹还真钻进去了。咋办？他站起来，在屋地上来回走了几趟，一看朱氏还跪在那里，便没好气地说，"还跪在那儿干啥？起来！"

朱氏爬起来，打了个趔趄才站稳。扑打一下膝盖上的土，才怯生生地说："他爹，怕是捂不住了，也拗不过来。反正他俩已经睡了，就成全了他们吧。那小桂花，比二梅还俊……"

"滚，糊涂蛋！"

正在这时，冯家驹胆怯地走了进来。问："爹，娘，你们吃了？"

娘没吭声，却给儿子递了个眼色。

冯剑秋大吼一声："跪下！说，怎么回事？"

儿子颤巍巍地跪下，向父亲讲述了救小桂花的经过。当然，那些近于越轨的情节，已经被他省略。

最后，冯家驹说："爹，儿子发誓，没说一句假话。爹，就是你，遇到这种事，肯定也会这么处理。总不能见死不救吧。"

"你起来说。"冯剑秋态度和缓了许多。又问，"对小桂花，你是怎么打算的？"

"暂时还得找地方藏着她。望湖楼被砸以后，关门了。掌柜、伙计都躲出去了；尤其小桂花，若是再落到保安队手里，恐怕小命就难保了；再说，她被打得浑身是伤、血糊淋漓的，得尽快帮她找医生。再拖，若是感染化脓，也很危险……"

"哦……"冯剑秋思索着，说，"既然是这样，就先藏在咱场院屋里。你娘俩，跟谁也不能说。家驹，吃了饭，你到学堂上你的课，我找你霞姨抓药……"

"太好了。"冯家驹坐下来一边吃饭，一边又说，"爹，我以为，真正的祸首，不是别人……"

"是你表哥朱贵才？"

"对。尽管我还没抓到真凭实据……"

朱氏插嘴说："没证没据，能胡说八道？"

趁朱氏上厨房的空，冯剑秋对儿子讲了朱四海如何购买小桂花，在利津洼如何找到他……

"家驹，这是他爷俩，给咱爷俩，挖的坑，让咱自己往里跳，明白？"

"明白。"

"家驹，小桂花治伤的事就交给我了。从现在开始，你不要再沾边。明白？"

"明白。"家驹又说："爹，我再告诉你件比这还损的事……"

"啥事？"

这时，朱氏正去了厨房，家驹便把嘴巴贴近父亲的耳边，低声说了朱贵才与谢玉莲勾搭通奸的事……

第七章　漏夜惊堂

137

这简直又是一声霹雳！老阮家长孙学仁与谢玉莲结婚，他冯剑秋与武秋生是媒人啊！

冯剑秋给气得顿时浑身抖颤、咬牙切齿，连声说："畜生，畜生啊！"

12

冯家场院屋子里，严依霞正在给小桂花上伤药。

冯家驹便帮着她掀拉衣服。并说："干娘，她胸膛上那伤，是不是要化脓了？"

"一边去。家驹，女人们敞皮露肉的事儿，一个大男人家，来掺和啥？"

"是，干娘。"家驹尴尬地走了出去。

"桂花，他们这是咋打的你？"

"严婶儿，我被抓了去，关了两天两夜，先是逼我说，大烟室是孙掌柜开的，是阮宗圣的本钱。明明是朱贵才的，我能昧了良心乱说？他们就狠狠地打我。我一口咬定就是朱贵才，他们就越打越厉害。第二天朱贵才也来了。他把保安队的人支走，扒了我的褂子，拿着鞭子抽我，逼我答应今后伺候他。我就骂他、唾他……就这么折磨了我两天两夜，身上给打得血糊淋烂的，昏过去好多次。他们都以为我死了，门也没有再上锁。老天爷他偏偏不让我死，又让我苏醒过来。我趁着黑夜爬出了门。是家驹哥救了我，把我背了回来。那衣裳都被血粘住了，也是他帮我用湿毛巾润下来。他给我，又是洗，又是擦；又是包，又是扎。我这条小命儿，全是他给的，我这贱身子，还用背他了吗？"

"终归男女有别吧。"严氏给她上完药，盖上被子，说："可怜的孩子，等伤好了，你打算……"

"婶儿，我能有什么打算？我没爹没娘，当然也就没有家。冯家，是我的救命恩人，心肠好，我想，给他们当牛当马，报答他们的恩德。"

"但是……"严氏打量了四周的安排，又问，"小桂花，夜晚自己在这儿，害怕不？"

"咋不害怕？有时家驹哥在这儿陪陪我，说会儿话……"

"哦……"

严依霞紧皱眉头，满心困惑，出了门，骑上驴，便直奔老阮家。

她赶到阮家，将驴拴在树上，便急忙进了门。正好遇见二梅。

"二梅，快，我找你娘有急事儿！"

二梅拉严氏进了母亲吕氏居室。

严依霞与吕氏、二梅，将小桂花在冯家的事，一五一十说了一遍。她是个口快心直的人，毫不掩饰自己的看法。而且越说越激动。

"按说，路见不平、拔刀相助的事儿，我严依霞这辈子干了可不止十次八次，能见死不救吗？但是，一个大小伙子，救了个年轻姑娘，藏在场院屋里，又是给她包扎，又是给她上药，晚上还去作伴……那个小桂花呢，是个歌伎，是个卖唱的，口头上说是卖艺不卖身，她到底卖不卖，谁知道？我问她今后有什么打算？你猜她咋说？愿意做牛做马，报答冯家的救命之恩。这是个什么话儿？这是个什么谱儿？我越咂摸越不是个正经味儿，姐，我又没主意了。不跟你说说，我吃不下饭、睡不着觉……"

吕氏低头沉思着，多时没有吭声。

二梅沉不住气了。说："这个小桂花，我听家驹哥说过。吹拉弹唱无一不精，他跟她学过唱小曲儿。他们俩若是闹到一起……"

"别胡猜乱想。"吕氏冲着女儿严肃地说，"咱首先得相信他冯剑秋父子，不是那种不懂礼法，任意乱来的人。再有两天就要成亲了，他能做出什么越轨的事来？二梅，你好好把心放进肚子里，该准备啥准备啥去。这儿没你的事儿，我跟你霞姨啦个闲呱儿……去吧，放心，家驹表过多少次态：非二梅不娶……"

二梅扑哧笑了，不很情愿地走了出去。

估计二梅走远了，吕氏沉下脸来，拉了严氏一把，说："她霞姨，先按住二梅别闹，咱姊妹俩可得好好查考查考。把个卖唱的背回来，藏在场院屋里，一起过夜，能做出什么好事儿来？不行，她霞姨，这事儿还得麻烦你，你别瞪眼。你去给小桂花换药，出入方便。头娶亲以前无论如何也得查考清楚。查考不清楚，这门亲，不能娶！"

"我怎么查考？你教教我……"

"嗨，开诚布公，直接找他冯剑秋，找他冯家驹，问嘛，单个问。他爷俩总得给咱说明白不是！"

"我，我怕我问不明白。"

"问不明白，出了问题，我就赖你！"

严氏苦笑不得地说："看看，我这不是来自讨苦吃？"

"谁叫你是她霞姨，不赖上你，赖谁？"

表姐义正词严；表妹也义无反顾了。

严依霞走出阮家大门，骑上驴，便直奔老冯家……

13

冯剑秋与严依霞一起，去场院屋子给小桂花换药。

边走，严依霞用一种非常愤慨的口气，说："剑秋哥，你这个走南闯北的大明白人，咋净办些糊涂事儿？把一个十八九岁的小美人儿——

还是个唱曲儿的，藏在场院屋里，再让您那个多情善感的青头小子日夜守候，你儿子能坐怀不乱吗？你说，他跟二梅这婚，是结还是不结？"

"看你说的，有那么严重？"

"你说，啥叫严重？等小桂花给你生出孙子来？"

"你，说话咋那么难听？若是你碰见这种事儿，我就不信，你严依霞能见死不救？俺老冯家不能两辈子都对不住人吧？我发狠誓……"

"好了，别发什么狠誓。从古到今，你们男人都是拿着发誓糊弄女人。《诗经》上就说，信誓旦旦，不思其反……"

"发誓，你也不相信，你还信啥？"

冯剑秋将朱贵才的父亲朱四海苦心孤诣将小桂花买来，如何先去黄河口找他认可，回来又如何引诱家驹，也就是如何"挖坑"、如何"下套"的事讲了一遍。

"噢，原来窍在这儿！"严依霞明白了。

这当口，在村外湖堤上一棵大树下，冯家驹正对阮学梅发誓。

"我发誓，我跟她，绝对没发生任何关系。若是撒谎，骗了俺媳妇二梅，天打五雷轰。"

"反正是，背也背了，搂也搂了，嘴也亲了，身上也看了，还就是无辜的，清白的。我就不信，你冯家驹，就是柳下惠，能坐怀不乱？你得如实向我坦白。"

"好，我坦白。古人说，食、色，性也。论迹不论心，论心天下无好人。饿你三天，见了馍馍，能不想吃？青头小子，抱着黄花闺女，能不动心？"

"这么说，你动心了？"

"对，我动心了。可是，幸亏小桂花理智，他推开了我，拒绝了我，我终于没有失足。我发誓，一丝一毫没有瞒您。再说，她被打得浑身血糊淋烂，发生那事，还是个人吗？"

"你……"二梅用她那小拳头，发狠地捶打着家驹的胸膛，打累了，她扑进他的怀抱，搂紧了他，呜呜哭了，"家驹哥，是我的……"

第八章 以攻为守

1

夜晚，"望湖楼酒家"的女掌柜孙尚香，在范师傅的导引下又来到阮宗圣门前。孙掌柜上前敲门。阮家吕氏开门时，范师傅便走了。

"呀，是孙掌柜的，您来是……"

"二嫂，听说府上近日有喜事，特备薄礼，前来相贺。"

"拙女出嫁，岂敢收受孙掌柜的贺礼？"

"不成敬意，请笑纳。"孙尚香将一个红包递给吕氏，又说，"另外，我还有事想打扰阮老先生，当面请教。"

"俺爷身体不适，兴许早已歇息。待我禀报，看看情况。请稍候。"

"谢谢。"

不一会儿，吕氏引领孙掌柜来到堂屋，与阮老先生相见。彼此寒暄落座后，吕氏为客人倒上茶水。

孙掌柜说："在下夜晚冒昧造访，实在万不得已。敝店被砸、被抢，我等已躲藏数日。听说，朱贵才安排了许多人，四处寻找我们，我们怕中奸计，未敢露面。阮老在我们心中，是主持公道的忠厚长者，因此敢来请教，请阮老帮着拿个主意。"

"哦……"阮老沉吟片刻，说，"犯罪的是他们，该躲藏的也该是他们。唉，是非都颠倒了。我以为，眼下还是先沉住气，看看他们还有什么花招儿？最好不要急于开张。孙掌柜，你说呢？"

"好，俺听阮先生的。"

"孙掌柜，咱阮家岭自从黄区长遇难，是一波未平，一波又起，飞灾横祸，防不胜防啊！以往我还说，只有招架之功，没有还手之力。而今我是焦头烂额，莫说还手，招架都招架不迭，再也无处退让了。"

"阮先生，晚辈有句话不知当讲不当讲？"

"孙掌柜，有话就讲，何必客气。"

"我认为，只招架提防，只忍耐退让，不是办法。那些人已经丧失人性，欲壑难填，必然得寸进尺，决不会善罢甘休。"

"以你之见——？"

"必须以攻为守。不能坐以待毙。"

"必须以攻为守，不能坐以待毙。好！让我想想……"

"阮先生，打扰了。"孙尚香说着就要告辞出门。

吕氏忙说："孙掌柜留步。望湖楼刚遭劫难，你们吃住还没着落。这份厚礼，我们万万不敢收受。"

孙掌柜说："二嫂，你听我说。阮老先生，德高望重。因主持公道，处处为姓朱的刁难。因垫付学堂经费，业已竭尽家资。这是有良心的阮家岭人，都知道的。我既然拿来，就是说，我还拿得出。让我们表表心意吧。"

吕氏说："不行，这礼太厚。我们断不敢收。"

孙掌柜："二嫂，您不收，就是瞧不起俺。您不收，我可不走。"

两人将贺礼包推来推去。

"爷，你说，咋办？"吕氏急了，只得请问大公爹了。

阮老说："孙掌柜，您这礼，到底多少？受，也得受个明白。"

"阮老，您——"

"您说。"

"银元二十。"孙掌柜说。

"二十，是太重。老二家，收下十元。"阮老说。

"不行。阮老，求您全收下。要不，我不走。"

"那好，全收下。你记在礼单上，事后务必答谢。"阮老说。

"爷，我记下。这钱，这人情，媳妇早晚会偿还的。"吕氏说着，来到桌前，端过蜡烛，揭开墨盒，挥笔记于礼单。

孙掌柜与阮老告辞出门，吕氏送了出来。孙掌柜又吞吞吐吐地说："二嫂，说实话，我还有一事相求。"

"还有什么？尽管说。"

孙掌柜又取出一包钱递给了吕氏。

"这是什么？"

"救急钱，十五元。"

"救啥急？"吕氏不解地问。

孙掌柜放低声音说："二嫂，我刚刚打听到，俺店的小桂花被关、被打后，逃出来让冯家少爷给救了，还在养伤。如今，我们出面接她，多有不便。考虑再三，便想拜托您了。您告诉她，无论如何，先不要露面，耐心养伤。钱不够，我再送来。等养好伤，她愿意回店，我欢迎；不愿意回店，随她的便。要我帮忙时，我也会尽心尽力。二嫂，我就信着您了，拜托了……"

吕氏说："你放心，我老婆子也会尽心尽力。"

吕氏关门后，范师傅从黑影中走出，迎接孙掌柜离去。

2

第二天上午。

吕氏尾随严依霞沿大堤走进了冯剑秋家场院小屋。

严依霞给躺在床上的小桂花换药。

吕氏慢慢跟了过去，也悄然进了门，站在她们旁边看了多时。

严依霞、小桂花都未发现吕氏。继续掀着衣服消毒、换药。小桂花疼得呲牙咧嘴，额头渗出汗珠，但不曾出声。

严依霞说："小桂花，你放心吧，不会化脓，留不下残疾。搽上药，好得很快。"

"霞姨，我真不知道，怎么报答您的恩情。"小桂花说。

严依霞说："你听我一句话：伤好后，尽快离开冯家，就算对我报答了。"

小桂花哭了。多时，她说："霞姨，等家驹哥娶了亲，我给他们当个丫鬟，伺候他们，行不？"

"不行。没的商量。"

"霞姨，我没爹没娘，无家可归。再回望湖楼当歌女，任人耍弄欺侮，还不如一死……"小桂花哭着说。

"可怜啊！"吕氏一旁禁不住说道。

两人一惊。小桂花问："你，你是谁？"

"姐，您什么时候来的？"严依霞说。马上又向小桂花介绍，"她是我的表姐，是阮学梅的母亲，家驹的岳母。"

小桂花急忙挣扎着坐起来，说："不知伯母到此，小桂花失礼了。"

"闺女，甭客气。您的事，我全知道了。我很同情您的不幸遭遇。闺女，若需要我老婆子帮忙，你尽管说，我会尽心尽力的。"

"谢谢伯母。"

"姐，你还记得吗？"严依霞说，"您生小三儿是孪生龙凤胎，对吧？"

"嗯……不，不可能……"

"咋不可能呢？东昌府那个刘半仙说，您丢失的那个小闺女，名字叫学竹，早晚能找到。老阮家的闺女：兰梅菊竹总会齐全的。"

"不提了……"

"姐，您说怪不，我跟小桂花一见面，仔细一端详，这眉眼，这神情，就好像……本来就是你们老阮家的闺女……"

"小桂花，您今年，十几岁了？"吕氏问。

"不是十七是十八。连爹娘的摸样都记不清了，哪儿还说的清年龄？被卖的时候，不是六岁是七岁……"

"哦，跟学竹，一般大……可，不是……"吕氏慢慢摇了摇头。

"我看，刘半仙的话，就应在小桂花身上了。甭管是与不是，收个干女儿吧！"严依霞说。

"好啊！"吕氏望着面前这个又俊秀又可怜的小桂花说，"那得看看小桂花，是否愿意？"

机灵的小桂花立即跪下磕头道："母亲在上，请受女儿学竹一拜。"

吕氏急忙上前搀扶，小桂花叫了声"娘"，便扑进吕氏的怀里。

三人都落下了眼泪。

小桂花说："我，不是做梦吧？"

吕氏说："咱娘俩，这是缘分，你霞姨说得不错。今们儿，我跟小桂花一见面，一端详，也感到，小桂花，本来就是我的闺女……"

"娘，我小桂花，从今以后总算有个家了，有娘了！"

"闺女，你先安心养伤。等你养好伤，等朱贵才闹过这一阵子，我就来接你。我会像亲闺女一样待你。"

刚刚结成的这对母女，问长问短，拉扯了半天，吕氏擦了把眼泪，这才告辞出门。在门外，她拿出了一包银元，塞给严依霞，说，"依霞，你要买最好的药，尽快给俺闺女把伤治好。这是望湖楼孙掌柜送的药钱，共三十五元，你收好。不够，我再给你。剩下，给小桂花。"

"这……还真是，一认闺女，立马就疼上了！姐，我看，丢失的小学竹，说不准就是小桂花！"

"不，不是。小学竹脖子下边有两块豆粒大小的黑痣……她没有。不过，我从心里喜欢她，会当亲闺女一样疼她！"

3

让老阮家最恼恨、最没脸的，除了老大存忠吃上大烟，另一件事，就是长孙学仁媳妇谢玉莲与朱贵才的通奸。老阮家是刚刚发现，其实由来已久。

谢玉莲的家，住在一个古镇子上，离阮家岭四五里路。这是城里富商谢老五，在老家新盖的住宅。房子在古镇是最高的、最好的。室内的摆设跟省城差不多，也是最时兴的。因为谢老五全家都去了泰安州，家里就只有女儿谢玉莲和一个老仆张妈。平时几乎没人来往，门虽设而常关。这也给朱贵才的往来，提供了方便。

谢老五曾经是朱贵才他爷爷朱金旺杂货铺里一个站柜台的伙计。后来独立门户，受朱家提携发了几笔大财，于是对朱家感恩不尽，每年四时八节都去朱家给老爷子金旺重礼上贡。礼尚往来，两家走动越来越勤。谢家就想攀高枝、做亲戚。谢老五再去看望朱老爷子时，就经常找个理由带上闺女玉莲。当时朱金旺正一心高攀老阮家，托媒人去说老阮家的二孙女学梅，给孙子作媳妇，却被一口回绝。朱金旺正在懊恼，只得退而求其次了。他见谢玉莲小模样俊俏，小嘴挺甜，喜欢读书，有文化，确实动过心。不过，当时儿子朱四海去了国外，爷爷不好硬做主，只露了一下这个意思。可谢家却过于主动，恨不得早日将生米做成熟饭，往来愈加频繁。再说，那朱贵才本来就是个好偷腥的馋猫，跟玉莲见过几回面，就让"生米"变成了"熟饭"。可是，朱贵才的父亲朱四海半年后回国，却说已经给儿子订了亲。亲事毋容商量，不到俩月，就给儿子结了婚。

原来，朱四海如今做的是军火生意，给朱贵才娶的媳妇则是某部队军需处处长的女儿——后来才知道是个私生女儿。

这可苦了谢家。谢玉莲不吃不喝，披头散发，又哭又闹，碰头打滚，天天喊着寻死觅活，经常精神错乱，晚上做噩梦，白天说胡话。而后又像得了淫疯病，见长得俊秀漂亮的年轻男人就追……前前后后折腾了三四年，才慢慢恢复原样。

朱金旺老爷子，觉着对不住谢家，一直心亏。便央求女婿冯剑秋和教员武秋生两人帮忙，将谢玉莲嫁给了在济南上学的阮学仁。这件婚事，两个媒人和老阮家，应该说都不明底细；当爹的存忠说有钱有文化，当娘的韩氏说俊俏嘴甜，没容学仁考虑推辞，便慌忙急促地给他们结了婚……

这才是，阴差阳错，牝牡骊黄，结下的畸形苦果！

结婚后，谢玉莲在婆家住了没几天，那种守活寡、受管教、粗茶淡饭的清苦日子，就让她烦烦的、够够的了。跟父母说，自己住在了婆家，其实是住在古镇的老家。

家丑不可外扬。老阮家知礼知法，没有一个人敢向外透点儿口风！

再说，朱贵才的媳妇，进门第二年就生了个大胖小子，老爷子高兴，给重孙子起名耀祖，期望他日后光宗耀祖。至于朱贵才的媳妇，也一门子心思拉扯儿子，不折不扣变成了奶妈子，哪儿还有心思打扮自己、伺候男人？这当口的朱贵才，自己被学堂开除，小嫦娥也被望湖楼辞退，

第八章 以攻为守

145

正心烦意乱而无处发泄，便暗访了寂寞已久的谢玉莲，可谓一拍即合，久旱逢甘霖……

4

谢玉莲天天跟一个不识字的张妈，住在谢家老屋里，几乎不与外人往来。孤独，伤感，百无聊赖。除了一遍一遍阅读朱贵才给她送来的《肉蒲团》和《金瓶梅》，就是把那些男女性事的段落，用宣纸抄写下来，反复浅吟低唱，体味那种怨妇的饥渴之情。

但是，朱贵才就是朱贵才，把她的情焰煽旺之后，时过不久，他那热乎劲儿就降温了，就像饱餐几顿肥肉之后，感到了腻歪。尤其是出了黄区长命案，他做贼心虚，即便来与玉莲幽会，也是心神不宁。可是，玉莲还在继续升温。这不，朱贵才刚进门儿，玉莲便迫不及待了。她若是来不及把老仆张妈支派出去买菜，就干脆把张妈推进小南屋，然后外边挂上一把锁……

她准备的时间不短，非常尽心；他进行的时间不长，也不像尽力。

朱贵才急头搔脑地抓紧系上腰带，说："玉莲，你也别黏歪了，快马溜的，赶紧起床，去把张妈放出来。万一来人碰上，这算啥事儿？"

"你说算啥事儿？破鞋老婆偷汉子呗！"谢玉莲还在床上躺着，似意犹未尽，嘴里嘟哝着，"啥臭名不得我担着？你这没良心的，好容易来一回，活像个大公鸡，扑闪几下翅子，一蹬歪完事儿就走……连句囫囵话都不说……"

"你这么，有意思吗？"朱贵才满脸疲惫烦恼。

"别出那个熊样给我看。哎，我告诉你，我可是三个月，那个，没来了。咋办？你得给我打个长远谱……"

"还没人帮我打个长远谱的。这两天，我眼皮子时不时地乱跳，夜里也老做噩梦。俺那个姑父冯剑秋，总跟你家那老公爹，神神秘秘地碰头，也不知道嘀咕了些啥？"

朱贵才鬼鬼祟祟走了。

谢玉莲懒洋洋地穿好衣服，趿拉着鞋，去开小南屋的锁。还忸怩地笑笑说："张妈，难为你了。"

张妈狠狠剜她一眼："呸！恨死我了！我早晚得跟你爹妈说。"

"你敢。你说，我扒你的皮！"说完，玉莲又扑哧笑了，撒娇地搂着张妈的脖子说，"我知道，张妈最最疼我，跟谁也不说。对吧？"

5

因为保安队晚来一会儿，竟让阮存忠逃脱。朱贵才连声说错失良机。谭局长又跟他喝了一次酒，一个新的计谋则产生了。总之，不把他阮宗圣折腾得趴下，再也爬不起来，决不罢休。

这便是阮宗圣说的，岁月坎坷，命运多舛，一波未平，一波又起。

这天早饭后，他在学堂办公室刚坐下，武秋生就闯了进来，说："老师，今天二年级又有十二名学生退学。"

"问过原因没有？都是外出逃荒的吗？"

"不是。好像是，凡有学生上学的家庭，就少领救济粮。"

"岂有此理！"阮校长气得脸色铁青了。

正说着，凌春来也来到校长办公室。

"校长，三年级有三分之二要求退学。四年级有二十五人要求退学。原因就一条：能让学生上学，就少发救济。"

武秋生说："子系中山狼，得志便猖狂。刚刚放出来没两天，就想出这么个损招儿。"

"有学生就少领救济，家长们也只得逼孩子退学。孩子们都退了学，咱这学堂，还不得关门？"

阮校长一阵头昏目眩，站立不稳。武秋生、凌春来赶紧上前扶他坐下。他略微清醒，便挥手道："没关系，你们继续说。"

武秋生说："我看，得发动全阮家岭人，告他朱贵才。"

"告他？这理由不算充分。"阮宗圣说。

凌春来说："光拿发救济这一条，当然告不倒他。我听说，他抡起板凳就想砸死钱混混，分明是杀人灭口。送上几个臭钱，就立马放出来继续当副区长，能服人？另外，他在望湖楼暗设烟馆，贩毒吸毒，他是主犯。我看不告则已，告就得把他的罪恶一条一条累计起来，写清楚，越级上告……"

"对！咱下点儿功夫，把状子写得详详细细，有理有据，动员全阮家岭的人都签上名字。我就不信告不倒他！"武秋生说。

阮宗圣听着，突然想起望湖楼孙尚香的建议：必须以攻为守，不能坐以待毙。也许有道理呀！他想了想说："我看，得分两步走。首先，还是请冯剑秋去县上，找吴县长，说明学生退学情况，请求改变救济款发放办法。这，由我去办。另外写状子的事，先由您俩调查起草，有事咱们一起商量。"

"好，就这么办。"武秋生说。

"救亡救亡，咱学堂是存是亡，就在此一举！"阮宗圣又说，"记着，必须严守秘密。"

当天下午，凌春来又来说："校长，我听说，省教育厅的何厅长到了济宁，咱能不能请他来看看，什么教育经费，什么救济款的发放，我想，都会闹明白……"

"好，好办法。何思源，何厅长，是我那个老友王鸿一的学生。我听说，他为了保住全省教育经费，敢于找韩复榘，当面据理力争。不过，咱这么个小小的湖区学堂……他能来吗？让我想想……他当年在美国留学的时候，跟吕德懋老弟相识——就是老二媳妇的父亲，他们很有点儿交情。这样吧，春来，这事你跑趟腿，先让二梅她娘给她在济宁的哥哥写封信，你拿着这封信，去找她哥哥，让他哥哥出面，也许……能办成。"

"好吧。"

"让宋守信，跟你一起去，给你保镖。想办法借两匹好马，成与不成，快去快回。"

"好，我走了。"

凌春来走后，阮宗圣也立马去找冯剑秋。他想让冯剑秋出面将吴县长请来。冯剑秋没有推辞，一口答应了。

6

老天保佑，事情比预料得还要顺利。

这天，吴县长带着谭局长与几名随从，由冯剑秋、朱贵才陪同，来到阮家岭志成小学视察。虽然是冯剑秋出面请来的，但谭局长、朱贵才却想借吴县长的东风，把他们的"私盐"变成"官盐"卖，拿阮宗圣个哑巴。只要按这个办法发，让发救济"合理"，学堂岂能不垮？

可是，人算不如天算。他们的如意算盘，让半路杀出的何思源全给打乱了！你说巧不巧，他们刚到门前，教育厅厅长何思源便跟着凌春来骑马赶来了。

吴县长并不认识何思源，何思源也不愿亮出身份。冯剑秋在吴县长耳边嘀咕了几句，吴县长立马诚惶诚恐，热情地上前握手，寒暄了好大一阵子。只称"何先生"，并不称职务。何先生分别与朱贵才、冯剑秋见了礼。当与冯剑秋握手之际，两人相互端详了一下，又重新握了一次。何先生向冯剑秋使了个眼色，摇了摇头。冯剑秋却说："这儿，是冯某老家，请多关照。"

学堂门口只有冯家驹一人迎接。

冯家驹："吴县长，各位长官，里边请。"

朱贵才看得出来，是来了大人物，知道失礼了。忙问："家驹，吴县长前来视察，怎么，就你自己……"

冯家驹说："闻听吴县长和诸位长官，屈驾莅临训导，学堂老校长欣喜如狂，奔走相告。立马组织师生准备迎接。但没有想到，将近半数学生围起老校长，要求退学。老校长一时发急，突然晕倒在地，昏迷不醒，只得送他回家。老师们正在操场做学生的工作，不能前来相迎，还望县长、诸位长官海涵。"

冯剑秋说："竟有这等事，快搀吴县长进去看看。"

冯家驹搀扶吴县长等进门，来到操场。

操场上，学生们正在乱喊："我们要退学！我们要退学！"

武秋生高喊着："同学们，静一静，静一静，下边请教导主任凌春来老师，给大家讲一讲，再帮大家想想办法。好，先静一静……"

凌春来讲话："同学们，老校长，对大家好不好？"

"好！"学生们齐声喊着。

凌春来继续说："老校长，因为你们一齐要求退学，他都急得晕倒在地，送回家去了……"

学生顿时鸦雀无声。

学生黄牛儿插嘴说："老校长现在怎么样了？"

宋守信说："大家放心，老校长醒过来了。"

黄牛儿说："都是我们不好。可我们也不愿意退学啊！但是，不退学就不发救济。"

凌春来说："有这种事儿，不会吧？"

"有！"学生们齐喊着。

吴县长忙问谭局长："有这等事儿？"

"鄙职不知。"谭局长说。

吴县长又问朱贵才，"朱区长，有这事儿？"

朱贵才说："常言说，救急不救穷。因此，救济款，不是平均发放。谁家吃不上饭，自然先救济谁，是不是这理儿？孩子还能上学的，相比之下还不是最困难。自然救济就少了一点儿，或者暂时不发……"

"不发救济，我们就退学！"学生们又喊。

冯剑秋问："吴县长，你看，怎么办？"

"好，我，我说几句。"吴县长终归老道，他明白守着教育厅长，自己应该怎么说才得体。

凌春来乘机说："老师们，同学们，下边请吴县长训话，热烈鼓掌欢迎！"

师生一齐热烈鼓掌。

第八章 以攻为守

149

何思源向师生讲话，揭露贪官污吏。

吴县长清清嗓门儿，高声说："老师们，同学们，你们好？"

师生鼓掌。

吴县长接着说："因为连年黄河泛滥，百姓困难，政府也困难。筹集一点儿救济款，就更加困难。所以，救济款，杯水车薪，救燃眉之急。不可能满足一切需要，解决一切问题。朱贵才区长的分等发放办法，是可以理解的。但是，他严重违背了一条大道理：教孩子们读书明理，这是最最重要的。国家再穷，也得先扶持教育！因此，本县长的意见是，有孩子上学的家庭，不但不应该克扣救济，而且应该增加救济。对不对啊？"

师生们长时间的鼓掌。

武秋生插嘴说："吴县长，实不相瞒，我们教师的薪水，已经半年没着落了。阮老校长，竭尽全力，自家垫付了三个月。他家也没钱垫了。教师又两个月没发薪水了。"

"那还得了。困难归困难，薪水还是要发的嘛！"吴县长说。

武秋生又带领师生们一齐鼓掌。

何思源激动了，他站到了师生前面，说："同学们，老师们，你们受苦了。刚才吴县长已经说了，教孩子们读书明理、增长才干，这是最最重要的。国家再穷，也得先扶持教育。说的，太好了。教育搞不好，这不仅耽误了孩子们的前程，也耽误了国家的前程。我提议，让我们再一次热烈鼓掌，对吴县长表示最最诚挚的感谢！"

师生再次鼓掌。吴县长有点儿尴尬，马上走到队前深深鞠躬……

武秋生问道："各位领导，我想问一下，这教育经费，现在到底有还是没有？"

吴县长十分尴尬地推了谭局长一把，示意他出面说话。谭局长到现在还没闹清何思源的身份。他倒退了两步，壮了壮胆子大声说："老师们，同学们，刚才吴县长已经说过，黄河连年泛滥，老百姓困难，政府也很困难。救济款和教育经费，也是杯水车薪，不能全部解决问题嘛，请大家谅解了。"

何思源一听这，可就真的动怒了。他走上前，大声说："同学们，老师们，我得告诉大家：救济款和教育经费，是两码子事。救济款，每年多少，我不知道。但是，教育经费是多少，我全知道。贵县，十二处公立高级小学、二百零一处初级小学、六处短期义务教育小学的经费，以及四百多处私塾学堂的补贴，我不敢远说，近三四年，不但没有减少，而且逐年有所增加。你们已经是公立小学，为什么没钱办学了？为什么发不下薪水了？吴县长，有贪官污吏啊！要继续办学，办好学，让孩子们上好学，就必须严惩贪官污吏！"

第八章　以攻为守

151

"严惩贪官污吏！"凌春来带领师生高呼口号。

"严惩贪官污吏"的口号声惊天动地。

谭局长大惊失色。吴县长一看形势不对，立即挥手结束讲话。

学生闹退学的风波，迅速平息。凌春来马上安排了教师上课。

何厅长跟着吴县长走进教师办公室的时候，仍然脸色难看，余怒未消。吴县长掂得出分量，让随从秘书立即喊来两个保安，当场下了命令："立即将有贪污嫌疑的谭局长押回去，收监待查。"

两个保安押着谭局长出了学校大门，上路了。刚转了一个弯，朱贵才突然从路旁树后闪了出来。向两个保安塞了一些钱："两位兄弟，谭局长是老局长了，身子疲弱，路上请多加关照。"

"朱区长尽管放心。"两个保安得了钱款，相互递了个眼色，借解手方便，稍离开一会儿。朱贵才趁机在谭局长耳语了几句……

再说，在学堂里，何厅长见事件已经处理完毕，又提议，要单独去看望校长阮老先生。吴县长再三挽留用餐，何厅长摇了摇头。然后让凌春来头前带路，说了声"我还会来的"，便匆匆拱手告辞。

"完了……完了……"何厅长走后，冯剑秋口中突然冒出了这么几个字，让大家都很吃惊。

"冯旅长，你，说啥？"吴县长急问。

"你没听说，他还要再来吗？"冯剑秋像位兄长，拍着吴县长的肩膀说，"我，有点儿，为你担心……"

"是吗？"吴县长冷笑一声，不以为然。

7

何厅长放了一炮走了。吴县长终于喘了口粗气，擦了把额头上的冷汗。惊魂稍定，看看日已中天，才想起，管钱财的谭局长已经押送回县，这顿饭，将咋安排？

冯剑秋说："吴县长，今日只得委屈您，到寒舍用些家常便饭了。"

"那，哪儿成？"他看了朱贵才一眼，"朱区长，到村里的饭店安排，尽量好一点，我做东，请冯旅长赏脸……"

未等朱贵才开口，冯剑秋抢先说："村里原有一家很出名的饭店，叫望湖楼酒家，有几百年的历史了。前两天，有人捕风捉影地说，涉吸毒嫌疑，让你们的保安队给砸了。"

"朱贵才，是你让保安队来的吧？即便真有吸毒嫌疑，也是你教化不力所致。怎么让百年老店关门呢？在你治下，处处萧条，一片凋零，我看，你这位区长，就有些失职了是不？"吴县长一看冯剑秋很不喜欢朱贵才，也就毫不客气地开始问责了。然后半推半就地跟着去了冯剑秋家。

朱贵才一看这阵势，知道这顿饭不是姑母于仓促之间能够做成的，便喊上表弟家驹，赶紧想法子张罗去了。

堂屋里就只剩下了冯剑秋和吴县长两人。

冯剑秋说："据我了解，这朱贵才，当副区长以来，所作所为，本区老老少少，多不满意……"

"这，吴某岂不明白？只是，他是冯旅长的至亲……"

"不错，他是我冯某至亲。但是，他已经给冯某脸上抹黑了。再让他主事，于地方，于他个人，都不会有好处，对吧？"

"朱贵才终归年轻，至于这区长的去留，吴某愿听冯旅长明示。"

冯剑秋略一沉吟，说："吴县长，学堂里，讲话的那个姓凌的教务主任，你看如何？"

吴县长又想起了凌春来在学堂讲话情景，说："那青年，一看就精明干练，只是不知品行如何？"

"那是我的老师——学堂阮校长阮宗圣的门婿。品行没的说，那是老校长精心挑选的。"

"既然冯旅长举荐，吴某自然从命。近期，省府韩主席的意思，想把县以下的区公所加以改造，以应付战时需要。我看，待区改之时，让凌春来当正区长，让朱贵才当副区长，怎么样？"

"我冯某只是举荐，如何安排，自然由吴县长定夺。"

正在这时，凌春来赶来说："阮老校长安排了酒饭，请你们过去。"

大家一起去了老阮家。

8

阮宗圣斜躺在一张竹制躺椅上，一副病容。冯剑秋和吴县长分别坐于两旁。凌春来立于冯剑秋身后。

阮宗圣强撑着坐起来，抱拳拱手，说："吴县长，今日您与何厅长屈驾莅临学堂，纠正了救济发放办法，从而挽救了学堂的关门倒闭。我阮某代表全校师生，深表感谢。"

吴县长说："阮老先生，不必客气了。造成学生集体退学，都是我等失职。我这是来当面道歉的！诚望阮老先生宽心，早日康复……"

"谢谢，谢谢……"

"冯旅长，你也看到了，这个何厅长啊，可也真是个人物。下车伊始，大发雷霆，事端未及处理，转身跨马就走。怎么，小旋风似的？真让我丈二和尚——摸不着头脑……"吴县长有点儿阴阳怪气地说。他似乎惊魂已定,才醒过神儿来。今们儿何厅长真像半道上杀出来的程咬金,让他这位县太爷在自己子民面前丢尽了面子。

冯剑秋一听吴县长这口气,怕他守着何厅长表的态不能兑现,便故作冷笑,却没笑出声来,只是鼻子轻轻"哼"了一声。然后,不咸不淡地说:"吴县长,你是外省人,又上任不久,很可能,还不知道何思源厅长是哪路神仙?冯某不才,愿忠告阁下几句……"

"冯旅长不吝赐教,吴某愿意洗耳恭听……"对于冯剑秋的危言耸听,吴县长倒是真摸不着头脑了。

冯剑秋干咳了两声,慢腾腾地说:"如果没有特殊情况,可以断言:在本月之内,他何思源还会回来。"

"他还回来?"吴县长一惊。

"这是他说的最后一句话。咋,吴县长,你没听到?"

"噢,好像说过。我以为,什么后会有期,什么我还再来,都是些客套话。没在意,没当真。"

"吴县长,何厅长虽然是官场中人,今天,却不是打什么官腔。他,还是个十足的读书人。说话办事,十分较真,一向说一不二。"

"噢,他愿意来就来呗。我回去,立马查考教育经费,只要账目清楚,不怕查……"吴县长故作冷静地说。

冯剑秋淡淡一笑,说:"还有一种可能,他拉上韩复榘、韩主席一起来!你没听说,我们这位韩主席,就喜欢拿审案子过瘾?他也确实聪慧过人,多年难审的悬案,到了他手里,是十分钟问案,一分钟宣判,该杀杀,该关关,该滚蛋滚蛋。吴县长,他们若是真来,就不仅仅是,敲几个人的饭碗了……"

阮老一听冯剑秋云山雾罩、侃侃而谈,就明白了他的用意。便装作极有兴趣,帮着敲起边鼓,一唱一和。

"剑秋,我听说,韩主席又是微服私访,又是亲自审案,虽然快刀斩乱麻,一时痛快,做了一些除暴安良、震慑贪官污吏的好事,但是,人命关天,草率行事,未免也有误杀误伤……!"

"哪有什么办法?权柄在握,一言九鼎,哪个庙里没屈死鬼?"

吴县长脸色变得有些苍白了。可他还是强作镇静,又说:"据我所知,在各级政府中,文教部门,都是些次要的摆搭厅局,再说,铁打的衙门流水的官,他何厅长也未必能长久?"

冯剑秋哈哈大笑:"原来,吴县长还真是丈二和尚——摸不着头脑。何思源自己说,有人称韩主席是山东的军阀,那么,我何思源就是山东的学阀。说学阀有点儿过,但是教育厅确实有一个'曹州六中——北京大学——美国哥伦比亚'的派系。就是说,他的秘书、主任、科长,左膀右臂,八大金刚,都是跟他何思源一样,具有'曹州六中、北京大学、留学美国'学历的同学。因此,是铁板一块,针插不进,水泼不进。当然这是他的对头,攻击他的话。不过,也不是空穴来风。"

冯剑秋的话,早把吴县长惊出一身冷汗。他巴不得立马问个明白。

这时,饭菜已经摆了上来。

"剑秋,先陪吴县长喝酒。"阮老说。

"不忙,吴某很想听听,有关韩主席、何厅长的事情。"

"那好,咱边吃边谈,好吗?"

"好,好……"吴县长有点儿迫不及待了。

冯剑秋敬了一轮酒,却没有急于回答吴县长,而是从阮宗圣身旁的桌子上,拿起那张当年留学日本的八人照片,说:"阮老师,上午何厅长来,他看过这张照片吗?"

"看过。看了很长时间。可他只认识他老师王鸿一。还告诉我,他与几个同学,已经把王鸿一的坟墓,从北京迁到了济南马鞍山。"

"噢,阮老师,我还没告诉你,去年,我在黄河口还见过这张照片上徐镜心的学生苏丹林、见过赵汗青的学生徐三的兄弟……"

"噢。生当作人杰,死亦为鬼雄……如今,黄云生,为了与贪官污吏斗争,又被杀害,这照片上的人,就剩下老朽了。剑秋,吴县长,今天我跟何厅长讲过,不把黄云生的命案查个水落石出,我,我阮宗圣死不瞑目啊……"

"对!吴县长,这件事,你们的谭局长无论如何脱不了干系。我以为,必须进一步审查,吴县长,你说呢?"

"对,对……"吴县长已经掩饰不住自己的慌乱了。

冯剑秋端起面前酒杯,一饮而尽,这才慢条斯理讲起了何思源、韩复榘的故事——

何思源,字仙槎,乳名我也知道,叫金鼎。老家离咱不远,南边曹州,就是菏泽。今年虚岁四十,不惑之年,如日中天啊!论学历,整个省府,无人可与比肩颉颃。他是曹州山东省立第六中学的学生。校长王鸿一先生,早年留学日本,加入同盟会,跟随中山先生从事革命活动多年。是家父和阮老先生的同学和挚友。

何思源中学毕业以后,就是六中的王鸿一校长,鼓励和资助他先上了北京大学,继之去美国留学三年,去德国留学三年,又去法国留学两年。民国十四年,他拿着世界几个名牌大学的硕士文凭归国,先是出任中山大学教授,兼图书馆馆长;第二年加入国民党,随革命军来到山东,出任宣传部长;民国十六年六月,三十二岁便出任了山东省教育厅厅长。正如你说的，铁打的衙门流水的官，上任两年零一个月，他就成了三朝元老——迎来送往，走马灯似的，他先后伺候了石敬亭、孙良诚、陈调元三位山东省主席。一朝天子一朝臣，每换一次主席，就得来一次大换班。但是，这个'非嫡系'的教育厅厅长，那是谁都换不动的。民国十八年（1930年）五月，中原大战前夕，蒋委员长来济南安排韩复榘主政山东之际，何思源向蒋表示，愿辞去教育厅长，仍回中山大学教书。蒋没有同意，说，山东方面将来还有许多事要做，需要你留在山东……

韩复榘正式上任，山东政府立马来了个大换血：从委员，到厅长，除何而外，全是他从河南省原班带来的。韩复榘还向蒋委员长保举他的参谋长张钺为教育厅长，并且已经跟他的部下说过了。但是，国民党中央政府没有批准。这大出韩复榘的意料。一个独揽山东军政大权的主席，居然搬不开一个教育厅长！

韩复榘一肚子不高兴。韩的部下多是些趋炎附势之人，本来就是看韩的眼色行事，至此便挖空心思，变本加厉，对何思源进行压制、刁难、排挤、陷害。就是想，让何思源自己知难而退。

时过不久，在一次各厅处财政预算审查会议上，便交火了。先是财政厅长王向荣提出眼下入不敷出，建议削减教育经费。秘书长张绍堂鼓动其他厅长群起呼应。不管何思源如何据理力争，结果以大多数赞同而通过。

何思源只有背水一战了，会后他立即找了韩复榘。

韩复榘劈头就问，你是为削减教育经费来的？那是经过我批准的。不减少教育经费，就得减少军费。减少军费，部队发不出军饷，何厅长，你说能行吗？

何思源说："韩主席，我有个问题想问一下，主席来山东，是打两仗就走呢？还是想长久住下来呢？"

韩复榘一愣，连连挥手，让何思源说下去。

何思源继续说："你想想，削减教育经费，让大学、中学、小学，教师发不下薪水，学生没办法上学，得罪的可不是我何思源一人，而是全山东省千千万万的教师、学生。若是把这些有知识、有文化的人都得罪了，能在山东立住脚、扎下根吗？相反，要想得到民众拥护，首先要得到知识界的支持。得民心者得天下。因此，山东的教育经费，不但不能减少，还必须逐年有所增加。教育事业是否得到发展，是检验政绩的主要标志。这不是我个人的事情，事关后代青年，事关政局稳定。主席要我干，就得这样。不叫我干，我这就走人。再回中山大学教我的书。"

有人说，韩主席粗暴武断，吃软不吃硬。但决不糊涂，而且精明过人，有时也得向这个'理'字屈服。他被何思源说服了，并对何思源犯颜直谏，暗暗敬服。当他又听了何思源发展教育的长远打算之后，立即表态：就按你说的办。你放心，我说到做到，教育经费不但不会削减，而且必定逐年增加。

从此以后，韩主席那帮亲信，对何思源再不敢另眼相看。何思源也想报知遇之恩，工作更加卖力。总之，已经闹成一伙伙了。何思源一说某某县可能有贪官，韩主席又有坐堂审案的瘾头，你想，还不闻声而动？吴县长，别嫌冯某啰嗦，我是真心实意想给你提个醒！

吴县长听完冯剑秋那溜根把梢地介绍，禁不住倒抽了口冷气。他想：明摆着，他谭局长是贪了教育经费，数额不少，自己也难脱干系。对谭不审不行，要审，明摆着会拔出萝卜带出泥来。姓何的真把韩复榘拉来，就不是敲饭碗的事了，怕是这人头也难保住！眼下，得镇静，镇静。这冯旅长，跟何厅长，关系非同一般。要不，咋了解这些详细内幕？这阮老的脸面，到时候兴许也用得上。于是，马上表态，回去后立即彻查黄云生命案，严惩贪官谭局长，并同意冯剑秋的意见，撤换朱贵才，提拔凌春来任区长……

9

再说，那个谭局长，由两名保安押送着回县，一路上，他像变了个人，变得那么和蔼可亲。没话找话说，不断地向两个保安问这问那，啦扯家常，尽量讨近乎。两个保安，对他仍以局长相称，客客气气。但因职业习惯，也不曾放松警惕。

走到半路上，便到了正午时分。谭局长说："两位兄弟，受我拖累，天都晌午了，也没捞着饭吃。前边路旁有个小饭铺，咱闹几个小菜，撮几个白馍，打个尖，垫活垫活，行不？"

两个保安，自然肚子也饿了。可这是吴县长交给的公事，倘若出什么差错，那可不是小事。所以，你看我，我看你，都不敢做主。

"两位兄弟，行个方便吧。我是饿得实在不行了，腿肚子直打哆嗦，啥时辰走到县城？再说，你们俩手里都拿着要人命的家伙，还怕我插翅子飞上天不成？再说，我这个财政局局长，只是他吴县长的一个记账先生，我是个贪官，他县长算个啥？"

保安中那个留着短胡子的苦笑着说："谭局长，你还不明白，吃俺

第八章 以攻为守

这碗饭的，从来不需要自己长脑袋，只要会说'是''是'，就可以。县长叫你抓，你就抓；叫你打，你就打；叫你杀，你也得闭上眼睛去杀。其实，俺抓的、打的、杀的，俺多数不认识，远无仇，近无怨。谭局长，是不是这理儿？所以，你千万不要埋怨俺们不通情理。咱咬着牙，顺顺妥妥走回去，你再当你的局长，俺再当俺的保安。这，就叫两便。如果，哪儿出点儿差错，就得吃不了兜着走。敲饭碗、掉脑袋，就是县长一句话，对吧？"

"我说，你这位老弟，也真较真，即便绑赴法场、立即枪决，还不是让他吃饱喝足再去见阎王爷？"

"谭局长，看你说到哪儿去了？俺俩奴才，担当不起啊！"

就这么说着聊着，便走到了小饭铺的门口。谭局长再也没征求两个保安的意见，便一屁股在门口的一棵大槐树旁边坐了下来，冲着饭铺高喊了起来："掌柜的——掌柜的——"

一个比武大郎高不了多少的人，颠儿颠儿地走了出来，问道："客官，里边请，里边请……"

谭局长说："掌柜的，麻烦您，对付四盆菜，两荤两素，二斤老烧酒。白馍，多几个，俺仨都饿了。这钱嘛，你要多少，我给多少。"

"好来。客官，里边请……"

谭局长便跟着矮掌柜的进了饭铺，找板凳落了座。

至此，两位保安，相互递了个眼色，谁也没有言语，也随谭局长走进去坐了下来。不一会儿，饭铺掌柜的便端来了饭菜酒馍。

谭局长当仁不让，抓了个白馍就往嘴里塞："可饿死我了！"

两个保安，见平素里人模人样的谭局长，这般狼吞虎咽的吃相，憋不住哈哈大笑。再也没存戒心，也便大口吃肉，大碗喝酒了。

不到半个时辰，酒足饭饱。谁知，两个保安，身子一歪，趴在桌子上打开了呼噜。

这时，朱贵才牵了一匹枣红马，从后院子走出来。向屋里饭桌上的谭局长摆摆手说："谭局长啊，请上马，远走高飞去吧！"

"贵才，大恩不言谢。我谭某结交了您这位老弟，三生有幸啊！你这大恩大德，谭某没齿不忘。贵才，你再想想，还有没有更好的招数，搬到他姓阮的？量小非君子，无毒不丈夫……"

"好，我再想想……"

两人这才拱手道别。

谭局长骑上马，刹那间便在远处的杨树林里消失了……

10

夜晚，凌春来家。

凌春来在炕头上，斜倚被卷儿，借炕桌上微弱的灯光，正聚精会神地阅读着一些刻印的书报。

小女儿就睡在他身边。妻子阮学兰在拧着纺车纺棉花。

妻子停下纺车问："她爹，寿张第八师范学校，你那个姓赵的老同学，每来一趟，就偷偷摸摸给你些书报，你就点灯熬油没命地看。我估摸着，是不是共产党的……"

"你瞎猜些啥？可不能信口胡说。"

"不是，你能那么着迷？孩她爹，咱虽然日子过得累巴，缺吃少穿，可有家有业。遇上事儿，咱豁不上。你千万得悠着点儿……"

"你尽管放心，我有数。"

"你有数，我没数。你得记住这么一条……"

"哪一条？"

"你想参加什么都行，但是，首先得回家告诉老婆。"

"要是你不同意呢？"

"你尽管放心，你参加什么，我都会支持你。我会带上全家人，带上孩子，跟你一块参加。你走到哪儿，我们跟到哪儿。你要上天，我也会拽住你的尾巴，决不松手！"

春来哈哈大笑。

"你甭笑。你老婆阮学兰，没有别的本事，可是这，说到做到。信不？"

"信，信……"凌春来多时才止住笑，说，"今们儿，还真有件大事，得向老婆汇报。"

大兰站起来，在丈夫身边坐了下来，说："有屁就放，有话就说。别耍着老实人玩儿！"

"看看，我敢耍你？今们儿，因朱贵才扣发学生家的救济，学生多数退学，你那个大爷爷一口气没咽下去，立时晕倒在地……"

"这，我都知道了。还知道，你和老师学生们一起，给何厅长、吴县长演了一场大戏。吴县长立时表态，改了救济款发放办法，批了朱贵才；还抓了一个谭局长。而后又去俺家，看了爷爷……"

"再往后呢？"

"就不知道了，你说……"

"后来，吴县长说朱贵才不称职，冯剑秋顺势举荐了我。"

"举荐你干什么？"

第八章 以攻为守

159

"当区长啊！我当正区长，朱贵才当副区长。"

"他爹，这事万万不能应承。朱贵才是个啥东西，还没看明白吗？黄区长多好的人，他是咋死的？不，不行，万万不行……"

"我看行。前两天你还说，朱贵才怎么让您爹吃上大烟，怎么勾引你嫂子，怎么整治你爷爷，怎么害死黄区长，头顶长疮，脚底流脓——坏到底了。不想办法收拾了朱贵才，阮家岭永远没有安稳日子过。这，是不是你说的？"

"是我说的。可是，你没有武松那本事，敢打老虎？"

"你睁大眼睛看看，你男人比武松哪儿差？"

"不，不，反正不行……"她搂起丈夫，"我，我怕……"

"光怕，能办成个啥？"

尔后，他们又谈到了二梅结婚的事情，准备点什么礼物送她？

大兰说："冯家给的彩礼，先是给了武先生家大娘，接着又给了俺爹，大概已经花光了。俺婶子这人，真没的说，有胆识，顾大局，就是苦了二梅了，没件像样的嫁妆……"

"别啰嗦。把你那像样的，挑件最好的，送给她。也长长当大姐姐的脸。"

"也长长你这大姐夫的脸！"

"对，说办就办，明天送去。"

"好啊！夫唱妇随……"

两人搂得更紧了，甜蜜地笑了……

第九章　烛影斧声

1

吕氏与二梅正商量出嫁的事，大兰风风火火，挎个包袱进来。

"婶儿，按说，我是晚辈，没资格说你，可您这个事儿，办得真有点儿荒唐。二梅三日两早晨地就得出门子，怎么能把她的聘礼钱都点出去呢？"

"大兰，实在没法子啊。你爷爷六十五岁大寿，武老师的婆娘堵门子哭号，你说咋办？"

"让武老师把她领回去不就结了。"

"大兰，咱不能那样办。人家确实不是耍赖。三菊拿了点吃食，那孩子是狼吞虎咽，真可怜人！"

"好，不说她了。婶儿，这是我出门子时的几件衣裳，看看二梅能穿不？"

"您，跟您娘说了？"吕氏问。

"没说。跟她说，肯定吱吱喀喀不痛快。这些衣裳，既然给我了，就是我说了算，别人管不着。"大兰说着，解开包袱，拿出一件红褂子，比划着让二梅穿穿试试。

吕氏急忙从大兰手中接过褂子，放进包袱里，将包袱包好。

大兰急了，恼了，翻脸了，眼里含着泪花花了："婶儿，您拿大兰当外人了？"

吕氏严肃地说："大兰，是你，拿俺嫂子，你那亲娘当外人了。你不先跟她商量，自主行事，那就是眼里没有娘。等二梅穿出去，她看见了，会生气的，会生大气。不是疼这几件衣裳，是气你这个亲闺女，拿娘当外人，心隔心。是不是这理儿？"

大兰拿起包袱转身要走，又回身扑进吕氏怀里……

吕氏给她擦擦流到脸上的眼泪，说："大兰，不是小孩子了。做事得多动动脑子。"

"我，知道了。"大兰提着包袱出了门。

多时，二梅说："娘，若是我送给别人东西，当然是人家急需的，没跟您商量，您也会生气吗？"

"不，娘会高兴的，高兴俺二梅长大了，不光想着自己，还能想到别人！"

"娘，您真好！"

2

大兰拿着小包袱，来到东院母亲韩氏的房间。

韩氏正在给菩萨上香，跪在蒲团上嘟嘟哝哝地祷告。

"娘，我回来了。"

韩氏又磕了三个头，作了揖，才颤颤巍巍慢慢站起来。双眼里还闪着泪花花……

"大兰，你爹，那大烟，也不知道能不能忌？我听说，忌大烟的都是碰头打滚、要死要活的。谁知道他受得了受不了？也怨我，白黑守着他，咋就早没发觉？要是早发觉，瘾头没那么大，兴许还好忌些……唉，作孽啊！"

"娘，有俺二叔管着他，不忌不行，受点儿难为，就忌了。娘，咱不说他了……"大兰也眼泪汪汪了。

"但愿菩萨保佑吧。"

"娘，二梅的彩礼钱，让俺爹拿走了，二梅也没钱买嫁妆了。我找了几件衣裳，想送给她，你看看行不？"

大兰将包袱递给娘，又将刚才自己送去、二婶让拿回来让娘过目、要尊重娘的话如实说了一遍。当娘的沉默了多时，才说："我不看了。你有几件衣服，当娘的全知道。送去吧，你是大姐，该送。你二婶说的对，只要你别拿娘当外人，娘就知足了……原来，你两个爷爷，都夸奖你二婶，我不服，我妒忌，我以为不公道，如今，我服了，口服心服。她把二梅的彩礼，送给武秋生老婆，送给你爹带走，没犯犹豫，没说二话。换上我，做不到。我服了，彻底服了……"

"娘，换上我，怕是也做不到。"

3

在阮家的厨房里，三菊正教姐姐二梅擀面条。

吕氏站在一旁望着。

三菊说："俗话说，软面饺子硬面汤。擀面条和面，就得硬一点儿。比如，他们四口人，估计有二斤面——大约这么一瓢……"

二梅问："大约要加几斤水？"

"几斤？我也说不准。"

"说不准，怎么行？"

"谁家女人合面，用秤称水？就这么一边倒水，一边合面，是软是硬，自己的手就觉出来了。硬了，加点儿水，软了再加面……"三菊一边说着，一边示范。

吕氏扑哧笑了。

"娘，您别笑啊！"二梅说，"我不会干活，人家可不光笑话我，也笑话你。拙娘教不出巧闺女。"

"我听人家是这么说的：勤娘养活懒闺女。什么活儿都是娘包办，闺女任啥不伸手，肯定是又懒又拙。"吕氏说。

"又懒又拙咋办？闺女出门子，就把娘也带上，我走到哪儿，带到哪儿！"二梅撒娇地说。

"中，还是俺二梅办法多。"吕氏笑了。

三菊说："真是的，花轿快到门了，连个面条子不会擀，还顾得说些没用的……"

吕氏大笑："坐轿的媳妇不急，看媳妇的急啥？"

二梅说："谁说我不急？"

"喇叭堵门子吹了，催媳妇上轿了，这才想起包脚，能包小吗？来，我教您个应急的办法……"吕氏放低声音，对两个闺女如此这般地说了一阵子。

俩闺女哈哈大笑。

三菊说："姜，还是老的辣！"

"我这是跟着你姥爷学的，他说，外国人就这么做。"

4

东平湖蜿蜒的堤坝上，这天是阮家岭集市。因灾年荒月，赶集的人不很多。阮宗贤在村东头的牲口市里转悠，不时询问着。后来在一个卖驴的跟前站住，问道："这草驴几岁口了？"

"三岁。"

"咋瘦成这架势了？点把火，能着吧？"

"喂不上草料，塌膘了。甭多，若有半斗黄豆喂上，这老毛一褪，一上膘，就顶头半大骡子……"

"老弟，我跟你说实话，我是真看中了。可是，我怕是一时凑不齐你那驴钱。老弟，赊账不？"

"对不起。不等钱花，咋舍得卖驴……"

阮宗贤无可奈何地离开了。转悠了半天，他又在一个卖竹鞭子的面前站下，仔仔细细，从鞭杆看到鞭梢儿，然后问："老弟，打一鞭，行不？"

"只要别崴断鞭子挑答，咋不行？"

阮宗贤向湖边靠了靠，见前后左右没人，突然手一抢，像一道闪电，"啪"！鞭梢在地上炸响了。

周围的人齐声喊："好，真把式！"

阮宗贤爱不释手，问："老弟，多少钱？"

卖鞭人伸出三个指头。

"太贵，再贱一点儿。"阮宗贤伸了两个指头。

"对不起，那个数，不舍得。"

阮宗贤摸摸衣袋，无可奈何地放下鞭子，转身就走。

"回来，拿着吧！"卖鞭人又将阮宗贤喊了回来。

阮宗贤将钱递给卖鞭人。

卖鞭人说："阮二爷，对不住了。小子我穷疯了，好意思收阮二爷的钱。"

"咋，认识我？"

"您那一鞭子，我就认识了。"

"哦。我阮老二，也不够意思。按说，这么好的一支牛皮鞭子，就不该讲价，扣你的钱。我阮老二也是穷疯了，厚脸皮了。"

二人哈哈大笑。

5

朱贵才满以为这次对学生停发救济，就可以轻而易举地让学堂关门大吉。可谁知半路上杀出个何厅长，让巧计良谋顿时泡了汤，一败涂地。幸好自己帮着谭局长逃脱，事情没有继续追查。可是，谭局长这个后台一走，下一步依靠谁？该咋办？他还真没了主意。另外苦心安排了个小桂花的"钓鱼计"，家驹已经上钩，背回了场院屋子，可是姑父冯剑秋在家坐镇，亲自张罗为小桂花疗伤，哪儿还敢掀什么浪头？朱贵才越想越憋气，两天没出门，心烦意乱。为了散心，他也来集市上闲溜达。最后在一个算命先生卦摊前停下了脚步。

这里已经围了六七个人看热闹。

算命先生四十多岁，小旗幌子上写着："刘半仙关门弟子"。他正在冲一个老头侃侃而谈，突然望见朱贵才，便放高了嗓门儿说："呀，这位先生，有官相啊！来，在下与你推演一番如何？"

朱贵才摇摇头，笑笑说："我，草民一个，哪儿有甚么官相？"

算命先生说："不，韩信年轻时也是草民一个，受漂母分食救济，受屠夫胯下羞辱，而后发奋图强，掌三军之帅印，成汉代三杰之一。唐代女皇武则天，三岁时，其父将她以男儿装扮，领她出来，让袁天罡看着走了几步，袁天罡说，此儿龙行虎步，可惜是个男儿，若是个女儿，日后定为人主。用咱的土话说，从小看大，三岁看老。恕在下口出狂言，唯独具慧眼，方敢相天下之士。先生，来，上前，在下是决不会失眼的。"

朱贵才又笑笑说："请问，先生尊姓大名？"

"在下姓陈，名砚楷，字书正，小号云游子。"

"久闻大名啊！不知相一面用资多少？"

"说不对，分文不取；说对了，随先生恩赐。"

"那，就相烦为朱某一相。"

其他人往旁边让了让，朱贵才上前，在相面先生对面的马扎子上落了座。相面先生说："来，抬起头，看着我……"

相面先生睁大眼睛，盯着朱贵才端详了一会儿，然后，很自信地说："朱先生，不瞒你说，眼前，你是黑煞星照命，有道难迈的坎儿……"

朱贵才不禁一惊，说："还请先生指教。"

相面先生神神秘秘地向其他人拱拱手，说："对不住，有劳诸位暂且回避一下……"

人们惊愕地陆续散去。

相面先生说："朱先生，你山根之上阴云密布，近期似乎经历过一场灾难，且非常凶险。再说，你这东西两岳斜纹深陷，也像有神鬼缠身，唉，在你的从属友人之中，有人含恨而死，死不瞑目啊！"

朱贵才掩饰不住自己的惊惧，说："如何超度，请先生明示。"

相面先生压低了声音，对朱贵才如此这般说着……

6

在集市西头，吕氏由严依霞陪同从粮食市出来，正好碰上亲家张德厚。吕氏说："德厚兄弟，我问问你这行家，麦前这粮价还涨吗？"

"二嫂，你这个问法，我没法回答。我觉着，秫秫谷子、瓜干，麦前还得涨，至少涨三成；可是麦子得跌价，至少跌二成。"

严依霞经常跟他开玩笑，说："他叔，人家都说，你张德厚是估不透，咋对粮食价估摸得这么透？这粮食价码高低是你说了算咋的？还三成、两成。准不？"

"她宋姨……"

"我姓严，不姓宋。"

"你姓严不假，可是宋家的婆娘，宋门严氏，宋严氏，宋在前边对不？"

"不对！"

"你俩，别在这儿闲着没事儿，磨牙斗嘴。"吕氏制止了严依霞，说，"我这是请德厚兄弟帮着拿个主意，买啥粮食。这秫秫、谷子价码是见风涨，我真愁了。麦前，俺家里至少还得添一石，才熬得过去……"

"二嫂，不就是一石粮米吗？甭在集市上买了。晚上，我让小琴赶驴送过去。一半小米，一半麦子，行不？"

"行。大兄弟，常言道，亲兄弟，明算账。你说，怎么个还法？"

"二嫂，咱是亲家，说，还、还的，多薄行！"

"不说明白咋还，俺不借。"

"那好，二嫂，我借给你一石，秋后你还俺八斗，行不。"

"哟呵，太阳从西边出来了？"严依霞笑着插嘴道，"人们都说你过日子仔细，处事抠门儿。对老阮家咋这么大方？兄弟，也借俺一石，行不？"

"不行。俺可以借给宋家，不借给严家。你姓严，当然不行！"

"兄弟，别跟她开玩笑。我问你，哪有借一石还八斗的道理？"吕氏说。

"二嫂，我不是跟你闹虚闲套。我是这么想的，借一石还八斗，不是还剩二斗吗？我听说二梅办喜事，就权当我的随份子礼吧！"

严依霞又跟他说笑了一阵子，才各自赶集去。

张德厚走远了，严依霞说："不是说笑话，这张德厚过日子是真细、真抠，也真有办法。为了做饭省柴禾，家里做汤那水，都是预先盛在大盆里，放到太阳底下晒热后再添锅。这，我亲眼见过。收完秋，三顿饭立马改成两顿。春节前一斤肉不买，顿顿窝头就咸菜。"

"可你不得不佩服，从张德厚他爹，到张德厚，咱家的庄稼一亩打三斗、五斗，他家的就打八斗、一石。俺老公公，多傲性，全阮家岭就佩服他张家，才上赶着娶他家的闺女。还说，日后让张家的闺女来当家，老阮家才不至于挨饿。我倒觉着，老公公有眼光！"

"我上赶着娶三菊，来宋家当家，有眼光吗？"

把吕氏逗笑了。

她们走进布衣市，看着各种布料。

"依霞，我想给二梅买条做饭的围裙。到婆家去，总不能扎那脏儿吧唧的大饭巾吧？"

"可是，现成的，哪儿有卖的？该给她绣一件。"

"绣，不是来不及了吗？"

"来得及，这围裙，算我的，我给她绣一件。"
"那，当然好了。我替二梅谢谢她霞姨。"
"咋谢？走，先上饭铺犒劳我一顿？"
"看馋得你！"

两人说着笑着往前走，吕氏将一块蓝底子花布拿起来，就不松手了。说："依霞，这，做件褂子，小桂花穿上，肯定好看。"

严依霞说："既然手头紧，还给干闺女买什么好衣料？你呀，是死要面子活受罪。"

"收干闺女，总得有个见面礼，是吧？"

突然，集市中间传来"啪啪啪"几声枪响，把人惊呆了……

7

"炸"集了！

人们不出人声地喊爹叫娘，四大崩散，相互碰撞，乱成一团。

吕氏扯着严依霞说："赶紧走，来土匪了。"

严依霞笑笑说："一把年纪了，他抢你个啥？我倒想看看他们长个啥模样？三头六臂？青面獠牙？"

"走，咱惹不起，躲得起。"吕氏拉她躲到了大树后边。

那卖布人拼命划拉自己的布匹，布匹缠了他的双腿，抱不起来，也跑不动……

"你这人，舍命不舍财！"严依霞拖着他就跑，布匹拉了十几丈远……

一土匪在眼前布摊上划拉着布匹。卖布人求告着："老总，俺求求你。你拿去，俺就倾家荡产了。"

"不识相的，滚开！惹老子烦了，连你捎着！"土匪冲卖布人踢了一脚。

说时迟，那时快，严依霞从大树后面闪出来。顺手抄起一根撑布蓬的棍棒，抡起来就把土匪打进湖里。土匪的大盖子枪丢在岸上，她拾起来又撇进了湖中……

"你这人，别舍命不舍财了！"严依霞再次拖着卖布人就跑……

在牲口市上，一土匪正追赶那卖草驴的人，喊着："住下！老子开枪啦！"

卖驴人牵着驴还是快跑……

土匪端枪冲卖驴人瞄准……

阮宗贤闪出，抡起鞭子抽向土匪。土匪丢掉枪，双手捂着脑袋，哎呀哎呀大声叫喊……

阮宗贤躲了。卖驴人跑了……

严侬霞抄起棍棒将土匪打进湖里。

8

　　这边，朱贵才跟相面先生说："快，赶紧走，老缺（土匪）来了。"
　　"咱双手攥空拳，他能抢你个啥？"相面先生摁着朱贵才的肩膀，让朱贵才继续在马扎上坐好。
　　这时，两个骑马的土匪冲了过来。
　　一土匪冲朱贵才指了指，说："把这位先生带走，他腰包里有货。"
　　另一土匪跳下马来，一把揪住了朱贵才。
　　朱贵才急忙把两个衣袋翻转过来，苦笑着说："我，穷光蛋一个，你们看，你们看。"
　　"别跟老子玩那些里格楞。实话跟你说，我认识你。走！"
　　相面先生站起来，拱拱手，说："各位老大，都是闯江湖混饭吃的。大路朝天，各走一边，高抬贵手吧！"
　　土匪看看陈先生，松开了朱贵才。
　　骑在马上的土匪，也拱拱手，说："在下有眼不识泰山，打扰了。"
　　土匪们挥挥手走了。
　　朱贵才擦擦额上的冷汗，说："陈先生，大恩不言谢。走，且到寒舍，我有话说。"
　　陈砚楷说："在下也有几句话要说。"

9

　　老朱家在阮家岭的最东头——实际上离开村庄还有半里路。朱贵才一边领着陈砚楷往家走，一边跟他介绍着自家的情况。
　　他的老爷爷（曾祖父）赌钱，将村内五间老宅子和老婆当赌注输给了黄家。老婆跳进东平湖淹死了。他领着八岁的儿子（即祖父）无依无靠，沿街乞讨。是老阮家（阮宗圣的爷爷）收留了他。在村东给了他二亩坡地，帮他盖了三间草屋。条件只有一条：从今以后，不再赌钱。老爷爷发下毒誓：从此洗手，子子孙孙，永不赌钱。而后他就给阮家扛了几年长工。儿子长大，阮老先生又介绍他儿子到济南亲戚开的商店当了学徒。儿子没有辜负老人们的期望，当学徒、当二掌柜、当自家的掌柜，一步一个脚印，坎坎坷坷，却越当越大。这不，儿子金旺如今也是老爷子了。只因为还牢记《朱子家训》"不营华屋、不谋良田"的教导，家中在原来二亩坡地上增加了五间砖瓦房，又购置了二十亩坡地。这便是朱贵才爷爷朱金旺在老家的全部家业。至朱贵才的父亲朱四海发财之后，又买进了四五十亩土地，还贱价盘下了已经破产关门的望湖楼。朱四海在南京做大买卖，没精力管家里的事，朱贵才也没心思管理家业，土地一律外租，只收租子。

"朱区长，为什么您没有继承本家所长，在城市从事商业呢？"

朱贵才笑了。他说："这，是个秘密、隐私，全阮家岭的人，还没一人知道。陈先生，对您，我只得坦白。我在县城上完中学，爷爷让我去找父亲，学做买卖。父亲那时在南京，已经买了汽车。我对汽车感到新奇，有事没事就偷着摆弄摆弄。可是，还没经师傅详细调教，头一次偷着开上街道，便刹不住车，撞倒一根电线杆子，车头撞坏，我撞昏了，还砸死了一个老头。我在医院里醒过来，救活了，对外却说也死了。我，就永远离开了城市……"

朱贵才安排了简单家宴，接待陈砚楷。两人边吃酒边叙谈。

朱贵才最后说："我朱贵才，家里外头的大体情况，是原原本本，如实地跟陈先生说了一遍。竹筒倒豆子——毫不保留。"

陈砚楷笑笑："好啊。许多事，朱区长不便说，我也不想知道。"

"既然陈先生答应朱某之请，留下来，襄助朱某。那么，来日方长，会有时间长谈的。陈先生还有什么要求，尽管说，尽管说……"

"我，走江湖算命卜卦，只为糊口。涉世期短，道业不深。所言皆一孔之见。我，故妄言之，朱区长姑妄听之。不论高见还是短见，仅做参考。这是其一。其二，陈某虽然浪迹江湖，略晓江湖义气，鄙弃江湖黑道陋习。有三不为：伤天害理之事不为；伤亲害友之事不为；力所不及之事决不强为。这，还望朱区长谅解。"

"这些道理，我懂。我拜陈先生为师爷，一是报答相救之恩；二是遇有大事，望能指点迷津。三是朝夕作伴，跟先生学些见识。"

"好，陈某一定尽心尽力。朱区长如今虽为一区之长，但仍是蓄志待飞之时，须韬光养晦、忍胯下之辱。何日羽翼丰茂，再振翅高飞不迟。万万不可，发狠争强，泄愤报复，蝇营狗苟，玩雕虫小技。那么，图一时痛快，终坐误大事。"

"在下一定牢记。"

"话既然说到这份上了，我也跟你说点儿实情。"陈砚楷笑了笑说，"你爷爷至今不忘老阮家的大恩厚德，我也是至今不忘你爷爷的大恩厚德。滴水之恩当涌泉相报嘛，所以……"

陈砚楷将自己年轻时如何受朱金旺掌柜的救助、教诲，仔细说了一遍。这才说："朱老掌柜，与我情同父子。他最不放心的是你。我对朱老无以为报，这才探听着，来到这里。明白了吗？"

"原来如此！"朱贵才如梦初醒，"陈叔，受侄儿一拜。今后，对侄儿，多加管教，不必顾忌……"

10

冯剑秋给老阮家婚帖上订的吉日，还有一天就到了。他让家驹找来朱贵才，一起商量如何娶亲。

朱贵才说："姑父，昨天土匪抢了集、炸了市。如果没人搭救，我差一点被绑了票，太可怕了。姑父，兵荒马乱的，这亲，难道非大张旗鼓地迎娶不行？"

"你说咋办？"

"我看，再往后拖拖，时局稍好一些，咱另选良辰吉日。"

"这不成。我是吃军粮的，时间自己说了不算……"

"实在要娶，就别张扬，免了那些旗锣伞扇、吹吹打打的场面事儿，悄悄地把学梅接过来，亲友们随便吃顿饭，人不知鬼不觉地把事儿办了。安安全全第一。"

朱氏插嘴说："贵才说的对……"

"你少插嘴。"冯剑秋不高兴地说，"贵才，你说的，我也反复想过。这几个打家劫舍的毛贼，一来与我无仇无恨，二来也得考虑利害吧？我冯剑秋是干啥吃的？就是在剿土匪、打老缺中提拔起来的旅长。如果这几个喽啰，也敢跟我冯剑秋亮亮家伙，那不是活得不耐烦了。他们总不能拿着鸡蛋往石头上硬摔吧？再说，这么偷偷摸摸给儿子办喜事，连乡亲们也会笑话我冯剑秋窝囊。对吧？"

"那是，那是……"

朱贵才没有办法说服姑父。只得应承下一切事务由自己找人料理。但姑父刚出门，姑母就拖住他，哭鼻子啦啦水的，十分可怜。

朱氏说："贵才啊，你姑在他冯家，气不死也能憋死。您爷爷、您爹都不在家。姑就指望您了，你得帮姑拿个主意，决不能让他老阮家的闺女，风光体面地来冯家作媳妇！"

朱贵才说："姑，俺姑父，在外边当官当惯了，吐口唾沫砸个坑，说一不二。眼下是小腿拧不过大腿，娶亲这事儿，你是挡不住了。拧不过，你千万不能强拧。我会想法子的，这亲，决不能让他办顺妥。即便挡不住，娶进门来，你是婆婆，莫说想找媳妇点毛病容易，就是让她小两口闹翻，过不下去，也不是难事儿……"

朱贵才在姑母耳边如此这般低声说着……

第九章　烛影斧声

171

11

冯剑秋守着朱贵才虽然口铁牙硬，说了大话。那是怕朱贵才存心不良瞎搅和。但一想，这是在自己家里，身边连个护兵也没有，那帮土匪真来捣乱，还真没有咒念。想来想去，他又步行来到学堂。在办公室门前正好遇上凌春来。

凌春来说："冯叔，你来有事儿？"

"春来，我来找你。"

"叔，你说，只要我能办到的……"

"昨天，来了土匪，抢了大集，你听说了？"

"我听说了。"

"到明天家驹娶亲，土匪能不能来闹？"

"这，可说不准。你这个当旅长的，他们当然会有所顾忌。但是，要按常理想事儿，按常规出牌，那就不是土匪了。"

"你，说得对。我担心的也是这……"

"那，咋办？"

"我想，让你跑趟腿儿，去县上找找吴县长和公安局马局长，求求他们，让他们派保安队来……"

"他正求你办事儿，我估计，他们肯定答应。"

"你跟马局长说说，让保安队换上便衣，暗藏着家伙，别耀武扬威、凶神恶煞似的吓唬老百姓。"

"我懂。"

果然，凌春来去找到吴县长，没费多少唇舌，轻而易举就办成了。

冯剑秋终归是要体面。吴县长既然答应派保安队来，他便有恃无恐了。按鲁西大户人家常见婚俗，什么吹鼓手、小戏班，该请的他都请了。早饭刚过，乐队便在门前吹吹打打，准备去阮家迎亲。乡里乡亲，黑压压站满了门口。

保安队来到，便立马出发。前有旗锣伞扇的仪仗队开道、继之吹吹打打的鼓乐队；在骑马执事导引下，是新郎新娘所乘二轿：男乘蓝色官轿；女乘红色彩轿。轿侧有随轿的男女襄宾。后边还有抬着的大酒坛、大食盒等……

在围观的人群中混着二十几个身穿便衣的保安队员。他们的眼睛不时地注意着前后左右，右手也不自觉地摸着腰间藏枪的地方。

凌春来混在人群里，悄悄将一个"红包"塞进保安队头头手中。

虽然是吹吹打打、锣鼓喧天，可是深知世情的乡亲们，则暗暗为老冯家捏着一把冷汗……

12

在老阮家，学梅、学菊的居室，如今成了准备上轿最忙碌的地方。阖家女人都在这里。学兰、学菊正在帮着学梅装扮。梳好头，学菊拿着镜子前后照着，让学梅看看。

"好看吗？"学菊问。

学梅点点头。

伯母韩氏说："俺二梅长得白净细嫩，咋打扮也俊秀、漂亮。不像大兰，粗手大脚的，一看就是个挑粪挖泥的。"

二梅说："大娘，我若能长出大姐这身架子，到他冯家，我就什么也不怕了。"

"你怕他个啥？"韩氏问。

"我啥活儿也不会做，我怕，我怕，我越寻思越怕。"

"二梅，任啥也甭怕。他娶的是媳妇，不是干粗活儿的丫鬟、老妈子，更不是挑扁担、扛麻袋的泥腿子壮汉子。"韩氏说。

吕氏笑了："您大娘就知道护驹子，拿着不是当情理说。如今咱乡里人家，谁家的媳妇不是家里外头一把手，拾得起，放得下？二梅若有大兰一半能耐，我也不犯愁了。"

学兰说："花轿快到门口了，你们俩还顾得在这儿斗嘴磨牙？二梅，你站起来，我看看，这旗袍长短？"

学梅站起来，走了两步，旗袍几乎拖地。

"不行，不行。我就忘了二梅比我矮那么一点。二梅，赶紧脱下来。婶儿，咋办？"大兰着急了。

"还能咋办，赶紧折叠个三四指，缝起来呗。粗针大线就行，甭太细密了。过后，拆开，你还能穿。"吕氏说。

"我哪辈子还穿？三菊，拿剪子来，一剪一缝。越快越好。"大兰从三菊手里接过剪子，就要下手。

"慢着，成物别坏。你看，就这么一叠，大针脚缝一圈儿就行。"吕氏下了手。

韩氏说："你婶儿说得对。剪短了，等着想长，咋办？"

大兰："娘，说到家，你还是不舍得。"

"我就是不舍的。你现在嘎叽嘎叽一剪，等三菊结婚，要是想穿，你能接上？三菊跟你一般高，是吧？"韩氏说。

"好，好，听您的，快，快……"大兰说。

正在这时，严依霞拿着个大围裙走了进来。

吕氏说:"您霞姨,还是说到做到。"

严依霞说:"应承下的事,还能不办。二梅啊,人家是送绫罗绸缎,您霞姨没钱,熬了两个夜,给你绣了个这玩意儿:做饭当围裙,吃饭当饭巾。"

二梅急忙上前接过来,说:"谢谢姨妈。"

大兰和三菊也围过来看。

大兰说:"还是霞姨手巧,看,花喜鹊、红梅花,绣得活灵活现。"

三菊说:"还绣着字哪:'鹊报千秋喜,梅开百岁春。'姨妈有文化,编出来的词,也高雅。姨妈,等有空,也给我绣个。姨妈,给我绣上菊花。可别忘了……"

大兰笑着是:"你放心,忘了谁的,也忘不了你三菊的。对吧,姨妈?"

众人哈哈大笑。

小四儿学智闯进门来,直扑学梅,喊道:"二姐,今们儿,你去婆家,我得跟着。你得说话算话。咱俩拉过钩儿!"

众人大笑。

大兰说:"哟,你去,给人家尿了炕咋办?"

"我晚上不喝汤。"

吕氏喊道:"滚!啥时候了,还来添乱?去,喊你三哥,准备好鞭炮爆仗,一听见吹喇叭的,就快点。"

"好来!"小四儿跑了。

三菊问:"人家都是哥哥嫂子陪送,咱咋安排的?"

韩氏说:"你没看出来,你那个大嫂,肚子都挺出来了,丢人显眼。我跟你娘商量,让你大兰姐、春来哥,和小三儿一块去。让你守信哥陪女婿吃饭……"

小三儿突然跑了进来,高兴地说:"俺爷,俺爹,俺大哥,都回来了!"

韩氏:"阿弥陀佛,老天保佑,圆圆满满!"

13

远处隐约传来鼓乐声。

老阮家门前,小三儿准备着挑鞭炮的竹竿……

围观和出进的人越来越多。

便衣保安队的人,在外围分工监视,认真护卫。

按鲁西结婚风俗,男方给女方带猪肉,称"离娘肉"。还用特制鸡笼,盛一大红公鸡,腿上拴红彩线,带至女家。女家则配一黄色母鸡,称"长命鸡",一起带回男家。这些事由大兰和三菊忙着办理。

在二梅居室,娘还在嘱咐。

"二梅,小桂花的事儿,我不是跟你讲了……"

"我知道了。你又给我找了个妹妹学竹,我很高兴。"

"二梅,你得心胸大一点,对我这干女儿,要宽容一点。"

"娘,您尽管放心。"

隐隐约约传来鼓乐声……

吕氏望着女儿,眼圈儿红了。她回身偷偷擦了擦含着泪水的双眼。从衣袋里摸出一个小钱包,递给二梅。

"娘,我知道家里难……"

"再难,出门子,口袋里也不能一块钱没有。这是风俗。家里实在没钱了,别嫌少。"

二梅只好装进衣袋。

听鼓乐声响,似乎花轿来到了门前……

已经装扮好的二梅,很紧张,仿佛冷得颤抖。

吕氏问:"梅,冷吗?不行再加件内衣?"

二梅拉着娘,说:"不,不是冷。娘,我怕!"

"您怕个啥?"

"不知道。"

"梅,不怕。任啥也不怕。咱为人堂堂正正,啥时候都有底气。俗话说,为人不做亏心事,不怕半夜鬼叫门。"

"他们姓朱的,俺大爷爷都斗不过他们。我,一想起朱贵才和他姑——家驹他娘,心里就打哆嗦。她不就是个叼小羊的狼吗?"

"梅,你记住,一正压百邪,多行不义必自毙!"

二梅惶惑地望着母亲。

母亲又说:"梅,你,秀丽如花,洁白如玉,始终要有自信心。你是娘的好闺女;娘是你的好靠山。只要娘在,你任啥也不用怕。"

"好,我不怕。"

正在这时,存忠、存孝、学仁、大兰等走了进来。

二梅腼腆地叫着:"爷,爹,大哥,你们都回来了?"

大爷存忠说:"二梅啊,原谅爷,拖累你爹,回来晚了。"

二梅忙说:"不晚,不晚……"

大爷苦笑着说:"咋不晚?再晚一步,俺二梅就让花轿抬走了。爷就见不到你了!"

大兰忙戳了爹一把,说:"爹,大喜的日子,你说了些啥?"

"看我这臭嘴……"大爷尴尬地笑了。

这时，存孝从衣袋里摸出一副手镯，递给哥哥，示意送给二梅。存忠接过手镯，说："二梅啊，爷在逃难，你爹也忙，就送您这副镯子，表示一下俺兄弟俩的心意吧！"

二梅忙说："谢谢爷，谢谢爹。"

二梅伸出手，让大爷给带上了手镯。

大哥学仁找不到礼物。就从衣袋摘下钢笔，说："二梅，咱家里，我和你二哥，赚了便宜，都上省城读书。你喜欢读书，却没捞着上学。我代表你二哥，就送你一支钢笔吧。以后有困难，就找我们。"

"谢谢大哥。"二梅说。

这时传来了鞭炮声……

存忠说："快，女婿到了……"

学仁问大兰："你嫂子玉莲，咋没来？"

"以后跟你说。"大兰拉着哥哥就走。

14

在鼓乐鞭炮声中，冯家娶亲的官轿、彩轿，在吹吹打打的仪仗队、鼓乐队的簇拥下，来到老阮家门前。

抬酒坛、礼盒等等的紧跟其后。

按照当地婚俗，男到女家，由执事前导，宣示：行登堂礼、求亲礼、谢亲礼……

阮家长辈全部出面，受礼，谢客，忙忙碌碌……

其实这时心里最最紧张的是凌春来。保安队队长在他的耳边说："凌老师，他们来了。"十几个土匪，着便衣，分散于围观人群中。

"全靠队长照应，拜托了。"凌春来说。

两土匪耳语，递眼色，暗指有便衣保安队。

保安队做手势，各自站好位置，手已按住身上的武器……

保安队长安排四个保安始终围着新郎、新娘……

宋守信等陪伴新郎；三菊陪伴新娘。

新郎冯家驹牵红绸引新娘学梅，在执事"发轿""升轿"的口令中上轿。学仁、学礼、大兰、凌春来等随车相送。

正在这时，小四儿学智从人群里钻出来，喊着："二姐，二姐，我也去，我也去！"

"小四儿，听话。"吕氏上前，将跑到花轿边的小四儿拉了回来。

小四儿还在挣扎着、哭喊着。

吕氏生气了，往小四儿屁股上"啪"地打了一巴掌。

小四儿的哭喊声更大了……
围观的人们，目光都集中了过来。
阮家老兄弟等长辈都为之惊愕、动容。
韩氏忙说："她婶儿，赶紧拖他回家，多不吉利！"
吕氏拖着挣扎、哭喊更厉害的小四儿上台阶，一步没走稳，一起摔倒了。严氏抢上前，一把将她娘俩抄了起来，拉过了小四儿……
吕氏的额头已经磕破冒出了鲜血……
吕氏赶紧用手捂住了伤口……
娶亲的队伍浩浩荡荡地返回了。
当队伍吹吹打打经过冯家场院屋子门前的大路时，小桂花从窗棂间望见陆续路过的花轿，眼睛里顿时涌满了泪水……
娶亲的队伍回到了冯剑秋家门前。鞭炮齐鸣，孩子们奔跑着，围观的人群有点儿拥挤……
土匪和保安，都混在人群中间……
在鼓乐声中，两轿一直抬到冯家门前。
有人点燃草束，围绕新娘彩轿转了一周，口中念念有词，谓之"燎轿"，以驱除邪祟不祥。然后由女宾搀扶新娘下轿，随新郎跨鞍进门。院中设天地桌案，上置香、烛、斗、秤、葱、镜、络子等物，以示纺织、耕耘、持家等义。
在执事喊声中，例行"一拜天地、二拜高堂、夫妻对拜、送入洞房"的程序……
在拜堂过程中冯剑秋显然很高兴。而朱氏的感情，通过眼神流露出来的，却异常复杂：望见学梅是仇恨；望见儿子是痛苦；望见丈夫是恐惧。而有时则是走神儿，不知所措……
因保安从始到终跟随护卫，土匪终于没有动手。
有人说了一句："大路朝天……"
有人应了一句："井水不犯河水……"
而在人群中的算命先生陈砚楷，却一直在追索着朱贵才。
在人群外围，一土匪拉住朱贵才悄声说："有人护着，没法插手。"
"不忙，再等等，机会还是有的。"朱贵才塞一摞钱票给了土匪。
土匪接过钱票，说了声谢谢，拱手告辞，混进人群，迅速散去。
"狗日的！"朱贵才低声骂道。

15

老阮家平平安安送走了花轿，都长长松了口气。他们，不约而同地来到堂屋。宗圣、宗贤，存忠、存孝，及韩氏、吕氏，按辈次长幼而坐。

学仁、学兰，站立。

自然是先说了一阵子今们儿娶亲，如何顺利，如何圆满。接着又问了学忠忌烟的情况。另外，学仁回来了，她媳妇谢玉莲因挺着个大肚子没敢露面，就成了无法回避的问题。韩氏和大兰禁不住讲了一些愤慨恼怒的话，学仁没动声色，却单刀直入提出了离婚。并且说，这是早在意料之中的事。父母包办，仓促凑合，一般都是这个结果。他看了爹娘一眼，爹娘都低下了头。

爷爷宗圣感到该开口了，他说："既然，玉莲到了这个地步，我同意学仁的意见。能离婚，就离婚。但是，要动动脑筋，记住这么两条：一、做事要有理有据，让她有口难辩，以防胡搅蛮缠。二、家丑不可外扬。尽量心平气和解决，别闹出大事故来。"

学仁说："爷爷放心，我也是这么想的。"

"那就好。"爷爷说。

韩氏插嘴说："要是离婚，她娘家陪送的东西，她可以带走。咱给的东西，她可不能乱拿。"

存忠说："你少插嘴行不？没人拿你当哑巴。"

宗圣连连摆手制止存忠，说："你得让人说话。她是学仁的母亲，玉莲的婆婆。儿子媳妇离婚，她有权讲话。但是，如果能风平浪静地离下来，她就是多拿几件东西，也是小事。另外，除了学仁和当初的介绍人武秋生，咱老阮家，任谁不准介入。尽量大事化小，小事化了。"

16

冯剑秋家，正在院子里摆设酒宴，款待乡里亲友。

堂屋内，冯剑秋对朱贵才说："贵才，我求望湖楼的范师傅，今日特别为咱开了业。在那儿招待保安队的人。你去陪陪他们。"

"好。费用……"

"费用嘛，该花的我都花了。今们儿土匪也来了，保安队在这儿，土匪没敢伸爪子。贵才，你帮我查查，这土匪是谁引来的？查出来，我轻饶不了他。"

"好，我一定去查。"

"其实也不难查。"冯剑秋的眼睛死盯着朱贵才，说，"不用你查了。不出三天，我就闹明白了。"

"也好。"朱贵才已掩饰不住自己的惶恐，忙说，"姑父，我去了。"

朱贵才匆匆出了门，擦了把额头上的汗水。看得出，姑父已经怀疑他。请保安队的事就没让他知道。刚才看他的眼神里，似乎就写着："是不是你，引来的土匪？"

冯剑秋打发朱贵才离开，其实主要原因是，前来贺喜的亲友，多数"烦"朱贵才。见朱贵才在这里，人家随便找个理由就走。冯剑秋越看心里越明白。只得让今天当"新郎官"的儿子跑腿了。

冯家驹忙着为大家斟酒。

冯剑秋走出堂屋，向客人们分别拱着手，大声说："各位亲朋好友，各位老少爷们儿，我冯剑秋代表全家，谢谢你们了！"

冯剑秋鞠躬。大家鼓掌。

冯剑秋接着说："大家都知道，如今世乱时艰，加上准备仓促，这酒宴席面，就难免寒碜一些，就请大家谅解了。都把酒碗斟满，我跟老少爷们儿痛痛快快喝几碗。诸位，一齐端碗，喝！"

众人站立呼应："一齐端碗，喝！"

众人端碗、喝酒。

夜晚，客人已经陆续散去。冯剑秋父子皆已大醉。家驹搀扶父亲从院子里回到堂屋，让父亲坐在了椅子上。

"爹，你多喝点水。早歇息。"家驹给爹斟上茶水。

家驹已经站立不住，捧起桌上的茶壶，嘴对嘴咕咚咕咚地喝了一阵子，问："娘，给小桂花送饭了没有？"

"还没顾得。厨房里啥饭都有，你挑点她爱吃的，给她送去吧。"

"不行。天这么晚了，一个大男人去，不合适。"冯剑秋说。

"合适不合适的，反正我不去了。"朱氏没好气地说，"今们儿，公鸡打鸣就起来，到现在没住脚，累死我了……"

"那，还是我去吧。"家驹说。

冯剑秋趴在桌子上打呼噜了。

朱氏将饭菜包好，交给儿子。家驹拿着饭菜，歪歪啦啦出了门。

第十章　祸不单行

1

　　谢玉莲装病，没有参加小姑的婚礼，又听说丈夫学仁回来了，心里一直惴惴不安。尽管在看书，书上说了些啥，一句也不知道。

　　老仆张妈给她打扫室内屋地，扫得很认真。什么果皮、纸团、乱扔的鞋袜等，张妈都一一拾掇着。

　　"张妈，学仁回来了，这一关咋过？你得给我想个办法啊！"玉莲有点儿撒娇地喊着，"张妈，俺爹妈，可是把我托付给你了。你聋了？咋不说话？"

　　张妈没有一点反应，照旧扫地。

　　"张妈，你真聋了？"谢玉莲气急败坏地从床上跳下来。趿拉着鞋子，跳到张妈面前，大声喊着。

　　张妈这才问："你说什么？"

　　谢玉莲苦笑着说："呀，还真聋了！"

　　张妈摇摇头，又点点头。说："你不是，天天念叨，盼望着我的耳朵早聋，眼睛早瞎。你那些事儿，我别听见、也别看见吗？"

　　"那是闹着玩的。"

　　"有这么闹玩的？朱贵才一来，不是把我支派出去买这买那，就是锁进小南屋里……"

　　"可是，管用了？啥事能瞒得过你？啥事儿你不知道？"

　　"我知道，又有什么用？看看你这肚子，一天一天往外鼓，我真不知道咋跟你爹妈交代。都是我这个守了一辈子活寡的人，知道长夜如何难熬。有好几次，想豁出去，阻止你，可想想，心又软了。哪知道疼你是害你。我这老婆子作孽啊！我老婆子该死啊！"张妈说着抽了自己一个嘴巴子，脸上老泪纵横。

"如今说这些还有什么用？学仁冒不透风地回来了，这鼓起来的肚子咋藏得住？张妈，你得帮我想个法子呀！"

"我老婆子哪有什么法子？"

"张妈！"玉莲扑进张妈的怀里，哭了。

正在这时，忽然一阵敲门声。

"谁？"

"还能有谁？朱贵才呗！"

张妈一听朱贵才便躲到偏房去了。

谢玉莲趿拉着鞋就去开门。门一开，谢玉莲傻了。

来的是学仁、武秋生，还有个背药箱的医生模样的人。

谢玉莲打了个愣怔，双手捂着肚子扭头跑回了房间，爬上床，拉被子盖上了肚子。

武秋生与学仁对了一下眼光，点点头，领医生跟着进了房间。

武秋生说："玉莲啊，这不，二梅婚事上，我没看见你。一问，都说是病了。正好，学仁也回来了。阮校长，让我请了赵先生，来给你看看病……"

"武老师，谢谢了。玉莲没啥大病，只是偶感风寒，不劳大家费心了。"玉莲满脸尴尬，推辞着。

武秋生说："没大病，更好。大夫既然请来了，还是看看吧。"

谢玉莲不好再推辞了。当赵先生简单问了些病情，在床边坐下，让她伸出手时，她也只得乖乖地伸出了右手。

赵先生眯缝着眼睛切脉，多时，冲学仁笑笑："恭喜恭喜，夫人有喜了。"

"谢谢，谢谢……"学仁说。

突然，张妈从另间内室里冲出来大喊："你胡说！胡说！"

"放肆！"武秋生也大喊一声，"休得无礼！"

张妈被镇住了。

赵先生有点儿难堪地站起来，背了药箱，冲武秋生拱拱手，转身要走。学仁急忙付上出诊费，与武秋生一起，将赵先生送出门外。

学仁、武秋生回到房间，大家都沉默了。

多时，学仁很严肃也很平静地说："玉莲，我不想责备你。形成这种局面，我也有责任。说到家，咱俩本来就不是一路人。强撮合在一起，永远也不会有幸福的。你想想，我们都还年轻，来日方长，倒不如，好说好散。谁也别吵，谁也别闹，人不知，鬼不觉，咱离婚吧……"

玉莲呜呜大哭……

"不行，玉莲的爹妈，把玉莲托付给我照管，要离婚，总得把玉莲的爹妈叫回来，三头对面，讲讲清楚吧……"张妈说。

第十章　祸不单行

181

武秋生说:"托付给你照管,你是咋照管的?你还想三头对面?是不是想让满天下的人,都来给你扬名啊?我跟你说,也就是遇着学仁才这么厚道,要是换上而下旁人,总得找她爹娘来,当着四邻八舍,问个明白,这野汉子到底是谁吧?玉莲,我也有责任,当初我是媒人。解铃还得系铃人,我在这里,作为见证,也就是三头对面了。玉莲,咱悄没声地离了婚,各走各的吧,行不?"

多时,玉莲擦了把泪水,说:"武老师,玉莲不是人,给你丢脸了。武老师,我听你的,你咋说咋办。"

玉莲跪在床上,给武秋生磕了三个头。

玉莲又说:"学仁,千错万错,都是我的错。是我对不住您,也对不住老阮家。你就是不跟我离婚,我也没脸再进您家的门儿了,我向您请罪。"

她又给学仁磕了三个头。

学仁不知说什么才好。只得宽慰了她几句:"玉莲,心胸宽一点,你还年轻,以后的日子长着哪!真要遇上需要我帮忙的难事,还可以找我,我会尽心尽力的。"

"谢谢了,学仁哥,谢谢……"

学仁跟着武秋生离开了谢家。原以为十分棘手的事,倒十分简单地解决了。但是,对于玉莲,还没来得及重新认识,却只得分手了。在分手的瞬间,才发现她,并不是原来他以为的那个玉莲。她那么单纯、幼稚、善良,活像个孩子……

他心情非常沉重,第二天就回了济南。临走的时候,再三对爹娘说:"玉莲屋里的东西,全给她。咱买的,也不要留。"

爹娘瞠目结舌。但是,捎过多次口信,玉莲始终没来取一点儿东西。咋,玉莲又反悔了?

2

冯家驹和二梅的新婚之夜,过得有点儿冷清。

当喜酒宴席一轰而散,晚上就没人再留下闹洞房了。闹洞房,当地也叫吵喜、闹喜。若是没有年轻人"吵""闹",被乡亲们晾了场,就是没人缘。今天,来的人一看家庭主妇朱氏呱嗒着个黑脸,相互递个眼色就悄悄离开了。

冯剑秋醒过酒来,一见被冷了场,很觉没面子,遂亲自喊了一些年轻人来。但一转身,人又不见了。他憋了一肚子闷气,大喜的日子不好发作,便拿来酒壶,倒上酒再喝……

朱氏见丈夫已经醉得东倒西歪，便陪着小心劝道："他爹，你不能再喝了。来，我扶你歇着去！"

本来不想说的话，又说了出来："你，在家里，与乡里乡亲处得咋样？看明白了吧？人缘真好啊，都跟你井水不犯河水，老冯家往后得走天门儿了！"

吓得朱氏直打哆嗦，没敢回嘴。

在西侧新娘的绣房里，二梅清清楚楚听明白了公爹的话，便轻轻推了推睡在自己腿上的家驹："去，给爹倒碗水，让爹醒醒酒，再伺候爹早歇着……"

家驹哼哼了两声，却没有醒。二梅只得把家驹的头放到枕头上，自己擦下炕来，给公爹倒上茶水，说："爹，今日够累了，喝点儿水，早歇着吧。"

"哎，哎……"

二梅又给倒了盆洗脚水，端到公爹脚下："爹，泡泡脚，再睡……"

"哎，哎，二梅，你，也歇着吧。"公爹不好意思地说。

"不忙……"二梅找来擦脚布子，放到公爹脚下的马札子上，才回了房间。

朱氏一旁看着这一切，心里暗暗骂着："天生丫头嫚姑子，伺候人的贱种下流胚。你蹀躞吧，你伸着舌头舔吧……"

二梅自然不曾理会婆母此时心意，可心头似乎遮上了一层不祥的阴云。她开始感到了冯家与阮家在"人缘"上的云泥之别。当然，这层薄薄的阴云，很快就被和煦温馨的春风驱散了。

家驹风流，二梅多情，新婚燕尔，甜甜蜜蜜，自不必细说。

3

婚后的新娘，二日回门，三日再接回来。四日早饭全家得吃长寿面，这面条得新娘来擀，也是检验新娘手艺的一次"考试"。她哪里想到，这次擀面条，竟然惹出飞灾横祸！

天刚麻麻亮，二梅推开家驹纠缠，便穿衣下炕。取出霞姨给绣的梅花围裙，看了看，扎在了腰间。她想在公婆起床以前，便完成"擀面条"的任务。但一开房门，婆母早就起来了。她只得上前问安，然后来到厨房，将锅碗瓢盆、米面柴草、刀板面杖、以及烧卤子浇头的肉菜等等在哪里，都问明白之后说："娘，你老先歇着，媳妇做吧。"

"不，我跟你一起做。"

"娘，媳妇手拙，怕羞，您老一看，我就啥也不会做了。"

"我来帮你，咋样？"家驹在身后插嘴说。他知道二梅不会做，怕她受难为，也赶来了。

　　"都不用了。我做不出饭来，再请你们，行不？"二梅笑着，张开胳膊，将他们母子请了出去，接着关了厨房门。

　　反正经过一番刀板响声，经过一番冒烟拉火，二梅神神道道，居然煮出了粗细均匀的面条。其实，是二日回门，从家里带来的晾干面条。还是她娘回娘家时跟着她舅母学的。她舅母是跟着外国人学的，叫挂面。有了面条，如何点柴草烧锅底她不熟练，手忙脚乱，下熟面条，打好卤子，已经抹得灰毛乌嘴。不管如何，变戏法似的，当厨房门开，二梅便端出一大盆面条来。

　　家驹急忙上前接二梅的盆子，朱氏呵斥道："一边等着去。"

　　二梅将盆放在饭桌上，又回身端来了卤子浇头。婆母拿来小盆大碗，二梅这才一碗一碗抄面条、舀菜浇头⋯⋯

　　"没想到，还行。不粗不细，挺匀和。"家驹笑着说。

　　"什么还行，是很好。二梅，手还挺巧哪！"公爹上前也夸奖了两句。

　　"爹，先别夸奖。以后就知道了，我手拙着哪。"二梅笑着说。

　　二梅将面条碗都盛好了，又盛上一小盆儿，说："爹，娘，你们先吃着，我给桂花妹子送去。"

　　"还是我去吧，你去照照镜子，看看咋抹和的？洗脸去！"婆母冲二梅说着，端了小盆就出了屋门。

　　二梅回房间一照镜子，自己也笑了，锅门灰咋一道一道抹到脸上去了？她正在洗脸，突然听见院子里婆母"哎哟"一声喊叫，便急忙跑了出来。

　　婆母被院子里的砖头绊了一跤，跌倒了，还在"哎哟哎哟"喊着疼。小盆儿摔碎了，面条洒了满地。一群母鸡跑过来，争先恐后地啄食着⋯⋯

　　二梅跑上前去扶起了婆母，搀扶着回了堂屋。她又用小盆盛上面条，让家驹给小桂花送去。

　　家里人吃完了面条，家驹才回来。谁知他一进院子就喊："娘，这是咋着，母鸡一个个死啦？"

　　"真是的，一个大男人，一惊一乍的！"冯剑秋说。

　　不过，一家人还是跑了出来。上前一看，还真傻眼了：一只，两只，三只，都倒在地上，伸了腿爪子⋯⋯

　　多时，婆母先开口了："还是老天保佑，让我摔了盆子，保住了小桂花一条性命！"

　　家驹打了个愣怔。接着，一蹦三尺高，揪住了二梅胸前的衣襟，吼道："真是知人知面不知心。你的心，为啥这么黑？说⋯⋯"

"我……我……"二梅早吓傻了。

"你这个畜生！"家驹两眼喷火，左右开弓，搧了二梅两个耳光。接着又是一脚，把二梅踩倒在地。"滚，滚得远远的，我一辈子不想再见到你，畜生……"

事情急转直下，竟到了这个地步！二梅从地上挣扎着爬起来，脸上带着丈夫打耳光的指头印子，鼻子里出了鲜血。她没有喊一声疼，没有掉一滴眼泪，走到公爹面前，说："爹，你得相信，老阮家的人，一个一个都是人，没有一个是畜生。刀架在脖子上，也不会做一件伤天害理的事。我进冯家门，就害怕早晚会有这一天，但没想到来得这么快。家驹，咱们有缘没分，我也永远不想再见到你了……"

二梅扭头走出了冯家大门。

冯家父子都给这突如其来的"死鸡"事件闹懵了。

此时最清醒的自然只有朱氏。

"他爹，你，肚子里难受不？"

"我，我还没觉出什么……"

"家驹，你哪？"

"我，也没啥感觉……"

"看来，就是冲着小桂花的。赶紧看看小桂花去，快，快！"朱氏提高了嗓门儿，催家驹去了。

4

一直没开口的冯剑秋，还在院子里提拎着那几只死鸡，翻来覆去端详着。但眼睛却一直瞥着老婆朱氏的举动。

俗话说，不做亏心事，不怕鬼叫门；俗话还说，做贼的心虚。

他开始觉察到：二梅的举动像前一种；而老婆朱氏却像后一种。

二梅本来是个文弱的女子，而今却如此刚烈果决！而朱氏却多次回避丈夫逼视她的眼睛；而她的眼睛却在一直窥视着丈夫的一举一动——被冯剑秋的第六感觉明白无误的扑捉到了。

家驹一会儿回来说，小桂花安全无恙。

"家驹，这事儿越来越明白了。你看过《苏三起解》那个戏吗？苏三为什么成了犯人？不是被诬在饭中投毒吗？今天，咱家的二梅，变成苏三了。"

"爹，你说啥？我不懂。"

"来，到屋里，咱爷俩平心静气地再捋一捋，事情的全部经过。他娘，你慌什么？"

"我，我，我哪里慌来？我没有慌……"

朱氏的慌乱，已经难以自控和掩饰。

冯剑秋心里已经确定无疑了。

当一家三口在八仙桌旁坐下，冯剑秋说："家驹，你回想一下：二梅今天做面条时，她是关上门自己做的，对吧？她做好以后，开开门，是舀到那个大盆里，端到这个饭桌上来的。然后，你娘给她递着碗和盆，二梅一碗一碗盛好的，对吧？要是她放的毒，那是在厨房里早放上的。咱爷俩、你娘、小桂花，以及二梅自己，咱五个人，谁也跑不了，都会被药死。是不是这理儿？也就是说，她没有单独给小桂花下毒的时间和机会。谁有呢？只有你娘！"

冯剑秋一把揪住了朱氏胸前衣襟，大吼一声："说，是不是你？"

"你，血口喷人！"眼下，朱氏已经是一副豁出去死鸡不怕开水烫的凶相，死不认账。"不是我，不是我，就不是我！"

"不是你，难道是我？难道是家驹？"冯剑秋一松手，将朱氏摔到了地上。他浑身颤抖着，原地转了一圈。突然，放低了声音说，"把药拿出来。不管你咋想的，只是药死了三只母鸡。你把药拿出来，我饶你一条小命。"

"没有。"朱氏说，但她下意识地双手捂住了自己的衣服口袋。

冯剑秋一把抓住了她的衣袋。

朱氏低头抓住他的大手，狠咬了一口……

"哎呀！"他的手疼得松开了。

军伍出身的冯剑秋，真被逼急了。三下五除二，就将老婆的衣襟翻转过来，撕下了衣袋，衣袋中果然有那个包毒药的小纸包，老婆朱氏扑通跪在了面前……

儿子家驹，面无血色，浑身哆嗦，彻底傻眼了！

"家驹，先别犯傻，赶紧去找二梅！"

家驹扭头就往外跑，让门坎拌了一跤，立马爬起来，冲出了大门……

5

家驹一口气跑到老阮家，正好碰上吕氏、三菊娘俩正在大门前，送阮宗圣去学堂。

吕氏问："家驹，有啥急事，这么张口气喘的？哟，这额头上咋出血了？在那儿碰的？三菊，快领他去搽点儿红伤药？"

"娘，我先问你。二梅回来没有？"

"出了啥事？她没回来呀！"

"完了，完了……"家驹在吕氏面前跪下了，"完了……"

阮家岭男女老少沿湖寻找二梅。

家驹双手捶地,放声大哭……

"你说!你说啊!二梅出啥事了?"吕氏这个一向遇事不慌的人,却放大了嗓门儿吼道。

家驹边哭边说,结结巴巴,半天,总算将事情的大体经过说了一遍。吕氏一阵晕眩,三菊急忙搀扶住她。

"都愣着干啥?"阮宗圣老人也急了,"快去找人,分头找啊!到湖边,井边,快去找啊!"

老阮家的男女老少全出动了,分头去找。沿着百里长堤,到处都是凄厉的叫声:"二梅——二梅——二梅啊……"

及到东南晌的时候,吕氏、三菊和家驹一起,找到了豆腐营子以西的湖边,突然发现,一棵柳树的桠杈上飘着一件衣服!家驹、三菊跑了过去。家驹将衣服摘下来一看,这不是她霞姨给绣的围裙吗?

三菊接过来递给了母亲,说:"娘,看来,她在这儿坐的时间不短。这土丘上有印迹,这围裙上有字迹……"

吕氏翻看了一下,围裙口袋里,是学仁送给二梅的派克钢笔。再仔细看,围裙上,血泪模糊,但字迹清楚,写了几行字:"吾所以有大患者,为吾有身;及吾无身,吾有何患?"①

吕氏已经明白,二梅自杀了……

她面色苍白,泪水纵横,手捧围裙,浑身痉挛。冲着八百里水泊,声嘶力竭地喊着:"二梅——你在哪里?是娘害死你了……"

娘没喊完,昏倒在地。三菊急忙跪地呼喊:"娘——"

无地自容的家驹,"扑通"一声跳进了湖水……

恰在这时,宋守信赶了过来,也跳了下去,才把家驹救了上来。

6

一连三天,雇用了十几条船,沿河沿湖寻找了数百里,活不见人,死不见尸,没有找到一点儿踪迹。人们彻底失望了。

吕氏病倒了。三天汤水不进……

老阮家那种恼怒愤慨之火,在每个人心中,燃烧起来……

那是,第三天早饭后,爷爷宗贤,姐姐大兰,弟弟小三儿,他们带领阮姓家族男男女女数十口人,拿着锨镢棍棒各种家什,在老阮家大门口集合了。

---

① 《老子》语句。

阮宗贤夹袄敞着怀，左手拄着铁锨，右手胡乱擦了把满脸纵横的泪水，说："老少爷们儿，二梅是个善良闺女，她是咋死的？大家都知道了。他老冯家的婆娘，设计投毒，嫁祸于人，心多黑啊？手多辣啊？老少爷们儿，咱老阮家，就是那么好欺负的吗？"

"不是！"众人喊着。

"老少爷们儿，咱怎么办？"大兰跟着又问了一句。

"报仇雪恨！"小三喊道。

"报仇雪恨！报仇雪恨！"众人呼应。

怒火熊熊燃烧起来。

大队人马，呼呼隆隆，冲冯家走去……

7

老冯家，这三天，可以说是人亡家破，祸乱不断。

家驹自幼娇生惯养，虽居湖滨，却不通水性，于走投无路之际，跳下水，差点儿没淹死。被宋守信救上来以后，神经就错乱了，哭号一阵子，又傻笑一阵子……

住在场院小屋的小桂花，当知道了事情的本原，皆因给自己送饭引发，感到无地自容。第二天，便失踪了，谁也不知去向……

冯剑秋仅在事发当时，曾暴跳如雷，但很快就冷静下来。他把朱贵才叫来，紧紧看住朱氏和家驹。而他一日三餐照吃，只是一声不吭。

其实，他于当天，就派本家的一个侄子，去了济南，说是给自己请病假，不能按期返回。其实是于第三天，便将岳父朱金旺用吉普车接了回来。说外甥家驹结婚，大家都想他老人家了，如何如何……

老阮家在门口集合人马，想来冯家兴师问罪的同时，济南拉朱金旺的吉普车也刚到门前。老爷子一进冯家大门，就被神经错乱的家驹，搂住脖子又哭又笑的样子惊呆了。

在女婿冯剑秋和孙子朱贵才的搀扶下，老爷子好歹进了堂屋，女儿上前叫了声"爹"，便哭了。

"这是怎么了？出什么事了？"老爷子刚落座便问。

冯剑秋亲自给斟上茶水后，便不紧不慢，把事情的来龙去脉讲了一遍。并把朱氏装毒药的小纸包也让朱老爷子看了。朱氏当面跪下，说："我，错了。原本想，顶多药死只老母鸡，没想到……"

朱老爷子，一看这阵势，抡手杖就打，开口就骂："你这个畜生，咋这么心狠？不为别人，也得疼儿子家驹吧？"

冯剑秋忙按住老爷子。见朱氏父女已供认不讳，便说："爷，事到今天，俺家，媳妇投湖死了，儿子疯了。老阮家一要告官；二要报仇。我，实在招架不住了。爷，这是我写的休书，求你把她领回去吧。在阮家岭，说不准，有人会砸死她！"

冯剑秋把休书递给了岳父。

正在这时，门前一阵喧哗，紧接着就是"啪啪"的砸门声……

冯剑秋急忙出来开门。门一开，人们像破堤的洪水涌了进来。见到什么砸什么，顿时满院子瓶瓶罐罐乒乒乓乓乱响……

"住手！"阮宗贤大喊一声，大伙才停下打砸。"老少爷们儿，咱来干啥？是找那个姓朱的下毒的婆娘。冯剑秋，把她叫出来吧！"

"把她叫出来！"众人齐喊，惊天动地。

冯剑秋扑通跪到在地，说："叔，乡亲们，千错万错，都是我的错……"

再说，一听见外面众人砸门，朱氏就吓成了一滩泥。朱贵才急中生智，背起姑母就去了房后西北角的小磨坊。这里一边是石磨，一边是喂牲口的敞棚。马、牛还在吃草，却没有藏身的地方。但磨坊的外边有一口水井。朱贵才灵机一动，说："姑，没法子，跳下去吧。"

"我，我，不敢……"

"那，找绳子，拴腰上，我续你下去……"

"我……我……不敢……"

"来不及了，他们进门了，会砸死你的！"朱贵才突然发现，牲口槽下边有一桶水，他舀了一瓢水，就泼到了姑母身上。一看，水湿得还不够，干脆，他提起桶，劈头盖脸就浇在了姑母身上……

在前院，没等冯剑秋说完，只见朱贵才匆匆从屋后跑过来，喊着："姑父，不好了，俺姑，跳井了……"

朱贵才话音刚落地，朱老爷子"啊"了一声，昏倒在地上……

"爷爷——爷爷——"朱贵才声嘶力竭地喊叫着。

冯家手忙脚乱喊着救人，乱成一团……

老阮家的人终归实在，见救人插不上手，便自动解散了……

8

常言说，一步走错百步歪。冯家近期，可谓福无双至，祸不单行。二梅还没下落，家驹神经错乱，岳父朱老爷子又中了风。冯剑秋只得先找本家侄子看着门，带着吉普车拉着病人回了济南。把岳父和家驹送进了医院，让朱贵才和朱氏在医院陪床，他向亲友借了一些钱，立马又赶回了老家。

第十章 祸不单行

冯剑秋雇了十二条船，在湖里从北头的斑鸠店、卧牛山、虎王庄、王李屯等处的岸边，分别向南梳头一样地打捞；又动员了近二十人，沿湖岸分头张贴寻人告示、探询踪迹。

朱贵才在济南医院里呆了两天就呆不住了。爷爷的病情已有明显好转。父亲朱四海也闻讯从南京赶了回来。晚上，爷爷、父亲、姑母进行了一次长谈。

爷爷说："咱朱家，得争气啊。我这辈子，为什么很少回老家？说到底，还是感到没脸面。跟他们老阮家、老黄家、老宋家、老冯家，站在一起，肩膀头不一般齐。俺爷爷，是个渔霸，外号叫'八百里'——就是说八百里梁山水泊都是他的。谁下湖打鱼都得向他交'点头钱'。就是，交了钱，他点了头，才准许人家下湖。他有本事吗？有。他厉害吗？厉害。可是，他活到四十五岁就走道了。听说是被人大卸八块、剁成肉馅，撒到湖里喂了鱼。俺爹，也很能，能喝酒，能赌钱。那骰子在手里玩得溜溜转，说要'四五六'，决不会出'一二三'。号称'打天下'，走遍天下无敌手。可我八岁那年，他跟人家发狠，头一把输了全部家产；第二把将老婆押上，又输了。俺娘跳湖死了，幸亏阮老太爷收留了俺爷俩。是老阮家让俺爹，走正路，发狠誓，洗了手，不再赌钱；后来，还是老阮家帮我外出学徒、做买卖，才有了今天的家业。其实，俺爷俩，之所以能活出个人样来，就是都牢牢记住阮老太爷的几句话。他说：'人世间，好人的脸面最大。不管贫富贵贱，只有好人，才能昂首挺胸、硬硬气气地站在众人面前。那么，做个好人难不难？按说，不难。想当好人，谁也不用求，自己说了算。但是，说难也难。当好人得能忍能让能吃亏。因此，有本事的能人，心眼多的精明人，尤其是做买卖天天盘算挣大钱发大财的人，做个好人就更难！不是吗？'"

"爹，你老别絮叨了，这些，你讲过多少遍了？"

"可你们没有听进去啊！你不要以为有几个臭钱了，腰杆子就能挺直了。不！当年，我想把闺女嫁给阮家存忠，接连出大价钱请了三次媒人，三次，媒人这一关就没过。说，门不当户不对。咋就不对？论家产，咱是阮家岭的首富。而他老阮家，已经穷得铛铛响了。存忠、存孝兄弟俩上学，供不起了，让老大退了学，只供老二一个，还得拉饥荒借债。到了这个地步，咱倒贴钱、倒贴闺女，也送不上门儿！这不，老阮家巴结不上，咱巴结老冯家。我先投上本钱，供应冯剑秋上完学，才送上了闺女。可真好，外甥都娶媳妇了，闺女让人家休回来了。闹得全村老少拿了棍棒去砸。若不是贵才劈头浇上那桶水，怕是连小命儿都保不住了。我这辈子不愁吃穿，就盼着你们有出息，给咱老朱家长脸。我回趟老家，人眼前，也能抬起头来。可是，完了，老朱家完了，完完的了！"

191

老爷子说不下去了，满脸泪水……

"看你说的，爹，咱老朱家不但没完，正在步步向上哪！"儿子朱四海说，"爹，咱经商的有句老话：'央求人做不成买卖。'俺姐，是你巴结着冯家，强送上的。他冯剑秋，根本就没拿俺姐姐当盘菜。几十年了，他心里，老惦记着那个姓吕的。如今，又让家驹娶了姓吕的闺女。爹，俺姐姐心里苦啊！爹，你知道吗？"

"我咋不知道。可是，再苦，也不能下毒药，闹出人命来吧……"

"好，咱不说俺姐姐了。她一个妇道人家，能有多大本事？爹，你老不是还有儿子，还有孙子吗？你想要多大的脸面？你再回家的时候，我让吴县长去迎接你，够格吗？"

朱四海这一晚上跟儿子睡在一个房间里，儿子将在老家遇到的难题一五一十跟爹说了一遍。还是父亲活得明白、参得更透，没用几句话，便让他醍醐灌顶、蓦然开窍，找到了在四面楚歌中突围的妙策。

朱贵才，第二天跟爷爷说，自己当区长，还有许多公事等着他回去急办。爷爷自然满口答应，他便迫不及待地匆匆赶回了阮家岭。

9

朱贵才匆匆赶回的原因，也有点儿怕姑母经不住爷爷的盘问，说出那"毒药包"的来历。另外，在济南医院里，他遇到了谢玉莲的父亲谢老五，谢老五是来探望老爷子病的。听口气，谢老五只知道女儿与学仁离了婚，却还不知道女儿与自己有一腿。他得赶紧回乡，把玉莲肚子里的那个"罪证"尽快销踪灭迹。

朱贵才到家的当天晚上，便到古镇敲开了谢家的大门。

往常——更确切地说是她与学仁结婚之前——他朱贵才进门后，玉莲顾不得先关好门，便亟不可待地扑上来亲热。那，全都变成了过去。这不，他刚迈进门槛，她就黑着个脸说："你，你来干啥？我不想再看见你。滚！"

"不，玉莲，你得冷静，冷静……我有话跟你说……"

他死皮赖脸拉玉莲回到屋里。

让他没想到的是，她劈头就问："二梅，找到了没有？"

"没有。"

"你姑那毒药，是不是你，给她准备的？"

"胡说些啥？"

"除了你，不会有第二个人。"

"她阮二梅死啊活的，与你还有关系吗？"

"二梅，那是个洁白无瑕的才女。在老阮家，只有她，不另眼看我。我跟她，有说不完的话……可怜啊！"

"最可怜的是你。你这个被老阮家扔出门的一只臭破鞋！"朱贵才竭力挖苦着她。

"还不是你，毁了我？我恨你，恨你这个魔鬼！"

"现在，只有我这个魔鬼，还想着你，可怜你，疼爱你，帮助你。玉莲，若是我光想着我自己，我多么希望你能把他生下来，那是我朱贵才的骨血啊！但是，他会毁了你的后半生。我不忍心……玉莲，当断不断，必受其乱。不能再犹豫了！"

"你放心，我决不会再犹豫。我不怕什么破鞋的名声，我真怕再生一个跟你一样的魔鬼！"

"那好，我这次去济南医院，顺便找洋医生开了一种打胎药，既简单，也少痛苦。玉莲，听话，及早不及晚……"朱贵才从衣袋里掏出一个小玻璃药瓶，递给了玉莲。

玉莲接过小药瓶，端详着。再看看面前这个若无其事的朱贵才，她顿时就像被提进冰水里，心在颤抖着。说归说，终究是条生命啊……

"玉莲，这几天，我正谋划着如何给你出气、报仇！"

"出啥气？报啥仇？"

"我想，把学仁，送进监狱。"

玉莲冷笑了一声："你没照照镜子，看看自己是个什么东西？我实话告诉你，学仁在省城，也是有点儿脸面、有点儿名声的人物。我跟他结婚后，在济南参加过几次酒会，出席酒会的，不是省府的什么局长、处长，就是什么著名作家、诗人、记者、教授。凭你，一个灰头土脸的庄户区长，想扳倒他？嘿嘿，痴人说梦罢了！"

朱贵才也嘿嘿笑了："那，就骑驴看唱本——走着瞧了。我扳不倒他，你永远不会知道，马王爷是三只眼！"

"你凭个啥？"

"我凭，我凭知道他是个共产党！"

"啊！"玉莲禁不住一惊。学仁是共产党，她早就知道，但对谁也不曾说。而今，他知道了，学仁真危险了。她冷静了一下，又扑哧笑了，说，"想一想，你这种人，也不奇怪，有个惯用的手法……"

"什么手法？"

"血口喷人！学仁咋会是共产党呢？"

"你信也罢，不信也罢，反正我这一次得把他送进监狱。量小非君子，无毒不丈夫……"

两人又辩论了多时，她终于把他轰走了。及至插上门，她却禁不住一阵阵心惊肉跳……

　　他要密告学仁，是为我出气报仇吗？我对他有气吗？有。跟我结了婚，是那么冷漠。把媳妇扔到家里，很少过问。一年四季，三百六十天，什么时候问他，都是一个字："忙。"但是，有仇吗？凭良心说，没有。他高尚；他知识渊博；有救民于水火的大志愿。一日夫妻百日恩，是我对不住他。朱贵才与他相比，只是个下三滥。

　　近来，她几乎天天在臭骂自己：是个畜生，是个母狗！竟然落入朱贵才这种为人所不齿的色鬼的魔掌，任他玩弄，宣泄性欲，自己却色授魂与，饮鸩止渴。"最可怜的是你！"连畜生朱贵才也敢这么说！

　　天可怜见，我下一步该咋办？

10

　　自从二梅跳湖后，老阮家就彻底乱了套。

　　三儿，大兰、三菊，都日夜靠在打捞人的船上。

　　吕氏在严依霞的陪同下，沿湖打听查问走了两天，吕氏就晕倒了。严依霞只得雇车将她送回家。她躺在床上，仍然不吃不喝……

　　阮宗圣才几天就塌了身架子，仿佛又老了十岁。腰杆弯了，眼窝黑了。他拄根竹棒，一直领着小四儿，站在湖边，久久望着远方泱泱的湖水，擦眼抹泪。小四儿则不停地喊叫着姐姐，傍晚都拉不回家。

　　老人终日一声不吭。存忠只得陪伴左右，不敢懈怠。

　　老二宗贤，头两天，一蹦三尺高，开口像放炮，骂骂咧咧，到处乱跑。自从召集人闹了冯家，就消停了。这几天是接连喝得酩酊大醉，摔盘子砸碗，没人敢劝。

　　天天下厨房的只能是韩氏了。她天天做好饭，就反复祈求两位老人注意身子，挨着吃点儿。再就是烧香磕头祈求菩萨保佑了……

　　到第四天上，在黄河河务工程上的存孝闻讯赶回来了。

　　他回来后，了解了一些情况，便当机立断，决定召回船只，停止打捞，劝说老人，按时吃饭。饭菜摆上饭桌，两个老人却仍然泪流满面，不动碗筷。他又带领全家晚辈，一起下跪，老人不吃，都不起来。

　　他说："咱们打捞四天了。他们冯家，派出的船只更多。但一概不见踪迹，我觉着这是个好事。你想想，二梅是自己投湖，身上没有沉重物件，按说，早已漂到湖面。这就是说，没找到，二梅还有生还的希望……"

　　"你，站起来说，你以为，她没死？被什么人救了？"爹上前把儿子拉了起来。

　　"也不是没有这个可能。"存孝说，"二梅是死是活还没闹清楚，一家人就全不吃饭,都把身子糟蹋坏了,往后不过日子啦?"

经过反复破解劝慰,老人们总算又开始吃饭,生活又渐趋平静。

"我知道,这事儿的总根儿在我这儿!"夜晚,吕氏躺在炕上对身边的丈夫说。

存孝也是晓之以理、动之以情,耐心加以劝解。

11

朱贵才获知阮学仁因自己的黑信告发已被逮捕入狱,他活像个凯旋的将军,满心喜悦,浑身爽快。这是近两年来绞尽脑汁的苦斗中,从未有过的一种胜利者的感受。他阮学仁就是一头老虎,如今关进了铁笼子,下一步肯定有好戏可看了。晚上,他让老婆做了几样小菜,将自己的"顾问先生"陈砚楷请到前院,两人抿了几盅小酒。

自从姑母家出事儿,朱贵才就忙得东奔西跑。陈砚楷先生也因有些私事儿处理外出数日,今们儿才回来。两人都感到有些话要说说。

烧酒三杯下肚,陈先生询问了一下济南老爷子的身体恢复情况,便言归正传了。他劈头说了一句:"朱区长,我不能吃白饭,我得尽心尽责。你,近期做的几件事儿,太过了!"

"你,指的是……"

"一、你表弟冯家驹结婚,你把土匪招来,虽然没下手,但终归不该;二、不该帮你姑母,捣腾砒霜。"

"这些事……"

"这些事,都瞒不过我的眼睛。我也告诉你,我之所以来到朱家,决不是混不下去,来蹭饭吃的,我是来报恩的。你朱家老爷子,对我,有恩。滴水之恩,陈某当涌泉相报,才……"

"我就知道,陈先生决非凡夫俗子。"

"陈某考虑再三,深感不是小事,只得忠言相谏。"

"朱某年轻,争强好胜,有时不免有失分寸,谢谢先生及时提醒。来,我敬您一杯……"

陈先生的几句话惊出朱贵才一身冷汗。当晚,他又找出两幢绸缎被褥,亲自去后院小屋,给陈先生送去。同时还送去一些酒、茶、点心。再三道歉,这段时间的慢待不周……

在陈先生居住的小屋里,陈先生让朱贵才坐下,又说:"这段时间,我也很忙,忙着给你擦屁股……"

"什么?"

"给你擦屁股。"

"擦什么屁股？"

"现在，我可以如实告诉你了。你表弟冯家驹娶亲的时候，你找来的土匪为什么没有下手？"

"是因为县上来了保安队嘛……"

"不是。保安队那几个人，根本不是他们的对手。"

"那，是……"

"是我，没让他们下手。"

"为什么？"

"为了保护你。"

"保护我？"

"对。你想想，如果那天真让土匪搅了局，抢了冯剑秋的儿媳妇，冯剑秋是干啥的？他只要一跺脚豁出去，拔出枪，撂倒几个土匪，那还不是手到擒来？逮住土匪，第一个露馅的就是你。你想想，是不是这理儿？到那时，他会将黄区长的命案与这件事捆在一起，跟你清算。恼羞成怒，大义灭亲，你这命再金贵，怕也保不住了。"

"这么说，我又得感谢你救命之恩了？"朱贵才兴许到现在还没认识到这事的严重性。话语里明显地露出了不满。

"感谢不感谢在你。"陈砚楷冷笑了一声，又说，"正像你自己说的，你还年轻，争强好胜，有时不免有失分寸。回头看看，你办这几件事儿，不仅是有失分寸、犯忌讳、犯常规，而是越过了生死门限。为什么这么说？因为你，不留退路，只有绝路。你争强好胜，你了解对手吗？不说别人，对您姑父冯剑秋，你就没掂出分量来。他是旅长，不身经百战，能当上旅长？他杀几个人，跟碾死几个蚂蚁，还有大差别吗？再说，他是本省的在职旅长，急了，他能拉出队伍来。他儿子结婚那天，我没让土匪下手，不光是救了你，其实也救了这帮土匪。若触怒了他动真格的，咱东平湖上这几伙伙草寇，也就死无葬身之地了。俺那大区长，是不是这理儿？"

"先生言之有理。回头一想，还真有点儿后怕呢！"

"既然你开窍了，我就再提醒你几句。"

"先生请讲，朱某愿听教诲。"

"你姑母的砒霜，我想，他冯剑秋一旦静下心来，很快就会弄明白来历。到那时，他会善罢甘休？你想想，媳妇投湖死了，儿子疯了，摊在谁身上，会放过你？"

"可是，果真如此，我咋办？还请先生赐教。"朱贵才就是朱贵才，当即在陈砚楷面前跪了下去。

"俺那大区长，起来说话。"陈先生拉起朱贵才，说，"如果直到今天，我才想到这个，那，你的饭我就算白吃了。"

"先生，你……"

"我，还是给你擦屁股呗……"

"我，听不明白。"

"他冯剑秋，这几天干啥？"

"雇了十几条船，在湖上打捞二梅呗。"

"我告诉你，二梅没死，是我救了她。现在，由你交给他冯剑秋，将功折罪吧！"

"这是咋回事儿？"

陈先生压低了声音，如此这般对朱贵才说了一遍。

"先生，真神人也……"

"我那大区长，我再次劝劝你，万万不可，发狠争强，泄愤报复，图一时痛快，不留后路。擦屁股的事儿，再一再二，不再三四……"

"在下一定牢记。"

"那就好。"陈砚楷撇了撇嘴，慢慢摇了摇头。

朱贵才大半宿没有睡着。他拿不准，身边留个陈砚楷是福是祸？他是神是鬼？咋啥事都瞒不过他呢？他在身边今后还有啥秘密？可是，若不是他三番两次给"擦屁股"，那几个坎儿兴许就过不去。可是，陈先生今天已经警告："擦屁股"的事，再一再二不再三四。那么，我告阮学仁为共产党的事儿，告诉不告诉陈先生呢？这可是逮捕阮学仁、拔除凌春来、震慑老阮家一箭三雕的大好事！

朱贵才在炕上辗转反侧一夜，终于做了决定：不能告诉他，写的是黑信，自己不说，永远无人知道。他就是个诸葛亮，不是也算不准马谡失街亭吗？

12

谢玉莲自从拿到朱贵才给她的打胎药，犹豫了。她好几次，将药片倒到手心里，再倒上一碗开水，但是，水凉了，她就是狠不下心。

这天夜里，她又一次将药片倒到手心里，原地转了三个圈儿，一跺脚将药片填进嘴里。可是，在嘴里含了半天，她又把药片吐了出来。这是杀死自己的孩子，自己是这个孩子的母亲啊！

这天夜里，本来是十五月儿圆的日子，可是，天上乌云翻滚，湖上狂风怒号，室内的油灯，被刮灭了。玉莲害怕，喊过张妈，与自己同床睡觉。谁知，刚刚脱衣上床，突然，一道落地闪电，把窗子照得通明铮亮，紧接着就是一串霹雷炸响，只震得天摇地动。吓得玉莲"啊"的一声，就扑到了张妈的怀中……

"孩子，不怕；孩子，不怕……有妈哪，有妈哪……"张妈将玉莲紧紧搂进自己的怀里。

不知过了多长时间，雷电远去了。蜷缩在张妈怀里的玉莲，却小孩子似的呜呜哭了……

"孩子，别怕，有妈哪！孩子，有妈哪，什么也甭怕……"

黑暗中，玉莲的小手，抓住张妈的老手。小手慢慢引导老手至已经圆鼓的肚子上……

"张妈，你说，咋办？"

张妈给噎住了，那只老手开始颤抖……

这回，是张妈呜呜地哭了……

"张妈，别哭，你得帮我拿主意啊！"

"孩子，女人没个正南把北的男人，怀上孩子，打胎杀生，不是人；不打胎，生下来，人家戳脊梁骨，更不是人。左右都不是人啊！"

"滚！"玉莲烦了，"有你这样帮着拿主意的？"

"孩子，娘，当年跟你现在一模一样。你爹让我滚，我没有滚……"

"娘？你是哪份子的娘？"

"闺女，我是你的亲娘；您，是我的亲闺女！"

"胡说！"玉莲猛地坐了起来。

"莲，我没有胡说。"她也坐了起来，"我十六岁，就来你家当丫头；十八岁，跟你爹，怀上了你。你爹，不让打胎，让我给他生儿子。我也没主意，不忍心打胎。可是，我没能生出儿子，生下了你这个闺女。你爹，给了我两条路：一、留下来，永远不准说出真相，永远当奶妈子、仆人。二、离开谢家，永远不要回来。我没犯寻思，留了下来，跟您在一起，我没后悔过……"

"娘……"玉莲再次扑进娘的怀抱。

娘俩都呜呜地哭了……

"我，不配当娘；我，没能管住你。让你也走到了这一步。我，作孽；我，该死啊！"

"不，娘，不怨你，都是我自己作的孽……"

"孩子，咱娘俩，真是命啊！"

这时，窗上又一道闪电；接着又一串炸雷……

娘俩紧紧抱在一起，颤抖着……

第十一章　筹措营救

1

　　大雨，下了一天一夜。东平湖水暴涨。阮家老二存孝，知道黄河肯定会有险情，便跟两位老人说明情况，匆匆返回了黄河工地。

　　存孝走后，宗圣去了学堂，宗贤带了小三和三菊去了庄稼地。小三儿说，岭下的五亩高粱已经淹了，必须马上排水。

　　能干活儿的都走了。吕氏便悄悄出了门，沿着湖边走着，兴许在湖水滚滚的大流里，二梅的尸首能冲过来……

　　她在床上躺了几天，刚起来，有些晕眩，头重脚轻。她扶着那些大柳树，一边慢慢地向前走着，嘴里还一边念叨着："二梅，你这孩子，也太小心眼儿，太自私了。你赌气跳了湖，你不想想家里人咋活？你公爹，雇了那么多船还在打捞……你，毁了两家人啊……"

　　她突然发现，在前边不远处，有个披头散发的女人，像是喝醉了酒，歪歪拉拉，也沿着湖边走。而且走走停停，望着湖面，哭喊着，也听不清嘟嘟哝哝说了些什么。

　　吕氏心里咯噔一震！怎么，又是一个二梅，不想活了？

　　她紧走了两步，赶到了那人的身后。不，像是个疯子，手里拿着根柳枝儿，一边摔打着，还一边唱着：

　　　　五月里来是端阳，小奴家孤孤单单守空房。
　　　　有灾有难无人来看望，思前想后小奴家想到了大天亮……

　　哟，这不是玉莲吗？那肚子非常明显地鼓着。怎么，也精神病了？吕氏小声叫了两声："玉莲，玉莲，是你吗？"

　　玉莲回头一看，兴许是认出了吕氏，转身就跑。

"玉莲，你别跑。住下嘛，婶儿有话问你……"

玉莲还是跑，而且跑得更快了。

吕氏在她身后追着，让什么绊了一跤，"哎哟"一声，摔倒在地。

玉莲停下了。回头一看，立马上前将吕氏搀扶起来。

"婶儿，摔得咋样？"

"没事儿。"

"婶儿，玉莲没脸见您。"

"玉莲，别那么说。"

"婶儿，二梅，有信儿吗？"

吕氏摇了摇头，上前拉住玉莲的手，端详着，为她擦去流到面颊的泪珠："玉莲，你，要想得开……"

"婶儿……"她又哭了。她拍拍鼓起的肚子说，"我，不知道该咋办了。我，不想活了。"

"孩子，不能那么想。人活在世上，这命，不光是你自己的。你还有爹有娘，你若有个三长两短，让爹娘咋活？再说，你肚子里，还有个小生命，你就忍心……"

"婶儿……"她拉住吕氏的双手，呜呜哭了。

"玉莲，不哭。你若是想生下这个孩子，有难处，婶儿帮你。"

"咋帮我？"

"我可以找地方，把你藏起来。孩子生下来，我可以帮你，把他养大成人。"

"这孩子，不是学仁的。"

"不管是谁的，孩子没罪。玉莲，你咋跟二梅一样，瞎念了那么多书。年轻轻的，还是老脑筋？我听俺爹说，到了西方国家，人家就不这么想，决不会为这，要死要活的。年轻人，错了，改了，来日方长，抹抹桌子另上菜。好好活，照旧能活出个人样来，照旧会有幸福！"

"婶儿，还能……"

"能！"

"好，我听婶儿的。"

"回去好好养着。快生的时候，让张妈找我，一切由我安排。"

"谢谢婶儿。"

吕氏目送玉莲走了。

玉莲走出大半里路了，可她又走了回来。

"玉莲，还有事儿？"

"婶儿，我听说，有人把学仁告了，告他是共产党。你得想法子，赶紧让他躲一躲。"

"噢，谁告的他？"

玉莲犹豫了一下，摇了摇头。感到不妥，又说："这话儿是从济南那边传过来的……"

吕氏顿时脸色煞白，慌慌张张走了。

2

吕氏一脚高、一脚低，磕磕绊绊、晕头转向，一口气跑到家，推开大门，眼前一黑，就出溜到地上，坐下了。

家里人，两位公爹、大伯哥，以及三菊、小三儿便一齐围了上来。三菊和小三搀扶娘进了堂屋。

吕氏说："三菊，你和弟弟先出去，我有急事跟你爷爷商量。"

三菊却说："娘，先告诉你个好消息……"

"啥？咱家到了这步天地，还会有好消息？"

"有。娘，俺梅姐，没死。"

"咋，没死？在哪儿？"

"让俺大爷爷告诉你……"

大爷爷便将二梅跳湖之后，如何被湖上的土匪救起，如何被土匪头子陈二棒槌的老娘收为干孙女，土匪又如何绑了朱贵才的票，逼他去找朱四海购买枪支弹药，朱家的人去赎朱贵才的时候，多花了些钱，连二梅一起赎出来的事，简要讲了一遍……

"二梅，如今在那儿？"

"让冯家接去了，那个冯家驹不是还疯着嘛！"爷爷说。

"冯剑秋如今在那儿？"吕氏问。

"兴许，还在家。说是吃了饭，回济南。"三菊说。

"小三儿，你赶紧去，告诉你冯剑秋叔叔，立马来咱家一趟，你说，两个爷爷跟他有要事相商。"

小三儿答应着走了，吕氏又让三菊将大娘韩氏叫了过来。

"老二家，二梅既然找到了，家驹还病着，可不能急着兴师问罪。"大爷爷劝道。

"不是这。爷，学仁出事儿了，好像有人告他是共产党……"

"你听谁说的？"

"谢玉莲跟我说的。"

"她？她是故意气你吧？"韩氏插嘴说。

"肯定不是。那表情，那口气，都是真心实意。爷，爹，这可不是小事儿。依我看，让小三儿去……不行，他办这事，太毛嫩。哥，我看，

201

你得亲自去趟济南。"

"好，我去。"存忠一听儿子被告，早慌了神。

吕氏说："哥，尽量多带一些钱。爷，把学堂补下来的款子，全给哥带上。哥，先探听明白，该花钱的别含糊。另外，还得让冯剑秋在上层活动活动，该托人托人……"

"老二家说得对！"爹首先表了态。

正说着，凌春来带着小二学义一步闯了进来。

大爷爷劈头就问："小二，快说，你哥，现在……"

"俺哥，被捕了，还关押在警察厅。听说是咱老家的人上告的，说他是共产党。还听说，过两天，得押到军法处过堂，韩复榘要亲自审案……不过，警察厅传出的消息，说俺哥什么也没招认。法官见俺哥文文雅雅，像个老实的读书人，也没动刑。说，须进一步调查取证。学校有个副校长偷偷告诉我，要抓紧找关系疏通……"

韩氏着急地说："这些事儿，咱庄稼人咋懂？他婶儿说的对，得请他冯叔叔帮着拿主意。及早不及晚。"

"对，得找冯剑秋，省里，他熟人多。"大爷爷立即表示赞同。

3

这天过响，冯剑秋带着二梅来到了阮家。经过这番折腾，二梅如同从阎王殿转回，喜从天降，亲人见面，抱头痛哭，问短问长，自不必细说。一波未平，一波又起，眼下几个长辈早被学仁被捕惊得神色惶恐，不知所措。

冯剑秋今日进门，也顾不得寒暄，便向学义询问学仁被捕的前后情况，然后，提出了自己的看法和几种搭救途径。

他说："叔，眼下还没闹明白学仁是谁举报的。但从消息的几个来源看，我以为首先得抓紧——最好今天就办，吕姐，你再去谢家找找谢玉莲，进一步了解是谁告发的？告了些什么罪状？对此，咱必须心中有数……"

"好，我这就去。"吕氏答应着出了门。

冯剑秋又问凌春来："春来，你听说是……"

"我听说，是咱县、咱区的人，以家乡人的名义，写的黑信。似乎学仁在济南有什么活动，写信的人并不了解。除了学义，没有牵扯别人。"凌春来很肯定地说。

学义又说："我在济南，内线传出的信息，也是这么说的。"

"看来，又是他朱贵才……"冯剑秋说，"晚上我去审他。两位叔叔，学仁的情况紧急，咱也必须抓紧想法搭救，但是不能慌乱，对外，还得保密。咱明天就去济南，抓紧找熟人、托关系，该送礼送礼，该磕头磕头，及早不及晚。怕就怕，韩复榘身边这帮掌实权的，多数是些见钱眼开的贪婪家伙。秘书长张绍堂，胃口最大。想让他们帮忙，钱少了，怕是眼都不睁……"

"剑秋，俺都是些庄稼人，这宗事，光着急，使不上劲。就指望你、拜托你了。"这才是在人屋檐下，不得不低头。老二宗贤一向对冯剑秋抱有成见，可今儿也苦苦相求了。

"二叔，看你说的。你放心，大不了，你侄子我直接去找韩复榘磕头。怕就怕，学仁在共产党内蹚进了深水，让他们确实抓住了把柄。韩复榘一翻脸，六亲不认，说罚说杀，就是信口一句话……"

随后冯剑秋讲了一个韩复榘下令枪毙警察的故事。可一看在座的，个个给吓的变了颜色，便立马刹住了这个话茬，又说："学仁这个案子，在他们没有抓到真凭实据以前，还不至于有什么危险……"

当然，大家也明白，这是些宽慰话。

4

吕氏出了大门，又转回来，悄悄喊上了二梅，一起去找谢玉莲。

三菊说："俺二姐刚进门儿，你看这些天给折腾的，病歪歪的，哪儿还有个人样？就先别……"

"顾不得许多了，这关乎着咋救你大哥的命啊！"吕氏说着，"咱家里就你二姐跟玉莲投缘，还能说几句心里话。"

吕氏让三菊找来一条长长的黑毛线围巾，给二梅连头带脸蒙了起来，只给两眼留了条细缝。又嘱咐道："二梅，见了人，能不说话就甭说话，少罗嗦，抓紧时间。"

及至来到谢家，喊了多时，张妈才敞开大门。

玉莲见是吕氏，忙上前相迎，自然没能认出二梅。

"婶儿，这是谁？"

吕氏将二梅的蒙头围巾慢慢缠下，玉莲顿时难掩惊恐："这，这不是做梦吧？"

"嫂子，你看见鬼了。"

"二梅……"玉莲抓住二梅的双手，端详了半天，"二梅，恍若隔世啊……"

"我没有死成。摸了一把阎王爷鼻子，他又放我回来了。"

"我，让你哥休了，又鼓着个大肚子，没脸见人，也想走你那条路，让二婶儿给挡下了，也没死成……"

玉莲猛地张开双臂，抱住了二梅，两人相拥大哭……

多时，玉莲慢慢松开了手，问："二梅，听说家驹受了刺激，精神上……"

"嫂子，俺公爹说，神经病了。还在济南医院住着。"

"二梅，别叫嫂子了，我已经没资格当你嫂子了。往后，就喊我玉莲，我比你大，可以叫姐。"

"那好，姐，你知道不知道，俺大哥被捕了？"

"啊，还真格的……"

"你，你知道？"

"婶儿，二梅，我跟你们说实话，学仁是共产党我早就知道。那些共产党的宣传册子，学仁拿回来让我看过。他还想发展我，可我，害怕，我不想参加。兴许我参加了，俺俩成了革命同志，他就不会休我了。他很忙，我不但帮不上忙，还扯他的后腿，给他添乱，我让他失望了，他逐渐变得冷漠。我感到苦闷、孤独。两个人好容易见一次，不是吵嘴怄气，就是谁也不理谁，半夜里他常抱着被窝另找地方睡。我的心也冷了，死了，甚至觉着活着没意思，便破罐子破摔，寻求刺激，一直作践到今天这个地步。如今，我只恨自己没出息，懒、贱、醉生梦死、行尸走肉。但是，对学仁，我有怨无仇。他那些保密事儿，我发誓，决没有跟任何人说过，当然，更不会告发他。婶儿，二梅，你们得相信我，我谢玉莲再贱，但伤天害理的事儿，是不会做的。"

"那么，姐，你以为，告状的人，会是谁呢？"二梅又问。

玉莲摇了摇头。多时，却又说："是谁，还用我说吗？"

其实这也等于说出来了。

玉莲又说："婶儿，二梅，我再重复一遍：凡是我知道的他们党内的事儿，我敢发毒誓，我没跟任何人讲过。也就是说，告他的人，只是捕风捉影，决不会了解那些具体活动情况。要尽快想办法向学仁透露，让他咬死，是诬告，是报私仇，与政治无关。"

"好。玉莲，谢谢你了。"

"婶儿，咋跟我客气？有用着我的，尽管盼咐。"

"玉莲，婶儿突然冒出一个想法，可是，得难为您……"

"婶儿，只要我办得到，上刀山下火海，在所不辞！"

"那好。我想请你，仍然以学仁媳妇的名义，去探监。刚才你说的这些话，由你亲自告诉学仁。行不？"

"这……"玉莲犹豫了，"婶儿，我挺着个大肚子，咋行？"

"兴许，挺着个大肚子，更容易进那牢门。为了照顾你，兴许，还能再跟上个人哪！"

"既然，婶儿还信得过我，我听你的，豁出去了……"

"那可真真难为你了，婶儿先替学仁，谢谢你。"

吕氏抓住玉莲的手，多时没有松开。

谢玉莲很受感动，她想："信得过"这三个字，是人与人敞开心扉，相互认同的默认。有了这三个字，再远的人也近了；没有这三个字，再近的人也远了。

5

吕氏与二梅回家的路上，已是傍晚时分，落日的余晖将百里湖面染得血红血红。一些捕鱼的小船已经开始收网了。一群一群刚从南方归来的水鸟，还在贪婪捕食、嬉戏。望着血红的湖面，二梅又禁不住想起，这十几天在湖里的生死挣扎……

"娘，咱老阮家跟土匪陈二棒槌家，过去，有什么交情吗？"

"哪有什么交情？"吕氏想了多时，摇着头说。

"那天，我在湖里漂着，让土匪的运粮船救起之后，那些土匪就没安好心，什么粗话都讲。我想，若是让他们糟践，还不如死了。趁他们不防备，我又跳下水。他们又把我捞上来，就把我用绳子绑了。说是送给陈二棒槌当压寨夫人。回到匪窟以后，陈二棒槌的态度突然变了。不但没糟践我，还亲自划船把我送到他老娘住的渔村。他那个老娘，咋看也不像盗匪窝子的人，满头银发，满脸慈祥，识文解字，底蕴深厚。她再三盘问我，我说只求一死。当知道我是老阮家的闺女之后，变得更加客气，还臭骂了儿子一顿，给我松了绑，嘘寒问暖，体贴关心。见我读过书，有文化，跟我说古论今很是投缘。两天后，是她的生日，她儿子就张罗着给她庆寿，我就作了一首诗献给她。她高兴了，一个劲儿地夸奖，说不愧是书香门第。她还说，一辈子最大缺憾就是没个女儿陪伴。我乘机说，您看，我当您的女儿够格吗？她抓着我的双手，端详了我半天，不住地点头。她说，给我当女儿不成，得给我当孙女。你看我这满头白发，不像您奶奶？我给她磕了头，叫了奶奶。她还安排了个叫秋鸿的姑娘伺候我……"

"哟，去当大小姐了，还有丫鬟伺候。早知道这样，就不该雇上那么多船打捞你！"

"是没受着难为，跟做梦一样，我想，这老奶奶肯定有点儿来历。"

"她姓啥？老家是哪里？"

"好像姓潘，有一次，有人称她是潘老夫人。与他闲谈时，她特别推崇女侠秋瑾，南方口音，我推想，是儿子在本地犯了事，流落到此。这

第十一章 筹措营救

205

都是人家的忌讳，我没敢细问。"

"是大脚，还是小脚？"

"跟你一样，大脚。"

"比我大吗？"

"大，肯定大。满头白发，没一根儿黑的。至少比你大二十岁。要不，让我叫她奶奶？"

"她这个岁数，有文化，肯定是大家闺秀。若是大脚，除了满族人，就是去城里上学的人。那么，怎么让儿子当土匪呢？"

"我也感到奇怪，可是，遇不上这个怪人，你闺女就回不来了。"

"二梅，等救出你大哥，接回家驹，你领着我，咱一起去答谢答谢你那干奶奶。为人，滴水之恩当涌泉相报啊！"

"咋报？进去出来都是给蒙了双眼，根本没办法找到他们。"

"找他们，得先找到他们的'眼线'。这，你不懂。反正总会找到他们的。二梅，这阵子咱老阮家背运，一出接着一出，真是祸不单行。但跟下棋一样，开局几步都像是死棋，可一步一步有贵人相助，逢凶化吉，死棋又走活了。但愿，你哥也能……"

"娘，你放心，有俺公爹鼎力相助，俺哥也会遇难呈祥。"

"但愿吧……"

6

吕氏和二梅刚到家，严依霞姨妈也闻讯赶来了。她扔下驴缰绳，就扑向了二梅，两个抱头大哭。

家里的大人们还在堂屋的阁楼上，献计献策，讨论如何搭救学仁。

遇到的第一个实际问题，就是去济南求爷爷告奶奶得送礼。前几天学堂里虽然补给了一笔钱款，因为吕氏卧床没起，都是大爷爷宗圣拿着。他将如何处理的，扼要说了一遍：欠下的教师薪水，还了；雇来打捞二梅的船费，给了；学义的学费，捎去了。钱，已经所剩无几……

大爷爷的话音刚落地，韩氏一听没了钱，就急了。她捅了身边的丈夫几下，自然是让他说说。可他瞪了老婆一眼，干咳了一声，却没吭声。韩氏憋不住了，还是抢先开了口："我是学仁的亲娘，儿子关在大牢里，受啥刑法不知道，是死是活不知道，我沉不住气，我发急。我以为，咱卖房子卖地，砸锅卖铁，也得先救学仁。"

"咋，就你着急？好，明天你自己去济南。"公爹宗贤恼火了。

"真是个臭嘴婆娘，成事不足败事有余。滚！"存忠站起来骂道。

吕氏赶紧上前拉住大伯："哥，哥，你坐下。这，不是发脾气的时候。

嫂子说的哪儿不对？咱就得豁出去，即便卖房卖地、砸锅卖铁，也得先救学仁不是？可是，嫂子，光着急也没用。明天上济南，卖房卖地来得及吗？上哪儿去卖？我觉着，钱，好说，井里没水四下掏。最最重要的，是商量出个明白谱儿：要送礼，送给谁？送多少？谁去送？学仁那大牢里，咋能进去？进去跟他说些啥？嫂子，这些事，咱都不懂。是吧？"

吕氏连软带硬一番话，总算让哥嫂冷静下来，大伙再进一步讨论。

三菊做出饭，来催了两遍，还是没顾上吃。直到月亮爬上了东边的树梢，才由大爷爷一锤定音：明天，存忠、春来跟冯剑秋去济南，处理学仁的事；钱，家里有多少带多少；不够，到济南后，由冯剑秋再想办法取借；走一步，看一步，实在没办法，家里再变卖家当，尽快折凑。另外，冯剑秋再想法派吉普车回来，拉二梅和玉莲去济南，想办法探监，事后接回冯家驹……

大伙都无异议。可是，最后冯剑秋的一条建议，将大爷爷难为住了。他说："如今，韩复榘手下，我最熟悉的都是西北军的几个老友，韩最忌讳军人过问政界党派间的事。也就是说，找这些人不管用。如今说话管用、权利最大的是秘书长张绍堂。张绍堂是跟韩复榘当'司书'出身，经常舞文弄墨炫耀自己。前年冬天，韩复榘让他和建设厅厅长张鸿烈、教育厅厅长何思源负责组建'进德会'的时候，张绍堂就以举办'金石书画玉器展览'为名，到处征集名人字画，听说，张绍堂假公济私，贪占了好多。叔，我说这话的意思，就是……你得割爱……叔，舍不得孩子套不住狼，要打动张绍堂这狗日的，我想，当代的书画不行，山东本地名人的也不行。"

冯剑秋知道阮宗圣喜爱收藏，视名人字画如命。但是，为了挽救学仁，搭上几幅字画还不是小意思？

老人看看过继儿子存忠和媳妇韩氏那巴望着自己的眼睛，没说不行。沉吟半天，说："剑秋，你看，倪元璐的行书条幅，任伯年的一幅梅花，还有俞樾的隶书四条屏，行不？"

"叔，这，当然都是无价之宝，但是……我好像记得，你还有幅唐伯虎的荷花图；王铎的草书大中堂……"

"是，有。可是……"

"叔，这……"

"哥，啥珍贵的？说到家，不就是张字画吗？"二爷宗贤见哥哥涩涩拉拉的那黏糊劲，早就憋不住了。

没想到老哥哥把眼一瞪，大声喝道："你知道个屁！"

吓得老弟退到了一边。

存忠一看亲爹挨了骂，拉了一把身旁的老婆韩氏，在爷面前扑通就

第十一章 筹措营救

207

跪下了。

"你们不用逼我，我，拿，我拿还不行！"宗圣老人浑身颤抖着，找来钥匙，打开床底的一个长长的书箱，取出了那两幅字画放到桌子上，已经是老泪纵横了。多时，他说，"这幅王铎的草书大中堂，不是我的。是俺吕德懋老弟让我替他保管的。他嘱咐我说，什么时候他从国外回来，什么时候再交还给他。他若留在国外，我就交给咱老二家蕴玉，由她全权处理。这就是说，不见他的话，现在谁也无权送人。这一幅，唐伯虎的荷花图，是咱老阮家的传家宝。传到俺爹，已经是五辈子了。俺爹临死的时候交给的我，他说：儿啊，只要有儿孙，就得往下传。饿死，也不能卖……"

"哥，兄弟没文化，不知道什么金贵，错怪您了。哥，你别生气！"老二宗贤一听这话，立时上前给老哥认了错。

还跪在地上的存忠一看这阵势，也连忙说："爹，为了学仁这畜生，无论如何不能将传家宝乱送人。乱送了人，对不住老阮家的祖宗！"

"既然如此，叔，这幅唐伯虎的《荷花图》，就别……"

"不，这个老阮家的败家子，还是我来当吧！"没等冯剑秋说完，宗圣一拍桌子，咬着牙，做出了决定，"送吧！唐伯虎的名声终究大些。张绍堂不是外行，他会掂得出分量。这家伙，胃口大。礼轻了，他不动心啊。唉，剑秋，就像是把孩子亲手扔给狼，我这心里……"

老人哭了……

7

冯剑秋自从回乡为儿子娶亲，直到今天亲眼看见老阮家为救学仁所发生的一切，他粗略梳理了一下，他感到，这个朱贵才不可小视了！

他在阮家草草用过晚饭，拽上凌春来就去找朱贵才。凌春来机灵、活泛，既能帮着长个心眼儿，也算是个见证。从大处想，家乡要除掉朱贵才这个祸害，还得扶起个凌春来执政，他是这么块料；从小处说，他是老阮家的孙女女婿，跟儿子家驹是"连襟"，儿子毛嫩、太呆，日后也得指望他照应。总之，冯剑秋要千方百计将凌春来这个单纯的"教书先生"，拖进家乡这湾浑水，还得教他怎么去蹚这浑水。目的就是为父老乡亲办点儿好事，别办坏事。家乡父老也好安居乐业。

没想到，他们来到朱家一问，朱贵才媳妇说："姑父，贵才让我告诉您，他来不及送您了。今下晌，他跟着陈先生进了湖，几百里远，明天可能还回不来。说是去答谢什么人，就是救二梅的嘛……"

"好，我知道了。"

凌春来又补充说:"弟妹,我是老阮家的亲戚,今天跟冯旅长来,就是想登门拜访、当面致谢贵才老弟的。二梅,亏了他搭救啊!"

"谢啥?都是自家人,也是他应该做的。您放心,贵才回来,我一定转告他……"

二人出了朱家的大门,冯剑秋扑哧笑了:"春来,你们俩,小嘴儿,都够甜的!"

"这就叫应酬嘛!"凌春来说,"不过,我估摸着,朱贵才是躲了。他料定,你临走前要审他。他媳妇那番话里,还是露出了端倪。"

冯剑秋终归是个粗人,经凌春来一提醒,还是明白了:"是了,他总比我多看一步。这小子成精了!"

8

再说二爷宗贤,搭救孙子学仁的事情,他是干着急,使不上劲。家里已经没钱花,没粮吃。做坡里的庄稼活儿,远水不解近渴,他挠心。咋办?靠山吃山,靠水吃水。他便鼓动小三儿和回来躲事儿的小二学义,拾掇网钩,下湖捕鱼。鱼可以吃,压饿;可以卖,得现钱。小兄弟俩正憋得难受,再说,撑船、撒网、下钩、逮鱼,都是湖边长大的孩子的拿手活儿。因此爷爷一提,都积极响应。可是,从库房取出大旋网、趟子钩来,一看,因长时间没用,鼠咬、锈烂、断线、漏眼很多。收拾了整整一天,爷爷还是不很满意。

小三儿的任务是去杀鸡、杀猪的人家,以及望湖楼等饭店,连买带要,淘换一些鸡肠子、猪骨头,拴在鱼钩上当诱饵。他采办回来一看,爷爷还在收拾渔网,便沉不住气了:"急死人啊,爷爷,差不多就行了。"

爷爷不吭声,继续忙自己的。

二哥学义劝道:"爷爷是对的。工欲善其事,必先利其器嘛。"

"还是你哥说得对。咱庄稼人的话说,就是磨刀不误砍柴工。网上有窟窿,网着鱼,跑不了?"

"好了,好了,你们两个都对。你们两个尽管耐心补网。我,先用小密扣网,去抡几网,至少晚上能喝上鱼汤。"小三儿站起身,提着小旋网就走了。

"等着我。"二哥也沉不住气,跟了出去。

"都去,都去。看把你们憋得,憋出小尾巴来了?"爷爷说着,又喊住了学义,"回来。戴上苇笠,披上蓑衣,先瞅好门前路上没人,再上船。在湖上,只要有人的地方,千万别露面。傍晚,不黑天,别靠岸。记住了?"

"记住了,爷爷。"

爷爷亲自到门外看明白路上没人,才让俩孙子赶紧上船。

爷爷是个粗鲁汉子,对儿孙,火了,开口便骂,举手便打。内心却最疼爱孩子。老哥老来得子,全家欢喜,起名喜子。长得出头茂相,聪明伶俐。五岁就能背诵几十首古诗。那年四月生了麻疹,他这个当叔的比当爹的还急。他硬是不顾大哥反对,背着喜子,领着嫂子,跑到省城济南找医院诊治。可医生说,你们来晚了。若是早来一天,兴许还有救。他给医生下了跪,医生只是歉疚地摇头。他当场放声大哭……他接受了教训,到孙子辈儿,一得病,他都是赶紧找医生。此后,凡出生的孩子,再无夭折。

缺什么也不能缺人。有了人,才能办事;有了人,没人敢欺负。这是爷爷根深蒂固的信念……

还不错,俩孙子下湖不到两个时辰,傍晚回来,就打回了三十多斤杂鱼。爷爷挑出几条个头大的,让三菊送给她严姨。剩下的全家人便犒劳了一顿,让老婆孩子解了解馋。

第一次尝到了甜头,第二天,兄弟俩起了个大早,又撑船下了湖。

9

自从黄区长被害,接着存忠吸毒、玉莲怀孕、二梅投湖、学仁被捕,可谓祸不单行。如今,祖传的唐伯虎《荷花图》又拿去送礼,阮宗圣一连两宿没睡着,第三天就爬不起来了。

他这次病倒,稍有点儿反常:精神恍惚,无端流泪,口中嘟嘟哝哝:"宗圣啊,难道还真是个窝囊废、大草包?上半辈子,想救国救民,横冲直闯,闹了个妻离子散;下半辈子,苟且偷生,一事无成。今天给这个龟孙作揖,明天给那个王八磕头……"

大公爹似在梦中呓语,但吕氏还是听得清清爽爽。她突然记起,昨天为他收拾房间时,看到方桌上,他又摆出了那张八个留日同学的老照片。那张老照片上,除了黄区长、冯剑秋的父亲、何思源的老师,吕蕴玉不认识其他人,但她知道,还有那个名字叫潘响晴的大娘。大爷昨天还颤巍巍地用宣纸书写过苏东坡的词《江城子》:

十年生死两茫茫,不思量,自难忘。千里孤坟,无处话凄凉。
纵使相逢应不识,尘满面,鬓如霜。
夜来幽梦忽还乡,小轩窗,正梳妆。相顾无言,唯有泪千行。
料得年年肠断处,明月夜,短松冈。

吕氏知道这是苏东坡为悼念亡妻王弗写的。凄楚哀婉，情真意切，读之催人泪下。大公爹为何突然书写这首词呢？一种不祥征兆，像凉风掠过心头，让吕氏惶然失措。难道，大公爹自己感到不行了？

"大爷，俺那个姓潘的大娘，忌日是什么时候？"

"她，什么时候死的，我也说不明白。前天，是她的生日……"

"噢，爷，我记下了。往后，给她潘奶奶过生日上坟祭奠！"

"不必了，不必了……除了我，谁也不认识她……"

吕氏明白深深埋在大公爹内心的痛苦。

他十八岁考上秀才，当年就娶妻宋氏（宋守信本家的老姑母），也是当年就外出求学。从省城到京城，尔后又东渡日本，辗转多年，在外又遇知己——名字怪怪的，叫潘响晴，后来与她同居生子。归国后两人从事反清革命活动，不幸先后被捕。待他从狱中出来，爱妻在流放路上被害，孩子下落不明。此时父母年老多病，他只得回乡侍奉。四十岁的家中元配妻子宋氏才首次怀孕生子。老来得子，欢天喜地，起名喜子。喜子五岁那年，黄河出水冲毁了村北的学堂，阮宗圣力主将旃檀寺的诸神迁出来，以地势最高的寺庙作了学堂。为此招惹了许多老人的不满、怨恨、咀咒。有人到处说，他阮宗圣早晚会遭报应的。在家里与妻子宋氏，与二弟宗贤，也多次争执、吵闹。尔后喜子生麻疹转肺炎夭亡，宋氏就怀疑是遭神灵惩罚。随后精神失常，不幸落水身亡。从此，阮宗圣则矢志不娶，弟弟宗贤这才将长子存忠过继给他。

如今，身体，精神，每况愈下，垂垂老矣，也是个苦命人啊！

10

三天后，凌春来从济南回来了。一看大爷爷卧床病着，只说，还算顺利，礼送了，人托了，兴许过些日子就会放学仁出狱。另外，家驹，见二梅还活着，精神立马就好了许多。冯叔又找了个从国外回来的神经科专家，给看了。家驹正吃药调理。都放心好了。

可是，晚饭后，凌春来又单独跟二爷爷、吕氏说了真情：冯剑秋的熟人是找了，但韩复榘还要亲自提审。他这些日子外出巡查没在家，秘书长张绍堂那里还没去。因为，他跟着冯剑秋外出找人，存忠自己在旅店里待着，时间一长，他睡着了。结果，钱包，连那幅最最贵重的唐伯虎的《荷花图》，都被人偷去了。

"这窝囊废，干啥行？"爹一听就蹦了高。

"爹，爹，小声点儿，大爷还病着哪！"吕氏急忙强按下公爹，"春来，下一步打谱咋办？"

"还能咋办，就是缺钱呗！"

一说钱，都面面相觑，沉默了。

多时，吕氏说："爹，明天，我去趟济宁，找找俺几个叔伯兄弟，让他们帮着想想办法。"

"谁陪你去呢？"

"我去吧。若是借到钱，我立马送往济南。"凌春来说。

"那好。春来啊，让你受累了。"

"叔，甭拿我当外人。另外，二梅和玉莲探监的事，还算顺利。玉莲鼓着个大肚子，那监狱的头头，动了恻隐之心。还让二梅陪着进去的。进去后，始终有人监视着，一句话也不准说。幸亏二梅写了个纸条，藏在烧饼里，递给了学仁。真没想到，玉莲，是那么配合。见到学仁，都哭成了泪人儿。连跟着监视的狱卒，都感动得红了眼圈儿。"

"那么，二梅和玉莲，最近回来吗？"

"还回不来。因为……干脆跟你们说了吧。玉莲从监狱里出来，在一个大门口下台阶的时候，摔了一跤，流产了。因为大出血，住进了医院。"

"不行，我得去看看玉莲。"吕氏立马作了决定。

"你去，也得借着钱以后……"公爹说，"没有钱，啥事儿也转不动啊！"

吕氏默然了。

"另外，老二学义，在济南有通缉告示。我看，得找地方让他躲一躲，在家里呆着不成。"凌春来又说。

"那，咋办？"

吕氏说："这事，我安排。白天，早起下湖打渔，晚上藏到他丈人张德厚家的地窖里。"

"这主意好。"爷爷首先赞同。

安排好家里的事，第二天一早，吕氏和春来就上路了。

11

这人世间的事儿，有时确是那么怪怪的。

相互恨得咬牙切齿的冤家，发誓三辈子不要见面，可偏偏躲不开、逃不过，低头不见，抬头又见，这叫冤家路窄。

失散几十年的亲人老友，天各一方，断绝往来，杳无音信，可突然间，又有鸿雁传书，这叫有缘千里来相会。

前边说过，阮存忠在济南小旅店，大白天百无聊赖睡懒觉，结果传家宝唐伯虎的《荷花图》被盗。是被谁盗？如今落入谁手呢？说来奇巧，简直是传奇故事！

在茫茫数百里的东平湖畔一个只有十几户渔民的小渔村里，住着一个满头银发、容颜韶秀的老媪（这是她本人的自称），由一个小姑娘秋鸿伺候着，悠悠闲闲地过着神仙般的日月。她天天写诗、画画、弹琴、下棋，与外人几乎没有往来。她是谁？从哪里来？干些甚么？村里的渔民谁也说不清楚。

她便是搭救收留过阮家二梅、二梅磕头拜为干奶奶的潘老夫人；她便是阮宗圣在日本留学时与之同居生子的潘响晴女士；她便是走江湖占卜卖卦、朱贵才拜为业师的陈砚楷和土匪陈二棒槌的老娘。

这天傍晚，陈二棒槌派小喽啰顺子给老娘送来了一轴古画。他知道老娘嗜画成癖，近几年便千方百计搜集，拿回来讨老娘个欢心。

老娘展开一看，不由一惊，是明代大才子唐寅的《荷花图》。她立马喊来秋鸿，将图画悬挂在墙壁上，自己端了蜡烛，从上到下，从下到上，又仔细看了半天。果然不错，货真价实。

"此乃无价之宝也！"

夜已三更，她在床上辗转反侧，仍然不能入睡。她蓦然想起，自己只顾看了画上落款的阴阳两个姓名字号章和一个起首闲章，但几个收藏章都未细看。她又颤颤巍巍爬下床来，点上蜡烛，戴上花镜，仔细辨认那十几个收藏人的图章。

这些图章形状各异，虽然入印多用篆字，但这篆字中又有古玺文、古陶文、秦篆、韩缪篆、九叠篆之分。这些识别印文的知识，还是当年跟着宗圣学的。书画刻石是宗圣的一大业余爱好，当年在日本留学生中几位喜爱绘画的人都求宗圣刻过印章。这些年，于百无聊赖中，她也学着刻章，因此，她识别印章的功底可以说已经非常深厚。

突然，一枚"抱一珍藏"的印章让她一惊。在他给她的书信中好像使用过"抱一"的署名。当时，她还没下功夫读过《老子》，是他给讲解过："抱一"出自《老子》"圣人抱一为天下式"。"抱"，即坚守；"一"在此指"大道"。意思是：圣人坚守大道作为天下楷模。他说，这是爷爷为他起的字。为这，她后来读《老子》，每读到这地方，都禁不住流泪……再后来给儿子起名延楷（后改砚楷），亦出于此……

她在埋藏心底的记忆中搜索着，她又记起了：他曾对她说过，他家里有许多藏画，但没几张名贵的。唯有一张唐伯虎的《荷花图》，爷爷说，是传家宝，只要有子孙，就得往下传。不到万不得已，谁也不能卖……那是他们俩在北平逛琉璃厂古玩店时说的……

"不能卖，咋到的我这里？是二棒槌的人偷来的？还是……还是老阮家遇到什么祸灾，万不得已了……"

第十一章　筹措营救

213

潘响晴深夜再看《荷花图》，辨认收藏人印章。

这才是，烦恼又使夏夜长，长夜难熬啊！

她爱过他，爱得死去活来；失散后，她多次想另找个男人作伴儿，但再也没遇到那么投缘的、那么优秀的。为拉扯孩子，她又嫁过人，是个好人、善良人，或者说是个恩人。她让俩儿子都跟他姓了陈。她真心真意地伺候他，但是，那种女人对男人的爱，她不曾给他。不是不想，是没有。就像柴禾潮湿，点不着火。直到他被一个军官的小汽车撞死……她感到愧疚，欠他的太多，以至于小儿子杀了那个小汽车的主人，逃出来当了土匪，她也没有责备过儿子……

她，也恨过宗圣，而且恨得咬牙切齿，发誓这辈子再也不要见到他。有关他的事，她在两个儿子面前，几十年来，只字不提，说到做到。她这个人，她自己承认，性太倔，心太狠，记死仇。对欺侮她的，至死不饶。

那天，大清早，寒风凛冽，大雪纷飞。

那是在发配的路上，遇到了好心的解差，可怜她，黑夜里偷偷放了她。她抱着小儿子，又找到藏在亲戚家的大儿子，娘仨一路讨饭，用了三个多月的时间，走了近两千里路，终于来到了东平湖畔的阮家岭。在一个小龙王庙里，好歹躲了一宿，大清早就出来打听。也巧，打听的第一个人就告诉了她："往西顺着湖边走，大约半里路，路北一溜五个大门，最东头那就是老阮家！"

甭提心里多么高兴了，可到家了！可找着他了！

她拖着儿子走上老阮家的石头台阶，大门儿半开着，院子里有个女人正在扫雪……

"她是谁？"她禁不住心里咯噔一震，两耳"嗡"地一声，眼前就冒了金花……

她平了平心，颤巍巍地举手敲了几下门环。

那女人闻声提溜着竹子扫帚就走了出来。四十几岁，缠了小脚，头发半白，脑后绾着个小鬏子。大高个，圆脸盘，面色红润，两眼有神，透着一种和蔼善良。一打量这娘儿仨，就说："哎呀呀，这大雪天，可把孩子冻坏了。快，屋里暖和暖和……可是，还不成……他爹还没起来……"

"不了，大嫂，我想打问……"

"你什么也别说了。先……你先等一下，俺刚熬好米汤，我舀两碗，让孩子喝碗热汤，暖暖身子……"她说着慌忙急促地回了堂屋。不一会儿，就端出了两碗热汤，递给了俩孩子。

"谢谢大嫂了……"

看得出来，她特别疼爱孩子。也心直口快，仁慈善良。

"妹子，这么冰天雪地的，俩孩子冻得怪疼人的。妹子年纪轻轻，孩子就这般大了，命好……"

"都当叫花子了，还命好？命苦哪！"

"不，有人有世界。受几年苦，把孩子拉扯大，有后程，老来有个依托。不像我，头发都半白了，孩子还不满两岁！"

"大嫂是……"

"唉，不瞒你说，妹子，俺十六就进了他老阮家的门儿，掌柜的老不着家。你看过《武家坡》吗？她王宝钏在寒窑苦苦等了薛平贵十八年，可我等了他整整二十二年。皇天不负苦心人，还好，他兔子满山跑，还是回了老家。老天爷也还照料，快四十了又给了个儿子……"她说着，满脸放光，洋溢着一种心满意足的幸福……"妹子，你等等，我再拿几个热馍给孩子。"

她转身又回了堂屋。

正在这时，他——她来找的那个他，脖子上将将着他那个不满两岁的宝贝，孩子似的又蹦又跳地出来了，喊着："儿子，后院的梅花开了，迎雪绽放，'忽然一夜清香发，散作乾坤万里春……'儿子，看梅花去喽……"

他也是那么心满意足，那么幸福！

然而竟没有看她们一眼！

那是位善良的大嫂，除了包出三个热馍递给了她，还悄悄塞给她一把钱，说："妹子，你赶紧找个小店住下，等大雪停了，再出来。钱不多，你收下……"

"大嫂，这钱，俺不要。"

"妹子，不是给你的，是给孩子的。我这人，就是见不得孩子受罪。这钱，是俺的私房梯己，别人管不着，你尽管收下，至少给孩子买个热馍，买碗热粥……"

她收下了。

她不知道是怎么离开老阮家大门口的……

那位好心的大嫂苦苦等了他二十二年！

而今，又整整二十二年过去了！

女人啊，一辈子有几个二十二年？

她恨他，她恨他欺骗了她，他对她从来没说过家中还有妻室！

太可恨了！无论如何不能原谅他，他这个骗人的魔鬼！

可是，这二十二年什么时候也没能忘记过他。尤其是在睡梦里，他还是那么年轻，潇洒；他看她的眼神，还是那么直勾勾的，眼皮不眨一眨；他还是那么喜欢诗词，朗诵起来嗓门儿洪亮，旁若无人；他还是那么喜欢写字绘画，写行书有临王羲之《圣教序》的深厚功底，中正秀逸；写隶书先临《史晨碑》，而后偏爱桂馥的端庄大气，所以出手平正、少修饰，但气势磅礴；至于绘画，路子稍窄，多画古树苍鹰。每写好或画出一幅，便挂在墙上一天端详八遍……

而今，他的传家宝，为什么落到了他儿子的手中？为什么又会挂在了我的面前？难道冥冥中……

她胡思乱想着。她断定：他老阮家遭遇大难了。她儿子——终归也是他儿子，能帮忙该帮忙了！

12

第二天，她将儿子陈二棒槌传来，把桌子一拍，喝道："畜生，这张《荷花图》，是买的还是偷的？说一句假话，搧自己十个嘴巴！"

二棒槌立即就说了实话。

"娘，儿子给了小顺子大洋一百，让他去济南府找懂字画的行家做长眼，买几张货真价实的名人字画，好孝顺娘。不到十天，他就拿回了这幅《荷花图》。说，这是花了五十块大洋在古董店买的。我让大哥一看，大哥说，唐伯虎的中堂画，在济南府的古董店里，三个五十块也买不出来。果然不错，我拿大刀片子往他脖子上一照量，这小子就说了实话——他是在济南一家小旅店中顺手……"

"你知道不知道，丢了这画，会闹出人命来的。"

"看娘说的那么吓人……"

"把你大哥找回来，我有要紧事问他……"

又过了两天，大儿子砚楷回来了。娘问他："你知道不，二梅家出什么事儿了？"

"娘说老阮家？好像是出了点事。我影影绰绰听人议论，他家在济南教书的长孙，参加了共产党，让官府逮捕关了大牢。"

"噢，原来如此！"

她跟大儿子细说了这画的来历，两人讨论了一番，最后让大儿子带上一笔钱，立马去了济南……

第十二章　侠骨溢香

1

因老哥生病，老弟在家陪伴了几天。学义、学礼兄弟俩则天天下湖打渔，打得越来越多，三菊喊上大兰姐，俩人牵了毛驴，赶了一个斑鸠店集，卖了个好价钱。有了钱，先籴了些粮米，还给爷爷买了斤桃酥点心，又去药铺兑了三服药。回来向俩爷爷一汇报，二爷爷终于沉不住气了。

"哥，明天，我想跟他们一起下湖。"

"你不知道，自己啥岁数了？"

"哥，没法子，济南那边缺钱啊！"

"反正，湖里的活儿，你这岁数的，玩不转了。你，犟着要去，自己悠着点儿吧！"

"我知道。我比他们有经验，能给他们提个醒……"

老哥终于同意了。

用小三的话说，爷爷这次下湖，是一心要逮大黑鱼。先是向邻居又借了一条船，小兄弟俩每人划一条。不仅带上了渔网、鱼钩，还带上了棉袄、棉裤；带上了蓑衣雨布；带上了一摞煎饼；还向她严姨借了几十块钱也带在了身上，可以随时随地靠岸吃住。

"爷爷，咋，三天两天不回来了？"小三儿问。

"对。这一次有两条船，还有您俩当帮手，挺脱（强壮有力），得去深水区，多逮些鱼。既要远去，几十里不定。刮风下雨，咱说了不算。老天爷，提前也不打招呼，有备无患嘛……"

"好，咱走！"

"不急。这逮大黑鱼，上哪儿逮，怎么逮法，知道吗？"

小兄弟俩给问住了。

爷爷说，大黑鱼平素呆在深水区，可到了春末夏初，它要长膘育肥，准备产卵下崽，必须每天吃大量杂鱼、蛤蟆之类食物。那些杂鱼蛤蟆在哪里？都在浅水区的水草里忙着产卵下崽，黑鱼便找了来大吞大嚼，填饱肚子。可是，这时的黑鱼十分警觉，一有个风吹草动，它立马就溜回深水区。就是说，十几丈长的趟子钩、滚钩，就下在深水区和水草区的通道上。不时在水草里闹出点儿动静来，惊动大黑鱼往回窜。窜回去，它还会回来吃食，这就需要耐心等待……若是在避风向阳、水草旺长的地方，黑鱼也会做窝产卵，孵化幼崽。幼崽出来以后，就离开窝，一团一团游到水面。这时候，大黑鱼就在水底保护，寸步不离。若是幼崽受到威胁时，大黑鱼会奋不顾身，全力保护，十分凶猛。即使拼咬不过，也决不后退。这就是动用鱼叉的时机……

"没想到逮黑鱼还有这么多学问！"学义感慨着。

"爷爷，你在这东平湖里，亲眼看到的，最大的鱼，多少斤？"小三儿学礼好奇地问。

"鲤鱼，我见过三十二斤的；黑鱼，我见过五十多斤的。听老人们讲，最大的黑鱼有九十斤的……"

"爷爷，到哪儿才能打到大鱼？"

"去黑龙口。"

2

小三儿和爷爷的船在前，小二儿学义的船在后，十多里水路，快到黑龙口时，俩孙子早已汗流浃背、气喘吁吁。但是，老远就望见有五六只木筏、小船已经围拢在黑龙口外的苇喳滩了。

"停下。"爷爷下了命令。"这全是逮黑鱼的。咱来晚了，另找地方吧。哎，先喘口粗气，喝点水，嚼个煎饼打打尖，再到老鳖湾旁边的蒲子沟看看。"爷爷说着，把水壶先递给了学义，"学义啊，别看你比三儿大两岁，可没三儿有力气。这人，全念书念瞎了……"

小三儿还不甘心："爷爷，三四里的苇喳滩，他逮他的，咱逮咱的，离他们远点儿还不行？"

"少罗嗦。下湖，得懂湖上的规矩——湖上这些不成文的规矩，都是有道理的。这黑鱼怕惊，人家下的什么网，什么钩，下在哪里，有多么长，咱统统不知道。咱能去胡掺和？硬去掺和，那是搅人家的场子，就是泼皮无赖。再欺人占场，开口骂人，举手打人，那就是渔霸。以往，为这打官司、出人命的，并不少见。"

没法子，小兄弟俩还得听爷爷的，再去老鳖湾的蒲子沟。

船又往东南走了十几里，所说的老鳖湾已经到了。爷爷用竹竿探查

第十二章 侠骨溢香

219

了一下，水很深，根本插不着底。黑幽幽的，有点儿瘆人。

"爷爷，我撒一网试试？"学义说。

"这里，至少有四丈深，咱那网还落不到底，能逮着什么鱼？"

"下钩行不？"

"从来没人知道，这里水底下有些什么，挂了钩，没法子打捞。"

"爷爷，老鳖湾里有多大的老鳖？"小三儿问。

"闭上你那臭嘴！"爷爷显然有些害怕了，"走，向东，去蒲子沟。"

俩孙子没有再敢吱声。按照爷爷的指点，向东划去。

他们尽管对湖水的深浅分布不熟，但有关老鳖湾的传说，从小就听到很多。有个儿歌唱道：

> 不怕地，不怕天，就怕冲到老鳖湾。
> 老鳖活了八百年，吃了坏蛋万万千。
> 咬住脖子先抡转，左三圈来右三圈。
> 扒开肚子搅和烂，嚼碎他的黑心肝。

小兄弟儿时，都跟奶奶学着念过。

奶奶慢言慢语，操着个南方人的腔调，说的很详细：东洼子村有个叫王恩庆的，三十多岁才娶了媳妇。他和媳妇住堂屋，却把爹娘撵到了小偏房。冬天下大雪，他和媳妇的炕头烧得烫手，可爹娘的房里冻得结冰。他和媳妇关上门儿吃香的、喝辣的；可大年初一就赶爹娘出去要饭。十里八庄的人都骂这个王恩庆不孝顺，骂他是个畜牲。那年四月初八，王恩庆去赶娘娘庙山会，划船走到这儿，老鳖先顶翻了他的船，再一口咬住他的脖子，向右抡三圈儿，再向左抡三圈儿。抡完了再扒开他的肚子，看看他的心肝是不是变黑了？

"奶奶，为什么，先向左再向右，都抡三圈儿？"

"你没见王八咬住东西，死死的，咋也不松口，都是先抡吗？甩到这边，再甩到那边，甩两个三圈，也就甩死了，再扒胸开膛，吃心肝五脏……"

"奶奶，坏蛋的心肝，都是黑的吗？"

"好人的心肝都是红的。心眼儿坏了，干坏事儿，心就变黑了。"

"您咋知道的？您看见过吗？"

奶奶摇着头笑了，原来奶奶也有不知道的事情！

小三儿划着船，又想起了去世多年的奶奶……

"爷爷，人家，为什么，叫奶奶是渔婆？"

"您奶奶姓于，生在渔民的家里，祖辈打渔，人家就叫她渔婆。爷爷打渔这些道道儿，就是跟着您奶奶学的。"

"噢……"小三儿划着船,回想着奶奶的音容笑貌,"爷爷,奶奶是哪儿人?人家咋说她是南蛮子?"

"对,是个南蛮子。好像是湖南省,到底是哪县哪村连她爹也说不清。是住在帽儿船上漂过来的渔民。您奶奶在水里,跟扁嘴(鸭子)、鱼鹰差不多。懂水性,有轻功,坐在水里,手脚不动,也不下沉;扎猛子,在水中能走半里路。"

"有那么厉害?俺不信。"

"信不信由你,爷爷没说瞎话……"

"可人们都说,就是在这老鳖湾,当年,奶奶落了水,是您不顾危险,下水救的她。她才嫁给了爷爷……"

爷爷扑哧笑了:"那是,在考验我呗!"

爷爷只有讲起奶奶的时候,最慈祥,总是眯缝着眼,笑眯眯的……

今天背运。船划到蒲子沟,一看,捕鱼的更多,至少有十几条船。

"爷爷,咋办?"

"还能咋办?上前看看,求求人家,能不能让咱加个楔子……"

3

尽管两条船进入了蒲子沟,先绕了个大圈儿,绕到那些捕鱼船的侧面,慢慢地轻轻地靠了过去。但还是有人向他们发出了警告:"喂,懂不懂规矩?咋,来搅场子?"

"对不起了,老乡,你误会了。正因为我们懂规矩,才先来请教求靠,央求你们。如果方便,让点儿地场给我们,我们就住下。不同意,我们立马就走。"俩孙子头回见爷爷这么低三下四地向人乞求。

"老乡,不方便。四周已经下了趟子钩,架不住外人来呼隆。你们,赶紧走吧。"

没戏了,爷爷只得向俩孙子说:"咱走!"

爷仨无可奈何调转船头正要返回,猛听见身后有人喊道:"慢走!"

"怎么,大兄弟还有话说?"爷爷回头问道。

说话的不是刚才的黑汉子,而是一个五十多岁的瘦高条。爷爷只感到有点儿面熟,却想不起来在哪儿见过面。

"老哥,不认识我了?"

"对不起,我,人老眼慢了……"爷爷摇了摇头。

"你是我的救命恩人啊!"

爷爷又摇了摇头:"大兄弟,你认错人了吧?"

"没错。上个月,阮家岭大集上,我去卖草驴,来了土匪,抢我的驴。

我撒腿就跑，土匪举枪要打，是你，突然抡起皮鞭子，抽在土匪手腕子上，土匪疼得嗷嗷直叫，扔掉了枪，我才逃出来，保住了这条小命……"

"噢，我想起来了。"

"恩人啊，别走别走。我逃出来，却不知道你……是不是脱了险？我不是忘恩负义，打听过好多人，却没个知道的。还是老天爷铺排，让咱们又见面了。无论如何，得给我个报恩的机会吧！"

"嗨，小事儿一件，咋还记在心里？今们儿，来打渔，来晚了。搅了你们的场子，不好意思了……"

"这才是小事儿哪！回来回来，今们儿，说啥我也不能放你们走！"

爷仨这才回船靠了过去。

既然有了这层关系，相互先道了姓名，那黑汉子叫王文虎，态度大变，连声道歉。那瘦高条叫王文龙，是王文虎的大哥。他说，这十几条渔船，都是要好的知己哥们儿，我说话算数，今们儿收网不打渔了，咋也得摆桌酒席致谢恩人。爷爷婉言谢绝，只求让个下钩打渔的地场，就心满意足了。

这要求自然立即得到了落实。王氏兄弟，既讲义气，也很厚道。他跟爷爷实话实说："往东南这二三里蒲子沟里，如今各种鱼都来，有的来产卵下仔，有的来犒劳嘴巴，简直像赶庙会，鱼很厚。可是蒲子太密，绊绊拉拉，既不能撒旋网，也不能下趟子钩。只能甩线钩子挂上蛤蟆钓，或者用鱼叉叉。钓，太慢；叉，那得有臂力、有技术。让我说，你们干脆去外圈儿下趟子钩，随便在哪儿下都可以。"

爷爷一面表示感谢，一面又为难地说："大兄弟，你看，你看，这蒲子沟的外圈儿，至少二三里路，都插了竹竿。是不是，你们已经下了趟子钩？"

王文龙扑哧笑了："是插了竹竿，那是我们占的地场，还没顾上下钩。老哥，你不是恩人嘛！从这儿往东南，你随便。愿意下哪儿就下哪儿……"

人家给的面子不小，爷仨自然千恩万谢。俩船又向东南划了多时，离开了人家的网区二里路才停下了来。爷爷看了看水的深浅流向，然后冲俩孙子下了命令："就这儿吧，抓紧下趟子钩。小二儿，你干活儿不如小三儿，你先拉住这头，然后拴好铁锚，等会儿沉下去。多系几个漂子，注意，一定拴系牢靠。"

"好，我记住了。"

"三儿，咱俩下钩。我顺着绳子，你往钩上挂食饵，然后，慢慢送下去。要沉住气，这油丝绳网纲几十丈长，千万别急，乱了缠成疙瘩不成，让铁钩子挂着皮肉更不成……"

"爷爷，我懂。再磨蹭就晌大歪了。你看看太阳，都斜到西南山顶上去了。"

"嫌爷爷絮叨了不是？我告诉你，一疏忽，缠了钩，白费工夫逮不着鱼；若是钩住皮肉，那就更麻烦了，疼你个半死也甭想摘下倒刺钩子来……"

小三儿自然不敢马虎，用了大半个时辰，才帮爷爷将趟子钩和滚钩，沿着蒲子水草外边分别下完。这是个"守株待兔"的活儿，爷爷让俩孙子歇息歇息，抓紧时间喝水吃煎饼，准备一有情况立马"上阵"。

中午过后的阳光，让湖水和爷爷的心里，都变得暖融融的了。他一边吃力地咀嚼着煎饼，一边领着俩孙子顺着湖岸蒲草沟察看："知道不，黑鱼也是这个时辰爱吃饭，阳光好，水开始暖和。吆，三儿，快看，在蒲子棵里，那团黑乎乎的是啥？'乌泱乌泱'浮上来了。"

"是黑鱼崽子？"

"对。这群鱼崽子下边，肯定有大黑鱼在暗中护卫。一逗弄小崽子，大黑鱼就露头了。三儿，赶紧去拿钓竿、鱼叉，快！"

果然不出爷爷所料，钓鱼钩上挂了几条蚯蚓，小三儿往鱼崽子群里一逗弄，都立马开始争抢、跳跃。大黑鱼突然露头了……

说时迟，那时快，"嗖"的一道亮闪，爷爷的铁叉便飞了过去。

"叉中了！"俩孙子喊着。

大黑鱼在水里"泼哧泼哧"挣扎着，突突冒着鲜血……

鱼叉后边虽然栓了根细绳，那只是怕鱼叉落入深水难捞的。叉着大鱼却不能顺着往后拖。假如叉得不深不牢，大鱼还会脱钩跑掉。

"爷爷，咋办？"

"鱼太大，赶紧穿上皮衩裤，小三儿，你下水。学义，拿过抄网——注意，要去抄鱼头。鱼头进了抄网，小三儿要赶紧帮着收抄网……"

在爷爷的指挥下，小兄弟俩手忙脚乱，好歹把那个十多斤的大黑鱼拖上岸。小三儿手都被鱼鳍刺扎破了，冒着血。

爷爷没顾得拔鱼叉，先摸出他严姨给的创伤药，帮小三儿涂上包扎好。

"这家伙，比人的力气还大，我都抱不住它。"

"笨蛋，它是个孩子啊，你去抱？做什么，都要动脑筋，找窍门儿，使巧劲儿。还得留出余地别伤了自己……"

俩孙子沉浸在捕获的兴奋中，已不在意爷爷的絮叨了。

"爷爷，这家伙有多少斤？"小三儿问道。

"至少，也有十五斤。"

"这么大的鱼，得多少钱一斤？"

"先别算钱。"爷爷拔出鱼叉，说，"去，你俩抬着鱼，给那俩王叔叔送去。"

"咋，天到这般时辰了，就逮了这么个鱼，还给他们送去？"小三儿咋也想不通。

"人家让的场子，逮着的第一个大鱼奉送给人家，表示感谢，这是礼貌，也是湖上的规矩。"

没法子，俩孙子用绳子捆上鱼，用竹竿抬着，送到了王家船下。

王家兄弟哪里肯收？推让了半天，兄弟俩又抬了回来。

"原先还真不知道，湖上的规矩这么多。"小三儿说。

"看来，咱中国的传统文化，还不能全盘否定。除了制造祥林嫂的三纲五常；除了制造阿Q的精神胜利法，好像还能制造志士仁人。炎黄子孙，在千万年中能和睦相处、繁衍生息，可能就是还有这许许多多不成文的规矩。我看，应该好好总结一下。"

"哟，这倒是太阳从西边出来了。二哥，你们这些闹革命的人，我看有点儿像李逵，只知道抡着两把板斧，砍啊，杀啊的……"

"宋江给关在江州大牢里，不砍破牢门，能救出宋江？"

"可总得分清个青红皂白吧……"

"好了好了，咱先抓紧逮鱼行不？"爷爷烦了，因为这时趟子钩的漂子动得厉害，表明已有鱼上钩了。

爷爷和俩孙子，顿时忙了起来：学义忙着去摘趟子钩上的鱼；爷爷和小三儿则抓紧使用鱼叉叉黑鱼。不知不觉，太阳就要下山了。爷爷喊着准备收工。看了看逮的鱼，大大小小也有百多斤。爷爷说："您俩划一条船回去，把鱼送下。趟子钩就不起了。留一条船给我，我在这儿过夜吧！"

"那，哪儿成。你这么大年纪了……"小三儿坚决反对。

学义说："爷爷，我住下。我都二十岁了，你尽管放心好了。"

"我说留下就留下，争什么？你以为在这儿光睡觉啊？遇上情况得会应对才行！再说，北边王家兄弟那儿，也肯定留人，还是我在这儿方便……"

小兄弟俩只有听话服从的份了。

4

当晚，北边王氏兄弟，送来了一瓶老烧酒，几条烙焦的咸鱼干。爷爷美美地吃喝了个痛快。趁着几分迷迷糊糊的醉意，爷爷赶紧上船，简单铺盖了一下，就躺了下来。他太累了，得好好歇息歇息。

他闭上眼睛，不大一会儿，就开始打呼噜了。自己好像还听得见自己的呼噜声。却马上又听到了那个最最熟悉的声音："嗨，糟老头子，这呼噜，是打雷啊！还让人睡不？"他心里老明白，这是渔婆子需要疼爱一下了。他便张开胳膊，将胖乎乎的小渔婆揽进自己宽厚的怀中，什么话也不再说了……

小渔婆虽然皮肤黝黑，小名叫黑妮儿，但脸庞、眉眼却十分俊秀。当年则有"黑牡丹"之称，招惹得许多撑船撒网的小伙子围着她转圈儿、献殷勤。他阮小二就是最着迷的一个，每逢阮家岭大集，黑妮儿必来卖鱼，他也必来买她的鱼。

"买几斤？"

"多少都行。"

"那么，全卖给你。"

"妹子，只要您愿意，我全收。"

妹子扑哧笑了。但是，她的脸通红通红。她一边给他挑选最大最鲜活的，一边却像漫不经心地问："您就是远近闻名的阮家二郎？"

"对。阮小二。"

"有大号吗？"

"不，是小号，阮宗贤。"

"听说，您是书香人家？"

"算是吧。老爷爷是举人；爷爷是贡生；哥哥已经考上了秀才。可我，就愿意耍枪弄棒、撑船撒网，不喜欢念书。"

她冲他娇嗔地一瞥："那可不好。老天爷让你生在书香人家，这是你的福气，咋不珍惜？"

"为这，也不知挨过多少板子，可这书，也没能念成。"

她又扑哧笑了。

她那含羞一笑，美！俊！好看！让他一辈子不忘。

可是，让他发誓非她不娶，让她认定非他不嫁，却缘起于那次集市上打抱不平的不大不小的事件。

5

那天是阮家岭大集。吃过早饭，阮家二郎把嘴一抹，抬腿出了家门，不知不觉就冲鱼市走去。在鱼市边上，正巧碰上打铃铛牛骨头说顺口快板儿讨饭的瘸腿刘。瘸腿刘嘴甜，他阮小二大方，他经常赏刘几个零钱，让他买几个热馍吃。今们儿，一见面，他就先塞给了瘸腿刘两张纸票。

"二爷，谢谢。"

"把钱还给我。"

"二爷，咋？"

"咋，不长记性呗。"

第十二章 侠骨溢香

225

"不，二爷，你让我喊二兄弟，我喊不出来，碍口儿……"

"那，从今后，谁也不认识谁。"阮小二扭头就走。

"慢着。好俺那二兄弟，咋生气了？俺叫二兄弟还不行？兄弟，有啥用得着的，尽管吩咐。"

"这就对了。刘哥……"阮小二冲鱼市上卖鱼的黑妮儿指了指，说，"今们儿，卖鱼的太多，压暴了市，肯定后臭。刘哥，你嘴巧，去帮她张罗张罗，把鱼尽早脱手。中午，我在望湖楼请你撮一顿。"

"好来！"

阮小二老远瞄着瘸腿刘一瘸一拐地进了鱼市，走近黑妮儿的卖鱼摊儿，打起铃铛牛骨头板儿就开了腔：

> 来到鱼市往前走，
> 两旁摆满了卖鱼篓。
> 卖鱼的妹子一枝花，
> 买卖爽快把财发……

"大妹子，买卖好啊？"

"好，好啊……"黑妮儿顺手抓了条筷子长的鲤鱼，用马莲长叶子一穿，挽个扣，递给他，"大哥，拿回去炖炖吃。"

瘸腿刘双手接过来，提溜着活蹦乱跳的鲤鱼，立马放大了嗓门儿："都来买鲜鱼喽！"

> 大妹子的鲤鱼鲜不鲜？
> 一撒手它能蹦上天。

（围上来的人越来越多）

> 来的早不如来的巧，
> 这一边，卖鱼的妹子心眼儿好。
> 她心眼好，出了名，
> 老少不欺最公平。

（买鱼的人更多了）

> 大妹子，把鱼卖，
> 阖集上数她卖得快。

> 十村八滩赶庙会,
> 她摊上买鱼要排队。
> 有鲤鱼,有鲫鱼,有鲢子,
> 不大不小盛盘子。
> 大黑鱼肉多剁馅子,
> 包饺子、包包子,
> 多使葱姜汆丸子……

"好!好!"围观的一起喊道。

"好啥?好啥?还让不让别人卖鱼?这是不是欺行霸市?"一个在黑妮儿对面卖鱼的络腮胡子的黑汉子过来干涉了。

"不能欺行霸市!"有不少卖鱼人呼应着。

"各位大叔大哥,俺可什么也没说……"黑妮儿红着脸向络腮胡子解释着。

"你是没说,可瘸腿刘没少说。他是你什么人?"络腮胡子撺拳露胳膊地逼问着。

"甭问她,我告诉你。我,姓刘,腿瘸了,赶集上店要饭吃。要到这个大妹子摊儿前,他可怜我,送给我大活鲤鱼吃,我说她心眼好。咋,她犯了法?还是我犯了法?老少爷们儿,都来评评这个理儿!"瘸腿刘冲着赶集的人群大声说着。

"什么理儿?就是你这个瘸鳖,来耍埋汰、搅场子。"络腮胡子骂着,一脚就把瘸腿刘踢翻在地,"去你娘的!"

黑妮儿猛扑过来,用身子挡住了瘸腿刘:"干什么?干什么?大天白日,欺负残废人,伤天理不?"

谁知络腮胡子又是一脚,把黑妮儿也踢翻在地。

说时迟,那时快,阮小二冲络腮胡子屁股上狠狠跺了一脚。络腮胡子打了个趔趄,趴在地上,便来了个嘴啃泥。

没等络腮胡子爬起来,一下子便围上来四五个小伙子,像是络腮胡子的同伙。喊着:"咋,也不睁开你那狗眼,看看我们是谁?还想太岁头上动土?"

"呸!你们是谁?一帮有眼无珠的瞎眼土鳖。这是阮家岭的大集市,不是你们耍泥腿、创青皮的地场!"阮小二被气得两眼发蓝,也说出了狠话。

"哟嗬!砸碾的遇上打铁的——碰上硬茬了。兄弟,掰点儿给他尝尝,要不,他不知道马王爷是三只眼。"其中一个说。

黑妮儿一看他们人多势众,怕阮小二吃亏,急忙上前劝道:"二哥,都是为了我……我不卖了。咱惹不起，躲得起……"

阮小二笑了笑，用手将黑妮儿拨到一边，说："谁想掂点儿我尝尝？出场啊！二爷我等着接招儿哪！"

刚从地上爬起来的络腮胡子，气冲冲闯上来，朝着阮小二的前胸就是一拳。只见阮小二退后一步，身子往左边一闪，抓住对方的胳膊，来了个顺手牵羊，络腮胡子又是个嘴啃泥。

这时，四五个人一拥而上。阮小二抢先抓住了一个人的胳膊，往他身后一拧，便以他做了挡箭牌，对方的拳脚接连落在了这人身上。他不住声地喊着："哎吆哎吆，好汉饶命啊！"

正在这时，一个白胡子老头站出来，高声说："好了好了。如果老夫没有猜错的话，面前这位好汉，可是阮家二爷？"

阮小二看了一眼，并不相识。但见他鹤发童颜、慈眉善目，便立即抱拳施礼，说："没有什么爷。在下阮家二郎——阮小二，这边有礼了，请老先生赐教。"

"看在老夫出面相劝的份上，就高抬贵手，饶这些不知天高地厚的楞头青吧。"

"他们欺侮人家要饭的残废人，欺侮人家卖鱼的弱女子。实在是让人忍无可忍啊……"

"他们年轻不省人事儿……可都是湖岸的乡里乡亲，以和为贵，宽大为怀，才好。"老者劝过阮小二，又转向那几个小伙子，"你们这些不知死活的东西，还不求阮二爷饶命？"

"我等有眼不识泰山，望阮二爷恕罪。"

"好了好了，以后再做伤天害理的事儿，可别让我撞见。"

小伙子们吐吐舌头，悄悄离去……

这白胡子老头却抓了阮小二的手，说："二郎，您，是不是违背了你们老阮家的家规？老夫听说，路见不平拔刀相助的事儿，你们老阮家也是不准做的。因为老阮家的人，下手太重……"

"对，确实有这家规。刚才刘哥的牛骨头一响，也确实碍了别人卖鱼。不过，有话好说，不能耍横行凶啊，对不？再说，这一次，在下不是为了外人……"阮小二一急，也顺嘴编瞎话了。

"他们是你什么人？"老头指着瘸腿刘和黑妮儿，笑着问道。

"他是我刘哥，结拜兄弟；她，黑妮儿……是，是俺未来的媳妇儿……"

"噢，原来如此。黑妮儿，真的吗？"

黑妮儿红着脸点了点头……

事前，既没预料、又没预约的相互认同，竟然在刹那间成为事实。

事后，谁也没有否认，谁也不曾反悔。

但是，他们两个相爱之后，两方的父母却死活不同意。

他们老阮家，历代书香，咋会同意娶个连老家都说不清的、住帽儿船的、南蛮子渔花子的野丫头，作儿媳妇呢？

她爹她娘也不赞成。理由却是怪怪的：他们要选个识文解字的读书人，从今以后，不再住在水上，不再打渔。他阮小二家庭够格，但是他本人没有文化，仍然是个撑船撒网的主儿……

事情僵持了两年多。双方父母几乎软硬兼施，却毫无效果。他，非她不娶；她，非他不嫁。态度都十分坚决，没办法，父母开始让步。

老阮家，采取的措施是：让留学归来的哥哥宗圣，邀约黑妮儿，单独谈了一次话。

"黑妮儿，你知道不知道，我这个兄弟，性情粗鲁暴躁，常招惹是非？"

"知道。可他不小看人，不欺负人。连讨饭的瘸腿刘，都跟他称兄道弟，他是好人。"

"黑妮儿，我还听说，你父母想让你找个识文解字的。可我这个兄弟从小就不爱读书，没有文化……"

"我也没文化，除了自己的名字，别的字，都不会写。我父母的意思，无非是，让我们……以及下一代，今后不再打渔，不再在水里讨生活。你兄弟，答应过我，今后靠种庄稼过活。有了孩子，千方百计让他们上学读书……"

"黑妮，别看俺老阮家的大门不矮，但如今的日子，并不富裕。甚至说，挺累巴，得过穷日子。还不如你们打渔的来钱活便。"

"不怕。俺俩都有力气，都不怕吃苦。人勤地不懒，没大灾荒，饿不着……"

谈话简短，大哥回家跟父母说："宗贤能娶到黑妮儿，那是福气！"

老阮家总算同意了。

黑妮儿的爹有点儿古怪。先是在老鳖湾让黑妮儿故意落水，看阮小二是否能舍命相救？他经得住了考验；第二次，是让黑妮儿的二叔，请阮小二到望湖楼喝酒。二叔再三劝逼，阮小二一斤的酒量只喝了半斤，始终应酬自如清醒从容。二叔回去说："哥，尽管放心。阮家二郎不是傻大黑粗，不是李逵。比咱弟兄俩有心路，有主心骨，有胆识。"

黑妮儿的父母从此也不再挑剔责难了。

婚事举办得既简单又欢庆：一条小船，把黑妮儿送了来；老阮家在家里宴请了一下乡里乡亲……

正如大哥所言：阮小二娶了黑妮儿还真是福气。黑妮儿一直以生在帽儿船的野闺女、没教养、没文化自轻自贱，勤劳吃苦，不怕脏累。她是从内心敬重有文化有教养的公婆和哥嫂，对他们伺前伺后，知冷知热。

第十二章 侠骨溢香

公婆哥嫂又都是通情达理之人，对她十分疼爱。人前人后，总是赞不绝口。至于他们夫妻俩，用阮小二的话说就是一向"敝帚自珍"，一直恩恩爱爱，没红过几回脸。只恨好人短寿，那年生伤寒病去世了，才四十八岁……但他阮宗贤此后没有再续娶。

6

媳妇黑妮儿撇下他走了，他三四年丧魂失魄。有一次，喝了酒在小船上迷瞪了一小觉，竟然梦见了黑妮儿，跟集市卖鱼时一模一样，还是那么年轻漂亮……

自那之后，他就常常自己下湖，在湖上过夜。也怪，媳妇黑妮儿也就常常在梦中来与他相会。可是，今儿们，他喝了那么多老烧酒，迷瞪了好几觉，她似乎也来温存了那么一会儿，可连句话还没顾上说，就醒了。

他躺在船上，望着满天的星星，听着蒲子沟里"喂哇喂哇"此起彼伏的蛙声，哪儿还有半点儿睡意？人这一辈子，有很多话，只能向媳妇一个人说。想什么，就说什么，根本不用斟酌该不该说，说错了权当没说就是了。这些年，也不知道，是老阮家彻底倒运了？还是兵连祸结、荒时暴月、人心变坏了？家中说不定什么时候、突然就出凶险变故，让人防不胜防、束手无策，终日惶惶不安。他多么想跟黑妮儿说说，即便梦中说说也好。话积攒多了，没人说，焖在肚子里憋得难受。可是……

眼下，他最想跟她商量——其实不是商量，商量她肯定不同意，是要告诉她，那逮大鱼的秘方，他今夜要用了。

她家三代水上打渔。她说，老爷爷是风雨夜被大鳖精顶翻了船拖下湖底吃的，死后只找到一顶草帽子，他的坟里只埋了个草帽子。爷爷是在黄河决口的浪涛中翻了船淹死的。她爹说，爷爷水性不是一般的好，淹不死鸭子就淹不死他。可是他被淹死了。找到的尸首，半截腿被咬去了。什么咬的？人们都说，不是鳖精是鱼精。他们一辈子祸害的鱼类太多了，水族的精灵是要报仇的，因此，她奶奶临死的时候，再三嘱咐，子孙后代必须改行……

黑妮儿很后悔将逮大鱼的秘方传给他。她临死时，简直是乞求他："他爹，答应我，不到万不得已，别用。"

"我答应你。你尽管放心。"

可是，眼下，大孙子关了大牢，救孙子，没钱啊！

"黑妮儿，体谅我吧！你要是活着，肯定比我还着急……"

初八二十三，出没半夜天。小梳子似的半边月亮从东方蒲子叶梢儿上升起来了。甭说，已经过半夜了。有月亮照着，兴许大鱼还活动着找食吃。

可一会儿，月亮又被乌云遮盖了。他突发奇想，默默念叨："黑妮儿啊，您若是同意我用那秘方，您就让月亮从乌云中钻出来，露露脸，让我看看。您若是不同意，月亮就藏在乌云后边别出来……"

很晦气，月亮就是不出来了。说话算话，他没有用那秘方。在船上白等一夜了。下的鱼钩，没有一点儿动静。怪不得人家都说，夜长难熬。这一夜，真真难熬啊！

难熬也得熬！又熬了一个多时辰，他正迷迷糊糊地打盹儿，月亮突然从乌云缝里钻了出来。半边镜子似的，亮光光的。好！黑妮儿想来想去还是同意了。他抖动了几下脑袋，顿时兴奋起来。立马将小船划进湖里，找到他以为最好的地场，拉上一些鱼钩，用心逐一挂上用秘方配制好的鱼饵……

他武松打的老虎，在景阳冈上是半夜里才来；娘的，我阮老二逮老鱼精，看来也得等它大半夜了……

一个人在水里，小命儿就算交给龙王爷了。而且这次挑战的对手是琢磨不透的黑鱼精。说不怕，那是假的。它有多大？不知道；它有多大气力？说不准；它是什么摸样？没见过……

突然一阵风掠过湖面，蒲丛里黑影散乱、飒飒啦啦响了多时，就像万千水蛇在穿行，小船也跟着剧烈晃摇，湖水便"泼刺泼刺"溅进船里来。他一动不敢动，尽管他感到了蓑衣在滴水，被头、帽子已经湿透。他头皮开始发炸，脊梁沟里直透凉风。用文人的话说，就是"毛骨悚然"了。

又不知过了多长时间，月儿早就不见了。风越刮越大了，浪也越来越高。满天黑云翻滚，时而有冷雨点子打在脸上。"完了，看来，这鱼，老天爷是不让你打啊！"他心里在嘀咕着，痛感自己的晦气。

可就在这当口，趟子钩的油丝纲绳一紧，接连又是"腾腾"地拉动，劲头儿来得挺大。

"哟，我可等着你了！"他又喜又惊，"这家伙来势凶猛，定准小不了……我能对付了它吗？嗨，还想这些干啥？"

他明白，该豁出去拼命的时刻到了！

钩住的家伙，劲头太大了！他往回收拉系鱼钩的油丝纲绳，已经非常吃力。他喘着粗气，有点儿手忙脚乱了……

接着，不是他拉鱼钩上的它，而是鱼钩上的它拉他了。因为小船已经离开了原地，被牵着挪动了。

"哎吆——"慌乱中，手里刚收回的一个鱼钩，从他的左手虎口刺了进去，鲜血立时冒了出来。他清楚，所有的鱼钩上都带着倒刺，不撕裂开皮肉，是拉不出钩子的。剧烈的疼痛，使他浑身痉挛，一头冷汗，眼前发黑，直冒金星……

第十二章 侠骨溢香

231

夜半风雨中，老英雄阮宗贤与"大鱼精"搏斗。

可他紧抓油丝纲绳的右手，却始终没有松开。

称得上梁山水泊的汉子，除了"侠义"，还须勇猛、强悍；有股子"野"劲儿、"狠"劲儿！生死关头，奋不顾身，能豁出去！

眼下的宗贤，正是在突发野劲、全力拼搏。他先是用牙齿咬住纲绳，好让右手改变一下姿势，挪动一下位置。他见过耍杂技的人，咬住一个人的腰带，能抡着转几圈。可那是练就的功夫。他的牙齿不成，刚咬住，门牙"啪"就给拉断了……他吐出了一口红彤彤的东西！可这只右手还能坚持多久？手心里已经滴着血水。可他横下心，憋足劲，终于压低纲绳，顺势加上了一只脚，两只脚，用力踩着。但是，船，它都拖得动，一个人的重量无论如何牵不住它……

风，越刮越猛了；雨，越下越大了；浪，越来越高了；在数百里水泊中，小船儿像片树叶儿，跟着那只不知名的精灵在飘荡……

但是，当一个人豁出去拼老命了，所爆发出的那股子蛮劲，却是常人所难以估量的。他强忍被鱼钩扎透撕裂的剧痛，用两只手、两只脚，最后，避开鱼钩，干脆滚动着将油丝绳绕身子缠了一圈，死死牵拉着油丝纲绳，已经到了你死我活的地步。小船儿，在风雨中，被拖着冲老鳖湾方向漂去。走了一里……二里……三里不少了吧？

人，到了这个地步，反倒平静了许多。从一切无所畏惧，到一切无所谓了。

"黑妮儿啊，闹到这地步，都是我，不听你的话。其实，人活一辈子，咋了结不行？今们儿，它要了我的命，我跟你老爷爷一样，坟里只埋上顶帽子；若是我要了它的命，我就像个打死大虫的武松，威震八百里梁山水泊了！信不？阮老二能战胜百多斤的鱼精，值了，这一辈子就算没有白活！"

7

说不清坚持了多长时间，也不知拖出了几里路，反正是天放亮了。俩孙子划船来到蒲子沟时，爷爷的船已经飘远了，看不见了。他们急忙找北面的王氏兄弟问询，王氏兄弟也没看见。查看小船原来的位置，突然发现倒下的蒲子上有一些血迹；还有爷爷的一条毛巾……

"怕是老哥哥出事了！"黑汉子王文虎说。

"先别胡咧咧！你们看，那是啥？"细高个哥哥王文龙心细，他在蒲子缝里发现了巴掌大的两片鱼鳞。"老哥，连人带船，是让大鱼精拖走了。文虎，快，招呼人，去老鳖湾！"

在急促慌乱中，俩孙子与王氏兄弟各自划船陆续赶到老鳖湾的水域。

果然，爷爷的船正在这里打转儿！

爷爷的右手仍然不曾松开，他和大鱼还在角力僵持！

在细高个王文龙地指挥下，先将几条船连在一起，又用油丝绳与爷爷手中的纲绳系连在一起，然后，铰断了刺进爷爷左手鱼钩的两头绳线。将他救到了王文龙的船上。

"老哥，英雄啊！"王文龙伸着大拇指说。

"啥英雄？作孽啊！不瞒老弟说，大孙子在济南教书，当作共匪被抓，关进大牢。想救他，没钱，万不得已……"

"噢……老哥……你？"

爷爷昏迷了过去……

王文龙与俩孙子护理阮宗贤，王文虎指挥着将大鱼拖回蒲子沟，又齐心合力费了好大劲儿才将大鱼捆绑好拖上了岸。

大鱼，说草鱼不像草鱼，说黑鱼不像黑鱼，说鲶鱼不是鲶鱼。有榆木扁担那么长，比木筲还要粗。有人说得九十斤；有人说一百二十斤也称不了。

王文龙和俩孙子忙着先为宗贤固定了左手取不出来的鱼钩，又包扎好右手的伤口。站在王文虎周围的一帮哥们儿，就开始嘀咕了。

"文虎哥，这大鱼，可是在咱的渔场子逮的。再仁义也得留下一半吧？"

"文虎哥，没咱弟兄下手，老爷子不仅拉不住这大家伙，兴许还得闹个船翻人亡……"

"去，你个臭嘴！放心吧，决不会不给你个份的。"黑汉子王文虎放高了嗓门儿，大概是想让老阮家的爷仨听见，"你以为他是谁？老阮家的二爷！一贯仗义疏财、乐善好施，他能让你龟孙子白出力？"

这些议论，阮宗贤早听得清清爽爽。他咬着牙，忍着疼，在两个孙子的搀扶下，站了起来。右手托住左手，好歹给大伙打了个拱，说："我阮老二谢谢诸位弟兄了！没有大伙的帮助，闹不好，我阮老二就葬身老鳖湾啦！等我手上这铁钩子取出来，一定请大家喝酒。"

阮老二说完，招呼俩孙子上了船。

"老哥，慢走！弟兄们，来帮帮忙，把大鱼抬上船。让老哥运回去。"王文龙下了命令。

可是，他们哥们儿都面面相觑，没有一个响应。

阮老二二话没说，便催促俩孙子开船。

小三儿不解地嘟哝着："这算闹的哪一出？等了一夜，差点儿要了命，至今手上还挂着铁钩子，逮住的大鱼，却白白送人……"

"你给我闭嘴！"爷爷训斥道。

爷仨的船走远了。

黑汉子文虎开始觉出不是味儿。人家真逮鱼的伤成了那个样子，却丢下鱼划船走了。留下的大鱼，还绳捆索绑地在挣扎扭动。自己的亲哥气得脸都发了青，一声没吭上了自己的船。明摆着是嫌丢人现眼了。咋办？众哥们儿全巴望着他，却没人敢吭声。

"大哥，你别走啊！这鱼……你说咋办就咋办，行不？我，和弟兄们都听你的。"黑汉子文虎苦笑着恳求大哥。

"刚才，我让你们帮忙抬鱼装船，没人吭声。现在你说听我的，大伙同意不？"

"同意。"大伙这一回不含糊。

"那好，我絮叨两句。咱在湖里讨生活，头一条就是，要将心比心，不能见利忘义。在阮家岭大集上，我牵着毛驴跑，土匪举起枪瞄准了我，是他阮老二抡鞭子救了我的小命。想想，换上咱，敢不敢抡鞭子？你敢吗？再想想，他在船上守了一夜，豁出命，受重伤，好歹逮了个大鱼，你们想伸手要一份，人家二话没说，撒手就走，换上咱，你舍得走吗？如果都舍不得，就会力争，就会恶斗，就会你死我活。我听说，他年轻的时候，在阮家岭大集上，一人撂倒十几个小伙子青皮。想一想，咱中间谁是他的对手？可人家只想让、不逞强。咱有这个肚量吗？我还听说，眼下他大孙子，在济南下了大牢，想去搭救，手里没钱，才来打渔的。可咱弟兄们，帮了人家一把，就留下人家的大鱼，这不是趁火打劫吗？咱以后还有脸再见人家？"王文龙越说嗓门儿越高，又逐渐变得沙哑。说完，竟然眼圈儿一红，流下了眼泪。

"好俺那大哥，别说了。俺们都听你的行不？"

"都听你的！"哥们儿一齐说。这次声音非常洪亮。

8

再说老阮家爷仨慌忙急促地往回赶，俩孙子是闷闷不语、垂头丧气。但一看爷爷那左手的伤势、那大义凛然的表情，便没敢再吭声。

及到家下了船，二孙子学义主张立即去济南府找洋大夫，做手术，取出大鱼钩子，以防感染；三孙子学礼和爷爷却执意找严依霞姨妈，至少先让她看看，有没有办法再说。

严姨妈请来了。她看了伤情，询问了经过，说："我同意学义的意见，立即去济南。"

"咋，难道你收拾不了？"爷爷不信。

"不是我收拾不了，是怕你疼得忍受不了。"

"他严姨，你就别怕麻烦了。该割就割，该豁就豁，我要是哼哼一声，今后，就不再姓阮了，行不？"

"好了好了，你也别发狠誓，我跟你把情况如实说说：小二儿怕感染，很对。但我这儿还有些消毒、消炎药品。伤的虽说是皮肉、不是筋骨，可这鱼钩子，已经刺透了手虎口，要取出来，得动剪子、刀子，没有麻醉药，绝对不成，任谁也挨不住……"

"好了，我有底了。哪儿也不去了。就赖上您了！"爷爷笑着说。

严姨妈也没有再推辞。立马去做各种准备。

恰在这当口，王文龙兄弟带领他哥们儿，呼呼隆隆抬着大鱼来了。阮老二迎出大门，干脆没让他们抬进来，少不了又是一番表白，感谢，推让。这天，正逢阮家岭大集，门前摆了个扁担长的大鱼，一辈子谁见过？围观的人霎时间成千上万，几乎把赶集的人全招引来了！不叫"倾城倾国"，可真是倾集倾市了！

眼看着王家兄弟咋说也不抬走，阮老二最后说："文龙兄弟，我比你大，我是哥，我做主了，你得听我的。"

"二哥，你说，兄弟听着。"

"拿铡刀来，把这鱼一劈两半，你抬走一半，我留下一半，行不？"

"行。兄弟听你的。你手上有伤，我们来劈。"

王文龙留了个心眼儿，也没用铡刀，而是找来杀猪宰牛的大砍刀，让兄弟黑汉子文虎持刀，文龙用指头在大鱼上点了一下，说："从这儿下刀。"

三下五除二，从尾部劈下了约三分之一。文龙立即说："好了，抬走！"

阮老二还要争执，王文龙笑着说："鱼头，那是头一份，当小弟的哪儿敢要？"

阮老二苦笑着摇了摇头："你呀……兄弟，我先下个请帖，等我手上取出鱼钩子，请你们哥们儿来我家喝酒。先认准俺这大门儿。"

"好啊，一定来。"

王氏弟兄总算走了。阮老二喊过小三儿，说："咱留下五斤，给您严姨五斤，给张德厚家五斤，其余，送到望湖楼，爱给多少钱给多少钱……"

处理完大鱼的事，严姨立马安排手术。她终归受过专门训练，考虑非常周密。手术地点选在了阮宗圣的阁楼上，这儿清净。俩孙子学义、学礼当助手，还单独做了嘱咐。其他人一律不准靠前。室内地面，以及剪子、刀具都做了认真消毒。

她说："咱开始吧。二叔，你疼，尽管吭喝。"

"我说过，不吭一声。"

"那更好。"

"来，我给你蒙上眼睛。"

"不用蒙……"

"听我的。"

她给他蒙上了眼睛。又用布带子将胳膊固定在桌子上。然后在几个穴位下了针……

她一边做这些事情，一边跟学义、学礼啦着呱。

"咱靠水泊的人，虽比不上梁山上的英雄好汉，可多数有侠肝义胆。啥叫侠肝义胆，你俩知道不？"

"姨妈，你给讲讲呗。"

"讲这些，我就不如你爷爷了。"

"不行不行，我是个大老粗，说不好。你，有文化，能说出个子丑寅卯，一二三四来……哎哟……"

"疼啦？咬住牙。"严姨妈一边操作，一边说，"这侠肝义胆，我想，第一条就是能够帮人，见人家有困难，二话不说，就去帮助人家。二叔，你说，对不？"

"对是对，但必须有多大力量，拿出多大力量。像打发叫花子那样，一毛一分、仨核桃俩枣的施舍，不能算数。"爷爷说。

"对，得不遗余力。这第二，得让人。尤其在利害相争的时候，能舍得把好处让给人家……"

爷爷接话茬了："这一条更难。到手心的钱，到嘴边的肉，再让出来给人家，不易呀！像我们这次，打了这么大一条鱼，可还得让给人家，我这俩孙子就舍不得了，对吧？尤其是小三儿，一路上嘟嘟哝哝。其实，我也舍不得……舍不得也得舍呀！常言说，争着不足让着有余。尤其对讲义气的人，更得讲义气。小三儿，你记住，这人心啊，往往是对人对己，里外不用一把尺子，出入不用一杆秤……"

"爷爷，啥意思？我听不明白。"小三儿故意装作不懂。

"与人处事，自己觉着吃点儿亏了，兴许人家就感到正好；自己感到正好了，怕是人家就感到吃亏了。得吃透了这个情儿……"

"所以要严以律己，宽以待人。"

"对。你严姨讲得对，一要帮人，二要让人。他姨，还有第三吗？"

"有。第三，得敬人。对人，不管高低贵贱，不能下眼子看人，都得尊敬人家。这一条，说说容易，做起来很难。尤其不能以貌取人……"

"对对对！狗眼看人低的，就不少。"没等严姨说完，爷爷就插嘴了，"自小，俺娘就常说，这骡子马，高大了值钱，这人自高自大不值钱。还说，金钱如粪土，脸面值千金。别看咱庄户人穷，但人穷志不短，个个要脸面。这就是说，交友处事，无论对谁都得给足面子……哎哟……"

爷爷"哎吆"了一声，紧接又"当啷"一响，严姨把取出的鱼钩用镊子夹着丢进了盆子里……

手术结束。解开蒙眼毛巾，阮老二冲他严姨翘着大拇指，只说了三个字："神人啊！"

9

这是咋了，祸事一件紧接一件。爷爷手上的鱼钩取出来的当晚，就接到了区上的通知：这次全村出壮丁二十五人，老阮家出一个。四个孙子，就跟你要一个，没法子讲价钱。可是，老大还关在大牢；老二藏在张家，还没敢露面；老四太小。甭商量，得小三儿去。

说甭商量，其实还得商量。小三儿的爹娘都不在家，俩爷爷想召集全家人，公布这件事情，一起拿个主意。

韩氏连大兰都叫了回来。

让三菊去了张家找二哥学义。

张德厚早知道了这件事，学义傍晚一来，二话没说，就被领进了地窨子仓库，送来吃的喝的，外边立马上了锁。三菊一来，张德厚就说："今晚村里来了保安队，学义无论如何不能出门。三菊，你先回去，我随后就到，我去跟你俩爷爷商量。"

三菊刚出门，小琴娘就急了："她爹，他老阮家，让三菊来叫，甭问是想让老二去抓阄了。学义要是给抓了壮丁，咱小琴咋办？"

张德厚说："这是人家老阮家的事，我哪儿知道咋办？"

"不行，他爹，再想想，咱无论如何不能放学义走啊……"小琴娘真急了，挡住了门口，不放男人走。

"给我闪开，别跟着添乱行不？"张德厚一把拉过老婆子，在她耳边放低声音嘀咕了几句，又说，"小琴，随爹一块去。"

张德厚领闺女出了门，又低声嘱咐："小琴，你婆家任谁说啥，你只听，别插嘴。要问你，你就哭……懂吗？"

"懂。"小琴说。

爷俩来到老阮家落了座，大爷爷刚把壮丁抓阄的事说了说，小琴就擦眼抹泪了。小三儿一见这阵势，没含糊，说："我去。"

张家父女的心思，爷爷一眼就看得明明白白。他偏偏要掰这个劲，就先开口了："小三儿今年才十七，又从来没出过远门子，太毛嫩。我看还是小二儿去吧。济南跟阮家岭又不透气，这边当兵走了，那边有什么牵连也就了了。"

爷爷的话没落地，小琴就哭得抽抽搭搭了。

"哭啥？不晓事的东西。你爷爷让谁去，自有他的道理。谁像你，光想自己？得听老人的话。"张德厚训斥着闺女。

"我，我听爷爷的话。可我管不住自己……"小琴哭着说。

"嗨，嗨，小琴，别哭。三菊……"大爷爷给三菊打了个手势。三菊会意，便将小琴领了出去。他叹了口气，又说，"小二学义，也算是有家室了。有了家室，得两家担忧，对不？得考虑到这一层……尽量，别……万一……"

"看你们那个较真儿！今天顶着名额去了，队伍开拔到天南海北都说不定，十天半月后，瞅个空子遛号了。小二儿终归比小三儿大几岁，又在外闯荡了几年……"爷爷说。

"那，哪儿行？他开了小差，县上不来家要人？"大爷爷说。

"到那时，他向我要人，我还向他要人呢！你把我孙子带走了，带到哪儿去了？"

"不成，不成，再说开小差太危险，让他们逮着，要枪毙的。"大爷爷咋也不同意。

"爹，依我说，谁也不能去。如今当兵，出去立马就得打仗。打起仗来，枪子不认人。就是说，他弟兄俩谁也不能去。今晚上，他俩就走。天下大着哪，青壮小伙子，上哪儿不能挣碗饭吃？"大娘韩氏态度非常坚决。

"这通知上说的明白，凡有壮丁的，谁跑了，家中立马割出五亩土地充公。"爷爷说。

"爱咋充咋充，天塌了，还有地接着。家里人拖棍子要饭吃，也不能让孩子去送死。"韩氏说。自己的儿子被关了监狱，全家老少全力营救，韩氏很受感动。而今侄子要抽壮丁，她感到必须站出来了。

"娘说的对！"大兰插嘴说，"这些年各路军阀，这帮那派，战事不断，俺小叔子出去当兵不到俩月，就被打死了，连尸首都没找到。"

"对。谁家没老没少，不能去替他们送死。"张德厚也插嘴说。

面对这个场面，俩爷爷最后也点了头。并做好了当夜兄弟俩同时出走的准备。

这天夜里，上半夜没月亮。大约二更时分，先是让大兰出门探听了一下动静。可是，刚出门，就有人用灯照着，用枪指着盘问了。

"谁？"几声拉动枪栓的响声，"干什么去？"

"回婆家。"

"咋有黑夜回娘家的？既然回娘家……咋又回去？"

"忘记带东西了……"

"再告诉你们一遍，凡有壮丁的家，我们都设了岗哨，谁想跑，打死活该。"

大兰立马反身回了家。

"爷爷，咋办？县保安队已经封了路，一个个都端着大枪……"

"真绝情啊！"爷爷长叹一声，"原以为只说说吓唬人，没成想还动真格的了。"

俩孙子夜间逃走的打算只得放弃。整整一夜，村里数次枪响，犬吠此起彼伏，令人胆战心惊。俩爷爷又合计了半宿，没法子，剩下的路只有让小三儿去抓阄了。

10

第二天，是阮家岭的一个关煞凶横的黑日子。

昨天夜里，有三个想从湖上逃走的小伙子，两个被打死，一个失踪，没找到尸首，下落不明。死人的黄家、朱家，哭声连天，人们都跟着落泪。全村戒严，老阮家整天没人出门儿。都呱嗒着脸，饭做出来，也没人吃。只有韩氏在烧香磕头念佛祷告……

晌午过后，在保安队的人荷枪实弹押解下，阮小三儿要到区公所抓阄了。临去，县上跟来的一个贾科长声言：三十八个壮丁，只抽二十五个。没偏没厚，凭各人运气摊，一律抓阄为准。抓着阄的明天去县里受训，不日开拔，家里要及早给他准备好东西。最后还小声说，抓着阄又实在走不开的，可以出钱买丁：与抓不着阄的协商顶替。大体有个价码，至少大洋二百。当然，到时候可以协商，只要双方同意就行。最后，贾科长将爷爷一人拉到旁边，声音压得更低了，说："对您老阮家，吴县长还特别关照，网开一面，不管有没有壮丁顶替，只要当着大家的面，交上二百大洋，县里可以帮着买丁顶替。可是，必须今下午交上……"

爷爷自然对他千恩万谢了。还说："贾科长，只要俺孙子可以不去，钱，俺一定如数上交。俺，立马准备……"

11

两个爷爷仍然坚信，凭着家里的箱底儿，凭着自己的老脸，内外互动，凑集这二百块钱还不至于成问题。

自家采取的措施，是从各房的箱底搜罗衣物首饰去当铺——韩氏表现最积极，她当着俩公爹的面，让大兰帮着将柜子箱子磕了个底朝天，凡能去当铺当钱的全部捡了出来。但是，三菊跑回来说，当铺关了门不营业。因为掌柜的儿子夜里也跟着从湖上出逃，枪响后失踪，活不见人死不见尸。区上要罚款，家人要打捞……

当铺关门，去远处来不及。井里没水四下掏，寻亲告友借吧！

与此同时，区公所里壮丁的抓阄正如期进行。首先，县上的贾科长与区长朱贵才先后讲了话，都讲得激昂慷慨。从帝国主义瓜分中国、日寇强占东三省，到有志青年理应保家卫国，每人讲了一遍。接着又讲了抓阄的注意事项。

阄儿——是预先准备好的三十八个纸条卷成的小团儿，其中写上"去"字的二十五个，十三个是空白。这些小纸团儿盛在一个肚子挺大挺高但口儿很小的陶瓷罐里。接着，贾科长发令排队依次抓阄。

"慢着。我有几句话，说说行不？"黄满囤的儿子黄大牛说。

"咋不行，你说。"朱贵才笑笑说。

"能不能把陶瓷罐倒空一下，让大伙看看，里边是不是三十八个纸团儿？再把三十八个纸团儿伸开，让大伙看看，是不是有二十五张写了'去'字、十三张空白？"

"咋，大牛，你即便信不着我，也得相信县上来的贾科长吧？"朱贵才黑着脸说。

"朱区长，这是规程。全国开代表大会选举，最高领袖在场，也得把箱子打开让大家看清楚，对吧？不存在对谁信不信。"学礼说。

"学礼说的对！"有人赞同。

"对！对！"大多数喊着。

"吵，吵，吵啥？想起哄吗？"贾科长不耐烦了，但又无可奈何，"李先生，去，一个个全伸开，让他们看个明白。"

那个从县上来的李先生抱着陶瓷罐进了里屋。

秃子头上的虱子——明摆着是有猫腻了。壮丁们开始交头接耳……就像变魔术一样，那个李先生从内室走出来，让大伙看了空了的陶瓷罐子，数了三十八个小纸条儿，以及写字的、空白的纸条数目。最后他说："这回儿看清了？"

一个姓黄的小伙子说："我建议不用瓷罐子，把阄儿就放在桌子上。谁抓阄先绾起袖子，拍拍手再抓。抓完后一起当面展开，让大伙看得清清爽爽，没藏没掖。"

"看你这罗嗦劲儿！"贾科长不耐烦了。

"这是送去挨枪子的事儿，闹不明白咱不抓……"

"对！"众人一齐呼应。

"贾科长，就按他们说的办吧，行不？"朱贵才仿佛代表大家向贾科长说情了。

"好吧。立即开始！"贾科长摇着头无可奈何地说。

真开始抓了，这些壮丁们多数吓得变了颜色。有的甚至嘟哝出了声音："老天保佑，老天保佑，别让我抓到……"

每只去抓阄的手，伸出来都禁不住颤抖着……

阮家小三儿学礼胆儿算大的，排队的时候没有向前争抢，是倒数第二名。他咬紧下唇，绷紧着面孔，一声不吭，看不出有啥慌乱。

全部抓完。

"同时展开！"贾科长喊着。

"啊……啊……"抓着"去"字的惶恐的大喊，惊天动地。

贾科长拍了几下巴掌，门外立即冲进四个持枪的保安。

"不许喊！"贾科长大喊一声，室内立时鸦雀无声，"谁喊打死谁！"

与此同时，那个李先生将二十五个抓到"去"字的推到了左边；没抓到的留在了右边。阮小三儿站在了右边，他没有抓到，悬着的心终于放下了。

"好好听着，我再重复一遍……"贾科长又冠冕堂皇、又转弯抹角、既避开"买丁卖丁"四个字、又清楚地将"买丁卖丁"的做法讲了一遍。最后强调，"这二百元大洋，必须立马交齐，不赊不欠。"

这时，一个姓冯的小伙子跪下说："俺爹长伤寒，还躺在炕上，烧起来就昏过去，俺实在离不开。俺愿意出五亩坡上好地，谁替俺去，俺给他磕头了。地契俺带来了，现在就交契约，明天立马割地。"

多时，没人吭声，静得让人心里发抖。

贾科长想了想说："用五亩地顶，按说不行。可，只要有愿意的，当面说好，周瑜打黄盖，愿打愿挨，我看，也行吧！"

"我，替他去。"小伙子的一个叔伯大哥从右边站出来说。

"哥，不行。你走了，撇下俺大娘自己咋活？"

"您甭管了。反正俺二叔病成那个样子，您不能走！"

"哥，给你地契。"

"兄弟，哥什么也不要。"

"哥……"

兄弟俩抱在一起呜呜地哭了。

"还有谁……"贾科长又问。

"我，家里也有困难，走了不成。"朱贵才的一个同族弟弟朱贵宝站出来说，"钱，我带来了。大洋二百元整，一元不少……"

多时，没人应声。

朱贵才又帮他说了一遍。

又多时，没人应声。

"我再加五十元——二百五十元，谁愿意去？"朱贵宝说。

又多时，还是没人应声。

"我再加一百——三百五十元,谁去？"

突然,阮家小三儿学礼站出来说:"你再加五十……总共四百元,我去。"

"四百就四百,成交！"

"好吧。"

"三兄弟,你疯了？"黄满囤的大儿子黄大牛一把拉住了学礼。

"不,我说话算话。"学礼说。

朱贵宝唯恐有变,立马将钱交给了学礼。说:"学礼,收好,当面点清。"

学礼一把接过来,装进了衣袋。说:"贾科长,朱区长,求你们别告诉我爷爷,就说是我自己抓到的……"

"好说。一定替你保密。"朱贵才满口答应。

县上来的贾科长因受吴县长嘱咐关照,正想上前解释,朱贵才从身后拉了他一把,说:"他家里正缺钱用哪！"

朱贵才的声音很低,但学礼听得清清爽爽。他恨不得搧他几巴掌,可他表情沉稳,只咬了咬牙关……

12

第二天,壮丁被带走了。说是去县城集合受训。

爷爷因为没能凑集起二百大洋,没能留下孙子,心里有愧,又执意要跟到县城,谁也劝不住。大爷爷只得安排了大兰和三菊陪着他。三人跑了几十里路赶到县城,其实跟探监差不多,只允许他们与小三儿见过一面。

见面时,爷爷老泪纵横,反复说:"孩子,爷爷对不住你。爷爷无能,进了三十几个家门儿,仅借了三十四元;张德厚家有粮食,可没大洋。他好歹凑了二十五元;望湖楼酒家真够意思,把全部现金拿了出来,可只有八十五元。加上咱自己,总共凑了一百七十九元。孩子,爷爷该死,对不住你……偏偏你娘没在家,她要是在家,咋说也不会受这个憋啊……"

爷爷一哭,俩姐姐也都跟着哭红了双眼……

小三儿只有强作笑颜苦苦相劝了:"爷爷,别哭,哭啥？你孙子命硬着哪,枪子见了我也得拐弯。你放心,你孙子不傻,圈里能圈住猪羊,能圈住大活人？"

"偏偏你爹你娘都不在家,我给他们把儿子看丢了。爷爷无能啊,连二百块钱都凑不起来,谁信啊？唉……"爷爷又絮叨着抹泪了。

一个持枪的卫兵走过来,要驱赶家属离开了。

"爷爷，你老多保重。等着我回来看你，等着我回来帮你种地，帮你喂牛、喂马……"小三儿说着，跪下就给爷爷磕了三个头。

"三儿，起来，起来……"

拉起孙子，爷俩相抱哭了一阵子。

爷爷和俩姐姐被持枪的卫兵驱赶走了。小三儿又将三菊叫了回来，压低了声音说："三姐，你回去，立马去找秋生爷……"

"武老师？"

"对。我卖丁卖了四百元钱存在他那里……"

"什么，卖丁？"

"小声。姐，回家，无论如何不能让俩爷爷知道。把这四百元钱，立马想法送到济南，交给娘，赶紧救大哥……"

"三儿，你……"三菊抓住弟弟的双手，又满眼热泪了。

第十三章　青天老爷

1

如今再说老大存忠,在济南小旅馆被盗之后,手中无钱,交不上店钱,女掌柜一天三时催账,他这个半吊子读书人,哪儿应酬得了?去找冯剑秋吧,军营大门没能进去,让站岗的卫兵驱赶了出来。他,自鄙,愧疚,郁闷,精神上彻底垮了。

"这辈子,来到世上,多余啊!"他禁不住独自哀叹。

他是老阮家的长孙长子,自幼娇生惯养。那时伯父在外闹革命,伯母在家独守,自然无子女。他的出生,给老阮家带来了欢乐和希望。奶奶亲自照料:怕烧着,怕烫着,怕冻着,怕热着……为娇为贵,却出息了他这个荒货!尤其吃上大烟后的一连串事儿:偷老婆的私房当卖,让爹劈脸掴了耳光,让爷辞退了教员;跟着弟弟躲避搜捕,忌大烟上瘾被捆绑在柱石上……一桩桩一件件,读书人的颜面丧失殆尽!

爷和爹曾说,唯一的功劳是为老阮家生了个好孙子——学仁。可学仁,而今身陷囹圄,吉凶未卜,搭救无门。爷把传家宝忍痛献出来,又让我丢失了……

"我,这个窝囊废!还有何颜面苟活于人世?"

他已经感到了生不如死,走到了生命的尽头,该画个句号了。

民间称这是"犯魔障",死鬼缠身,走火入魔;医生大夫称这是抑郁症,再厉害会成精神分裂。阮存忠这些天已经叨磨这一件事儿,钻了牛角尖儿,走投无路,活着是个累赘,只想怎么死了……

他考察过:投大明湖吧,湖水太浅,淹不死,更丢人;到千佛山顶跳崖吧,陡坡上全是树木,挂着挡着也死不成;买砒霜吧,他到药店里探听过,店家盘问太细,还要证明人、证明信;最后决定:找个僻静去处,上吊自缢……

245

常言说，人到死时还想活，一点儿不错。尤其对不住爷和爹，俩老人这些年够苦的了，自己不但没尽心行孝，再来个白发人送黑发人，让他们咋活？至于老婆韩氏，老实说，这辈子欠她的最多：她是东昌府韩家的大小姐，是冲着当年爷爷的门第嫁过来的。过门时光嫁妆拉了五车，那些梯己家当差不多都是自己给败霍干净的，这辈子咋也还不清了。可儿子进了大牢，丈夫上吊死了，她怕是也就活不成了……

　　阮存忠想到动情处，便泪流满面。深夜又像小孩子似的抽抽搭搭哭。哭够了，竟然在烛光里趴在床头桌上写下了绝命诗：

　　　　四体不勤，五谷不分。半世伴读，一生昏昏。
　　　　老不能养，少无能问。处事窳惰，为人迂笨。
　　　　碌碌苟活，为亲之存。吸毒鬼混，有违圣训。
　　　　既为孽子，何须惜身。尚有严父，望子倚门。
　　　　辗转反侧，寸心如焚……

　　他泪水滴湿了纸面，没有勇气写下去了。

　　老牛反刍，那是吃进去、再倒出来，反反复复咀嚼，因此也叫倒嚼。他这些想法，反复倒嚼了两天，终于在千佛山坡一条僻静小路旁边，找了棵歪脖子榆树，搭上了小绳子……

　　"我这荒货、蠢货，连死都死不成！"他刚把脖子伸进绳子扣里，就被一个拾柴禾的小和尚发现了。小和尚喊来许多人，他满脸通红地解下绳子。"谢谢诸位，俺，俺不死了……"

　　人群里走出一个人，上前说："这不是，阮家大哥吗？有何想不开的，真是的……"

　　"你是……"

　　"我认识你，你可能不认识我。我姓陈，名砚楷。走，跟我走……"

2

　　存忠没有跟陈砚楷走。他与家里人约定，以后来小旅店会面。为此，陈砚楷跟他回了小旅店。刚进旅店大门，女掌柜跟在屁股后就要店钱。陈砚楷笑了笑，立马慷慨解囊，帮他付了数日的店钱。阮存忠千恩万谢，就要跪下磕头。

　　"陈先生，大恩不言谢，日后必当重报。这钱，必定如数偿还。"

　　"阮大哥，说哪去了？"

　　晚上，两人睡在一个房间里。陈砚楷买来一瓶烧酒、两碟小菜，于慢饮细嚼间，海阔天空，无话不谈。后来便谈到了金钱。

陈砚楷说："对于这'钱'字，小弟还真费了些心思琢磨……"

为了让阮存忠别为丢失钱财纠结，勘破"钱"字龌龊的一面，便侃侃而谈，发了一通异乎寻常的感慨。

"唉，还真如人们所说，一块钱难倒英雄好汉。这钱，乃天地间第一至宝。无德而尊，无势而热，无翼而飞，无足而走，无远不往，无幽不至。上可以通神，下可以使鬼，系斯人之性命，关一生之荣辱。危可使安，死可使活，贵可使贱，生可使杀。有段《花鼓》便是《钱的独白》：

　　一家儿过活，富贵的如何？
　　有我时，骨肉团圆；没我时，东西散伙。
　　有我时，醉膏粱；没我时，担饥饿。
　　有我时，曳轻裘；没我时，鹑衣破。
　　有我时，坐高堂；无我时，茅檐下卧。
　　这壁厢妖童季女拥笙歌；那壁厢凄风苦雨人一个。
　　要我来不要我……

陈砚楷口若悬河，说书人似的讲着。这些话，阮存忠似乎在哪本书上见过，但已经记不清了。如今只有频频点头、满口称赞的份了。

"陈先生博识强记，见解深刻。这个钱字，虽说是天下至宝，没它不成；然而，也是个祸害……"

"老兄所言极是。天下人，劳心劳力日夜千辛万苦，是为了钱；为客为商，奔走千里万里，是为了钱；卖儿卖女，骨肉东三西四，也是为了钱；当仆当奴，低三下四，也是为了钱；朝张暮李，不顾九烈三贞，还是为了钱；至于六街三市，三百六十行，九流三教，做尽千奇百怪的勾当，无非也是为了这钱。总之，世上的人，心内也要，口内也要；口内不要，心内总要；当时不要，转身又要。老也要，少也要；男也要，女也要；智也要，愚也要；你要我要他也要。不但要，而且欲壑难填，愈多愈好。为了要，有人道德沦丧，有人是非颠倒；有人贪污，有人霸道，有人行凶，有人为盗。还有几个人能记得圣人教诲：君子爱财，取之有道……"

"陈先生所言极是。"阮存忠被陈砚楷这一套大论惊呆了，"陈先生，不仅深明大义，匡救急难，而且这口才……兴许也是世间无双！"

"阮兄见笑了。不瞒你说，小弟是个走江湖靠卖嘴皮子混饭吃的，自然要鹦鹉学舌，强记一些圣贤经典、知人论世的话语。如此而已，如此而已……我曾在贵村阮家岭集市上为人占卜算卦，有关贵府之事也有些耳闻。不知阮兄因何落魄至此，走这绝路？"

"一言难尽啊……"

阮存忠将儿子入狱,家藏书画被盗,自己如何走投无路、万念俱灰,简要说了一遍。

"阮老兄,咱先不说,老天爷让咱来世上走一遭,有多大的恩惠,咱该如何不负所望;你也该想想,上有老的下有小的,这条命,哪儿还是自己说了算?想死,你压根儿就没有这个权利。对不?"

"对,对,我,也是反复考虑,走投无路啊!我,不像你们。我,活在世上,是个荒货;对于亲人,是个累赘……"

"此话差矣!碌碌红尘,芸芸众生,如若过于自尊、自责、自鄙,哪儿还能生活?常言说,人比人该死,货比货该扔。让我说,咱比上虽然不足,但比下绰绰有余。那些窃国大盗,那些汉奸卖国贼,那些贪官污吏,那些恶霸土豪,那些吃喝嫖赌的痞子无赖等等,他们才罪该万死。咱比他们,有良心,讲道义,要脸面,不会祸害别人,对不?老兄,咱比他们高贵的多!他们死一百次,也轮不到咱们!"

"不瞒你说,儿子不屑,被诬为共产党,已被抓进大牢,救助无门……"

"在下虽属市井俗子,对于当今时势知之不深,然耳闻目睹,这党那派,明争暗斗,民不聊生,横遭涂炭,亦有切肤之痛、扼腕之叹。阮老兄,说实话,我对'共产'二字,亦深以为然。民不患贫穷而患不均。除富豪、均贫富,惩治'钱财'罪孽,济世救民,此不啻一剂医国良方。但是,要想做到'共产',我总感到那是陶潜的桃花源,洪秀全的天国天堂,遥遥千里万里。想共产,谈何容易啊!但是,据我观察,凡信仰'共产'的,都是当今的有为青年!"

"先生小声,要防隔墙有耳……"

"不妨事。阮老兄,我在济南还有几个朋友,你把情况详细说说,看他们能否帮的上忙。"

"好。如今还没有宣判,就是等韩复榘亲自提审了。听说这个韩主席审案,完全以喜怒作生杀,视杀人如儿戏。有时他心绪不好,有时他看不惯被审人的衣饰打扮,有时被审人开口顶撞了他,或者是'车''行''店''脚''牙'等等他以为下九流的人,往往是不问青红皂白,先打五十军棍,是罚是杀,冲口而出。俺怕就怕,儿子学仁,愣头青一样,不买他的账,顶撞他,辱骂他……"

"这,我知道的比你多。其实,这位韩主席,乃一代枭雄,并非流传的那样粗鲁简单。找机会,我领你去看看韩复榘咋审案……"

第三天,凌春来与吕氏来到济南小旅店。通过送礼求人,打听到一个惊人的信息:下星期三韩复榘亲自问案,案犯中就有学仁!

3

韩复榘规定的问案日期是每星期三和星期六两天。星期三若有公务要事，则拖到了星期六。时间经常是从上午九时起。问案地点在省政府的大堂。韩问案时不禁人们旁听，阮存忠、吕氏、凌春来在陈砚楷朋友地导引下，分别进入大堂。这时，看热闹的人已经围成一个大圈子。都说韩复榘问案，就喜欢观众多。人越多，他越来精神。

九点准时，人声噪杂的大堂，突然鸦雀无声。

军法官高喊了一声："立正！"

韩复榘出来了。他个头挺高，穿一身灰布军装，没带军帽，布鞋。他轻轻点点头，示意问案开始。

大堂正中有四扇屏风，屏风前是两层木台子，他站在第二层台子上。两旁各放一个痰盂，据说韩好咳嗽吐痰。今天并没有军人站立两旁，但是手枪旅和执法队的士兵，却散落地站在四下各处。地上放了一大堆绑人用的绳子和七八条军棍。气氛威严，有点儿恐怖。

韩所问案件，凡属全省案件，由第三路军军法处管理，由王中校（或牛中校）军法官念簿子。

凡是属济南市内案件，由省会公安总局司法科管理。问案前先由司法科科长杨金标念簿子。

今天首先押解出二十四名"老海"犯（吸毒贩毒案犯），属济南市的，由杨金标念簿子。这簿子上记着预审的较为详细案情。韩听完念簿子，说："初犯站在右边，明天送戒烟所。贩毒者与重犯，站到左边，严惩不贷……"

据说，这"严惩不贷"，以往就是"一律枪决"，可是如今，又分为两等：重罚和枪决。

站在右边的二十人，没有再审，押了出去。剩下左边四名重犯，韩逐一进行了简单审问，判决：两个重罚，两个枪决。在决定枪决的两个案犯中，一个白胡子的是地下烟馆的掌柜，已是第三次被抓，他供认不讳，说已经家破人亡，不再辩解。另一个四十几岁，当过教员，判决后，痛哭流涕，自搧嘴巴，骂自己不是人，说上有老、下有小，死了全家咋活？韩似乎也被触怒，指着案犯大骂了一通，还令兵士拖下去打了二十军棍。但最后却在杨科长耳边低声说了几句。有经验的人说，这是免除了死罪，改判为"陪决"——与被枪决的一起绑赴刑场，只是枪响后，枪弹没有打他，拉回来另行处理。

反正是罚是杀，皆由韩一锤定音。

随后就是开审共党案件了,老阮家的人都紧张得屏住呼吸,浑身颤抖了。谁知,这时韩向杨科长问了一句:"济南党部有人来吗?"

杨说:"没来。没通知他们。"

"那,随后再审。"

也就是说,审判学仁等放到了后边。

接下来审问的是济南市的一对青年男女。杨科长念簿子宣布的案情是,这个男青年多次利诱和强奸了这个女青年,却不愿意娶她。而女青年感到已经失身于他,生是他的人死是他的鬼,非他不嫁。初审意见是强制男方娶女方……

韩先问女的:"刚才杨科长念的属实吗?"

女的说:"属实。比这还厉害。他强奸我的次数不止三回五回,十回八回也有。"

"到底几回?"

"我,我记不清了。"

"好了,甭说了。待会儿我给你出气。"

"谢谢青天大老爷!"

韩又问男的:"你先别出那个熊样。我还没问话哪,你哆嗦个啥?我向你保证,别看准备了这么多军棍,今天不打你,你甭怕。但是,你必须有一说一,有二说二,如实交代。你说,是这么回事儿吗?"

"不是。老爷,根本没这回子事儿。我哪儿敢强奸她?她是诬赖好人。"

"她为什么诬赖你,不诬赖别人?"

"因为,我家比较富裕,我又上过几年学,在村里教书。她家托媒人找过我父母,我父母拒绝了她。"

"送上门儿的媳妇,为什么要拒绝呢?"

"俺父母都是老老实实的庄稼人,可她……"

"她怎么的?"

"她……"

"她怎么的,说!"

"我,我,给我三个胆儿,我也不敢,不敢……"

"噢,胆小啊,可胆小咋去强奸?色胆包天吗?"

"老爷,冤枉啊!"

这时那女的沉不住气了,跳起来吼道:"你冤枉个啥?你一回一回占俺的便宜,你冤枉个啥?"

"好了,别吵了。本主席今天为你出气。"韩诡秘地一笑,"这很好办。俺这儿有女法官,下去把她的裤子脱下来,到底是十回还是八回,一检查就全明白了。来人,把她拉下去!"

"是！"两个兵士应声上前，一左一右抓住了她的胳膊。

谁知这女人劲头老大，左右两条胳膊一抡，就把两个兵士摔了个趔趄。同时喊道："咋，大天白日，在公堂上欺负人吗？"

"呀，好力气！"韩也提高了嗓门儿，"再来两人，立即把她拿下！"

四个兵丁，一个被打倒，一个被打伤，费了好大周折，总算把她捆绑起来。

韩说："好，不用再查了，不用再审了，一切都明白了。这个母夜叉，纯属诬告好人。四个健捕，都难拿下，一个文弱书生，岂能强奸得了？诸位，我说的对吧？"

坐在客座上的官员、记者一齐欢呼。

"主席圣明啊！"

"不愧是韩青天啊！"

"哪里，哪里，诸位夸奖了……"韩笑着说，接着一变脸，又下了命令，"把她拉下去，先打二十军棍。给她留个记性。"

"主席，那几个共党，今天还审吗？"

"算了。我看了案卷，证据仍然不足，以后再说……"

这天，老阮家的人没能见到学仁。但韩复榘说，证据仍然不足，却给他们带来了希望……

4

下边，专门说说有关韩复榘的事情。

这几天，大太太总想找机会为干儿子张守仁求求情，但韩复榘回来总是黑着个脸，到了嘴边的话，她只得咽了回去。

韩复榘酒量很大，每天中午回家，都是自斟自饮。但很少多喝，总以半斤为度。外出宴会宾客，亦是如此。倘若宾客位高人熟爱闹酒，他便装醉及早脱身，因此从没因喝酒误事。这都是在西北军跟着冯玉祥将军养成的规矩。可是，今们儿，四两（十六两一斤的小两）的烫壶已经倒出了两壶，又发话："再来一壶。"

大夫人抿着嘴笑笑却又摇摇头："您自己定的规矩，想破例吗？"

"既是规矩，就不能破例。好，上饭！"

一家人吃着饭，韩便时不时的询问儿子的学习情况，脸上的表情似乎也和蔼了一些。大太太便趁机插话说："咱干儿子……"

"好了，打住。你想说什么，我全知道。无规矩不成方圆嘛，谁说情也白搭！"

大太太的干儿子张守仁被人告发，这是近期最棘手的案件。韩在西北军当营长时，张守仁便给他当"小孩儿"（勤务兵）。"小孩儿"机灵勤快，会看眉目颜色行事。在大太太跟前更会殷勤"孝顺"。大太太也格外疼爱他，没多久就将他收为干儿子。韩当了山东省政府主席，大太太就不断为张守仁求官，不久他被提拔成济南市公安局西南乡公安分局的局长，将家安在济南西关速报司庙街。哪儿成想，这"小孩儿"当了官儿，手中有了权，便立马不知自己姓啥了。他仗恃韩大太太的势力，狐假虎威，无恶不作。他深知韩复榘最恨的一是盗匪，二是贩毒。他为了快出政绩，在家私设公堂，凡抓进来的人，在酷刑拷打之下，都得成为盗匪或贩毒案犯。信口罚款，大胆受贿。钱款都入了自己的腰包。没收的毒品，也不向总局呈缴。

韩复榘开始听到传闻，还以为有人妒忌陷害。当有人告发，证据确凿时，韩将张守仁叫到省府办公室当面审问，张守仁没有思想准备，给问的张口结舌，只得避重就轻，承认了一些错误。韩一怒之下，就将张守仁交军法处看守所，关押了起来。韩又派人调查张守仁的种种恶迹，均为事实，最后下命令将张守仁执行枪决。

要枪决，可还没有立即执行。多少年来，手何曾软过？说实话，这回他也犯犹豫了。"小孩儿"十五六岁就跟着自己，心眼儿活，手脚快，能吃苦，挺讨人喜见的。如今三十岁刚刚出头……是可惜了。但是，凿凿有据，私存大烟，巨额受贿，逼死好几条人命啊……尤其是教育厅厅长何思源告诉他，有人背后叫张守仁是"高衙内"！

他耳边简直响了一声霹雳！

5

那是前天，韩复榘在皇亭讲完了话，坐了汽车向西行，到了公安总局门口，迎面走来三个女学生，她们上身穿了蓝色短袖褂子，裸露着胳膊；下穿青色短裙，裸露着白腿。韩一眼望见，立时怒火中烧，命令停车。下车后，冲着三个女学生吼道："你们是哪个学校的？知不知羞耻？穿的不男不女，像什么样子？简直有伤风化！"

三个女学生开始还感到这当官的莫名其妙，多管闲事。有一个信口顶撞了几句："你那脑袋，上世纪的吧？不开化的死榆木疙瘩！"

这位韩主席哪儿饶得了如此放肆的野蛮女子？不容分说，上前抡起巴掌就掴了这个女学生两记耳光。又吼道："以后再穿这种衣服上街，严惩不贷！"

韩打完说完，又上车西行。走到西门里隆祥绸缎庄门口，又遇到五六个女学生，全都穿着短袖褂和短裙。韩又下车问她们是哪个学校的，并警告她们以后不准再穿这种衣服上街。

韩复榘因为这些女学生的不顾羞耻生了一肚子闷气。到了经七路的进德会就想找这里的主要头头，跟他们理论理论，问问他们的工作是怎么开展的？学校的女学生如此赤胳膊露腿、有伤风化的衣着，难道你们就视而不见听而不闻？

"山东省进德会"是仿照宋美龄倡导的"励志社"组建的。是结合"新生活运动"，以倡导所谓"四维八德"、戒嫖戒赌戒除一切不良嗜好，进行正当娱乐活动为主旨的组织。由省府秘书长张绍堂、建设厅厅长张鸿烈、教育厅厅长何思源负责筹备组织领导的。今天这些主要头头都不在，他这通怒火自然没处发泄。在进德会办公室转了几个圆圈后，抓起电话就给公安总局下了命令：全市警察统一行动，把街上穿奇装异服的女人，特别是穿短袖褂短裙子的女学生，一律抓起来，先关进看守所，到明天找何（思源）大厅长来，让他给我个说法。

公安局一声令下，全体出动，当天下午就抓了将近五百人。看守所屋里容不下，小院子里也拥挤不堪。门口看热闹的、家长找女儿的，更是嚷吵一片。省府济南轰动了！

第二天上午，没用通知，教育厅厅长何思源自己找到韩复榘的办公室来了。

韩的办公室在大堂的后面，共五间。中间是过堂屋，可通往后面。西面两间是机要、警卫人员的值班室。东西两间是韩的办公室和卧室。办公室内，顺南窗有一套沙发。屋子中间有个小圆桌，周围有四把椅子。靠东墙是韩的办公桌，不算太大，文具也很简单，一个大砚台，一个铜墨盒，一个插了许多毛笔的大笔筒。他习惯用毛笔批签公文。墙上悬挂一大幅书生打扮的岳飞像。

何思源是文化人，韩对他一向敬重、有礼貌。可今天何思源进门儿，韩黑着脸，背着手站在岳飞像前连头也没回，座儿也没让，劈头就质问道："我的何大人，你是哪个厅的？"

"报告主席，卑职是教育厅。"

"好啊，你还没有忘记，你是教育厅的？"韩复榘转过身来，似乎已经压不住满腔的怒火。

"没有。正因为我还是教育厅的厅长，今天专门来禀见韩主席，对于省公安总局肆意抓捕女学生的粗暴事件，表示严正抗议和愤慨。并要求立即放人，公开道歉。"

"吆嗨，何厅长来头不小啊？我告诉你，抓捕命令是我下的，公安总局只是执行命令。要追查罪责，冲我来。与公安总局无关！"

何思源苦笑着摇了摇头。

"你，别跟我嬉皮笑脸的行不？"

"命令既然是主席下的，卑职以为，主席也应出面，放人，道歉。"

"啥？你说啥？"

"请主席息怒。最好先耐心看看这是什么？"

何思源从文件夹里取出了两张图纸，放在了韩复榘面前的桌子上。韩复榘是个灵透人，一看便目瞪口呆了："娘的，竟然是……荒唐，真荒唐！老何啊，栽了……窝囊……咋办？"

原来这是全国"新生活运动"中倡导推广的女学生统一校服的图纸。一张是短袖褂的，一张是短裙的。被捕女学生们穿的，正是中央规定的统一校服。

"主席，被抓的女学生，在看守所的院子里，站了半天一夜，两顿没有吃饭了。怨声载道啊！"

韩复榘二话没说，喊来李副官，说："赶紧给公安总局打电话，立即放人。不，让她们吃饱饭，再走……"

李副官心领神会，立即打电话给公安总局局长，说："昨天，因几个穿了女学生校服的人在火车站偷盗旅客贵重物品，为了尽快破案，错抓了一些女学生。如今案犯已经抓获，凡昨日错捕的女学生，让她们吃饱饭后，立即全部释放，并要做好道歉、抚慰、与所在学校进行解释等一切善后工作……"

韩复榘很满意李副官的自圆其说，禁不住信口夸奖道："说得好。你小子比我聪明！"

李副官去后，韩破例与何思源客套了一番，什么"有何高见"，什么"不吝赐教"说了一大筐。

何思源也没放过这个进言的机会。说："前些日子，我到鲁西几个县里转了一圈，检查了一下各地教育经费的落实情况……"

"怎么样？我韩某说话算话，没有克扣和拖欠教育经费吧？"

"还好。基本上能够按时拨发，但不少县里有挪用克扣现象。每到一处，县长们对于主席倡导的实现一种'廉洁的政治''开明的政治''有为的政治'，当官要'一不怕死，二不爱钱'等等，背诵得很熟。而且还有所发挥，讲起来一套一套。有的还托我央求韩主席的墨宝题词……"

"是吗？"

"是。都要求题写于谦的《咏石灰》诗句：'粉身碎骨浑不怕，只留清白在人间。'"

"能以此当座右铭，也不错。"

"兴许他们都知道，主席喜欢这些诗句。"

"可能是……"

"可是，我发现，越是喜欢做表面文章的，越是……"何思源说着从文件包里取出一份文件，双手呈交与韩复榘，"这是我写的各县教育经费的调查报告，有时间你看看。对那些阳奉阴违、贪赃枉法者，亦请主席派人尽快查处。"

"好吧。何厅长，你们教育上耳目多，能人多，议论多，最近有没听到有关省政府，有关我韩某人的意见、不满，或者建议……"

"主席，你应该知道，我何思源，一向是只扫自家门前雪，不管他人瓦上霜。一个教育，就闹得我焦头烂额了，哪里还有精力……"

"你说这话，就见外了。来来来，坐下坐下，用庄稼人的话说，咱啦个知心呱行不？知无不言、言无不尽嘛！"韩复榘将何按在了椅子上，破天荒啊，还亲自为何斟上一杯茶水。

何思源自然用"书呆子""迂腐"之类话客套了一番，但见韩今日似有诚意，也就婉转地谈了点想法："主席，我记得上中学的时候学过一篇《邹忌讽齐王纳谏》……"

"我知道。家父是老私塾先生，我兄弟几个，都是白天拾柴捡粪，晚间点灯读书。《邹忌讽齐王纳谏》是《战国策》中的名篇。至今我还背的出来。你的意思我明白了，是让我广开言路，虚心纳谏……"

"对。一个人不管多么超凡入圣、超尘拔俗，多么有学问、有能力、有智慧，但是他的感知空间总是有限度的，而周围的人……"

"对。周围的膀臂、左右手、属下，大多是阿谀逢迎、拍马屁的家伙。这理儿，我何尝不懂？比如，昨天，抓女学生这事儿，抓了五百多人，难道公安局就一个没问？不，是知道了也不敢说。这才将我置于如此荒唐如此尴尬的境地！哎，老何，你听没听说张守仁的事？"

"听说过。好像是你家夫人的干儿子，对吗？"

"对，大家都说些啥？"

"这……说得很难听。"

"你跟我说实话，他们咋说的？"

"这个……"

"别这个那个，我既然让你说，还怪罪你不成！"

"省府的人，背后都叫他是……高衙内……"

"高衙内？娘的，我不成了高俅了？"韩复榘仿佛从椅子上弹了起来，面色立时变得酱紫。

"韩主席，对于张守仁这种肇祸抹黑的败类，我以为，得当机立断，抓紧处治才好。"

"说得是。"

"韩主席，治理国家，有人主张人治，有人主张法治，还有人主张礼治、德治。你以为……"

"我，实话说，还没理清楚。'王者一人，柄权于上。'这是中国几千年的人治，也就是闹革命要打倒的封建专制。这，理应打倒。但是，在南京（蒋介石）没有打倒，在济南我这里也没打倒。在中国今后能打倒吗？什么时候能打倒？我不知道，反正很难。按说，我赞成法治。对于贪官污吏，对于盗匪刁民，我甚至赞同严法酷刑，杀一儆百，震慑威吓，让一切恶势力恐惧犯罪。国有国法，家有家规，无规矩不成方圆。这也是家父的理想，所以给我起了复榘、向方的名和字。但是，道高一尺魔高一丈，上有政策下有对策。在道德低下的官民眼里，国家的一切法规，都是一张废纸。如今梁漱溟先生主张德治，主张'三民主义'中再增加个'民德'。我也赞同强化德治，还支持你们成立了进德会。但是，据我看，道德在民众间还有威力，众口铄金，唾沫星子能淹死人。可在搞政治的人眼里，在明争暗斗中，胜者王侯败者贼，哪儿有道德可言？刘备讲道德吗？诸葛亮讲道德吗？曹操讲道德吗？就是几千年公认的第一圣君唐太宗，杀兄诛弟，他讲道德吗？这些人只让别人讲道德，他们自己，嘿……"

何思源苦笑着摇了摇头。临走，还没有忘记提示韩复榘，昨日被掴耳光的女学生，还须前去安慰安慰才好。何思源已经打听明白，那个被打的女学生姓曹，家住在老东门里一带。韩复榘于当天下午，派副官买了一匹蓝竹布、两样点心，送到了曹家。曹家哪儿敢收？经李副官再三说明，不收不行，曹家才敢收下。曹姓学生的父亲在外县当小学教员，回家后知道了这事，便立即去省府进见韩复榘，当面致谢。韩见这位李教员言谈得体、处事明白，还提拔他当了济南市自来水公司的经理。此乃后话。

因为女学生的事，办得窝囊；张守仁的事，着实气恼；如何处治，又举棋不定；人称"高衙内"也令他震惊。所以韩复榘今日回到家里便气色不好，火气很大，夫人欲为张守仁讲情就触了霉头。但是，这是将干儿子绑赴刑场立即枪决的大事，不许说，还必须说。可是，要说又必须得让丈夫调整好心情以后，方敢再开口……

6

第二天，韩复榘下了枪决张守仁的命令。

上午九点来钟，军法处执法队到看守所提张守仁。张守仁不服捆绑，破口大骂，对兵士连踢带打。几个兵士齐下手，好不容易将他绑了起来，装上了车。汽车发动起来正要开，忽然省府来了电话说："先别开车，有人讲情。"原来韩复榘的大太太高艺珍刚刚知道要动真格的，枪毙干儿子。这还了得，她豁出老脸，为张守仁求情了。好话说了几大箩筐，几乎到了下跪的地步。可是，韩复榘仍是那句话："非枪毙不可。"

执法队在汽车上等了一个多小时，不得下文，就向军法处请示。军法处也不敢负责，就说："开车吧，车在街上慢点儿走，越慢越好。"

这时，大太太又用电话找济南市市长闻承烈帮着讲情。

闻承烈是韩复榘在西北军时的老友，素以耿直清廉著称，韩对他极为尊重，他对韩感情也极为真挚。平日在一起谈话，无所避讳，非常坦诚，是韩的圈内参与机密的核心人物之一，只要闻市长前来与韩谈话，韩身边所有的人都得回避。如今大太太先将闻市长搬出来了。

闻承烈市长的汽车走到普利门里，正和执法队的汽车相遇，闻下车对执法队说："你们先把车开回去听信。"

执法队只得又把汽车开回了看守所门外，耐心等待。

又等了一个小时，仍然没信。执法队又只得向军法处请示，军法处的答复仍然是："先把车开出去慢慢走，越慢越好。"

闻承烈帮着大太太为张守仁求情，韩依旧未允。

大太太这一次又找民政厅厅长李树春（曾是韩复榘的参谋长），李树春没在，他立马又找了石友三。石友三与韩复榘、闻承烈在西北军时，同为冯玉祥的"十三太保"成员，是老友旧交了。

石友三住在商埠七大马路小纬二路。石的汽车开到经二路东，便遇上了执法队的汽车。石友三下车对执法队说："你们先开回去，我去跟主席说。"

执法队的汽车，又一次开回看守所。

执法队又等了一个时辰，仍然没有音信。这次没有再请示，就把汽车开出。走到西门里，有人建议，还是再等等吧，于是又停下来等。又等了好长时间，依旧没有信息。这才又慢慢向西开。到经七路西头路南刑场侯家大院时，已是下午二时。

可是，刚到侯家大院，早有一个军官等在那儿。看到汽车停下，立即上前说："哪位是队长？先去接电话。"

队长接过电话回来说："军法处来电话说，叫咱听信后再执行。"

于是，汽车在刑场又停下来继续等。

这个时候，在省府五凤楼韩复榘的办公室内，大太太将闻承烈、石友三，以及财政厅厅长王向荣（韩复榘的表弟），二十师师长孙桐萱（军中实权派、亲信）也都请来了，轮番为张守仁求情。甚至最后统一意见，只求关押起来，先别枪毙。韩仍然没有松口。

这时，韩趁大伙吵嚷之际，以解手为借口，走出办公室，走到大堂前，坐上汽车，上了民政厅躲了起来。

韩办公室里那帮人久等不见韩回来，问李副官，才知韩已经早走了。于是便各处打电话寻找。

电话打到民政厅时，韩交代说："告诉他们，说我不在。"

一直拖到下午四点多钟，韩在民政厅亲自向军法处长史景洲询问："张守仁的事办了没有？"

史景洲说："还在刑场等着。"

韩说："马上枪毙。如不枪毙，回头就枪毙你。"

事已至此，史景洲才通知了在刑场久等的执法队，立即枪毙张守仁。时间，已是下午五点！

7

枪毙了张守仁，大太太哭得眼睛像红桃子，好几顿饭没吃，一句话不说，自然也不理睬韩复榘。韩复榘也有点儿没着没落、心神不宁。脑子里还不断出现，近期他的属下相互争论的一个话题。

一个说，这人，是感情动物，如果不讲'感情'，就只是个动物了；另一个说，人是有理智的动物，如果失去理智，那才是个动物哪！

谁是谁非，众说纷纭。

在枪毙张守仁的事上，不仅老婆说自己心狠，不讲情义，连自己多年的老友旧交，也再三婉转地表达了这个意思。

张守仁终归给自己当"小孩"（卫兵）吃苦受累十多年，刚刚提拔起来，没过几天好日子，就……虽然，他出钱予以厚葬，对于家中老小也进行了优厚抚恤。但内心还是平静不下来。他不愿让属下看出情绪的波动，跟秘书长张绍堂打了个招呼，带上李副官就离开了济南。

他和他家乡的农民一样，一向推崇话本里、舞台上包公那样的青天大老爷。他希望，在他的属下和子民心目中，他韩复榘也是青天大老爷。因此，他不仅喜欢亲自审案，还喜欢微服私访，更喜欢人们喊他韩青天。这几天，他心里总在重念着："包公，包青天，能大义灭亲，下令铡了亲侄子包勉，我能办得到吗？"

族兄韩景砆吸毒贩毒，被人告发，为了掩人耳目，也曾下令缉捕，但是，动真格的了吗？没有。甚至抓捕最紧的时候，他韩景砆就藏在省府自己的家里，身边的人兴许都会知道。为这自己也灰头土脸的，十分难堪。但是，终下不了那个狠心！想当青天大老爷，谈何容易！

这一次，背后都戳脊梁骨，称'高衙内'了。自己岂可充耳不闻？若声名狼藉，何以立足山东？果断处治，无愧无悔啊！

可想丢开不想也难。这天，他与李副官穿了老百姓的服装，戴了破苇笠，骑驴走在黄河的大堤坝上，他看着李副官，又想起张守仁。他也害怕这些下属们兔死狐悲，心里暗恨他无情无义。他是军人出身，他知道，得罪谁，也不能得罪身边的人。身边的人，手里都拿着铁家伙，二拇指头一勾，就能要人的性命。

他变得父亲一样慈祥了。一路上对李副官嘘寒问暖，关心备至。还拉扯着知心呱。及扯到张守仁时，韩复榘突然哽咽了。泪花在眼眶里闪烁，多时说不出话来。

李副官急忙解劝："张守仁，辜负了主席的苦心栽培和殷切期望，不但不知严以律己，反而肆无忌惮，贪赃枉法，已经引发众怒，还玷污了主席的英名。如此处治，他是罪有应得。主席不必过于悲伤、懊恼。主席乃国家枢臣，若只有妇人之仁，无丈夫之决，岂能成就大事？"

李副官终归是军校毕业的高材生，不但善解人意，且辨析透彻。韩复榘听得满心熨帖。但他还是说："唉，道理虽然如此，但……心里实在难禁……阵阵怆痛啊……"

李副官嘴甜，自然又说了一些大道理进一步破解，接着便把话题岔开，谈治黄，谈教化，谈风俗……没出半天，韩复榘脸上已经由阴转晴，谈笑风生了。

"小李子，这儿离你家还有多远？"

"多说还有四十里路。"

"你，已经两年没回去了吧？"

"两年半了。"

"听说你母亲身体有病？"

"爹来信说，娘长过几个月的伤寒，如今好些了，只是还很虚弱。"

"那样吧，今天，我乘船过河，到县城等你。你赶回家看看你娘，留三百块钱给老人家，记在我的账上。走吧。到后天去县城找我。"

"谢谢主席……不过，你自己走，不成。秘书长再三嘱咐，我的任务就是保证你的安全。"

"放心走你的吧。我这身打扮，就是个普通老百姓。谁也不招惹，下半响就到县城了。即便遇上事儿，腰里还藏着铁家伙，我怕谁？实话告诉你，我练过拳脚，十个八个的不在话下。再说，我这手枪，也百发百中。走吧走吧……"

李副官真走了。他看娘心切，双脚一磕，"大叫驴"嗷嗷叫了几声，撒开四蹄，像马那样跑了起来。

第十三章 青天老爷

259

8

在黄河渡口，韩复榘好不容易找到一条大一点儿的渡船，又好不容易把毛驴牵上船——毛驴怕水，牵到船下，扬起头来，拧着脖子，死往后拽。幸亏船老大接过缰绳，手里拿把青草引着，往返三四次，好歹把毛驴牵上了船。韩复榘和船老大都是气喘吁吁，满身大汗。

"老师傅，让你受累了。"韩复榘十分感激地说。

"甭客气，出门在外，都不容易。遇到难事，相互帮把手，都是应该的。客官，牵好驴，坐稳了。风大浪高，无论如何，别慌、别动、别惊了毛驴……"

"好来，我明白。老师傅，贵姓啊？"

"不贵，姓韩，人们都叫我韩老大。"

"呀，咱还是一家子哪！我也姓韩。请问老师傅府上哪里？"

"什么府上？"

"就是老家是哪儿？"

"噢，老家是直隶顺天府。老弟，你是……"

"呀，真碰上老乡了，我也是顺天府的。"

"还真是老乡来。老乡见老乡，两眼泪汪汪……"

"你是顺天府哪个县的？"

"通州的。你是……"

"我是霸州（县）东台山的。"

"霸县的？你听没听说，你们霸县姓韩的出了大人物了——山东省的主席，韩复渠！"

"老哥，让我叫你老哥吧。老哥，不是韩复渠，是韩复榘。与规矩的矩通用，不是水渠的渠。"

"噢，俺不识字，分不清爽。老百姓都说韩复渠，俺也跟着韩复渠了。咋，你认识他？"

韩复榘摇了摇头："不认识。老哥，今年多大岁数了？"

"六十五了。"

"身子骨还挺壮实！"

"老天保佑，挺硬朗，还有力气撑船混饭吃。"

"家里几口人？日子过得还好吗？"

"全家六口。前年发大水，五间草房，给漂走了。老天保佑，六口人，一个没淹死。今春上，儿子领着媳妇逃荒要饭去了。听说县城里官家设了粥棚，老婆子带着孙子孙女，去喝了三个月的粘粥。你猜咋着，孙子鼓着个大肚子回来了。肚皮薄得透亮，几乎能看到里边的绿肠子。老婆子腿肿脸肿。这不，如今都候在大坝上的窝棚里，全家就靠这条破船了……"

"县上发救济粮没有？"

"发过。太少。俺家六口人，今春上总共分了二斗高粱。"

"你们的区长、乡长、保长，分的多吗？"

"这……"船老大笑了，"这，不是秃子头上的虱子——明摆着吗？当善人的能难为自己？"

"噢……"

两人说着话，没用半个时辰，船便平平安安渡过了河。但离岸还差一竿子水，船却停了下来。

韩老大说："谢天谢地，这毛驴老实听话，总算平安。老弟，跟你说老实话，我在这渡口也几十年了，大车小辆，牛羊骡马，也都招揽过，最最害怕的就这胆小怕水的牲口。再碰上这种风大浪高的天气，牲口一惊，船能不……（翻字忌讳，自然没说出口）唉，若不是手头缺钱，我这般年纪了，又没个帮手，哪儿敢……不说了，老弟啊，在这五百里之外，难得遇到了老乡，哪里还好意思厚着脸皮开口要船钱？老弟啊，可怜可怜老哥吧，别嫌老哥小气，你老哥……"韩老大说着，抽搭了几下鼻子，眼圈里便闪着泪花花了……

"哪里哪里，你帮我渡过来，已经不容易了。钱，该给。老哥，你说，多少钱？"

"要换上别人，今们儿这天气，连人带牲口，至少得三块钱。你给我两块，行不？要是手头不宽裕，一块也行……"

"不，三块不多。我至少给你五块……"韩复榘说着就去掏衣袋找钱包，"呀，都交给小李子了。老哥，实在对不起了，我没带钱包……但是……我决不会欠你一分一厘……只是……"

韩复榘十分尴尬地摊开两只大手，不知说啥才好。

"老弟，甭忙，慢慢找。"

"甭找了，钱包让副官带走了。"

"副官？"

"我，我侄子，姓傅名官。"

"你姓韩，你侄子咋姓傅？"

"不，是我表侄子，表侄子姓傅。"

"噢，你这是打听着我韩老大撑船，也跟着姓韩了，对不？我看你这人姓不，叫不地道。"韩老大恼怒了。

"你这老哥，咋能侮辱人？"

韩复榘微服私访未带过河船钱，以驴抵押。

"我侮辱人还是你侮辱人？你冒充姓韩，冒充老乡，俺姓韩的爷们儿，走南闯北，有你这样的杂碎？"

韩复榘气得满脸焦黄、浑身发抖了。这么多年，除了冯玉祥敢训斥他韩复榘，哪儿受过这般侮辱？可冯玉祥是恩公，是总司令，你韩老大算老几？他真想掏出枪……可是，为了他动气，有失身份啊……

韩复榘转念一想，破颜为笑了："老哥，你先别生气。我今天确实没带钱，而且确实是刚才一掏腰包才发现的。我实话告诉你，我……我就是……莫说这三块钱，就是三十块、三百块、三千三万块，对你老弟，也是九牛一毛……"

"反正吹大牛不上税呗！"

"我没功夫跟你说牛，如今先说这驴。老哥，你看我这驴，值不值三块钱？我把驴先押在你这里，等我有了钱，便回来赎驴。我不回来赎，这驴就归你了，行不？"

韩复榘就这么押上毛驴，船靠了岸。他上岸一打问，离县城还有一百多里，咋办？活人能让尿憋死？人世间的许多办法，其实都是憋出来的：他雇上一辆马车，直接拉到了县政府，一摸口袋，对不起，我没带钱。你等着，我找县长出来打发车钱。赶车的刚想动怒，一听这腔口，哪儿还敢纠缠？

正在这当口，早赶到的李副官陪着吴县长迎了出来。李副官要打发车钱，吴县长哪儿肯依？赶车的老头一看这阵势，哪儿还敢要钱？连声说，愿意为主席效劳，车钱不要了。韩复榘说，本主席哪儿能白坐车？吴县长立马喊人出来如数打发了车钱。

9

晚宴之后，韩复榘将如何牵驴坐船，如何没钱受辱，如何被扣押毛驴得以脱身的事，对吴县长细说了一遍。信口还说了一句，这些水陆码头上的人，好不厉害，得罪不起啊！

这位吴县长一听，在自己的辖区，河上的船夫竟然扣留了韩主席的毛驴，立马惊出一身冷汗。连忙自责道："这些人真是胆大妄为，无法无天。都是在下失职，教化无方，疏于管理，执法不严所致。卑职愿受处罚。"

韩复榘摆了摆手，说："算了，算了。"

可这位吴县长并没有"算了"。他早就听说，韩主席对于"车""行""店""脚""牙"等等向有成见。何不严惩船夫，为其出气，借机以表忠心呢？对，良机莫失，时不再来。于是，雷厉风行，连夜派保安队出发，将黄河几处渡口的船夫，四十多人抓捕，于第二天下午便押解到了县城。吴县长亲自坐堂审讯。

吴县长原以为，强扣韩主席坐骑，罪莫大焉。恐怕这四十人中也未必有肇事者，肇事者还不闻风逃匿？即便没来得及跑被抓，恐怕不动大刑，也决不会轻易招认。万万没有想到，还没正式审讯，一说扣驴之事，韩老大笑了笑，立即就站出来承认了。

吴县长自然是怒发冲冠，拍案大骂韩老大吃了豹子胆，胆大包天，目无王法，竟敢扣留韩主席的坐骑，以致贻误公务，罪不容赦。为整肃法纪，惩一儆百，判以死刑，立即执行……

四十几个船夫，一听韩老大扣了省主席的毛驴，也禁不住伸舌头挤眼，切切私语，说韩老大胆儿够大的，这回倒霉，碰上硬茬了。可一听为这枪毙，皆大惊失色，接着满堂哗然。

吴县长一拍桌子，霹雷似的喊了一声："肃静——"

正在这时，韩复榘带李副官走了进来。

吴县长急忙下座相让。可没等韩复榘落座，那个韩老大喊了一声"韩主席饶命"，跑上来就跪在了韩复榘面前："我韩老大有眼不识泰山，韩主席看在同乡同姓的份上，高抬贵手，饶小的一命吧！我若死了，老婆孩子还能咋活？"

韩复榘急忙上前去拉韩老大，韩老大哪儿敢起来。

"老哥，起来起来，有话好说。"

韩复榘好歹将韩老大拉起来，放高嗓门儿，说："各位驶船的师傅，都是我韩某的兄弟。吴县长没闹明白怎么回事，就将大伙传来过堂，让你们受惊了。此事皆因韩某而起，我给各位兄弟赔礼道歉了！"

韩复榘说着，恭恭敬敬，弯下腰，来了个大鞠躬。

这，顿时让吴县长和船老大们目瞪口呆，不知所措。

在李副官的带动下，大伙热烈鼓掌。

韩复榘接着说："我韩复榘坐船，交纳船钱，天经地义，合理合法。因为走得慌促，钱款都让李副官带走了，我身上没带钱，韩大哥留下我的毛驴作抵押，也是应该的，何罪之有？"

韩老大被感动得满脸老泪纵横，扑通又跪在地上，喊着："韩主席，你真是大人大量、青天大老爷啊！"

吴县长早吓得浑身抖颤了。他灵机一动，向四十个船老大一摆手，立时齐刷刷地跪倒在地，并领头喊了起来——

"韩主席英明啊！"

"感谢韩青天！"

吴县长一看，韩复榘也激动了，满脸堆笑，双眼泪花闪动。吴县长立时举起双臂，带头高喊："韩主席万岁！"

众船夫也就跟着喊起来："韩主席万岁！"

"好了好了，都起来起来。我郑重声明，从今以后，谁也不能这么喊了。我韩复榘身为本省主席，尽管殚思极虑，励精图治，想把山东的事情做好，然战事频仍，黄水泛滥，父老乡亲仍然生活在水深火热之中，衣不御寒，食不果腹。对此，韩某心余力绌，有失众望，深感愧疚，昼夜难安……"

韩主席一席话，说的大伙心里热乎乎的。禁不住又是一阵鼓掌，一阵欢呼。

韩话锋一转，又说："但是，也有的官员，乘国难天灾之危，贪赃枉法，中饱私囊，是可忍孰不可忍……"

韩主席话音还没落地，李副官又带领大家，振臂高呼："严惩贪官污吏！齐心合力救灾！"

场面气氛热烈，人心激动振奋……

据说，当天放回所有船老大之后，韩复榘又审判了县财政局的副局长（因正局长谭某在逃）和教育局局长，两人都说不清教育经费的开支情况，于是一起逮捕关押，以待教育厅派人进一步审查。对吴县长虽未深究，但也痛斥一番。至此，吴县长始悟当日冯剑秋的"危言耸听"，并非空穴来风！

第十四章 阴晴圆缺

1

这天傍晚，在阮家岭望湖楼，李副官将十余名便衣警卫安排停当，才引领韩复榘于一楼饭厅南窗下一张方桌旁落座。自古以来，梁山泊就是盗匪出没的地方，尤其在这荒年灾月，岂能疏忽大意、掉以轻心。然而韩复榘倒像十分放松、悠闲。

这些年，又是部队，又是地方，又是南京政府——以及他们的亲信、眼线，还有日本鬼子的政客、谍商，在济南都明里暗里死盯着他，又拉又打，软硬兼施……说他是日理万机，也可以；说是焦头烂额，也不为过。总之，杂事闹心，扰嚷耳鸣，夙兴夜寐，还顾此失彼。喜好微服私访，其实也是忙里偷闲，歇息清净几天。此时，他站起身，倒背双手，临窗远望，那晚霞染红的湖面，鳞波万顷，苍茫寥廓，飞鸟绕树，渔舟唱晚。让他不由地连声感叹：怪不得那些高士名僧，沉湎江湖山水，原来他们都是在变着法儿享乐人生！也怪不得南征北战、疲于奔命的曹孟德在《短歌行》中慨叹："对酒当歌，人生几何？譬如朝露，去日苦多……"

但是，当年曹孟德能够横扫群雄，达到"天下归心"，我韩复榘，怕是……想起这些，几天来被"欢呼"的沾沾自喜，似乎又被这湖风吹散，坠入了寥廓渺茫的苍凉深渊……

就在这时，刚从济南返回的吕蕴玉由严依霞陪同匆匆赶来，刚想进门，则被"便衣"拦住。孙尚香急忙上前解释，说是自己请来的亲戚。"便衣"还是不肯通融，两下的嗓门儿就高了起来。韩复榘一看是两个来吃饭的中年妇女，又是女掌柜的亲戚，拒之不恭。再说，怕她个甚？便跟李副官使了个眼色。李副官会意，到门口冲"便衣"摆了摆手，"便衣"则唯唯退去。李副官连忙向孙掌柜赔礼："小伙计不懂事，多有得罪。"

孙尚香亦满脸堆笑，与李副官客套了一番。便将吕、严二人安排在韩的邻桌。递过菜谱簿子，又说："二位大姐，先请耐心等会儿。吃啥，告诉我。这二位客官来得早，理应先上酒菜。"

吕氏忙说："应该，应该。"

紧接着，范师傅便先后给韩复榘和吕、严上酒上菜。这场"喊冤官司"怎么开场呢？吕、严二人被孙尚香仓促招来，自然无暇思索，也只能见机行事，走一步看一步了……

在各自用餐之际，孙尚香一直陪伴吕、严，她想在两桌之间起个"搭桥"的作用。酒饭用至七八成时，见韩复榘已经脸红耳热，话语增多。孙尚香便提议让小樱桃唱个小曲助兴，立即便得到了韩的赞同。

李副官怕唱些淫荡小调，有失韩复榘的身份，便说："是些什么小曲？脏耳朵的可不成！"

"你尽管放心，凡是下流曲调，一概不唱。想听，俺也不会。"孙尚香笑着说。

"那就好，那就好。"

小樱桃先唱了《十二个月》中的两段：

五月里，五端阳，石榴开花麦子黄。
三秋不如一麦忙，大麦小麦都上场。

六月里，三伏天，一身泥汗不见干。
种了萝卜种白菜，豆子棉花锄几番……

"好，词好，唱的也好！"韩复榘一副长官派头，两只手一上一下地象征性地拍了几下，又问，"古代的诗词名曲会唱吗？"

"先生，你是说，哪些诗词名曲？"小樱桃问。

"比如，岳飞的《满江红》，曹孟德的《短歌行》……"

"对不起，先生，小女没学过，不会。"小樱桃红着脸表示歉意。

"没关系，我也是随便说说。"韩复榘温良谦和。

"客官，我小时候学过，可好多年没唱了。如若不嫌……"孙尚香毛遂自荐了。

"那好啊，欢迎欢迎。"韩复榘高兴了，笑容可掬。

"那么，我献丑了。"孙尚香说着，干咳两声，清清嗓门儿，由范师傅扬琴伴奏，自己弹着琵琶，唱起曹孟德之《短歌行》：

对酒当歌，人生几何？譬如朝露，去日苦多。
慨当以慷，忧思难忘。何以解忧，唯有杜康……

第十四章　阴晴圆缺

孙尚香嗓音既宽厚雄浑，又恢弘高亢，几句便把人带入了那种悲壮苍凉的古诗意境中去……

"好，好。曹孟德诗词之建安风骨、雄强悲怆，于此曲中已尽极致。也可以说，人间能有几回闻？得以聆听，幸甚幸甚。犹如苏子瞻诗云：'一点浩然气，千里快哉风！'"韩复榘听得高兴，一时不知如何状述形容了。

"客官夸奖了。"

"往下唱啊。"韩又鼓励说。

"我，让客官一夸奖，倒把后面的词忘了。"

严依霞插嘴说："青青子衿，悠悠我心，但为君故，沉吟至今……"

韩复榘一愣，她们果然不是普通农妇！

孙尚香又接着唱了下去。因词意感情丰富，既有岁月沧桑之嗟叹，又有思贤若渴之焦灼，故曲调抑扬顿挫明显，愈加幽婉动听了。

唱完，韩复榘又连说了三个"好"字。

他是行伍出身，对于这些艺人演出平素并不爱看。这几年，在济南进德会的大剧场里，正面包厢那是为他专设的。即便梅兰芳、荀慧生、谭富英、马连良、李万春、金少山、程砚秋、尚小云、李多奎等名伶巨擘前来演出，他也是礼节性的应邀捧场，看不上半个小时，便找个借口匆匆离去。至于京韵大鼓白云鹤、山东大鼓鹿巧玲、河南坠子乔清秀、滑稽大鼓山药蛋、单弦拉戏盲人王殿玉等等顶级特色说唱，他虽然经常大加赞誉，但演出时则很少光顾了。

今晚，韩复榘对于女掌柜的献艺，兴许就像八国联军攻占北京慈禧老佛爷西去逃命路上吃到的菜豆腐，感觉着无与伦比的香甜可口。于是，他很想跟这几位女人啦啦呱，以解乡野之寂寞无聊。但是，终因身份，不便直接搭讪。

"小李子，你以为曹孟德在这首诗里想说些甚么？"

"我说不好。好像是说时光飞逝，人生短促，想起过去的日子过得很苦，难以释怀，就只有老酒杜康了。反正是借酒浇愁呗！"

韩复榘开始点了一下头，但李副官说完，他就微笑着连连摇头了："你是只知其一，不知其二。如今有三位'曹大家'①在面前，何不虚心请教？"

三位连忙道，岂敢岂敢。

韩说："酒后闲聊消遣，何必拘谨。"

孙尚香说："我自幼学过唱，但没上过几年学。这些古诗词，要往

---

① 曹大家：指《续汉书》作者班昭，曾任皇后、妃嫔的老师。因丈夫曹世叔，号曹大家。

深里说，就是木头人湖里'扎蒙子'——深不下去了。"

严依霞说："我们三人，要是谈古论今，能说出个子丑寅卯来的，则非吕姐莫属了。"

"严妹休得乱说。这位客官既然能点曹孟德的《短歌行》，自然熟谙诗词，造诣深厚。说啥也轮不到我这村野老婆子班门弄斧啊。"

"此话差矣。我等累世为商，虽然算不上腰缠万贯，然阮囊尚不羞涩。至于古今学问，还是儿时村塾那点功底。而你们，确是真正读过书的人。"

"何以见得？"严依霞好奇地问道。

韩复榘嘿嘿笑了："你们这般年龄，不缠足的大概有两种人，一是满族人，二是去大城市读过书的，对吗？"

三人全是天足，只得点头承认。

"那就不必过谦了，我韩某喜欢此诗，但要条分缕析，则心力不足了。茶余饭后，于闲聊中切磋切磋，有何不可呢？那位大姐，请了！"韩复榘说着冲吕蕴玉拱了拱手。

"村野农妇，孤陋能不寡闻？绠短何以汲深？一孔之见，错谬难免，还望韩先生指教。恭敬不如从命，权当抛砖引玉吧。我以为，有四个字，可以作为解析此诗的钥匙……"

"哪四个字？"韩问。

"求贤若渴。"吕蕴玉说。

"噢，讨教了。"

只见吕氏一双灵秀凤眼半睁半闭；一副儒士风范不卑不亢；话音沉稳，娓娓道来："古往今来，无论是诸侯争霸，还是帝王创业，'谋士'的作用，决不可低估。尤其是争战中他们的出谋划策，有时则是胜败之关键。秦末项羽、刘邦的楚汉之争，汉末魏吴蜀的三国鼎立，都是证明。曹孟德吟唱此诗之时，北方已经平定，方挥师南下，与孙权隔江相望，准备决战。好像是个初冬的夜晚，皎月当空，江面风平浪静，曹乘船查看水寨，置酒欢宴诸将，酒兴勃发，横槊赋诗，吟唱的就是这首《短歌行》。从大局看，确实是'曹孟德占天时兵多将广'。《三国演义》中说，号称八十三万人马，一路浩浩荡荡，势如破竹，杀向江南。这对于东吴，自然是巨大震慑，甚至一度慌乱，武官要战、文官要降。连曹操本人也曾被胜利冲昏头脑，狂傲轻敌，做出一些错误决策。但是，曹操终归是战略家、军事家，绝不是昏聩的糊涂人。即便酒后乘兴赋诗，也未曾忘乎所以。相反，他的头脑，从此诗看来，还是相当清醒。决战在即，只能为诸将鼓劲、壮行，任何泄气话都是忌讳和不祥。但他心里何尝不明白，多少万多少万人马，那是虚张声势；北方士兵不习水战；长途跋涉兵困马乏。最最让他内心没底气的是这次战争的决策，他的首席谋士郭嘉已经病逝。这首诗的内心情绪，与赤壁之战后他大哭郭嘉是一脉相承的。战后可以明说，有郭嘉岂会惨败至此？战前则不好明讲，无郭嘉我心里没底，胜败难料。只能讲求贤若渴了。曹孟德此时年事渐高，时日见浅，岁月蹉跎，大业未成，而匡扶济世之奇才又极其难得，所以'忧思难忘'。那种求贤的紧迫、焦灼、殷切、坦诚，皆跃然纸上，表露得淋漓尽致。最后，'山不厌高，海不厌深，周公吐哺，天下归心。'则直接道出了他爱才礼士、一代政治家的胸襟和统一天下的英雄气概。其实，隋末的唐太宗李世民何尝不是如此？他在端门看见新进士鱼贯而出，高兴地说，天下英雄入吾彀中矣！"

"好，好。言之精辟，论之透彻。韩某果然不曾看错，真当今之曹大家也。冒昧问一句，为何安居村野而不出仕任事呢？"

还是严依霞嘴快："只听说有绍兴师爷，有绍兴师娘吗？"

众皆大笑。

"敢问大姐贵姓？"

"我这位大姐姓吕名蕴玉。先生可知道，南京中山陵的总设计师吕彦直吗？我大姐与他同宗同族。我姓严，小字依霞，祖籍福建。先生可知，袁世凯任命的北京大学校长严复吗？那便是我的同族爷爷。"

"当然知道了，还知道你们严、吕两家是世交、亲家。"

"吕彦直的父亲吕凤祥任天津知州时，严复是北洋水师学堂的总办。吕严是知己密友。尔后严复的长子严伯玉娶了吕凤祥的二女儿吕静宜；吕凤祥的长子吕彦深娶了严复的侄女严琦；次子吕彦直的未婚妻则是严复的二女儿严璆。可惜吕彦直在中山陵督建中日夜操劳，得病早逝，未能完婚……"

韩岔开话题，说："我读过严复先生翻译的赫胥黎的《天演论》。也读过严先生写的《原强》。他提出三条强国主张：'一曰血气体力之强；二曰聪明智慧之强；三曰德性义仁之强。'还说，'今日要政统于三端：一曰鼓民力；二曰开民智；三曰新民德。'总之，提出国民要有健康体魄，禁绝鸦片，禁止缠足，以西学代替科举，主张废除专制，实行立宪，倡导尊民，普及教育……这些，我都多次……反正，耳熟能详，非常赞同吧……"

韩差点儿说走嘴，泄露身份，随即打个哈哈，客套地说了几句"收益匪浅"，就准备轧住话题。

严、吕急了，还没进入她们的正题哪！

严依霞又说，她吕大姐的父亲吕德懋旅居美国，跟许多上层名流往来密切；她的公爹阮宗圣曾留学日本，跟随中山先生闹过革命，与教育厅何思源先生的老师王鸿一是知己至交；她的丈夫阮存孝在黄河工程上当工程师；她的亲家冯剑秋在济南任旅长……

韩复榘微笑、点头，但决不明确自己的身份。也不再与之交谈。

吕蕴玉早已为严依霞的炫耀感到难堪了，多次制止，她都佯作没见。直到韩复榘告辞回房间休息后，严依霞才愤愤地说："俺那傻姐姐，你那老脸就那么值钱？你是来干什么的？"

无可奈何，吕蕴玉把状纸留给了孙尚香。求他相机呈给韩复榘。

第二天，孙尚香还是找了个机会将状子交给了韩。韩阅后问："她儿子是共党？"

孙尚香说："咋可能呢？简单说，就是西门庆霸占了潘金莲，不再去找药铺买砒霜，而是告发武松是共产党。借刀杀人，明白吗？"

"噢，明白了……"

2

韩复榘回济南后不久，则亲自审讯了共党嫌疑犯阮学仁。

他将学仁严厉训斥了一顿，说他本是书香门第、诗礼世家，岂能辜负宗恩祖德、父母厚望，不思传承圣贤之道，认真教书育人，反而浮躁偏执，受人蛊惑，参与学生闹事……如此这般，于大堂之上训教了一番。他见学仁十分面善，文质彬彬，根本不像激进作乱之徒。遂即由校长保释，回校严加管教，好好教书。

接着，还传来了谢玉莲进行了审讯。谢玉莲承认被诱骗出轨后，当场拖下去被打了二十军棍，而后释放。

学仁出狱，发现时时有人监视，后经组织研究，便安排他离开济南，去外地工作。临行前，他去探望了住在她姑妈家养伤的谢玉莲。

学仁闹不明白离婚后的玉莲，为什么还来探监？为什么在大堂上公然承认出轨？为此还挨了二十军棍！探监是为了让学仁了解案情、好搪塞审讯；挨军棍是为了将政治案件大事化小、变为争风吃醋。这，学仁一想就会明白。让他费解的是，既然已经离婚，为什么还能为自己做出这么大的牺牲？原来心目中的玉莲，与做出这些事的玉莲差别太大了！这就是说，自己原来还不理解她，低估了她，冷落了她，抛弃了她。自己对不住她！

玉莲自小虽然没有大小姐的尊贵，但在父亲的庇护下，始终由张妈伺候，单独生活。一直过着饭来张口、衣来伸手的日子，确乎是又馋又懒。所以学仁认定她跟自己不是一路人。今天去看她，他专门去"大观园"买了"狗不理"的灌汤包。他知道，她最最喜欢吃这……

学仁找到玉莲的时候，玉莲屁股上的棍伤还没好。在床铺上，还是趴着，一动便疼得呲牙咧嘴。可是，一见学仁，跟张妈一对眼光，就扑哧笑了。

"笑啥？"学仁问。

"刚才，我还在这儿骂你哪！"

"为啥骂我？"

"骂你没良心。差点儿给打死，也不来看看我……"

"这，不是来了嘛！"学仁忙把用荷叶包着的灌汤包递给了她，"我记得，你最喜欢吃……"

"呀，狗不理包子！"玉莲伸开荷叶，立时喜笑颜开，"妈，拿蒜瓣儿来，我要吃！"

"嗨，你呀，什么时候才能长大？"张妈拿来蒜瓣儿，点划着她的鼻子说。

"是啊，她确实总像个孩子。"学仁苦笑着摇了摇头，心里说。

学仁给她剥好蒜瓣儿，她就着蒜瓣儿一口气吃了三个包子……

就这么简单，如同儿戏，破镜重圆了。

学仁离开济南不久，玉莲等不得棍伤全好，就找他去了。去哪儿？还保密！

3

学仁出狱离开济南、玉莲随后跟去的信息，是凌春来给老阮家说的。另外，凌春来还给学义捎来口信，让他暂时不要回济南，藏在他岳父张德厚家，在阮家岭万万不可露面。

学仁出狱，是死里逃生的大事，老阮家一直悬着的心，总算放了下来，松了一口气。全家人的脸上也开始有了笑摸样。当然，为了他出狱，小三儿学礼卖了壮丁，吕氏碍着哥嫂，嘴里不提，可心里却说不出的酸楚，脸上自然老阴着天。不懂事儿的小四儿有时挣吃撒娇，她抡起巴掌劈脸就捆。三菊赶紧把小四儿拖走，拖到自己房里，点划着小弟的鼻子说："哭啥？不看火色，还得挨打。你三哥走了，娘心里难受、憋屈，不拿你出气拿谁出气？"小四儿挺乖，夜晚不跟娘睡了，跑到了三姐屋里。除了吕氏，终日不吭声的是韩氏。全家出动，砸锅卖铁，总算救出了儿子，心里能不高兴？可自己儿子咋出的大牢？是弟媳妇的儿子跳进火坑换出来的。将心比心，哪个儿子不是娘身上的肉？人家割了肉，咱笑得出来？再说，玉莲虽然为救学仁出了力，但终归犯过女人之大规。不是他勾搭朱贵才，能引起朱贵才状告学仁？如今又跟儿子走到一起了，她像吃下一个苍蝇，好不恶心！

再说阮存忠,自从在济南丢失唐伯虎的《荷花图》,回来后尽管谁也不提这一壶(不开),可爷和爹都不拿正眼看他。他也憋憋屈屈、畏畏缩缩,整天躲在自己房间里不敢见人。孬里找好,这阵子连惊带吓,几番折腾,可把那"大烟瘾"总算折腾退了。韩氏暗自高兴,便悄悄尽心抚慰体贴。老夫老妻,话没隔墙,存忠就把自己在济南旅店如何走投无路,如何想寻短见,陈砚楷如何搭救,如何帮付店钱,如何想法探听学仁信息等等,一五一十,叙说一遍。这救命之恩,如何答谢呢?自己还没敢跟二位老人说哪……夫妻合计了半宿,总算拿定主意:第二天,由韩氏去找弟妹吕氏,说明原委。吕氏在济南时,只知道陈砚楷曾经帮忙,但压根儿就不知大伯哥寻短见一事。如今一听,立马赞同:"这样的大恩大德,理应答谢。"

吕氏接着就去禀报二老,继之做出决定:安排酒宴,答谢陈砚楷。

4

本来,因大爷宗圣卧病日久,身子虚弱,这次宴请就安排在西院二爷宗贤屋里。可存忠带陈砚楷来床前问候大爷时,陈砚楷不同凡响的谈吐,则让老爷子精神一震。

先是宗圣代表全家表示感谢。

陈砚楷说,这是任何人,遇到此事,都会援手相救的,不足挂齿。见死不救,还算个人吗?

宗圣说,近年家运不济,人事多舛,祸患毗连,简直避之不及,焦头烂额了。

砚楷说:"国泰方有民安,国破哪得家圆?如今全国兵连祸结,百姓颠沛流离,其实家家都有本难念的经。《易经》说:'积善之家,必有余庆。'古人还说:'明智者之举事也,因祸得福,转败为功,自古然也。'像老阮家这样的诗礼书香门第,仁义慈善之家,则必能逢凶化吉、遇难呈祥的。"

宗圣又说:"如今是非颠倒,黑白难辨,还有仁与不仁、善恶之分吗?"

砚楷便引用孟夫子的话说:"'仁之胜不仁也,犹水之胜火也。今之为仁者,犹以一杯水救一车薪之火也。火不熄则谓水不胜火。'也就是说,如今仁善者还太少,杯水车薪,以致火漫延而难以扑灭。但是,阿房宫的火再大,不是也只烧了几个月嘛。"

宗圣见砚楷出口不俗,便问是哪个学校毕业,师从何人?

砚楷摇头苦笑,说:"前辈夸奖了。若说心比天高,略微沾边;但身为下贱,无学无历。所学之识,所记之书,皆家母一人用戒尺笞责之功也；走江湖谋衣食之需也。"

"家有孟母，方有孟子。令母教子不同凡俗，贤契谈吐有高士之风，可想而知，可想而知。令人敬佩，令人敬佩。"

"前辈过奖过誉了。高士者，沈约说的明白，'独执高志，避世避言，不友不事。耻从污禄，靡惑守饵。心安藜藿，口绝炮蔵（zi）。'还说，高士'如金在沙，显然自异；犹玉在泥，涅而不缁。'这些晚辈多做不到。陈某要自食其力，养家糊口。若能做到嵇康说的，'外不殊俗，内不失正。'余愿足矣！"

砚楷学识渊博，涉猎极广，侃侃而谈，对答如流。老爷子高兴了，当即让老弟将酒桌移至东院自己堂屋。难得老哥这么高兴，老弟自然没有拂他的盛情好意。只是说明，搀扶他坐于圈椅上，说说话，决不喝酒。什么时候累了，什么时候上床躺下，也请客人谅解。砚楷再三表示，能当面聆听阮校长教诲，倍感荣幸，如何安排，悉听尊便。

这是阮宗圣几十天来，第一次挣扎着起床。因与砚楷话语投机，相见恨晚。酒席之间，话题愈说愈广，评古论今，时势人情，信马由缰。遇有异同，各抒己见，口无遮拦，少有避讳。二人激情洋溢，面红耳热，唾飞手舞，话如涌泉，涣涣滔滔，几乎不容他人置喙！自然也忘了饮酒吃菜……

二爷宗贤轻轻戳了儿子存忠一把，两人到墙角小茶几上，摆好棋盘，下起象棋。

阮老说："如今在中国这个棋盘上，是不是也上演着楚汉相争的大戏剧？你属于楚，还是汉？"

"我既不属楚，也不属汉。在红黑棋子中找不到我。老帅甭说，出将入相也没咱的份儿；当车不会横冲直闯；当马不会斜（邪）行；当炮不会瞒人打；只能当小兵小卒。可当小兵小卒，只准直行，不准后退，一去不还乡，我秉性懒散，受不了那么多规矩束缚，也不能当。因此……所以嘛……就……"

老爷子开怀大笑。

"目下，风暴席卷大地，波涛横流四海，连不服天朝管制的鲁迅先生，都情愿当革命的马前小卒。你，能特立独行，不被大潮裹挟，跳出界外？"

"我知道自己姓啥，扒几碗干饭。与鲁迅那样的大作家，根本不能相提并论。我一个走江湖卖嘴皮子的、不拿枣木棍儿的叫花子，在大潮流中，一个别人抓不住的小泥鳅而已。对于任何权势的两军对垒，你死我活的拼杀，我统统不参与、不依附、不迎合，不说好坏。阮校长，你感到吃惊吗？别这么用大眼睛看着我，还是看看普天之下，芸芸众生吧！像我这样的，决不在少数。我还要申明，我决不是鲁迅所说的麻木'看客'，也不是阿Q而是无党无派的'槛外人'。"

"好一个'槛外人'啊！"阮宗圣笑笑说，"砚楷，有个成语叫'泾渭分明'，你大概知道是什么意思吧？"

"据说，泾河水清，渭河水浑，泾河的水流入渭河时，清浊不混，故以此比喻界限清楚，是非分明。"

"对。砚楷，你知道我们阮姓的来历吗？"

"好像是古代的一个小国，百姓以国为氏。"

"不错，是殷代的一个小国。这个阮国就住在泾河与渭河之间。我常开玩笑说，我们的祖宗居于泾渭之间，所以一半清，一半浊。尽管奋力激浊扬清，也难正本清源。老朽积半生经验，还固执的认为，凡把复杂的人生，复杂的问题，都说得小葱拌豆腐一清二白者，皆不可信……"

"阮老见解深刻。老子说，道生一，一生二，二生三，三生万物。绝不是，非忠即奸，非善即恶，非我即敌，非黑即白。以我之见，兴许用不了多久，这黑红二子，就会与黄绿青蓝紫各色棋子合在一起，共同对外了。阮校长，晚辈说得对吧？"

老爷子如闻天外之音，多时不知可否……

5

再说冯家驹经洋大夫医治，病愈后，学梅便催他快回去，学堂里正缺教员。可他不愿再回老家——婚后出的几件事情，已经让冯家声名狼藉、灰头土脸。他说，在阮家岭人面前，他抬不起头来。他病刚好，也不便勉强他。一天，在报纸上看到有招聘教员的广告。经请示冯剑秋同意，家驹和学梅一起去济南惠鲁学堂接受了测试，合格后两人都被聘用当了教员。冯剑秋非常高兴，总算对他老阮家有了个交代。于正式上班前，冯剑秋用吉普车送他们回家探望了一次。

学梅也算历经劫难，顺利归来。老幼相见，悲喜交集，问这问那，一言难尽。

回家的第二天，正逢两位老人宴请陈砚楷，二梅自然也立即参与了做饭菜的忙碌之中。她不会炒炖，可会端盘子送碗。当她端盘子送菜走进堂屋的时候，一眼就认出了陈砚楷。她将菜盘子放到桌子上，冲陈砚楷就跪下了……闹明白了原委，阮家两位老人又分别举杯敬酒，千恩万谢。学梅乘机提出了想拜见干奶奶，请帮着引见的要求。陈砚楷酒后高兴，一口就答应了。

经过简单准备，两天之后，学梅由母亲陪同，在陈砚楷的带领下，三人骑驴，早晨起程，要去潘老奶奶居住的小渔村。虽然陈砚楷说，约六七十里路，但小路曲曲弯弯，还须爬山涉水，中午在河口小店打了个尖，将驴留在饭店，换乘小船，直至红日偏西，黄昏时分，三人才进了这个与世半隔绝的小渔村。

渔村位于湖岸的一座小山的向阳坡，几幢茅屋掩映于葱茏茂密的杨柳树中。进村时家家烟囱已炊烟袅袅，走过户户栅栏，都有黄狗"汪汪汪汪"的叫声，村路上几乎没有行人。终于在村东头一个小门楼前停下来，陈砚楷轻轻敲响门环，又低声喊了两声："娘——娘——"

开门的是秋鸿姑娘。学梅一见秋鸿，立即拉手亲热，问长问短。继之进门，砚楷向老娘介绍了吕氏，吕氏拉学梅冲潘老奶奶跪下，磕头问安，深表谢意。老奶奶急忙上前拉起吕氏，也客气了一番。

吕氏环顾了一下室内，虽然小门小窗，却窗明几净，安置有序。高案上有笔墨砚纸，矮桌上有茶具琴棋，墙壁上既有裱糊的古人字画，也有自己书写于宣纸上的诗词。吕氏近前细看一副墨迹崭新的七律《墨缘》，便拉过二梅欣赏，二梅不觉就念出声来：

　　　　蹉跎人老惮清闲，
　　　　尚喜深结翰墨缘。
　　　　书兴每随诗兴发，
　　　　文思常伴钓丝悬。
　　　　朝临山谷松风劲，
　　　　夜捧兰亭春梦甜。
　　　　前路迢迢修远兮，
　　　　吾将求索而攀援。

二梅念完，问母亲："这'兰亭'，我知道是王羲之的《兰亭序》，可'山谷松风劲'咋解释？"

"宋代黄庭坚，号山谷道人。他的书法代表作品是《松风阁》。"

"噢，我明白了。在这儿是一语双关。奶奶这笔意，像王羲之，古朴典雅，遒丽流畅；又好像有米芾的东西，沉着痛快，风骨超逸；可是，这端平庄重、而又大小错落、疏密相间，又不像……"

吕氏端详了一下，说："我看是吸收了王铎的笔意。王铎不仅学锺、王、米芾，还学颜真卿，这端庄苍郁、雄强，可能就来自颜真卿了。二梅，这姜还是老的辣，你奶奶可是饱学之士啊！"

"再辣，也没瞒过你的眼睛呀！好孩子有好娘，我头回认识学梅，我就说，学梅肯定有个知书达理的娘。果然不错！"潘奶奶笑着说。

"老前辈谬奖了。与您相比，我这个庄稼地的女人，顶多是个刚开蒙的小学生。小女罹难，幸蒙搭救。她回去就跟我说，老奶奶如何仁慈善良，如何知识渊博，又如何多才多艺。今日得见，果然不同凡俗。只是，有一点还不明白，您与俺老阮家，有相识的吗？为什么……"

吕氏一句话，把老奶奶问得有点儿尴尬了，嘴张了几次，却没说出话来。拄着手杖在屋地上来回走了两趟，然后扑哧笑了。

"我跟你娘俩说实话……"

"老人家有话尽管说。"

"我……我……我去过你们家。"

"去过俺家？"娘俩一惊，齐声问。

"对。你们阮家岭，有个小龙王庙。那年冬天，下着大雪，我与两个孩子——拖着大的，抱着小的，在小庙里住过宿。真冷啊！出了小庙，顺着湖边往西走，大约半里多路，路北一溜五个大门，最东头那个，就是你们老阮家。对吧？"

"对，对呀。您是什么时候去的……？"二梅急着问。

"二十多年了。去，去讨饭嘛，还受过大太太的施舍……"

"是吗？大太太，哪个大太太？"

"大高个，红脸膛，嘴角上好像有颗豆粒大小的黑痣。和蔼，善良，端庄。是小脚，一看就知道，那是大家闺秀。"

"噢，是俺大娘。那时她还在世……"吕氏说。

"那才是个好人，是个活菩萨，最最心疼孩子……"老奶奶将她如何给孩子舀热米汤，如何包出热馍，说得很仔细，说得很动情，两眼泪汪汪的，"她望着孩子喝汤、吃馍，把孩子的小手捧在自己的大手里暖和着。接着，她又回屋把自己的梯己钱拿来，悄悄塞给了俺，嘱咐俺别冻着孩子，别饿着孩子……"

潘奶奶说着，到里间卧室，拿出一条蓝色花布方巾来，说："这就是，那位好心的大嫂包梯己钱的方巾……"

"我这个大娘，年过四十才有孩子，她能不疼爱孩子？可是，她那孩子长到五岁，真是出头茂相，聪明伶俐，能背诵一百多首唐诗了，哪想到生麻疹，转肺炎，没出十天，就……埋在了岭坡上的一棵大枣树下边。第三天夜里，大娘又去扒了出来。谁也夺不出来。她说，孩子睡了，没死。自那时，她就疯了……后来，是跳湖死的……"吕氏说着已经满脸泪珠了。

潘奶奶听着也红了眼圈儿，说："这，我今年才知道，还是学梅告诉我的。那么好的一个人，老天爷对她太苛刻了……有机会，我想去给她上个坟，烧些香纸钱……"

说着话，屋子里就昏暗了下来。秋鸿打火点着了豆油灯盏。不一会，砚楷提溜着一条大鱼走进门来，招呼秋鸿洗鱼炖鱼。吕氏急着想下手帮

277

忙,潘奶奶哪儿肯依?硬拉住她与自己拉呱,问学梅几个姊妹、兄弟,如今都在哪儿?问学梅两个爷爷:大爷爷还能上学堂教书吗?二爷爷还能下地干活吗?吕氏都一一作答。及说到近来家中接连遭遇祸事,她大爷爷气愤不过,已经几十天卧床不起时,潘奶奶一下子变得焦躁不安了。吕氏说,前天,为感谢陈先生,设了个简单便宴,一高兴,他老人家竟然坐了起来,与陈先生谈得甚为投缘。看样子,再保养些时日,就会好的。

潘奶奶这才慢慢平静下来,恢复了常态。吕氏将这些都看在眼里,心下甚为疑惑。

这时,吕氏让学梅拿过带来的礼品,一件一件双手呈上。自然说了些东西菲薄,略表心意之类的客气话。有几斤点心,几斤鱼干、木耳、蘑菇等。还有阮宗圣画的一幅装裱好的山水画。

潘奶奶别的没看,只交于秋鸿收好,而急切地让学梅用挑竿将字画挑挂在墙上,戴上花镜,仔细端详着。

画面不大,有青山、碧水、红花、飞鸟,简中有繁,似嫩实苍,清雅萧疏,大有元四家中倪云林(倪瓒)的画风。一边看,又一边自言自语:"不对,他以前只画苍鹰、老树啊……"

"奶奶,您以前认识我爷爷?"

奶奶发了一阵子呆,慢慢摇摇头,说:"不认识。他画画,百里闻名,我爱画,能不知道?"

"我爷爷的画,是不轻易送人的。"

"为啥?"

"他说,对牛,不能弹琴,它听不懂。这画,也得送给懂画的人;送给不懂画的人,在他们眼里,也就是一张糊墙的花纸。"

"噢……哪,咋送给我——这个村野老媪了?"

"我跟爷爷说过,奶奶如何学识渊博,如何精于诗词书画,又如何超凡脱俗……"

奶奶哈哈大笑:"你把我老婆子吹头晕了,可就不知道东西南北了……"

奶奶还在死死地端详画,嘴里念叨着右上角那小字的题诗——杜甫的绝句:

> 江碧鸟逾白,山青花欲燃。
> 今春看又过,何日是归年?

奶奶发呆了,一直在重念着:"何日是归年,何日是归年……"

"奶奶,你……"二梅不解地问。

"梅啊，你爷爷知道我？"

"知道啊，我跟他说的嘛……"

"你说过，我姓啥？"

"说过，说您姓潘。"

老奶奶满眼含泪了……一会儿，她满脸老泪纵横，抽泣起来……

二梅害怕了，喊着："奶奶，奶奶……"

吕氏、砚楷、秋鸿，都闻声赶来，询问着……

老奶奶破涕而笑，说："没啥。人老了，跟小孩儿差不多，一阵儿哭，一阵儿笑的。刚才突然想起往事，就……"

吕氏突然记起，在老阮家的墓地中，有大爷那个死在流放路上的妻子的坟墓，就姓潘，于是心里更加疑惑……

6

晚饭，是秋鸿和砚楷做的带甜味、辣味的烧鱼。老奶奶不断地问二梅娘俩，吃起来是不是习惯？还说这是她们家乡的习惯做法。吕氏就又增加了几分疑惑。

夜里，砚楷外出找地方睡觉去了。二梅与秋鸿一个炕，吕氏就跟老奶奶一起睡了。

小渔村的夜晚，窗外月光如水，好像有树叶飘落的飒飒声，太寂静了，静得让人心里发空，似乎远离了喧嚣的红尘，进入了旷古洪荒……

老奶奶说："这里的人们，不舍得点灯熬油，一落黑就喝汤——吃晚饭都叫喝汤。兴许是过穷日子，晚饭只喝稀粥，稀粥叫汤——喝完汤就睡觉。十几户人家，都说，只有俺这窗上有灯光。有人便说我老婆子是个鬼精灵，夜里从不睡觉。我几十年养成了这坏习惯，夜里爱看书，有时候看迷了，还真就不睡了……"

"你喜欢看什么书？"

"书都是俩儿子出去买。什么小说演义，什么天文地理，反正是三教九流，诸子百家，买回啥看啥，没个准头。哎，您大爷当校长，他都是看些什么书？"

"他也是儿子孙子给买。好像是这主义，那学说的理论书，他看的不少。"

"您爷，虽说历经坎坷，却还是个忧国忧民的读书人啊！"

"对。可是，今年一病，天天卧床，心绪不好，也就时常书写一些悲悲切切的诗词。前几天，我给他收拾房间，桌子上就放着刚写的苏东坡悼念妻子的诗词……"

"那首'十年生死两茫茫'？"

"对，俺爷心里苦啊！十七八岁，父母包办给他娶了个媳妇，他逃婚跑了出去，自己找了个妻子，听说恩恩爱爱，还生了两个孩子。可是，两人闹革命先后被捕。等俺爷出狱，找了她两年多，最后得到确切消息，妻子死在了流放的路上，俩孩子早已失踪，不知死活……"

"他妻子真死了吗？"

"真死了。他找过关押她的监狱，还找过押解她的衙役，都说她死在了流放的路途……"

"噢……"

"俺爷无望了，就在老阮家的墓地给她修筑了个衣冠冢——听说坟里边只葬了一件毛衣，还有一本书，好像是《随园诗话》。墓碑没竖，说是等以后夫妻合葬的时候，再……唉，俺爷，不仅顾大局，识大体，也是个重情重义的人！"

潘奶奶又哭了，哭得抽抽嗒嗒……

吕氏心里已经明白了七八分，她又追问了一句："您老，知道俺那位大娘？"

"知道。她，她没死……"

"没死？在哪儿？为什么不相认呢？"

"开始，她不知道真相，她恨他；后来，她嫁过人，这是最最主要的。一个女人，改嫁了另一个男人，与第一个男人中间，就横了一道很难迈过去的鸿沟。再后来，她打听到他的老伴早已过世，可是，她没管好儿子，对不住他。《红楼梦》中说，'训有方，保不定日后作强梁。'他当校长，教人向善，若知道有个儿子当土匪，能不气死？"

"噢，您是不是想的太多？人活着就不易；一个女人，拉扯两个儿子成人，就更加不易。回头想想，一辈子有几件事尽如人愿？俺爷，难道您还不理解他吗？……"吕氏真不知道怎么安慰才好了。

7

潘奶奶与吕氏商量，暂时先不公开真实关系。如何跟两个儿子说，如何回去跟老爷子说，还没有想好。

可是，第二天老奶奶起床出来吃早饭的时候，秋鸿和砚楷就发现了蹊跷。她老人家双眼红肿，面色晦暗，步履蹒跚，拿筷子时双手颤抖，脸上似乎还有泪痕……

"奶奶，你……不舒服？"秋鸿着急地问。

老奶奶摇了摇头。

砚楷又说:"娘,想过去的事,也得沙里淘金,只挑选金粒子,那些乌七八糟的沙子就别要了。佛家讲要'舍得''放下',很有道理。特别是老年人……"

"对于你亲爹、亲娘,你也能舍得、放下?"

"娘,看你说的……啥话?"

"实话告诉你,找到你亲爹了!"老奶奶面对儿子,沉不住气了,"孩子,从小没爹的孩子啊,娘跟你说,你亲爹,找到了!"

"娘,爹在哪里?"

"孩子,我一五一十,全告诉你……"

这亲情,隔不得。砚楷明白了事实真相,事情便急转直下了。当天,砚楷找来弟弟二棒槌,带上老娘,便坐船直奔阮家岭……

吕氏想先回去禀报一声,陈氏兄弟都没有同意,他们等不及了!

8

潘奶奶的从天而降,可以说,使老阮家乐得一塌糊涂。

二梅将潘奶奶领到阮宗圣床前,潘奶奶问:"你还认识我吗?"

吕氏急忙上前搀扶起大爷。大爷端详着潘奶奶,多时,摇了摇头:"不认识,记不清了。"

潘奶奶哭了。抓住他的手:"您,再看看……"

他又看了一阵子,还是摇摇头:"不认识。"

潘奶奶泪珠儿在脸上滚着……

二梅急了,大声说:"这是俺大奶奶,俺大奶奶回来了!"

"我,我是响晴嘛,响——晴!"

老爷子一把抓住了她,喊着:"响晴,你是响晴?我,做梦吧?三菊呢?三菊,快扶我下床。这哪儿是响晴?满头白发……"

老爷子又从炕桌抽屉里,拿出那张八位留日学生的照片,递给了老婆子,说:"你看看,你再看看响晴……"

"你就没照照镜子,看看自己变成啥摸样了?"老奶奶接过这张老照片,端详了多时,淌着眼泪,笑着说,"人生如梦啊……宗圣,我把俩儿子,给你领来了。甭说,就更不认识了……"

接着,大伙搀扶老爷子、老奶奶落了座,陈氏二兄弟在堂屋送上礼物,行了大礼,磕头认爹。阮宗圣连声答应着,说:"爹,不配当爹,对不住你们啊!在你们身上,我没尽一点儿心,没花一分钱……"

他颤巍巍急忙上前,去拉儿子。可是,一弯腰,一阵晕眩,跌坐在了地上,接着昏厥了过去。大家慌了,一齐呼喊。

这时砚楷拍了两下巴掌,说:"静一下,都别慌,来,老二,你有力气,慢慢地,轻轻地,把爹抱上床……"

二棒槌果然有力气,在他哥的指挥下,双手轻轻将爹托起来,慢慢走到床边放下。

砚楷给爹翻起眼皮,看了看瞳孔,把了一下脉搏,又将爹的枕头慢慢抽出来,慢慢将头放低;又把枕头垫在了脚下,轻轻盖上了被子。

二爷上前轻声问:"是中风吗?"

砚楷摇摇头,轻声说:"不像。你看,嘴唇苍白,手脚发凉。像是长期卧床,身子虚弱,头脑缺血引起的。先给他喝杯温热的糖水……近处有看病先生吗?赶紧去请……"

存忠要去请先生。冯家驹要去,他说骑马快。未及家驹出门,二爷宗贤又说:"还是我去吧,我跟先生熟。家驹,把马给我。"

等二爷把先生请来,大爷宗圣已醒了过来。先生一番诊断,开了药方,嘱咐加心保养,说并无大碍,便告辞去了。

大爷睁开双眼,看了看全家人都在,还开玩笑地说:"刚才,阎王爷把我叫了去,正要提笔在生死簿上销号,我说,慢着,你老爷子也太苛刻了吧?俺老婆子带着儿子刚来,连模样还没辨认清楚,就生离死别啊?不成!阎王爷让我缠磨得没办法,说,好好好,先放你回去看看,需要多长时间?我说,不用太多,三十五年就够了……"

大伙都笑了,可眼里都饱含了泪水……

大爷家来了两个儿子,二爷给哥商量,是否让存忠搬回西院?哥说,不用。这东院里,学仁娶亲的新房闲着、大兰住过的也闲着,清扫一下就行。我喜欢人多,怕冷清……"

接着砚楷说,为了孩子上学方便,他的家安在东平县城;老二的家安在梁山,近期都回不来。等孩子们放了假,再来给老人家请安……

夜晚,三菊照例送来了热水,帮两个老人烫了脚,收拾停当才回去……

9

年轻人都走了。老婆子又拿过那张老照片,端详着,辨认着,询问着……

宗圣告诉她,这照片上的八个人:徐镜心被袁世凯逮捕杀害;赵汗青被省的督军逮捕杀害;王鸿一、冯文魁英年病逝;黄云生今春上被贪官恶棍沉湖杀害;龚无忌据说在青岛教学,因参加共产党被逮捕入狱,尔后生死不明……

"看来,有才干有能力的,都先走了。就剩下咋俩窝囊废,还活在世上，苟延残喘……"

"老头子，既然阎王爷还没来索命，就是怜悯咱们俩，妻离子散，咱可得好好珍惜，再痛痛快快活他几年……"

老婆子说着，在老头子脸上、嘴上，来了个长时间的亲吻……

"宗圣啊，你别激动，还有喜事……"

"我，不激动。听声音，越听越像了；看模样，也越看越像了……"

"像什么？"

"像我的响晴啊！"老头子斜倚床头坐着，还在端详着老妻，"刚见面，呀，满头白发，哪儿是响晴？一丝儿影子都找不到……到现在，越看越像了，越看越像了……"

老头子还在自言自语。

老婆子寻到自己带来的大包袱，慢慢解开，从包袱里先取出了那幅唐伯虎的《荷花图》，慢慢展开，问："宗圣，你看，这是啥？"

"呀，这不是……咋落到您手里？"

"儿子买回来的。"她当然没敢说是儿子手下的喽啰偷的。

"您咋知道是俺老阮家的？"

"盖了你的印章'抱一'嘛！《老子》曰：'圣人抱一为天下式。'就是坚守大道为天下楷模吗？不是你给我讲的？咋忘了？"

"可不是，全忘了，没有一丝儿印象了……"

"我为什么，给你儿子起名为砚楷——开始叫延楷，延续的'延'，楷模的楷。就是想，让他继承你们老阮家的家风宿志嘛！"

"响晴，谢谢您了，俺老阮家都谢谢您了。你看，老阮家这传家宝，阴差阳错地又落到儿子手里。天理昭然啊，冥冥之中，真像是有神灵在护佑，在牵线啊！"

"有神灵牵线，为什么早不找我？"

"我以为你早不在人世了，墓田里还给你筑了坟。每年四时八节，孩子们都去给你磕头、烧香、送纸钱，你就没眼皮跳、打喷嚏？咋就狠心忘了我，不来找我？"

"我恨你，当年为什么不告诉我，家里娶了老婆？"

"这事，得向你赔罪。不是害怕，说了实话，失去你吗？"他说着，伸手从床头柜的抽屉里取出一个本子，递给她，"你看看，这是我写的诗，有一天忘过你吗？"

她接过他的诗集，又从包袱里取出自己的诗集递给他，说："这是我写的，你也看看……"

两个老人，点起了两支蜡烛，相互翻看着诗集。

后来两人惊奇地发现，竟然都有一首《沉重的思念》！

第十四章　阴晴圆缺

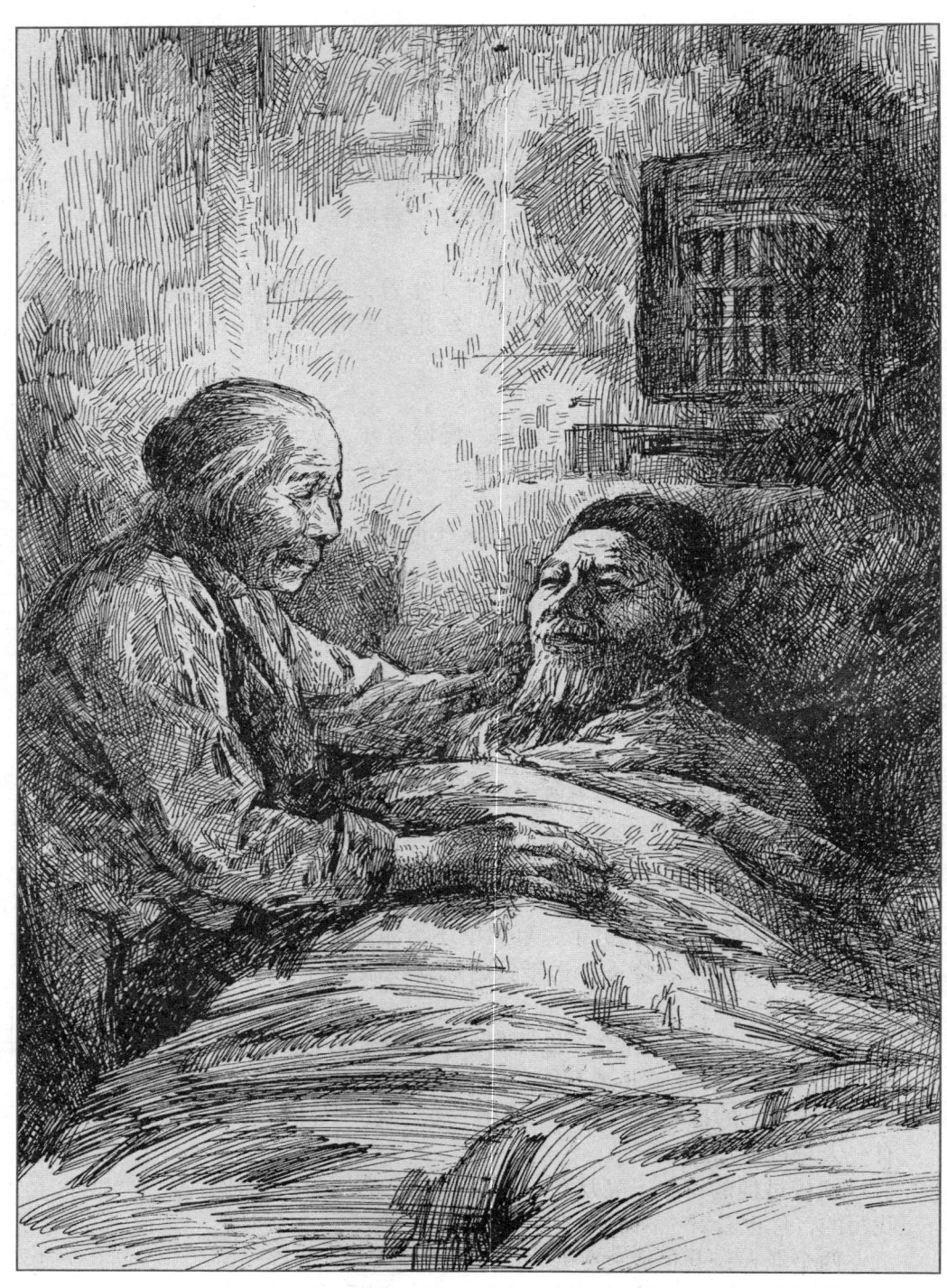

阮宗圣、潘响晴老夫老妻深夜忆旧。

他的《沉重的思念》是这么写的：

思念，
哪个人没有思念？
年轻时的思念，有酸有甜；
老人的思念太苦，如浓茶太酽！

思念的底稿，
年轻人写在脸上，老人藏在心田。
写在脸上，不等早晨洗脸便会消失，
藏在心田，像刀断水，波翻浪连……

埋得最深最深的，是老人的初恋！
尽管，在心底冰封冷冻数十年，
然而，冰天雪地之下，
仍然有地心岩浆的烈焰。

思念，刻骨铭心的思念，
思念，无比沉重的思念。
那是，一部用滴滴心血写成的诗稿啊，
日日觑缕始末，勤劬编纂，不厌其烦……

她的《沉重的思念》写道：

思念，
无比沉重的思念啊，
那是，一笔高额的借债，
我今生今世啊是否还能偿还？

我等待，我祈祷，还会有那一天，
我的诗，还能给你当面诵念。
我让你听，螽斯振振；
我让你看，瓜瓞绵绵。

我害怕，你听了，你看了，
会失望，会苦恼，会抱怨，

还会说，这哪儿是俺老阮家的血脉？
可是我，已经精疲力尽，人难胜天……

尽管，咱俩，那段情缘，
已日薄西山，逐渐黯淡……
但是，打断骨头筋相连，死灰都能复燃，
我渴盼，纵然是晚霞，也会红光满天！

看完这诗，他在床上，挣扎着跪下，给她磕了三个头，说："我阮宗圣总以为已经断子绝孙了。可转眼间，又螽斯振振、瓜瓞绵绵、子孙满堂了。响晴，这全是您的功劳。我，我，愿意做牛做马报答您，您是俺老阮家的大功臣啊！"

她把他拉起，拉进自己的怀抱里，两人相拥，斜倚被窝，坐在床头，尽情品味、享受着多年来渴盼的那种人伦幸福……

"我可没敢想让您感谢，相反，做好了准备，准备让您臭骂一顿……"

"我为什么会骂您？"

"我，除了豁出去，蒙着脸，领着孩子讨饭，没本事养活儿子，熬了三年，只得另嫁了个男人……"

"咱不说这些，行不？我求求您……"

"另外，老二为养父报仇，杀了人，逃出来，当了土匪……"

"响晴，这不是您的错……咱以后再说行不？"

"不，我得告诉您，老大砚楷家，有两个儿子，一个女儿。俩儿子已经在县城上中学了。砚楷媳妇，在生小女儿时因产褥疯病死了。孩子们一直住在姥姥家里。老二棒槌家是一儿一女，女儿大，儿子小。女儿在菏泽六中上二年级了。我敢说，咱三个孙子，两个孙女，都会有出息……"

"我再给您磕三个响头……"

"去你的……"

堂屋东一间窗上的灯光，一直亮到雄鸡报晓。

第十五章　山雨欲来

1

第二天，天刚麻麻亮，当爹的还没起床，二棒槌就被人用船悄悄接走了。两位爷爷统一了看法：有关陈砚楷和二棒槌的事，暂时保密，不向外讲。

早饭后潘奶奶让韩氏、吕氏两个侄媳妇接到西院话家常去了。

砚楷留在东院堂屋，又与两个老人闲聊了一天。上次砚楷来，是客人，两个老人轮番敬酒，感激对存忠的救命之恩，话语中自然有些奉承、客套。如今是父子、叔侄，可就直来直去，说心里话了。两代人的不同见解有时便显露出来，开始抵触了。遇到的头一件事，就是对于砚楷的居无定处、浪迹江湖，两个老人都持反对态度。父亲宗圣说，自己年老体弱，所经营的学堂，已经力不从心，难以为继。最好，砚楷能回来，助一臂之力。叔父说，家里存忠无用，你是长房长支，已经到了支撑门户、操扯家务的岁数。再说，父母在，不远游嘛……

对此，砚楷只是苦笑着摇头，往常那种口若悬河、侃侃而谈的风度荡然无存，变得木木讷讷了。他借用古人的话说，自己"不是建功立业之人，而是绕口谋衣之辈"，是走江湖、凭耍嘴皮子混饭吃的。一是性子野了，关进笼子里能憋死；二是自己四体不勤、五谷不分，管理家务，一无所长。三是老婆过世之后，三个孩子在城里姥姥家住，也回不来，得常去看看，也须挣钱给他们糊口。还有个四，如今住在朱贵才家，还有些纠葛，不曾了结……

一提朱贵才，两位老人，气就不打一处来。轮番将朱贵才这些年做的坏事细说了一遍。

砚楷说，这些他全知道。可是，朱金旺老爷子对自己有恩，自己是受朱老之托……

"爹，叔，咱要体谅一个当爷爷的、一个快死的老人的心！在济南时，我去看望过朱金旺老爷子，他面色晦暗，眼窝塌陷，瘦的已经皮包骨头，大概不久于人世了。可还是抓着我的手说，砚楷啊，我求求你了，贵才兴许还听你的，你跟他说，伤天害理，没好下场。我答应了老爷子，他对我有大恩大德……"

砚楷给二位老人讲述了自己半辈子的经历。

"我这辈子，有三个人，是应该感恩戴德、至死不忘的。头一个就是俺娘，还有俺娘那把戒尺。一年四季，风里雨里，拖着枣木棍子要饭，俺娘没耽误教我念书。满八岁，《三字经》《千字文》《唐诗三百首》就背熟了；至十二岁，背熟了《论语》《孟子》；至十五岁，《大学》《中庸》《左传》，以及诸子百家的书，便统统学过了。主要篇章，都能倒背如流。不背偷懒行不？不行。娘心狠，用戒尺打手心，能打得出血，第二天肿得像红蛤蟆一样。现在想想，亏了那把戒尺啊，要不，咋能背过那么多的书，懂那么多的道理？这是娘给儿子的铁饭碗、大本钱。一辈子用它挣饭吃、挣钱花。

"十五岁那年冬天，赶庙会时，我拿了人家书摊上一本《三国演义》看，看了半天，也没钱买。卖书的人怀疑我想偷书，就跟我吵了起来。卖书人直接喊我是小偷。我娘跑过来，没问青红皂白，抡起枣木棍子，只一棍子就打得我趴在了地上，接着又逼着我给卖书的人下跪道歉。正在这时，有一个人走上前拉起我来，证明我只是看书，决没有偷书。并且交上书钱，给我买下了《三国演义》。这个人就是朱金旺掌柜的。后来，我在朱家的商店里当了三年伙计，给他进货、记账、跑外，他很满意。说我有大出息，他拿出了一百块大洋，让我到省城求学上进。可我发财心切，没听朱老爷子的话，而是把钱一把交给了刘半仙，，跟他学占卜算卦。朱老爷子知道后将我臭骂了一顿，我给他下了跪，跟他说家里娘和弟弟要饭吃，等钱花……

"第三个是刘半仙，他在清末当过几年县令，因赞同孙中山被革了职。而后参加了同盟会，用占卜算卦、走街串巷，进行秘密联络。他是个真正的饱学之士，是个真正的高人，是我真正的老师。他教我阅读了许多常人很难见到的古今中外的书籍；教我写诗、填词、谱曲、抚琴、吹箫；当然也教我学会了占卜算卦。这占卜算卦，是给人破解疑难，决不迷信。他给我讲《周易》，讲得很活、很透。让我开阔了眼界，对世人世事，看得远了……"

爹说："既然你学过《周易》，就该明白，如何坚定个人操守，明辨复杂事理，洞悉祸福转化，交君子，避小人……"

"爹，叔，你们尽管放心，我不会面对小人，束手无策。必要时——

也就是万不得已时,我还会除掉小人!"

两位老人"哦、哦"着,已经看明白了,砚楷不但心地善良,而且心里透亮,办事果决,并非平庸之辈,是老阮家的种!

2

回头,该说说老朱家的事了。自从朱贵才几封状告阮学仁兄弟为共产党的黑信发出以后,学仁被捕,学义失踪,凌春来提拔区长的事也泡了汤,老阮家人仰马翻全乱了套,他朱贵才着实高兴了一阵子。经过上下活动,他以区长的身份兼任了学堂的校长,他高了兴还到学堂训训话,也算扬眉吐气了。幸好阮老爷子还在家养病,其他人也只能撇撇嘴、不吱声,管你倒了些什么臭粪。在村里,抽人出伕去黄河修堤筑坝,也是吆三喝四,大有不可一世的派头。但是人算不如天算,走马上任没出满月(有人如此讽刺),先是县上逃跑的谭局长因回来接老婆被抓归案;朱贵才唯恐拔出萝卜带出泥,日夜寝食不安、心惊胆战,人前便很少露面了。也是祸不单行,南京家人传来消息,说他父亲朱四海在运输军械的路途被劫,逃回南京的当天夜里,又中黑枪,枪弹穿胸,伤及内脏,有生命危险,让他立即赶赴南京。及至赶到,朱贵才在一个郊区小镇的医院里,见到了弥留之际的父亲。父亲抓着他的手说话不多,却十分惊人。

"孩子,枪支,是他,老阮家,学仁带人抢去的⋯⋯"

"是他?你还认识他?"

"咋不认识?小时候,是与你磕头结拜的大哥。"

"他如今是共产党了。"

"咱别管他是这党那党了。孩子,我,活不成了。有人追查,你得知道那些枪支弹药的去向。孩子,我死后⋯⋯"

"不,爹,你会好的。爹,是他,阮学仁伤的你?"

"不是。万万没有想到啊,我逃回南京以后,竟然是他⋯⋯是他,派人,打了我的黑枪⋯⋯"

"爹,是谁?你说,儿子给你报仇!"

"对,得报仇⋯⋯不是别人⋯⋯"

"谁?爹,你说啊,我一定给你报仇!"

"对,要报仇。真能报仇,我,死也瞑目了⋯⋯"

"爹,你说嘛,是谁?"

"你岳父——马世雄。"

"是他?"

"对,是他。他是军需处处长,有人告他,贪污军款。他经我的手,也贪得不少，就杀人灭口……"

朱四海将一张带血的小纸条儿，颤抖着递给儿子："这，不知是谁，从门缝里，塞进来的……"

纸条儿上歪歪斜斜，写着七个字："令亲家马处雇杀"。

"马处"，应是"马世雄处长"。

朱贵才一回头，他爹的头已经歪到了一边。

"啊！爹！爹……"

任儿子怎么呼叫，朱四海没有再开口；眼睛瞪着，眼珠儿却不再转动了。儿子帮他合上了眼睛……

按说，他死后，理应瞑目。他连续多日昏迷不醒，最后，还能等到儿子赶来，交代了谁是凶手，该知足了。"为什么死不瞑目？当然是血仇未报！"朱贵才咬牙切齿，反复这么想着。

朱贵才雇人买来寿衣棺材，在他小娘的帮助下，将父亲的尸首装好。他又立即雇来马车，安排将灵柩运回老家。在打发马车上路之后，朱贵才从他岳母（岳父的小老婆）口里打听到他岳父的公馆住处，当天夜里他将岳父全家四口（还有大老婆和两个孩子）一起枪杀……

情节曲折惊险，说来便是传奇枪战故事。往日亲家，今日仇杀；血肉横飞，心狠手辣；不逊禽兽，胜于恶煞。此处写出两章：一曰《奇谋夺枪》；一曰《喋血火并》。本来都是真实故事，但细读又觉血腥反胃。比如，朱四海在拷问押运军械的人员时，怀疑某人泄露消息，当场将其舌头割下；再如朱贵才在枪杀岳父家两个孩子时，女孩杀死后塞进了着火的灶窟窿；男孩先割下了"小鸡鸡"，想让他家断子绝孙。但孩子疼得喊叫时，喉咙里又给他捅进一支烧火炉用的铁钩子。其酷虐残忍，令人不堪卒读，只得忍疼割爱，删除了这两章。于此仅略述个大体梗概了。

3

阮家岭人，一听老朱家出事了，正如古人所说，欣欣然有喜色奔走相告了："报应啊，老天爷，睁眼了！"

朱贵才将父亲的尸体从南京运回阮家岭那天，老黄家的人在东平湖岸边点上了爆竹鞭炮。高喊黄区长显灵了，要讨还血债了……

但是，各小户人家，大多"敬鬼神而远之"：下湖扑鱼的、爬岭锄地的、赶集买卖的，都是天麻麻亮就走，门外挂上一把大锁头。家里留下的老人孩子都是从窗棂、门缝、墙头上偷偷窥测外边的事情。有人叫门儿，也不应声，装聋作哑。

朱家是几十年前迁来的逃荒户，现在总共只有九家。春天又有七家外出逃荒，如今成年男人就剩下他的堂叔兄弟朱贵宝一人。朱贵宝家里土地多，不缺钱粮，无需逃荒，但须背靠朱贵才这棵大树保护平安。前些日子，在买壮丁由阮小三顶替时，就多亏朱贵才出力帮忙斡旋。于今，朱贵才家遇上这等祸事，朱贵宝是无论如何只能向前、不能后退的。尽管，村里没人敢告诉他真情，但他从朱贵才满脸凶相、一身狼藉，以及他父亲朱四海的灵柩一直淌着血水、发着恶臭、却不准打开收拾等种种迹象看，也猜出了七八分。可这殡葬丧事决非单人独手能办得到，咋铺排？只能听从朱贵才吩咐。

朱贵才说："贵宝啊，咱老朱家人丁不旺，俺爹这丧事，就全靠你张罗了。"

"哥，你说，我听你的。"

"贵宝，哥跟你交个底儿。席宴，到望湖楼安排；人手不够，到集市雇佣；这钱，敞着口，尽你花。我好歹是一区之长，无论如何，得办的大方、排场、体面。该扎棚就扎棚，该设祭就设祭，什么和尚道士吹鼓手，什么纸马轿车，一句话，凡大户人家有的咱都得有。千万千万不能让某些人看笑话。常言道，有钱能买鬼推磨……"

"哥，我全听你的。你的心意，我全懂。要说困难，其实不多，只有一项……"

"你说。"

"缺人手。刚雇来的人，不能帮你打谱、跑腿、传信。哥，你再合计一下，有没有知己的亲戚朋友，能托付，能独当一面？"

"这……"

"宋家的宋守信，跟你不是拜把子的兄弟吗？"

"不成。他如今是老阮家三菊的女婿了。跟咱，不对付……"

"再就是，住在你家的陈先生，那人精明能干，点子也多。"

"俺爷爷有病，前些日子他过生日庆寿，俺爹出了事，又不能告诉他，我只得安排陈先生带着小耀祖去了济南。"

小耀祖是朱贵才七岁的儿子。此时，朱贵才还不知道陈砚楷与阮宗圣的父子关系。

"哪，哥，咋办？"

"咋办？老弟，我自己能铺排，能麻烦你？"

"哥，你又不是不知道，你这个老弟，自幼愚懦无用，担当不起大事……哥，我……"朱贵宝说着说着，膝盖一曲，倒给朱贵才跪下了，"哥，我不是怕事儿，也不是偷懒，我怕，我怕……"

"窝囊废，起来！你怕个啥？"

"我怕，误事，把事办砸了……"

"起来！"朱贵才哭笑不得，冲着这个窝囊废吼道。

"哥，我不起来。你得答应我，答应我一件事儿，我就起来。"

"说！"

"哥，人在矮檐下，不得不低头。为了俺爷这丧事，办得风光一些，你得豁上老脸，到人家外姓乡里门前跪拜，祈求帮忙。从古到今，再有力气的儿子，也不能自己把爹娘的棺材背出去。遇到这类难事，都是这么办的。哥，大丈夫能屈能伸嘛！"

朱贵才傻眼了，给憋得多时没缓过那口气来。可是在屋地上来回走了两圈，说："俺那宝兄弟，看来你也不晓得你哥的脾气。你哥，也是宁负天下人，休叫天下人负我。我从来就不信那个邪，活人能让尿憋死？起来，拿笔，我说着，你记着，一条别落下……"

"好，哥，你说，我记。"朱贵宝这才爬起来，找笔找纸记录。

"这一，抬灵柩的大龙架子，去县城东关雇。雇最大的。当年董翰林他娘用的是前后四十八人抬的，咱就雇这么大的。实在凑不齐人，至少要前后三十六人抬的。这二，那开方破狱、传灯照亡的佛僧；那伏章申表、接引诸咒的道士；那丧葬仪仗、吹鼓手等等，一拨一组，各需多少人？咱不懂，问人家，人家咋说咱咋办。这些人，都是一口价。价码甭讲，讲也没用。要多钱给多钱，千万不能得罪。得罪了他们，骂你咒你，咱统统听不出来。这三，县城南门里有位专门为大户人家主持婚丧红白事体的人，绰号万事通先生，姓董，名字叫什么，我忘了。很有名气，不难打听。一定要把他请来，统领执事，则万无一失。不说别的，就是开吊日，安葬日，堂棚、客棚、迎灵、路祭，提前准备些什么物件，都得预先开列明白。冯家老爷子殡葬时，我跟着他当过下手。比如，新簸箕、新笤帚、新黑碗、新筷子、浆水罐、油灯盏、匾联蜡烛、碗盏碟子，等等等等，真是千头万绪，缺一不可。

"第四，去找湖西月岩寺中那个王举人，平时赶集代写书信。记住，你必须亲自去，他比姓董的万事通架子还大，见面一定得称呼举人先生。求他三日内给写好家祭、庙祭、路祭、墓祭各种文书，写好挽幛、挽联各三五十件，落款署名我已经列好单子，去时交给他。什么官职，什么款式，他都明白。我再说一遍，对他必称举人先生，要客气，也是要多少钱给多少钱。这第五嘛……"朱贵才一口气说了八条，在此不一一赘述。

朱贵才确实不是凡庸之辈，在跟随灵柩拉运的路途中，这些事他都反复思索过，因此，已经成竹在胸，筹划非常周密。叔兄弟贵宝仔细记下，逐一落实。果不然，排五出殡，一切安排停当。用当地人土话说，是钩挂吊鼻，榫卯合缝，妥靠伏贴，无大纰漏。出殡那天，白幛满院，白棚满街，鼓乐齐鸣，哭声震天。祭奠送幛送联之人，上至政务院各部委的长官,下至全国著名商号的董事总办,凡报纸上能见到的大员、名号,可谓应有尽有。最最让人想不到的是,朱贵才竟然出高价雇来了三十多个男女,跟随运灵柩的龙架子嚎啕哭丧。

阮家岭人个个瞠目结舌!

教员武秋生一边惊叹道:"朱贵才,不是贵才,简直是鬼才!"

可是,纸糊的大马终究不能拉车,不能上阵。有钱买的鬼推磨,那磨能推几圈,就很难说了。朱贵宝禀性老实,人到付钱。那些雇来哭丧的男女,因为钱已到手,没等出村就遛了一多半;那些做法事的和尚道士,一看亲朋乡里无人靠前,就明白了这是个"走天门儿"没人缘的主儿。也懒于张嘴念经文了。最糟糕的是,灵柩运到墓地,朱贵才等哭号了几声、磕头走人之后,将棺材用绳子拉着往墓穴里放的时候,因棺材缝里又淌血水,恶臭刺鼻,有人怕洒到身上,忙着躲闪,便松开了手中的绳子。一边的绳索一松,棺材一歪,翻了个,倒扣着跌了下去。翻扣到墓穴坑底的棺材,想再正过来,太难了。这些站在四周拉绳的人,相互挤挤眼,立即将墓穴围了个风雨不透,有人手快,把一块破席丢下去,盖住了棺材,马上把准备封顶的青砖,呼喇喇推了下去。立马上土筑起了坟头。人们对于伤天害理的人如何惩治?历来没有好法子,就千方百计"糊弄"。正因为"糊弄",二十几天后那场黄河水来的时候,唯有朱四海的坟墓灌水冲毁。朱四海的尸首冲到了几十里外的某村河边,他的衣服还没烂,但口袋里的怀表咋上弦也不走字了……

这些,朱贵才自然多不知晓。可他知道老阮家、冯家、宋家、武家,丧葬中未见一人露面。他看在眼里,记在心里,早恨得咬牙切齿。

也算凑巧,朱四海下葬的第二天,南京一辆警车前来缉捕杀人凶犯朱贵才了。朱贵才急中生智,抢先爬后墙逃走。警察扑了个空,商量了一下,只得将其老婆带回了南京。他老婆后来知道她父亲为朱贵才所杀,便再也没有回阮家岭来。朱贵才说,她被传讯审问数次后,想不开,寻了短见。是真是假,自然没人查考……

朱贵才跑到哪里去了?没人说的清楚。

4

再说朱贵才的爷爷朱金旺,在济南过生日那天,突然从重孙子小耀祖口中知道了儿子朱四海在南京已被枪杀,当场一头栽到地上,口吐鲜血而死。还是陈砚楷出面联系到冯剑秋,一起想办法将朱老爷子的灵柩雇马车运回了老家。朱家父子的殡葬,时隔不到十天,乡里大谈朱家子孙恶贯满盈、遭天诛地灭报应者,皆放高嗓门、不再避人了!

不过，一来朱贵才已经跑掉；二来他姑母——冯剑秋之妻，怕阮家岭人，没敢回来。只剩下个七岁的娃子小耀祖……还是怪可怜的。尤其是陈砚楷，始终靠上料理。他找来朱贵宝，商量了大半天。朱贵宝老实厚道，陈砚楷跟他说了三条，他都认真照办了。

"贵宝，这头一件，就是另选个地势高的墓穴，黄河水再大，也淹不了。"

"对对对，太对了。前些日子殡葬俺四海大爷，急头搔脑地忙糊涂了，竟把这事疏忽了，我后来听说，没等下葬，穴底下就渗出水来了。还是你考虑得周到，他家岭顶上有块地，叔，你抽空去看看行不？"

"好。这第二，朱老爷子一辈子勤苦创业，乐善好施，为乡里修桥办学，都捐过钱财。人缘比他的儿孙都强。你带上小耀祖，挨家挨户去求求人家，乡里乡亲都通情达理，我想，都会帮忙的。"

"对对对。叔，这事儿，你尽管放心，我一定把乡亲们都请到。什么叫风光？乡亲们都给脸面，才是真风光。要是乡亲们不照面，给晾了场，花钱再多，也丢人，也寒碜。叔，我说的对不？"

"对。这第三件，就是不挥霍，不显摆，什么和尚道士吹鼓手，我看统统免了，能省就省。乡亲们全明白他家现今的境况，没人挑剔。"

"对，就这么办。"

两人见解一致，事事好商量。自然丧事办得顺顺妥妥。办完丧事，小耀祖由谁抚养呢？朱贵宝也没推辞。只是说，自己不识字，怕误了孩子出息……

可是，没待两天，朱贵宝就领着哭得上气不接下气的小耀祖，到老阮家找陈砚楷来了。陈砚楷一看这阵势就明白了，连声说："好了好了，不哭不哭。我，就是见不得小孩子哭……愿意跟我，好，我答应你。走，走……"

望着他们走出大门的背影，宗贤说："哥，我咋觉着，真是天地轮回了！当年咱老爷子领着还是娃子的朱金旺，不也是这样吗？"

老哥苦涩地摇摇头……

5

这天，是阮家岭大集，吕氏与两位公爹商量，决定再去籴几斗粗粮。潘奶奶使了个眼色，把吕氏留了下来。待人们走后，她从衣袋里取出一摞钱，递给了吕氏。吕氏推让着不收，潘奶奶说："收下吧。既然眼下麦子高粱价钱差不多，就少买点儿高粱，多买点儿麦子。老婆孩子咋了，就该长年吃高粱？"

"不，'老少异粮'这是老阮家相传的规矩。我也觉得，孩子们自小吃点儿苦、受点儿艰难，知道敬畏孝顺老人，有好处。生于忧患、死于安乐嘛！"

吕氏感到这位婆婆刚来咋到，怎好收取她的钱？便找理由推让。

"蕴玉，莫非你嫌这钱，来路不正，肮脏？"

"不，大娘，哪里的话？"

"蕴玉，自古就有，君子不食嗟来之食的说法。你大娘我自小也读过一些书，受过一些教育，不是不明白事理。可沦落到社会最低层，几乎下了地狱，早就不是君子了。俩孩子，抱着一个，拖着一个，千门万户，哀告乞讨，狗咬人烦，谁拿正眼看你？哪儿有半点儿做人的尊严？后来嫁了人，说白了，就是贪图人家能给孩子碗饭吃。蕴玉，这叫啥？叫卖身。再往后，又靠二棒槌打家劫舍的钱财，苟活于不见人迹的渔村茅舍，就像老鼠藏在洞里，哪儿敢见光天化日？这人啊，唉，到哪山，砍哪柴吧！"

话既然说到这个份儿上了，吕氏只好将钱收下。这位潘婆婆又说，这钱不能告诉你大爷。吕氏也答应了，之后又安慰她说："古人道，贵以贱为本，高以下为基。以前那些事，全是给逼的……"

"对。蕴玉，这些道理，多数读书人——包括你爷，也只是用嘴皮子说说，哪儿当真？遇见贫贱之人，居高临下，施舍几个小钱还可以。可是，你当真贫贱了，就……蕴玉，我真想跟你啦扯啦扯。这几天，我心里憋屈得慌，不说说，能把我憋死。我想来想去，只有你……"

"大娘，俺爷是个明白人，有啥了不起的事，不能帮你破解？"

"就是因为他，这些天，对我不依不饶……"

"什么事？"

"这一，就是让我，威逼砚楷兄弟俩立马改姓阮，不能再姓陈。第二，让他们兄弟俩，立马回阮家岭，把孩子也接回来，安家立业。你想想，儿子都老大不小了，各自都有主张，能听我老太婆摆布？我老婆子能立马下这样的号令？我说，总得一步一步慢慢来。你爷就不高兴了，动不动就冲我甩脸子，摔东西……"

潘奶奶说着，拉开方桌的抽屉，拿出一包紫茶壶的碎片，说："蕴玉，你看看，这就是你爷前天摔碎的。不瞒你说，气得我，是浑身哆嗦。我跟他，发话了，实在不行，我老婆子再走，再去讨饭……"

潘奶奶说着哭了。

"大爷怎么能这样呢？"吕氏心里想。但说出口的却是："大娘，您得体谅俺爷的心思。多少年的失散分离，多少年的孤独苦闷，突然间夫妻相聚了、子孙众多了，他高兴啊！可是，这大团圆，分明在眼前了，却又不知道还等多长时间。他心里焦急啊，就像刚见初七八的上弦月，

第十五章 山雨欲来

295

就盼十五月儿圆了。总之，盼儿孙心切，一日三秋啊！大娘，您放宽心，对此，尽可付之一笑。爷那儿，我去说……"

吕氏一席话，潘奶奶果然扑哧笑了："蕴玉啊，我跟你爷，竟变成要别人哄的娃子了！"

"不，不全是这，别看俺爷喊了多少年的革命，可脑袋瓜里还满满装着大男人主义哪！"

"可不……"潘奶奶眼噙泪水，埋头沉默了……

6

再说吕氏蕴玉，接受了大婆母潘响晴的钱以后，因她不准向两位公爹说明，吕氏觉着花这钱不妥，也就暂时放好没用。仍然豁出老脸面去张家借高粱去了。

她去张家之前，先让三菊与小琴透了个信儿，跟张德厚预约好了，这才登门。免得当面丝丝拉拉、推三托四、让人难堪。平时，张德厚跟人们说笑话，打哈哈，嘴皮子比蜜还甜。但一粘和上钱财粮食，红脸儿一抹，就变成了黑脸儿。当然，对待老阮家——特别是对待小琴这位婆婆吕氏就例外了。

其实，张德厚一听小琴说她婆婆吕氏要来，夫妻俩早议论了一番。"他爹，她来咋？"

"还能咋？拿我的哑巴呗！"

"你呀，弯弯肠子小心眼儿，说了些啥？她婆婆那可是个大方端正的场面人，能拿你的什么哑巴？"

"我的傻婆子，前年她劝说二爷帮咱从他们地里排放了水，我去送高粱他们没收，这回儿，找上门来讨了。你不信？"

"即便为粮食，也是缺吃了来借。借能借多少？你甭先害怕。"

"你又犯傻了不是。借多了日后能还，我就怕她借少了，一石两石的，咱好意思再让他们还？"

"你呀，满肚子小算盘。我可告诉你，她婆婆在老阮家也是当家主事说一不二的，你可别耍小聪明，让她红脸下不了台……"

"你放心，我没你那么傻。这些事，还用你嘱咐？"

果不然，吕氏来到张家门前一扣门环，没等"大老黑"吼几声，张德厚夫妇便一边招呼黑狗，一边开门迎了出来。

"哎，小琴呢？"吕氏刚进屋落座便问。

当娘的立即冲后院喊道："小琴啊，你瞎忙活些啥？快，你二娘来了——"

小琴娘为了表示亲近，把"二大娘"中间的"大"字省略了。

小琴闻讯一阵风跑来，把"二娘"的"二"字又给省略了，开口就叫了声："娘！"

"哎！"吕氏一愣怔，立马脆快响亮地应了声。

"哟，这就改嘴叫娘了？心急了咋的？"小琴娘嘻笑着说。

"娘！"小琴回头撒娇地喊住了娘。

吕氏将小琴拉到身边，上下端详着。小琴是那种非常标准的瓜子脸；脸面是那种天生晒不黑的细腻皮肤，粉扑扑的，白嫩里透红；细长的柳叶眉，扑闪着一双黑亮的大眼睛；个头与大兰相仿，比大兰白净；皮色与二梅相仿，可不如二梅秀气。只是这半年发福了，胸脯屁股都鼓出来了，比二梅要粗出一大圈儿。

小琴心里虚，怕给婆婆端详出破绽，早急红了脸，冒了汗。便挣脱出双手，说："娘，我给你烧水沏茶喝去。俺爹刚买的茉莉花茶。"

小琴一溜风跑进了厨房。

"咋，德厚兄弟，不过了，咋舍得买茉莉花茶了？"

"不是好的。就买了二两，解解馋呗。"张德厚是个人前爱哭穷的主儿，一说这便立马岔开了话题，"二嫂，你来是……"

没想到吕氏一见小琴这副模样，借粮的事便先撂倒后边去了。

"德厚兄弟，还有弟妹，不是嫂子我来找算你俩的不是，孩子在你们眼皮子底下，就没早看出点啥来？为啥不早吭声？"

"嫂子，有话你说明白，我，听不懂……"张德厚还装糊涂，摇着头说。

"咋，听不明白？滚！我跟弟妹理论。"吕氏半真半假地板起面孔说，"孩子的身子，都像加了引子的蒸馍面，发了。你们俩就睁个眼闭个眼的装糊涂啊？"

张德厚夫妇你看我、我看你，全低下了头。事到如今还说啥？

多时，张德厚嘴里才送出一句话来："嫂子，咋办？俺全听你的。"

"还能咋办？立马结婚。"

"结婚？"

正在这当口，小琴端着冲洗过的茶壶、茶碗，走了进来。

吕氏说："小琴，你也坐下，我想先听听你的打算……"

"我能有啥打算？"小琴还没明白咋回事。

小琴娘跟女儿说了一遍刚才他们的议论，小琴抽抽搭搭哭了。

"老的想咋安排就咋安排，我听你们的。"小琴扔下这话就跑了出去。

吕氏见张家三口人都表示了"听你的"，便慢条斯理地说了自己的看法："我想，这一，结婚越快越好。你们张家，俺老阮家，都是要头要脸的家门儿。再拖下去，就怕丢人显眼了，对不？要快，快了萝卜难

第十五章 山雨欲来

297

洗泥。这第二就是：越简省越好。缺什么，以后慢慢再添置。你们要是同意，我这就回去跟他两位爷爷禀报商量。"

"可是，这是孩子一辈子的大事……"小琴娘刚想说说，结婚再节省，也不能少了必不可缺的物件，却让老头子挡了回去。

"还'可是'个啥？你得相信老阮家都是知书达理的明白人，咋办也比你这庄户婆娘想的周到。"

"德厚兄弟，话可不能那么说。这么急头搔脑的，还说什么周到不周到？"吕氏一听张德厚话里有话，就干脆把话挑明了，"德厚兄弟，你先说说你是啥谱儿？"

"我，我，那能有什么谱儿？可是，这越快越好，咋个快法？越省越好，咋个省法？咱是不是说得再明白一些，我也好准备。"

"兄弟，这还不明白吗？要说真结婚，他们在你家里已经做成夫妻了，缺少的是没有举办婚礼。这婚礼要是按部就班、大张旗鼓地办，还有时间拖延吗？没有了。准备还得有钱，而今俺老阮家有钱吗？没钱。不光没钱，连吃饭都接济不上了，我今们儿就是来借粮的……"

"二嫂，你们天天说我爱哭穷，你咋也哭起穷来了？"

"我不是哭穷，是真穷。您想想，不到万不得已，小三儿会去卖壮丁？您再想想，小三儿去，不是替的老二学义？既然一没时间二没钱，说到家，就是让小琴去趟济南找学义……"

小琴娘忙插嘴说："谁陪她去？反正小琴、她爹，都没去过济南。"

"这，甭你操心。真上济南，我会安排。"吕氏又说，"其实，不去也行。找个地方呆它十天半月的，回来跟乡亲们就说，是到省城结婚了。请了多少桌？来了多少客？你愿意咋说就咋说……"

张德厚一下子开窍了："对对对，愿意咋说就咋说……可是，啥时候说？"

"请老少爷们儿来家里说啊！"

"就是说，吃顿酒饭是必不可少的。"

"对啊！"吕氏还是笑着说，"兄弟，这顿酒饭还得你帮着操持哪！"

"好说，好说……"

"那，我回去了。到明天，收拾两石红高粱，给俺送去。别怕，是借，秋后一准还你。"

张德厚打了个愣怔，忙说："好说，好说。"

送吕氏出了大门，张德厚叹了口气："咱小琴去老阮家，只能当小媳妇。想当家，没门儿！咱三口人捆在一起，也不是她婆婆的对手！"

"跟着这样的婆婆历练几年，我一准能够当家！"小琴在爹娘身后大声说。

"好好……"爹娘哈哈大笑。

笑过之后，张德厚想了想又说："不对，你婆婆再能，不是还来求我借粮吗？这就是说，咱比她更能。闺女，想去老阮家当家，往后多跟着你爹学着点儿吧！"

没想到就在这当口，姓黄的小寡妇在门外大声喊道："德厚哥，我家毛驴子跑了，你帮俺找找去！"

"好，我立马就去！"张德厚答应着，立马就出了门。

"这算是什么事儿？小狐狸精一叫，楞蹦二百五，甩手就走。跟唤狗唤猫一样……"小琴娘黑了脸嘟哝着，"猫狗也没这听话。"

"幸亏俺婆婆走了，要不，多丢人！"小琴说。

7

回头再说，朱贵宝将陈砚楷叫回家，便把朱贵才的一封来信递给了他。陈砚楷粗略看来一遍，信中说了三件事：一、他老婆在南京被审判时受刑不过，夜间自杀。二、他暂时被追查，不敢回来。三、家中事宜由朱贵宝代管。遇到困难向陈砚楷先生求助。钱款不够，可酌情卖十亩土地。最后则是："拜托，拜托，拜托！"

唯独没提小耀祖怎么办？朱贵宝明白，只有一条路，恳求陈先生了。他没等陈砚楷答应，便说，愿意每年出二百大洋，外加望湖楼全年租金。砚楷明知推卸不掉，也就苦笑着点了头。

此后，陈砚楷带着小耀祖便悄没声息地住进了望湖楼酒家。小耀祖又可爱，又可怜。他怕小孩子想娘，几乎天天陪着小耀祖玩，给他讲故事，唱小曲儿，拉弦子、吹笛子吹箫。逗弄得小耀祖欢天喜地，很少提及他家里的事情。因为大多在室内活动，五六天过去了，大概除了孙尚香掌柜的知情，其他人都没上眼在意。可是，小耀祖变成一条小尾巴了，砚楷走到哪儿他跟到哪儿。砚楷回阮家去看爹娘，领着小耀祖自然不妥。这咋办？也就是说，下一步得训练小耀祖能够独处。砚楷开始教他认字、读书、背书。在背书时，将他锁在房间里，背不过不给开门。背过书则买点儿糖果奖励。

这天是阮家岭大集，又给小耀祖布置下背书任务，砚楷便上了集市，想去买点儿糖果。可是刚到集市头就遇见了三菊。三菊告诉他，最近小琴和学义要结婚，两位爷爷商量好了，想让他送小琴去济南。要他赶紧回家合计合计。可他到家"商量"起来，就走不开了。

小耀祖可不是省油的灯。砚楷给布置背的书，本来是半天的任务，他不到半个时辰，就背过了。他渴望楷爷爷早来开门，早给糖果。于是就呼喊，自然没人答应，他的嗓门儿越来越高。酒店的人知道他是朱贵才的儿子，也没人愿意搭理这些糟烂事。可是掌柜的孙尚香躲不过，一个酒店怎容得下他惊天动地闹腾！

"你穷嚎啥？你楷爷爷赶集去了，他拿了钥匙，俺没法开门。"

"求求您，赶紧把楷爷爷找回来。要不，我就……"

"好好好，我这就派人去找，可是，你得听话，不能再大声喊叫。"

"好，我不叫。"

小耀祖倒还听话，安静下来了。可是等到天晌午了，去集市找砚楷的小樱桃回来说，没找到，他根本就没在集市上。

小樱桃的话刚刚落地，小耀祖又开始嚎叫、砸门、骂人，闹腾得越来越厉害。及至砚楷气喘吁吁赶回酒店时，小耀祖已经用板凳将窗户槛子砸断，爬了出来。手里还拿着一条板凳腿，恶狠狠地指着范师傅和孙掌柜大骂："你们这些混蛋，给我听着，这楼是俺的，我叫你们滚，你们就得滚，滚！统统滚蛋！"

四周围满了吃饭的客人，气得孙掌柜浑身发抖……

砚楷一看这阵势，挤进人群，两步抢上前去，抡胳膊就打了小耀祖一巴掌，接着大声喝斥道："你叫谁滚？反你了！"

这一巴掌把小耀祖打懵了。疼得双手捂脸，多时没抬起头来。可他抬头一看是楷爷爷时，扔下了板凳腿，就扑上前去，喊着："楷爷爷不要我了？楷爷爷不要我了？"

"只要小耀祖听话，楷爷爷，还要你……"

"我，听话，永远听话。"

砚楷这才发现自己刚才下手太狠，小耀祖的右面腮上还清晰地留下了他的指头印记。

"还疼吗？"

小耀祖摇摇头……

"都是楷爷爷不好，说话不算数，没按时回来……"他顿时两眼里涌满了泪水……

可当他突然意识到四周还围着很多人时，他立马推开了小耀祖，说："孙掌柜，范师傅，各位贵客，对不住了，小孩子不懂事，多有得罪。我，给诸位赔礼道歉……"

砚楷说着深深地给大伙鞠了一躬。

当砚楷将小耀祖领进房间后，范师傅说："看见了吗？那咬牙切齿的凶劲儿，跟朱贵才一模一样。活活一个狼崽子！"

"陈先生，活活一个东郭先生！"孙掌柜叹了口气说。

8

朱贵才跑了，不知去向。凌春来接替他当了区长。按照上边的新规定，又兼任了学堂校长。阮宗圣年老多病则改为名义校长。武秋生被推选当了教务主任。又因冯家驹走后缺教员，陈砚楷在父母的逼迫下便来学堂当了老师。他自己要求教一年级，因为小耀祖也跟到学堂上一年级了。全校的音乐课也由陈砚楷担任。在凌春来的建议下，全校师生要大唱抗日救国的歌曲。临时找不到现成的，陈砚楷便教唱岳飞的《满江红》等。

在教唱这些歌曲之前，陈砚楷总是先让同学们想想，"九一八"事变以来，日寇的铁蹄已经踏进了中国的东三省，我们千千万万的同胞，家破人亡，妻离子散，饥寒交迫。学生们听后，个个眼泪汪汪，握紧拳头，激昂慷慨地高唱："壮志饥餐胡虏肉，笑谈渴饮匈奴血……"

因为天天教唱，陈砚楷自己也天天沉浸在热血沸腾的精神亢奋之中。走进了一个新的环境，再不像个浪迹江湖的闲云野鹤。当老师得为人师表，当老师得按时按点备课上课……

夜晚，没有一丝儿风，闷热闷热。掌柜孙尚香告诉他，楼顶平台上，是个乘凉的好去处，在二楼楼道西侧有个竖梯可以攀爬上去。陈砚楷听后二话没说，拿了一把胡琴，捎上一支洞箫，喊上小耀祖，便慢慢爬上了楼顶平台。果然，这里无遮无挡，月光如水，风溜溜的，确实凉快。小耀祖缠着他讲岳飞的故事，他讲了一段，便让小耀祖唱《满江红》。唱了几遍，小耀祖又逼他吹箫听。他想，教完了《满江红》，下一步就得教《苏武牧羊》，得预先熟悉一下。那首古曲《苏武牧羊》，因为用箫经常吹，曲子挺熟，那两段唱词却记不完整。他边吹边回忆，小耀祖却趴在他膝盖上睡着了……

在许多乐器之中，他最爱洞箫。他有好多支洞箫，却最珍重这一支，这支洞箫是他去南京时在一个旧货市场上花高价买来的。深褐色的竹管比一般的洞箫稍长一点儿、稍粗一点儿，上边镌刻着两行暗绿色的蝇头篆字，卖箫的人并不认识，可他认识。那是杜甫的四句诗："锦城丝管日纷纷，半入江风半入云。此曲只应天上有，人间能得几回闻！"刀刻极富功力，将洞箫装饰得非常古雅。让他最为珍重的不仅是这篆字诗刻，而是诗后还刻有两个小字："楝亭"。记忆力好，过目不忘，是陈砚楷的天赋。当"楝亭"二字映入眼帘的时候，他心头禁不住咯噔一震，两眼放光了。《红楼梦》作者曹雪芹的祖父曹寅的号一曰"荔轩"，一曰"楝亭"。曹寅在江宁（南京）、苏州任织造二十余年，他精通诗词、戏曲，酷爱收藏。这支洞箫曾为他使用或者收藏，不是不可能的。陈砚楷认定

第十五章 山雨欲来

301

孙尚香倾听陈砚楷夜吹洞箫。

这是件无价之宝，平素都是与二胡一起放在那个扁长盒子里，走到哪儿背到哪儿。洞箫音色低沉浑厚，适于吹奏苍凉凄婉的古曲。尤其在空旷寂寥的夜晚，吹奏起来，如醉如痴、出神入化，似乎在向苍穹诉说自己的心曲，又像在引发那超离凡尘的天籁之声，好让二百多年前那位洞箫主人倾听他的吹奏……

他呜呜咽咽刚又吹完一曲，猛听见身后有人说了一声："好啊！"

回头一看，原来是望湖楼的掌柜孙尚香和小樱桃。

"班门弄斧，让你们见笑了。"

"不，不，此曲只应天上有，人间能得几回闻？"孙掌柜又引苏东坡《赤壁赋》中的文句说，"客有吹洞箫者，倚歌而和之，其声呜呜然如怨如慕，如泣如诉，余音袅袅，不绝如缕……"

"孙掌柜，刚才我吹那曲，您，能否倚歌而和之？"

"咋不能？《苏武牧羊》是我学唱的第一支古曲。"

"太好了。我只记得曲子，歌词记不全了。正为没办法教学生发愁呢，这回好了……"

陈砚楷吹奏着，孙尚香低声哼唱着：

苏武，留胡节不辱。
雪地又冰天，苦忍十九年。
渴饮雪，饥吞毡，牧羊北海边。
心存汉社稷，旄落犹未还。
历尽难中难，心如铁石坚。
夜在塞上时听笳声入耳痛心酸。

苏武，留胡节不辱。
转眼北风吹，雁群汉关飞，
白发娘，望儿归，红妆守空帏。
三更同入梦，两地谁梦谁？
任海枯石烂，大节不稍亏。
终教匈奴心惊胆战永服汉德威。

孙尚香连续唱了两遍，陈砚楷便记起了全部唱词。但师承不同，曲词则略有不同。当小樱桃将睡熟的小耀祖叫醒，扶他下楼回房间睡觉后，陈、孙二人又饶有情趣地进行了反复切磋。

首段，"塞上"陈记得为"边关"；"时听"陈记得为"时闻"。第二段"望儿归"陈记得为"盼儿归"；"终教匈奴心惊胆战永服汉德威"，

第十五章　山雨欲来

陈记得为"管教匈奴惊心胆碎共服汉德威"。

切磋之中，二人时有争执。但那是一种知音之间、忘却彼此、毫无介怀、毫无拘忌的讨论。刚讨论了《苏武牧羊》，孙尚香又询问有没有刘天华的二胡独奏曲《除夜小唱》（即《良宵》）的曲谱。她说自己是向一个算卦的瞎子学的，拿不准是否正确。

陈砚楷一听就笑了，说："彼此，彼此。"

"此话怎讲？"

"我也是跟一个瞎子学的。在上海一个歌舞厅里，我一连听了他三晚上演奏，但始终没见过正式曲谱。行内称'撸叶子'，也不敢说是全对。五年前的冬天，我听说刘天华先生在北平举办独奏音乐会，我走了半个多月赶到北平，找到北平饭店，但没有票证，也没有熟人，就没能进门。我站在墙外听了一晚上。我的脚那天夜里都冻坏了，当时也没觉得。也就是说，二胡没得到真传，只是耳朵听来的。"

"能让我听听吗？"

"咋不行。不过，我也很想听听你是咋拉的……"

陈砚楷拿过二胡，调好弓子马尾的松紧，又用松香擦了擦，这才递给了孙尚香。她没有推辞，立即拉了起来。她拉完，他一句也没有品评，接过胡琴，也拉了一遍。

《除夜小唱》结构像格律诗，分上下两阕（两段）。孙只拉了上阕，陈则上下两阕全拉了。孙拉得比陈熟练，但过于率意，用俗语说就是有点儿"野"。而陈的演奏就规矩得多了，但他很谦虚。

"我拉的不熟，至少有两处，情绪就不那么连贯。适当的活泼跳跃，也就插不进去了。整个曲子中滑音较多，我运用得很不熟练，特别是三度音程以上的大滑音，我更把不太准。可您掌握得好，不管是上滑音，还是下滑音，同指滑音、异指滑音，拉得都好。功夫很深啊！这是二胡最最有特色的技法。没了滑音，二胡音乐也就无从谈起了。"

"你就不用奉承了，好赖我心里有数。这个曲子我没得真传，'撸叶子'也只是半拉子，是夹生饭，野路子。我拉给您听，是希望得到批评指教。闹客套，就隔生疏远了不是？"

"不，不是客套，你的二胡确乎功底很深。要说不足，我以为有这么两点：一、这是刘天华先生与一些学生、友人在一起欢度除夕之夜时，即兴创作的。心情欢快，乐曲悠扬。您在演奏中，是不是揉进了您自己的情绪？在柔和圆润中，似乎感到有些凄婉，甚至是忧伤。二、在这么多滑音的运用上，千万别忘了一个'雅'字……"

"我知道，我越拉越熟，就越拉越野，变得油滑了。"

"还到不了那程度。"

"知我者，陈先生也！"孙尚香避开了他那闪亮的眼光，站起身，仰望着天上在云中出没穿行的圆月，略带羞涩地说，"如此良夜，真想与先生小饮数杯，再作叙谈，不知先生有无兴致？"

"常言说，恭敬不如从命啊！"

当晚，酒逢知己，喝的自然不少。话语投机，直谈到村里雄鸡报晓，东窗放白。当陈砚楷起身要回自己宿舍时，孙尚香从方桌抽屉里取出一封书信，递给了他。他拆开看了一遍，写信人落款是"小红"。

"小红是谁？"他问。

"红牡丹。原来与小嫦娥、小樱桃一起在这儿唱曲的。被朱贵才盯上了，为了保护她不受伤害，后来，我托人在东昌府安排了她。她都结婚生子了。可是，朱贵才最近又伙同土匪把她抢了去。她硬说自己得了臭疮梅毒，这才放她回去。她信上说，朱贵才这个畜生，下一步想打我的主意……"

"我满以为朱贵才，已经家破人亡、妻离子散，应该清醒一点了。可是……真是不可救药了！"陈砚楷非常愤慨，"自己的妻子死活不管，自己的儿子咋养活也不管，还满心思奸淫掳掠，穷凶极恶啊！不过，您尽可放心，有我在，有他儿子在这儿，量他还不至于……"

"陈先生，我，就靠您了！"孙尚香已是醉眼朦胧，浑身酥软，"陈先生，陈哥，我就靠你，这棵大树了！"

陈砚楷深怕自己醉酒失态，便告辞回了宿舍……

回来以后，也没再点蜡烛，听见小耀祖呼吸平稳，已经睡熟，也就上床，躺下了。可他没有一点儿睡意，闹不清自己是清醒，还是在梦里？好像听得到自己"咚咚"的心跳。这是发生什么事了？来的太突然了！不仅仅有相见恨晚之叹，尤其是她那种让人难以躲闪的热辣辣的目光，看得他心里发慌。那目光中明白无误的流露出的那种只有女人看男人时才有的爱慕。他几次强迫自己镇静，可没用。他暗暗嗤笑自己，堂堂须眉，走南闯北，竟然在一个商贾女子面前，面红耳赤，慌乱得不知所云，真真太没出息了……

陈砚楷还在胡思乱想，忽听得从孙尚香的房间里传来她低唱昆曲《思凡》的唱段：

夜深沉，独自卧，独自坐。
有谁人孤凄似我？
似这等削发缘何？
……

陈砚楷似乎听到了召唤，他披衣下床，趿拉着鞋，就想去开门……

第十五章　山雨欲来

305

黑暗中,"砰"的一声,头撞到了门框上,他禁不住"哎哟"一声。摸了一把,指头上有点儿黏湿了。头皮磕破了,一疼,他倒清醒了。

"我,我万万不能……"

他悄然退回,又上了床……

第十六章　大河之殇

1

这天,是这年头一个大热的天。不仅热,主要是闷,闷得喘不上气来。没有太阳,云层不厚,却乌黑透红,像翻转扣下来的一口烧热烧红的铁锅。八百里水泊,无波无浪,也黑黝黝的像一潭死水。湖边的杨柳,树梢纹丝不动。只有万万千千的黑"藉柳"(蝉)在声嘶力竭地"知啦知啦"聒噪。树荫里,远远近近拴了几头还在倒嚼的牲口。

黄满囤将自家的老草驴拴好后,又回家将高粱米汤豁进罐子里提溜出来,坐在大柳树下边,喝了个肚儿圆。又一连吸了两锅子旱烟,便脱下破衫子,往地下一铺,倒下身子,一会儿就打起了呼噜。

老阮家的二爷也把自家的老黄牛牵了出来。老骡马因为刚生驹子不久,一直歇着,还不曾干活。这些日子把老黄牛可累酷了。家里坡里全靠它,草料又差劲,二爷就心疼了。你看,今们儿通身汗淌,黄毛湿漉漉的变成了栗子皮似的深褐颜色了。那些黄绿色的小知了模样的牛虻,却不失时机地飞来吮吸着它的鲜血解渴。老黄牛懒洋洋地甩着尾巴。它大概非常疲惫了,眼睛半睁半闭,眼角上脏乎乎地沾着黄白的眼眵。上面围满了红头绿身黄翅儿蝇子。二爷只得掐了几支细柳条,捆在一起,不停地为它驱赶着这些牛虻蝇子。嘴里还愤愤地骂着:"娘的,这天底下,谁让谁活得安生?"

正在这时,小四儿学智提溜着茶壶茶碗歪歪拉拉送来了。说这是大奶奶刚给的茉莉花茶,让你尝尝,香着哪!

二爷接过茶壶茶碗,放在地上。把那绺柳条儿递给小四儿,说:"去,给黄牛抽打着蝇子。"

小四儿双手紧攥着那绺柳条儿,两眼紧盯着黄牛那两个粗壮弯弯的大角,他害怕了,一连后退了好几步。

307

"爷爷，我，不敢……"

"真草包。你三哥四岁那年，我把他抱上牛背，他乐的咯咯楞笑。哪儿像你，瞎长了个小鸡儿鸡儿，活像个丫头片子。滚！"

"滚就滚。反正大爷爷说，日后我有出息，将来能当诗人、作家！"

"好好好，当啥都好……"

小四儿咕嘟着嘴挺不高兴地走了。二爷望着小四儿背影，也十分惆怅地摇了摇头。在这四个孙子中，他最喜欢的就是小三儿学礼，小三儿最像自己……现如今只能求老天保佑，天下太平，小三早日回来了。前些日子他做了一个怪怪的梦，梦见小三儿结婚，娶的媳妇是他大奶奶带来的秋鸿。自己心里还在纳闷，他们俩是咋认识的？还没等问明白，梦就醒了。这些天二爷便悄悄观察秋鸿。这闺女比小三儿大一岁，娘家是哪儿，自己也说不清楚。比三菊个头略高一点儿，模样还秀气一点儿。很勤快，手也灵巧。这些年跟着大奶奶学着认字不少，能看书读报，懂礼貌，有教养。说话很少，但开口就能说到点子上。可没三菊泼辣，要问她对某人某事有什么看法，她的习惯口头语就是："你说呢？"总之，二爷很喜欢她，感到与小三也般配。小三儿当兵，不知何年月回来。家里老人不帮着操扯，肯定贻误婚期。有一次跟哥嫂在一起吃饭，秋鸿正在舀汤端碗，他想试探一下他们的看法，就当笑话说出了这个怪梦。嫂子首先表示了赞同。她说秋鸿已经到了择婚论嫁的年龄，能有这么个归宿，也了却自己一桩心愿。她问秋鸿，秋鸿只是红了脸借机走了出去。但是大哥却坚决反对。他说："胡闹。他俩还不认识，咱能给包办做主？再说，小三儿那是当兵啊，南征北战的，万一有什么不测，岂不误了人家秋鸿……"于是，这事便丢下再也没提。可是，老哥那句"万一有什么不测"的话，却像个铁秤砣总堵在心里，闹得他日夜不安了。这不，干一上午土头子农活儿，本来就够累的了，晌午饭后，咋说也该躺下歇歇。可他在家里躺不住，心里焦躁，才陪了牲口来到这湖边。

二爷把小四儿送来的热茶，先倒出一小茶碗，喝了两小口，吧嗒着嘴皮子咂摸了一下，禁不住喊了声："好，好茶！满囤——满囤！"

二爷只要有好茶好酒，总爱喊上几个对撇子的，来一起受用。

黄满囤被喊醒了。从地上绰起破褂子，往肩膀上一搭，打着哈欠走了过来，拍了拍圆圆的肚子，结结巴巴地笑着说："二爷，再好的茶，也没地儿装了……刚才，半罐子高粱米汤全灌进去了。二爷，有好茶，总还想着我。二爷，我咋觉着这天，这天……热得不大对劲儿，别是……后边跟着雨涝吧……"

"说的是。我也担心。前天老二存孝来信了，再三说，今年这洪水，怕是来得早，也小不了……"

"二爷，我听说你家大兰女婿凌春来当区长了。这几天传我去开了一次会，再三说，房屋要早修，堤堰得早筑，庄稼得早收……"

"水火无情啊，是得早防备……"

"可是，可是湖边我那三亩谷子，才秀齐穗儿，总不能……二爷，今早晨德厚哥去找我，说是凑份子做大供，到后日去龙王庙祭拜。我说，我一定去磕头，可是，实在拿不出大供……"

"满囤，我出钱，你跑腿儿操办，算咱俩的，行不？"

"咋不行？二爷，你说，买啥？"

"凑就凑个大份儿。"

"买猪头？"

"对！"

"祭拜时，你去不？"

"去。咱一起去。"

2

五六个村的男女老少因惧怕洪水，有四五千人聚集在龙王庙举办了多年来最为隆重的一次祭祀大典。凌春来当区长后，比老校长灵活了不少，这种迷信活动老校长是不准教师参加的。今年人们来请武秋生写大横匾、写祭文，武秋生征求凌春来的意见，凌春来笑笑说，这些小事儿，只要不耽误给学生上课，武老师自己看着办。

武秋生尽管也不相信龙王能保佑不出黄水，但写这类祭文那是他的长项，他熟悉这类文体的程式，不仅能迅速写出那种既夹带"之乎者也"又能让老百姓大体听懂的半文半白的骈文，而且能在大庭广众中，拖着长腔大声诵念，这可不是随便什么人能办到的。也就是说，这类差事，别人不能，武老师能。

可不能简单地说祭拜龙王没用，在众人祭拜龙王之后，第二天区长凌春来召集村里几个"明白人"开会，一叫全部到齐，没一人推辞缺席。第三天到村东修坝，也是男女老少齐出动，干得热火朝天。

全村"明白人"足足议论了一天，形成了几条决议，第二天召开大会宣布之后，又写成公告，全村张贴。

公告中有如下几条措施：一、集合全体村民，在东坡岭下赶修土坝，高一丈五，以保岭坡庄稼不被水淹，力争三至五天完成。二、住房最低的二十一户，筑坝时可以不出工，但自己必须在村外岭上的高处，搭建地屋子一处，如有险情，随时搬迁。三、没船的人家，三天之内，至少打造木筏一个，以备万一逃离之用。四、全村地势最高的学堂和望湖楼酒店，做好准备，必要时安排逃离的灾民。五、各家各户至少烙好够三、五天吃的煎饼，以备逃难时急用。

尽管，村民皆历经多次黄水侵害，但仍然谈虎色变。开完会、布告贴出以后，全村立马就开了锅。

3

凌春来让陈砚楷靠在望湖楼酒家，与酒店里的人商量，做好两件事情：一、进一步加固四周院墙和大门的防洪，必要时至少可以接纳五十户难民吃住。二、万一学堂被洪水围困，酒店须为小学生准备三天的吃食。陈砚楷一口就答应了。

自从那天夜里陈砚楷和孙尚香相互演奏胡琴以后，两人的关系骤变。陈砚楷和小耀祖每顿饭不再由小樱桃送到他们宿舍，而是由孙尚香亲自做好饭菜，亲自送到楼上一个饭间。陈砚楷也不像以往那么客套了，送来就吃，甚至留她一起用餐。另外，孙掌柜对于小耀祖也开始主动照料，帮着给他洗洗衣裳，单独给他买点儿糖果，有时还代替砚楷检查他的作业。前天晚上，砚楷回老阮家看爹娘回来晚了，小耀祖竟然跟着她睡了。有她帮忙，陈砚楷的手脚似乎又解放了。与孙尚香和范师傅一起商量好几件防洪事宜之后，孙尚香又主动提醒他，在洪水到来之前，应该回城去岳父家看看孩子们。小耀祖可以由她照管，他很受感动。

说好，他回城可以住两天。但他只待了一天，就匆忙赶了回来。他心里有种不祥的预感，怕出事儿，总是惶恐不安。

孙尚香问他："为何去也匆匆、回也匆匆？"

他说："我怕，怕小耀祖再闹，你们招架不了。"

"小耀祖可懂事儿了，还帮着我扫地，端碗……"

"我还怕，怕你……"

"怕我，干啥？"

"你就忘了小红给你那封信了？"

"咋，你还想着？"

她看着他，他没有再躲避，也看着她……

两人的脸都红了……

果然，怕啥来啥。就在这天夜里，怕出的那件事终于来了！

夜晚，仍然非常闷热，几乎没有一丝儿凉风。月亮比那天出来得稍稍晚了一点儿，但升空之后，仍然在云层中穿行，忽明忽暗。小耀祖仍然拉着楷爷爷、喊上香奶奶（孙尚香让他如此叫她），拿上胡琴、洞箫，先后爬梯上了楼顶平台。也仍然让楷爷爷先吹箫，吹《苏武牧羊》。

不过这一次是香奶奶领着小耀祖一同跟着唱。唱完一遍，香奶奶便认真地纠正小耀祖唱不准的乐句，教导他如何唱得更好听。经过几次纠正，小耀祖越唱越好，香奶奶便不断夸奖，他越学也越来了瘾头……

"耀祖，该睡觉了吧？是跟着楷爷爷睡？还是跟着香奶奶睡？"孙尚香看看夜深了，就催促他回房睡觉。

"不，房间里太热，我睡不着。香奶奶，再唱两遍，行吗？"

"好。说话算数，再唱两遍。"

香奶奶的话音还没落地，突然听见楼下一阵叮叮当当摔盘子砸碗的声响。

"什么响？"小耀祖问。

楷爷爷急忙捂住了他的嘴巴，在他耳边低声说："不要说话。"

香奶奶急忙将小耀祖揽进怀里。

底楼传来"啪""啪"打人耳光的声音："说，姓孙的哪儿去了？"

"确实不知道，打死我，也不知道……"是范师傅的声音。"这几天，人们怕闹水，酒店里没有买卖，掌柜的，好像是，去了东昌府。"

"胡说，吃晚饭的时候还在……去，两个人把紧大门，其他人，挨门儿搜！"

一阵杂沓震耳的脚步声，接着又是一阵敲砸东西的声响……

躲在角落暗影里的孙尚香在陈砚楷耳边问："咋办？去地下室还来得及，有暗门儿。"

"他知道地下室吗？"

"当然知道。可是，他如果没亲自来……"

"他肯定来。"

接着，一楼、二楼相继传来向"头头"报告"没有搜到的"的话声。随后又有人报告："地下室里，也没人。"

"头头"的话音很低，没办法听清。但接着有人大声喊道："还有个顶层平台，两个人上去，搜！"

"咋办？"孙尚香有点儿慌了。

"沉住气，我把住上来的梯子口。"陈砚楷按住孙尚香和耀祖，低声说，"千万别动……"

他想找个家伙拿着当武器，但这顶层空空荡荡任啥也没有。他手上只有一把二胡、一把洞箫。他只得把二胡倒过来，将柄和洞箫并在一起，用两手紧紧攥着……

陈砚楷还真沉得住气，直等到第一个爬梯的土匪在梯子口露出头来——脸是用露眼孔的黑布蒙着的——说时迟，那时快，陈砚楷卯足了劲，抡起二胡冲着那黑头顶就砸了下去。那土匪"哎哟"一声便跌落了下去。

第十六章　大河之殇

可能砸在了下边一个土匪的头顶上。下边也接连"哎哟哎哟"地乱喊，"奶奶的奶奶的"乱骂着。

"上边是哪个龟孙？不想活了？"一个土匪发话了，并有拉枪栓将子弹推上膛的声音。

"是你陈大老爷。陈二棒槌的大哥！"陈砚楷亮开了嗓门儿对楼下喊道，"回去跟'张黑脸'捎句话，别逼人太甚！"

"啊，是陈老大吗？大路朝天，各走一边。我劝你放明白一点，少管二下旁人的闲事。"

"二下旁人的闲事，你陈大爷一向不管。但是，你们找的女掌柜孙尚香，那是我老婆。我能不管吗？"

"胡说！什么时候成的你老婆，我们咋不知道？"

"你不送礼，我能给你下请帖吗？别不识相，刚才我只是让那位兄弟见见红，长个记性。若逼我拔出腰里的真家伙，就得搭上几个弟兄的小命了……"

一听这话，几个土匪立马退了后。这时突然有人低声骂道："娘的，晦气！"

声音好熟！

陈砚楷突然灵机一动，拉过小耀祖，说："耀祖，赶紧喊爹。你爹在下边。"

"爹——爹——你在哪儿？我是耀祖啊！"

这一招儿真灵。不大一会儿，四个土匪悄没声息地撤走了。

孙尚香从陈砚楷的身后猛地搂住了他的腰，把脸贴在了他的后背上。喃喃地说："谢谢，谢谢……"

陈砚楷却说："可惜啊，我的洞箫，胡琴，都断了！"

"断了，我赔你。"

"怕是你赔不起啊！"

"给你当老婆，还赔不起？"

陈砚楷"嘿嘿嘿嘿"笑了："那是糊弄土匪，何必当真！你，了解我多少？"

"我，什么也不想了解……"

"不，咱们，有缘无分了……"

"不！"

4

黄河汛情警报，一天紧于一天："上游下大雨了，陕州水势暴涨！

咱这儿恐怕快了……得早防备，早打谱……"

张德厚听到这些警报，心里冒火，嗓子哑了，嘴唇上起了燎泡，眼睛里有了红血丝。他平时过日子算计得太细、太抠。种着五十多亩地，只在麦秋两季收割庄稼时雇几个短工突击几日，从来不雇长工。平素耕种、间苗、薅草、施肥、浇水等等，全都是领着老婆、闺女起早摸晚忙活。可如今，往日能顶个男劳力干活的闺女小琴，肚子开始鼓了，怕人们看出来，她连大门也不出了。而且呕吐嫌饭（妊娠反应）总没完没了，当娘的心疼，也难离左右。坡里就只有张德厚自己忙活了。这几日村里男女老幼都去村东修土坝，他不能不去。可他哪儿有心？二遍豆子没锄，草疯长；高粱都秀出穗子来了，可底叶子还没打；土坝外边还有十五亩洼地地堰也没筑完；满头虱子没处拿了。偏偏他去了三趟集市，也没雇着一个短工。洪水谁知道哪天到？闹得人心惶惶，谁还出来当小工？他心里着火了，火苗儿越烧越旺……

张德厚在村东土坝上收工后，又急头搔脑"马不停蹄"跑到自己那几块地里转了一大圈，越看心里越焦躁。回到家的时候已是满天星斗了。他是又累又饿，便连声喊老婆子赶紧上饭。老婆子也连声答应着将还没落滚儿的绿豆汤舀了两碗端到了饭桌上。以往，老婆子送来的绿豆汤都是不冷不热的，今们儿他要得太急……他端起大碗一仰脖子，咕咚就喝下去好几口……

"吐吐吐……"可能舌头皮也吐出来了，"你想害死我啊？"

他说着，便把那碗热汤冲着老婆子甩了过去。

"哎吆吆——烫死我了！"

全乱套了！

正在这当口，女儿小琴一步闯了进来。爹还在骂，娘还在嚎。她不知就里地也恼了："我，到了这个地步了。说好的结婚，今日拖明日，明日拖后日，如今直接拖黄了，干脆不闻不问了。回到家，就知道吵，闹，你们吵吧，闹吧，我，不活了！"

"你，不活了吓唬谁？爱咋着咋着……"

小琴扭头就出了门。小琴娘捂着脸上的烫伤就跟了出去……

"噌！"张德厚一脚将饭桌踢得翻了个底朝天，骂道，"奶奶的，这日子不过了……"

5

第二天一早，小琴双眼哭得像铃铛一样，没吃饭便去了老阮家，找到婆婆吕氏，扑到她怀里就抽抽搭搭哭起来。

吕氏问明白原委，经过与两位公爹反复磋商，决定由存忠领着（砚楷走不开，得留下来安排在学堂保护孩子），由三菊陪同，第二天便与小琴一起去济南找学义结婚。

临走，吕氏送出大门口，又塞给存忠一摞钱，说："大哥，这是咱大娘给家里籴粮食的钱，你先拿着，家里总好想法子。装到内衣口袋里，千万别丢了。甭笑，我还不知道你，丢三落四的！哥，穷家富路，该雇船雇船，该雇车雇车，别太节省。若是学义不在济南，那是有重要事情外出了，千万别着急。可以去惠鲁学校找二梅和家驹。让他们领着出去转转，看看趵突泉、大明湖的。三菊，照顾好你二嫂。你二嫂有什么闪失，我找你算账。"

小琴一听，眼圈儿立马红了，拉着婆婆的手说："娘，你放心……"

正在这时，小琴娘气喘吁吁地跑来，用小包袱包了几十个鸡蛋，递给了小琴："刚煮出来，我怕来不及，也不知道熟了不？"

说完，又从衣袋里掏出一个钱包，塞给了女儿。

"娘……"

"这是你爹不放心你……"

"娘，好好伺候俺爹，俺爹太忙、太累，别误了他喝水……"

悄悄站在墙角那边的张德厚，听到女儿的话，鼻子一酸，哭了……

吕氏眼尖，早瞅见了他，便大声喊道："德厚兄弟，出来啊，别藏猫猫儿，送送闺女吧！"

张德厚忙擦擦眼睛，走了出来。

小琴叫了声"爹"，又哭了。

"好了好了，去办喜事，要高高兴兴，上船吧！"

划船的人早等不及了。

6

小琴走后，第二天吃早饭的时候，二爷宗贤突然提出了一个奇怪的决定：要亲自去鄄城黄河工地去看看二儿子存孝。

原来，他昨天见到了东庄上刚从南边鄄城河工上跑回来的老朋友张老庚。张老庚悄悄跟他说，这段时间，存孝身体不是很好，面色发黄，走路直出虚汗。跟工地上一个管财务的头头不和，天天争吵。这个头头不仅与上边勾结，克扣民伕口粮。还很粗暴，对民伕开口就骂，动手就打。为这，不到十天，民伕就跑了一大半。兴许存孝向省里告发了他，他正发狠要报仇，要除掉存孝……张老庚的意思是，赶紧让存孝找个理由离开那儿，对于小人，惹不起，躲得起嘛……

宗贤与哥嫂、三菊娘，商量了一番。吕氏提出，如今防洪紧张，爹和砚楷都走不开，还是自己由严依霞陪同前去。可饭后三菊说，她严姨感冒了，正发高烧。这当口，砚楷回来看娘，正好碰上，他说："去鄄城，二三百里路，兵荒马乱的，二嫂自己走，咋行？你等着，我给找个伴儿……"

砚楷领吕氏来到望湖楼，把情况跟孙尚香一说，孙尚香答应了："这几天店里没多少生意，让范师傅操持着，我陪二嫂走一趟吧。"

真是求之不得，没再客套，找来范师傅安排了一番，带上吃食，牵上驴，就立马上路了。

7

鄄城河务工地的阮存孝，确乎病得不轻。脸色蜡黄，腹部鼓胀，吃上一点儿带油星儿的菜便立马恶心呕吐。找医生看过，说他是肝胆火盛，要立即休息静养。可是，洪峰即将到来，能擅离职守吗？

黄河工程，历年失修。民国二十二年（1933年）上头核减预算，将修堤防汛费减为二十四万元。减后款额亦不能如数领到。"在工员兵薪饷"的发放亦拖欠数月。"以致三游工程千疮百孔、几无完肤。"为此，民国二十四年（1935年）2月，黄河水利委员会委员长李仪祉愤而辞职。后由副职孔祥榕代理。是时，有人说，"上头换，下头乱"，不无道理。3月16日，《大公报》发表社论《论黄灾》，批评"孔祥榕主持堵口不力，并吁急赈灾民"；同日，《河南民国日报》也发社论，痛斥官场习气延误工程。有人怀疑是他阮存孝向记者透露了真情，便千方百计进行打压排挤。作为一名认真敬业的工程技术人员，阮存孝本想与委员长李仪祉一起辞职，但这年4月，培修北金堤工程开工。上自河南滑县，下迄山东东阿陶城铺与民埝相接，计183公里又683米，堤顶高出原（1933年）堤高1.3米，顶宽7米。面对这么大的金堤工程自己退却逃避吗？不！老阮家的祖训中就有一条："但知行好事，莫要问前程。"他阮存孝坚持了下来。

作为"治黄"专家，他自然明白"治本"重于"治标"。然而，"治本工程，则因经费缺乏，虽有计划，迄未进行。"至于"治标"的堵口工程和险工处筑堤，虽然相继完竣，但是，他心里有数，有的堤段是些挡不住洪水的"豆腐渣"工程，兴许洪水一来就会原形毕露。这便是上层昏庸、腐败，中层贪污、克扣，基层怠工、糊弄的必然结果。他为此愤慨，却无处诉说。为了验收确保实事求是，他曾将送来"堵嘴"的钱钞扔出门外；有一天黑夜他被蒙面人拖出去打得鼻青眼肿；他还收到过用匕首插在办公桌上的恐吓信；他还曾因饮用被下毒的开水住过十天医院，差点儿送了性命。谁会想到，做个清廉人、有良心的人，还那么艰难！

那天夜里，黄河上、中游水势暴涨的警报不断传来。大清早，阮存孝没顾得吃早饭，便着人将鄄城临濮集、董庄、李升屯等几个危险工段的领工招集来，他躺在床上，喘着粗气，再次强调，责任重大。又苦苦相劝，须日夜守堤，加强监管。还特别指出了李升屯七坝下圈堤、十坝下的民埝等最最危险的地段谨防出现漏洞……

他说着说着，已满脸虚汗，面色苍白，双手打颤了。来开会的领工头头们，都很受感动。便立马表示，让他放心。接着赶回了岗位。

这时，一个姑娘，端着一碗热面条走了进来。她将面条先放到桌子上，又把毛巾放进脸盆里泡湿，拧拧水，给阮存孝擦了擦脸和手。说："爹，你是先躺下歇歇，还是，先吃点儿饭？"

"我，得歇歇……心里发慌……"

"你，两顿没吃饭了，能不慌？"她慢慢扶他躺了下去。

她是谁？咋喊他爹？

她是小桂花！

自从小桂花藏在冯家场院屋子养伤，发生了学梅婆婆送面条、毒死母鸡、家驹骂人、学梅跳湖的风波，小桂花感到灾祸皆因自己引起，便悄然离开了冯家出走。她也想到过自杀，但是，她很想知道个水落石出，直到她打听到学梅得救，她才远离了阮家岭。尔后，她在流浪之中被一个唱山东落子、山东琴书的小演出队收留，而且很快就唱红了。有一次在鄄城县城挂牌演出，牌子上的名字写的是"阮学竹"，正巧阮存孝在这儿看病，他被"阮学竹"吸引，找到了剧院的后台。相互一问，道明原委，小桂花喊了一声"爹"，倒头便拜。及至知道阮存孝身染重病、在此治疗时，她毅然辞职，留下来照顾干爹了。

她像亲女儿一样，每日给干爹做饭、洗衣、熬药。还多次苦劝干爹，赶紧请假去省城，找名医治病。不能再拖下去了，在这儿会拖垮的。但干爹总以防汛情势紧迫为由，坚决不离开岗位。还再三嘱咐她，决不能跟老家的人们透露真情，让家里的老人着急。可是，这些天，他已经不能吃饭，清水煮的面条，吃两口就开始恶心。人不能吃饭了，还能活几天？她着急、惶恐、没了主意，也找不到任何人商量……

"学竹，你帮我，把鄄城的，秦道埼县长，赶紧找来。他，兴许在我办公室，我跟他约定的……"阮存孝躺在床上有气无力地说。

学竹将秦县长请进了阮存孝的宿舍。

秦县长一看，大吃一惊。

"阮先生，你……赶紧上医院。我，陪你去！"

"老秦，去医院是救我自己。你得赶紧回去，救全县千千万万的老百姓。你是县长啊！"

"那些事，都来得及……"

"已经来不及了！"

"你别说得那么吓人，今年金堤又加高、加固了……"

"秦兄，人们都愿意听好话。可睁着大眼说瞎话，坑人啊！你别嫌我絮叨，也别嫌我是乌鸦嘴，我必须跟你说实话了。洪水峰头明天就到，这儿，恐怕……不，必然决口……确定无疑。不要抱幻想，不要再迟疑。一旦决口，鄄城首当其冲，后果不堪设想。你得立马回去，动员民众，男女老幼齐上阵。多一分努力，就少死许多人……"

"阮先生，谢谢。我听你的！"秦县长双眼闪动着泪光，紧紧握着阮存孝的手，多时没有松开。

目送秦县长走后，阮存孝把学竹叫到床前，说："学竹，我有了您这个闺女，很高兴。可惜，我，已经不行了……"

"不，爹！"

"我这儿，有写好的两封信。"他从枕头底下颤巍巍地取出来，递给了干女儿，"您收好。一封交给俺大爷和俺爹，一封交给您娘。跟俺爷、俺爹说，我不能孝敬他们了。也跟他们说，我，没有给老阮家丢人！治理黄河，我，尽心了，尽力了。当然，只是精卫填海，有心无功……"阮存孝没说完，就昏厥了过去。

"爹——"学竹声嘶力竭地喊着。

大半天，阮存孝才苏醒过来……

8

吕氏与孙尚香一路爬山涉水，兴许走了七八十里，来到一个街道挺宽、房屋挺古朴的乡镇。看看天色将晚，便寻得一处临街稍大的旅店住下。草草用些饭菜，喂饱驴，就想早早歇息。走路虽然由驴驮着，可这一路颠簸，早浑身酸疼，疲惫不堪了。

孙尚香有喝茶的习惯，随身也带了上好的茶叶。房中本来就有茶壶茶碗，她向店主讨来开水，便沏上一壶。

"二嫂，喝碗热茶，解解乏吧。"

"你喝。我平素，不喝茶。"

"这，不是平素，是跑了大半天路，腰疼胳膊酸了，开开斋吧。天这么热，蚊子嗡嗡的，一时半会儿，也没法子睡。还不如喝着茶，咱姊妹俩拉拉呱。我有些话，想跟你说说，您帮我拿个主意……"

"喝茶，可以；拉呱可以；这拿主意嘛，不敢当。"

"二嫂,跟我再客套,可就外道了。我想跟你说的,是埋在心里头的私房话。天底下还没跟第二个人说过……"

"呀,就那么相信我?不怕我,把你卖了?"

"不怕。"

"那,你说,我听着。"

"最近,到学堂教书的陈先生,陈砚楷,我知道,他帮你们打过官司,相互都熟悉。"

"对,熟悉。"

"我想嫁给他。"

"我知道。"

"他还没答应我,您咋知道的?"

"我用眼睛看到的,用心猜到的。"

"胡说。我们俩根本就没一点儿越轨的,连手还没拉过一回,你咋看出来的?"

"你的眼睛告诉我的。你看他的时候,那眼神,就怪怪的了。只有一个女人看自己的丈夫,才有那种眼神。您,已经喜欢上他了!"

"二嫂,你那双眼,真毒!"孙尚香像喝多了酒,脸和脖子都通红了,"我,还是剃头的挑子——一头热。"

"他不喜欢你?"

"兴许喜欢。好像喜欢。可是,我真跟他说,要嫁给他,他摇头了。他说,你了解我吗?我说,我不需要了解,也不想了解。我喜欢他,从心里喜欢他,就足够了!他是我这辈子遇到的第一个,第一个与我兴趣爱好完全相同的男人!这不是缘分吗?我真怕……我真怕与他擦肩而过,失去机会……"孙尚香说得动情了,俨然一个情窦初开的小姑娘。

"我理解你。可是,也不能操之过急啊!想嫁给他,必须了解他,这不是多余的。"

"其实,我已经很了解他了。他聪慧过人,知识渊博,多才多艺,心地善良,是个大好人,这是最最主要的。我也知道,他年轻时受过朱贵才他爷爷的救济,他感恩报恩,如今帮着养育朱贵才的儿子;我也知道,他妻子已经去世,还有几个孩子,住在县城姥姥家里。前几天,他回去了一次……这些,我都知道了,还不够吗?"

"你知道他的父母吗?"

"没问过,还不知道。"

"你知道他的兄弟吗?"

"不知道。"

"你知道他今后有什么打算?"

"不知道。"

"这些，你若是想知道，我可以告诉你。"

"好啊！"孙尚香坐在了吕氏身边，"我有点儿纳闷，他对你们老阮家的事，知道的也很多。"

"自己家里的事，他当然会知道的。"

"什么，自己家里？"

"对。他是三菊的叔叔，俺大爷阮宗圣的大儿子。"

"什么、什么？怎么回事？他姓陈，会是阮校长的儿子？"孙尚香激动得再次站了起来。

"你，坐下来，沉住气，我跟你说……"

吕氏将来龙去脉细说了一遍。

"二嫂，就冲他是你们老阮家的人，我跟他，跟定了。任他咋说，也甭想甩掉我了……"

吕氏哈哈大笑。

"您笑啥？"

"我笑你，也是个傻子。俺老阮家已经快揭不开锅了，竟然还上赶着、紧追不舍！"

"你呀，是灯下黑。不识庐山真面目，只缘身在此山中。老阮家的声望，在阮家岭，还是，这个……"孙尚香竖起了大拇指。

"我怕你……"

"你怕我，真是个母夜叉孙二娘？"

"不，我怕你，识得庐山真面目了，会后悔。"

"我这个人，有一点，很自信。相信自己的眼睛，不会看错人！"

"那就好。我相信俺砚楷兄弟会喜欢你。我为他高兴。他能娶到你，那是他的福气，也是俺老阮家的福气！"

孙尚香激动了，眼里闪动着泪花花，抓住了吕氏的双手，说："二嫂，只要您不嫌我，我就有底气了。"

"为啥？"

"谁不知道，你是老阮家，真正当家作主的。我听说，两位公爹都得听你的。砚楷，当然也会听你的。"

"我可没那么霸道……"

眼看就要成为妯娌的两个人，已经到了无话不谈的地步了。

"二嫂，你就不问问我，为什么三十五岁了，还没找个男人？"

"你不是说过了吗？砚楷是你遇到的第一个……"

"不，应该说，他是第一个兴味相投的男人。年轻时，也曾遇到过一个，也真心相爱过。他跟我兴趣爱好不同，他是一心闹革命，去广州上过黄埔军官学校，在北伐战争中牺牲了。此后，我立志不再结婚，想独身过一辈子，可遇到砚楷之后……"

"就春心萌动，改变主意了？"

"一点不错……"

孙尚香毫不避讳，将自己对砚楷如何爱恋，如何钟情，如实对吕蕴玉说着，简直有点儿像冲开河堤的黄水，阻挡不住了……

"好了，半夜多了，睡觉睡觉，明天还得赶路哪！等见到了存孝——你那位二大伯哥，我跟他一介绍，他还不知道怎么高兴呢？"

两人在蜡烛熄灭之后，上床睡觉。但是哪儿睡得着？眼睛强闭着，待一阵子后，根本没有了睡意，也就干脆睁开了。孙尚香开始在翻身了，压得竹床"嘎吱嘎吱"直响。

吕氏扑哧笑了："跟《诗经》上说的一样，'辗转反侧，寤寐思服'了……"

"别笑话我，你不是，也睡不着了吗？二嫂，我还在这儿纳闷儿，老阮家的大爷、二爷，可都不是一般人物啊，咋会听你的呢？你，就能一言九鼎？还真是个谜！"

"说，一言九鼎，那是瞎说；说，都听我的，也是演义，言过其实。不过，在几个岔路口上，他们拿不定主意了，曾经听过我的劝说，如此而已……"

"譬如……"

"譬如，二十年前，俺大爷回乡还没多久，那时节他父母还在，俺大娘的孩子还小，他有几个在京城的朋友多次给他来信，请他出山，参加火热的革命斗争，并许诺出任很高的官职，他确实心动了。家里老人自然强力阻挡，他不便跟二老翻脸，可是能跟老婆争吵，甚至动手打了俺大娘，俺大娘放声大哭。他老爹抡巴掌掴了他两个耳光，打得他鼻子嘴里出血。他捂着鼻子，破门而出。在这个闹得不可开交的情势下，是我这个不该出面干预的晚辈小媳妇，破例出了面，两句话，就两句，大爷就站住了……"

"你说的啥？"

"我说，大爷，你这个读书人，搞不了政治斗争，不会有好下场！"

"你点到他的软肋了。"

"他站下以后，我又说，一个拉洋车的老车夫，翻车跌伤了，你看见都会流泪，你能搞了残酷斗争？他傻眼了，犹豫了……我又说，如今军阀打打杀杀，政客上上下下，居庙堂当国士宰辅，为军阀谋略擘画分天下，大概你还没有进入哪一个嫡系死党的圈子；吹吹拍拍，当文案师爷，大概你不会心甘情愿俯首屈就；至于骑马上阵、领兵打仗，就更不是你的长项了。也就是说，眼下不是贤人治国，而是武夫争雄，文化人不想围着武夫转、不想为虎作伥，只能靠边站。像大爷这样讲是非、认死理的读书人，可以说，不仅派不上大用场，闹不好，还不会有个好下场。爷，良禽择木而栖，丈夫相时而动，何去何从，可要三思啊！俺爷终归是个明白人，他一跺脚，扭头回来了……"

"原来如此！"

"对于我这个进省城念过书的、长了一双大脚的孙子媳妇，老公公、老婆婆一向不拿正眼看，自那以后，才以亲情相待。"

"二爷，是个武人，他性子急，脾气暴，他也听你的？"

"俺爹，比大爷耿直，爽快，更讲究男女辈次的礼数。在家里，除了大爷，他的话就是圣旨，没人敢违悖过。可是，他不糊涂，通情达理。我也不止一次，挡过他的大驾，犯颜规谏过他……"

"譬如……"

"譬如，前年，他知道两个大孙子都秘密加入了共产党，便大发雷霆，大骂我和存孝，对儿子放纵不管。骑上驴就要上济南，非把俩孙子拖回来不可。俺大爷想劝几句，他瞪着眼，说了粗话。他说，你当年是咋进的监狱，忘了？咱老阮家是咋破的产，你的老婆孩子是咋死的咋丢的，忘了？"

"我听说，二爷比女人还疼爱孩子！"

"可不是嘛，咋办？大爷递眼色，让我下跪祈求。我没有下跪，反而说，爹，走，我跟你一起去，直接把他们送进公安局，自首坦白，争取个宽大处理……走啊，我给你牵着驴。他傻眼了。我又说，爹，你知道共产党是干什么的？不知道吧？他们入党的时候，都发过狠誓，上刀山下火海都不怕了，他怕你？他听你的？如今官府是挖空心思抓他们，是宁可错杀一千，也不放过一个。你去大吆小喝地拖他回来，不就是帮警察找他们、往监狱里送他们吗？我这一次劝爹，是苦口婆心、千言万语，好歹劝住了他……"

"我想，兴许你自己也没想通，也为他们担惊受怕，对吧？"

"可不是嘛……"

两人就这么拉着呱，不知不觉中，远处的公鸡打鸣了！

9

是福不是祸，是祸躲不过。果然不出阮存孝所料，7月10日（农历六月初十日，小暑后三天）晚8时，黄河洪水在鄄城临濮集、董庄间决口。

"11日上午，李升屯因水涨过猛，七坝下圈堤突然出漏洞一个，十坝下之民埝又出漏洞数个，民埝溃决大堤根，水深三米以上。鄄城决口，其水分三股而流：一股大水越过民埝后，由董庄、临濮集间漫决。漫决地点距董庄河工分段部只五十余步。段工人员被大水冲去数人，不知踪影。漫出之水宽约三十里，高约一丈，速度每小时行四五里。11日正午，过鄄城城南之郑营，下午已到鄄城城东之引马集，将引马集以东新埝冲溃，水宽二十余里，水头高八尺。其他两股均系李升屯、杨楼间小民埝决口之水，一股直灌鄄城。鄄城县长秦道堉率同民伕及乡农学校学生死力抢堵，因水势过大，随堵随决……"

回头再说吕蕴玉和孙尚香二人骑驴赶到董庄，已是10日的傍晚。也就是说，是在决口之前，但已经临近，或者说已迫在眉睫。整个工地人心惶惶，一片混乱。全像没头的苍蝇，不知往哪儿飞了。

尽管什么时候会决口，谁也说不准，但是，所有工地人员，对于这里的工程质量，心中都有数：决口，是肯定的。要天塌地陷了！要大浪滔天了！要满世界一片汪洋了！要被急流卷进漩涡，去喂鱼鳖了！跟爹娘、跟老婆孩子要永别了……各自的噩梦想象尽管不同，但是被"死到临头"的恐惧，威慑得失去了起码的理智和镇静，确是事实。甚至有的变得晕头转向，头脑一片空白，有的则近于发疯了……

吕氏和孙尚香见人就问，多数人摇摇头，摆摆手，根本顾不得回答。她们只得张开胳膊截住人问。

"老乡，河务局的老阮，阮存孝，住在哪儿？"

终于遇见了一个岁数稍大点的，像个伙夫，他还比较耐心。

"老阮？那个戴眼镜的，脑门儿挺大，头有点儿秃的，老阮，对吧？"

"对对对，就是，就是他……"

"他，得黄病了。怕传染别人，好长时间不到伙房吃饭了。他有个干闺女，叫什么，叫学竹，天天伺候他。他，就住在，那儿，那儿……"好心的伙夫指了指房屋的方向，也匆匆跑了。

"干闺女，学竹？"孙尚香不解地问。

"就是小桂花。我收的干闺女。她，什么时候来这儿了？"

"真是山不转水转……！"

她们终于找到了阮存孝的住处。一点儿不错，吕氏认识他的被褥。可是，人呢？人哪儿去了？小桂花在哪儿？

房间内东西一片狼藉，地上红红的一片，好像是血迹……

"不好！"吕氏禁不住惊叫了一声。

就在这时，屋外突然有人喊叫："开口子啦——开口子啦——"

不错，黄河就在这儿决口了……

面对黄河那滔天的怒涛，兴许所有的民工心里都明白，这是那些手握钱权的国人，做的孽呀！

10

听到决口的喊声后，她们两个慌忙跑出了房门。这当口，小桂花好像刚从水里爬出来一样，披头散发，脸色苍白，浑身泥水，正一瘸一拐地冲这房屋走来……

还是孙尚香先辨认出她，大声喊了一声："小桂花——"

吕氏也跑上前去。小桂花愣住了，沙哑地叫道："娘——"

小桂花往前跑了两步，一头便栽倒了地上……

孙尚香在吕氏的帮助下，好歹把小桂花抱进了宿舍。多半天，小桂花才苏醒过来。孙尚香给她喝了水，吃了点东西后，她喘着粗气，坐起来，擦下床，跪在吕氏面前，说："娘，你们，咋来的……"

说着便放声大哭……

随后，学竹讲述了干爹被害的经过。

昨天夜里，大概九点多钟，干爹说，有点儿饿，学竹给他用开水沏了半碗炒面，还加上了一羹匙红糖，他挨着都喝了。喝完，他精神挺好，便仔仔细细询问学竹的情况，随后，让她把蜡烛端到眼前，在床头桌上给二梅写了一封书信。信中说，学竹嗓音特别好，你们帮她找个音乐老师再教教她。她将来肯定能成为一名出色的演员，或者中学的音乐教师。他刚把书信封好递给学竹，突然间，便有四个蒙面人破门而入，从床上把干爹拖下来，口里塞上了毛巾，抬着就往外走。学竹大声喊了声："救命啊——"头上立马挨了一棍棒，口里也被塞上了毛巾。两人抬着干爹，两人拖了学竹，来到了河边，先后被扔进了洪流之中……

学竹被冲出了不知多远，她在波浪里摸到了一根从上游冲下来的木梁，她紧紧抱住它，后来靠了岸，总算没淹死……至于卧病在床、几天来只喝过半碗炒面的干爹，是死是活，还用问吗？

吕氏拉起学竹，说："孩子，我，对不住您爹。他病成这个模样，我没来伺候他一天。学竹，娘，谢谢你了……"

吕氏说不下去了，浑身止不住地颤抖，面前一片漆黑……

11

7月12日晚至13日晨，山东全省普降大雨，有的县是暴雨。黄水泛滥，鲁西十余县灾情日益扩大，惨不忍睹！

那是董庄决口的第四天，在暴风骤雨稍停之后，连续几天几夜于惶恐中没有敢合眼的阮家岭的人们，已经疲惫不堪了。转移到岭上的八十多户人家，女人们则抓紧把淋湿的被褥晾出来；勤快的男人们则提溜上铁锨跑到庄稼地里排水去了；岁数大的，不放心孩子，则去了学堂。因为十六岁以下的孩子，全让老校长劝到学堂去了，那里的地势最高，百年来发大水都没淹过。学生们不再按班级划分，而是按年龄、男女、家族、亲戚自愿结合，学生由老师统一管理，没上学的小孩子，必须有家里大人看管，或者托人代管。本来，五百多个孩子和看管他们的大人，拥挤在这个由寺庙改造的学堂里，吃住都很不方便，孩子哭、老婆叫，还不成了马蜂窝？可是，不。在一个非常时期，非常环境，则出现了一个匪夷所思的境况：学生比平素还要听话，出入请假，相互尊让，秩序井然。学生们还主动去斥责大声喧哗的家长。家长们看看白胡子老校长都日夜相伴，低声说话，哪儿还好意思大声喧哗。有个别不自觉的一放高嗓门儿，便群起制止。有时不懂事的婴儿一哭，当娘的（或奶奶）则赶紧抱出去，离大家远一点。

　　这，既是区长兼校长凌春来和老师们苦口婆心反复说明利害，强调纪律的结果；也是德高望重的老校长朝夕相伴的结果。老校长感到了惊奇，也感到了欣喜。惊奇的是，老百姓并不像他想象的那么品质低下、没有教养；欣喜的是他亲眼看到了"教育"的成效。对此凌春来与他也有同感。只是他又加了一句："教育必须与老百姓的切身利害结合在一起的时候，才卓有成效。"言之有理啊！

　　连续几个昼夜，阮宗圣能支撑下来的原因，就是武秋生、宋守信、以及儿子砚楷，对他不仅热心照料，而且强迫他按时休息。在董庄决口消息传来那天，二棒槌带着一条挺大的船来接爹娘，无论咋说，他执意不走，因为他是学堂老校长，能撇下学生自己逃命？但是，他又强逼老伴带上小四儿，带上秋鸿，跟着二棒槌走了。他感到处于非常时期，自己责任重大，抖擞起精神，身子倒是硬朗了一些。

　　这几天有点儿出格、不听话的是朱贵才的儿子小耀祖。孙尚香跟着吕氏走了，陈砚楷又必须在学校里照管那些学生——老爹把六十个男学生按名单数好交给了他，出一点问题也得由他负责。因此，他几乎不能离开半步。可是小耀祖是个稳不住的小陀螺，转得老快。一眨眼就不见了。他是回望湖楼找樱桃姐姐去了。小樱桃负责为学生忙饭，小耀祖来，自然能找点儿可口的吃。小家伙贪吃事虽小，可找不到他陈砚楷着急啊！自己离不开，只得安排别人去找。找一次，人家不吭声，连着找几次就烦了。有时找回来当着陈砚楷的面就开骂了："坏种长不出正苗，奶奶的龟孙，这小子淹死活该。坏种死一个少一个，死光了，天下太平！"每当这时，小耀祖就跟人家对骂。不得已，陈砚楷第二次抡巴掌打了他……

对于这事，许多人都拍手称快，甚至说打得好！

让老师们讲故事，相互聊天拉呱，也是这几天大家忙里偷闲、打发时光的一项内容。这不，砚楷领着小耀祖离开之后，大伙就围起了老校长，想听听他的看法。

老校长阮宗圣说："我看，刚才有人说的不对。跟个小孩子制气，不也变成小孩子了？他爹再不好，那是他爹，账不能算在孩子身上，对吧？退一步说，即便他朱贵才不仁，咱也不能不义啊！"

"大爷，我觉着，你说的不对。人们都是这么说，既然你不仁，就别怪我不义。"黄满囤笑着说。这些天宋香菱病了，他也陪在这儿。

大爷也笑着说："满囤啊，不错，人们都是这么说，你不仁就别怪我不义。可是，古人说的正好相反：'宁人负我，无我负人，此待己之道也。'细想想，还是古人说的对。难道，你骂人我也骂人，你打人我也打人，你杀人放火我也杀人放火？你不仁在前，我不义在后，我是被你逼出来的。听起来好像有理，但是，这么下去，这个世界将是个什么世界？人们还有安稳日子过吗？"

"大爷，我听不明白。要是，你骂我，我不还口；你打我，我不还手；你抢我的东西，好，我送给你；你来杀我，好，我把脖子伸出去，随你的便……这么下去，不也乱了套？"

阮宗圣摇着头哈哈大笑，说："不，不，不是这么回事。做贼的要抓，杀人的要杀，做坏事的要受到制裁和惩罚。这是不仁吗？这是不义吗？不是。相反，这是为民除害，这是'义举'。跟你骂我两句，我再骂你两句；你咬我两口，我再咬你两口；你把我的猪狗药死，我把你的房子点了火，可不是一回事儿啊！"

武秋生插嘴说："阮老师，这做贼的要抓，杀人的要杀，做坏事的要受到制裁和惩罚，可不是老百姓能办到的事情。若是官匪一家就更是一锅糊涂汤了。对不对？"

阮宗圣长叹了一声，苦笑着说："这就是，'国治而后天下平'的道理了。许多罪恶，都是国破家亡造成的……"

学堂里这些老师和"老幼残兵"们可以忙里偷闲，有些人可没有这个福气！

几天来，人们一直见不到踪影的是张德厚。他是家里怕粮仓漏水，坡里怕庄稼被淹。于是一会儿忙家里，一会儿忙坡里，两头狼蹿。抽空还得偷着去照料那个小寡妇。小寡妇悄悄跟他说，已经给他怀上了崽儿。他甭提多高兴了。回家时看到老婆子刚烙出了一摞煎饼，他也顾不得烫手，两手一抔包了就走。老婆跟在后边看着，见送到小寡妇家里去了，眼都气蓝了，但他回来，她一声也不敢吭。他这些天就得忙死，脾气就像爆仗，点火就响。

另一个，人们不见踪影的是二爷宗贤。这几天他已经忘了自己的年岁，有点儿发飙了。在岭上他也搭了个小窝棚，把牲口和一些主要东西，都搬迁到了岭上，在岭上吃住。儿子存孝到底病成啥样子了？三菊陪小琴还在济南吗？婚是咋结的？是不是往回走、走到半路上了？他最最不放心的还有小三儿，他如今是上军校、还是开到前线打仗去了？这些事，他不是不想，是顾不上想了，也不敢往深处去想。他天天骑着马到庄稼地里忙活，累得腿疼腰酸，回到窝棚啃几口冷馍，倒头躺下就睡觉。至于被褥潮湿，哪儿还顾得上？心里头天天像塞着一团蒺藜蔓，乱糟糟、扎凄凄堵得难受。老阮家这么多人，而今能帮上忙的一个也没有。他们在外边过得安生吗？不，甚至死活也说不准。他咋也想不明白，这是为什么？这是个什么世道？咋就让咱全摊上了呢？越想心里越烦，便咕嘟嘟灌上几口老烧酒，喝迷瞪了睡得快。

董庄决口好几天了，人们逃命似的到处藏躲，既累了，也疲塌了。可是，在这当口，凌春来传来情报：洪峰离阮家岭不到十里路了！

12

人们刚吃过午饭放下筷子，凌春来就来告急了。接着，岭上敲起了大锣，学校里撞响了大钟……

"大水来了——"村里人都在声嘶力竭地喊着。

岭上的人，学堂里的人，居高临下，都在望着村西、村南的湖水，仿佛，水中会突然窜出一张着血盆大口的恶魔，将所有的人全部吞噬。人们，无不惶惶恐恐，丧胆失魂。眼，谁也不敢眨一眨；心，咚咚咚咚，就要跳出口来……

正如王湾的诗句所说："潮平两岸阔。"如今，东平湖的西、南两个方向已经望不到边际。天黄黄的，水黄黄的，黄尘和水雾迷漫了一切。天连着水，水连着天，苍苍茫茫，一片汪洋……

远处突然间传来类似推磨的声响，也像大雨来时的"云磨"声音。"隆隆隆隆……"

声音越来越近，越来越响了。像是贴着地面的停不下的雷声。对，是滚雷的声响！是奔雷的声响！

"隆隆隆隆……"

声音越来越近，越来越响。是一千只、一万只猛虎在奔跑，在怒吼，在咆哮！是千军万马，在……

天在摇摆，地在晃动，人在颤抖……

说时迟,那时快,在天与水的中间,猛然,出现了一道数丈高的黄苍苍的大墙。大墙,在不断向前推进着,推进着。东南方向那个刘家洼子村的大树,相继被大墙压弯了腰,树头连摇都不摇一下,统统低了下去;那些房屋,就像泼上水的生石灰块,转眼间便粉碎坍塌下去。只有少数组合牢固的房顶,像苇笠草帽一样,漂了起来……

人,在漂浮的屋顶上呼救、哀嚎……猪、狗、牛、羊,在树梢上挣扎……草垛,树木,在随波逐流……

阮宗圣一直站在学堂门口的台阶上,活像个"一夫当关万夫莫开"的将军,亲自把住大门口,在关键时刻,不能让一个孩子出门,不能让一个孩子出事儿!

他活了六十五年了,还是头一次见这么大的洪水!对于什么"排山倒海""摧枯拉朽""势如破竹"这些老词汇,似乎刚刚才有了真真切切的认识。不过,没让他这个读书人细想,面前这道"黄苍苍的大墙"已经来到了村前。他完全惊呆了,耳朵嗡嗡一阵轰响,便什么也听不见了,脑子里顿时一片空白……

那道洪水的"大墙"已经涌上了村前的堤岸,堤岸上数丈高的大杨树,从中间的腰部"咔嚓、咔嚓"断裂了,树头则随着那道"大墙"漂走了;那些高大的柳树,齐刷刷向北弯下了腰,树头有的竟然越过了堤岸,将路北黄家、王家几户的门楼砸倒,立即溶进了浑浊的洪流。

第一道洪水"大墙"扑进住户的院落之后,将一些较低的偏房推倒了,砸碎了!可是第二道"大墙",又涌了过来,水头比第一道更高了,力量更大了。继之,第三道、第四道……临街的住房,相继坍塌,漂走……

"完了,完了……"阮宗圣望着自家的房屋、邻居的房屋,慢慢被摧倒,被拆得七零八碎,消失在黄浊的洪水里。禁不住喃喃哀叫起来,"完了,完了……"

眼下,大半个阮家岭,都泡在了黄黄的水中,只有自家那个小阁楼还孤零零地站在水里。他开始祷告了:"老天保佑,小阁楼啊,千万千万千万挺得住啊!俺老阮家,七八代人,积攒下来的,五千多册书籍、三百多幅书画,全在那儿啊!我真该死,总认为,水再大,也淹不了阁楼。咋就没想到,那是百年阁楼,地基不牢呢?咋就没想到……咋就没想到……该死啊……"

小阁楼坍塌了,青瓦房顶没有漂走,而是沉没消失在洪水之中了……

他悔恨交加。心里突然一阵疼痛,接着天旋地转,两腿发软,面前一片漆黑……

他似乎被拖入洪水的深渊,又慢慢漂浮了起来……自己仿佛看到了自己的的躯壳,像漂浮在空中,像一根羽毛……砚楷仿佛就在身边,他

第十六章 大河之殇

还想告诉砚楷，那些飘走的书，尽量找回来。在箱子的，漂不走，泡湿了，可以晾干的……砚楷似乎根本没有听到，他孤独无助……他似乎从空中又飘落下来，落进了洪水大流之中，像一片树叶，流进了黄河……

他昏晕了，他坐了下来。又慢慢苏醒过来……

"快，西瓜飘过来了……下水捞西瓜呀——"是朱贵才的儿子小耀祖站在墙头上喊着。

"下来——"阮宗圣冲着小耀祖吼叫着。

可这小子太调皮了。他像是什么也没有听见似的，仍然站在墙头上手里拿着一根高粱秸在拨一个西瓜……

说时迟，那时快，正当老校长高喊制止的当口，小耀祖冲外一探身子，便立时掉进了洪水之中……

老校长没来得及喊人就一纵身跳了下去……

等人们赶过来，跳下水把老校长和小耀祖救上来之后，小耀祖救活了，老校长却再也没能苏醒过来，他永远地走了……

13

在这场洪水中，阮家岭的房屋，跟周围村庄一样，倒塌过半。但死人较少。近六百户，淹死、砸死的共七人。因为学堂没有进水、望湖楼虽然进水，可楼房没有倒塌，及早转移过来的人和五百九十八个孩子，无一伤亡。

老阮家除了老爷子，还有韩氏被洪水冲走淹死。韩氏三天前就去了大兰家，谁想到她听到钟响之后，突然记起还有几件首饰没有拿出来。她怕大兰阻挡，便偷偷出门回家。没想到首饰刚拿到手，洪水就进了大门，接着就是墙倒屋塌，她一个小脚女人，哪能逃得出来？

五天以后，吕氏与孙尚香带着学竹（小桂花）回到了阮家岭。学竹将阮存孝生前写的书信和一篇揭露官吏贪污的文章《黄河的漏洞出在哪里》，一并交给了二爷阮宗贤。二爷看后叹道："存孝也是个书呆子，咋就不明白，如今状告无门哪……"

十天以后，鄄城秦县长派人用船将阮存孝的灵柩送回了阮家岭。听说，是他在众多尸体中辨认出来的……

老校长阮宗圣为抢救小耀祖牺牲。

第十七章　灾连祸结

1

肆虐泛滥之后的东平湖，仿佛已经十二分疲惫，黄泱泱的水波，有气无力"泼哧泼哧"地拍打着犬牙交错的堤岸，活像一头角斗受伤的犍牛，跌倒之后，喘着粗气、呻吟着、爬不起来……

"人啊，这一辈子，瞎胡混啊！"阮宗贤沿着大堤高一脚低一脚地走着，心里这么说，"我，湖上出名挂号的楞头青阮小二，咋就塌了架子，变成老病秧子了？"

一场大水，一场噩梦，转眼工夫，他的腰弯了，眼抠了，头发白了。这不是正常的春绿秋黄、生老病死；这是飞灾横祸，这是家破人亡啊！谁扛得住？

大哥，大半辈子每遇大事我得听他的，他是主心骨，他是老阮家的顶梁柱。他讲起话来，嗓门响亮，滔滔不绝，咋就没留半句话撒手走了？二儿子存孝，还正当年，谁不说是有真才实学，给国家办大事了，可是，跟黄区长一样，给人家挡财路，让人家当橛子拔了！大儿子存忠，当不得梁当不得柱，是让人操心的荒货，偏偏又破了家死了老婆，往后还不是个累赘？

世界上，谁承受过一家三口同时殡葬的劫难？阮家岭只有老阮家。老阮家祖辈忠厚传家，招谁惹谁了？老天爷不公啊！

灾后，吃饭都是有了上顿没有下顿，棺材都是用破旧门板临时仓促钉做的。对不住老哥了！出殡那天，晚来的潘姓嫂子，带着儿子、孙子、孙女坐船回来了。苦命的嫂子啊，分别了二十多年、相会才二十几天，又永久地分离了。嫂子，进门在老哥灵柩前只哭喊了一声，就昏厥了过去……老哥生前，不止一次念叨：等八月十五过中秋节的时候，让砚楷兄弟俩把孙子孙女都领来认识认识，过一个团圆节。但是，永远没有这个机会了！三个孙子出头茂相，两个孙女俊俊秀秀，老哥，如果你见到了该多高兴？可你见不到了……老天爷不公啊！

出殡那天，望湖楼的孙尚香以儿媳的身份，穿戴重孝也来给你送葬了。老哥，你生前不止一次夸奖她，不是一个凡俗女子，如何有胆有识，如何深明大义，你若是知道她已经是自己的儿媳妇，还不知咋高兴哪！可是你……老天爷不公啊！

出殡那天，学仁回来了；学义领着小琴回来了；二梅由家驹陪着回来了；想不到的是小三儿学礼也回来了。这么多亲人回来，不是团聚，而是送葬，一个个哭得死去活来……唉！

出殡那天，做梦也没有想到，从县城、从省城、从各地，老哥的学生来了四十多人，带着花圈、挽幛、挽联，参加了葬礼！

出殡那天，省河务局的一个局长，偕同临河几个县的县长也带着花圈，前来参加了儿子存孝的葬礼！

出殡那天，全阮家岭大大小小、男男女女、还有五百多个孩子，都哭着给他们的老校长送葬来了！

也是出殡那天，阮宗贤才头一次真真切切感受到：自己的老哥和自己的儿子，都比自己有分量，都比自己活得长脸！他原以为，老阮家这辆破车，只有自己在牛劲巴力地驾着辕拉着绳套，在任劳任怨、苦苦挣扎，操扯着老少的吃和穿，唯有自己劳苦功高，唯有自己支撑了老阮家的门户。可是，假若自己死了，除了儿女送葬，还会有外人吗？不会有的，肯定没有……

可是，你们有本事咋着？你们都走了。留下这个糟烂摊子，咋收拾？老天爷不让自己死，这摊子再难收拾也还得收拾！

大水过后，大哥住的带阁楼的堂屋塌了顶，经过翻修，如今矮下一层，盖上了屋顶，成了平房。嫂子、秋鸿，领着小四儿学智住在里边。那些锁在箱柜里的书画，埋在了砖石瓦砾底下，没被冲走。这些日子，砚楷天天在整理晾晒。存忠的住房倒塌了，他让大兰接了去。西院倒了两间平房，三菊跟她娘住在一起。也就是说，刮风下雨都有地方藏着头了。可是坡里的庄稼今年是颗粒没收，吃饭咋办？不光他家，阮家岭东坡的大堤小坝地堰田埂统统冲毁，所有庄稼全泡了汤。饥饿，正威胁着阮家岭的男女老幼……

逃命的路，面前有这么几条：一、进城到救济站的粥棚排号喝粥、到外乡讨饭，熬过一年再回家种地。二、按政府安排去黄河口利津东北洼垦荒种地。三、下关东给日本人修路开矿，从关东来的人在暗地里串通，说能出力就挣大钱。

俗话说，好干的活儿难打的谱。第一条路，不是长谱。大多是还没

第十七章　灾连祸结

331

拿定主意的，便先让老婆孩子去喝几天黏粥，再等等看看。这不，出大水过去几个月了，莫说大户人家没走，就是老黄家这些辈辈种地的老庄户，掇家迁走的也不到二十户。穷家难舍，热土难离啊！

来找阮宗贤帮着打谱拿主意的，几乎天天都有。他苦笑着连连摇头："俺自家，如今都没个准谱哪！"

2

那是大出殡的第二天，趁着儿女都在，又请来亲家张德厚、严依霞，喊来孙尚香，叫上女婿凌春来、冯家驹，在阮宗贤的堂屋里也算开了个家庭会，宗贤让嫂子先说，可她说了几句就说不下去了。

"二兄弟，你咋说，我咋办，我听你的……"嫂子哭成了泪人儿。

"嫂子，我数了一下，今天，除了亲家和女婿，是二十二口。少着四弟妹（二棒槌媳妇）和学仁媳妇玉莲，再加上她们俩，正好二十四口。嫂子，咱老阮家，人丁兴旺啊！可惜，俺哥没这份福气看看了……"宗贤说着眼里就闪着了泪花，多时，又说，"假若黄河不开口子，好歹能吃饱肚子，什么苦点、累点咱全不怕，咱这个大家庭完全可以箍在一起、捆在一块，让俺这个老废物，享点儿含饴弄孙的天伦之乐了。可是，老天爷不讲情面啊，庄稼全泡汤了，颗粒没收。以后咋活命？我也不知道。我想了想，想出了一个谱，算是走投无路的一个谱，是各自逃命的一个谱……"

"二兄弟，你说。"

"好，我说。这一，就是能逃命的先结伙逃命，别箍裹在一起饿死。只要嫂子同意，老阮家我做主了：砚楷和孙尚香，学义和小琴，三菊和守信，婚礼不办了。一是身戴重孝，不能办；二是眼下也没钱办。今天，一起跪拜天地，一起给长辈磕个头，就是一家人了。彩礼也好，嫁妆也罢，眼下没有，以后再补。嫂子，这事我没跟你商量，是个馊主意。你说行就这么办，你说不行权当我没说……"

"好，我同意。还得问问张家他叔、宋家她姨，还有他们年轻人，都得同意。强扭的瓜不甜……"

张德厚和严依霞都表示了同意。当事的对对情侣皆相互看了一眼，低下了头。

潘响晴又说："我告诉大家，还有一对：小三学礼和秋鸿，原来长辈们一起议论过，如今他们见了面，一说，俩人都同意，我看，也一起拜了天地吧。"

老少都无异议，四对新人，连件衣服也没换，由存忠喊着，分别拜天、拜地，给长辈们磕了头。

宗贤这才说："禽鸟长大，就得离开老窝，就得自己飞出窝寻食吃。如今省府贴出公告，去黄河口大洼里，管一年饭食；小两口就算一家，每家能分三十亩地。听满囤说那儿的土地，榜了草就长庄稼，肥着哪！我看是条活命的路。我若是年轻，肯定也会去。今天，又有几对年轻人磕头拜了天地，咱这个大家又分出了许多小家。去，还是不去，你们自己商量吧！至于我们这些老人孩子，你们不用挂心，冻不着，饿不死。还有宅子还有地，实在不行，可以卖嘛！嫂子，东院你说了算，西院我说了算；坡里的田地，也是你一半，我一半。嫂子，你说，行不？"

"二兄弟啊，房子，按你说的办，我要了。孩子们如果回来，还有个住处。你哥一辈子没种过庄稼，那田地，一直都是你经营的，我一分一厘不要。砚楷兄弟俩，也不会种地，他们也不会要……"

潘奶奶说完，又问问她俩儿子，俩儿子立即摇头摆手表态不要。

"嫂子，你要也得要，不要也得要。这是俺爹俺娘活着的时候就分好了的，就别争究了。"

"好，我收下。可是今后咋耕咋种，一如既往，还是你说了算。"

"那，行。"

"二兄弟，咱一家人不说两家话，打断骨头连着筋。我跟你说白了，我俩儿子都在，年富力强，能饿着我老婆子？再说，我和儿子，遇到困难有过不去的坎儿，回来找你，你能看着不管？他爹死了，你这个亲叔，跟亲爹还有什么分别？"

阮宗贤鼻子一酸，满脸老泪纵横……

儿孙们也都禁不住擦眼抹泪了……

吕氏借这个茬口，说："大娘，爹，媳妇说几句。"

"好，你说，你说……"两个老人一齐表态。

"大娘，爹，刚才你们说的话，打的谱，我们都听明白了。老人的心思，一是怕难为我，我俩儿一女结婚，不花一分钱；二是怕拖累年轻人，让年轻人放开手脚自己创业去，对吧？可是，作为老阮家的年轻人，也该想想，应该咋做？我以为，第一，得记住老阮家的家训。家训是什么呢？大爷曾跟我说过，就四个字：读书为善。就是大门上那副对联：'处世无它莫如为善，传家有道还得读书。'只有读书明理，才能择善行善。俺大爷和存孝，虽然死得都不是轰轰烈烈，但是，都尽心尽责了。俺大爷为了学堂，可谓鞠躬尽瘁、死而后已。这么大的洪水，全村五百九十八个孩子，安全无恙，无一伤亡。存孝，为了保住治黄钱款，没有与贪官同流合污，以身殉职了。出殡那天，咱们都看到了，人们没有忘记他们。他们，都给后辈做出了榜样。作为晚辈，能让他们失望？能给老阮家抹黑？不能！不能忘了老阮家的家教，不能败坏了老阮家的家风，万万不能！第二，虽然大家庭分成了小家庭，但是刚才大娘说了，还是一家人，打断骨头连着筋。兄弟姊妹，都是手足，都是骨肉。必须同舟共济，守望相助。第三，大爷走了，嫂子走了，存孝走了。走得都很仓促，跟儿女没来得及告别，没来得及嘱咐。不过，当儿女的也要想想，他们还有什么事情不放心？什么事情没有来得及做？儿女明白了他们的心愿，把事情做好，才能让他们在九泉之下放心……"

吕氏把儿女们都说哭了。随后，都相继表示了自己的态度……

第二天，她潘响晴跟小叔子宗贤郑重声明：一、儿子二棒槌改邪归正，退出了土匪队伍，自谋生计了；二、三个孙子，两个孙女，都改为阮姓。

阮宗贤一句话没说，双膝跪地，给嫂子磕了个头。

3

两天以后，阮宗贤逐渐知道了各自的打算。

大兰家别无选择，凌春来是区长，是本区灾民的带队。可大兰要求把她爹带上，帮她看管一下孩子。阮宗贤点了头。她问爷爷是否也愿意去时，爷爷拒绝了。他说，他哪儿也不去。

另外知道，三菊和宋守信，决定跟着大兰家一起去黄河口荒洼。三菊的婆婆严依霞，还没拿定主意，她得看看表姐吕蕴玉去哪儿？她说，这辈子不想与表姐分开。

随后，学仁、学义和小琴、二梅和家驹，一起回了济南；二梅曾想带走学竹（小桂花），说去济南帮她找老师学音乐，学竹说要留下来伺候娘，哪儿也不去。

接着，小三学礼也走了，留下了秋鸿仍旧伺候潘奶奶；二棒槌去了菏泽；砚楷将孩子送回了县城，回来后与孙尚香仍旧住在望湖楼，灾后学校停办，酒店没了生意，何去何从，还没拿定主意。

如今，老阮家的东院，住了潘奶奶、秋鸿，还有小四儿学智三人。小四儿说跟着奶奶学诗，还说奶奶这边不吃菜团子，娘夯好叫不回去。潘奶奶又喜爱小四儿的聪慧、机灵。挺长的古诗，用不了两遍，就能背诵。小四儿似乎已经成为她的小宠物，时时处处，不离不弃。再说，粮米蔬菜，多由儿媳孙尚香抽空送回来，做饭还是秋鸿操办。她，似乎又恢复了以往在小渔村的清净淡雅的生活。

西院里也是三人，可就大不同了，爷爷、吕氏和学竹，哪个是闲得住的？家里的牲畜，小马在发大水前卖钱换了粮米；老马发大水时挣断缰绳冲跑了；如今还剩下一头黄牛，一头毛驴。地还泡在水里，牲口自然也是闲呆着,但一天三时喂草还是少不掉的。

三菊娘就劝他:"爹,还是把牲口卖了吧!庄稼草棵子都在水里,你这么大岁数了,天天给它们捞吃的去?再说,人们都忍饿,草根树皮都吃,你保得住牲畜吗?"

阮宗贤牵了黄牛赶了两个集,人们围着黄牛转一圈,就是估量一下能杀出多少斤牛肉……是啊,如今谁还打谱买回去拉犁耕地?不杀谁伺候它?可是杀……他心里还真不是滋味。这头黄牛,跟他十几年了,差不多每年给生一个犊子。吃食不挑不馋,用不了多少豆料,就不塌肉膘。最主要的是,它懂事、不横、通人性。犁地时走墒沟,不歪不斜绷直一条线;地头地角,转弯多么陡,也不用抡鞭子放声吆喝,保准不给你留夹生地。拉车多是它驾辕,看见前面有高坡,离着老远就加劲,撒开蹄子小跑;下坡了,能挺得稳车,不慌不忙……让他铭心刻骨不能忘记的,是那年进东山运石头,宗贤脚下一拌,摔了个跟头,眼看大车轱辘就要从他身上轧过去,可是,"嘎叽"一声,车轮停住了——是黄牛将大车挺住了!宗贤才翻滚出来,挣得了性命。待宗贤惊魂稍定,看那黄牛,两边屁股上,都有巴掌大一块,没了皮毛,露出了红肉,鲜血涌了出来……

这个黄牛,如今要卖给人家去宰杀……他不敢往后再想了,他的心开始颤抖……阮宗贤,伤天害理啊!

就这嘛,又牵了回来。不过,堂堂的阮家老二,天天除了喂喂这么两头牲畜,吃了饭就顺着大堤溜弯儿,什么时候是个头儿?没过几天,心里便火烧火燎了!

"不行,不能这么傻呆着!也去黄河口,要上三十亩地……"

这些天,时不时地就蹦出这个想法。可是,他不能去,不敢去!那理由他说不出口,摆不上桌面……是啥?是冯剑秋,他就住在黄河口的荒洼里。听说冯剑秋已经把老婆朱氏休了,如今儿子存孝又死了,他们都是文化人,也不讲究什么贞节不贞节……

这便是阮宗贤的一块丢不下化不开的心病!

4

这天,凌春来、大兰带着存忠和孩子,宋守信、三菊,他们两家就要乘船跟随第一批灾民上路了。大清早,宗贤叫上守信的姑父黄满囤,套上了牛车,吕氏、严姨、学竹、秋鸿也跟着来了,一齐将他们送到凤凰山南边的庄科,在东平湖的东岸上了大船。大船是省里派来专门运难民去黄河口利津洼的。船很大,这里的人还是头一次见,一船能装二百多人,还有难民的行李、农具、炊具,甚至还有石磨、石碾。听说是每五家允许带一盘石磨；每十家可以带一盘石碾。

　　送行的人比上船的人还要多，得有五六百人。尽管有人用喇叭筒子大声喊着统一指挥，但这些灾民活像一窝没了蜂王的马蜂，到处拥挤、吵嚷，孩子哭，老婆叫，乱得不可开交。快开船了，宗贤又让满囤挤上前去，嘱咐大兰和三菊，看好东西，看好孩子，到了利津洼，立即来信……

　　望着大船慢慢开走，立于岸边的宗贤，一直举着双手，挥动着，泪水沿着两道鼻沟流到了胡子上，流到了嘴角……他不知道，自己还能不能活着等到他们回来……

　　赶着牛车回来的路上，阮宗贤从黄满囤嘴里了解到：他三叔三虎头子突然回来了。这次回来，好像还有几十个喽啰在什么地方秘密候着，等他的号令，要执行什么秘密任务……是雇了一条挺大的船从黄河进入东平湖回来的。回来之后，召集老黄家的人给爹娘和大哥、二哥上了坟。凡参加上坟的人每家分了一斗豆子，五块大洋钱。

　　最后，黄满囤还对宗贤说："二叔，三叔说，抽空去拜访你。"

　　"好，告诉他，我随时恭候。"

5

　　第二天晚上，三虎头子在满囤的带领下，来到了阮宗贤家里。

　　三虎头子给宗贤带来了两瓶罐装的"兰陵大曲"、二斤东昌府的酱牛肉，还有一箱子济宁玉堂酱园小油篓装的十香酱菜。

　　宗贤一看礼物不少，也急忙热情迎接到堂屋里落座。并让儿媳吕氏赶紧烧水沏茶。

　　"咋，小表弟果真混阔了？在这荒年灾月的，拿这么多礼品，可让你破费了。"

　　"二哥，这么说可就外道了。你又不是不知道，你这个小表弟自小不务正业，妨死爹、气死娘，无颜面在家乡父老面前生活，才跑出去鬼混。反正还是老脾气，吃了上顿不管下顿，除了天王老子，任谁也不知道害怕。说实话，在阮家岭当初我就怕三个人，一个是家里俺二哥；再就是大表哥宗圣和二表哥你。唉，如今他们俩都……走了……我回来，先给爹娘和他们上了坟。说啥，他们也听不到了。二哥，如今，在阮家岭除了你，还有我敬畏的人吗？没有了……"

　　三虎头子说得很动情，眼里还热泪汪汪的。

　　不一会儿，吕氏烧开了水，沏了茶。又炒了两个小菜，让学竹端上了桌。还把三虎拿来的酱牛肉切了两盘。菜肴可谓丰盛，两人便推杯换盏地喝了起来。

"老弟，这些年，都是在哪儿发财？"阮宗贤假装任啥也不知道。

"二哥，就是这，不好回答。用句老话说，就是啸聚山林，打家劫舍；用老百姓的话说，就是不务正业，混吃混喝。二哥，这些年，我算想明白了，饭到口就吃，钱到手就花。你省吃俭用、藏着攒着、想让子孙后代过富裕日子，那就是个糊涂蛋。不管是城里乡里，只要你沾上个'富'字，就立马有人征你的税、罚你的捐，绑你的票、共你的产。对吧？如今，咱中国这湾水，早给搅浑了，浑水里好摸鱼。二哥，不瞒你说，我就是在浑水里摸鱼。也可能某一天摸到深水里淹死，也可能某一天摸到老鳖湾里让王八嚼了。活一天就挣了两个半天……二哥，来，喝，今日有酒今日醉！"

"这么说，我——还是个糊涂蛋！小表弟，你这是来给我这个糊涂蛋开开窍的？"

"不敢不敢。你们老阮家，在我心目中，那是真正的正人君子，堂堂正正，有脸有面。不像我，是上不得席面的臭狗肉，破罐子破摔。"

"小表弟，这次回来，你是想……"

"我二龙哥，你们都知道，他跟你们兄弟俩差不多，也是条顶天立地的汉子。我敢说，歪的邪的他一件都不会做。他死得窝囊、死得冤枉啊！我想，一定得查查明白，到底是哪个王八蛋对他下的毒手？我发誓，得给他报仇雪恨！"

"对！可是……在阮家岭怕是找不到你要找的人了……"

"是吗？"三虎盯着宗贤又问，"我想，你心里有底儿……"

"据我了解，一个是县上的财政局谭局长，一个是小欢欢……"

"俺老黄家，俺二哥，那是小欢欢的救命恩人。我想，小欢欢再糊涂，也决不至于……"

"你们，是钱家的救命恩人不假，可是，欢欢他爹是怎么死的？你知道、我知道，可村里的所有人都知道吗？本来说啥的都有，后来，你又带着杏花跑了……欢欢，后来村里都喊他混混。为什么？他没脑子，不谙人情世故。当时，年龄又小，不记事儿，别有用心的人一挑唆，他自然恨你，也会迁怒你哥。于是，就会被拉拢、被收买，暗中参入陷害你哥的阴谋活动。给那些真正想杀害你哥的坏人，开始当帮手，事后当了替死鬼。"

"二哥，为什么朱贵才和欢欢两人，一起被抓，可不到五天，欢欢就死在大狱里，朱贵才就无罪释放呢？这不是秃子头上的虱子——明摆着吗？我想，与他冯剑秋有关系。"

"当然有关系。不过，咱得凭良心说公道话。满囤在这儿，他可以证实：你们黄家缴了警察的枪、闯下了祸，我和大哥找过冯剑秋，求他去县上交涉，他不愿意掺和这些事，没有答应。可第二天早晨，你们老黄家数百人在他门前下了跪,他才不得不插手。而且当天就去了县城,找了县长。县长制止了警察前来报复。我想,这得归功冯剑秋,免除了老黄家的一场血灾大难……"

"对。没有冯剑秋出面,二婶儿和我们十几个弟兄肯定被抓。一旦进了大狱,是死是活,就是人家说了算了。我黄满囤至死不能忘记冯旅长的大恩。"满囤说。

阮宗贤又说:"至于,他冯剑秋有没有替朱贵才说情,我不敢肯定。但县长、公安局长给他面子,那是肯定的;朱贵才给县长送礼行贿也是肯定的;朱贵才将一切罪责全嫁祸于欢欢,更是肯定的。"

"二哥,你跟俺老黄家爷们儿的分析,差不多。县上那个谭局长是主谋,可是他跑了。而今我要找的,就是这个朱贵才!"

"朱贵才,好像也跑了。"

"跑了和尚跑不了庙。我听说,他有个儿子,叫什么小耀祖,如今跟着大表哥的儿子,住在望湖楼,对吧?"

"三虎,拿个小孩子出气,可不太……"

"是不仗义。可是,有了他儿子当鱼饵,我就不信他朱贵才不上钩!"

"你错了。楚霸王逮了刘邦他亲爹,说是要下锅烹煮。刘邦说,煮熟了分他一碗喝。你得明白,他朱贵才比刘邦还无赖。再说,他如今也是土匪,好像跟张黑脸一伙伙……"

"噢,这才是搅浑了水湾,什么鱼都乱蹦跶!"三虎头子鼻孔里哼了一声,"走着瞧吧,但愿他别与三爷我撞上!"

"你呀,真不愧是土匪窝子里爬出来的。在我面前还三爷三爷的。我听着都恶心。兔子还不吃窝边草哪!你胆敢横行乡里,莫说乡亲们不容,我阮宗贤头一个就就会跳出来与你拼命。信不?"

"信。正好相反,我正想造福乡里。"

"阿弥陀佛啦!"

6

阮家岭人说,贼人便有贼心肠。当了盗贼,就六亲不认了。三虎头子缠住阮宗贤喝着酒,就派喽啰把阮宗贤的老黄牛牵走了。

这天,三虎头子醉醺醺地离开老阮家多说有半个时辰,阮宗贤提上风灯就去了东边的场院屋。自从孩子们走了之后,他就想自己搬到场院牲口棚里去住。在这荒年灾月,人饿蓝了眼睛,难保不出来干些偷偷摸摸的勾当。可是,他一提出,儿媳妇吕氏就坚意劝阻了。她说,牲口棚里潮湿,蚊虫又多,这么岁数的老人去住,万万不行。于是,他就每天晚上至少再给老黄牛和大草驴喂一次干草，顺便检查一遍。可是，今晚他一到栅栏门口就愣住了。栅栏大门敞着，再一看，门上的大锁头也给撬开了。

"不好！"他心里惊叫了一声。三步并作两步走，赶到牲口棚举起风灯一看，毛驴还在，它摆晃着脑袋、打着鼻声，似乎要向主人诉说什么。再一看，里边的大黄牛不见了……他心里咯噔一震，"莫不是，这狗日的圈住我喝酒，他的喽啰下了手？不，不至于吧？"

在阮宗贤老牛被偷的第二天晚上，张德厚急匆匆、喘吁吁地来到老阮家，连声喊着："二叔，救我，救救我，救救我吧……"

"德厚，有事慢慢说。"

"今早晨，我一起床，就发现前门后门的两条大狗，都被药死了。是扔进来的猪肠子药的。我又换了两条小狗，关在笼子里，笼子罩了破布。总算一天没出什么事儿。可是，今天他们老黄家，把齐巧儿关起来了，她家小妮儿来报的信儿……正在审她，打她……"

"可……这是老黄家自己的家事，我……没办法掺言啊！"

"他们是审问，俺家的粮食存在哪儿？这巧儿哪儿知道？"

"巧儿不知道，你怕个啥？让他们审去呗……"

"不，不，审不出来，他们就打她，她……"

"咋，打她，你心疼了？"

"不是心疼，是心疼……是……"

"是什么？"

"她……她怀着，怀着……怀着，我的儿子……快生了……"

"呸！还没生，就知道是儿子？"

"二叔，我，快绝户了……不是盼个儿子吗？"

"贱胚子，想儿子想疯了，不论什么地里就去下种？这种事儿，我管不了，也不能管……"宗贤尽管嘴里这么骂着，心里却软了。

"二叔不答应，我就不走……"

"好，我答应……还不行？"

7

这又是一个不眠之夜。

宗贤虽然答应了张德厚，但事情紧急，却没想出什么好办法。他领张德厚回到自己的堂屋，将吕氏叫来；吕氏又让学竹把严依霞请来；又让秋鸿去望湖楼将砚楷和孙尚香叫来。

大伙七嘴八舌议论了好大一阵子，也没琢磨出什么好主意。宗贤便让吕氏先说。吕氏自然不好推辞。

"爹，总共有三件事，都事不宜迟。第一，依霞妹子，赶紧去找你小姑子香菱，让她逼迫满囤想办法，连夜救出齐巧儿。不管德厚兄弟做的对错，这是两条性命。第二，砚楷兄弟，今夜就把小耀祖领回来，搬回家里住，以防不测。这三虎头子做事没的尺寸，任啥都会做得出来。第三，咱这头大黄牛，我以为，与三虎头子的喽啰兴许有关，怕是被宰吃肉了。到明天，三虎头子的饭桌上，如果有牛肉，则确定无疑了……"

"二嫂说得对。"砚楷说，"不过，德厚必须赶紧备船，托付一个稳妥的人，连夜将齐巧儿送走。"

"好，好……谢谢了……"张德厚感激地说，"俺表弟，来找我借粮食，正好，托付给他。先到庄科俺姨家躲几天，然后……"

严依霞和张德厚答应着先后出了门。孙尚香又赶回了望湖楼，悄悄将小耀祖领了回来，在婆婆潘响晴的帮助下，让小耀祖与小四儿学智住在了一起。

这时，宗贤的堂屋里大伙还在议论。

砚楷说："二叔，我觉着，齐巧儿可以救出来，安排到外地躲一躲。但是，张德厚家的粮食，让他们算计上了，怕是保不住了。别忘了，多数人都吃了上顿没下顿了……"

"可这些粮食，是张德厚多年来省吃俭用的积攒，是他的命。若是粮食被抢，也就等于要了他张德厚的命……"宗贤说。

"可是，德厚要保粮食，他们会先要他的命！"

"你的意思，是……"

"他们若是找不到德厚的粮仓，必然会先绑他的票。"

"那么，是不是先劝德厚藏起来？"

"他不会听。他是个舍命不舍财的人……"

吕氏插嘴说："我去劝劝他，他终归是亲家。"

"不光劝，得帮他想个法子。要不，他自己躲不过这一劫。"

"也好。"

吕氏答应着走后，宗贤试试探探地说："砚楷，我想打鬼还得借助钟馗，你能不能跟二棒槌探听探听，帮忙找找大黄牛？"

"二叔，二棒槌既然已经洗了手，最好，别让他再掺和……不就是一头牛吗？"

"我不是舍不得一头牛，是……不忍心……它陪伴着我十多年了，还救过我的命……"

"这……"

8

再说，严依霞跟着宋香菱来到了老黄家的祠堂门前。

祠堂是五间堂屋，大水后倒了两间。剩下这三间也没人敢进去了。老族长七爷在三虎的怂恿下今夜审问小寡妇齐巧儿，只得在院子里摆放了桌子，点了罩子油灯。老族长自己坐在桌子后边提问，他身后站了四条汉子。齐巧儿则跪在桌子前面，四周还有十几个上了岁数的长者，其他人全被拒之门外。门外南、东、西三面墙头上黑压压围了数百人，大多是老婆孩子。因为老族长敲击桌子的响板"啪啪"直响，墙头上的老婆孩子给吓得鸦雀无声。

原来，老族长与三虎头子等人已经审问了一天，主要是想抓住齐巧儿不守贞节、与张德厚通奸这根辫子，进而逼问出张德厚的粮食到底藏在哪儿？三虎头子秘密答应，由他安排人将粮食抢出来，分给老黄家吃不上饭的乡亲。因此，老黄家的人，都在暗暗支持这一行动。但是，不管老族长软硬兼施、如何拷问，齐巧儿除了哭泣，一声不吭。三虎头子才想出这个馊主意，连夜公开审问，出尽张德厚的丑。可他们没有料到，这个平素打扮得干净利索、俊秀乖巧的小寡妇，一旦撕破脸皮豁出去，也不是省油的灯。她今天披头散发，跪在桌前；继之则坐在地上，一只脚穿着鞋，另一只却光着脚丫子，直冲老族长伸着。大襟竹布小褂底下没有一个扣子系着，搧披着怀，里边的小红兜肚全露着。老族长只得把头歪着，不敢看她。

"你给我说，为什么张德厚常去你家，他给了你多少好处？说！"老族长的响板又"啪"地一声响。

齐巧儿吓得浑身一哆嗦。

"七爷，俺妮儿他爹死后，家里没的吃，俺抱着小妮儿四乡要饭，老少爷们儿都是看见的。俺也找过你老族长。可是，七爷你就借给了俺一瓢红高粱，七爷，对吧？这当口，他张德厚借给了俺粮食，俺娘俩才没有饿死。再说，男人死了，不少重活儿、难活儿，俺干不了。比如往地里运粪、往家里拉庄稼，妇道人家都干不了。张德厚在坡里是地邻，常常帮着俺忙活。你家俺五叔、二哥、三兄弟，许多人，都帮过俺。难道，帮人忙的，就得说人家没安好心？"

"你别胡掰蛮缠，我问你跟张德厚！"

"张大哥心眼好，不光帮着干活……"

"还伴着你睡觉……"

"老族长，你为老不尊啊！你有什么根据，红口白牙，胡说一个寡妇跟外人睡觉？捉贼捉赃，捉奸捉双，我跟他睡觉，你见来？"

墙头上不少人在"嗤嗤"偷笑。

"你这不要脸的浪娘们儿，再胡说就掌嘴巴！你说，你跟张德厚没关系，你肚子里的孩子是谁的？"

"老族长，你是咋知道俺肚子里有孩子？你啥时候偷着看的？"

"混账，没孩子就鼓圆了？"

"哟哟哟，老族长，俺进城找医生看过，是长大肚子癣病。你若不信，俺求求你老族长，只要你给俺出路费，给俺出看病住院的钱款，俺愿意明天就去省城医院检查。如果肚子里有孩子，杀割随你的便；如果没有孩子，是大肚子癣病，你老族长得给我下跪，给我正名，给我包赔一切费用。你若说话不算数，我齐巧儿就死给你看。老族长，说话啊，敢不敢打这个赌？不敢了吧？你身为老族长，为老不尊，竟然在全庄老幼面前，信口糟践一个苦命的小寡妇，你良心何在？天理何在？你哑巴了？"

"你你你……胡说……掌她的嘴！"老族长站起来，浑身颤抖着，向后一仰，气昏了过去。

满囤等人急忙上前扶住了他，随后将他背回了家。

桌子上的灯灭了。院内院外，顿时一片混乱。

宋香菱和严依霞在混乱中，拖着齐巧儿就出了院子。黑影里与她回家简单收拾了一个小包袱，领上女儿小妮，到湖边上了张德厚准备好的小船，由张德厚的表弟陪同，连夜离开了阮家岭……

9

送走了齐巧儿，张德厚总算松了一口气，似乎齐巧儿安全了，自己未来的儿子也就安全了。他冲着今夜帮忙的吕氏、严依霞、宋香菱拱拱手说："亲家、她严姨、她宋姑，你们的大恩大德，我张德厚这辈子忘不了。以后我一定报答！都半夜多了，都赶紧回去歇着吧……"

"慢着。"吕氏喊住了扭头要走的张德厚，"亲家，你想过吗？他们为什么逼问巧儿，你家的粮食藏在哪儿？"

"你们放心，藏在哪儿巧儿不知道。当然也就……"

"他们找不到你的粮食，会善罢甘休吗？下一步会采取什么手段，不是明摆着吗？"

"他们，总不能大白天，明抢吧？"

"他们会让你自己交出来，你信不？"吕氏说完，扭头就走。

"嫂子，别走啊，我还没听明白……"

"走，到俺爹堂屋去，跪着求求他，他会帮你想想办法的。"

10

吕氏将张德厚领回公爹面前，张德厚如吕氏所教，走进宗贤的堂屋门口，喊了一声"二叔救我"，便扑通跪在了地上。

"怎么跪下了？"

"二叔，常言道，不怕贼偷，就怕贼惦记。他们盯上我的粮食了。二叔，求你指点指点，帮帮忙吧！"

"德厚，对不住了，这个忙，我，我无能为力……"

"二叔，不看僧面看佛面，俺小琴是您孙子媳妇啊，你就帮人帮到底、送人送到家吧！二叔，德厚给你磕头了……"

"起来起来，你今天就是把头磕破，这个忙我也帮不上。"

"为什么？"张德厚从地上爬起来，两眼直愣愣的瞪着，一头雾水。他不相信自己的耳朵……他不相信他阮宗贤这么无情。

"德厚，第一，让你舍几石粮食给他们，丢芝麻，保西瓜。我很明白，你不舍的。第二，让我去跟这些土匪明争暗斗，我们老阮家的棍棒再厉害，也敌不过他们的快抢。跟他们拼老命，我也不舍的。你不舍得粮食，我不舍得老命，他们又不会罢休，因此，这忙，我就帮不上了……"

张德厚沉默了片刻，又说："二叔，给他们粮食，我怕，烧香引出鬼来。你想想，多少粮食能填满他们的肚子？"

"德厚，他们的肚子，是填不满。可是，如果他们相信，你就留了这么多，发大水前都卖出去了。如今已经榨不出油水来了呢？"

"他们不会相信啊！"

"得想法子让他们相信嘛！"

"二叔，你教教我……"

"你可，必须听我的。"

"我听。"

"那好……"

宗贤如此这般对张德厚讲了一通，张德厚无可奈何，只得硬着头皮，唯唯答应，以计而行。

随后，按照阮宗贤的主意，张德厚没敢再回家，而是跟着宗贤来到了阮家的场院牲口棚里。这里有一张小床，是宗贤平素来喂牲口歇息的地方。宗贤一边给草驴筛上草，一边嘱咐着张德厚。

"我再跟你说一遍，你千万要沉住气，老老实实躲在这里，没人找得到。外边塌了天，你也别露头。记住了？"

"记住了。二叔，我听你的。"

"小琴她娘那里，你尽可放心，三菊娘会安排好的……"

"好，二叔，谢谢了。你的恩德，我，张德厚，这辈子不会忘……"张德厚说着，声音哽噎，说不下去了。

"看看，哭鼻子了？一个大男人家，真是的……"

11

张德厚遵照宗贤的安排，一直藏在老阮家场院的牲口屋子里。这天夜间，他躺在小床上翻来覆去半宿没有合眼。他身子高大肥胖，压得床板"咯吱咯吱"直响。窗棂上没有月光，却闪烁着几颗星星，鬼似的眨着眼睛；没有一丝儿风，牲口棚里又闷又热，蚊子嗡嗡叫着，他只有不停地搧着宗贤给留下的那把破芭蕉扇子……一股子热哄哄臭烘烘的驴粪味，让他有点儿恶心……唉，我张德厚招谁惹谁了，咋像个逃犯一样了？老天爷啊，这是个什么世道？就是躲过这一劫，下一步咋办？听说，小琴在济南府已经生了，是个男孩儿。按说当爹的该去看看吧？可是，走不开啊！再说，巧儿领着小妮儿急急忙忙就上船走了，没顾得多嘱咐几句话，一个挺着圆肚子快生产的女人，没出过远门啊，还不知咋骂我呢！随后又咋安排她？亲戚家如今也缺吃少穿，岂是久留之地？可是，家里如今又遭算计，能拍拍屁股甩手就走？说实话，还真得感谢老阮家，这家人，老少善良，帮人能拿出真心！当初给小琴找婆家，没有失眼……发大水前，幸亏听了亲家的劝导，多卖了一些粮食……

"呀！我咋忘了？"他突然想起，发大水前卖粮食的八十多块钱，自己藏在炕头的席子底下，没告诉小琴她娘……万一让土匪翻去……咋办？

"不行，得回去，另藏个地方……"他犹豫了大半个时辰，终于拿定了主意，心里叨念着，"回去，趁夜摸黑回去……"

他一个鲤鱼打挺坐起来，跳下了床，披上衣裳，轻手蹑脚地走到栅栏门口，听了听动静，然后就大步走了出去。

正在这时，突然一阵急促的狗叫声从西北方传来，这就是自己家的方向，莫非……咋办？可宗贤的话又响在耳边——

"外边塌了天，你也别露头。记住了？"

他又退回去，掩上栅栏门。可是，狗叫声越来越大。他听得出，就是自家小黄狗的声音……不行，还得回去。那是八十多块钱哪！

12

正如张德厚想的一样，这天的下半夜，有个蒙面人翻墙进入了他家，从里面把门打开，在疯狂的犬吠声中又涌进去七八个，持短枪、短刀、电棒子（手灯），神速将堂屋包围。他们没有逮到张德厚，则将他老婆进行了拷打和审问。

小琴娘浑身颤抖，瘫坐在屋地上。大襟褂子披在身上，还没顾得上穿袖子，她双手交叉抱住了肩头，似乎是唯恐被揭下褂子露出光脊梁。过早斑白的长头发披洒着，在手灯白光的照射下，没有血色的脸在痉挛着，活像是一头被绑上宰杀案板的老山羊……

"你男人呢，藏在哪儿？说！"

"我，我……不知道，夜来后晌（昨晚）……没回来……"

有一个土匪从炕头桌上翻检出一封书信，交给了土匪头头。土匪头头用手灯照着，看完了书信。信中写道：

小琴娘：我与巧儿逃命去了。你知道，卖粮食的钱，全让土匪张黑脸的人抢去了，我只剩下三十几块钱，就不给你留了，穷家富路。西屋囤里还有两石多粮食，够你吃的……

"娘的，晦气！"土匪看完书信，大有狗咬尿泡之感，随即下了命令，"甭搜了，没油水。西屋里还有两石粮食，装口袋吧！"

信是三菊娘吕氏给准备的，预先与小琴娘做了说明交代，豁出这两石粮食，度过这一劫。哪儿知道，土匪们装好粮食，把粮食口袋放上马背，正准备驮走的当口，在门前的大柳树后边逮住了张德厚。小琴娘连哭带号地求情，也没管用，土匪们绑了他的双手，用一根长绳子拴在了驮粮食的大马身后，给拖走了。小琴娘追出了西北的村口，她想看看丈夫被押到哪儿去？阮宗贤突然从一棵大杨树后边闪出来，喊住了她。

"小琴娘，甭蹽（音断，追赶）了。回吧。他们手里都拿着枪，杀个人比碾死个蚂蚁还简单……"

"二叔……小琴爹……"

"他，不听劝。咱，再想别的法子。回吧……"

"小琴娘，你的头，碰破了，回去包包……"

"啊……"她往额头上摸了一把，满手是血。她不知道是啥时候，在哪儿碰的？这时才感到了疼痛、晕眩……只得转身回家……

13

都知道，土匪"绑票"的目的，多数不是想杀人，而是勒索逼交钱财。不出三天两日，定准会利用各种方式来信儿的。信中告诉你个"票价"，就是花多少钱可以把人赎回来。如果你不按时按"票价"交钱，土匪就会"撕票"。"撕票"就是要杀死绑来的"票"了。在土匪眼里，绑来的"人"

等于"钱票子"。在等待"票价"的时候，是最最折磨人的，说火烧火燎、度日如年，一点儿也不过分。什么时候来"票价"？不知道。要多少"票价"？也不知道。即便按"票价"付了钱款，人能赎回来吗？还不一定。讲信用，说话算话，那还叫土匪？"钱到手，要灭口"这正是土匪的"门里格言"！所以，一旦遭绑票，就等于要家破人亡了。莫说一个女人，就是大男人也扛不住。第二天，宗贤没顾得吃早饭，就打发儿媳妇吕氏赶紧去了张家。

"你劝劝小琴她娘，该吃饭吃饭，光着急上火没用。她要是撑不住，咋救德厚回来？你告诉他，咱老阮家，会尽心尽力帮他们的……"

"爹，我，担心你……"

"担心我干啥？"

"你，不能凭着当年的刚勇，与三虎头子较劲。三虎头子像是有来头，暗中有一伙伙喽啰。跟他斗，不能硬拼，得动动心思，想个计谋……"

"我，明白。"

这时，天已经麻麻亮了，开始有鸡啼声传来。

张德厚被绑票的当夜，在惊悸惶恐中的阮家岭人，大多也是彻夜未眠。本来因为与齐巧儿有不正当关系闹得臭烘烘的张德厚，已经让人恶心、反感，但到了这个地步，大伙仿佛才醒过神来，原来老黄家不是为了卫护名声、惩治失节寡妇，而是另有所图。大伙反而开始可怜张德厚了。思索张德厚到底是个什么人了？张德厚是地主老财吗？不是。论土地亩数能扯个上中等，而且几乎没几亩好地。只是他出力，他用心，他地里的庄稼比别人家的多打粮食。张德厚欺压乡里吗？没有。他胆小怕事，掉下树叶怕砸破头，村里的人他谁都不敢得罪。只是过日子太抠、太细、太小气、太算计。荒年灾月，也很少有人能借出他的粮食。不全是他吝啬，而是怕露富，见人好哭穷，哭穷又没人相信。所以，说他好的人也不多，多数人腻歪他。这也许是他招灾惹祸的原因。他不仅种粮，而且抽空就赶集上市当粮食贩子，也买也卖。他门前就经常停着运粮食的车辆和船只，让不少人眼红。他每年买进卖出多少粮食，谁也说不清楚。人们越是"估不透"，则越是想估一估，这正是人们喜欢探听隐私秘密的心理。他张德厚偏偏吃不透这个窍，于是他的粮多，他的富有，就像肥皂泡给越吹越多越吹越大了……

张德厚被绑票两天以后，老黄家有十五户收到了三虎头子发给他们的一张纸条，纸条上盖着"老虎头"花纹印章。说是拿着纸条，可以在阮家岭集市上找粮食贩子牛掌柜，兑换到一斗高粱、一斗谷子、一斤牛肉。但是，这些缺粮少米的人，对于到口的饭食，却不敢去拿。他们心知肚明，这些粮食来路不正。说不定与张德厚的"绑票"有关联，吃了这些粮食，良心上过不去。在阮家岭大集上，这十五户都揣着"虎头纸条"去牛掌柜摊子前转悠过，但直到响午过后散集，凭票领粮的只有六户。

三虎头子也去集市站在远处瞥着，这十五户自己的近支黄氏兄弟爷们儿，就像一群鱼围拢着钓钩上的鱼饵转来转去，却不敢张嘴……

"这些窝囊废，饿死活该！"三虎头子愤愤地骂出了声。

"贪恋你这二斗施舍的，才是真窝囊废！"阮宗贤从三虎头子身后突然闪出来说道。

"哟，二哥，赶集来了？"

"我是想找我那头大黄牛……"

"二哥，抽空到我那儿坐坐，咱哥俩再喝几杯。我帮你找牛。"

"我今晚上就有空。还是我请你，望湖楼，不见不散……"说完，没等三虎开口，宗贤就扬长而去。

常言道，哪儿有不透风的墙？没等散集，严依霞便来到老阮家，在她表姐吕氏的耳边如此这般说了凭"虎头纸条"领粮领肉的秘密。

"怎么办？"吕氏与公爹商量半天，也没想出好法子。

中午饭前，秋鸿从东院过来说："那边四叔回来了，请你们都过去一起吃饭。"

四叔，即二棒槌。如今与存忠、存孝一块排行，砚楷是老三，他就是老四了。

"有办法了。"吕氏一听老四回来了，立马高兴地说。

"啥办法？"宗贤不解地问。

"对付三虎头子，二棒槌比咱办法多。"

"说的是。"

14

与二棒槌一番密谋之后，当晚上，宗贤在望湖楼安排了酒席，将三虎头子请了过去。酒是宗贤带去的，开始三虎头子还不敢喝。

四盘小菜摆好之后，宗贤打开酒瓶，同时斟满两杯。阮宗贤先端起一杯，冲三虎举了举，自己一口喝了下去。三虎笑笑，点点头，才端起酒杯，大着胆儿喝了下去。

"这酒，咋样？"

"二哥带来的，不管啥酒，都是好酒。"三虎想改变刚才不敢喝酒的尴尬，带着逗乐的口气说。

三杯酒过后，三虎头子似乎听见外边楼上楼下有人走动，就又警觉起来，疑神疑鬼了。眼皮直眨，黑眼珠子乱转。

"二哥，今天摆的是鸿门宴吧？"

"三表弟，做贼心虚了？我，赤手空拳；你，腰里别着快枪。怕个啥？成不了鸿门宴。我打算近期也去黄河口利津洼，想向表弟打听打听那儿的情形。在家里守着晚辈，说话不方便……"

"噢，既然要去，前几天何必不与孩子们一起走？"

"本来，我这把老骨头，还不想扔到外乡。可是，大灾之后有大盗，这不，老黄牛让人家牵走吃肉了；张德厚答应帮着我种地干活，他又被绑票了。你说，这家里还能呆得住吗？"

"二哥，你别用这种眼神看着我，行不？看得我心里发毛……"

"这么多年不见，我真想看看明白俺三表弟，到底变成个狼了？还是变成虎了？我，眼色不好了。老了，真真老了……"

"我看，虎老雄威在嘛！"

"哟，三虎头子，你可别抬举我。当年闻名八百里水泊的阮小二，跺跺脚，三乡五庄的地皮都得晃悠。在阮家岭大集上，三拳两脚就收拾了十几个贩鱼的泼皮。可如今……老了，老了。眼下一个无赖，骑在脖子上阿屎洒尿，我也得低头忍着，无还手之力了。不像你，腰里别着快枪，眨眼功夫就能要人的命。往后遇上事儿，得求你了，三表弟……"

"二哥，你今们儿，咋没喝几杯酒就说醉话了？我三虎头子在外头，确实没怕过谁。可是，在二哥你面前，我……就是个泼皮无赖。你若说求我，那可是折我的阳寿了。不过，二哥，真遇上事儿了，三虎头子，不含糊，还愿意两肋插刀！"

"真的？"

"咋，不信？三虎说话，落地砸坑。"

"那好。二哥求你了……"宗贤从衣袋里取出一张"虎头纸条"，"啪"地拍在了桌子上，"表弟，这上边盖的是你的红戳（印）吧？拿着它就能领粮领肉吧？好，我告诉你，集市上那个牛掌柜摊子上摆放的牛肉，就是我那头大黄牛的。还有只牛蹄子没剁下来，蹄子上带着我给钉的铁掌……还用我再说了？若是十年前，我阮老二肯定跟鲁智深拳打镇关西那样，收拾了那个牛掌柜的。可是，冤有头债有主，如今，我得求表弟你了……来，二哥我敬你一杯。"

三虎头子耐心地等二表哥把话说完，接过酒杯，一仰脖子倒进口里，然后，就是一阵爽朗响亮的大笑："哈哈哈哈……"

笑完，三虎头子从腰里取出一个布包，放在了桌子上，说："二哥，这是三十块大洋，够你的牛钱了吧？不过，我得说清楚，事前，我确实不知道。那是你牵了黄牛上集卖，让我的一个小兄弟码上了。你要多少钱，他给你多少钱，可最后你又不舍得卖，有这回事儿吧？"

"有。"

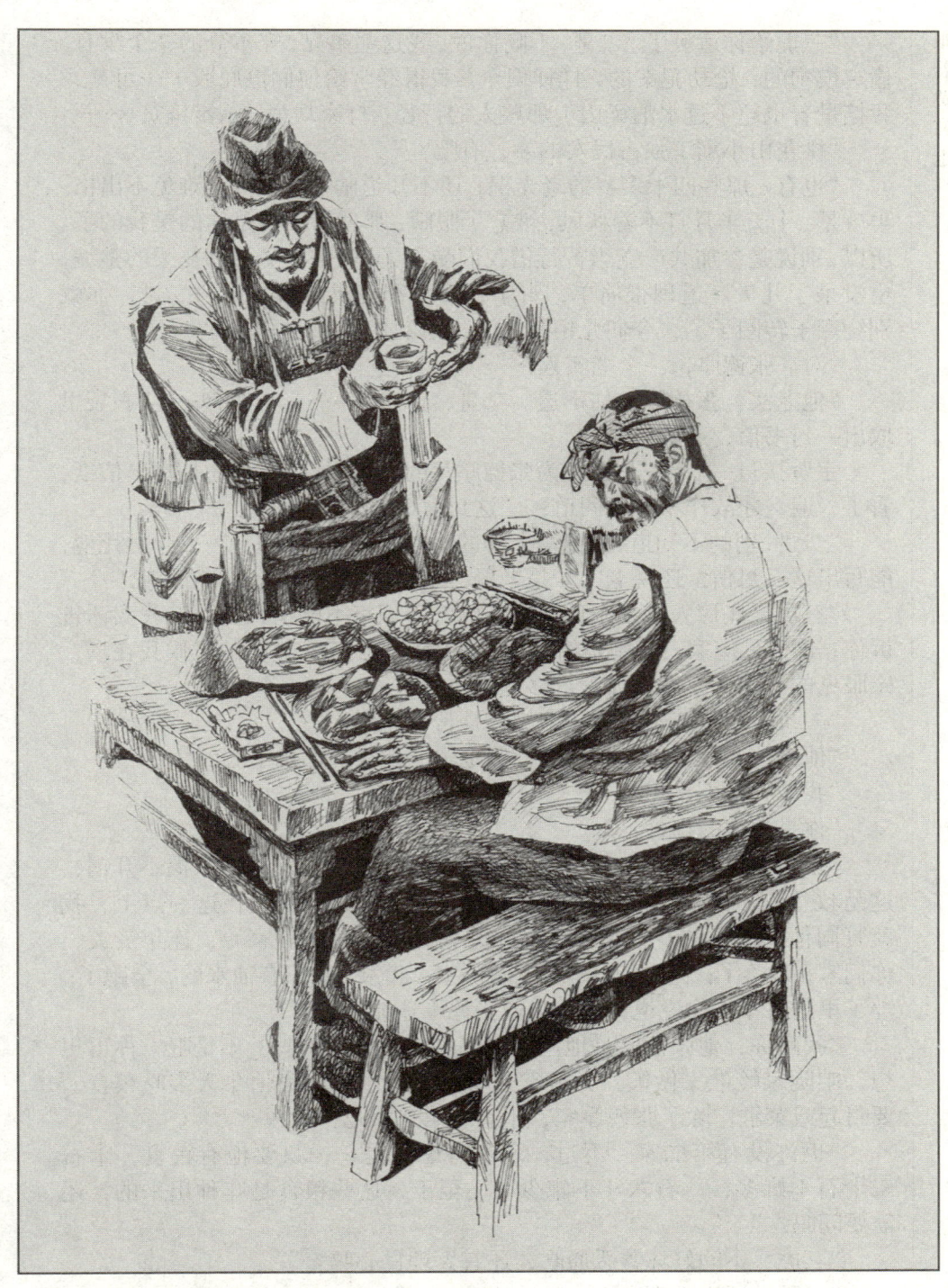

阮宗贤与表弟黄三虎望湖楼喝酒。

"三虎给你道歉了。二哥，不瞒你说，我这些弟兄，守本分的一个没有。偷鸡摸狗的，抢劫犯案的，样样俱全。我得经常给他们擦屁股……可是，我掂量着也超不过水泊梁山上那些人的行径：打家劫舍，杀富济贫……"

"桃花山小霸王强占民女的事，有吧？"

"也有。那些四十多岁的老光棍，还不知道啥叫个女人，难免不出格。再就是，十天半月打不着秋风，饿蓝了眼睛，那就管不得是你的是我的了。所以，别说是参加共产党当苦行僧我们受不了，就是接受了韩复榘的整编，也没呆了几天。道理很简单，野了，绵羊都变成野狼了……二哥，你就别绕弯子转圈子了，今们儿招我喝酒，不就是为了张德厚吗？"

"对。张德厚，一个老实人……"

"他老实？张德厚，估不透。二哥，你看这……"三虎头子从衣袋里取出一封书信，递给了宗贤。

宗贤接过一看，正是吕氏为张德厚写的那封假信。可他还是抽出信纸，看了一遍，才故作不解地问道："这封信，怎么了？"

"二哥，别的不知道，张德厚上学的时候光一年级就上了三年，砸死他，能写出这么封信？还说老实？是老鼠，是偷油吃了变成老鼠精了吧！"

"三虎，庄稼人有几个识文断字的？不识字不能请人代写？我实话告诉你，这信是俺家三菊她娘给写的，他俩是儿女亲家，写的时候我在场，亲眼见的。咋，三虎，你管得够宽的……"

"二哥，我是怀疑，你儿媳妇，是帮他作假……"

"他给他老婆写信，真也罢，假也罢，你操的那份子心？"

"我……我不是想……"

"你是想他的粮食？"

"正是。这没好背人的。如今老少爷们儿，十家就有八家揭不开锅，这是救急救命啊！二哥，我知道，你儿子就是共产党，在这一点上，我就赞同他们的做法。打到哪儿，先开仓分粮。在咱阮家岭，连年受灾，你们家，败落了；他朱四海家，以及冯家、武家，几家有油水的，全跑了；矬子里选将军，你说说，我不找他张德厚还能找谁？"

"我问你，他张德厚是地主老财吗？是富豪恶霸吗？不是吧？你再想想，咱阮家岭谁家做饭，为了省柴草要先晒水？谁家怕冬天多吃粮食，要封起咸菜缸？除了张德厚家，不会有第二家吧？"

"也许没有第二家。不过，现在考虑的是……只要他有粮食，十石二十石不嫌多，一石八斗不嫌少……至于，这些粮食是咋种出来的，还需要问吗？"

"三虎，不问好坏善恶通吃，还有天理良心吗？"

"二哥，还讲天理良心？哈哈哈哈……"

"土匪啊……"

"本来嘛……"

"二哥,我得跟你说说,我这几天办了一件最最痛快的事情。"

"什么事儿?"

"咱县上那个姓谭的什么局长,终于让我逮住了。这狼狈为奸,也有反目成仇的时候……"

三虎头子讲了他逮住谭局长的过程。那是谭局长回来接老婆落网之后,他把所有罪责全部推给了朱贵才,逼朱贵才当了土匪。可朱贵才又写信给吴县长,说谭背后如何诬陷他吴县长出谋划策、坐地分赃,留着他后患无穷……吴县长这个老狐狸,要借刀杀人了。他暗地派人送了一张纸条给三虎头子,纸条上写着谭局长的住处。如是,瓮中捉鳖,手到擒来……

"逮住姓谭的,我终于闹明白了俺二哥是咋死的。就是他伙同朱贵才贪了公款,俺二哥倔杠,偏偏要查个水落石出,挡人家的财路啊!这不,他们雇了几个杀手,连夜运出去,身上坠了石头,沉了湖……你说的不错,朱贵才跟欢欢说,他爹是我与二哥下毒药害死的。所以,欢欢心甘情愿地当了帮凶。船是他找的,石头、绳子是他准备的……这个兔崽子,可惜死了,要不,我真想抽他的筋,剥他的皮……我,又掘开他的坟,砸碎了他的棺材,扒出他的尸首,让野狗撕裂了……"三虎说着,又连干了两杯酒。太阳穴上的青色血管,蚯蚓似的鼓了起来,眼睛里闪着绿色凶光,牙齿咬得咯吱咯吱响,浑身有点儿抖动,活像一头要吃人的虎狼。

"三虎,欢欢不懂事儿,要不咋叫混混呢?你,掘坟扬尸,做过头了。人死了,埋地了,何必呢?"

"不。杀人偿命,欠债还钱,天经地义。他欠的是血债,我三虎头子不能为俺哥讨还这笔血债、报仇雪恨,我就不配姓这个黄字!"

"那个谭局长,你怎么处理的他?"

"跟古书说的一样,千刀万剐!二哥,我不能便宜了他。若是一枪崩了他,他受罪时间太短,再一辈子也不长记性。我先用杀猪宰牛的刀子,把他的左耳朵割下来,右耳朵割下来;再揭头皮:从脑后切开,慢慢往前剥,剥到左右额角,拉起来,用头皮遮住他的眼睛……然后,再一刀一刀一片一片零碎割他的肉。我让小喽啰给我烫热了酒,我每割他五片,就歇歇手,喝一杯酒,听他像猪被宰时那么嗷嗷地叫唤……太刺耳了,我又割了他的舌头……"

"别说了!"阮宗贤几乎是吼叫着制止了他。

"哈哈哈哈……"

阮宗贤似乎进了站满牛鬼蛇神的阎罗殿,心在打着冷颤……接着,

第十七章 灾连祸结

351

一阵头晕，他趴在了桌子上……

"二哥，怎么啦？……"三虎头子接着也站立不住，蹲在了地上，随即躺了下去……

原来，在二棒槌的帮助下，在酒中加了蒙汗药。唯恐三虎头子犯疑，阮宗贤一同喝了下去……

长话短说，他们用"绑票"对付"绑票"，将三虎头子在望湖楼地下室里整整关了三天。直等到拿到三虎头子的密信，土匪把张德厚放出来……

但是，在逼供的时候，一个匪徒的棍棒砸破了张德厚的脑袋，可能是脑出血引起了头晕。将他抬回家的第二天，就昏迷不醒，夜里就咽了气。

张德厚死了，连句囫囵话也没留下……

15

说来也巧，张德厚死后的当天，朱贵才雇用了四辆大车，把他爹朱四海在南京的家物家具乱七八糟的东西全运回来了。据说，朱四海当年唯一的爱好，是收藏名贵家具和古董。这些家具古董就藏在南京郊区一个老当铺的仓库里。他临死前将钥匙交给了儿子朱贵才。如今，原来他岳父所属的部队已经开拔去了江西，朱贵才的杀人案子无人追究了，他这才潜入南京，将那些他以为贵重的物件，以及他父亲原来住处所藏浮财，凡能装车的全部运了回来。

来到阮家岭的时候，朱贵才没敢露面，只派了一个姓王的管家随车押运。有两辆车的物件卸在了朱贵才的家里，另外两车的物件则卸在了望湖楼。王管家想向陈砚楷夫妇交代，陈砚楷夫妇借故推辞了，并且当日就收拾行李搬回了阮家老宅。

让他朱贵才万万没有想到的是，螳螂扑蝉黄雀在后，三虎头子在阮家岭呆着，等的就是他……

16

张德厚死后，他老张家一直没人出面。连死后的衣服也是吕氏、严依霞、孙尚香，帮小琴娘给他穿上的。棺材是宗贤赶着大车去县城拉回来的。德厚家只有小琴娘嗓子沙哑地哭号，冷冷清清……

"看出来了吧？德厚，瞎叫了这么个好名字。家有余粮，却无厚德，薄情寡义，没人同情呀！"帮忙装殓之后，阮宗贤回到家里，很有感慨地说。

"不。不全是为这，是怕。"吕氏说，"谁不怕土匪？三虎头子，原先只是个缺礼少教的愣头青,可如今,已经是个杀人越货的土匪头目。"

"恐怕,阮家岭人,没人敢认他这个乡亲了。"

"从今以后,他也没了老家……"

说得不错。亲侄子满囤听说张德厚的死与他有关,又听说县公安局要来逮他,与媳妇宋香菱商量一番,也顾不得亲情了。

"三叔,你若是还让俺活命,就赶紧走吧!"

"满囤,这是咋跟三叔说话?"

"三叔,报仇雪恨应该。但祸害乡亲,天理不容,乡里不容啊!"

三虎头子给噎住了。他开始明白"兔子不吃窝边草"的道理。

为了证明张德厚的死亡与自己关系不大,在张德厚死后的第二天,三虎头子在张德厚门前,当着众乡亲的面,亲手将抡棍棒打死张德厚的"秧子房管事"(看肉票的)黑胡子枪毙。但他去张德厚家赔罪的时候,在大门口喊叫了半天,小琴娘也没给他开门……

三虎头子返回家时,才知道,亲侄儿满囤领着老婆孩子出走了……下午,他一人去了黄家祖茔墓地,给爷爷奶奶、爹娘、两个哥哥,摆供祭奠,焚烧香纸,磕了头,还大哭了一场……

当夜,三虎头子带着几个喽啰离开了阮家岭。当他在朦胧的月光下,站在船头,望着阮家岭村,依依不舍离去的时刻,岸边没有一人送行,他感到了从未经受过的难堪、孤单、悲凉、困惑……

他的双眼里涌满了泪水……

他站在小船上,咬着下嘴唇,掏出枪,向着夜空里"噔——噔——"接连放了两颗蓝黄色的信号弹……

转眼间,村东朱贵才家和村西望湖楼的上空腾起了红彤彤的火焰。火越烧越大,将岸边湖水映照得一片血红……

小船在黑洞洞的湖面上消失了。他,三虎头子永远地离开了阮家岭……尽管心里有一种说不出的酸楚,但是,他这次回乡,该做的还是都做了:阴谋杀害二哥的谭局长已经被千刀万剐;他老朱家已经被斩草除根——朱贵才的儿子小耀祖今晚让三虎头子的喽啰从老阮家骗出来,眼下正与望湖楼一起化为灰烬……

唯一缺憾,是没有逮住朱贵才这个泥鳅!

17

这是阮家岭又一个惊心动魄的黑夜。

两声枪响,两颗亮弹,老朱家和望湖楼两地起火。幸好这两处都没有紧邻。大火熊熊,家家关门闭户,无一人出来救火。大火一直烧到天亮,也不曾熄灭。这火是谁点的？谁不明白？

这一夜，陈砚楷全家一直在哭喊着寻找失踪的小耀祖。然而，到天亮也没找到一点儿踪迹……

第二天，陈砚楷和朱贵宝在望湖楼的灰烬中，终于发现了小耀祖平时玩耍的铁皮小枪和几根烧焦的骨头……

陈砚楷捶胸顿足、痛哭流涕，悔恨没有照看好小耀祖。

18

张德厚怎么出殡？老张家的人都不出面，小琴娘只得求吕氏请来宗贤二叔具体商量。

宗贤一进门小琴娘就跪下了："二叔，求你老了。你得帮俺拿主意，咋做？俺听你的。"

拉起小琴娘，宗贤开门见山说："有这么两件事情得早商量，一，德厚这辈子，活得不容易，死得冤屈。我想，得给他竖座石碑，刻上他的经历，正身正名，播传后世。"

"好，这是俺妇道人家想办不会办的事情。叔，俺就依仗拜托你老了。俺不怕花钱。小琴他爹，这辈子，吃苦受累比谁都多。别人不知道，俺知道。这么窝窝囊囊给砸死了，是个屈死鬼。丧事，我想办得风光一些；石碑高大一些。他死了，钱没用了，再也没用了！"

"这碑文嘛，由三菊娘起草，她读书多，知道碑文怎么写。"

吕氏没有推辞，当即就答应了下来。

立碑的事敲定之后，宗贤又说："小琴娘，第二件就是，你们老张家的族长，肯定来，逼你过继儿子……"

"不，俺有小琴，小琴已经生了儿子，将来……"小琴娘沉吟了一下，走上前又给宗贤跪下了，"叔，将来，俺这外甥，能不能也给俺当孙子，传承俺张家的香火？叔，俺求你了……"

"这个……"宗贤犹豫了。

"爹，我看行。外孙，也是孙子，也是你老张家的骨血。她婶儿，你甭受难为。爹，你说，对不？"吕氏抢先说。

"小琴娘，起来，起来，起来说话。"宗贤将小琴娘拉了起来。

小琴娘爬起身来说："叔，你同意了。"

"不，这事，不是咱说了算的。外甥即便让他姓张，张家的老族长如果不同意，也不能承嗣。因为老族长家的孙子不少……"

"他孙子再多，俺也不过继。他爱咋着就咋着……"小琴娘态度很坚决，话头挺硬。

"那……也不知齐巧儿能生个啥？"吕氏说。

"我想说的，就是这。"宗贤说，"齐巧儿怀的是德厚的孩子，是他的骨血。已经到了这一步，小琴娘，我劝你，就别计较是非对错了，把巧儿接回来，把孩子生下来，也算满足了德厚生前的心愿，让他接续你们老张家的香火。你看，行不？"

"这……行。不过，齐巧儿也不知生男生女呀？"

"走一步，看一步吧……"

最后，吕氏提议，尽快把小琴和巧儿接回来。都表示赞同。

19

吕氏既然接受了撰写碑文的差事，夜里，失眠了……

是她，帮张德厚出主意写的假信。这封假信虽然一时骗过了土匪喽啰，却惹怒了三虎头子，并导致了匪徒的拷打逼供，也导致了张德厚的丧命……

"我，帮了倒忙；我，害了他；我对不住他！"

这几天，吕氏一直在自责，心里总叨念着这几句话。

张德厚死后，是她帮小琴娘给他穿的寿衣，他的脸上、脖子上、胸膛上、脊梁上，条条鞭痕、道道棍伤。青一块，紫一块，红一块。血粘在衣服上半天脱不下来……

她还想到了小琴、小琴娘；还想到了那个糊糊涂涂怀了张德厚的孩子，暂时躲在外乡的齐巧儿……家破了，人亡了。这几个苦命的女人以后将怎么活下去？

既然不能入睡，她便披衣下床，走到外间桌前，点起油灯，收拾好笔砚纸张，开始为张德厚起草碑文（墓志铭）。

> 公讳德厚，祖籍河南开封府北张庄。因黄水决口，村庄淹没，曾祖携眷逃荒，颠沛流落，至阮家岭定居，迄今已历四世矣。公生于清光绪十五年正月望日。自幼放猪牧羊，家贫无力读书。然薪尽火传，秉承祖德家教，勤劳简朴，吃苦耐劳。及成家立业，愈加勤奋。赤日炎炎、汗流浃背、禾田耕耘、不顾酷暑；雨雪霏霏、皮肉皲裂、芟草担柴、岂畏严寒！知物力维艰而贵重一丝一缕；思来之不易而珍惜一粥一饭。虽人鄙薄其悭吝，公亦不改其节俭。圣贤皆曰，民以食为天。节俭本为美德，有何猥贱？岂不知若无庄农之劬劬劳作，粒粒俭省，即达官富豪能不枵腹辘辘乎？然谓之悭吝者，未必尽是暴殄天物为富不仁之辈。众庄农久处社会之最最底层，为全社会歧

第十七章 灾连祸结

355

视，已滋自卑之心，妄自菲薄，热衷訾议。悲乎哉！庄农除官欺匪掠，亦相互践踏轻侮。人处乱世，仁义沦丧，如入丛林，弱肉强食。遭天灾尚可力避，罹人祸竟难逃脱。公因众传家存余粮，故招绑匪劫持。日夜逼问拷打，其凶其暴，惨绝人寰。时值民国二十四年八月十八日，终毙命于乱棍之下。春秋四十有五，正值年富力强。膝下有女小琴，因育儿于省城未归；妾生娇儿于襁褓中而未见。家唯孀妇寡妻，号天叩地，涕泪滂沱。呜呼哀哉！为昭其功行，录记冤屈，谋于耆旧，刊石树铭。

　　铭曰：滔滔黄河水，泱泱巨野湖，缘何十年九决，殊多腥风血雨？岂不知齐民一朝变为贱民、饥民、灾民、流民，必酿民变；民变德孤，人莫予毒，必横生歪道、邪道、黑道、霸道，戕害子民黎庶。嗟乎，公之处此世，虽含辛茹苦，蒙欺忍辱，苟延残喘，仍无生路。悠悠苍天兮何年何月明目？茫茫河山兮可有人道乐土？汤汤八百里梁山水泊兮何时激浊扬清？攘攘如公之子民兮何日挣脱桎梏、走出人间地狱？呜呼！维桑与梓，必恭敬止。儿女泣血，长歌当哭！仁里耆旧，同祈冥福！拳拳之忱，再再祷祝。

　　吕氏悲愤填膺，振笔疾书。止不住泪水满面，数次将纸张打湿。写完放笔，吹灭油灯，已经雄鸡高啼，窗纸放亮……

20

　　听说三虎头子带领土匪真走了，张家的老族长带着他的小孙子，披麻戴孝，要充当张德厚的过继儿子，送葬来了。

　　"小琴娘，我给你把儿子领来了！"老族长让孙子跪在张德厚的棺材前面哭嚎了两声之后，终于开口了。

　　张德厚没有儿子，按当地习俗，需要在族长主持下，过继一个近支叔伯家的儿子承嗣，举行殡葬仪式。张德厚的家产，日后则由过继儿子继承。

　　小琴娘扯开嗓门儿嚎啕大哭着，装作没有看见，没有听见。

　　老族长无可奈何，只得扯着孙儿的手，领到小琴娘跟前，让孙儿跪下，给小琴娘磕头。

　　"小三儿，给你娘磕头。"

　　小琴娘立马止住哭号，把小三儿拉起来，从棺材前面的供品中抓了一把糖果，强塞进小三儿的手中，说："三儿，拿着糖，玩去。"

　　小三儿顶多有八九岁，捧着糖果，高高兴兴，一蹦三跳地到门外玩去了。小琴娘这才跟老族长"理论"了一番。

"九爷,俺有儿子了。"

"有儿子了?"

"嗯,有了。九爷,小琴爹被土匪绑了票,俺去找你老,叫门你都不开。小琴爹被打死了,添了儿子,也没顾得向你老禀报。"

"有儿子好啊,是谁生的,在哪儿?"

"在,在,在省城大医院里。好不容易添个儿子,怕咱乡下的老娘婆不干净,就去了省城。省城济南,有外国医生,手艺高明啊!"

"小琴娘,你还没说明白,是谁生的?"

"自然是德厚的小婆子——他去年娶的小媳妇生的。"

"我,我是一族之长,德厚娶小纳妾,这是大事,我咋不知道?"

"九爷,要是让你知道,你还不得破费?荒年灾月的,手头都紧,不宽裕。德厚说,就别难为九爷了。再就是,德厚娶小媳妇,我不同意,没少跟他吵闹。也不准他摆席请客。这不,就……"

"噢,竟有这事儿?"

"有,有……"

"有婚约吗?"

"有,当然有。不过,德厚放在哪儿?他没想到被砸死,就没来得及告诉我。苦命的人啊——我那天儿哪——"小琴娘又放大嗓门儿,哭嚎起来……

老族长九爷,明明知道不是这么回事,可是……

小琴娘哭声越来越大,并且哭声里还夹带着数落:"俺那天儿啊——你这狠心的,一蹬腿就走了,撇下俺孤儿寡母,没个男人撑着,谁都来欺侮,俺可怎么活啊——儿子才落地,你就甩手不管了,俺可怎么拉扯大啊……"

老族长倒背着双手,像关在笼子里的狼,走来走去。老张家的其他人都面面相觑,不知怎么收场。

老族长终于发威了。

"别嚎了!小琴娘,别跟我胡诌蛮缠。老张家增口添丁,我咋不知道?小琴娘,我告诉你,你说德厚娶妾,那得有婚书为证;你说小妾添子,我得亲眼看见小子。我再说一遍,空口无凭,眼见为实。否则,这殡葬丧事,必须停办。老张家,我是族长,我说了算……"

"九爷,你是族长,你说了算,都认。可是,俺小琴爹让土匪绑了票,得花钱救人了,你老族长咋就躲起来了?如今人死了,土匪走了,走了贼抢扁担,冲着孤儿寡母,要什么威风?不行,咱到大街上说说道道,让三老四少、众位乡亲评评理。走!"

"我不跟你胡搅蛮缠。好,你有能耐,你有本事,你自己给德厚摔盆,你自己给德厚指路,你自己往外抬棺材吧!好,好,慢慢耗着吧,天热尸首发了臭,招了苍蝇,看看谁耗过谁?"

老族长吹胡子瞪眼,气得浑身颤抖、脸色焦黄、满嘴喷着唾沫星子,唠叨完了,一甩手,抡了阵风,气呼呼地走了。

就这么,一耗就是十几天。

第十八章　热土难离

1

在这期间,齐巧儿在张德厚的表弟家生了孩子。可惜,又是个小妮儿。消息传来,吕氏、严依霞、孙尚香都集中在阮宗贤的堂屋里,一起想办法、拿主意。

先是安排砚楷和孙尚香去了济南。在他们俩的帮助下,小琴抱了刚出满月的儿子,先坐车,后坐船,于张德厚死后的第十二天,回到了阮家岭。暂时住在了老阮家,没让她露面。

当天夜里,用小船将齐巧儿及其婴儿也接了回来。

第十三天上午,齐巧儿由张德厚的表弟陪同,抱上小琴的小男孩儿,进了张德厚的家门。小琴娘接过了孩子,齐巧儿扑到棺材上就嚎啕大哭。刚哭了两三声就哭截了气。几个女人一齐上前抢救,多时才苏醒过来。

天气太热,红彤彤的血水已经从棺材的缝隙中流了出来。放棺材的堂屋里,弥满了一种尸体的恶臭。一进门,能把人顶个跟头。

"齐巧儿,抱着儿子回来了!"像条爆炸性新闻,立时传遍了阮家岭。张德厚门前顿时聚集了黑压压的数百人。要看他张家的族长九爷将如何处置?人心多数同情弱者。事已至此,那些原来讨厌张德厚为人小气自私,讨厌张德厚用几斗粮食就勾搭了巧儿的人,如今都反过来谴责老族长了。

"张德厚被土匪砸死,就够惨的了。人死了还不让出殡。闹得满庄臭气熏天,做孽啊!"

"说到底,不就是想让自己的孙子,赊受人家的家业吗?"

"这是做梦发财,想疯了!"

"你说谁?"没想到张家老族长来了,这时他就在人们的身后。

"九爷,俺不敢说你。我是说,那个贪图人家的财产,一心想赊受家业的人。是谁?阮家岭人看得清爽,肚里明白。对不?"

359

张家族长还要跟人争吵，却立时被他的子侄们拉走了。但一会儿，张德厚的门前，墙头上，看热闹的人越聚越多，围得风雨不透。

老族长走进张德厚的大门，一眼就看见了坐在堂屋门口，半敞着怀，正在给孩子喂奶的齐巧儿。小孩子那个"小鸡鸡儿"故意冲外露着。及老族长走到跟前，齐巧儿抱着婴儿站起身，说："九爷来了？小宝宝，来认识一下你九爷爷。九爷，你细看看，这眉眼，像不像他爹——德厚？"

"不害羞。齐巧儿，你是老黄家的寡妇，上哪儿讨换了这么个野种，来冒充俺老张家的子孙？滚！"老族长吼道。

"滚？上哪儿滚？大伙儿都看看，都瞧瞧……"齐巧儿从衣袋里掏出那种农村通用的"婚书"，走到门口、墙下，让大伙看他们的"婚书"。放开嗓门儿高喊着，"当初是学堂的老校长阮宗圣老先生给证的婚，在望湖楼请的客。怎么的，我齐巧儿既然为张德厚生了儿子，生是张家的人，死是张家的鬼了！让我滚，滚哪儿去？"

"泼妇，泼妇啊！"

"九爷，你也看看俺这婚书……"

齐巧儿将"婚书"递给了九爷。这个九爷根本就不认字，夺过"婚书"当众就撕了个粉碎。

"嗷……嗷……撕'婚书'了——"围观的孩子们一齐喊了起来。

"好你个九爷，你是什么族长？是个恶霸！是个泥腿啊！"齐巧儿骂着，把孩子递给小琴娘，掀起衣襟把头一蒙，一头就冲老族长撞去……

老族长被撞了一个趔趄，刚刚站稳，齐巧儿一头又撞了过来……

场面一时大乱，老族长乘混乱之际，在家人的保护下挤了出去，可谓灰溜溜落荒而逃……

当天深夜，老族长的院子里，炸响了一颗手雷……虽然谁也不曾伤着，但全家人却被吓了个半死！此后再也没敢露面。有人说是小琴的女婿学义，领着共产党的人回来了；还有人说，是三虎头子没走远，感到对不住张德厚，又回来暗中帮他……

其实，这手雷是砚楷怂恿二棒槌干的。

"这老小子，真是财迷心窍，欺人太甚。不掰点儿给他尝尝，他不长记性。棒槌，你能帮帮忙吗？"

"你说，咋帮吧？"

"弄出点儿动静，吓吓他。可别动真格的伤着他。明白吗？"

"明白。"二棒槌说，"不过得保密，连娘和二叔，也不能告诉。"

"知道。"

这一招还真灵验，张家老族长家的人，从此再也没敢出面干预。张德厚死后的第十六天，在众乡亲的帮助下，终于下葬了。不久，由吕蕴玉撰文，由陈砚楷书丹的石碑也竖了起来。小琴娘带着小琴，对于在殡葬中帮忙的人，一家一家磕头致谢。不少乡亲都陪着流了眼泪。自然，老族长家她们没有去。

全力帮助小琴娘处理完张德厚的后事，阮宗贤于艰难竭蹶中好歹熬过了寒冬，去利津洼的决心也就下定了。

2

冬去春来，去利津洼的人们，先后通过各种渠道把那儿的情况传了回来。有人说，他冯剑秋雇了一个老妈子，长得有几分姿色，很有心计，会骑马打抢，曾救过冯剑秋。如今把个当旅长的冯剑秋管得服服帖帖，好像是已经睡到一起了……就是说，宗贤那个担心该放下了。

阮宗贤在全家一起吃饭的时候，就把想去利津洼意思，跟儿媳妇吕氏说了，没想到吕氏倒是耐心劝阻了。理由自然是，公爹年老体衰，再不能去荒洼吃苦了。

公爹叹口气说："唉，人活一辈子，什么样的福也能享，什么样的罪也得受。你想想，学仁、学义，倒是长大成人了，可跟您大爷当年一模一样，想的是闹革命，甭打谱沾他们什么光；小三学义当兵，也甭指望；小四儿，还是个孩子。我盘算来盘算去，咱没有进钱的门路。还得跟鸡鸭一样，靠自己刨食儿吃。要是存孝还活着，当然……用不着犯愁……"

一提这话，公爹和儿媳妇，眼里立时都涌满了泪水。

"可是，爹这么大岁数了，再去大洼里，受那个罪……"

"嗨，我身子骨还挺硬朗，干不了，帮着打个谱也好嘛！"

"爹，到后天就是清明节，我准备几个菜，到东院一起吃。顺便再跟俺大娘和三弟四弟商量商量，行不？"

"咋不行！"

宗贤宰杀了两只鸡，让吕氏和学竹忙活了几个菜，三个人用小食盒盛了便提拎到东院一起吃了晚饭。潘奶奶与秋鸿又添了几个盘碗：是二棒槌从湖里网回来的鱼虾。宗贤一看菜肴丰盛，便让学竹把她严姨和小琴娘俩也请过来，大伙一起聚聚。落座之后，家宴开始，宗贤一边吃饭喝酒，一边就谈了要去利津洼的想法。

潘奶奶说："秋鸿，给你二爷爷斟上酒……二弟啊，喝了这酒，是不是就想启程了？我早知道，你在家里呆不住。走吧，走吧，那是条生路！要不是你大哥的坟墓在这儿，我都想走……"

潘奶奶哽噎了。

第十八章 热土难离

361

经过一番议论，二棒槌自己愿意留下与老娘作伴，并保护孩子。秋鸿也自愿留下伺候奶奶。其他人则结伴同行，由宗贤统一带领，由吕氏统一筹划，尽快做好准备，早日启程，到利津洼，逃荒去！

3

当晚，潘奶奶留下吕氏，如同知己，彻夜长谈。

先是吕氏恳求她潘奶奶替自己看顾两个儿媳妇——小三儿学礼媳妇秋鸿和二儿子学义媳妇小琴。特别是小琴，刚生了孩子，爹又死了，又与齐巧儿一起，关系不一定好处。她提议，等大伙走后，让小琴娘俩搬到西院里住，兴许更好些。总之，得求潘奶奶多费心……

后来两人越谈越投机，已经到了无话不说的地步，潘奶奶给她讲了一件让她十分感动的往事。

"你大爷曾经对我仔细讲过，他说，一辈子从来没做过什么亏心事，可有一件，他存过私心，一直感到内疚，对不住蕴玉啊！"

"什么事？"

"他说，当初，向您求婚的有冯剑秋和存孝两人。你们都是同学，你自己更倾向剑秋。可是，你大爷作为老师，对于两个学生，却没有一碗水端平。他自然偏向了亲侄儿存孝。尤其在你父亲从美国回来之后，在他面前，你大爷为存孝说了不少好话。并劝你父亲当面测试一下剑秋和存孝，你父亲同意了。他深知你父亲是个讲究学问、重视知识，非常务实的人。于是，他再三嘱咐存孝，少说空话，言简意赅，力求一句顶十句，切莫十句顶一句。存孝记住了这话，说话不多——据说总共说了八句话，却句句能说到点子上。剑秋年轻气盛，性急爽直，问一答十，口如悬河，自然就输掉了这次面试……"

"其实，他们两人的性格本来就是如此。我只是最早默认过剑秋，再拒绝感到有愧于他，所以，后来我又等了他两年。其实，在性格上理智上我更贴近存孝，更喜欢他'讷于言、敏于行'的君子气质。感到他更可依托。嫁给他，我无愧无悔啊！大爷，他对我的喜爱，我既感激，也理解，不用有什么不安……"

"你大爷自以为是个光明磊落的人，但在这件事上，却有私心，做了小动作，至死愧悔。"

"这正是大爷的光明磊落、超凡脱俗，值得敬佩和尊重之处。我父亲当年就说过，中国人敬神，烧香磕头祈福，都是祈求神灵保佑自己和自己的儿女，时来运转，升官发财。却没有一个向神忏悔，检讨自己的过错。我大爷，应该是个例外……"

"不。孔子说：'仁，远乎哉？我欲仁，斯仁至矣！'也就是说，'仁'离自己不远，就在身边，就在心里。许多理学家，把'仁'越讲越高深，越讲越难懂，也越讲越糊涂。孟子讲'良知、良能'，说白了，就是'良心'。你大爷说，人活着，听谁的？听'良心'的。做了错事，良心有愧，感到不安，就得检讨，就得忏悔。《论语》上就讲：'内省不疚，夫何忧何惧？'……"

"可是，这'内省'早就失传了。识时务的俊杰，个个多重功利，不吃眼前亏。大人先生自己永远正确，永远有理，哪儿还讲什么良知、良心？自然也用不着忏悔。不是吗？"

潘奶奶无可奈何地长叹了一声……沉吟多时，她又试试探探地问道："如今，存孝已经走了……冯剑秋，就在利津洼，据说他还是单身，你如果有意，再……不用顾虑，咱家，不封建……"

"大娘，那页历史，早已翻过去了。婚姻，是一种契约，一种责任。存孝走了，他还有老父亲，我们还有儿女没有长大成人，我得担起养老育幼的担子。责无旁贷啊！"

"这，我理解……那是一个母亲的责任……可是……"

"大娘，没有什么可是了……"

4

既然要走，就得落实怎么走了。这是离家，这是迁徙，谈何容易！

先由砚楷到县城负责灾民迁徙的办事机构打听明白：在哪儿登记？在哪儿上船？多长时间发一次船？准许携带什么东西？路途生活怎么安排？到哪儿下船？安排到哪儿？

可是，这一打听，又冒出一个叉叉。谁也不曾想到，县上安排迁民的办公室里竟然是朱贵才在那儿负责。在东平湖庄科码头灾民上船的时候，他朱贵才就站在高大的太阳伞下边吴县长的身边，耀武扬威地指挥着警察和保安队的人维持秩序，检查灾民携带的物品。

警察们蛮横粗暴，手里挥舞着细长的竹竿，不断地抽打着拥挤的挨号排队上船的灾民。如果发现谁的行李包裹太大，立即便给扔到船下，有的给一脚踢进水里。因此，老婆叫孩子哭，非常混乱……

砚楷回来一说，大伙都没了主意。可坐大船再难，也得坐啊！

"砚楷，你没打听打听，有没有去那儿的小船？咱自己花钱租也可以。只要不是太贵……"吕氏问道。

"打听过了。自己租船去的也有。不过，船也不是很小，最小的船，也能装二三十人。那费用，恐怕把咱这所有的行李卖了，再添上两头大牛钱也不会够……"砚楷说。

"我看可以考虑。咱是几个人？六个。可以再联络几个，凑集到十几个。然后装满那儿的缺货，到那儿转手一卖……说不定，本钱还会赚回来……"

大伙心头一亮，都表示了赞同。并由宗贤和砚楷前去联系船只。

说来也巧，宗贤和砚楷联系到的船，领班竟是春天在湖上打渔交下的老朋友王文龙、王文虎兄弟。这才是一个朋友一条路，遇到了他们，用句老话说，一切都不在话下了。

人员凑集，也没费事。严依霞领来了黄满囤、黄满堂，黄家这堂叔兄弟俩，平素跟宗贤都有很深的交情，自然都很愿意。

5

定下这事的当天晚上，黄满堂媳妇就把吕氏请了去，说是帮他们写几封书信，倒是让吕氏犯了些难为。

吕氏带上纸笔墨盒就跟着满堂媳妇去了他家。这一家人，满堂的爹娘都七十多岁了，虽说身子骨还算硬朗，但爹的左腿有残疾，已经不能出远门了。本来说好，留下满堂媳妇伺候老人，可两个老人执意不肯，只同意把十几岁的孙女留下作伴，硬逼着儿媳妇也跟着。那意思甭说，儿子媳妇都明白，是让他们再给生个孙子。一家人分到两地，又没个识字的，以后这书信咋写？倒把吕氏难为住了。

"二嫂，那儿的地址，先写守信、三菊家，行不？"

"行。不过，大兰女婿凌春来在那儿乡上负责，写给他代收，兴许更快一些。"

"那就麻烦他了。我跟他，不如跟守信熟悉。"

"没关系。到那儿，既是同乡，又是亲戚，很快就熟悉了。不过，这信，提前写，咋写？我倒没想明白……"

"二嫂，用不着难为，我想了几天，已经想好了。你先给写二十四封信就行，每月一封，顶多两年，我争取回来看娘……"满堂说。

"二十四封？咋写？"吕氏笑了，"这，一时半霎可写不完。"

"不，简单写。"

"再简单，也……"

"每封信只写俩字，行不？"

"俩字？那算什么信？"吕氏越听越懵了。

"嗨，都说二嫂是个透亮人，咋就这么……"满堂是个急性子，急得满脸通红，可终碍于面子，"糊涂"二字没说出口，却扑哧笑了。他在原地转了个圈子，多时又说，"二嫂，我说着，你写，行不？"

"咋不行。"吕氏拿出带来的信纸信封。

"二嫂，我都准备好了。这是信纸，这是信封，信封上的邮票都贴好了。每月初，俺爹就去邮局送一次。来，二嫂，我念……"

"好，你念。"

"平安。"

"平安。我写好了，你再说……"

"完了。"

"完了？"

"完了。俺爹每月寄一封，我收到后，知道二老爹娘平安，不就放心了？甭啰嗦。"

吕氏憋不住大笑。笑得前仰后合，笑得满脸泪水……

"满堂兄弟啊，你，太有智慧了。好，妙！"

"啥好的？都是没法子，憋出的法子呗！"

"满堂兄弟，你在咱阮家岭还有几个典故，你跟嫂子说实话，是真是假？"

"我总共没念几年书，哪儿会有什么典故？我平素好开玩笑，爱说个热闹话，没老带少的就常糟践我，拿我开心。二嫂，我平常可最敬重你，你可别信那些胡诌的瞎话。"

"我不是糟践你，是敬佩你的聪明、智慧。我曾听武秋生老师讲过，他说，你们两个还辩论过，太阳大还是月亮大。他承认，他输给你了。有这事儿吗？"

"有。他跟乡亲们讲，太阳是恒星，月亮是行星，太阳大，月亮小，月亮围着太阳转。我说，你正好说反了，咱还得听老祖宗的。老祖宗早就说明白了，太阳小，月亮大。三十个太阳才顶一个月亮大。他不服气，问我，老祖宗在哪儿说的？我说，在皇历上说的：一个月，三十日嘛！他忙说，对对对，我服你了……二嫂，我是胡诌八扯说笑话呗！"

吕氏心里想，这还真是个人物，若是上学多，有学问，他真能编写一部新的《笑林广记》。

吕氏收住笑，很快就把二十四封信写好。

"二嫂，还得写一封。"

"你说。"

"这，只写一封，也是俩字：'有事。'我接到这信，不管多忙，我就会立马回来。我就知道家中的爹娘……有事了……"

"好。"

写完信，封好，满堂又跟爹娘交待明白："爹，娘，你们记着，报'平安'的信，在桌子的右边抽屉里，总共二十四封，每月给我寄一封。

报家中'有事'的信，只一封，放在桌子左边的抽屉里。你们掂量着，要我必须回来时，就寄这一封……"

吕氏虽然再三夸奖满堂的智慧，但是，写完之后，心里还是酸酸的，十分沉重……

满堂的爹娘点头答应着，将抽屉锁好。对吕氏说了很多感激的话，并恳求到那儿多对儿子媳妇进行关照。脸上虽然堆满了笑容，眼睛里却都噙满了泪水……

6

为了考虑如何赚回船钱，王文龙兄弟也帮忙想办法。他们的船已经去过几趟利津洼了，熟悉那儿的情况。在他们的建议下，宗贤与砚楷又到蜡杆子山上购买了一千五百把蜡杆子叉——洼里种大豆，收割后晒场，能不用叉？还到集市上收买来两千多把镰刀。因去年水灾卖不出去，见有人来买，人家都是以成本低价卖的，买的十分便宜。

临走的头一天，宗贤带着家人去老阮家的祖茔墓地，给列祖列宗、父母哥嫂的坟头添了新土，磕了头。还特地到老伴黑妮坟前坐了一阵子，抽了一袋烟。又等吕氏在存孝坟前哭了个够……

船就靠在阮家岭的庄头上，给装船带来了很大方便。不仅带足了锨镢锄耙、叉筢扫帚、犁耧耙耪等大小农具，打场的碌碡、扇车等也装上了船。最后，宗贤把自己藏下的旱烟叶、老黄酒送了王文龙兄弟十几斤，王文龙又主动提出，把已经留下的毛驴也牵上了船。

临走，潘奶奶领着家人，一直送到湖边。宗贤给白发苍苍的嫂子磕了头，两人都满脸老泪纵横……年轻人也跟着磕了头……孙尚香用一个信封装了一摞钱，悄悄塞进婆婆手里。然后，将嘴巴靠到婆婆耳边低声说："娘，本来想跟着砚楷去看看孩子们，可是走得太急，来不及了，娘转给他们吧。"潘奶奶微笑着点了点头，说："你放心，我一定替你转给他们……"

开船前，二棒槌又把哥哥砚楷喊到一旁，把一支手枪塞进了哥哥的背包。低声说："这种私人船，惹眼，招匪。千万不能大意。"

哥哥又反复叮嘱弟弟，遇事迁就，少管闲事儿，万万不能惹是生非。娘若有什么身体不虞，一定尽快通报……

二棒槌点头答应着。

人们都上了船，潘奶奶又把宗贤和三菊娘喊了下来。

"他二叔，我还有几句话，思索半天，感到还得跟你提个醒……"

"嫂子，你有话就说，兄弟听你的。"

"那荒洼里，土地宽满，价钱便宜，他二叔，你可别去攒钱买地。当初我跟你老哥，如今的学仁、学义，革的就是地主老财的命，倡导耕者有其田。二弟啊，时代变了，得往前看。蕴玉啊，你也得帮你爹约束自己。他这么岁数了，别再去受那个累、吃那个苦了……"

宗贤和吕氏都点头答应着，再次互道保重，然后握别上船。

"开船喽——"随着船老大的喊号声，船帆升起，船开动了……

谁也不知道，今日一别，什么时候还能相见！

船上船下的人，挥舞着双手，紧咬着嘴唇，个个泪水满脸……

7

宗贤他们所乘的帆船，北出东平湖，到平阴地面进入黄河。正遇上东北风，虽说是顺流而下，却是逆风而行。黄河里风大浪高，船速不仅很慢，忽上忽下颠簸也非常厉害。王文龙兄弟两个，则瞪大了双眼，不时地调整着船帆的方向。因为颠簸，先是满堂媳妇开始呕吐，由宋香菱扶着躲到了船舱里。继之，毛驴骚动不安起来，"吼哦——吼哦——"直叫唤。宗贤急忙拌上草料，放在它面前。可它连看也不看，还是惊恐地乱蹦乱跳。满囤、满堂兄弟俩立马去帮宗贤照料。直至第二天到了济南，过了泺口大桥，倒了西北风，帆船顺风顺水，速度快多了，也平稳多了。大伙好歹吃了点东西，就东倒西歪地随便找个地方开始休息了。因为要趁顺风抓紧行船，黑夜也不停泊，王文龙兄弟就把船工们平时睡觉的小舱房让出来，给了妇女们休息。

当昏黄的月亮从云缝里钻出来的时候，宗贤拿出酒壶，让砚楷给王文龙兄弟斟满了酒杯，又用小刀切了半盘牛肉，四个人就一边拉呱，一边喝了起来。他们想叫过黄氏兄弟一起喝，一看，他们俩早枕着麻袋进入了梦乡，挺响地打起了呼噜。

8

船在黄河里顺风顺水地行驶着，船头有节奏地发出"泼哧泼哧"的声响。月亮在黑黝黝的浪涛中洒下了无数闪烁耀眼的碎金散银，仿佛乱蹦乱跳着向后退去……

蜷缩在小船舱的吕氏，虽然已经非常疲惫，浑身酸酸软软，两腿肿胀沉重，但是瞌睡了一会儿，就再也难以入睡了。

她想起了刚刚去世的大爷、存孝；想起了云飘星散、天各一方子女，哪儿还有半点儿睡意……她为了驱遣烦恼，尽快心静，又采取惯用的办法，开始默念诗句。念的是明代李流芳的《黄河夜泊》：

> 明月黄河夜，塞沙似战场，
> 奔流聒地响，平野到天荒。
> 吴会书难达，燕台路正长。
> 男儿久为客，不辨是他乡……

她刚默念完，没有想到孙尚香又接上念道：

> 江水三千里，家书十五行。
> 行行无别语，只道早还乡。

孙尚香刚念完，严依霞嘿嘿笑了一声，又念道：

> 志士惜日短，愁人知夜长……

"哟，原来你们都没有睡着，倒蛮有闲情逸致！"学竹坐起来说。

吕氏说："黄河，从大禹治水，有了文字记载，到现在至少也有五千年了吧？炎黄子孙的命运，炎黄子孙的悲欢离合，几乎都离不开黄河。咱阮家岭给黄河淹了，你大爷爷，你爹，都被黄河水淹死了，咱与黄河尽管积不相能，千方百计想离开黄河，却就是离不开。简直是鬼使神差，咱还得跟着黄河走，一直走到黄河的尽头，走到黄河口的大荒洼。我反复想，为什么就是摆脱不了黄河呢？莫非咱与黄河，结下的是永远割不断的血缘？对，这是血缘，就是天命，天命难违啊！我今晚上，睡不着，我又想，黄河不仅与我们的命运关联，就是跟那些大诗人，李白、杜甫、骆宾王、刘禹锡、王昌龄、王之涣、王维、孟郊、苏东坡等等，也都是镂骨铭心、情牵梦连，所以，才留下了那么多的诗篇名句，成为千古绝唱。咱尽管是一介草民，如今夜泊黄河，不也是热血涌动，胸怀波涛吗？正是：黄河落天走东海，万里写入胸怀间。"

"二嫂，你这辈子，要说是东坡再世，太白下凡，有点儿夸口，可是，要是去中学、甚至大学，当个老师，那还是学有所用，不负此生。每每风云际遇，则心有灵犀，触景生情，顿发一篇宏论，让人不得不敬服。当个家庭妇女，真是埋没人才啊！"孙尚香感慨地说。

"说得不错啊！"严依霞接过话头说，"我与吕姐，从小至今，几十年来如影随形，不曾相离。在济南上学的时候，同学们都说我是小青，吕姐是白娘子。我在白娘子跟前，可能永远是个小青，是个跟班，是个丫鬟了……"

"看，你们俩，这是拿我当气茄子吹呀？扒几碗干饭，我自己有数。我父亲自我记事，就满世界跑，不着家。我是跟着爷爷奶奶长大的。我爷爷是个教私塾的先生，我三四岁就跟着他背诵古诗，七八岁就背诵古文。除了比你们多背了几篇诗文，多了几分迂腐的书呆子气，恐怕别无所长。我不如尚香会做生意，我不如依霞见义勇为。还说给我当跟班、当丫鬟，说实话，如果没有你们陪伴，我还真没有勇气去利津洼。至于念几句黄河的诗词，只是想静心催眠而已。"

"娘，你教我背诗，学着写诗，不知为什么，我就是不入门。古人写黄河的诗，你教了我十几首，人家写得真好。可我一想起黄河，就想起被扔进大浪里，灌了满嘴泥沙，抱着木头飘了大半夜，死里逃生的经过。除了惶恐、愤恨、挣扎、狼狈，哪有一丝半点诗情画意？"

"你喜欢唱歌唱曲，嗓音甜美，日后在音乐方面兴许有些前途。但是，搞音乐光懂曲谱不行，还必须得懂音韵、懂诗词。底蕴丰厚，根基坚实，会唱会作，才可能有所造就。比如，你有被抛进黄河惊心动魄的悲惨遭遇，如果写《黄河怨》，你就有真实体验，肯定比那些站在河岸上凭空想去写的人，情真意切。有病呻吟和无病呻吟会一样吗？当然千古绝唱，也必然是千古诗才、千锤百炼的结晶。"

"是啊，人家锤炼出的诗句真好。"

"你感到哪些诗句最好？"

"比如，孟郊的'寄泣须寄黄河泉，此中怨声流彻天'，崔曙的'流落年将晚，悲凉物已秋。天高不可问，掩泣赴行舟'，元曲中张养浩的'峰峦如聚，波涛如怒，山河表里潼关路'，还有骆宾王的'谁堪逝川上？日暮不归魂'……"

"哎呀，士别三日，当刮目相看了。"严依霞很有感慨地说。

"小桂花，不，如今应该叫学竹了。原来跟着我，只是学小曲，我唱一句，你学一句，照葫芦画瓢。如今跟着娘学，那就是先打地基再盖屋，按部就班，一步一个脚印地向前走了。"孙尚香说。

"学竹是个有心的，就像《红楼梦》里的香菱，一接触诗词，马上就入门儿，痴痴迷迷的。她爷爷说，又是一个书呆子……"

吕氏说着笑了，然后把身边的学竹揽进了怀抱。不知为啥，她如今更疼爱这个女儿了。收了这个女儿，自己对她没尽半点儿当娘的职责，可她却替自己伺候过存孝。"即便不是真学竹，也是我的亲女儿！"吕氏心里经常这么自言自语。

兴许是半夜之后了，女人们高谈阔论了一番诗词，也先后迷糊了过去。吕氏见学竹睡得沉了，就轻轻把她在木板上放平身子，头下垫上一个小包袱，身上又给她盖上了一件大袄。然后自己才斜依行李包袱慢慢合上了眼睛……

9

第三天中午时分，到了博兴县小营北边、蒲台县南边的道旭渡口。渡口上有几艘挺大的船只运渡着衣服褴褛的灾民和各种大大小小的车辆。岸边灾民如蚁，黑压压一片。还在拥挤着、吵嚷着，争着上船。王文虎想把船靠岸去买些黄河刀鱼吃，被他哥阻止了。

"就你嘴馋。黄河刀鱼再好吃，也不能在这儿停船。"

"为啥？"

"你说为啥？赤脚的不怕穿鞋的，你一停，他们涌上船，你能撵下他们去？"

"他们又不去利津洼。"

"你知道？他们自己都不知道上哪儿！"

宗贤帮腔说："你哥说的对啊！这些灾民们，南来北往，都在逃命。谁也不知道哪儿有饭吃，哪儿饿不死。"

王文龙叹了口气："猪往前拱，鸡往后刨，各有各的道儿。反正饿不死就算活路呗！你听说没有，最近，关外日本人也趁火打劫来了，趁着灾民忍饿，到各个灾区招募华工。说的挺好，除了管吃管住，每月还有十几块钱的薪水，也不知道真假。我听说，去年去利津洼的灾民，总共划成了九个大组，一看那儿荒凉，已经跑光了一个大组，跟着汉奸下关东当华工去了。"

"就怕是钓鱼的倒刺钩子，吃进去吐不出来。你不想想，日本鬼子会有什么好心肠？"宗贤说。

"不过，这利津洼，也不是世外桃源。地广人稀，鱼龙混杂。九成九，是逃荒的、要饭的、混穷的老百姓，但天高皇帝远，草窝里啥鸟都有。有杀人越货的在逃案犯；有拐骗妇女、诈骗钱财的无赖；有逃婚私奔的风流男女；也是个土匪窝子。听说，最近城西黑虎庙的土匪头目王大麻子，东平湖上的李二鲶鱼，你们阮家岭的三虎头子，一股脑儿都来了……"

"灾民们赤脚光腚的，一贫如洗了，还能榨出什么油水？"

"灾民是榨不出油水，可这儿容易藏身嘛！东边是大海，急了海上还可以溜号。这就是当今的水泊梁山，他们劫持了财物，再回这儿大秤分金、大碗吃肉……你们到那儿就明白了，茅草地、苇子湾、蒲子沟、红荆林，茫茫无边，一眼望不到头。来个万儿八千的灾民，就像往东平湖里放进了一万条大鲤鱼，一听数目不少，可是长着鱼眼也望不见鱼群在哪儿！"

看来，王文龙对于大荒洼已经相当熟悉。

10

小船舱里，几个妇女也正在啦扯着……

满囤媳妇宋香菱把学竹拉到自己身旁，端详了半天，笑着跟吕氏说："二嫂，除了在戏台子上，我没有见过仙女。戏台子上那些仙女，呸！吓死人，丑死人！把个脸抹搽得猴子腚似的，身上披红挂绿活像炸了尸，那也叫仙女？我活了这大半辈子了，见到的头一个真仙女，就是咱学竹！"

"婶儿，你说些啥？"学竹一下子羞红了脸，藏到了吕氏的身后。

"大姐说得不错。"严依霞说，"我第一眼看到学竹的时候——那时还叫小桂花，心里也冒出过这想法，这不是个小仙女吗？"

"话既然说到这儿，我就得提醒学竹几句了……"孙尚香插嘴说，"咱这些天，开口闭口议论的没有第二件事，就是絮叨利津洼是个土匪窝子。土匪除了抢财物粮食，还抢女人。学竹呢，就是有点儿惹眼。为这，去年秋天就没同意学竹跟着三菊一起走……"

"说得对。"吕氏说，"俺娘俩也犯过嘀咕，也做过准备。给她准备的'行头'，还没穿，等下了船，就穿上，混进叫花子里，恐怕也分不出来。"

"哟，原来二嫂早有准备。"宋香菱说。

"让我最担心的不仅是学竹，还有在外边闯荡的年轻人……"吕氏叹了口气说，"几个儿子，翅膀硬了，飞远了，鞭长莫及了；眼下还有两个闺女女婿在这荒洼里。每人我给他们写了一份护身符……"

"娘，你还会写护身符？"

"会。"

吕氏从衣袋里掏出了两张信纸，递给了学竹："等下了船，你交给他们。一张交给您大姐夫凌春来；一张交给您三姐夫宋守信。"

学竹看了看，每张纸上写了四个字："和光同尘"。

"娘，这就是护身符？'和光同尘'，是什么意思？"

"你问问你严姨妈，让她给你讲讲。"

严依霞接过信纸，一看就明白了。说："我跟你娘，当初进城上学的时候，老人给写的护身符，就是'和光同尘'这四个字。这个成语出自《老子》，比喻不露锋芒，与世无争……"

"噢，我懂了。'峣峣者易缺，皦皦者易污'，树大招风，出檐椽子早烂……对不对？"

"还是学竹灵通，一点就明白……"

船舱内几个女眷正在议论"护身符"。

说话间，船进入了利津境内，突然西北风转成了东北风，河道上的浪头冲过来得有一丈多高。船只得靠岸停泊了。

11

第四天中午，过了左家庄渡口，离目的地南坨子就几十里路了。

王文龙对宗贤高兴地说："二叔，我现在才敢说，安安全全把你们送到地头了。你们知道不，那个装二百多人的大船上，全是吃不上饭的灾民，还有拿着枪的官兵护卫，土匪从来不去招惹他们。可是对于咱这些半大船，土匪就惦记着了。他们知道，这些船是私人雇的。雇主一般都有些油水。说实话，我的心一直吊吊着，连夜赶路，灯都不敢亮啊……好了，东边南坨子码头上，有保安队住着，土匪不会来找麻烦了……"

宗贤自然是再三表示了感谢。还说："等下了船，咱找个饭店住下，我请客，咱们喝他个通宵，一醉方休……"

宗贤的话还没落地，就听见满囤高声喊道："不好，你们看，河北边，那儿，那儿，有个女人跳河！"

说时迟，那时快，那个女人从高高的坝堤上，身子一跃就跳进了河里……

"完了，完了……"满囤嘟囔着。

"咋就完了？赶紧救人啊！"宗贤喊着，第一个跳下了船，向那个跳水女人游去。

"不行，二叔年纪大了，年轻的，快……"王文龙喊着。

接着王文虎、满囤、满堂也相继跳了下去……砚楷也想往下跳，让吕氏一把拉住了："算了吧，三弟，你又不会凫水。跳下去，是先救你，还是救人家？"

随后，船也靠了过去。费了好大劲，宗贤和王文虎水性好，两人像鱼鹰逮鱼那样，连拉带推，总算把那个女人救上了船。

严依霞当仁不让，抢上前去。自己坐在凳子上，让那女人趴在自己的腿上，捶着她的脊背，空出了喝进的黄水；才把那女人平放在船板上，给做了人工呼吸……那女人终于换过气，苏醒过来……

这女人个头很高，身子单薄瘦俏，毛蓝夹袄，黑棉裤，穿了一只花鞋。露出的胳膊上有几处紫红色伤痕。

"娘，这姑娘真可怜……"学竹在吕氏身旁说。

"她是个小媳妇了。头发盘起来了。"吕氏说。因为只有姑娘出嫁后才把长辫子梳好，在脑后盘起鬏鬏，戴上网子，插上簪子。

"她胳膊有伤，像用柳条子抽的……"学竹给吓得浑身颤抖了。

严依霞把那小媳妇拦进怀里，用一条毛巾给她擦洗满脸的黄泥，问道："闺女，有啥想不开的，非走绝路？"

那闺女完全清醒了。她惊愕地望着船上的人，然后挣扎着站起来，扑通跪下，说："老爷爷，各位大叔、大婶，谢谢你们，好心救了我。可我，没法活了，不能活了……"

她说着磕了三个头，爬起来，又要往水里跳，严依霞一把抓住了她的胳膊。问："闺女，你遇到土匪了？他们欺侮了你？"

她摇摇头。

"你家在哪里？俺送你回去？"

"俺求求你们，千万别送我回去，我是跑出来的……"

"噢，先跟我们走，行吗？"严依霞问她。

她点了点头。

12

经过吕氏和严依霞的慢慢询问，了解到她姓宁，叫小娥。十七岁，去年嫁给了荆条岭一个姓方的比她大十岁的汉子。方家小姑子忒坏，挑唆着婆婆骂她打她，她实在走投无路了……吕氏跟公爹简单一商量，决定暂时带上这个可怜的宁小娥。

船在南坨子靠了码头，已是张灯时分。谁也没想到，这大荒洼里还有一个如此繁华的码头。停泊的商船渔船大大小小几十艘。晚上，是这些冒着生命危险闯荡河海挣钱的船工们，要去吃饭、喝酒、乐呵的唯一时机。这儿虽然没有古城的酒楼歌亭、没有洋场的灯红酒绿，可那窄窄的街面上，低矮的茅屋前，依样灯火通红，熙熙嚷嚷；依样有涂脂抹粉花枝招展的女人嗲声嗲气地在招揽客人；依样有拉弦唱曲儿的旅舍饭庄。不过，还是卖汤面、油条、烧饼、包子的居多。王文龙跟宗贤说，这儿有士兵巡逻，强人很少，夜市经营，十分红火。

宗贤和砚楷一面想办法与凌春来取得联系，一面找旅店安排了食宿。尽全力热情款待了王文龙兄弟和船工们。

13

这一夜，吕氏、学竹、宁小娥三人挤住在旅店的一个小房间里。学竹在小娥的身上看到了自己所受的糟践和屈辱，格外同情她、关心她。很快，三人便亲如一家了。吕氏这才询问了她的身世……

第十八章 热土难离

小娥不识字，可十分机灵。记性也好，何年何月发生的事情，说得清清楚楚。她说，自己命大，死过好几回了。娘生了他们兄妹八个，死了六个，就她和她哥活了下来。六岁那年，家乡闹水，黑夜里淹没了村庄，家里房倒屋塌，一个妹妹、一个哥哥，被梁木砸死了；一个姐姐淹死了。爹用腰带把她与一根檩条连在一起，让她抓着腰带，抱住檩条，竟然漂出十几里路靠了河岸，被大人救了上来。谁都惊奇，这个六岁的小妮儿，竟然没有淹死……

学竹说："咱俩咋一模一样？我是漂了整整一夜，漂出了几十里路也没淹死。咱们虽然命苦，但是命大、命硬，咋折腾，也不死！"

"可不是，咋折腾也不死。八岁那年春天，我在院子里纺棉花，一头歪在纺车下面就昏了过去。俺娘在屋里给我弟弟喂奶，多时没听见纺车响，出来一看，不好，孩子咋生病发烧了？娘把我抱到炕头上，盖上了被子。原来是生麻疹了。接着，我的姐姐和小弟弟也开始发烧。俺三个四天四夜汤水没搭牙，先是小弟弟死了，接着姐姐也死了。可我第五天上，突然睁开了双眼。正在我家补渔网的四叔看见了。他问我，小娥，你想吃啥？叔给你买去。我说，我想吃糖蘸儿——就是用苇子杆儿穿的糖蘸山楂葫芦。四叔跑了五里路，花了六分钱，给买来三支糖蘸儿。我接过来，一口气吃了三个山楂。没想到，自这，病就一天天好了……"

"小孩生麻疹转上肺炎，很难治。你确乎命大。"吕氏说。

"那时，家里真穷。四叔买糖蘸花的六分钱，俺娘说，这是救命的六分钱，一定得还人家。可是，就穷得好长时间没钱还。后来有了钱，四叔却去了外地。第二年春天，我带虚岁九岁。爹娘商量，就让我跟人家订了娃子亲，聘礼钱是养活一年十元，八周岁理应是八十元，爹硬说是九岁，虚岁也是岁，非九十元不干。人家犟不过俺爹，最后还是给了九十元，才跟人家写下订婚的龙凤柬。黑字落在红纸上，我就算是人家的人了……我知道，急躁着给我订亲，是急躁着给俺哥娶亲。俺哥比我大十岁，给说亲的不少，却没钱送彩礼……

"这一年，秋上没下涝雨，收成好。豆子收了八石多，花生收了十二麻袋。爹高兴了，冬天就给俺哥媳妇家送了信儿，说明年春天结婚。可没高兴几天，大年初一，俺住的'二十一户村'就来了老缺（土匪），还住下来。老缺从利津城绑了二十几个'活票'，男人女人都有，每天早晨过一回堂，'滤'一次'票'。就是用各种刑罚逼口供，让这些'票'们传信回家要钱。用皮鞭、荆条、棍棒，打得他们叫爹叫娘，不出人声哭号。还杀鸡给猴看，当着那些'票'们，割耳朵、剁指头，差不多两天就割一个人头，吊在大门口。吓死人。"

"他们不祸害你们当地人？"学竹问。

"咋不祸害！那是大年初二，一个老缺来俺家，要馍喂他们的大马。娘把干粮篮子拿出来让他看，俺家没有馍，只有十几个黄荠菜面团子。那个老缺没嫌，把菜团子全卡进他的马料布袋，骂了声'穷鬼'，转身就走了。万万没有想到，不知是俺村哪个混蛋，向老缺密告了我家有钱，是闺女九十元的聘礼。老缺就把俺爹逮了去，吊在梁头上，用鞭子抽。爹咬破舌头，至死不说。最后老缺把他的腿打断了，把家里的豆子、花生，全抢了去，才放爹回来。因为，我那九十块钱的聘礼，爹藏在屋梁上的燕子窝里，连娘都不知道，才保留了下来。可是，爹从此成了残废，腰再也直不起来，腿一直瘸，再也不能干重活了……"

"那些土匪一直住在你们村里？"

"不，住了不到半年，那年六月里，他们听说官兵要来，就在黄河上扒了个两丈宽的大口子，河水淹了几十里，挡住了官兵，他们才东撤了。在撤走的时候，还押着十五个'活票'，有两个是小脚女人。她们赤着小脚在草地上走，脚底扎破了，走过去，草上全是鲜血。走到俺门前，俺娘、俺婶儿可怜她们，都偷偷脱下自己的鞋送给了她们。后来听说，她们全被推到海里淹死了。穷人成了老缺，就变成虎狼了。听说人的心肝五脏他们挖出来都能煮着吃……"

"别说了，太怕人了！"学竹吓得浑身颤抖着靠在了娘身旁。

"小娥，你为什么想不开，跳黄河呢？"吕氏又问。

"受婆家的人折磨，活够了……"

"他们为什么折磨你哪？"

"这……还不是因为穷嘛……"小娥哽咽了，多时才又说，"老缺扒河淹了地，那年就没种上庄稼，没指望了。再说，爹残了；娘病了没有奶，八个月的小弟弟饿死了；俺哥的媳妇也没娶成。总不能在这里等死？俺全家跟着一个亲戚，从二十一户村搬到了罗镇。就靠俺哥领着我想法挣钱活命。俺俩啥活儿都干过。先是借了三块银元当本钱，娘和哥学着做糖果、爹学着卷烟卷儿，我起早摸晚、四集遍赶，去卖糖果、卖烟卷。因为穷人多，买糖果买烟卷儿的人少，一个集卖不了几毛钱，有时遇上老缺、遇上泥腿市霸，还抢你的。不到三个月就干不下去了。哥就去打短工，我就割草卖草——夏天割青草卖给骡马店，秋天割蒿子卖给人家榨蒿籽油。割多了，晒干了，哥就帮我运，满满一车子，得四五百斤，俺哥推着车子，我给拉着，一车干蒿子能卖三毛钱。"

"才卖三毛钱？"学竹惊奇地问。

"三毛钱就不少了。你想，四毛钱就买一斗豆子……就这么糊弄着饿不死瞎混了三四年，用光了我那九十块钱的聘礼，还借下了二十元的债，好歹给哥娶了媳妇。不久，俺婆家就捎口信儿催着结婚，家里铜板儿都没有几个，咋置办嫁妆？就找理由跟人家拖。前年，我十五岁了，八月里下来了新皇历，俺婆家就送来了明年结婚的日子。俺爹说，没钱——钱让老缺抢去了。俺婆家没法子，又凑集了三十元送来，堵了俺爹的嘴，爹只得答应了人家。不光俺婆家的人恨俺爹娘，我也恨。我是恨爹恨娘偏心眼，只想着儿子娶媳妇，如何别丢人现眼，却全不顾闺女如何出门子。婆家给的三十元钱，一接到手，就先还了二十元的债。给我买嫁妆花的钱我记得清清楚楚，买了一个衣柜，花了六元——就这么一件最贵。还买了一个瓷盆，八毛；一对小镜子，四毛；梳头匣子，四毛；头发簪子、卡子、链子，三样物件四毛。加在一起，总共花了八块钱。我说，谁家闺女出门，娘家不给做几床被窝？爹说，等秋天给人家拾棉花，自己挣去吧！到了秋后，我自己包了人家三十亩棉花，拾了一个多月，村里来了戏班唱了三天大戏，我都没舍得看。戏演到最后一天，娘心疼了，说，娥啊，你大小爱哼哼着唱，可一次也没看过大戏班唱的大戏，就舍出半天看看吧！再不看，明天人家就拆台子走了。我说，我看了戏，你给买被窝？娘给问哑了，也给问哭了……我咬着牙，没看戏。一边拾棉花，一边哭……拾完了棉花，工钱一到手，我就拖了俺婶子，帮我买了红花被子面、褥子面，接着做了两铺两盖……俺婶子说，可别小瞧了咱小娥，才十六岁啊，就自己置办嫁妆了。我自己也感到有了被窝，挺体面了。万万没有想到，娶到婆家，下轿拜堂的当天晚上，小姑子拖着婆婆仔细看了嫁妆后，婆婆气得浑身发抖，守着亲戚就开骂了：你们老宁家，简直是拦路抢钱砸杠子的老缺（土匪）啊！俺前前后后那是一百二十块银元！那是俺闺女的卖命钱，那是全家十几年一分一厘积攒的血汗钱！你们老宁家就好意思全留下？一窝子不通人性的、狼心狗肺的畜牲！我说，钱都让老缺抢去了，为这，俺爹的腿都给砸断了。俺婆婆一听，二话没说，抡起胳膊，一左一右，就掴了我两巴掌。我当然不服气，擦了一把被打破的鼻子流出来的血，问她，为啥？为啥打我？她嗓门更大了。她说，你爹的腿断了，不错，可那钱藏在燕子窝里，根本就没丢，别以为俺不知道。进门就敢撒谎，就敢顶嘴，你胆子不小啊！从这开始，我好像下了十八层地狱，成了做活儿的牛马，发狠出气的奴才……过年，全家都吃饺子，就我自己吃黑窝窝头；四月二十八了，换不下单衣服来，我穿着棉裤去赶集，扯了四尺土布，想做件单裤子，这不，我到家刚进门，小姑婆婆就截着逼问，买布的钱是哪儿来的？我说，是上集俺哥给的。他们不信，非让我承认是偷的。我当然不承认，我说，我男人知道，他可以作证，是我哥给的。可是，婆婆把她儿子喊来对质的时候，只骂了一句'土鳖'，他就再也没敢吭声。小姑婆婆，一个逮住我，一个抡棍棒打。还有活头吗？我豁出去了，一把推倒小姑，就跑出大门，上了

第十八章 热土难离

河堤……可还是没有死成……我没想到，天底下还有你们这样的好人！我攒了一肚子苦水，今夜，全倒出来了……"

吕氏把小娥揽进怀里，说："孩子，哭吧，哭吧，痛痛快快哭一场吧……"

吕氏开始明白了，这大荒洼里，也不容易活命。

第十九章 世态物情

1

到荒洼后的头几天，先是与大兰、三菊家接上了头，没顾得歇息，凌春来领着宗贤、砚楷、黄满堂、黄满囤，还有想留下来的王文龙、王文虎兄弟，一起去垦区灾民安置办公室填表登记，他们被分配到"夜"字小组和"光"字小组——不知是采用了哪个教书先生的主意，小组是按《千字文》"天地玄黄，宇宙洪荒……"的顺序排列的。每一个字一个小组，每小组二三十户；三四个小组住在一个村；村庄按"一村、二村、三村……"的顺序，沿黄河北岸，从西向东排列，已经安排到二十九村。宗贤、砚楷、黄满囤、黄满堂、王文龙、王文虎，分别成为户主，每户接受了三十亩荒地的耕种权，随后办理由省府统一颁发的地契证书。一切手续的办理，因凌春来、宋守信的协助，非常顺利。但因为来的晚，不能单独成组。则分别被安插在"夜"字组、"光"字组。即《千字文》"剑号巨阙、珠称夜光"中的"夜、光"（即56、57小组），住在二十一村、和二十二村。此时安置办公室鼓励灾民自己购买土地，三元钱一亩，位于原来的桃花园子村（灾民第八大组建村地）以北五六里的地方，号称"百顷地"。购地须一户一顷，不零卖。凑足三百元，则给你马上划地片、丈量地亩、砸橛子确权。宗贤知道，自己、儿媳（吕氏）、孙女（学竹）都不是抡锨镢干活的人，于是就动了凑钱购地的念想。地多了，可以雇人耕种，也可以租出去，秋后收点儿租子。虽然动了心，但记起嫂子的嘱咐，便埋在肚子里，跟谁也没说。宗贤在众人帮助下，先将运来的蜡叉尽快卖掉，付了王文龙兄弟的船费之后，还略有盈余。他顾不得安排盖地屋子，一连三天，就悄悄跑到"百顷地"考察。

作为一个种了大半辈子庄稼的农民，做梦也没想到，三百块钱就能买到一百亩地！做梦也没想到，有朝一日自己可以拥有一百亩地！他禁不住内心的激动，禁不住内心幻化出一幅幅美好憧憬的画图。这土地，如此平坦、如此宽广、如此肥沃啊！他望着这一方方的百亩黄土地，眼前那漫到六腰的荒草，则幻化为金色的麦浪，则幻化为升满斗满囤满仓满的粮食。收一年，十年也吃不完啊！

恰在这时又传出消息：再贱卖一月，土地提价，每亩五元！

"别婆婆妈妈的了，再犹豫，过了这个村可就没这个店了。买！买！买定了！"宗贤下定了决心，拿定了主意。但如今自己手里的钱不足百元，怎么凑集？向谁借呢？

这些日子，吕氏管事太多，太忙，心烦意乱。一是为了宁小娥，悄悄安排人，去暗暗查访小娥婆家、娘家的信息；又得亲自去集市为小娥置办衣服被褥。手里钱紧，当善人也难。二是听说三菊怀孕后反应大，吃上饭就呕吐，已经闹得面黄肌瘦……这些事儿，像满头虱子让她没处拿了。最重要的是，儿媳在闲谈中，已经多次表明，不赞成买地。她笑话那些买地的人贪得无厌，眼光短浅……于是宗贤决定，这一次要独断专行了，当家作主了。钱，得自己想法子去借！

2

宗贤借钱，首先想到的是砚楷和孙尚香。

孙尚香来黄河口，原想找范师傅一起重操旧业开饭店，可砚楷死活不同意。砚楷说，饭店那是个啥人都有，说咸道淡，招惹是非的地方，你不能去。孙尚香说，你不会种地，不愿教学，咱又没积蓄，总得赚钱吃饭吧？砚楷说，你等我十天，我若是找不到赚钱的差事再说。

还算顺利，三天之后，经人介绍，砚楷就被"惠鲁学田"聘请担任了财务会计。原来，省教育厅长何思源为创办扩大济南的惠鲁中学、济鲁中学筹集经费，特向省政府申请在这黄河入海口的荒洼里划出了四千余亩土地作为"学田"——"八大组"（原桃花园子）向东约五公里处为"惠鲁学田"，已开始经营；向东北约十公里处为"济鲁学田"，也正在招兵买马筹办。据说何厅长从利津城骑了毛驴亲自前来视察过，并拨来开办经费，因此进展很快。砚楷到"惠鲁学田"上班后，有了一些固定收入，还有了住房，孙尚香就留下当家庭妇女了。

正在这时，宗贤在集市上碰到砚楷，提出借一百元钱——自然没说买地，砚楷就满口答应了。说身上没带，三天后你到俺家去取。可万万没有想到，三天后宗贤找砚楷取钱的时候，砚楷变了卦。他哼哼哈哈装糊涂，就是不提"钱款"的事儿。而是让孙尚香端出一碟煮熟腌咸的黑豆，一碟蒜拌白萝卜丝儿，又从才买的荆条筐子里取出一个挺大的酒葫芦，要陪二叔喝酒。

"砚楷，尚香，我今天没工夫喝酒，我是来……"

"二叔，以我看，咱每户分的三十亩，就足够你忙活的。不想想，自己多大岁数了？这地，买到手，不费心，还是不费力？我跟你直说吧，春来、大兰、守信、三菊，都跟我说过，你们三个人的吃穿花销，他们全包。"

"砚楷，你没种过地，没数。这几天，我去'百顷地'那儿，仔仔细细查看过，那是最好的地片——离海远，再大的海潮也淹不到那儿。主要是土地肥，茅草长得比人高，灭了荒能不长庄稼？我算了一笔账，这一百亩地，全部雇人耕种，六十亩的收入该够工钱了吧？就算七十亩……剩下三十亩的收入，咱也够吃够用的。咱既然背乡离井、拖家带口来了，就得打个正经谱。"

"二叔，这年头，时局混乱，土匪横行，哪儿还容得你打什么正经谱？人怕出名猪怕壮！小琴他爹德厚，那才是正经过日子、有正经谱向的庄稼人。可如今的社会容不下他！死得多惨？再看看那个投河寻死的宁小娥她爹，不就是藏下了卖女儿的九十块银元吗？腿被打折，成了残废……"

"砚楷，啥年代也有倒霉蛋，哪个庙里也有屈死鬼！怕蝼蛄叫就甭耩豆子？怕噎着就不吃饭了？咱水泊梁山下来的汉子，若是怕这怕那，能活到五六十岁？老三，咱干脆打开窗户说亮话：这一百块钱，你借给我，即便我亏损干净、打了水漂，我早晚也会还你；你若是不放心，不舍得借给我，也痛快说！"宗贤满脸通红，放狠话了。

"二叔，你，别误会，我不是那个意思……"

"不是那个意思，是啥意思？拿钱，二叔给你写借据，行不？"

"这……"

"别'这''哪'的，一个大老爷们儿，办事儿咋婆婆妈妈的？"孙尚香一看这阵势，已经明白无误地感觉到，这件事决不能再敷衍。"快，给二叔拿钱去！"

"二叔，你听我说……"砚楷也赤红了脸，十分难堪，还想解释，"二叔，我跟你说实话，不是我……是你家俺二嫂——三菊娘，也找过我，她也不赞成……"

"你住嘴！胡扯葫芦闲扯瓢的顺嘴瞎诌个啥？"孙尚香一听砚楷着了急，把吕氏供了出来，这不是挑拨人家公爹和儿媳妇的关系吗？便赶紧把话岔开，"去去去，给二叔拿钱去。二叔，你看看你这个亲侄儿，还像个爷们儿吗？颠三倒四的，丢人……"

砚楷还是没有挪脚，支支吾吾地又说："二叔，侄儿实在对不住了……那一百块钱，我昨天赶集花了……"

"花了？"孙尚香吃惊地问。"咋花的？买的什么？"

"我买了一幅古画，清代郑板桥的墨竹……一百块钱，太便宜了。"

宗贤二话没说，站起身，拍打拍打屁股，转身就走了。任孙尚香在身后咋喊，他也没有回头。

"俺哥为人光明正大、说话落地砸坑，咋有这么个说了不算、算了不说的儿子？"宗贤一边往回走，心里一边懊恼地说道。

孙尚香跟在二叔身后，喊破嗓子，他也没回头。孙尚香真吃不住劲了。自从当了老阮家的媳妇，就多次提醒自己，为人处事，要仁义善良，要端正大方，不能坏了老阮家的家风，给老阮家丢人。可今天这是……简直醒醒醍醍，穷形尽相……

她对于砚楷一向敬重，人前人后，皆夫唱妇随。砚楷给他儿女多少钱，砚楷衣袋里的钱是怎么用光的，她从不盘问。因为她相信他是个堂堂正正的男人，是个明事理、懂规矩的男人……可今天，这是怎么啦？她心里如同塞上了一团乱麻，堵得喘不上气来。直到三天之后，两人都心平气和了，砚楷才一五一十地对她讲了那一百元钱的去向。同时，砚楷也发出由衷的感叹："二叔，终归还是个农民啊！农民对于土地的贪恋之情，那是不种地的人难以理解的。兴许，这也是热土难离的原因吧？"

3

回头说说，砚楷那一百元钱的去向。

那天惠鲁学田的张先生告诉砚楷，说今天"八大组"（灾民第八大组居民所在地）有集市，让他去赶集找木匠铺订做几条桌椅板凳。惠鲁学田到"八大组"大约十里路，东南晌的时候他就赶到了，急匆匆办完事情，正准备返回，他突然发现，路旁有一个戴破礼帽、着旧长衫的人，面前摆放着几轴旧字画在卖，他十分惊奇地走上前去。

"这字画，卖吗？"

"看你说的，不卖拿到集市上来干啥？"

"可以看看吗？"

"可以，当然可以……"

在卖画人的帮助下，他慢慢展开了第一轴，"呀！"他禁不住惊叫了一声。但立即意识到自己的失态，便紧接着慢慢摇了摇头。

这是"扬州八怪"中郑燮（字板桥）的一幅四尺中堂墨竹。从纸张陈旧程度、装裱样式、笔墨功夫、落款印章各方面看，无疑是真品。

"常言道，货卖识货人，不卖俩眼黑。先生，郑板桥这幅墨竹，怎么样？"

说好是奉承，褒贬是买主。陈砚楷慢慢把画轴卷起来，苦笑着摇了摇头，说："郑板桥在潍县当过县令，留下的画卷很多。不仅潍县，就是昌邑、寿光、青州、诸城，那些高门大户、书香人家，几乎家家都挂着郑板桥的字画。这些年，也传到了广饶、利津、沾化。你这一幅就有利津城老崔家的家藏印鉴。留下的本来就多，临仿的就更多。那些高手临仿，简直以假乱真。恕在下眼拙，难辨真伪，因此不敢贸然……"

"你是说，我这货不真？"卖画人一变脸，就想露粗口。

"不不不……是我一双泥蛋子眼不辨真伪……"砚楷急忙陪了笑脸道歉。他已看得出卖画人决非平常良民。

据说这些年土匪抢劫，见到古人字画也不放过。绑票时家中实在没有现钱，字画也可以充顶款项。这些土匪拿到字画，一来可以到大城市古董店换钱；二来可以到集市当钓饵，诱骗那些有钱人上钩，暴露身份，然后作为劫持、"绑票"的目标。这里边的道道，常在江湖上混的砚楷，其实并不陌生。

卖画人见砚楷正在端详自己，似乎已察觉了什么，接着便破颜为笑。说："跟你说实话，我是利津城里老崔家的后人。这都是祖上的传家宝。可传到我这个斗大的字识不了半升的败家子手里，哪里还识得好孬？如今穷疯了，这又不顶饭吃，不压饿，便拿出来换粮米了。先生莫笑话……"

"这一幅，你要多少钱？"

"再少，也得六十块钱吧？"

"噢……"这一次砚楷没露声色，但他内心里却真动了要买的念想。"论说这画，你要的价钱也不算贵。可是，眼下逃荒、度荒，填饱肚子是头等大事。这六十块钱就是二十亩地的价钱。对吧？这么看，也不算贱。能不能再便宜一些……"

"好商量，好商量……再看看这一轴？"卖画人说着，又从一方蓝色印花粗布包袱里拿出两个短轴，递到了砚楷手里。

砚楷慢慢展开，原来是光绪皇帝的老师翁同龢的一幅七言对联："每临大事有静气，不信今时无古贤。"用笔朴厚，端庄大气。

"这副对联，多少钱？"

"这是光绪皇帝的老师写的，咋说也得六十元吧？"

砚楷故作镇静，慢慢卷起对联，交给了卖画人。就摆出了要走的架势，说："可惜啊，阮囊羞涩，买不起呀！"

"我跟你不要谎了，一口价，这幅墨竹子，这副长对子，总共一百块钱，贱到家了吧？"

"不算贵。可我，心有余，力不足啊……"

砚楷这话也不假，他衣袋里就只有一百元了。这是给二叔准备的，买了字画，咋跟二叔交代？他一脸怅惘，无可奈何地拍打拍打双手，跟卖画人客气地道了一声："对不起，打扰了……"

陈砚楷转身欲走，卖画人上前便拉住了他，还想再理论一下价钱，显然还有再降价的意思。但砚楷连连道歉，苦笑着离开了。那种欲罢不舍的意思，却明白无误地写在了脸上。

走到东边集头，突然看见二嫂吕氏与学竹也来赶集，正在布摊上买布。他急忙上前打招呼，告诉二嫂，二叔想买地，让她把那一百元捎回去。

"买地？砚楷，如今兵荒马乱的，对付着活命算了，买什么地？说不好听的，还不知道给谁买的哪！"

"二嫂，你说的不错。可大夹袄翻过来——还有另一面，如果不是兵荒马乱，能三块钱一亩？主要是，二叔已经铁定主意，就别掰了，图个让老人一时高兴吧！"

"砚楷，咱在老家临上船的时候，俺大娘就提过醒，别让他思谋买地。咋几天就忘了？他倒是还没跟我说……三弟，你二叔敬佩你，说你有眼光，看得远。算我求求你了，再劝劝他，行不？"

"那好，我再劝劝他，试试看！"

两人告别以后，砚楷摸摸衣袋，那一百元钱还在，便立时又动了想买字画的念头。可是，他回头一望，望见了刚才那个卖画人，正在远处"候"（盯）着他呢！他禁不住心口"砰砰砰砰"一阵乱跳。他果真是把字画当钓饵，逮我这个傻大头啊！既然已经让他们盯上了，躲不过了，就得想个金蝉脱壳的法子。他这么想着，心一横，硬着头皮便直冲着卖画人走了过去。

"你这位小兄弟，咋，除了我没人买了？怎么就瞄上我，一直盯着不散伙了？"

"你，你这位先生，千万别多心。跟你说句实话，在这些逃荒要饭的灾民群里，哪里有个认识字画的？我等了半上午，就遇到你一个人懂行、问价。所以……"

"可是，我虽然认识几个字，也是个穷光蛋啊！老婆孩子饭都吃不上，哪儿有闲钱买贵重字画？刚才，你也许看见了，跟我嫂子，我磨破嘴唇才借了六十块钱，先截几尺粗布给家里人换单……"

"我这不是……也紧等着用钱，才当这个败家子，把祖宗留下来的传家宝，折腾了嘛，先生，我看你有文化、有教养，可以先交上六十块钱定金，我把字画给你。你把住址留下，日后我们再……"

"既然信得过，这倒是个好主意。那么咱一手交钱、一手交货？"

"好啊！"

砚楷把手放进衣袋里慢慢数好六张（他这一百元总共十张），慢慢取出来，递给了卖画人。卖画人仔细检验了一遍钱票的真伪，然后装进了自己的衣袋。砚楷伸出双手接字画的时候，卖画人却狡猾地嘿嘿笑了。

"先生，不忙，你还没告诉我你家的住址哪！"

"好记。'二十师'驻地，知道吗？找旅长冯剑秋要钱，他是我的表哥……"

卖画人一听"二十师"驻地，立马倒抽了一口冷气。这是前几年前来剿匪的国军第二十师的师部驻地。如今还有部分驻军，人们也仍然以"二十师"称呼。卖画人知道碰上硬茬了，忙说："对不起，先生，这字画我不卖了。我不愿意跟你们这些当兵的打交道……"

"那，随你的便。你把钱先还给我……"

"还给你？"

"当然要还给我。要不，把字画给我，跟着我到'二十师'家里取钱去也可以。"砚楷说着，故意一掀外衣，露出了腰带上的匣子枪。

"这个……"到手的钱，显然不想再失去。一副兵痞盗匪的贪婪嘴脸，此时已暴露无遗。他冲四周望了一圈，显然旁边还有他的人。他开始要"泥腿"无赖了："嘿嘿……对不起了，这六十，算作定金，我说话算话，决不再卖给外人。下一集，给你画，行不？"

"不行。把钱还给我！"说时迟，那时快，砚楷拔出手枪对准了那人的胸膛。

"你你你……你这位先生，咋翻脸就动武？"

"我就是靠动武吃军饷的，动武不是常事儿？你别逼我，急了二拇指头一打弯儿，你可就没命了！"砚楷壮着胆子说着，但那拿枪的右手却禁不住颤抖起来。

"先生，先生，我还真害怕你这右手……直打哆嗦……万一，搂了机子……我，给你掏钱行不？"

"不行。"砚楷害怕他乘机掏枪，便大声喊道，"举起双手，退后五步，把字画留下……"

"好，好……"卖画人把地上的字画包袱用脚向前推了一下，便按照砚楷的要求向后退去。

可万万没有想到的是，还没等砚楷弯腰拾画，身后有人搂住了他的腰，并顺势缴了他的匣子枪。转眼间又围上两个人来，显然都是一伙的。这时，搂他腰的人也松开了手。说："这小子，还挺凶哪！带到村外苇子湾，送他去天堂吧！"

"不，不……"卖画人冲那人眨眨眼睛，又冲砚楷说，"来，这字画你拿着。我收了你六十块钱，俺伙计收了你一支枪，两样加起来，就算顶了字画钱。你喜欢字画，俺伙计喜欢枪。各取所需，公平合理。往后大道朝天，咱们各走一边，井水不犯河水，怎么样？"

还没待砚楷回答，冯剑秋、凌春来、宋守信牵着马走了过来。冯剑秋老远就认出了他。嗓门老大，喊着："砚楷，买的啥？"

"我，买的字画。这不，差人家四十元钱，人家把我护身的……短枪暂且留下了。你这当旅长的，帮帮忙，先给垫上吧！"

"哎嗨，今们儿还真没带钱……"冯剑秋说着把衣袋翻了过来，让砚楷看。

"我，我这里有。"凌春来上前将四十元钱递给了砚楷。

砚楷接着递给了卖画人。说："还我的家伙吧？"

卖画人见冯剑秋身后一会儿跟上来十几个年轻军人，个个腰间都有手枪，很像是警卫队的。于是向那个拿去手枪的伙计挥了挥手。把手枪抓过来，陪着笑脸递给了砚楷。砚楷接过手枪，并微笑着伸出右手，与卖画人紧紧握了一番。

"老弟，府上哪里？"

"老家阳谷，我等都是粗野汉子，缺教养，多包涵……"

"我看，咋不像走光明大道的？冯旅长，是不是带回去问问明白？"宋守信插嘴说。

"你这小老弟，咋往歪里看人？"卖画人狠狠剜了宋守信一眼。

"咋往歪里看人？他说错了吗？"冯剑秋插嘴说，"我今天再给你们提个醒，往后得规矩点儿，要是旧习不改，可别让我再碰上。"

"小的明白，小的明白。"

卖画人答应着，立马带着三个伙计迅速消失在赶集的人群里边。

砚楷掏出钱，还给凌春来。说："这四十，还没敢露面……"

"砚楷，这是几个干过土匪的痞子，俘虏后当过几天国军，看看横竖不成材料，就把他们放了。今天咋与你遭遇了？"冯剑秋问道。

"说来话长……幸亏你们，总算有惊无险。"

4

"你呀，你呀……让人咋说呢？简直是向铁卡子上摘食儿吃——不顾死活了。"孙尚香听砚楷遛根把梢讲了一遍，禁不住一声长嘘，"这才是利令智昏、鬼迷心窍。真不知道你在江湖上是怎么混饭吃的？几个小痞子喽啰，瞜一眼还看不透他们几根骨头？也不想想，除了绑票土匪和梁上君子，洼里人哪来的古董字画？正经读书人，带着珍贵字画来荒洼里卖，那不是真犯傻了？卖给没饭吃的灾民吗？"

"好了，好了，谁也有犯糊涂的时候不是。当时，我一见郑板桥的墨竹货真价实，眼就拔不出来了……不提了，总算有惊无险，火中取栗，没烫了手，没燎了毛。胜利者永远没错，一百块钱将板桥墨竹、翁老夫子的对联两件宝贝买到手了！过了这个村哪还有这个店？"

"既然如此，你就该明白，宗贤二叔为什么要借钱买地了吧？"

"对，对，对啊！"砚楷连喊了三声"对"后，沉默了。在地上徘徊着，多时富有感慨地说，"攘攘尘世，各有所好。读书人爱书画，农民爱土地，将军爱马，猎人爱枪，出海人爱船，打渔人爱网……就是爱唱歌的孙尚香，也爱会吹洞箫的穷情郎……哈哈哈哈……"

"没正经！"孙尚香给闹得啼笑皆非，将砚楷一把推倒，那小拳头就像鼓锤似的在丈夫的脊背上乱敲打了一通，感到双手酸麻了，又一头闯进他的怀中……他顺势将她紧紧地搂住……

在他们结婚后的这段时间里，尽管经历了许多苦难艰险，但是，他们相濡以沫，相知相依，跬步不离，砚楷变得惜玉怜香，事事俯就；尚香宛如小鸟依人，柔顺体贴，这是孙尚香几十年来最舒心最甜蜜最难以忘怀的一段日子。在这低矮的小茅屋里，安安静静躺在他宽阔温暖的怀抱里，她感到安全，感到满足，感到了别无他求。但愿时间永远停止流逝，但愿永远没人打扰，即便永远吃糠咽菜，即便永远在这荒洼里……

"砚楷，那字画比老婆还重要吗？以后外出办事，什么险也不能去冒，什么坏人也不能招惹，你要时时刻刻想着念着：家里还有个老婆在等着你；美满幸福的好日子还在后头，还很长很长……还有三十年、四十年、五十年、六十年……"

"好，好，我听你的，永远……"

"你买那字画呢？那可是招是惹非的物件，藏在哪儿？"

"我让冯旅长拿回去了，他那儿安全。"

"这一百块钱你花了，二叔那儿……"

"我跟冯旅长打过招呼了，他答应立马帮助解决。"

"难道你不知道，二叔与冯剑秋，有些嫌隙，不愿交往吗？"

"咋不知道。没关系，借钱的事咱们顶着……"

"那好。"

5

这天上午，陈砚楷偕妻子孙尚香，借了两头毛驴，一起去了"20师"，想拜见冯剑秋借钱。尽管在"八大组"与冯剑秋已经见过面，但是，去"20师"，还是第一次。

"20师"，位于惠鲁学田东南五里。是1930年冬天，韩复榘派他的第20师59旅（旅长赵心德）前来戡乱剿匪、垦荒屯田时的旅部驻地。

1933年59旅撤走之后,在这里屯田的许多"功劳兵"仍然留在了这里,"20师"的称呼,也就延续了下来。

砚楷夫妇一进"20师"营地的栅栏门,向站岗的门卫一说找冯剑秋旅长,门卫则主动带路,引领他们来到了冯旅长的住处。

门卫通报后,出来说,来得不巧,冯旅长没在家,今上午到"八大组"开会去了。砚楷夫妇刚想返回,突然,随着一串细碎的脚步声越来越近,有一个十分洪亮的女人声音传来:"是哪儿来的贵客?咋不进门儿?冯旅长不在家,我就不能接待了?"

大门"吱扭"一响,从门里闪出一个身穿黑缎镶边的宝蓝色旗袍、头上梳着翻云发、脚下穿了紫缎绣花软底鞋、大高个的中年妇女。砚楷打眼一看,就猜出是那个早已闻名的女管家李二姑了。他走上前去,双手抱拳一拱,自我介绍道:"在下是冯旅长的老师阮宗圣的儿子,是冯旅长的儿媳阮学梅的三叔。从老家鲁西刚来,今日与拙荆一起登门拜访。既然冯旅长不在,就不打扰了。改日再来……"

"呀,这不是来了亲家了吗?如果我没猜错的话,这位先生名讳为砚楷,这位妹子是孙尚香。我说的不错吧?你们老阮家的人,剑秋是天天念叨。咱们虽然没见过面,可耳熟能详嘛!里边请,里边请,冯旅长是骑马去的,等会儿肯定回来……冯旅长不在家,怠慢了客人,怪罪下来,我老婆子可担待不起呀!"

砚楷夫妇见李二姑既热情又大方,完全以一个家庭主妇的身份热情接待,则感到却之不恭,两人对了一下眼光,就跟随她进了家门。

进门堂屋正中摆放一张栗皮色大漆方桌,桌旁是四把椅子。北面挂着中国古代的青铜长剑。墙上是辛弃疾的词《破阵子》,"醉里挑灯看剑梦回吹角连营"写得特别醒目,字字浓墨泼洒,间有长枪大戟,显然这是冯剑秋自己书写时,那激情奔放淋漓尽致的抒发。

随后,砚楷又发现书桌上有张书写诗词的斗方宣纸,墨迹未干,笔画十分秀丽,下边落款"妙玉",写的是戴复古的一首五言绝句:

　　　　黄金无足色,白璧有微瑕。
　　　　求人不求备,妾愿老君家。

至此,陈砚楷心里便明白了七八分……但回身一看,却又呆了。见孙尚香与李二姑两人已经相认,手拉着手,都在擦眼抹泪了。

"妙香妹子,这些年你是咋活过来的?"

"妙玉姐,说来话长……"

原来二十年前,李二姑与孙尚香,两人同在东昌府一个戏班学过艺。李二姑出身于"跑马卖解（xie音械）"家庭，即父母（养父养母）靠骑马表演各种技艺赚钱谋生。她从小则受过严格训练，马上的工夫十分了得。那时她还有个姐姐，号称马上飞人李大姑。后来从飞马上摔下来身亡。父母发誓改行，送李二姑进了戏班。那时艺名叫李妙玉，因眉清目秀，扮相俊美，开始学唱青衣正旦，后来吃鱼让鱼刺刺破了喉咙，嗓音受了一段时间的影响，她又改唱刀马旦。花枪双剑、翻滚对打，皆精到超群。十七八岁已经是挂牌名角。拿手戏是《穆桂英》《花木兰》《樊梨花》等。可谓倾城倾国、轰动一时。哪想到好戏才唱了三五年，却被运河上一个盗匪头目黄飞龙看中，花五千大洋强行买去为妾。孙尚香比她小六岁，艺名孙妙香，学唱小旦，那时刚开始登台演出，还没有名气。

"姐，你是什么时候离开的黄飞龙？又怎么跟随了冯旅长？"

"这可不是三言两语说明白的。这样吧，今们儿你就别走了，晚上跟姐一个炕睡，姐跟你从头到尾仔细啦扯啦扯。再说，你也得告诉姐，是如何跟砚楷走到一起的？"

"好。我告诉你……"

6

在这举目无亲的荒洼里，遇到老家来的亲家，感到就是一家人了。等到下午冯剑秋回来，二话没说，先让李二姑找出钱，交给了砚楷。又立即安排晚宴，热情款待砚楷夫妇。冯剑秋喝酒如同喝水，简直不知什么叫醉。砚楷本来还以为能应酬一番，可老烧酒劲头太冲，三五杯下肚，则天转地旋了。于是，无需推辞，夜晚只得留了下来。

东间书房中，本来有冯剑秋的一张棕榈床，如今让给了砚楷。冯剑秋在东间又安置了一张折叠的行军床。李二姑和孙尚香便睡在了西间的土炕上。

晚上睡觉之前，李二姑先给冯剑秋端来泡脚的热水，帮他洗了脚；又为他沏了一壶浓茶——她说，冯剑秋每逢喝酒超过半斤，照例要准备浓茶解酒。这些天，随着天气变暖，夜晚灯烛一亮，就有那么多叫不上名字的飞虫飞进屋内。冯剑秋兴许对这些飞虫有过敏反应，经常被咬得浑身起红疙瘩，于是便提前挂好蚊帐。今夜，砚楷占了床铺，李二姑只得点燃了早就准备好的干艾草绳，放到了冯剑秋行军床的旁边。艾草点着后，烟大味浓，飞虫就远避了。

把这一切料理明白，李二姑方才回到西间。

"姐，您伺候男人，那么细心，那么周到！"

第十九章　世态物情

389

李二姑扑哧笑了:"我得时时刻刻牢记自己的身份,是个老妈子……"

"还老妈子呢,这穿戴、这气派,完全像个当家主事的贵夫人!"

"好俺那妹子,兴许你还不知道,你这个傻姐姐还有个贱癖,喜欢伺候自己喜欢的男人。我原来读《红楼梦》,看到贾宝玉的两个贴身丫头花袭人与晴雯,为了伺候宝玉,还争风吃醋的,我就说,真是些贱骨头!现如今,自己也变成了贱骨头……"

"姐,你能有这种心思,是种幸福,我为你高兴。"

"不过,我也是剃头挑子——一头热……"

"怎么?"

李二姑把声音放低,说:"他心里原本有爱人嘛……"

"谁?"

"老阮家——你二大伯媳妇……"

"你说吕蕴玉?"

"不是她是谁?"

"那,兴许是他们结婚前的事。结婚后,若是再纠结……那也是剃头挑子——冯剑秋一头热了。俺那个二嫂,我总觉着天底下再也找不出那么正气,那么通情达理的人了。我是打心眼里佩服她,佩服得五体投地。"

"我懂了。假如一个男人也佩服得五体投地……那还不叫爱吗?"李二姑感叹唏嘘多时,又说,"曾经沧海难为水啊!"

"姐,冯旅长对你苛刻吗?"

李二姑笑了。说:"要说管,有两条死规矩:一、在所有人面前,我都得称他冯旅长,我的身份则是老妈子;二、我只要外出,穿衣戴帽,必须顺时随俗,朴素大方。还得经他目测批准。这,我都习以为常。我比孔子聪明得多,未到七十岁,已经'从心所欲,不逾矩'了。"

这一夜,李二姑和孙尚香几乎不曾眨眼,上半夜哈哈大笑,下半夜切切私语。那些不便在两个后男人面前说的悄悄话,她们姊妹间则口无遮拦,说了千千万万。

7

如镜的月亮,如水的清晖,穿透窗棂,洒在了她们的睡炕上,形成了斑斑驳驳的光波,悄无声息地在闪烁、在变幻、在倾听这两个女人二十多年历经沧桑的诉说……

"姐,那个黄飞龙待你好吗?"

"好,应该说比原来想的好。咱都是苦命孩子,从小没爹没娘,不受虐待,不挨打骂,咱就知足了。当初,黄飞龙看上了我,要买我,师傅漫天要价，说，没有三千大洋，连想甭想。师傅那是想镇住他，挡回去，让他丢下这个念想。没料到三天后，黄飞龙果真把三千大洋带来，放在桌上。师傅傻眼了，托人向黄飞龙连番说情道歉。可黄飞龙那是王八吃下秤砣——铁心了。无论咋劝，拒不改口。师傅没有咒念，当众打了自己两个嘴巴，还给我下了跪，然后点头把我卖给了黄飞龙。送我出门的头天晚上，师傅把我叫到她屋里，把她结婚时的一副金镯子戴到我手上，说：'干咱这行的，别以为海报上挂了头牌，戏台下多少人为你叫好，就以为自己是个什么人物什么角了。其实，在别人眼里仍旧是个戏子，是伺候人的人，属下九流。就像看猴戏一样，咱跟那猴子没有太大区别。明白了这，为人处事，就少去张扬，少去惹事，越不了大轨，吃不了大亏。就像唱戏，调门儿别定高了，留有余地了，咋唱也跑不了调、离不了弦、失不了谱。就能进退自如，左右逢源。孩子，记住师傅的话，不管遇到什么风浪，碰上什么坎坷，自己还得学会保护自己。也得祈求菩萨在冥冥中护佑你，你就能逢凶化吉、遇难呈祥。'"

"咱师傅一辈子信佛，心善，她的话，都是好意。"

"我何尝不明白，咱是人家花大价钱买来的宠物，对咱一时好一时孬，全凭人家是否高兴。"

"黄飞龙给了你个什么名分？"

"我从来没向黄飞龙要什么名分，他也避讳不提。人与人相处，是靠有没有情义，名分有什么用？那都是摆样子给别人看的。就跟戏台上演戏差不多，今天演小姐，明天演公主，后天就演丫鬟。我跟黄飞龙那些年，就有过好多不同名分。

"他外出做事，去做什么？那是从来不许我过问的。他有两个住处：一处在东昌府望岳楼旁边的一家小院；另一处在济宁府太白楼旁的一家旅店大包间。这时候我的身份就是他雇佣的看门人。陪伴我的老妈子姓王，比我大八岁。她负责生活上伺候我，但也负责监视我。他给她留下一些钱，让她为我买吃买穿。我出门必须由她陪伴，做什么也得经她批准。我不能与任何人结交，更不能与任何人争吵斗气、惹是生非。对谁都是微笑，都是一问摇头三不知，都是局外人，都是智残的木头人。这种身份对于别人，兴许是最容易做到的，可对我这个好说好动性格外向的人，真像是嘴上给贴了封条，手脚戴上了镣铐。刚开始憋得我捶胸顿足，简直生不如死……可是，当他引导我学习读书之后，我读了许多书。既解决了寂寞，打发了日子，还增长了不少见识。说实话，他黄飞龙后来非常器重我，主要是因为我谈古论今确实有了'高见'。开始，我先读了几十本通俗话本；继之又读元杂剧和一些经典小说。对《红楼梦》兴趣最浓，一连读好几遍，有些章节读不懂、吃不透，我就让他托人到上海、北平

李二姑与黄飞龙。

去购买胡适、俞平伯的讲解评论《红楼梦》的书,再后来,我又读老子的《道德经》、庄子的《南华经》、孔子的《论语》等……用黄飞龙的话说,我不仅有了不少知识、学问,而是确实有了某些智慧、高见。读书入了门儿,上了瘾,我就只愿意在'家'看门儿,再也不愿意干别的事了。

"逢年过节,他要回他河北通县老家,我的身份就是他新娶的二太太。他大太太我没见过,据说是个大家闺秀。因受惊吓得了神经病,在天津一个精神病院里长期养着。直到他去世的头一年才自杀身亡。在我充当二太太的日子里,经常去亲戚家做客,去各种饭店赴宴。迎送应酬的既有豪门达官、骚人墨客,也有左道旁门的狐朋狗友。有时收拾打扮得像个大城市上流社会的夫人,抑或是像个读过书的有文化的小姐。这些身份,都必须端庄、入时、有教养、有风度。有时则得像个会馆的交际花、舞厅的歌女、茶楼酒肆的女老板之流。总之,什么身份,说什么,穿什么,接人待物有什么礼节,全由黄飞龙一人铺排。他是导演,我是演员,时时处处,拿捏做作,都得进入角色认真演出,这是最难最难的。我尽量不负期望,大多时候表现出色,酬答裕如、桴鼓相应,配合得体。但也有'洒狗血'令人生厌的时候。啥叫'洒狗血'?你在戏班待过,也该知道。就是演员想露脸抢戏,脱离情节,卖弄技艺,搞些过火表演,令人讨厌。不过有时为了吊人胃口,吸引眼珠子,那就什么也顾不得了。也有时候,被人家有文化的人问得张口结舌、卡壳砸锅、晾到台面上、收不了场。总之,逢场作戏,虚应故事,遇到白眼,遇到嘲讽,遇到难堪,遇到戏耍,那都是平常事儿。既然当演员演戏,什么彩旦、什么丑婆也得演吧?但是,尽管见多不怪,脸皮逐渐厚了。可人就是人,心里总忘不了'羞耻'二字。我多次跟他表白,这个身份,每次出场,都是痛苦,都是煎熬。"

"这么多年,就没有舒心的日子?"

"有。跟他的十几年里,几乎每年都有那么一段时间——短则十天半月,长则仨月俩月,说老实话,这才是让我最最开心的日子。地点不定,都是比较偏远好玩的地方。繁华的大都市从来不去。冬天一般向南,到过云南的大理、丽江;到过海南的椰子林;最远到过菲律宾的吕宋、马来西亚的海岛。夏天一般向北,到过吉林长白山;到过黑龙江的老树林;还去过什么海参崴、满洲里。到那儿干什么?什么也不干,就是去玩。谁也不带,就我们俩。玩得昏天黑地,玩得醉生梦死!黄飞龙是个戏迷,只要到了没人烟的荒僻地方,俩眼一抹黑,谁也不认识,这个黄飞龙就会变成一个浑浑噩噩的调皮小子,白天黑夜,睁眼闭眼,就是缠着我教戏、唱戏,非常痴迷,也非常听话。他像天使一样宠着我,像老师一样供奉着我。这时,我也像飞出笼子的小鸟,海阔天空,自由自在。我教他唱戏,他教我打枪。因为我马上的功夫好,不到三年,我就练就了飞骑双枪百步穿杨的绝技。这功夫也总算没有白练。去年,到沾化见赵明远司令,路上遇到了土匪,我就是凭着这功夫,救了冯剑秋的性命。要不,他会对我这么好?"

"先别说这,黄飞龙到底是干什么的?是个什么人?"

"有人说他是大运河上,一股劫匪的幕后老大;有人说他是南北军火商的掮客;也有人说他是走私贩毒的幕后黑手……让我说,都有点儿像,可跟他生活在一起,又感到不像。至少他不属于那种心黑手辣的人。直到临死前,我试探着问他,他也没说清楚。"

"他是什么时候死的?咋死的?"

"他长年在水上,三十五岁以后就得了风湿病,先是关节肿胀疼痛,到后来,咳嗽,咯血,胸闷,呼吸困难。最后是,风湿心脏病,心力衰竭,死在了天津的医院里。死前惊恐、难受,非常痛苦。白天黑夜,一合眼、一迷糊就做噩梦。呼吸困难,喘不上气来,就梦见有人掐他的脖子,用绳子勒死他……费好大劲把他摇醒,他总是给吓得浑身颤抖,大汗淋淋……

"鸟之将亡,其鸣也哀;人之将死,其言也善。他病重之后,很愿意与我攀谈。他说:'我原以为,人这一辈子,有了钱,就有了一切。我喜欢你,你师傅漫天要价,三千大洋,我凑齐了,一手交钱,就可以一手领着你走;我是戏迷,把你买来,我就有了老师,有了搭档,愿意唱什么,就学什么,我很满意。我想玩,咱就玩个痛快,玩出个花样。上南洋,下北洋,海边划船,森林打猎,花天酒地,穷奢极欲……钱花光了,就再去挣。人一辈子就是个挣钱花钱的过程……满以为,我是世界上最会生活,最会享受的强人。可我这次来天津医院治病,正好与南开大学的一个老教授住在一个病房里,晚上两人拉呱,拉得很投机。后来,我就如实地把我这些想法,跟他说了一遍,万万没想到,他几句话就把我打垮了。老教授说,你可能知道,非洲的狮子,东北的老虎,西藏的秃鹫,亚马孙河的鳄鱼,它们都是地球上的食肉动物,是绝对无敌于天下的强者。但是,它们都是远远落后于人类的禽兽。我们在骂人的时候,才用衣冠禽兽这个成语!'

"我再问他,是什么意思?老教授说,这些'衣冠禽兽',可以吃山珍海味,可以穿绫罗绸缎,可以腰缠万贯、挥金如土,可以专权自恣、称王称霸,但是,他们的五脏六腑已退化成了狼心狗肺,他们的双手粘满了鲜血,他们的饭碗里充满了腥臭,他们睡觉都得不到消停,夜夜做噩梦。一句话,他们只能与魔鬼在地狱里生活,永远进入不了人间天堂……

"他临死前三五天,突然变得好哭,一说话,就紧紧攥住我的手,泪流满面。他说，妙玉，老教授给我指点迷津，犹如醍醐灌顶，让我顿开茅塞。可是，太晚了，太晚了……妙玉，我感谢你，只有你，还给了我一些欢乐。可是，你只知道服从，从来没提醒过我。

"我说，我是你花三千大洋买来的奴才，我敢不服从？倘若忤逆你的龙鳞，你能容得下我？他长叹一声说：'看来，金钱只能买奴才，买不来直言诤谏的知己，买不来敢于猛击一掌、让人警醒的老师……'话说到这份上，我大着胆子问他，他这些年到底干了些啥？他说，你猜呢？我说，干过土匪老大？干过掮客？干过走私贩毒？他点了点头，可立即又摇了摇头……'有人说，我没大出息，关键时候，婆婆妈妈，干不成大事。说的也对呀，我的心还是肉长的，说我是衣冠禽兽，沾边儿，但多少还留下了点儿人味儿。就这，也遭报应了。一切都晚了，都晚了……'"

"后来呢？"

"他死前的头天夜里，偷偷塞给了我一笔钱，让我赶紧逃走。我说，眼下，你最需要我照顾。我逃走，还是个人吗？我当然没有逃走。第二天，他痛苦得又喊又号，接着就开始昏迷，没几个钟头，就……走了……"

李二姑说着，还是满脸泪水纵横。

沉吟多时，她又说："我与他的几个朋友，在天津郊区买了一块小坟地，好歹把他安葬了。这时，我想走，已经来不及了。就是那个多年伺候我的王老妈子，伙同一个外号叫'二邪劲'的人又把我卖了。这一次是卖给了一个真正的土匪，叫富瑞伍，让我伺候他老婆，外号叫"黑牡丹"。就是他们在劫持'顺天轮'中，把我从天津带到了这黄河口利津洼来的……在这儿，我先认识了咱鲁西老乡黄三虎，尔后，又认识了冯旅长。是冯旅长出钱为我赎了身，如是就……给冯旅长当了老妈子，一直到现在……"

"噢，妙玉姐，你活得可真不易啊！"

"你呢，我似乎听说，你跟戏班的小秀才刘海清谈过恋爱？有这回事吗？"

"有。他一心革命，后来去了广州，进了黄埔军校，尔后又参加了北伐军，在攻打武昌城的时候牺牲了。我，一直跟随师父，五年前接连有三个姊妹被军官霸占，师父狠了狠心，解散了戏班。先是经商卖布匹绸缎赔了本，后来就租酒楼开饭庄。前年她长肝病去世，我就接了她的班……"

"怎么，这些年，一直独身？"

"自从刘海清死后，我的心就死了，发誓不再嫁人了。我没办法忘掉刘海清……直到去年遇到砚楷，才被他俘虏，改变了主意……"

后边说的悄悄话，统统变成了切切私语。什么时候进入的梦乡，就不知道了……

8

　　半夜过后，东间里陈砚楷逐渐醒了酒，一看自己占了冯剑秋的床铺，又听见冯剑秋在窄小的行军床上，翻来覆去睡不着，压得小床"咯吱咯吱"直响，砚楷便有些不好意思了。

　　"老兄啊，兄弟初来乍到，醉得一塌糊涂，让你们见笑了。"

　　"看你说的，他乡遇故知，我高兴还来不及哪！"

　　砚楷干咳了两声……

　　"喝水吗？我这儿还捂着热水哪！"

　　那时没有暖水瓶，是用茅草编制一个鼓型的小囤子，中间放上热水壶，四周塞上棉絮，用以"捂着"保温。冯剑秋一说有保温的开水，砚楷则连声道谢了。冯剑秋立即起身点燃了蜡烛，为砚楷沏上了茶水。两人干脆不再睡觉，黑夜里聊起天来。

　　"原来，在朱老（金旺）那里咱早就认识。因为，咱俩同受过朱老先生的恩惠，又都想报答，可谓感同身受，如同手足。及至后来，又知道你是我的恩师阮老先生的大公子，就更亲近了一层。想不到，你家孙尚香与李二姑也是老相识。缘分，缘分啊！"

　　"这就应了古人说的，有缘千里来相会，无缘对面不相识。我们刚来乍到，人地生疏，还望老兄，多加关照。"

　　"老弟，我跟你说，往后对于我冯某，可就不必客套了。有用得着我帮忙的，尽管直说。那是你眼里有老兄……哎，砚楷，对于你，我还有一事不明……"

　　"老兄请讲。"

　　"砚楷，你与我的恩师阮老先生，既是失散几十年的亲父子，好不容易相逢相认，又为何不改陈姓呢？据我所知，这是阮老先生唯一的缺憾！"

　　一听这话，砚楷便沉默了。他望着窗外，泪花在烛光里闪烁着，抽搭了几下鼻子，嘴唇颤抖着开合了几次，却没有送出话来……

　　冯剑秋突然明白，这话，确实揭到了砚楷内心的创痛！

　　"老弟，对不起了。原谅愚兄唐突……"

　　"不。这件事，在我父亲生前，我曾向他禀明，得到他老人家首肯的。在我幼年的记忆里，只有养父。没有养父，我们母子则不能活命。救命之恩，那是至死不能忘怀的。母亲答应过养父，让我永远姓陈。承诺过的，倘若反悔，天理不容啊！对于这事，父亲在道义上是赞同的，可是，在感情上，在众人面前也是难以接受的……这，使他非常痛苦。这，我全知道……可已经无法补救了……"

"老弟，对双亲，对朱老及其后人，你都能尽心竭力，感恩图报，仁爱救正，皆令剑秋钦敬心服，自愧不如。尤其能不负朱老厚望，对他那个大逆不道的孙子，也能做到仁至义尽。我听说，还曾收养过他的重孙子……"

"我之所以如此，是为了永不愧天怍人，以回报朱老。对于朱贵才，如何参入杀害黄区长，如何奸污糟蹋学仁媳妇，如何密告学仁学义兄弟，如何枪杀他岳父全家，我几乎全部知晓。我确乎做了一些从井救人的傻事。这么做了，也就不后悔了。"

"我觉着，你早就应该知道，朱贵才这小子不可救药。"

"他还年轻，机灵过人，原以为，还能浪子回头。确实没想到，他坏得那么彻底！都使我怀疑'人之初、性本善'了……"

"砚楷，你知道不知道，朱贵才也来了？"

"他也来了？住在哪儿？"

"在垦区办公室。这小子的钻营能力，确乎是大得出奇。他是撺掇吴县长，密报了省府，说黄三虎劫持杀戮了财政局谭局长，抢劫了国家公款，杀害了平民百姓张德厚，又火烧望湖楼，潜入利津洼，昨天，驻军召集我去开会，对此作了传达，并要求抓紧清剿。唉，冤家路窄，在劫难逃！"

"我想，只要心里明白，他是个什么人了，就不会难办。"

第十九章　世态物情

第二十章　满堂出彩

1

长话短说，自从砚楷向冯剑秋把钱借来，第二天便带上钱去找二叔宗贤，说明情况，当面道歉。宗贤一听事出有因，也就消了气。既然钱已凑齐，没再拖延，宗贤知道砚楷懂地理、明阴阳，造宅选地，风俗中有何讲究？便叫上他当"长眼"，去了"八大组"的垦区办公室，交上钱，办好了手续，并立马去"百顷地"选地片。

这儿位于黄河北面约五六里处，一马平川，广袤无垠。新建村庄还不足二十户。每户院落约占地一亩，房屋大多是较矮的泥墙平顶，四周还没有围墙。也有的仍是马架子芦苇培顶的半地下半地上的草棚子，暂时居住。据说这儿多是军政官吏的亲属，土匪骚扰较少，他们不愿意来找麻烦。

"百顷地"村南有一道河汊，兴许是黄河发大水时留下的。眼下芦苇蒲草十分茂盛。芦苇深处，"苇喳"（一种水鸟）婉转的鸣叫十分动听，让宗贤感到仿佛又回到了东平湖畔的老家，十分亲切。

砚楷实地进行了简单勘察，看明白了地势高低，水流走向，很快就敲定了较好的地片，进行丈量，划界定桩。尽管有些麻烦，午后宋守信和凌春来又赶来帮忙，至傍晚就全部结束了。晚上，在八大组一个小饭店里，宗贤设便宴请大伙喝了买地喜酒。并合计了如何备料盖房的各项有关事宜。

因三菊愿意与亲娘住在一起，便撺掇婆婆去找宗贤爷爷交涉，把守信分得的三十亩，拨给了大兰家，归他大儿子存忠所有。在宗贤刚买的百亩地中另划出了三十亩归了守信家。宗贤、吕氏都愿意与严依霞住在一起，因此一拍即合，顺利解决。

在"百顷地"村的村边，他们连分带买（分了一亩半，买了一亩半），解决了两家的宅基地。紧邻建造了两个院落，一个院落盖了两栋矮房。西院里宗贤单独住一栋；吕氏和学竹、小娥住一栋。东院里严依霞住一栋；守信三菊住一栋。前前后后一个多月，花钱雇了几个匠人，再加上亲戚朋友帮忙，总算盖起房屋。可是，喝过完工酒的第二天，宗贤就累病了。他浑身疼痛，站着头晕，新屋又太湿，没法子住，只得借了辆小推车，把他推到了"八大组"大兰家，卧床歇息了。

宗贤病了，守信又很少在家，这一百亩荒地尽管如今姓了阮，可满地的苇子茅草滫蓬，还在那儿直站着。头遍荒难开啊，也不是三个工五个工榜得完的，没个男人铺排着，还就是不行。吕氏与严依霞商量了一下，决定去雇佣一个长工。你说巧不？守信领回来的长工，竟然是宁小娥的丈夫！

2

再说，大兰见二婶忙得团团转，就来"百顷地"帮她给宁小娥先做了一件靛花竹布小褂，又做了一件蓝布夹袄。做好后，学竹帮小娥将竹布小褂穿上身，系上纽扣，外边又穿上了新夹袄。大家前后左右，看了看，都说合身、正好。

大兰说："婶儿，老话说得好，人是衣裳，马是鞍装。小娥穿上这新裤新褂，多精神！立马成了个俊秀媳妇！"

"说得不错。难怪婆家舍得一百二十块大洋！"吕氏笑着说。

"她们舍得大洋买，可也舍得折磨！"学竹说。

"唉，咱们女人，在不少人眼里，就跟上集市买个牲口，差不了多少！"吕氏由衷地感叹道。

你一言，我一语，把个小娥说得眼泪汪汪了。她突然跪在地上，冲吕氏和大兰磕头了："婶儿，大姐，小娥给你们磕头了。婶儿，您家里的人，都善良，您对俺比亲娘还亲，你不嫌，就收下俺吧，俺愿意给您当闺女，伺候您，孝敬您！"

吕氏急忙上前拉起宁小娥："快起来，好闺女！"

"娘！"小娥扑进了吕氏的怀抱。

吕氏紧紧搂住了她。

正在这时，凌春来领着一个小伙子从远处走来。

"春来，把长工雇来了。"大兰喊道。

谁知宁小娥抬头看了一眼，从吕氏怀中挣出来，转身就跑进了刚建起的茅屋。吕氏感到很奇怪，便跟了进去。

"闺女，出什么事了？"

第二十章　满堂出彩

399

"找来的长工，是俺男人……"

"啊，是吗？"

"是。娘，咋办？反正我是宁愿去死，也不回去！"

"小娥，甭慌，娘给你做主，谁也不敢再欺侮你。娘问你，他对你，怎么样？你跟娘说实话。"

"他，没有主心骨，黏歪歪的，撕不长长、裂不团团，三脚踢不出个屁来，他娘说啥是啥，从来不敢回嘴。外号就叫大芋头。"

"他对你，好不好？"

"这……若没他娘、他妹妹挑唆，对我，还不错。"

"干活呢，咋样？"

"干活？行。有力气，不会偷懒。就是手拙，精细活，干不好。饭量大，他一个人，能吃咱娘们儿仨的饭。"

"好，我有数了。你就藏在屋里，我不叫你，你别出来。我先审审他，再说……"

3

吕氏在春来耳边如此这般说了几句，春来就领着刚雇来的长工去了东院。正好严依霞、三菊也在。吕氏先拉严依霞去旁边交谈了一下情况，二人便非常婉转地对新来的长工进行了盘问。

凌春来先介绍说："这位兄弟，姓方，名玉圖……"

"对，俺叫方玉圖。"他舌头好像短，发音时'圖'与'头'分不清楚。

"叫啥？叫方芋头？"三菊插嘴问。

"不。是玉石的玉，图画的图。可人们听不清，便顺嘴叫俺芋头。那是外号。"方玉圖嘴唇很厚，辩解时一张一合地有点儿笨拙。立正站在当屋地上，几乎不敢看四周这几个女人，脸红胀得像是要出血，汗珠子像豆粒儿似的往下滚。

三菊只想笑，吕氏剜了她一眼，挥手让她离开。吕氏搬了条凳子，先让他坐下，又让大兰倒了碗开水，递给他。他接过去，说了声谢谢，便一仰头"咕咚咕咚"喝了下去。看来真干渴了。

"小方，让我叫你小方吧。你今年多大岁数？你家住哪里？家里还有什么人？"吕氏问道。

"俺今年，二十七。老家，是寿光，逃荒来了十多年了。住过'渔洼'，也住过'荆条岭'。去年发水淹了庄稼，前些日子又去了北边义和镇的'寿光圩子'。那儿老乡多，俺二大爷就住在那儿。家里有俺爹，俺娘，俺妹妹，还有……没有了……"

"你还没有娶亲成家？"严依霞插嘴问。

"这……这……不好说……"

"娶没娶亲，还不好说吗？"

"去年，娶过。可前些日子，俺媳妇跟俺妹妹、跟俺娘吵嘴，闹了别扭，俺娘骂了她几句……不知道打没打……媳妇就跑了。再也没有回来。"

"你媳妇跑到娘家去了？"

"没有。她娘家哥来找过多次，跟俺家要人，还说要打官司。"

"到底跑到哪儿去了？你打听过吗？"

"咋不打听？天天打听。在黄河边，捡到她的一只花鞋，很可能跳了黄河……可，我顺着河崖，一直找到入海口，俺都找遍了，也没找到她的尸首。我还是不死心，这荒洼里，几十个大庄小庄，几十个种地屋子，我都去打听过了。"

"找到了吗？"

"没……没……没希望了。"

他抽抽搭搭哭了。

"既然找不到，怎么不回家？"

"回去过。不怕你们笑话，我在家里呆不住了。我看见她留下的东西，就……心烦意乱，吃不下饭，睡不好觉，也没心干活。"

"噢！你到俺这里，要是没心干活，咋办？"严依霞又问。

"不会的。我是你们花钱雇来的，我干不了两个男子汉的活儿，你们就甭给我工钱。我有力气，出去打短工，我一个总顶得上两个。只是，我饭量大，也得吃两人的饭食。"

说的大伙都笑了。

"要是找到你媳妇，你是在这儿干，还是领着回家？"

"她，要是还活着，我发誓听她的……可是，她不可能活着了……"

"方芋头，假若我能给你找回媳妇，你说说，咋谢我啊？"严依霞强忍住笑，板起面孔走到他跟前说。

"你……俺是个老实人，才跟你们说实话。你别开俺的玩笑。你咋能找到俺媳妇？"

"不是开玩笑，我还就是真能。我再问你一遍，我若是真帮你找到媳妇，你想咋谢我？"

"我给你磕响头，我给你当儿子，给你白干活，行不？"

"那，咱一言为定？"

"一言为定。"

"依霞，别……"吕氏想制止她。

可严依霞较真了："姐，只准你收干闺女，就不准我收干儿子？不，这个干儿子我收定了。芋头，先给干娘我磕三个头，我立马把你媳妇宁小娥找来，怎么样？"

方玉圖一听她喊出媳妇小娥的名字，知道不是闹玩了。立马跪在严依霞面前，磕头了："娘在上，儿子给你磕头了！"

"好。我要你发誓，找到小娥以后，再也不折磨她了。"

"好。我对天发誓，要是让小娥再挨打挨骂，老天爷打雷霹了我；出门让车轧死我；下河让水淹死我！"

"起来吧，跟我走，我帮你找小娥去。"说完，严依霞拉起方玉圖，拽着他就去了西院……

4

这天夜里，吕氏与学竹想去东院找她严姨一个屋子睡觉，把床铺留给小娥和芋头，可小娥孬好不干。

"哪有长辈给年轻人让地场的道理？芋头，抱上被窝卷儿，跟我走！"

"上哪儿，黑灯瞎火的？"吕氏一把拉住了他。

"东地头上，不是前天搭起了窝棚，就去那儿……"小娥说。

"不行，才搭建起来两天，还潮湿。"

"娘，俺们没那么娇贵。趴荒洼的泥汉老婆，苇子地里都睡，跟野兔子差不多，遍地跑。娘，你放心……"

小娥推开吕氏，拖了芋头就直冲小卧棚走去。

两人刚钻进小窝棚，没等小娥把被卷在干茅草上伸开，芋头就从小娥身后把她搂腰放倒了……

"你个狗日的芋头，你得狠煞，哎哟，哎哟，你想咬死我？"

"真想死我了……"

两个就像摔跤一样，搂着翻滚了一阵子，直到嗷嗷喊出声来，都气喘吁吁、大汗淋淋了，才逐渐安静了下来。

"芋头，真想我来？"

"那还说假。我天天做梦，梦见你，有时跟平素一模一样；有时就那么怕人……"

"我还怕人？"

"死了、烂了，咋不怕人？小娥，真是老天保佑，遇到了这么多救命的活菩萨……"

"比比人家，你那个妹子，你那个娘，还有半点儿人味？我到你家这一年多，你娘睁眼闭眼也就一句话：'你当了几辈子叫花子，托生了你这个穷鬼？'过年，你妹子扔给狗半碗饺子，却让我吃黄须菜团子。可你，眼瞅着，连个屁也不敢放……"

"小娥，别生气了，咱抹了桌子另上菜，咱重新活，行不？你不愿回去，就不回去，咱就住在这儿，住地屋子、住窝棚都行！可是，小娥，反过来，你也得体谅，俺娘为什么生你的气？"

"你说，我哪儿做错了？我是懒？是馋？还是心肠坏？"

"不，全不是。是一百二十块大洋，全让你家花了，你带回来的嫁妆，不值十块钱。我说的对不？你难道不明白，俺家那钱是卖姐姐的聘礼？姐姐过门不到一年就过月子死了。她们看见你，就想起了姐姐，能不生气？"

"你别给你娘找情理了。我现在才明白，这天底下的人，有的天生善良；有的天生坏种！黄须就是黄须，滫蓬就是滫蓬，野蒺藜扎人是天生。这人，三六九等，品性天生就不同！"

"别胡说八道了，按你这说法，我也不是好人了？"

"你呀，一半随你爹，心眼还不坏；一半随你娘，坏！"

"我哪儿坏？说良心话……"

"你不坏，你妹子骂我，你娘打我，你咋不吭声？"

"不吭声，就是心里疼你。"

"去你的……"

小两口就这么没完没了地拌嘴，快天亮了却迷迷糊糊睡沉了……学竹来喊吃早饭的时候，芋头还鼾声如雷呢！

5

第二天，宗贤从'八大组'回来了。买了地，草都没耪完，他哪儿躺得住养病？稍微感到有些力气了，就瞒着大兰悄悄跑了回来。

他没顾得上回家，老远望见自己地里有人干活，就直接走了过去。他在地头上蹲下，掏出烟袋点上烟，慢慢抽着，却没有吭声。他在端详着宁小娥和她男人在抡大锄耪地——大兰已经告诉他，雇的长工就是小娥的男人——他一直等到吸透了第二袋烟，才磕磕烟锅子，站起身来，冲她们打招呼。

"小娥——来，歇歇，先歇歇……"

这地，南北趟子很长，差不多有半里路。小娥听见喊声，这才发现宗贤爷爷来了，便拉了芋头，提溜着锄头走了过来。正好这时学竹也拎着瓦罐送来了绿豆汤。相互简单介绍了一下，寒暄了几句，就开始喝绿豆汤了。

"爷爷，我和芋头，自小在荒洼里，干活粗啦，快了萝卜不洗泥……

哪儿不行，你照直说，甭客气！"小娥说。

"行。芋头有力气。往前扔出锄头，能一把拉回来，芦根滷蓬挡不住锄头，这就是好手。不光芋头有余力，我看你也行。"

"爷爷夸奖了。我是鸦兰子鸟顶蒜臼子——硬撑呗！"

"芋头，你看看，俺这一百亩地，今年还能种些什么？你帮着俺铺排铺排……"

"爷爷，种什么那是有节气的，早了不行，晚了不中。今年，高粱、棉花，都不能种了，季节过了。在俺老家，是芒种三日见麦茬。到那时，是家里打麦子，坡里耩豆子。抢种吃豆粒儿，误了吃豆皮儿。咱今年没有麦子收，甭发急。端午节前把地耪完，灭了荒，若是地不是太干，芒种前就把豆子耩上。到秋天，只要黄河水淹不了，收七十石豆子，稳稳当当。"

"七十石？你是说大石，还是小石？"

"俺老家寿光往东，潍县昌邑，都是大斗大石，一石七百多斤。我说的是本地小斗小石，三百斤一石。这是往里圈算的，一亩地，收七斗，稳抓稳拿。要是风调雨顺，兴许还能翻番，一亩地收一石五，收两石，都有可能。"

"你别跟爷爷瞎吹，能收那么多粮食，洼里人还受穷？"小娥不愿预先说大话，就插嘴顶了芋头两句。

"我是说遇上好年景……"

自这次与芋头谈话之后，宗贤心里有了底，他感到，芋头是个好帮手，是个可以倚重的好人。随后，种地打谱的事，领短工干活的事，宗贤都是找芋头商量，让芋头去承担。芋头俨然成了二掌柜的，人们开始叫他二掌柜芋头，后来则简称二芋头了。

没过了十天，被分到二十三村的黄满囤、黄满堂兄弟俩，也卖掉政府分给的六十亩地（每人三十亩），来"百顷地"买了一顷地，成了严依霞家的东邻。宋香菱便天天与严依霞、吕氏一起商量着种菜园、买棉花织土布；满囤、满堂兄弟便与宗贤、二芋头一起商量着种庄稼；空闲时便跟着宗贤和守信舞枪弄棒。老乡加亲戚，志同道合，一时搞得红红火火，热热闹闹。但是，高头树遭风，出头鸟遭轰。宗贤他们在"百顷地"住了还不到两个月，就有人跳出来找茬挑事了……

6

事情还是二芋头到村前河汊苇子沟饮驴引起的。

二芋头知道宗贤格外疼爱从老家带来的那头草驴，每次干活回来，他都是单独牵了毛驴到光溜地场打打滚儿，再牵到苇子沟边去饮饮水。

这儿的水清、水甜。可是，这天他刚把毛驴牵到水边，就听到身后有人咳嗽了一声，接着便开口骂人了。

"这是谁家的浑小子？从小死了爹没人管教咋的？"

二芋头一听话头挺冲，便立马勒住了缰绳，回头一看，原来是那个人称耿三爷的。他一手挂着枣木拐杖，一手捋着长长的山羊胡子，横眉竖眼，表情十分可怕。二芋头禁不住心里打了一个寒颤。

"咋，不认识你耿三爷吧？家有家法，村有村规，来'百顷地'就得听我的。你是老阮家的长工吧？回去跟你掌柜的说说明白，为人，就得懂人事。这苇子沟，是俺带领大伙挖出来的。全村人都喝这儿的水。若是狗蹬鸡刨、牛羊骡马都来搀和，那不成了臭水沟？"

"三爷，这儿是苇子沟，不是村边的苇子湾。人们喝湾里的水，没人喝沟里的水。我这才……"

"咋，下大雨、涨大水的时候，沟里的水不会漾到湾里来？"

"三爷，对不起了。"二芋头很谦恭地说，"三爷，恕小的刚来乍到不懂事，以后，不牵牲口来了……"

"看你小子，吃灯草灰了，说话那么轻巧？谅你初犯，罚大豆一石；若是不改，第二次罚大豆五石。三爷没工夫跟你絮叨，只说这一次。"

"好，三爷，我记下了。"二芋头说完，牵了毛驴，扭头就走。

"站住！"耿三爷在他身后吼道，"记住了，罚大豆一石，回去量好大豆送来。"

"三爷，俺刚牵了过来，驴还没喝水，你不让饮驴俺牵了就走，咋，三爷，来沟边看看也要大豆啊？"

"你——"耿三爷傻眼了。驴确实还没喝水。

"我，我咋着？我认倒霉，出门碰上砸杠子的了！"二芋头嘟哝着。

"你说谁砸杠子？"

"三爷，俺敢说你吗？不敢。谁砸杠子我说谁！真他娘的大白天撞上鬼了！"二芋头骂骂咧咧牵着驴走了。

宗贤站在远处瞭着，心下不免愤愤，可没再上前插嘴。

耿三爷长长眼珠子了，脸色铁青，给晾在了沟边，只气得山羊胡子直抖……后悔开口早了，那毛驴确实还没喝水！他耿三爷哪儿咽得下这口气？便从牙缝里挤出几个字来："你躲过初一，躲不过十五！"

7

二芋头农活抓得紧，雇短工突击了十几天，便收拾干净了荒地。老天也很帮忙，又紧接着下了一场透地雨，没等到小满，一百多亩豆子就全都耩完下了种。一集过后，一搂两趟绿油油的豆苗就出齐了。宗贤的脸上终于露出了笑容，阴天开晴了！

在随后的一个多月里，主要是防兔子和各种野鹊糟践豆苗。一个兔子过去，或一群野鹊飞来，转眼间几丈远的豆苗便只剩下白色的豆根儿了。黄满堂和二芋头在主要草间小路上，下了逮兔子的铁卡子和铁丝钓钩。小娥还帮着芋头在地里横七竖八地拉了一些长线，线上系了红红绿绿的布条，拴上了几串小铃铛。风一刮，布条乱飘，铃铛乱响。他们还用苇子、茅草扎了四五个假人吓唬野鹊，用葫芦头画上鼻子眼，给披上破衣服，戴上破苇笠。总之，是想了各种办法，还真管用。有几家的豆苗被糟蹋的超过了三成，可阮家、黄家的地里基本看不出哪儿缺苗。当然二芋头和满堂两人白黑背着土炮巡逻，也起了很大作用。不到十天，他们就逮了五只兔子。

为了奖赏这四五十天的灭荒、播种、护苗劳累，宗贤决定准备些肉鱼蔬菜，叫上亲戚朋友一起喝一壶，犒劳一下年轻人。他去集市买菜的时候，正好碰上了王文龙、王文虎兄弟，也就顺便邀请了他们。

家里，吕氏带领婆娘们煮了满满一大锅兔子肉；宗贤还买来一套猪头肝肺下货，由宋香菱妯娌俩负责洗净煮烂；春来让守信捎回来十斤烧酒。这么一凑集，还算丰盛。唯一不足，就是没有鲜鱼。这帮东平湖来的汉子都知道，没鱼不成席。咋办？

王文龙便问阮宗贤："二叔，你那鱼叉带来了吗？"

"带来了。咋，你发现了有黑鱼的地场？"

"嗨，咱打渔的人，走到哪儿都带着一双瞜瞙鱼的眼睛。"

"在哪儿？"

"就在你眼皮子底下，村南边那个苇子湾里。刚才我看明白了，有几条大个的，少说也有五六斤。正护崽哪，好叉！"

"文龙，你有所不知……咱惹不起……"

宗贤把村霸耿老三的情况向文龙、文虎说了一遍。

"二叔，咱是八百里梁山水泊里闯出来的打渔人，什么样的渔霸没见识过？来这里怕他个小泥鳅？"王文虎跳起来说。

"王二哥说得对！"黄满堂早就为二芋头饮驴的事愤愤不平，一听王文虎的话，立即站起来响应，"二叔，咱刚来乍到，可不能让他欺负下来，当软皮柿子，随便捏！"

"不，新鞋不踩臭狗屎。多一事不如少一事……"宗贤一脸苦涩，连连摇头。

"二叔，这样吧，俺弟兄俩去逮鱼，你别露面。他好说好道，咱也客客气气；他若是要横，俺俩修理修理他，也给你出口窝囊气。走！"

王文虎没等宗贤点头，拉上大哥，找吕氏要上鱼叉，便大步流星地直奔苇子湾……
　　大约待了两袋烟的时间，宗贤还不见王氏兄弟回来，就有点儿急躁了。芋头和满囤要去看看，宗贤摇了摇头。
　　"看来，二叔想点我的将了？"满堂笑着说。
　　"对。遇上这宗事儿，你这爱耍贫嘴的，就派上用场了。"宗贤笑了笑，然后，模仿京戏道白的腔口说，"附耳上来……"
　　宗贤果然在满堂耳边如此这般交代了一番，最后又说："人家文化人，是咋说来？不动刀戈，屈人之兵，方为上上策！"
　　"满堂明白。"黄满堂往桌子上拿了一包本地手卷没牌烟卷，抓过草帽扣在头上，便摇摇摆摆哼着小曲儿出了门……

8

　　回头再说王文虎弟兄俩一人提溜着一把鱼叉来到苇子湾边，便猫下身子，屏住呼吸，蹑手蹑脚，顺着涯岸，仔细探查水草中的鱼踪。
　　今天万里无云，阳光灿烂，湾水温暖，不时有水泡冒出黄澄澄的水面。在一丛一丛葳蕤茂盛的芦苇之间的浅水里，漂浮着当地人叫榨菜的一种蔓生水草。水草中眼下呜呜泱泱活跃着各种浮游生物，为各种鱼类的繁殖提供了最好的温室和充足的饵料。黑鱼的鱼崽则在这儿出生长大。而这些黑鱼崽儿的父母，则在他们儿女的四周游来游去，很负责地守卫着。一旦发现敌人，则会不顾生死，拼命冲出来捍卫。这便是打鱼人手中渔叉迅速飞出的时机……
　　螳螂扑蝉，安知黄雀在后！
　　正值王家兄弟在探查黑鱼踪影的同时，早有人报知了耿老三。耿老三接受了上次心急的教训，他嘱咐下人，得稳扎稳打。从冲苇子湾的窗口用眼睛瞄着，耐心地等着，见逮着大鱼，再露面不迟。
　　其实，没用等待多大一会儿，王文虎的鱼叉就"嗖——"地飞了出去。随着"泼哧"一声鱼叉落水，一股红色的鱼血在叉头就弥漫开来……说时迟，那时快，文虎把系住叉杆的小绳用力一拉，他感觉到，渔叉的倒丝已经钩牢了黑鱼，这才放声："哥，逮住了。"
　　"别急，黑鱼劲头太大，拖急了，还会脱钩。"
　　王文龙说着，便提了鱼叉凑了过来。
　　王文虎慢慢拖着渔叉，已经看得清黑鱼了。这家伙少说也有三尺长，小碌碡那么粗。
　　"咱没带网篓，干脆叉着扛回去吧。拔出叉来，没法拿……"王文龙

第二十章　满堂出彩

407

渔民王文龙、王文虎投掷鱼叉逮大黑鱼。

对弟弟说。

"还想往回拿？"耿老三突然在他们身后开口了，"给我乖乖放下，念你们初犯，你耿三爷，就不计较了……"

"吃嗨，哪儿冒出了个耿三爷？是翻墙砸杠子？还是拦路抢劫？"王文虎一听耿三爷这恶霸腔口，气就不大一处来。

"我一不砸杠子，二不抢劫，是看自己苇子湾里养大的鱼虾。"耿三爷捋着山羊胡子，阴阳怪气地说，"看来，二位是外乡来的，还不懂这儿的规矩。"

"请问耿三爷，你是什么时候来'百顷地'的？"王文龙问道。

"我，去年来的。是来这儿最早安家定居的大户。怎么，不信？"

"信。三爷既然是去年才来的，怎么敢说这黑鱼是你养的？你知道不知道，这么大的黑鱼，至少也得长七八年吧？咋，你比满洲人进关跑马圈地还厉害？吐口唾沫，这一条河，这一片湾，就姓耿了？"

"哎嗨，算你明白，吐口唾沫还就是姓耿了。咋，你还得查查有没地契？"

"对。若是有地契拿出来，让大伙看看，我丢下鱼，二话不说，立马就走。可是，若没证明，来大荒洼里充什么大头渔霸，那可得问问你王二爷这渔叉答应不答应！"

"哟嗨，还挺横来。看来不掰点儿给你尝尝，你就不知道马王爷三只眼！"耿老三见身后四个光膀子的青壮保镖已经到齐——这就是号称耿家"小四龙"的四条疯狗。耿老三口气更硬了，冲着他们一挥手，就下了命令，"把鱼收回来，让他们长个记性，想着这儿的规矩。"

王文龙一看围上来四个恶棍，就把鱼叉攥紧了斜横在了弟弟胸前。低声对弟弟说："往水里扔，别伤他们的性命。"

文虎会意地点了点头。把渔叉从黑鱼身上拔出来，大声说："来，把鱼抱回去。"

这"小四龙"其实就是些泼皮无赖，并没什么真功夫，满以为还跟平时对付普通老百姓那样，四个人威风凛凛一站，就把对方吓瘫软了。有两个一看王文虎把大鱼从渔叉上褪下来，便急忙上前去抢，并未防备，王氏兄弟趁他们弯腰抓鱼的当口，每人对付一个，一眨眼，就把他们扔进了苇子湾的深水里。剩下那俩已经有些慌张，他们挥舞着棍棒，饿虎扑食似的冲了上来。王氏兄弟都是自幼训练有素的梁山水泊的汉子，对付这些泼皮无赖，哪儿还用费什么气力！只见文虎往旁边一闪，对方扑了个空。那家伙回身两脚还没站稳，文虎顺势来了一个扫堂腿，对方便趴在了地上。文虎弯腰抓住了那人的腰带，提起来抡了一个圈，双手一松，那人又被丢进了水湾里。剩下这一个，正往湾里看发生了什么，让文虎冲他屁股上狠狠跺了一脚，也趴着扑进了水里。耿三爷一看，刹那间"小四龙"全给扔进了水里，顿时慌作一团。他突然想起腰里还有支短枪，此时不用更待何时？但是，没等他拔出来，双手已经被王文龙抓住，并立即缴了他的短枪，接着又一脚把他踩在了地上。

王文虎两步赶上来，一把抓住了他的裤褂，高高举过头顶，正待用力往水里扔，就听见身后有人高声喊道："王二爷——手下留情啊！"

原来是黄满堂老远瞅着，见火候到了，便装作刚刚发现，大声喊着，急三火四地跑上前来，开始苦苦劝架了："王二爷，求求你了，你先放下，放下……耿三爷终归上了岁数，经不住……"

王文虎这才把耿老三扔在了地上。兴许用劲有点儿大，耿老三打了个趔趄，没站稳，又跌坐在了地上。黄满堂又上前扶起了他，可嘴里还是在向王家兄弟求情。

"王二爷，不看僧面看佛面。耿三爷，与阮二叔，与俺黄家兄弟同住一个村，都是乡邻。俗话说，远亲不如近邻……再说，耿三爷，也是要头要脸的长辈，在这些晚辈面前万万不能……"

"满堂哥，今们儿不看在你们同村人的面上，我一个一个都扔进苇子湾里去喂王八！"王文虎说完往地上"呸、呸"连吐了两口唾沫。

"满堂哥，我来这利津洼里，还是头一回遇见耿家这么欺负人的村霸。开口就是，河是他的，湾是他的，鱼也是他的。说了一个'不'字，立马围上来四条'疯狗'。不是说大话，俺兄弟俩，在八百里梁山泊，还没遇到过这么横的哪！我们信奉：'替天行道，为民除害。'今天，他们耿家爷们儿，算是自己撞进网里来的乌龟王八，不收拾了他们，留着就是个祸害！"王文龙一看这阵势，立即心领神会，明白必须趁机打杀耿家的张狂气焰。

"大，大当家的，你先压压火，消消气，在下给您跪下了……"满堂说着两腿一曲就跪下了，"求求大当家的，高抬贵手，大人不拿小人怪。别跟耿……耿老三一般见识。他上了岁数，很少出去看看外面的世界，在这兔子不拉屎的一亩三分地上，自己叫自己大老爷。求求您了，千万千万别惊动冯剑秋旅长，更不能捅到韩主席那儿去……孔圣人不是说嘛，和为贵。咱还是，大事化小，小事化了……"

"好，起来吧！"

"谢谢大当家的。"黄满堂这才起身，站起来拍拍拍拍膝盖上的泥土，便赶紧给耿老三递眼色，让他赶紧给王家兄弟跪下请求赎罪。耿老三还傻愣在那里，不知咋办？满堂干脆走上前去，拉过耿老三，把他摁到了地上，"嗨，快磕头啊，咋说，还用我教你吗？"

耿老三一听叫"大当家的"，跟旅长、韩主席都有关系，也着实吃了一惊。没想到真撞到硬茬上了，好汉不吃眼前亏，认倒霉吧！

"二位爷，恕我耿老三有眼不识泰山，出言不逊，多有得罪。我耿老三，自幼失教，不懂事务，也愿意接受训教，痛改前非。二位爷，别跟小人一般见识。小人给你们磕头了……"

"起来吧，若是为老不尊，屡教不改，可别让俺再撞上……"

"是，是……"

戏演到这个地步，黄满堂感到该收场了。便装作再三恳求的样子，挽留王氏兄弟，什么敬请"屈驾光降寒舍，大慰仰慕之私"，好话说了一箩筐。耿老三也乘机相邀做东宴请，王家兄弟说了一句，改日吧，便跟着黄满堂去了老阮家。

耿老三这才想起，自己的手枪被缴了，咋要回来呢？看来只有托老阮家的人了……

9

这出戏，出乎意外，越演越出彩了！

王家兄弟，早憋不住劲儿了！黄满堂领他俩一进老阮家的堂屋，便放开嗓门儿哈哈大笑。笑得前仰后合，满眼淌泪……

还是黄满堂拍拍巴掌，制止了大伙。并再三嘱咐："这戏，一定要唱到底，千万不能露馅儿！露了馅儿可不是玩的。"

宗贤说："我们儿算是打听明白了，这个耿老三你道是谁？就是大土匪头子'撸叶子'耿文俊的三叔……"

"撸叶子？"

"树木把叶子撸了，不就剩下'梗'了？'梗'就是耿……这是土匪的黑话。"

土匪害怕暴露，害怕追捕，为了便于隐藏自己，掩盖罪行，时间长了，则形成了只有他们自己内部听得懂的语言——"黑话"。

在垦利洼的土匪，各帮各派的"黑话"也各有不同，可谓五花八门。据后来知情人举例说：名字叫"跑号"；头目叫"掌柜的"；绑票叫"拉秧子"，杀人叫"裂秧子"；有情况叫"地皮紧"；官兵叫"花腰子"；官兵部队叫"疯子"；官兵的骑兵叫"灰爪子"；妇女叫"边样子"；大姑娘叫"毛脸子"……

对大小头目都不能直呼真实姓名。都有另一种表述方法，如：姓耿的叫"撸叶子"；姓赵的（与"照"同音）叫"灯笼子"；姓于的叫"丁郎子"；姓马的叫"尾子"；姓杨的（与"羊"同音）叫"啃草子"；姓张的叫"跟头子"（方言"跌倒摔跟头"也叫"张倒"）；姓孙的叫"绾

第二十章 满堂出彩

411

被子"（与"晚辈"同音）……

宗贤又说："听说，广饶、利津、沾化，几个县的县太爷，都有点儿惧怕'撸叶子'，逢年过节还私下里送些礼物给他的家人。他姓耿的本家横行乡里、惹是生非，县、区保安队也都是睁个眼闭个眼，暗中庇护。可他们怕省里来的'花腰''疯子'，这些'花腰''疯子'有枪有炮，武器精良……"

"怪不得一提冯剑秋旅长，他就老实了。"

"冯剑秋不买他的账嘛！"

"好了，咱不提他了。今天是个好日子，咱们有肉、有鱼、有酒，喝他个痛快，不醉不散！"宗贤说着，让大家各自找砖摞起来当板凳落了座。

10

梁山水泊人，说"开怀畅饮、一醉方休"，不跟当地利津人那样只是句客套话，而是咋说咋办，真真是人人开怀，个个大醉。这天，直到夜晚月亮东升，还没人离开酒桌。只是不像刚开始那样热烈疯狂地划拳举觞嗷嗷叫喊了。而是焖好浓茶汤，一边喝茶解酒，一边海阔天空漫无边际地神聊侃大山了。借机交流着来自各个渠道的信息。

王文龙的话最多，他说："寿光人告诉我，在前坨子向东，黄河以南，小清河以北，有个滩叫'烂泥'。那儿荆树成林，芦苇茂密，经常有强人出没。他们有时出海抢劫渔船、商船；有时入内销赃、绑票。尽管那儿水好鱼肥，却无人敢去。都说：'要想去烂泥，不死剥层皮。'可他们就像黄鼠狼一样，到了冬天，坡里没有野食吃的时候，也进村拖老母鸡……咱得提防着点。"

正在这时，学竹匆匆进来，在爷爷耳边低声嘀咕了几句。宗贤给大伙递了个眼色，又指了指后窗，那意思是说，窗外有听墙角的……

反应最快的还是他黄满堂。只见他举起酒碗来，大声说了声："干！二叔，干了这碗酒，我跟您老念叨念叨，我在关东怎么对付盗匪'背死狗'的故事。"

"好啊！"宗贤与大伙喝了酒。他开始感到，以前真小瞧了黄满堂。怪不得阮家岭人都说，满堂是个人物哪！

11

"我十七岁跟着老乡闯关东，在那儿整整待了十二年，当过学徒，卖过短工，挖过参，淘过金，打过猎，当过兵，给人放牧过骡马，赶过驮货的牲口，还下过日本鬼子的煤井，还充过苏俄商人的保镖……日本话，俄罗斯话，我都能来上几句……唉，凡人能干的活儿，差不多全干过。后来，因受潮腿疼跑不了路，我又当了修鞋匠。平素在街头巷尾坐摊为人缝鞋。这叫'吃等食'，活儿少，挣钱也少，仅供嘴儿，不剩钱。尔后我又学会了给骡马驴牛'挂铁掌'。遇到马帮或大车队，我忙一阵子就发个小财。三五天工夫，比修鞋一个月挣钱还多。可阎王不嫌鬼瘦，让一个黑贼给瞄上了。这天，一个马车店里来了驮帮，大约有三十多匹骡子需要换铁掌，等我忙活完了，差不多就三更天了。我收拾起傢把什，背起褡包就往家走。心里挺高兴，嘴里还哼唱着小曲儿。没想到，让那黑贼跟上了，我刚走进一个小胡同，冷不防他来了个'背死狗'……"

"啥叫'背死狗'？"王文虎问。

"就是用一条里边砸着一排铁钉的皮腰带，从背后冷不防搭在你的脖子上，背着你就走。你一声都吭不出来，连挣扎都来不及，一会儿就憋死了。他找个僻静角落放下你，把你的钱物全部拿走，这就叫'背死狗'。"

"咋，他没有背死你？"

"也算我命大不该死，我背着褡裢，褡裢里装着切牲口蹄子的铲刀，铲刀的把儿长一些，能达到脖子那儿，就是它救了我的命。他那带铁钉的皮腰带撸上我的脖子，连铲刀把儿裹上了。虽然有几根铁钉扎进了脖子，把我扎截了气，可是他扔下我拿走钱款之后，我又苏醒了过来。你们看看，我脖子上还留下了这三个大疤！"

好动的王文虎端了蜡烛，近前照了照满堂的脖子，果然有三个大疤痕，说："满堂哥，大难不死，还有后程啊！"

"啥后程不后程，你还不晓得你满堂哥的脾气……"

"啥脾气？"

"有仇不报，誓不为人！"

"这仇咋报？"

"不急，不急，出彩的还在后头哪，沉住气，听我慢慢道来。"满堂端起茶杯，慢条斯理地喝了一口，干咳了两声，然后用力拍了一下桌子，像说评书似的又开口了，"常言说的好，没有三两三，哪敢上梁山？有一天，镇上来了一个练硬功的汉子摆场子卖艺，手掌能砍断青砖；胸膛上能砸碎石头；赤脚在烧红的錾子上能走；红缨子枪头刺不破喉咙。我没有多想，回住处把我八九年积攒下的六十块大洋用包袱一包，找到那个卖艺的汉子，递上大洋，口称师傅，跪下就给他磕头。他问我想学什么？我说别的不学，就想练个刀枪刺不透的铁脖子，并把遭盗贼'背死狗'的事讲了一遍。他说，冰冻三尺非一日之寒，你吃得了苦？我说，任啥苦都吃的。他孬好不留我的大洋，却教了我个练硬功的办法。什么办法？就是如何

第二十章 满堂出彩

413

运气、如何把绳子拴着脖子，天天练习上吊。一年之后，我去找师傅，师傅说，还不成，再练一年。我又练了一年，绳子换成了带铁钉的皮带，也伤不着了。师傅这才点头说，好，你出徒了。我这才重操旧业，见有可疑之人，便故意点钱亮富，故意夜里走小胡同。没多久，就又被背了'死狗'。他背着我走了大半里路，估计我断了气，正想找僻静去处放下我，我却在他身后划了根火柴，点着了烟。还问了问他，伙计，抽烟吗？那小子一下子吓蒙了，想扔下我，撒腿跑。我哪儿让他跑得了！我死死抓住了皮带，夺过来，一转身就抢到了他的脖子上。我又背着他走了半里多路。我找了个角落，放下他。这小子更草包，早软塌塌地死成一拖拉。我怕他再苏醒过来，干脆，两只脚上给他钉上了一副铁马掌……"

"好，好，满堂哥，厉害啊！像个梁山汉子！"王文虎激动了，跳起来喊着，"奶奶的，他耿老三若是不老实，也背背他的死狗，给他钉上一副铁马掌！"

突然，后窗外"扑通"一声响，像人摔倒的声音。

"谁？"文虎大声喊道。

"踏踏踏踏……"至少有两个人的脚步声，越跑越远了。

"哈哈哈哈……"屋内人们又是一大阵捧腹大笑。

宗贤却说："你们只图一时痛快，这次把耿老三得罪狠了！"

12

再说耿老三，不仅这天晚饭气得没有吃好，夜里也没有睡好。

两年前他来"百顷地"的时候，已有那么十几家长久住户，有利津的，蒲台的，也有广饶、寿光的，全是来开荒种地的穷人。还有近二十家拾荒户，跟大雁小燕候鸟差不多，春天来耕种，收了秋，则车拉牲口驮把粮食运回老家。这些户大多不带老婆孩子，都是青壮劳力，也不盖像样的房屋，只有个半地上半地下的卧棚。

耿老三来之前就先闹明白了，这里的土地平整肥沃，全是刚开出的荒地，即便长住户多数也没有地契，土地界限也不清楚。那些有地契的，也是地契上的数目少，而实际耕种的数目多。至于那二十几户拾荒的，是什么字据也没有。

可是，这些种地户，多年来相敬相让，相互承认各自的地块。即便黄河水漫淤过几次，根本找不到原来的地界，大家重新丈量，重新定界，也没有发生过争执口角。可耿老三来到之后，冬天则暗地派人先后烧了那二十几家拾荒户的卧棚，春天直接将他们威逼赶走，轻而易举地霸占了他们的土地。当然，随后他耿老三的家里、庄稼地里，也接二连三发生过天火。他以追查放火为由，又排挤走了四家长年住户。也就是说，他总共购买了一顷土地，可实际上霸占了七八顷。光长工就雇用了近二十人。人强马壮，于是连苇湾、池塘、小树林、宽敞场院也都一起霸占了。

阮宗贤家和黄家兄弟来到之后，似乎都没把他耿三爷放在眼里，他就有点儿吃味了。当方芋头牵驴饮水时，他开始投石问路试探有无根底了。可芋头表现得不硬也不软。于是，这才又发生了与王家兄弟夺鱼受辱这出戏。

他耿老三哪儿咽得下这口恶气！可对方确乎有些来头……看来不仅有靠山，也有闯天下不怕死的硬汉子，甚至还有黑道上的亡命之徒。尤其几个听门子的跑回来禀报，还有个敢于"背死狗"的凶徒，甚至口出狂言，要背他耿老三的"死狗"，确乎让他倒抽了一口冷气。

咋办？看来，要出这口恶气，还得找侄子文俊商量，这"叶子"还得由他帮着来"撸"！

耿老三与当土匪的侄子"撸叶子"暗地联系，在"烂泥滩"见过一次面。没等他耿三爷把话说完，就被侄子数落了一顿："三叔啊，他们既然与那个冯旅长是儿女亲家，明摆着是个马蜂窝，硬捅，找挨蛰啊？三叔，大丈夫报仇十年不晚，先忍忍吧……"

可是，这人倒了运，喝口凉水都会塞牙。时过不久，在集市饭店里，他耿老三又被打了个鼻青脸肿！

13

自从去年大批鲁西灾民涌入荒洼，原来利津、沾化、寿光、广饶、蒲台各县来的农民，开垦耕种了多年的荒地，因为多数没有"正式合法"地契，便被韩复榘的政府收去，先是分给他们的功劳兵，后来则分给了鲁西灾民。为此，这些失地的当地人在怨恨韩复榘的同时，也迁怒于灾民，背后都是骂他们是"鲁西崽子"。

这些"鲁西崽子"们大多也没见过韩复榘，只知道在受灾之后的生死关头，是他韩复榘派来了救灾船运送他们逃命来到这里，每天吃的救济粮也是他批准发给的，韩主席对他们有恩德。因此，对于本地人经常讲的关于韩复榘如何鲁莽、如何愚蠢、如何专断的一系列笑话，他们不仅不相信，感到不靠谱，而且还有些反感。便骂当地各县的人为"此地棒子"。

"鲁西崽子"与"此地棒子"这两种对立情绪有时候便借个由头爆发。耿三爷在饭馆里被骂被打，就是他撞到这个茬口上了。

这家"范记五香烧肉铺",原来是鲁西阮家岭望湖楼的范师傅开的,本小利微,开始只卖猪头下货。而今又向潍县人学得了"朝天锅"的手艺。所谓"朝天锅",就是在饭堂当地上按上一口十二印的大铁锅,一天到晚铁锅里"咕嘟咕嘟"煮着猪头和肝肺肠子等下货。凡来的客人,都围坐在大锅周围的小马扎上,买店里烙好的白面单饼,根据各人口味,店家用饼分别给卷上切碎的猪头肉,或肝、肺、肠子等,咬一口,满嘴流油。因为,除了饼卷肴肉需要花钱买,铁锅里滚开的香喷喷的肉汤,都可以随便喝,喝多少也不收钱。那些推车挑担出大力的人,尤其遇到了天寒风冷的坏天气,谁不贪图这儿热乎乎香喷喷的肉汤白喝呢?所以,开张不久,生意便十分火爆了。

别看耿老三长了个羊头鸭脖干干瘪瘪的模样,可天性好吃荤,尤其是"范记五香烧肉铺"的饼卷肥肠,吃过一次,便留下了念想。于是隔三差五便来解一次馋。耿老三自以为是有点儿身份的人,跟这些推车子挑扁担的泥腿子混在一起,坐着小马扎围着大铁锅吃喝,实在掉价,便背后跟范师傅递上几句客套话,塞上几块钱,要求予以照顾:他来吃的时候,尽量不招那些"泥腿子"进来掺和。掌柜的不敢得罪他,则满口答应尽量优待。可也说,逢集市例外,人多口杂、吵吵嚷嚷的,照应不过来。

这天,是"八大组"赶集的日子,天才东南响,耿老三便带着他的七八个狐朋狗友,进店铺落了座。说是给抓了"傻大头"。可他们刚坐下,还没等到上齐菜,突然涌进了十几个赶集的鲁西人。耿老三就冲着范师傅摆手,并低声说了几句话,那意思是让他们出去。范师傅笑着连连摇头。耿老三就有点恼怒。话音太低,说的什么,大多没听清楚。唯有"鲁西崽子"四个字,却让人听得清清爽爽。

"咋,奶奶的龟孙,这是个什么鸟?敢来'八大组'骂人?"刚进门的一个彪形大汉,把手中的扁担往地上一戳,死盯着耿老三,立即放高了嗓门儿。

范师傅一看这阵势,连忙上前解劝。并招呼伙计,从院子里抬进一张新买的方桌,安放在南窗子的下边。又搬来四个条凳,好歹将这帮"鲁西崽子"安排落了座。虽然不能围着烧锅旁边随意喝烧肉汤,但终归是高桌高凳的宴席排面,比北墙下围着大烧锅,坐着矮马扎儿狼吞虎咽,体面了不少。

"这位兄弟,听口音,咋像是鲁西老乡?"范师傅把那位彪形大汉让到主位上,顺便问道。

"东平州大安山的。"

"还真是一块土上的老乡亲哪!我是小安山的……"范师傅说。

"东平州人都知道，大安山不大，小安山不小啊……"

两人相互道了姓名，原来他就是东平湖上稍有名气的侠客"韩大个子"。

"范师傅，你是不是在望湖楼干过？"

"不错。你……"

"我去蹭过酒饭嘛，你不记得我，我却认识你。范师傅，你，梁山水泊的好人啊！来这荒洼里活命，不易啊，有什么难处，跟兄弟说！"

四只大手便紧紧握在了一起。

范师傅让大家入座之后，向这帮鲁西老乡拱拱手，说："韩老弟，如果看得起我范某，这顿饭算我请弟兄们的客、为老乡接风洗尘了。"

"不成！"韩大个子一拍桌子，站起身笑呵呵地说，"一来，范师傅刚刚挂牌开业，白手起家不容易，俺不能在这个时候来蹭饭；二来，今天早上兄弟们出了点儿傻力气，帮着20师拉枪支弹药的汽车卸了两车货，赚了点儿外快，手里有钱，就别推让了行不？"

韩大个子说着，从衣袋里掏出了那五块钱，硬是塞进了范师傅的腰包。范师傅哪儿肯收，又推让了一番。范师傅才收了钱，并立即吩咐伙计："今天高兴，肉鱼上大件的……"

所谓"大件的"就是不再用盘碗碟子，而是改用盆子（比洗脸盆略小）。兴许才有一袋烟的工夫，四盆肉鱼就热气腾腾地摆上了方桌。韩大个子捅了身边小兄弟一把，低声交代了几句。这位小兄弟出门不大一会儿就抱进一坛子老烧酒来，说是十五斤……

"今日开怀畅饮，一醉方休……"这帮"鲁西崽子"正像话本上说的一样，在大碗喝酒、大口吃肉，一点儿也不讲什么客套。

他耿老三坐在小马扎上，仰视着这帮"鲁西崽子"又说又笑又吃又喝热火腾腾的兴奋劲儿，心里便酸溜溜地不是味儿……

耿老三站起身，高声喊道："范师傅，过来——给我们也上四盆，全部'大件'。不，六盆。尽快……"

"好来——"范师傅响亮地答应着，立马去了厨房。

六盆肉鱼菜蔬也终于送来了，可没有桌子摆，只得放在了地上，他耿老三还是觉着憋气。以往看见这些"鲁西崽子"，大多是蓬头垢面、衣服褴褛、拖儿带女、沿街乞讨。他习惯叫他们是"两根腿的蝗虫"，从来也没拿正眼瞧过。可是，今日这场面，咋就像到了梁山的"聚义厅"，见到了那些打家劫舍的绿林好汉了。你看，一个个眉飞色舞、兴高采烈，那种旁若无人的张扬劲儿，简直没把他们这帮人当盘菜。真要骑人脖子上撒尿阿屎了……

正在这时，联庄会的粮秣员小刘走进来说："范师傅，我来通知你，

第二十章 满堂出彩

最近省里有长官前来视察灾民安置，把你们门前屋后打扫干净，多准备些新鲜肉鱼蔬菜，若是长官高了兴说不定得由你们伺候一顿。"

"啊呀，小刘，你说不定，让我咋准备？"

"会长就是这么说的，我是如实传达……他还说，这位长官杀伐决断，很难琢磨，务必处处小心伺候……"

"是不是韩主席？"

"十之八九吧……范师傅真是个明白人。"小刘说着转身欲走，却被范师傅背后使个眼色，留住了脚步。

范师傅急三火四地用一张大荷叶包了些烧肉，递给了小刘，说："小刘，这是送给你爹的。好久没见你爹了，还挺想他。别啰嗦，把钱拿回去。买是买，送是送，一码归一码。这是我送的……回去跟你李会长说，我一定打扫干净，尽心尽力。可是，刚支起个吊搭，桌子板凳都不齐全，实在……寒碜啊……"

"这，李会长全知道。可……这位韩主席，都说是个猜不透嘛！"

小刘走了，店堂里顿时静了下来。兴许人们脑子里都在盘旋着一个问题：他韩复榘来咱荒洼里干啥？

坐马扎的人当中，耿三爷先开腔了："昨天夜里，我就听见一个夜猫子，围着住宅一遍一遍地叫，叫得我，心里一阵一阵乱跳。今天，我召集你们来，就是想让大伙给我破解破解。噢，我明白了，原来就应在这儿啊！去年，闹蝗灾就是他……"

"蝗灾？什么蝗灾？"

"什么蝗灾，还不明白吗？就是黄蚂蚱——两腿蚂蚱——成千上万，遮天蔽日，把咱的庄稼、咱的地都占了……"

耿老三话里有话，在座的人都听得出来，明明白白，是说韩复榘把这么多的灾民运来，抢占了他们的土地。韩大个子听着，眉头颤抖了几下，端起大黑碗猛喝了两口酒，却没有吭声。

耿老三又说："三扯子，你去过省城，就没听说，这个韩复渠（将榘混为渠）是个什么东西？"

叫三扯子的是个半拉子"说书"人——学"说书"五年没有出徒，被师傅赶出了门儿。为什么叫三扯？他不管遇上什么人，见面熟，喜欢唠扯；他认识人多，三教九流，他都交往，喜欢拉扯；他说的话，千万别当真，他喜欢现编瞎扯。如是叫三扯。也有人说，他喜欢扯皮、扯淡、扯荤话。鱼找鱼、虾找虾、王八找那鳖亲家。他是耿老三的一个侄儿女婿，耿老三便常找三扯子解闷儿，三扯子也就常找耿三爷蹭饭。今们儿，耿三爷既然点了自己的将，三扯子心领神会也想亮亮自己的见多识广了。

"诸位，我先给大伙讲几段韩复榘韩主席的笑话听听，权当一盘下酒小菜,怎么样?"

"好啊,好啊……"不少人鼓掌欢迎。

三扯子站起身,干咳了两声清了清嗓门儿,双手响亮地拍了三声,就开腔了:"话说这么一天,山东省济南府那个昏头昏脑的主席韩复榘高了兴,在教育厅何厅长陪同下,来到了山东最大的学堂——齐鲁大学视察,何厅长请他给学生们训训话。他说,副官秘书都没有给我准备讲稿啊……何厅长说,主席就随便讲几句吧。他没有再推辞,就在一片掌声中走上讲台,先打了一个军礼,听见掌声稀稀拉拉不热烈,他又来了个三鞠躬。这一次掌声雷鸣,他这才开口正式训话——

"诸位、各位、同学先生们:今天是什么天气?今天就是演讲的天气。来宾十分茂盛,敝人也实在感冒。学校总共多少人?今天来的不少啦,看样子得有个五分之八九吧!来到的不说,没来的把手举起来!噢,没人举手,都来了,很好!

"今天召集大家来训一训,兄弟我有说的不对的,大家应该相互原谅。你们是文化人,都是大学生、中学生、留洋生。你们这些乌合之众是科学科的,化学化的,都懂得七八国英文;兄弟我是大老粗,连中国的英文都不懂。你们大家都是笔杆子里爬出来的,我是炮筒子里钻出来的。今天来这里讲话,满学堂蓬荜生辉,大伙们感恩戴德。其实,我没有资格给你们讲话,讲起来嘛,就像对牛弹琴,也可以说是鹤立鸡群了……

"今天,不准备多讲,先讲三个纲目。蒋委员长的新生活运动,兄弟我举双手赞成。可是,也有欠缺。比如说,有一条,行人靠右边走,着实不妥。大家想想,行人都靠右边走,那左边留给谁走呢?还有件事,兄弟我也想不通。外国人在北京东交民巷都建立了大使馆,就缺我们中国的。我们中国为什么不在那儿建个大使馆呢?说来说去,中国人真是太软弱了。第三个纲目,学生篮球比赛,肯定是总务长贪污了。这么大的学校,为什么会那么穷酸?十来个人穿着裤衩抢一个球,像什么样子?多不雅观?明天到我公馆领笔钱,多买几个球,一人发一个,省得再你争我抢的……"

在三扯子夸张的演说中,围坐在大烧锅周围坐矮马扎的"此地棒子"便不时爆发出阵阵笑声。坐在方桌旁边的"鲁西崽子"开始也有几个跟着傻笑,可没大一会儿就咂摸着不对味了。

"三扯子,天天听人家韩主席、韩主席,像亲爹亲爷那么叫着,原来他们的韩主席,就是个二百五啊……"耿老三喊着。

"不错,是个半吊子嘛!"三扯子笑着说。

"哈哈哈哈……"憋了多时的韩大个子突然放声一阵大笑,顿时震得满屋鸦雀无声,他却冲范师傅微微一笑,"范师傅,听说去年韩复榘微

第二十章 满堂出彩

419

服私访去过你们望湖楼，你见过他吗？"

"见过。"

"是个二百五——半吊子吗？"

"可不。"范师傅笑着说，"他到底是二百五、三百五，我就见过一次，咱哪里晓得？不过，他跟俺孙掌柜的和老阮家的二太太，一起议论过曹操的诗。他识文解字，有文化。听说，他爹就是个教书先生，跟他爹念了冒十年的书。十六岁就去县衙户房当了一名帖写——就是个抄抄写写的文差事；二十岁投军，在冯玉祥军营当司书生，好像就是文书。也就是说，他有文化，字也写得好。我还听说，他在西北军当团长的时候，就喜欢打篮球，更喜欢踢足球。他们团的球队，在全军比赛总是拿第一。每次比赛，韩复榘都亲自上场。他怎么会不懂得咋打篮球？刚才，三扯子扯的闲篇，不靠谱……"

"一点不错。名字起的好啊，三扯子：扯皮、扯谎、扯淡！"韩大个子指着三扯子笑着说，"你这嘴皮子，只是太薄，若是再厚一点点儿，我真想割下来，放进猪头烧锅里煮熟了卷饼吃。免得你以后再满嘴喷粪，胡扯八咧咧！"

"哎，你这位……大个子……我这不是给大伙讲笑话、扯闲篇，乐呵乐呵，多喝点儿酒吗？你，拾的哪门子恼？怪的哪门子罪啊？再说，他韩复榘，既不是你的什么……"三扯子望着对方那愤怒瞪圆、闪动蓝光的双眼，嘴唇颤抖着把下边的话又咽了下去。

"他，韩复榘，是你爹？是你爷？"给耿老三当保镖的"小四龙"中的老大，却接过了"三扯子"的话茬，挺硬气地说。

还没等到"小四龙"老大的话音落地，韩大个子抓起一把舀肉汤的铁勺子，"嗖——"地一声，就冲着他的脑袋飞了过去。他急忙躲避，头一歪，这铁勺子不偏不斜，便敲在了耿老三的脸上。那张瘦长的羊脸上，也立马炸开了红花——他的鼻子肯定是破了，他嘶叫着摸了一把，鲜血立即染成了一个关公脸。继之，他昏倒在地……

这还了得！跟随耿老三来的七八个"此地棒子"立马抄起身边的木棍、板凳、马扎、菜刀等各种家伙，向着那帮"鲁西崽子"开了火……

"乒乒乓乓"乱战了不知多长时间，店堂里，烧锅被敲破了，板凳桌子被砸碎了，屋地上已经躺倒了七八个，满地是锅碗瓢盆的碎片和浑浊的肉汤、污血……

"战场"已经从屋内转移到了屋外院子，继之又不断扩大到了街道上，围观的、参与的人越来越多，喊打声、哭叫声、棍棒敲击声，噪噪杂杂，响成一片。规模越来越大，受伤的越来越多，闻讯赶来参战的、助战的也越来越多。从几十人的混战已经扩大到几百人交手了。

刚开始，三扯子最早逃出去招呼了数百"此地棒子"来，"鲁西崽子"尽管个个骁勇能战、以一当十，但终究有点儿腹背受敌、寡不敌众，受伤的逐渐增加。但是，"此地棒子"胆小怕事的多，一看倒地的人不少，怕受牵连日后吃官司，便尽量躲避、抽身逃匿了；而"鲁西崽子"正好相反，一听操着鲁西"奶奶"腔的人被欺侮，则不问情由，立时出手助战。尤其是一看鲜血四溅，那更是红眼一瞪，生死不顾了……战局逐渐扭转，"鲁西崽子"越战越勇，转败为胜……

回头再说，位于"八大组"中间的联庄会。中午，炊事班长端来了两盆羊肉炖冬瓜，会长李成训自己掏腰包让通信员小刘买来两瓶烧酒，把来开会的五个乡长留下，还叫来了保安队长杨明三、教练刘庆来等，在喝酒吃饭之前，他再次询问了一下为迎接韩主席莅临视察各方面的准备情况。最后又再三强调："弟兄们，不是我李某人喜欢絮叨，韩主席是个什么脾气诸位不是不知道，让他逮住小辫子，那可是个不讲什么情面的主。他干儿子张守仁犯了法也是拉出去立时枪决，什么军长、市长、厅长求情也不顶用。这一次，咱们分兵把口、各司其职、责任到人、不讲条件，决不能出半点儿纰漏。尤其是安全保卫，更不能有一分一秒的疏忽。咱这儿是个土匪窝子，韩主席多次派部队剿匪，有仇有恨啊！满头的虱子能拿得净吗？弟兄们，防不胜防啊！再说，多数此地人因为没收他们的荒地，也有些不满情绪……在进入欢迎会场的时候，一定要瞪大眼睛，提高警惕……"

说归说，办归办，口口声声提高警惕，可是，当通信员小刘急三火四跑到联庄会来告急的时候，除了李成训会长和一个乡长，其他人全都喝醉了酒东倒西歪睡觉了。

"李会长，快，此地人，与鲁西人，在范家烧肉铺，打……打群架了……几十个人，头破血流……"

"小刘，此地人，谁领头？"

"好像是，百顷地的耿老三。"

"他？该教训教训了！鲁西人，有谁？"

"好像是韩……韩大个子……"

"噢，是他？我认识。小刘，你慌什么？"

"李会长，再不制止，要出人命的……"

"不会的。我嘱咐过韩大个子，教训'此地棒子'，不能往要害处打，不能打出人命……让他们打会儿吧，甭着急管……"李会长打着哈欠没说完，也趴在桌子上睡了过去。

小刘知道李成训会长是鲁西寿张台前人，倾向性很明显，对本地人也有成见。没法子，他又到外边四处找人。好歹找到了凌春来，拉了他

第二十章　满堂出彩

就走……

　　回头再说，饭铺门前那场混战，仍然打得如火如荼。"此地棒子"们逐渐抵挡不住。还剩下五六十人，被围困中间，已无心恋战，可难以逃脱，正准备缴械投降的时候，突然"砰砰"两声枪响，随即一声霹雳似的喊声镇住了大伙："住手——放下棍棒！"

　　还是凌春来乡长赶来制止了这场混战。他带领联庄会的几个保安队员来到这儿，见保安队员只围观不吭声，他只得出面制止了。

　　经仔细查究，后来参战的百十号人统统不知道打架的原因。此地人受重伤者三十五人；鲁西人受重伤者十七人。幸好无一人死亡。

　　至于善后是怎么处理的？说法不尽一致。听通信员小刘后来说，由联庄会会长亲自主持处理。处理意见在各村村长会议上进行了传达。有三条：一、因耿老三唆使无赖三扯子，杜撰笑话，丑化省府主席，引起韩老大等众多鲁西灾民的恼怒，致使双方从诟骂到殴打，受伤者达数十人之多。咎其因果，耿老三实为肇事主谋，罪不容赦，特罚款二十元。二、凡参与打架者，每人罚款五元，粮食五斗。受伤者亦不例外。三、范记烧肉铺无辜受害，凡损坏物件，皆按价如实赔偿。费用从罚款中支出。因为这些处理意见皆由各村长回去落实，村长们也不愿得罪人，便雷声大、雨点儿小、不了了之。主要原因可能是，听说韩复榘马上前来视察，双方都不愿影响扩大、招惹事端……

　　但是，当韩复榘到来的头一天，耿老三、三扯子和鲁西的韩大个子等五人都被拘捕，说是要保护他们。韩复榘就喜欢微服私访，若是这些人中哪个拦车喊冤，透露出闲谈丑化韩主席的真情，就不仅是肇事者罪不容赦，连地方官员恐怕也难逃干系，还不得吃不了兜着走了。直到韩复榘走后三天，被捕之人交足罚款，方才释放。

　　当然，矛盾只是暂时放下，并没有解决。胜利者"鲁西崽子"此后有点儿趾高气扬，经常挂在嘴上的话是："让这些'此地棒子'长个记性，俺鲁西人个个都是英雄好汉，不是随便可以欺负的！"

　　另外，"此地棒子"确实给打怕了，怵头了，只要遇到"鲁西崽子"人多结伙，都乖乖退避三舍、忍气吞声；但只要抓住对方的人独行的时机，也决不放过，便来个"蚂蚁吃豆虫"，事后销声匿迹，让"鲁西崽子"哑巴吃黄连，抓不到任何把柄。

第二十一章　平安是福

1

第三天，韩复榘还真的来了！

他是坐船来的。船在前坨子靠的岸。

前坨子，是黄河口最东边的小码头。灾民25村也安插在这儿，此后也叫前二十五村。这天，不逢集市，却人山人海，热闹非凡。

去年来自鲁西近二十个县、安排在黄河口1—29村的灾民代表们，几个大村小学堂的学生和老师们，以及驻垦区的部队官兵，在利津县、垦区联庄会各级官长的率领下，都在小码头的北边集合，敲锣打鼓，挥舞五色小彩旗，在迎接省主席韩复榘前来视察。

小码头上，一时人头攒动，擦肩接踵，车水马龙，拥挤不堪。上午十时左右，码头上一阵躁动，有人则高喊了一声："韩主席下船了！欢迎韩主席！"

紧接着两旁擎竹竿的点燃了鞭炮；临时凑集的吹鼓手们吹起了喇叭、敲起了锣鼓。小学生们摇动小旗，在老师的带领下喊起了口号。顿时灾民、部队官兵也喊了起来。口号声此起彼伏——

"热烈欢迎韩主席！"

"欢迎韩主席莅临指导！"

突然有人站上高坡，在人群中振臂高呼："感谢青天老爷韩主席！感谢韩青天！韩主席万岁！"

在场的凌春来一看是朱贵才，心下禁不住骂了一句："狗日的龟孙，又想冒头表演了！"

凌春来身旁的第五乡的段乡长，平素最看不惯朱贵才的奸诈，也悄悄低声说道："真是个拍马屁的家伙！"

然而，朱贵才的口号声，确实引起了韩复榘的注意。韩复榘冲朱贵才微笑着摇了摇手,那意思是不要这么喊了。可朱贵才一看自己已经引起韩主席的关注,不但没有停下,而是更提高了嗓门儿高喊起来。在场的许多人也跟着喊了一阵子。

韩复榘在大小官员、卫兵们的簇拥下登上一个高坡,摘下灰色军帽,很动情地向周围群众不停地挥动着。他身材高大魁梧,上身是黑布军制服;腰间扎着皮带;下身穿着马裤,两腿膝盖处打着大补丁;穿着布鞋,鞋前边有皮包头。还是他跟随冯玉祥将军时的那身装束。因口号声声不断,他转着身子,一连向四周鞠了几次躬。口号声越来越响,他眼睛里已经闪动着泪花。从河北霸县农村走出来的韩复榘,自幼爱看公案武侠小说,听见有人喊"韩青天"、喊"万万岁",也就有些头脑发热身子发轻了……

当逐渐静下来后,韩复榘开始讲话:"诸位父老乡亲,我一直放心不下的是——你们吃上饭了没有?你们住上房子了没有?是否还在忍饥受冻?"

又是一阵雷鸣般的感谢韩主席关心的口号声和鼓掌声。

"好,好,只要大伙能吃上窝窝头、住上地屋子,我就放心了。垦区赈灾事宜之所以能够做得较好,父老乡亲不要光感谢我,主要得力于这数十名自愿来的赈灾志士,他们大多是读书人,知礼明德爱民,有献身精神。他们有的是教书先生,有的是大学生,都放下了城里的事务,自愿赈灾来了。因此,首先感谢他们!"

韩复榘冲人群深深鞠了一躬。人群中又爆发出响亮的掌声。

"我,韩某是个军人,做事粗鲁,但是,这些赈灾志愿者,据说心细得很,想的非常周到。我听说,不仅每家每户分得一辆木轮小推车,连加油的小油壶,蘸油的鸡毛翎,都给准备了;另外,五家一盘磨,十家一盘碾,一人两个吃饭碗,一家一个合面盆、一个洗脸盆,婆娘们还分了一个做针线的笸箩子,有针有线有顶指。好,想得周到啊!我问他们,为什么能想得这么周到呢?他们说,谁家没有父母兄弟姊妹?谁家没有妻子儿女?他们能够'推己及人',做到了'老吾老以及人之老,幼吾幼以及人之幼'。他们背乡离井,义无反顾,来到了这荒无人烟的垦区,有的当小学教师,有的当粮秣员,都在这儿为灾民们默默无闻地埋头做事。他们是赈灾模范,他们是仁人志士。让我们向他们学习,向他们致敬!"

在一片口号声中,韩复榘走下高坡,向人们挥着手,骑上了部队的高头大马,在官兵的簇拥下先去了"二十师"的部队营房。

在韩复榘身上一直保留了他在冯玉祥西北军时的做派和作风。到部队营房之后,他首先拜访了像冯剑秋这样的老部下,去营房、伙房查看了士兵们住的床铺、吃的饭菜。然后又与官兵一起祭奠了以前那些在黄河口剿灭土匪中死去的官兵……

2

第二天，韩复榘与随从去了"八大组"（桃花园子）的联庄会所在地，召集了地方军政人员、志愿赈灾人员、学校校长、当地有名望的士绅的联席会议。大体做了四件事情：他首先听取了赈灾和治安汇报；第二，对赈灾中的模范人事进行了表彰和奖励；第三，对垦区今后的发展，听取了各界人士的建议；第四，韩复榘做总结性训话，还闪烁其词地谈了他的设想——这里是个军屯民垦鱼盐海运的综合特区，日后应单列于利津县之外，由省府直辖的高于县级的单位。垦区筹备处已经初步拟定了发展规划，待他回济南征询各界专家意见后再行公布落实。话头是这么开始的——

"这几年，我不止一次听人讲过：'潍县七百七、章丘八百八，不如利津一个东北角（念 jia 夹）。'谁能讲讲，这是什么意思？哎，小周，你是一村的粮秣员，你听说过这个话吗？"韩复榘问道。

小周没有思想准备，红着脸站起来，说："我，听说过。好像是说，这个由黄河泥沙淤积出来的洼地，逐年扩大，土地肥沃，军屯民垦，发展很快。地多人少余粮就多，自清末以来，则号称是'鲁北粮仓'。另外，这儿也是山东海盐的重要产地，沿海盐坨，堆积如山，晒盐运盐的大商号，可谓富甲一方。据说，利津县仅一个东北部的荒洼地，上交赋税，比号称'金章丘、银潍县'的两个富县还要多……"

垦区筹备处的处长未等小周讲完，就急忙插嘴打断了他的话："嗨嗨，小周你这是听谁这么说的？韩主席，这些话，其实就是这荒洼里的人，井里的蛤蟆——没见过多大的天，夜郎自大，夜郎自大。或者说，是王婆子卖瓜，自卖自夸……"

"哎呀，你这个处长，用不着怕露富。我听了小周的话，又不曾给你加收赋税，你怕什么？"韩复榘笑着说，"不过，咱当地方长官的，眼光要放长远一点嘛！这里，今后是个不小于县城的港口重镇。街道划分，可以参照省府济南市，以'经'分东西，以'纬'界南北。暂时可以安排四五个村子的居民，以后随着规模的不断扩大，房屋的规格再行统一规划……至于他的命名……我还没有想好。有待于诸位有识之士，各抒高见，咱们集思广益嘛……"

韩复榘这么"有识之士、各抒高见"的客套抬举，在座各界人士哪儿猜得透他葫芦里卖的什么药？于是会场顿时鸦雀无声……

韩复榘似乎并没有理会这些，他面前放着一张沿海各县的地图，在仔细地看着，信口说："朱经文，你是筹备处的处长；李成训，你是联庄会的会长，你们两个先说说，原来这些村庄名字是怎么起的？"

朱经文与李成训相互推让了一番，还是由朱经文进行了介绍。

他说，这大荒洼里，近百年来，随着黄河淤积土地的不断向东扩大，已形成了几十个大小不同的村庄。不过，这些村庄命名都比较随意。最早的村庄多是原来的同村同姓人自由组合的，村名则是：高家、杨家、崔家、孟家、许家、郝家、薛家、徐家、陈家、韩家、孙家等；后来黄河淤积荒地越来越多，离家开荒种地临时扎建的生产屋子逐渐增加，时间一长，这些"春来秋去"的垦荒种地户留了下来，组成的村庄的名称则添了"屋子"二字，比如：郭家屋子、林家屋子、左家屋子、胡家屋子、冯家屋子、赵家屋子、杜家屋子、周家屋子等等。还有外县远来的，则叫：博兴屋子、寿光屋子、牛庄屋子，杨家庙屋子等等。还有根据环境、用途、出产等特点起的村庄名称，比如：渔洼，盐窝，坨子（盐垛）——前坨子、后坨子、刘坨、李坨、荆条岭、羊栏子、胡绿豆屋子等等。还有按照最早来定居的有多少户，村名便叫多少户，比如：六户，十三户，十六户，二十一户，三十八户，五十一户，九十六户……

"好了，好了，这哪儿像个村名……太……"韩复榘摆了摆手，让朱经文坐下，然后慢条斯理地说："从这张地图上看，南面广饶县——广袤而富饶；北面惠民县——惠泽黎民百姓；利津县——得利于海口河津；沾化县——似乎是言教化之及人，若时雨之泽物也。总之，这些地名，起得都很讲究啊！我们既然想作为'战略要地'、作为一个重镇去营建，那么，什么'八大组'，什么'桃花园子'，都显然不妥……依我看，咱既不能文绉绉的让老百姓不懂，又得大气、响亮、祥和、顺口，不能过于粗俗，对不对？诸位，皆可畅所欲言嘛！"

会场仍然鸦雀无声……

"看谁先开这个头啊？我看还是学校的校长、先生们先说。哪位是校长啊？"

"在下朱范吾，临时在'八大组'这儿任校长。"朱范吾站了起来，显然有些儿紧张，话音有些颤抖，"卑职才疏学浅，孤陋寡闻。至于此地重镇的命名，还不曾想过……"

"在这之前，恐怕谁也没有想过。现在想，也不晚嘛。朱校长，你是这儿的秀才，不必客气，不必紧张，就先谈谈你的想法吧！"韩复榘又笑着说。

"那，那，好。卑职完全赞同韩主席说的，这名字一定得大气、响亮、祥和、顺口。李某以为最好还能表述众人的美好心愿。比如宁海村，原来是海边，人们就期望河清海晏，期盼大海平静安宁，造福一方，就起名宁海……"

"这个思路不错。那，这八个大组的灾民，如今最期盼的是什么呢？"韩复榘带有启发性地问道。

有的说，人们期盼：吃饱穿暖，丰衣足食。

有的说，人们期盼：天下太平，国泰民安。

有的说，温饱平安是人类生存最最基本的需求。这里多数是灾民，害怕黄河泛滥；害怕土匪抢劫；盼望永远平平安安……

"永安"是灾民们的共同梦想，"永安"的名字就这么诞生了。

后来，有人说，"永安"的名字是韩复榘领着定的，咱不能叫。于是沿用"八大组"称呼达十多年。然而也有人说，"永安"的名称，是当时几十个人反复讨论的结果，表达了灾民的共同愿望，为什么不能叫？也有人说，南京、北京的名字是谁起的？封建皇帝起的，不是一样叫吗？于是便又理直气壮地越叫越响亮了！

3

韩复榘来荒洼的第二天晚上，婉辞了不少人的约见，来到了冯剑秋的住处。冯剑秋与李二姑正在下象棋，听见韩复榘进了门儿，便慌忙迎接，命李二姑赶紧沏好茶伺候。

"哟，哟，你老冯，这小日子过得挺滋润啊！"韩复榘一进门，眼睛扫视了一圈，笑着说。

"托韩主席的福，你这个老兵退隐荒洼，吃得饱，睡得着，尚无冻馁之虞。这清汤寡水的日子，就浑浑噩噩对付着过吧！"

"何止是对付，简直是闲适高雅得很哪！我听人说，如今竟有了当年湖南王闿运的雅兴？失之东隅，收之桑榆啊……"

王闿运，是清末民初的湖南名士，恃才傲物，目无余子，连曾国藩、左宗棠都不放在眼里。但收弟子不仅有杨度这样的旷世奇才，还收过三个匠人做弟子——木匠齐白石、铁匠张仲飏、铜匠曾招吉。而且，个个都不同凡响名扬遐迩。最最惊世骇俗之举是养着个老妈子周妈当家主事伺寝，与自己双入双出，从不避人。甚至当着弟子的面也亲亲热热，毫不顾忌。即便袁世凯大总统设宴，王闿运照例带周妈出席。席间王闿运旁若无人，连连为周妈夹菜，闹得大总统都十分尴尬。因此，当时满天下无人不知，无人不晓。而今，冯剑秋一听韩复榘如此戏谑，禁不住一惊。他想，莫不是有小人毁谤，韩复榘问罪来了？急忙进行解释。

"主席，你这是听谁婆婆嘴，如此抬举冯某？王闿运那是学富五车才高八斗的国学大师，剑秋哪儿敢与之比肩望其项背？"

"不，王闿运家的周妈，据文人描述，粗腰小脚，宽脸狮鼻大嘴，是个泼辣粗鄙的仆妇,是个被放出铁笼的母老虎。大字识不得几个,哪儿能与你家这位相比?你家这位,据说是娴于琴棋书画的名媛闺秀,对不?"韩复榘侧过脸瞥视一眼在厨间忙着沏茶的李二姑,她身穿宝蓝布旗袍,发髻梳得高高的,雍容尔雅,气度不俗,便用一种调笑的口气低声说。

"主席就别拿我取笑了。"冯剑秋故作凄惶地说,"剑秋自幼命运多舛,早年丧母,无人疼爱;娶妻朱氏,又是个心地不善的妒妇。去年竟然在面食中下毒嫁祸儿媳,引发了儿媳跳湖自尽的悲剧。我一怒之下便把她休了。你这个老部下,一个身心伤残之人,总得雇个佣人忙饭吃吧?"

正在这时,李二姑落落大方端了茶俱款步走来,分别为二人斟上茶,然后识趣地悄然退了出去。他们二人也便转换了话题。

韩复榘呷了一口清茶,然后从衣袋里掏出了一封信,却没有交给冯剑秋,说:"这是一个叫朱贵才的人交给我的——他好像与你是什么亲戚?"

"对,是我的妻侄。这信是给我的?"

"不,是朱贵才的检举信。他检举你们村姓阮的两个儿子、一个女婿都是共产党员。去年也检举过,我们逮捕过一个,可是后来又放了。我,还有点儿印象……剑秋,我想听听你的意见。"

"这,我了解。老阮家的阮宗圣不仅是我的老师,还是我父亲一同留学日本的同学,都是老同盟会会员。这个朱贵才是个纨绔子弟,花钱买官,当过区长。品行十分恶劣,他先是与阮宗圣的孙子媳妇通奸,被发现后又诬告阮宗圣的孙子是共产党员。就这么回事儿……"

"对,对,跟我去年了解的一样。明明白白,这是恶人先告状,借刀杀人……可恶!"韩复榘倒很爽快,拿起那信,当场撕了个粉碎,以显示对冯剑秋的深信不疑。但立马又从衣袋里掏出一封信,递给了冯剑秋,说:"这是吴县长让朱贵才转交给我的。因为事情都发生在你的家乡,我得向你了解一下,他信里讲的是否是事实?"

"什么事?"

"他说,有个叫黄三虎的土匪头头,先杀了县财政局的谭局长,又抢劫杀害了一个姓张的农民,还放火烧了他朱贵才家的房屋,杀害了他十几岁的儿子。总之,杀人放火,罪大恶极。如今就藏在这利津洼里,恳请尽快派兵剿杀……"

"那么,我就不用看了,你直接交给现任驻军旅长吧。我也听说过这几出凶杀案件,残忍得很。除了绑票农民张德厚是为了抢劫粮食,其余杀人放火,皆属血亲报复……"

冯剑秋将去年谭局长与朱贵才等如何密谋把黄二龙区长沉湖杀害,而引发黄区长的弟弟黄三虎回乡报复的前因后果说了一遍,又感慨地说:

"这就是贪官逼民造反,造反农民变成土匪后的仇杀、虐杀、凶杀、滥杀。梁山上的李逵,明末的张献忠,眼下的三虎头子,无不如此!"

"不错。去年黄河决口,鲁西十五个县八千多个村庄被淹,淹死三千多人,造成二百五十万灾民无家可归。剑秋,二百五十万啊!常言说,大灾之后必出大盗。不怕吗?说实话,那是真怕!若是饥荒引发暴乱,盗匪蜂起,那摊子将如何收拾?我来山东这六七年的苦心经营,可就功亏一篑,毁于一旦了。我是下了狠心,严惩贪官;不惜血本,安抚灾民,稳定局势。如今,看来,这一难关、险关,总算闯过来了!剩下这些打家劫舍的几个毛贼,成不了大气候。剑秋,你在垦区,周围尽是灾民,你说句实话,我韩某安排的还可以吧?"

"可以。应该说,很不错。他们多数挺满意。"

"老实说,这儿是安抚最好的。可是,垦区、利津、沾化三处才安排了不到两万人。还有四十六万灾民外逃,光收容所里收容的就有十三万灾民。去年冬天,冻死多少?饿死多少?用你们读书人的话说——不,是佛教人的话说,唉,那就是个'恒河沙数'了……"

冯剑秋明白韩复榘今天来访,决非为了这些事情,便转而向韩复榘表述:面对当前日寇进逼的险恶局势,作为一个吃军饷的职业军人,自己早已寝食难安,很想去济南向他韩主席当面请缨……

"剑秋,不用那么着急。形势再紧迫,也不能让你这个伤病员上战场吧?再说……"

没等冯剑秋说完,韩复榘就截断了冯的请缨,可是,这"再说"之后,却多时没有"再说",到底他想说什么?冯自然猜不透。只见韩复榘长叹一声,又多时没有吭声。冯剑秋立即递上茶杯,让其慢慢品茶,以打破沉闷的尴尬。

多时,韩复榘直瞅着桌子上刚才冯剑秋与李二姑没有下完的那盘残棋,说:"当下,韩某就像这盘残棋中的黑方,虽然'车、马、炮'都有,但'仕、相'不全了。所以,人家一叫'将',我就没了主意,不知道怎么闪躲了……"

"韩主席身边,人才济济,总不至于……"

"去年,我太太那个干儿子张守仁在外横行霸道、无恶不作,除了何思源一人向我提醒,省府的人背后都叫张守仁是高衙内了,我这个省主席都变成高俅了,还浑然不觉。可是,我要枪毙张守仁的时候,呼啦啦一下子涌出来那么多人求情了!也就是说,帮着你当高俅的一大堆,帮着你'运筹帷幄'的则寥若晨星了。目前,日寇步步进逼,局势复杂险恶,如何应对?如何周旋?怕就怕,走错一着,满盘皆输。因此,我想听听你的看法……"

"我？"冯剑秋有点儿受宠若惊了。

"对。"韩复榘不眨眼地审视着冯剑秋，说，"你跟他们不同。他们是'车、马、炮'，是鹰犬；你，是'仕、相'，是人！"

冯剑秋一脸惶惑，不知如何应对了。

韩复榘又继续说："韩某儿时，家父教我读《史记》中的《高帝本纪》，有段话我至今不忘，印象深刻。那是汉高帝刘邦，灭项羽，定天下，论功封赏之际，群臣争功，岁余功不决。高帝以萧何功最盛，封为酂（cuo音措）侯，所食邑多。功臣皆曰：'臣等身被坚执锐，多者百余战，少者数十合，攻城略地，大小各有差。今萧何未尝有汗马之劳，徒持文墨议论，不战，顾反居臣等上，何也？'高帝曰：'诸君知猎乎？'曰：'知之。''知猎狗乎？'曰：'知之。'高帝曰：'夫猎，追杀兽兔者狗也，而发踪指示兽处者人也。今诸君徒能得走兽耳，功狗也。至如萧何，发踪指示，功人也……'刘邦还有段名言，我也记得：'夫运筹帷幄之中，决胜千里之外，吾不如子房（张良）；镇国家，抚百姓，给饷馈，不绝粮道，吾不如萧何；连百万之众，战必胜，攻必取，吾不如韩信。三者皆人杰，吾能用之，此吾所以取天下者也。'相反，项羽有一范增，而不能用，故有四面楚歌乌江刎颈的下场……我，这些天，内心经常烦乱不宁，恍如彷徨歧途，难觅出处。深感身边无人。'国难思良将，家贫思贤妻'于是，我想到了你……"

"韩主席，剑秋只是个穿军装的迂夫子而已，何德何能？即便想为主席分忧，怕也是心有余力不足……"

"不，不，事后反思，还是韩某不能知人善用，才让你等同一般兵勇冲锋陷阵，而身受重伤，闲困于这大荒之中……"

"不，剑秋有主席关顾，得以息影荒洼，有吃有穿，于愿已足。剑秋何德何能……"

"可不是。多年来，'批大郤（xi同隙），导大窾（kuan音款）'，补苴罅漏，匡我不逮，已经不是一次两次。我记得，那是我就任河南省长的时候，你曾建议我继续兼任20师师长，尽量不让石敬亭接替。我没有听，后来很被动……我还记得，总司令（冯玉祥）准备联合倒蒋的时候，我问计于你，你只摇头，不言语。我再三逼问，你说：'我老师蒋百里先生有句名言：'在战略上无法打赢的仗，别去筹划。'这才有了'甘棠东进'（指韩复榘从甘棠东进脱离冯玉祥）。刚来山东的时候，我曾问你，如何立住脚跟？你说，一是清理地盘；二是保证粮饷。当众人排挤诋毁何思源的时候，你说：'打恶仗必用憨将；理民政必有能臣。只要何思源不是CC（指国民党中统）派来的，可以用，可以重用。'如今回头想想这些旧事，才悟到，你的话往往鞭辟入里，切中要害。我，不是伯乐，亏待你这千里马了！"

"主席过誉了。其实，自戊戌变法，康梁惨败之后，已经是拳头大的当大哥了。袁世凯、段祺瑞、曹锟、吴佩孚，到胡帅张作霖，再到蒋介石，次第当家作主的，哪个不是执掌军权帅印的？那些翰林学士、留学精英，从张謇、严修、梁启超、汤化龙、顾维钧，再到跟袁世凯的杨度，段祺瑞的徐树铮，吴佩孚的张其锽，张作霖的王永江等等，已都是靠边站、跑龙套、摇小旗了。冯某不才，尚有自知之明。一向没有怀才不遇的牢骚，也没有方枘（rui 音锐）圆凿的不适。尤其受伤之后，主席破格厚待，剑秋已经非常感激……"

那是 1933 年他参加围剿"黄河口劫持顺天轮"的土匪受伤治愈之后，冯剑秋要求留在这荒洼里休养，韩复榘恐怕手握兵权的赵明远排挤慢待冯剑秋，当时灵机一动，在众位营长连长排长面前，说："冯剑秋，也给你个任务，每月给我写一封信，汇报你的健康状况，以及你在垦区的所见所闻……"

这一招非常管用。赵明远惧怕冯剑秋告他的黑状，对冯剑秋极力逢迎修好，热情厚待。当然，对于韩复榘的呵护，冯剑秋甚为感激。

"主席，不知想让剑秋……"

"剑秋，你在基层民众之中，民众对于韩某有哪些不……不赞成的事情，还有那些要求，你是应该听得到的……"

冯剑秋一愣，韩复榘是来私访、打探民意来了？似乎又不像。

冯剑秋略一沉吟，说："主席，你下去视察，每到之处，百姓都喊'万岁'吗？"

"不。这是我三令五申，决不允许的。昨天我一下船，不知人群中哪个楞头青又领着呼喊，搞得我很被动。真没办法……"

"主席，当年辛亥革命，宣统小皇帝退位，张勋带着辫子军进京复辟，又冲小皇帝喊'万岁万岁万万岁'，才喊了几天？就被咱总司令（冯玉祥）赶下了台。后来袁世凯在北京称帝，群臣又齐呼'万岁万万岁'，就当了八十三天皇帝，过了把瘾，便送了性命。主席，大江只会东去，黄河不会西流。民国都二十多年了，再那么喊叫，不是愚昧，就是别有用心了。要让哪个小记者传扬出去，弄出点儿动静，就更被动了。"

"对，对，韩某一定谨防，严肃对待。还是剑秋鲠直，及早提醒……"韩复榘终归是个急性子，尤其是对于自己的部下，绕弯子的闲话说得已经不少，来找冯剑秋的用意则渐次明朗了，"剑秋，最近，跟您恩师蒋百里先生，还有书信往来吗？"

"剑秋是军人，没个固定住处，因此，与恩师很久不曾通信了。"

"剑秋，蒋百里先生，他与蔡锷都是梁启超的弟子，在日本士官学校毕业时，蒋百里获第一名，蔡锷第二名。蒋百里还获天皇所赐军刀一把的学校最高荣誉。回国后还被大清皇帝授予武科进士，任过保定军校的校长，当过袁世凯、孙传芳、蒋介石的高参。据说深谙中西战法，文韬武略无人能与之比肩，有人称他是当代的周公瑾。自然，也是我韩某从内心敬仰的大战略家。最近，有人从南京高层传出，中国的全面抗日战争，似乎他的主张是：'以空间换时间，先撤退而后打……'对此，不知剑秋兄有何高见？"

冯剑秋早就听说，韩复榘惧怕日寇从华北南下，或从烟台、青岛登陆，使山东首当其冲遭到痛击，一方面与驻济南的日本领事、间谍联络密谈，明为外交斡旋，暗在妥协谈判，力争日军先避开山东不打；另一方面，则考虑，日军果真南下，稍作迎敌架势，则尽快后撤，以保存实力。对此，不仅山东民众及各界人士不会答应，就是在军界的爱国将领也决不会赞同。韩复榘听到蒋百里的大战略论述之后，似乎找到了理论支持。今日来此的目的，冯剑秋已经完全明白了。

"不错，对于恩师的战略构想，我也早有所闻。他对日本一直关注，认为中日战争不可避免。他写的《国防论》中也有论述。听说，有一次他坐火车路过徐州，曾指着窗外对朋友说：'一旦中日开战，津浦、京汉两路必然被日军占领，中国国防应以三阳——洛阳、襄阳、衡阳为钉子。'还说，中国地大，日本兵少，要是日本敢于侵犯，咱就以空间换时间，拖死他们……"

"对，就是这话。日军一旦南下，华北平原一马平川，他们武器精良，又有机械兵团，我们如何守得住？"

"不过，恩师还说，必须发动全民抗战，让日本军队在中国大地寸步难行！"

韩复榘不吭声了。他从衣袋里取出一盒大号"哈德门"烟卷，抽出一支，衔在嘴里，冯剑秋急忙拿过火柴，划着，韩复榘却接过火柴，自己点上，用拇指和食指捏住烟卷，让火头冲斜上方，连吸了几口，才噗噗喷出了一大串烟雾……

这是韩复榘来此抽的第一支烟。他知道冯剑秋不吸烟，为了礼貌，在不抽烟的人家里，他一向是不抽烟的，也不让别人为他点烟。这都是在冯玉祥的西北军里养成的习惯。连捏烟卷的笨拙姿式也是那时形成的。西北军禁止抽烟，经常检查夹烟卷的中指食指是否被烤黄。为了躲避检查，才改用拇指和食指轻轻捏着，让烟头冲上，尽量烤不到指头。

冯剑秋看得出韩复榘已经心烦意乱，如何跟他继续谈下去，确乎需要斟酌了。但冯剑秋终归还带着故有的书生气，在重大原则是非问题上，他以为该说的，还得说。

"主席，我以为，蒋百里先生那是在论述全国抗日大局。可山东在这个大棋盘上只是一枚棋子，至于这个棋子如何走？那是蒋委员长说了算的……"

"剑秋，你又不是不知道，咱是后娘养的……"

"正因如此，他若让你死守，你就必须死守。否则，就是违抗军令。他若让你撤退，咱也得像十九路军那样，先死拼而后撤退。否则，不仅他姓蒋的会借此问罪，全国军民也不会谅解。"

"剑秋，那不是把鸡蛋硬往石头上摔吗？"

"主席，兴许你已经看见了，张学良带兵撤出东北，宋哲元在华北搞妥协自治，已经闹得灰头土脸，狼狈不堪，被全国民众骂得抬不起头来。连何应钦、蒋委员长面对舆论界、面对请愿学生都咿咿呀呀有口难辨。怕是，再一、再二，不能再三、再四……"

韩复榘又点上一支烟，吸着，面色赤红，仍一声不吭……

冯剑秋一不做二不休了。

"主席，正像歌曲里唱的，国家已经到了最危险的时候，要用我们的血肉筑成新的长城……常言道，文死谏，武死战。剑秋愿意追随主席，与山东共存亡……"

"剑秋，这些道理，我何尝不懂？但是，咱多年苦苦经营的山东，难道一定得灰飞烟灭？咱多年苦苦聚集的弟兄，难道就一定要充当日本人的活靶子？"韩复榘眼圈已经红了。他把烟头扔在地上，用鞋底一碾，便在屋地上连转了两圈。

"主席，这已经不同于往日内战，打得赢就打，打不赢就三十六计走为上。攻也好，退也好，皆为兄弟阋墙，都是在中国自己的地盘上。而今是跟日本鬼子打仗，咱要撤退，扔下的可不是棋盘上的棋子，而是有血有肉的父老乡亲啊！主席，把父老乡亲丢给日寇，任其宰杀，纵有千条万条理由，天地不容啊！主席，就再听剑秋这最后一次诤谏吧！"冯剑秋说着，扑通便在韩复榘面前跪了下去，"砰砰砰"连磕了三个响头。抬起头来，额头已经出血，泪水已经满面。

"起来，起来！"韩复榘虽然已经动情，但终归老道，还是急忙上前拉起了这位忠心耿耿满腔热血的部下。却恨恨地说了句，"还是个书呆子。这辈子当不了将军！"

"主席，你既然知道，不是嫡系，是后娘养的，就该明白：亡失民众拥戴之日，必是借端问罪之时。"

"这……"

"主席，我要跟你回济南。"

"不，你先安心休养，必要时，我会派人接你回去。"

第二十一章　平安是福

433

4

韩复榘回济南了。冯剑秋听说，韩复榘对这里的驻军明确指示：尽快想法招安收编几股土匪，扩大编制，收集武器，随时听命调防。他是在准备打？还是准备撤？似乎是后者……因为，冯剑秋越是主动请缨，韩复榘越是不想让他回济南。

冯剑秋终日烦躁郁闷。有时独坐室内，直盯着屋笆，整天不说一句话；有时则一个人去荒草地里溜达，倒背着手，边走边低声哼唱京剧《捉放曹》陈宫的唱段："听他言吓得我心惊胆怕，回转身自埋怨自己做差。我先前自道他宽宏量大，却原来……马行在夹道内我难以回马……"

李二姑都是悄悄尾随其后，这个唱段她非常熟悉，听得出，他每唱到"却原来"后边的唱词"贼是个无义的冤家"时，则只是用鼻子哼哼，而不吐字了。她问他，为什么？他说，但愿他韩复榘，还不至于那么坏……

此后，冯剑秋连续写了几封长信，给老师蒋百里，给定居泰山的老上司冯玉祥，给在邹平搞乡村建设教育的梁漱溟先生，给教育厅何思源厅长等人，求他们利用自己的巨大影响力，劝说韩复榘全力抗战，切毋只想保存力量，不战而退。可是，这些书信发出之后，大多泥牛入海，没了消息……

时过不久，冯剑秋便得病卧床不起了……

冯剑秋病情日渐沉重：夜间辗转不眠，白日丧魂落魄。面色已然憔悴，黄中透黑。尤其是不思茶饭，一见荤腥则恶心呕吐……李二姑又急又怕，深知此病起源，也不敢回济南寻良医，万一再与韩复榘见面，兴许更糟；再说，这是心病，并非哪个医生大夫可以疗治的。于是，一方面，找义妹孙尚香和陈砚楷夫妇帮忙拿主意、想办法；另一方面，又去惠鲁学校找到儿媳学梅，让她赶紧与仍在济南的儿子冯家驹取得联系，让他尽快赶回来。

5

那还是去年秋天，家驹和学梅通过考试当了教师。家驹教音乐课，学梅教国文课。家驹原来就当过教师，没感到有什么困难。而学梅不同，虽然有点文学功底，但终归初登讲堂授课，不仅紧张，而且路数也不熟悉。怎么备课？怎么板书？怎么批改作业？怎么给学生讲评范文？她都得从头学习。这时，她遇到了热心的李老师。李老师和学梅都在国文教研组，她比学梅大四岁，是"山东二师"（曲阜师范学校）毕业的。有人说，

冯剑秋心情郁闷,野外散步,李二姑悄悄尾随其后。

她也曾在话剧《子见南子》中扮演过南子。她在十几名女教师中个头最高，姿容端丽，香艳可人，能歌善舞，十分惹眼。人们都喜欢称她为"南子"。但她有点像玫瑰花，刺多扎手，与人很少交往。然而，对于家驹和学梅，却是例外。她是师范科班出身，熟悉教学正规路数。她的备课教案写好之后，有时则交给学梅任其翻阅或抄写。学梅写出教案也常送给她，求其批评指点。在生活上，李老师只要有什么好吃的点心、水果，也都是与他们一起享用；逢礼拜天学梅和家驹也经常邀她一起出外游玩、一起下馆子打打牙祭。于是，情义与日深厚。

就在这时，学校决定部分教师和学生迁到黄河口，成立分校。学梅听说公爹冯剑秋常住那儿；大姐和三菊等也乘船去了，自然就积极报了名。可冯家驹听说父亲与李二姑住到一起，咋说也不去黄河口。二人经过一番争执，年轻气盛，各不相让，家驹留在了济南，学梅便去了利津东北洼惠鲁学田基地。学梅临走，就央求"南子"大姐在各方面看顾家驹。可万万没有想到的是，时过不久，则鸠占鹊巢了……

6

那是一个星稀月圆的礼拜六夜晚，学校里刚发下当月的薪水，家驹便邀请李大姐（他不再叫她"先生"），一起去饭店"撮"一顿。他感到欠她的太多，自从学梅走后，他吃的零嘴，几乎都是大姐送来的，他想借机表示谢意。

他们俩来到大明湖南岸的一个小饭馆内，要了一个二楼小单间，点了"大姐"平素最爱吃的油煎咸白鳞鱼和香菜炒草虾等四盘菜肴，还要了一瓶兰陵白酒。他知道"大姐"海量，喝酒就像喝水那么不在乎多少，可从来没见她醉过。

在等上菜的空挡，大姐从衣袋里取出一张小报纸递给家驹，说："家驹，这篇文章看见了没有？"

"什么文章？"家驹翻看着小报。

"英国国王爱德华八世，看上了结过两次婚的辛普森夫人弗丽达，爱得死去活来，不顾家人和群臣反对，发誓要和她结婚。宁愿不要江山，也得要美人。可真是个人物啊！"

家驹迅速看了一遍，感慨地说："爱德华八世，可惜生在英国，如果生在中国的皇室，后宫佳丽三千，就不受那个难为了。我看，这爱德华八世，跟中国唐代的唐明皇也差不多，非娶自己的儿媳不可，娶了杨玉环，把个好端端的大唐盛世，闹得七零八落，直到渔阳鼙鼓动地来，惊破'霓裳羽衣曲'……"

等酒菜摆了上来，他们边吃边喝，又议论了一番中国帝王是昏庸好色、还是爱情至上的问题。"大姐"见家驹看问题有点儿老夫子味道，便有意进行"启蒙"了。

"作为唐明皇，对于杨玉环能够在长生殿发誓，'在天愿作比翼鸟，在地愿为连理枝，天长地久有时尽，此恨绵绵无绝期'。也算是难能可贵了。"她见他仍然懵懵懂懂，便又给他斟满一杯，说，"好了，不管什么爱德华还是唐明皇了，咱们先说咱们的事。我以为，还是李白说得对，'人生得意须尽欢，莫使金樽空对月……'来来来，我的小家驹，陪姐一饮三百杯！"

"我，我，酒量有限……"

"嗨，看你……咋没点儿男子汉大丈夫的气概？来，我先替你饮半杯……"她说着，夺过家驹的酒杯，喝了一大口，然后递给家驹，又拿起自己的满杯，与家驹的杯子用力一碰，"干杯！"

此时的"大姐南子"，仿佛已经变为豪放"男子"。她一仰脖子，"咕咚"将酒咽了下去，接着又抓过酒瓶，先给自己斟满，见家驹也已经喝尽，便又给他斟上半杯。家驹自然不好意思再行推辞。

"大姐"的脸上已经涌起红晕，可谓艳如桃花。她把外套一脱，甩在了椅子背上；然后又解开了旗袍的领扣、胸扣。她那白皙丰满的颈部和胸部则半露半现了。

"家驹，在《子见南子》时，南子曾对孔子吟诵诗歌：'手如柔荑，肤如凝脂，领如蝤蛴。这是谁呢？'孔子情不自禁，脱口而出：'卫侯之妻。'也就是南子了。家驹，你看看此时的'大姐'，够不够格啊？"

家驹一听这话，禁不住心口一阵咚咚乱跳。他竭尽全力在克制自己，便装糊涂地说："这诗出自《诗经·卫风·硕人》，是赞美卫庄公妻子庄姜的。我小时候就学过，共四章，第三章则是形容庄姜美貌的：'手如柔荑，肤如凝脂，领如蝤蛴（qiu qi 音求齐），齿如瓠（hu 音胡）犀，螓（qin 音秦）首蛾眉，巧笑倩兮，美目盼兮……'译成白话，就是庄姜的纤纤手指似芦苇的新芽，她柔白皮肤似凝结的羊脂，蝤蛴一样圆润的脖子，牙齿像葫芦种子，洁白整齐，秋蝉的方额，细细的娥眉，笑起来酒窝伴着甜甜的唇，眸子如冬阳似的亲近……"

"你个小傻瓜，忘了你大姐是教国文的了？"

"我，班门弄斧了……"

"家驹，我问你，林语堂先生为什么写《子见南子》？剧中的孔子与原来人们心目中的孔子有什么不同？"

"我，我没有看过剧本，说不上来……"

"子见南子"的故事，在《论语》中只有几句话；在司马迁的《史记·孔子世家》中记载也很简单。译成白话就是说，孔子去卫国游说，欲见卫灵公。卫灵公的夫人名叫南子，生得十分俏丽，富有风情，思想活跃，又愿意交际。她派人对孔子说："天下的君子凡看得起卫国，想和我老公做朋友的，就一定要来见我，我现在愿意见你。"孔子便去会见了南子。南子表现得落落大方，彬彬有礼；而孔子在漂亮女人面前，尤其听见南子在帐幕后弄的头饰佩玉叮当响时，却表现得木讷、局促、羞怯、尴尬，只知道稽首参拜而不善言辞了。事后学生子路很不高兴。孔子还发誓自己没做错事。对此鲁迅先生说，"总有一种说不清道不明的暧昧"。林语堂在1928年10月创作了独幕悲喜剧《子见南子》，发表在鲁迅、郁达夫主编的《奔流》月刊一卷六期上。曾引起教育界、学术界、新闻界，以及政界极大震撼，一时造成洛阳纸贵。在1929年6月8日，山东二师（曲阜师范学校）的师生，为纪念"五四运动"十周年，排练演出了这个短剧，竟引起轩然大波。

曲阜是孔子的家乡。孔氏家族在当地势力很大。他们认为这个剧本亵渎了他们的宗祖，便向南京蒋介石的国民政府控告第二师范的校长宋还吾。国民党教育部即派参事朱葆勤来山东查办。那时蒋介石为维护其统治，明令尊孔，所以责令"一定严办公演《子见南子》事件"。蒋介石则将山东教育厅厅长何思源传去，斥责其查办不力。

何思源原来就是"五四运动"的积极参加者，自然同情二师的师生。事后他邀请自己的老师蔡元培（时任国民党监察院长）和蒋梦麟（时任教育部长）到青岛，在商量创办山东大学的同时，争取他们的支持。蔡元培鼓励何思源"坚持抵抗，决不让步"。此后，全国各界纷纷通电、发表文章支持学校师生。何思源又将校长宋还吾调到教育厅任职，明降暗升，风波才逐渐平息。一场现代文明与封建保守势力的尖锐搏斗则暂时落下了帷幕。

李老师本来想借《子见南子》让冯家驹动动情、开开窍，谁知他瞠然木立、不能一语？李老师感到惊奇之余，也感到这个"稚童"还须进一步启发。

"林语堂创作《子见南子》，就是想说，孔子不是个神，他也是个人。他决不是道貌岸然、冷酷无情、让人敬而远之的神、圣；相反，孔子也是个有七情六欲、喜怒哀乐的大活人。他知识渊博，学生问他，他便信口应对，把深奥的哲理，讲得通俗易懂，是个幽默风趣、人情味很浓的知识老人……"话题一破，她越说越兴奋，哪儿还停得下来，"这位知识老人，跟你也差不多，见了漂亮女人还发呆、羞涩、胆怯、尴尬。'南子'赠给他白璧一双，他竟然慌里慌张失手打破。他失口赞美'南子'美丽后，又倍觉狼狈。当'南子'与舞女围着他且歌且舞的时候，他也亢奋起来，如梦中惊醒，从内心发出由衷的赞叹：'这才是真正的诗，真正的礼，真正的乐！'他也感到了'男女无别，一切解放'的狂喜。但是，这只是瞬间的失态，与他的'礼'和'乐'终究有别。他说：'不！我走了……我要先救救自己……'这，也是我心目中的孔子，是鲜活的，有血有肉、有情有味的……小家驹，大姐，也希望你，有情有味！"

家驹赤红着脸，嘴唇哆嗦了几下，还是没找到合适的话……他先给她斟满酒杯，又自己倒满杯子，然后两杯一碰，两人同时一饮而尽。

"哈哈哈哈……"她爽朗大笑，"好，这才像个爷们儿！家驹，知道不，饮食男女，人之大欲，这就是人生的真义，就是生命之河的源泉。得到这源泉活水的灌溉，人生才有勃勃生机、欣欣向荣。这男女关系，乃是人生之至情，至情动，然后发为诗歌，为文学，为……家驹，我真想朗诵诗，还想唱歌，想跳舞……"

"不，姐，你醉了……我扶你回去……"

"家驹，我，不管喝多少酒，从来不醉。我，这是激情在胸中燃烧，燃烧啊……"

家驹搀扶她下了楼，出了店门。可她挣着不愿回去，而是拖着家驹走进了大明湖的南门。在湖岸走了没多远，凉风一吹，她倒是清醒了，而家驹却头重脚轻，东倒西歪，真的醉了……

他们两个是怎么回的学校？怎么进的宿舍？家驹全记不清楚了，只记得醒来之后，自己还躺在她的怀里……

她睡得正甜，还打着呼噜……

7

转眼间，大半年过去了。家驹和"南子"李姐都参加了教育界组织的抗日救亡剧社，两人在一起演出了陈鲤庭创作的街头宣传剧《放下你的鞭子》，家驹扮演"老汉"，她扮演"香姐"（此后人们又改口称她"香姐"），一时轰动了省城。自然两人的关系也愈加密切亲近，简直到了半公开的程度，用如胶似漆形容也不过分了。

然而，学梅来信说，父亲冯剑秋病情沉重，必须尽快回去。家驹傻眼了，只得找"香姐"如实相告，也好拿个主意。

济南的六月，已经相当暖和。多数人已经脱下了夹袄，换上了单衣。然而，夜晚的大明湖畔，从柳间荷面吹来的晚风，让穿短袖连衣裙的香姐，开始还感到凉爽，继之则感到湿冷了。她接连打了两个寒颤，便情不自禁地紧走了两步，将她那丰满的胸部贴在了冯家驹的后背上，口里喃喃送出了俩字"我冷"之后，又顺势抱住了他的后腰。家驹只得停下了脚步。

这儿的夜晚虽然人迹稀少，然而旁边的石板小径上，还不时有行人经过。冯家驹怕人看见尴尬，便抓了香姐的右手，把她拉到一棵柳树的树影下一条石凳上落了座。并脱下自己的呢子外套，披在了她的身上。

她望了一下远近无人，又将家驹揽进了自己的怀抱……

"家驹，你真的要走吗？"

"她来信说，我父亲病情很重，我必须回去……"

"回去，咱俩的关系，你跟学梅怎么说？"

"这次，怕是不能说。我父亲病重，我不敢再让他生气，加重病情……"

"这事，不怨你，是我，图一时痛快，主动勾引的你。我也感激你，在这七八个月中，给了我那么多的幸福和欢乐……"

"不，不怨你，都是我自己愿意的。跟你在一起，我也很幸福。"

"家驹，我今天，就想要你一句实话——内心的真实想法，我与学梅，你感到谁更好？你跟谁在一起，感到更幸福？"

"这……让我咋说呢？"

"家驹，你怎么想的，就怎么说。你无论怎么说，我都不会怪你。"

"你们俩，都好！"

"都好？就没有差别？"

"差别？当然有。学梅，跟她的名字一样，就像梅花。有冷艳，有幽香，有灵慧，有情趣，她高雅，她清纯……与她可以切切私语，喁喁传情，她如冰壶秋月，莹澈无瑕，心里想什么？一眼就能看清。与她一起，我们肩膀一般高，我可以平视、对视；而对香姐你，我须仰视。你像大花园中无以伦比的盛开牡丹，花大香浓，热情奔放，思想活跃，胸怀开阔。与你相处，你就像熊熊烈焰，既感到热烈尽兴，又会失去自我，被你熔化。因此，咱们相处这么长时间，我也不知道你的内心世界。我怕失去你，又知道早晚会失去你。您是鸾凤，不会总呆在麻雀窝里……"

"噢，原来，你这么想……其实，我这心扉，永远是向您敞开的。只是你没有问过，我也不愿意翻箱倒柜，数落以往那些糟烂事……你想知道什么？今晚，我愿意竹筒倒豆子——毫不保留……"

"我不知道你的过去，当然更不知道您将来的打算……"

"其实，我跟你暗示过……说过，英国的爱德华八世，爱上了结过两次婚的辛普森夫人弗丽达——我，跟弗丽达一样，也遭遇过两次婚姻，当然，都没有正式结过婚：第一次，是父母在我五岁时给订的娃娃亲，是我远房亲戚家的小少爷。我考到曲阜二师上学，为的就是逃婚。我两年没回青岛，小少爷等不及便先结了婚。他如今，我听说已经是一个区的保安队长，也就是地方上的一霸了。我遇到的第二个男人，是曲阜师范的一个老师。他比我大八岁，家里有老婆，可他说老婆已经死了。我敬佩他书读得多，课讲得好，喜欢新诗，常在报刊上发表……总之，我崇拜他，追求他，他也喜欢我，我们便恋爱了。可是，正筹划结婚的时候，他被逮捕了。原来他是共产党地下组织的一个领导，还是左翼作家联盟的会员，入狱后不久就被秘密杀害，连尸首都没有找到……为此，五年了，我没有再接近过男人。后来就遇到了你和学梅，我从心里喜欢你们，可是你像个小弟弟，她像个小妹妹……我又是爱，又是不安，一直在这个矛盾的漩涡里挣扎着，只有在喝醉酒的时候，才疯狂一次……"

"香姐，你想跟我结婚吗？"

"结婚？那得等你与学梅了断之后。可我，又感到对不住学梅……我害怕，受内疚的折磨……可是，事到如今，我真不知道怎么办了？咱们作了孽，我这肚子里……好像有了小冤家……咋办？"

"啊，多长时间了？"

"大约有两个月了吧……"

"这……"他一听便慌了神。他跟许多少脑子的年轻人一样，在感情冲动的时候，从不愿意考虑有什么后果。事到如今，又慌了手脚，不知道如何了断……他真想跳进这湖里，一了百了……

"你慌什么？大不了……"

"不，我不能，对不住您；也不能对不住肚子里的小宝宝……我发誓……"家驹要发什么誓？却没有说出来。

他，对学梅也发过多次誓了！

8

回头再说，李二姑见冯剑秋病情日渐沉重，便没了主意慌了神。她在这儿没有亲人，还得去惠鲁学校找孙尚香、陈砚楷想办法。他们俩都主张先请"八大组"和济药房的龚先生来看看，五脏六腑有没有病症？再对症下药。听说这位龚先生是从潍县刚来的，中西医皆通，来不久即被誉为荒洼里的神医。

陈砚楷借了两头驴，去"八大组"——如今叫永安镇了，把龚先生请到了"二十师"，给冯剑秋先号了脉，然后又用听诊器放在胸膛上听了半天，说："这病乃是肝气郁结，焦火上燃所致，如若能放宽心，每日户外活动几个小时，逐渐睡得着觉，用得下饭，病情则可望好转。若是郁闷不加舒散，神乱失眠，这病，治愈起来就困难了……"

龚先生给开了药方，陈砚楷又跟随他去永安镇和济药房取回药来，立马交李二姑煎煮，伺候冯剑秋服药。同时，接连几天，抽空便赶来与冯剑秋交谈。冯剑秋竟然精神了许多，还能坐起来喝茶了。砚楷回家后，孙尚香问他："你是怎么跟他说的？李二姑说，很有疗效。"

陈砚楷笑笑说："我让他喝的是泄毒汤……"

"什么泄毒汤？"

"常言道，'一吐为快'。就是让他把憋闷在肚子里的话，竹筒倒豆子——发泄出来。泄下之后，自然就会轻松。可是，我就这些本事了。下一步，你可叫上学梅，找上严依霞，想法子动员二嫂子出山。我相信，只要二嫂子出面相劝，必有神效……"

"二嫂子跟他早年有过节，而今李二姑又在那儿，我邀请过好几次了，想一起去二十师，都被二嫂婉言拒绝了。据说，二叔，也不同意他们来往……"

"所以，我才让你找严依霞嘛！二叔最听严依霞的话。这就叫，一物治一物，卤水点豆腐……"

孙尚香便把这意思跟义姊李二姑说了。李二姑口头答应着，可有些不以为然。

孙尚香只得又说："我觉着，二嫂简直有纵横家之辩才。一把钥匙开一把锁。可我以为，二嫂就是把万能钥匙……"

对孙尚香这番话，李二姑听了很有点儿不是滋味。自从李二姑走进他冯剑秋的家庭生活，冯剑秋一向毫不隐晦的，就是对于吕蕴玉的敬重和思念。他经常将当年求学时与吕蕴玉、严依霞一起照的相片取出来反复端详玩味，有时便干脆摆放在他的写字桌上。这，总让李二姑像喝了口山西老醋那样酸酸的。不过，她从来未敢形之于色。她知道自己的身份，仅是个被赎身的"老妈子"而已——那是前年夏天，冯剑秋付给"黑牡丹"一百大洋为她赎身后，冯剑秋说，你自由了，走吧。她说自己无亲无故。又写了宋代官妓严蕊的几句词："去也终须去，住也如何住？若不嫌弃得下厨（原诗为：若得鲜花插满头），莫问奴归处。"也就是说，她愿意给冯剑秋当老妈子、下厨房。于是冯留下了她。身为老妈子，还没资格说三道四。可她心里不服，凭自己的姿色，凭自己的学识，凭自己侍奉人的周到，难道就比那个鲁西来的半老徐娘差了多少？

可李二姑终归是个历经风雨的过来人，她还是对孙尚香连声道谢，并按照她的建议行事了。

9

这天夜晚，冯剑秋在床上仅迷迷糊糊打了个盹儿，总共不到半个小时，很快又精神了。他心里越是撕扯那些铭心镂骨的旧事，便越是心乱如麻，也越是辗转反侧难以入睡了……

自从他生病，夜里有时也要吃药、喝水，为了便于伺候他，李二姑就搬进了他的卧室，睡在了他的身边。他很感激她，不怕肝病传染，不怕活儿劳累。可是，熬到下半夜，他就逼她回她房间睡觉了。

疲劳嗜睡的人，夜短；心烦失眠的人，夜长。直到听见远处的公鸡打鸣，他也没能入睡。又挣扎着下床，端了蜡烛，走到书桌前，拉开抽屉，把那本老相册取出来。心想：看书费力，看相片总可以吧？可万万没有想到，还没有走回床边，脚下有个马扎子绊了一跤，"砰——"的一声，他只觉得眼前一黑，便摔倒在地上……

李二姑被惊醒后，一见他趴在地上，口中还喃喃喊着，顿时吓得浑身颤抖，慌得手忙脚乱……

因为蜡烛灭了，室内只有从窗棂投进的微弱光亮，她摸黑折腾了半天，连拖带抱，才把他搬弄到了床上。这才喘着粗气，慢慢收拾起蜡烛，点亮放在桌上，又拾起掉在地上的物件……

当她意识到拾起的物件是老相册的时候，心中便禁不住"咯噔"一震。顿时感到浑身冰凉，瘫软地跌坐在地上。这些他与吕蕴玉的老相片，他咋就那么牵肠挂肚，永远不忘呢？

多时，她苏醒了一下，挣扎着爬起来，来到冯剑秋床前，抚摸着他的脸面，拉动着他的四肢，询问他跌伤没有？

"没事儿……是，被马扎子绊倒的……没事儿……"

"可吓死人了！"她这才喘了口粗气，再也按捺不住要数落他几句了，"剑秋啊，你知道不知道，你是个病人？这么半夜半宿的瞎折腾，好人也能折腾出病来。你要什么，喊我一声，我给你拿，行不？"

"你……我……"

"你，也不想想，这是什么时辰了？你看看，都下四点了。你那些老相片，都看了几十年了，还没看够？没看够，白天再看行不？偏偏通宵达旦地看，不顾死活地看？"

"我爱咋看就咋看，你，你以后少管我的闲事！你，算老几？"

"我，我算，算个老妈子。老妈子就管不着吗？我白天黑夜伺候你，给你煎药，给你做吃、做喝，吃喝拉撒睡，哪样不是我伺候？"

"你，愿意伺候就伺候，不愿意伺候，就滚！"

"你，你良心叫狗吃了？"李二姑双手捂着脸，哭着跑了出去。

10

这天上午，学梅没有课，又请假来到"二十师"。

学梅刚走进小院子，就见李二姑挽着一个小包袱正往外走。学梅一看，大吃一惊，李二姑满脸泪痕，眼圈儿红红的像个铃铛……

"李姨，出什么事了？这是上哪儿？"

"我……你公爹，赶我走，不要我了……"

学梅把她拉至一旁，低声细问了一下情况，便劝说了一番，又拖她回了房间。装作什么也不知道，上前先问了公爹安好，又安排李二姑烧水煎药。

当李二姑端着煎好药的药锅走进堂屋时，学梅忙迎上前说："姨，我来，我给爹喂药。"

"不，还是我来。你先歇歇，落落汗……你爹，可难伺候了，这药，热了嫌烫嘴；凉了，当然更不行。我都是先用舌头尝四五遍……"李二姑抱怨地说。

躺在病床上的冯剑秋全不理会李二姑说些什么，只望着学梅问道："学梅，如今家驹都忙些什么？他给你写信吗？"

"爹，他如今成大忙人了，参加了抗日救国戏剧演出社，来信的时候，顺便捎来一份报纸，报纸上登了他们演出的剧照。爹，你看……"学梅从书包里将那张报纸取出来，递给公爹，"这是，他们在街头演出抗日剧《放下你的鞭子》，扮演老汉的就是他……"

"对，是他。这，也好，总算干点儿有意义的正经事情。唱歌、演戏，是家驹的长项……这孩子，自小不愿意读书，尤其不愿意背古书。可一提唱歌、扭秧歌、跑高跷，立马就瞪大了眼睛，来了精神……唉，一辈子，好乐，贪玩，近乎纨绔子弟！能宣传抗日救国，不走歪歪道，我就满意了……"冯剑秋摇着头，气喘吁吁地说着。

"他，单纯得很，能走什么歪歪道？爹，你尽管放心！我已经给他写了信，兴许最近就能回来……"

"你不是说，他忙着演戏吗？肯定很忙；再说，回来一趟，也不容易。"

"爹，他还年轻，哪儿就那么怕难？"

没想到，在外间择菜的李二姑插嘴说："学梅，家驹不愿意跟你一起回来，是不是，因为有我……这个老妈子？"

学梅心里咯噔一震，这可怎么回答？

"李姨，怎么会呢？家驹也是个成年人了，这……他能理解。有李姨这么个有文化有修养的人，陪伴俺爹，那是求之不得的……"

"可不是那回子事儿……你爹，还赶我滚呢！"

"那，那不是心里烦，说气话嘛！"冯剑秋乘机道歉了一句。

"爹，又失眠了？人失眠，睡不着，自然就会心焦……"

"可不是嘛，学梅，爹这病……人家说能好，那是安慰，让咱宽心；咱一家人，还得实话实说。爹这病，怕是……熬不过中秋节了。还有些事情，我放心不下……"

"爹，可不能那么想。龚先生说，只要把心放宽，按时吃药，好好保养些日子，就会好的。你，有什么事，尽管说。"

"我这病，自己有数。你李姨，是我的救命恩人——我受了伤，是她扶我上马逃出来的。她也是个苦命人，无亲无友，无家可归。撇下她，我心里……"

"爹，你尽管放心。爹的救命恩人，就是俺的亲人。我们，至少我阮学梅，会当亲娘一样对待……"学梅说着，回头就冲李二姑跪下磕头，"李姨，从今以后，你若不嫌，我就是你的亲闺女，你就是俺的亲娘。娘——"

"哎……"李二姑答应着，急忙擦把眼泪，将学梅拉了起来。

"好，好，这么，爹就放心了。"

"爹，您老还有什么不放心的？"

"再就是……"冯剑秋感到难以启齿了，"就是，家驹，没跟你一起回来……你们结婚这么长时间了，按说，也应该……"

"爹，这可是，您老多虑了。我没好意思跟你们说……我正想告诉您老，早考虑考虑，给孩子起个好听的名字……"

冯剑秋一打挺坐了起来。

"老天啊，您到底没有亏待了我。我，我得活下去，我冯剑秋有后了……我得亲眼看看，我的孙子！"

第二天，冯剑秋告诉学梅，孩子的名字他已经想好了：若是孙子，叫永安；若是孙女，叫永平。

冯剑秋很动情地说："永安，是人们几辈子的一个梦，我们这辈子，不可能了……但愿，俺孙子，能实现这个梦想！"

说来也怪，自从给孙子起名之后，冯剑秋的病情则日渐好转，身子慢慢硬朗起来，半月之后便能下地了，脸上也有了血色。

儿子冯家驹赶回来了。还埋怨学梅虚报信息，父亲的病情哪儿有那么严重？冯剑秋一听还大骂了一通："浑小子，没有学梅让我给小'永安'起名，你就是赶回来，怕是也见不到你爹了！"

"什么'小永安'？"家驹一愣。

等弄明白怎么回事，更傻眼了！什么"南子香姐"，自然没敢说半句。

第二十二章　天地不仁

1

冯剑秋在家驹和学梅的陪同下，坐了现任旅长的吉普车，这天去"百顷地"，拜访了亲家。如今坡里的豆子已经锄完，一片豆苗绿油油地疯长，阮宗贤心里高兴，又让满囤和方芋头去河沟里网了几条大鱼，热情地接待了冯剑秋。还再三表示感谢。

"你冯旅长的大号管用啊，否则，耿老三连水都不让喝，就甭说铺下这么大的摊子种地了……"

"二叔，跟侄子不用客气！"

中午，冯剑秋带来的好酒，他自己有病没敢喝，可把宗贤和满囤、满堂都给灌醉了。喝醉的睡觉了，年轻的一起说悄悄话去了，剩下了冯剑秋与两个老同学吕蕴玉、严依霞也尽兴畅谈了一番。

"剑秋，我听说，韩复榘跟你谈了半天，临走给你扔下了一句话：'还是一个书呆子！'对不对？"

"对。那天，对他韩复榘我是知无不言，言无不尽，稽颡泣血，忠信可鉴。谁知却换得他一句'书呆子'，让人心寒啊……"

"莫说你，就是你老师蒋百里，在一些赳赳武夫眼里，大概也是个书呆子！"严依霞说。

"不错，就连袁世凯、黎元洪、吴佩孚、孙传芳、唐生智、蒋介石，都知道他才华横溢，深谙中西兵法，可只让他当高级谋僚，当最大花瓶供着，就是不交给他任何兵权。对吧？"吕蕴玉说。

"不错。韩复榘对我，也是，只供着……不给兵带……"

"不过，我以为，你们也确实有几分呆气。当军事家，只研读东西战法、古今兵书，却疏于研究社会，不想过问政治。难道战争的双方，就是象棋中的红、黑棋子，进退都是随便让你摆弄的？不，他们都是长着大脑袋的人啊！不仅仅是'将''帅'有善恶正邪之分，连'车马炮''小兵小卒'也全是有灵性的血肉之躯。几千年前的《老子》都讲'善下能王''哀兵必胜'。这就是说，真正的军事家，兵法书要读，社会这部书也要读，老百姓这部大书更要读！否则，那就是个不折不扣的书呆子。我听说，你能跪下祈求韩复榘不要丢下山东的老百姓，我很高兴，说明你心里还有老百姓。可是，你祈求他，指望他，那就叫'不识庐山真面目'了……"

"是吗？"

"自从你去了军校，我对于军界的有关报道资料，就特别上心留意。兴许比你知道的还多。来，剑秋，给大姐倒上杯茶水，听我给你理论理论……"

"好来——"冯剑秋笑着刚想伸手提壶，却被严依霞喝住了。

"去，一边歇着去。老老实实听听大姐的训导……"严依霞提起茶壶给她们分别斟上了茶水。

三人说笑着，仿佛又回到了当年。

"剑秋，你还记得咱一起背《老子》的时候，有句话说：'夫惟病病，是以不病。'当时不明白，就问阮老师，我至今记得阮老师讲解说：'只有知道自己的毛病和疾患了，将毛病当毛病了，才能消除这种毛病疾患。消除了病患，自然就没有毛病了。'"

"我记不清楚了。"

"剑秋，你是韩复榘的部属，韩复榘是冯玉祥的部属，那么冯玉祥是谁的部属？"

"是蒋介石的……"

"在蒋介石之前呢？"

"是，是吴佩孚的……"

"在吴佩孚之前呢？"

"是，好像是陈宦（音仪），不认字的叫他陈宦。"

"陈宦，何许人也？"

"我，不甚清楚。"

"陈宦，是他冯玉祥的恩师。背叛陈宦，是冯玉祥最不开的那一壶。谁提陈宦，在西北军里绝对是最大忌讳，你当然不会清楚。"

"原来如此。"

"陈宦，是湖北安陆人，有人称他陈安陆。八国联军入侵时，陈宦正在京师大学堂读书。师生大多逃命，他却托一个远房叔祖介绍，到军机大臣荣禄处要求为朝廷效命。京城一片混乱，正是用人之际，荣禄立即任命陈宦为武卫军管带——相当个营长，带领三百人去守北京的朝阳门。

可是，终究抵挡不住洋枪洋炮，与敌力战，死伤过半。剩下八十五人，冲西直门，浴血撤出。路途竟然捡到了败退的清军丢弃的满满几大箱子白银军饷——总共十三万七千多两。如果换上其他人，肯定乘乱分赃，各自回家。但陈宦却认真押送到保定，交给了荣禄。荣禄惊叹道：'世上安得有此人！'连老佛爷慈禧也很受感动。此后，陈宦名声大噪，天下皆称奇士。

"后来，陈宦被四川总督陈锡良聘任为讲武堂提调，负责训练新军。从而打造了属于他自己的小团队。且能秉公做事，不贪财、不弄权，深得主公信赖。陈宦对纵横术有研究，造诣颇深。善于分析时局，游说各方。武昌首义后，他先去投靠黎元洪，感到黎非明主，是扶不起来的阿斗；又去南京见到孙中山、黄兴，但婉拒了孙、黄总统府顾问之聘，感到是个闲差事，自己无法有所作为。便又去了北京投靠了袁世凯。经过短期试用，袁世凯则惊叹：'北洋军中，竟无此人才！'还说过：'幸好你不是孙中山的人。'陈宦与国学大师章太炎交谈后，章亦慨然道：'中国第一人物，中国第一人物啊！'"

"章太炎还如此看重他，是真的吗？"

"这就叫，独具慧眼！他献策帮助袁世凯基本巩固了政权，为了钳制西南，陈宦被任命四川都督。民国四年2月，陈宦带着李炳之、伍祯祥、冯玉祥的三个混成旅走马上任。临行前，袁世凯紧握他的手说：'二庵（陈宦的字），西南半壁山河从今天起，我算托付给你了。'还调拨二百万军费送给了陈宦。并让长子袁克定与其拜为把兄弟。

"陈宦到达四川，这天府之国已是满目疮痍，民不聊生。便下了狠心，进行整顿军队，清剿土匪，大杀贪官，致使社会迅速稳定。然而，此时在北京的袁世凯称帝当了洪宪皇帝，封陈宦为一等侯。原北洋旧人无不通电'拥护帝制'，陈宦却不吭声了。他明白，黄河九曲十八弯，可是能倒流吗？不能。此乃大是大非！袁世凯倒行逆施离经叛道，必然自取灭亡。但是，袁世凯待他不薄，是他的主公，怎么能背弃他呢？他举棋不定，心中十分纠结……

"正在这时，逃回云南的蔡锷通电独立，竖起护国大旗挥师北伐，并致电陈宦，'共灭国贼'。陈宦回电，进行敷衍。但是，陈宦的态度暧昧，引发了袁世凯的不满，他派曹锟任'长江上游司令'，带领三个师进驻四川，对陈宦形成监视威逼的局面。

"可是，大势所趋，人心所向，陈宦的心腹秘书胡鄂公提出辞职，说再也不好意思喊'万岁万万岁'了……陈宦也说，都民主共和了，我也不愿意做一人一姓的臣仆啊！于是便致电劝袁退位，袁勃然大怒，通电痛斥陈宦。致使陈宦下了决心，以义断恩，宣布四川正式独立。于是引起了连锁反应,陕西、湖南相继宣布独立。袁世凯气急败坏,下令北洋军曹锟、周骏,暂不打蔡锷,必先灭陈宦。正当陈宦腹背受敌之际,第十六混成旅旅长冯玉祥却出卖了恩师,捞到了二十万大洋以及一批物资之后,通电叛离陈宦。陈宦无可奈何,黯然离开成都,慨叹:'未遇明主,徒唤奈何!'事后他评价属下弟子冯玉祥'唯利是图,本无所谓信义。'

"后来,陈宦一直隐居天津,以读书自遣。为官数载,却无半文私藏,甚至靠典当维持生计。1928年6月,北洋政府倒台,作为北伐第二集团军总司令的冯玉祥,心内仍然愧疚,得知恩师生活困难,遣部下将原十六混成旅的公积金两万余元,送给了陈宦。后人评说,'民国政坛,鸟飞鱼跃,依附袁世凯,却又能因大义而断私交的人,只有陈宦……'"

"噢,原来陈宦,竟然也是个奇人异士、一代精英。可是不遇明主,书生能奈时局何?"冯剑秋听完吕蕴玉的陈宦介绍,感慨地说。

"陈宦尚且如此,你冯剑秋有何想不开的?"

冯剑秋沉默了。

吕蕴玉又说:"剑秋,而今社会新旧交替,人们说,是英雄遍地走,好汉多如狗。然而又有几个明主?说句到家的话,他们也都是人,不是神啊!他们所学的,那是五花八门:有孔孟道,有纵横术,有帝王学,有西洋经,还有的讲周易、讲墨子、讲法制、讲宪政……这么多主张,能精诚团结、和衷共济?鲁迅先生写的小说《药》,说民国先烈被砍头,老百姓还乞求刽子手蘸个人血馒头给儿子治病,以表现国民之愚昧,以表现革命与民众之脱节。难道仅仅是与民众脱节吗?民国的最高领导者们,袁世凯、黎元洪、徐世昌、段祺瑞、曹锟等等,他们对于什么是'民主'?什么是'共和'?真明白吗?真信奉吗?真想救国救民吗?剑秋,他们尚且如此,你能期望韩复榘如何如何吗?他韩复榘来山东搭了个草台班子,能糊弄着唱完这七八年的大戏,就很不错了。剑秋,作为军人,忠于国、忠于民,可不能仅仅忠于他韩某人。为他气死,就是个糊涂虫!"

冯剑秋埋下了头,又痛哭流涕……

2

回头再说,朱贵才自从将两封告状信亲手交给了韩复榘,并未见什么反响,便又想出来一个新计谋。他与鲁北保安司令赵明远秘密取得联系,答应给赵去购置一百支德国造的步枪,条件是赵司令必须逮住黄三虎,以三虎头子的脑袋交换。赵正在落实韩复榘'收集武器,扩充人员'的指示,因此立即答应了朱贵才的要求。

在这一望无边的大荒洼里,如何找到黄三虎?赵司令在这里剿匪多年，很明白这比大海捞针还难。垦区总人口不算多，但灾民来自几十个县，相互混居，口音不同，土匪穿便装混在老百姓中间，根本没法辨认。赵司令心里想，先闹到枪支，其他事情再说嘛！

枪支弹药，不仅赵司令缺，联庄会保安队也缺，土匪们更缺。朱贵才利用不同渠道，三管齐下，条件都是以三虎头子的脑袋作交换。如是这批武器，从哪里来？如何运输？走哪条路线？什么时间能到？便成了各方急于闹明白的机密。

3

有一天夜晚，没有月亮，差不多十点钟过后，大兰带着孩子已经睡觉了，凌春来还在自己的小窝铺里点着豆油灯看一种小报纸。突然听见栅栏外"啪、啪……啪、啪……"轻轻的掌声，他知道这是饭店的范师傅来了，这么拍掌是个暗号。凌春来迎出来，大兰也起来了。见面没用客套，凌春来将范师傅领进小窝铺，大兰便拿个马扎坐在小院子外边，装作乘凉，给他们望风。

"春来，今们儿，过午，来了两个人到饭店吃饭，贼眉鼠眼的，嘀咕了半天。在谈话中，隐隐约约地提到了朱贵才，我便上了心，后来还听到说什么，在徐州装火车，到张店卸货，再用马车运回来……"

"什么时间到张店？"

"那，没听清楚。"

"时间，可是最最重要的……总不能天天去张店等吧？"

"他们两个，今夜好像住在庄西的马车店里，要不要去逮住他俩，问个明白？"

"不行。一来咱们会暴露身份；二来也会打草惊蛇，让他们改变计划。这样吧，我去向组织汇报，如何行动，再定……"

凌春来送走了范师傅，连夜又去找永安街经二路的和济药房的龚先生汇报。龚先生听后，思索了半天，没有明确表态。

龚先生，自己说是诸城人。六十多岁，瘦高个，平时穿件深灰色的大褂，给人诊脉时，则戴上一副紫红框的老花眼镜，看人时却从眼镜框的上边眯缝着眼睛看。说话没有高声，脸上总挂着慈善的笑容。据说在齐鲁大学教过几年书，后来在潍县开过一个同济药堂。有个儿子在北京大学读书，因闹学潮被捕，出狱后不知去向。潍县国民党党部的特务还多次对他进行追查，他为了躲避骚扰，经组织安排，与凌春来取得联系，去年冬天，才来"八大组"，在凌春来等人的帮助下，开办了这个"和济药房"。他是凌春来的上级，听从他的领导。他老练沉稳，经验丰富，看事透彻，思虑周全。凌春来从心底敬佩他，大事小事都愿意找他商量。因为他俩是单线联系，凌春来则以拜他为师学习医学当作掩护。这层关系，除了大兰，还没有第二个人知道。

今天，他听完凌春来的汇报，考虑再三，还是慢慢摇了摇头："春来，一个老故事讲，有三个人结伙去深山老林挖人参，三四天过去了，带的干粮吃光了，却只有一个人挖到了一支老参。结果，最早挖到老参的人，被那俩没挖到的人打死了；剩下这两个人，又因相互争夺，一个被打死，一个腿受重伤，饿死在山上。春来，你想想，现在，驻军、保安队、土匪三伙伙人虎视眈眈紧盯着这批武器，咱势单力孤，我想，就先别掺和了。你说呢？"

"不过，这可是个难遇的好机会……"

"我知道，这是块肥肉，可是……春来，你是教书先生出身，大概知道那个'争'的篆字怎么写？上边是个篆书'肉'字，下边是个篆书'手'字。也就是说，要想争得肉吃，首先得有人手。咱现在'人手'太少啊！还得隐瞒真实身份做地下工作，主要的任务是，尽快发展组织，壮大队伍，人手多了，力量大了，才能去争取……"

"好，我懂了。不过，在他们这三股势力的争夺中，我还是希望永安的保安队争到手。武器在这些人手里，以后就容易转移到我们手里。"凌春来说。

"不。联庄会的保安队，力量最弱，争不到手。倒不如，将计就计，让黄三虎去……我听说你们是老乡，以后咱争取他……"

"对，这倒是条长远计策。我去想办法落实……"

4

时过不久，到了去张店火车站接货那天，赵司令派出了一个骑兵排护卫，便去张店火车站接到了朱贵才运来的枪支。货物运到广饶城北的牛家庄时，有人提出饥饿口渴，要到庄里打打尖，大大咧咧的骑兵排长，总以为这荒洼里自己就是没人敢碰的老大，便一口答应了。

这天，正逢牛庄大集。大车穿过闹闹嚷嚷的集市时，突然四周枪响。骑兵当即有五个中弹跌下马来；赶大车的也被打死；拉车的骡马受惊后便疯狂地冲进了人群，卖西瓜桃杏的筐子被掀翻了，卖烧饼包子的篓子被碾碎了，卖布匹鞋袜的摊子被撞散了……转眼间，瓜果、蔬菜、食品、衣服等各种物件丢弃撒满了街道。真是鸡飞狗跳，人仰马翻，哭叫连天，血肉横飞……

土匪混在赶集的老百姓中，根本无法辨认。骑兵的枪一响，死伤的多是老百姓，后来听说，土匪竟无一个伤亡，领头的则是三虎头子！

炸了集市之后，赶集的人四大崩散，骑兵困在人群中，东突西奔，好歹驱散了人群，当最后集合时，大车上的枪械却被抢劫一空。

骑兵排长收拾人马，回营之后，自然挨了赵司令一顿臭骂。

赵司令为这事，酝酿次数不少，没少花费心思，最后闹了个竹篮子打水，别提多么窝囊。

5

原来，赵司令答应过永安联庄会的李会长，等运回枪支，就分几支给他们的保安队，如今中途被劫，李会长也是狗咬尿泡了。这还不算，没过五天，派去省城提取赈灾钱款的段乡长和宋守信一行五人，在回来的途中，被土匪劫持，下落不明，生死未卜。

那天下午，段乡长和宋守信一行五人，骑了自行车，走到高清以北，则发现被土匪跟踪。段宋两人因保护带钱款的三名会计先走，不幸被土匪劫持。押解到利津的"黄家油坊"村东一个马车店里，才给他俩解开蒙眼的布带子。土匪王大麻子和"东湖鲶鱼"已经等在这儿。

负责追捕的小头目，向王大麻子汇报："当家的，我们上了他们的当，带'花票子'（钱款）的人跑了。只逮回两个'光腚棒子'（没钱财的人）。好歹还缴械了两辆洋车子、两支'焦壳'（短枪）……"

"他俩是谁？"王大麻子又问。

"他就是那个段乡长。""东湖鲶鱼"指着段乡长说，"永安联庄会和各乡的乡长，就他最坏。上个月，永安的保安逮住我，别人都说放，就他主张杀！他说，土匪王大麻子，是黑虎庙人，杀人放火，无恶不作，既然逮住他的人，万万不可放虎归山。"

"段乡长，你是这么说的？"王大麻子问。

"对，我说过。说得不对吗？"段乡长回答。

"对，对。"王大麻子笑着说，又指着宋守信问，"他是谁？"

"他是，宋守信。""东湖鲶鱼"说。

"噢，久闻大名，如雷贯耳啊！"王大麻子冲宋守信拱了拱手，"听说，在东昌府设擂台比武的时候，你是枪棒第一！好啊，好啊，你们这趟差，办得好啊！给我请来了两位鲁西老家的好汉。松绑，松绑……还是让我自己来吧。二位好汉，二位老乡，委屈你们了。王某向你们赔罪，赔罪……"

王大麻子为他俩解开了绳索，立即喊道："拿酒来，为两位好汉压惊……"

王大麻子，五十岁上下年纪，是个五大三粗的彪形大汉。虽然号称大麻子，可并非是幼年生牛痘留下的麻脸，而是在左边腮上有两块铜钱大的伤疤。据说，那是数年前，跟盘踞在东平县宿城、花篮店一带的匪首郑家声的徒弟斗狠时留下的。既然没斗过人家，在东平地面站不住脚，就来到了这尾闾荒洼讨生活，尔后又结识了阮家岭的黄三虎。如今是这股土匪队伍中的"粮台"，负责军需后勤。"东湖鲶鱼"，脸面短而宽，即蟹壳脸；蒜头鼻子；两片厚厚的黑红嘴唇；嘴唇的上边留着说黑不黑、说黄不黄的"八"字胡须，"八"字的两撇须毛特别长，很像鲶鱼嘴旁的两根胡须，且秉性黏糊、油滑，绰号便由此而来。莫看他嘴唇长得很厚，说话有点儿结巴，可偏偏能巧言令色、食言而肥。而今他是王大麻子的得力助手，兼任"花舌子"（联络员）。他跟朱贵才早就认识，朱贵才就是通过他在寻找黄三虎。

为此，王大麻子曾警告过他："鲶鱼，黄三虎那是咱的大哥，在咱陷进泥巴坑里的时候是他把咱拉拔出来的，咱不能见利忘义，听他朱贵才的摆布。对吧？"

"大哥，你可别忘了，咱是'粮台'，弟兄们得向咱要吃、要穿、要枪、要子弹。朱贵才，那是打着灯笼也难找的活财神。咱立马灭掉他，那才是天字第一号的傻蛋！"

"可是，天下没有不透风的墙，假若让黄三虎知道了，咱可就是犯了大忌。他三虎头子翻脸不认人，下手忒狠，到那时咱就是死路一条……鲶鱼，你鬼点子多，得留条退路。"

"这，你尽管放心。若是让黄大哥知道了，你尽管一问三不知，往我身上推。若不早想到退路，我算什么东湖鲶鱼？"

"你留了什么后手？"

"哥，你张口看见肠子，嘴上又没个把门儿的，所以……"

"好了，我不问了，还不行？"

也就是说，他"东湖鲶鱼"而今如何与朱贵才勾搭，利用朱贵才办些什么事儿，他王大麻子还统统不了解底细。眼下，将段乡长和宋守信逮捕，如何发落？两人的意见也不尽一致。"东湖鲶鱼"的目的在于劫持钱款，钱款而今是否劫持到手？那一拨追赶的人马还没回来（这事还瞒着王大麻子）。因此对段、宋二人或杀或放，如何发落，意见也不一致。

王大麻子确乎有些江湖英雄惜英雄的情怀，感到钱款倒是小事，能借机结交行伍出身的段乡长，特别是结交这位枪棒第一的宋江后人宋守信，是个不可错过的好机会。他们的大当家的黄三虎跟他私下说过不止一次，在"铁哥们儿"中鲁西老乡还太少。有机会还得拉几个有真本事、能独当一面的"柱子"（骨干）。就为这，今们儿"鲶鱼"没能犟过王大麻子，只得依他主意行事。

"鲶鱼"安排马车店的掌柜喂上马，又安排喽啰里外三层警戒，这才在院子最里边的小屋内简单安排了一桌酒席。

段乡长和宋守信自然还琢磨不透他们葫芦里卖的什么药。宋守信给段乡长递眼色，意思是既然给松了绑，找机会能突围就突围。段乡长却轻轻摇头，让他先沉住气，见机行事，不可盲动。

酒菜虽然不甚讲究，却十分实惠。端上桌的是四盆炖肉：炖鸡肉、炖猪肉、炖鱼肉、炖兔子肉。

"奶奶的，倒挺实在！"王大麻子没等大家坐定，就抓出一条兔子腿啃了起来，"段乡长，甭客气，你比我大，请上座。"

段乡长还是客气了一番，王大麻子强把段乡长摁到上座板凳上，自己才落座。然后宋守信与"鲶鱼"打横坐了。

段乡长，五十多岁，行伍出身，年轻时被抓壮丁，在冯玉祥属下任过文职军官。退伍回东平老家后在学堂教过几年书。去年家乡被淹，携兄弟家人随灾民来到利津洼，住在二十二村。先被惠鲁学校聘为教员，时间不长，被选为乡长。据说与李成训仅一票之差而未被当选联庄会会长。此人既有读书人的学识，又有军人的干练，性情耿直，敢于担当。在东平老乡中有较高的声誉。与同乡凌春来交情深厚，视为知己。联庄会的李会长没多大能耐，却不糊涂。也明白，他老段如今虽然不显山不露水，可言谈举止还有点儿深不可测。对待他段乡长，便事事高看一码，处处表示器重。既留心谨防，又从不慢待。他决不想遭遇《水浒传》中王伦的下场。于是，便把自己没能力闹明白、又有风险的粮款账目交由段乡长监管。段乡长推辞不过，也就接过了这个烫手的山药。说实话，在这个土匪灾民混杂的穷乡僻壤，每次解钱款、运粮米，都是脑袋别在裤腰带上，冒凶险豁性命的事情。事成，除了李会长当着众人，客套几句，以示表彰；背后，还有人说风凉话："为人不图三分利，谁给谁起早五更？当善人能亏了自己？"这些，段乡长心里都如明镜一样清楚，也发过几次牢骚，向李会长辞过职。李会长在打着哈哈、拍着肩膀、奉承夸奖一番，表示如何感激。其实，段乡长能咬着牙干下去，跟从省城自报奋勇来荒洼当粮秣员、当教书先生的读书人一样，有善心，可怜灾民。感到能为灾民活命做点儿实实在在的事儿，尽一分儿心，这辈子便没有白活。可是，在这凶年饥岁、弱肉强食中，尽一点儿善心，做一点儿好事儿，竟然也不容易！

在"鲶鱼"斟满四碗酒，王大麻子喊了一声"端——碗"之后，段乡长拱手说道："慢着，段某今日与小兄弟虽然当了俘虏，但是，还明白无功不受禄，不逢知己不喝酒。在端碗之前，还想问个明白，二位好汉为何摆席设宴款待我俩'肉票'？"

"这有什么不明白的？一、我们都是鲁西老乡。亲不亲，故乡音。一开口说话，就知道是梁山泊、水浒人。二、两位在咱梁山水浒，本来就大名赫赫，为人敬服，今日得见，三生有幸。又被我等无理劫持到此，岂能不备几碗薄酒，给二位压惊，略表歉意？"王大麻子以梁山好汉的惯用口气说。

"王头领，谢谢。恕段某越礼，还想问明白，喝酒之后，对我二人，将如何发落？是当'肉票'索取钱款？还是活埋砍头之前的送行酒？"段乡长又问。

"哈哈哈哈……"王大麻子放声朗朗大笑。

笑得段乡长和宋守信都有点儿毛骨悚然。

"段乡长，看你想到哪儿去了？古人有言，惺惺惜惺惺，英雄惜英雄。我不是讲过了吗？就是敬重二位豪杰，冀图结交。我们的大哥——大当家的，仗义疏财，招贤纳士，愿意接纳四方英雄豪杰，若知二位到此，也定会设宴相请、以礼相待。当然，更希望二位能够不疑不鄙，相扶相助，结交聚义，共图生业。"

"噢，是让我们入伙落草？"段乡长陪着小心低声问道。但他们的大当家的姓甚名谁，却没敢问。

王大麻子仍然用绿林好汉的豪放口气答道："如果应承，自然似锦上添花，旱苗得雨。大当家的定会信赖倚重，委以重任。"

"若是我们不答应呢？"

"那么……"王大麻子顿时恼怒，脸色一变，似欲暴粗口，可沉吟片刻，又摇了摇头说，"人各有志，决不勉强。"

"王头领的错爱之心，顾盼之意，我俩心领了。段某非是不识抬举，不愿随头领执鞭坠镫，于麾下效力。只是段某自幼受之家教，于祖宗灵位前盟过大誓，渴不饮盗泉之水，饥不食嗟来之食。故不敢破规违矩，参同入伙。万望王头领谅解。再者，家中老幼十余口，皆仰仗段某活命，段某也不能舍弃不顾，使其受株连获罪……王头领，高抬贵手了……"段乡长说着，站起身，向王大麻子鞠躬致歉。

"好了，好了，王某浪迹江湖，四海为家，崇敬英雄才俊，今日相遇，也是缘分，结交个朋友总可以吧？"

"既然王首领不嫌弃，段某就恭敬不如从命了。"

"好！咱……端碗——喝酒！干！"王大麻子十分豪放地大声喊着。同时双手端起黑碗，与段、宋分别相碰，一仰头"咕咚咕咚"几大口，一碗烧酒就灌了下去。

段乡长和宋守信尽管酒量很大，却每人只喝了一口。

"恕段某，不胜酒力了……"

第二十二章 天地不仁

王大麻子也不甚计较，酒过三巡，他又说："今日与二位荣幸相会，王某还有个请求……"

"王头领，有话尽管吩咐。"

"久闻宋老弟，得梁山宋头领世家真传，能否演示一下棍棒武功，让王某开开眼界？"

宋守信不知可否，望着段乡长以征询其意。并说："小可确乎自幼喜欢舞枪弄棒，只是随意玩耍。至于什么世家真传，那都是不实虚言。王头领岂可轻信？"

"宋老弟何必过谦？王某不是酒席客套，对于你们宋家的武艺，确实是心仪已久。只恨无缘领教哪……"王大麻子赤红着脸，坦诚地指着脸上的疤痕说，"宋老弟，不瞒你说，我这半脸麻疤，就是与东平湖上的老缺郑家声的大徒弟比武时留下的。从那时我就发誓拜师学艺，可就是未遇高人啊！师傅不明徒弟卤，至今也是个半瓶子……因此……所以……"

"恭敬不如从命啊！"段乡长插嘴说。

"那好，王头领休要笑话。"宋守信说，"俺老宋家的枪棒拳路，既不同于南拳、太极、八卦、少林各派，又汲取了各派的某些长项，总体上已有了老宋家自己的路数。但每世每支亦各有所好，各有所长，也就是说，所传不尽相同。小可是由祖父所传的棍术套路，尔后又兼学了老阮家的拳法、肘法、腿法。去东昌府参加打擂比赛，棍术我是第一，拳术却是第二……"

"好了，王某久已闻名，如雷贯耳，今日得以当面领教，万幸万幸啊……"

说着大家起身来到了马车店的天井院里。这天正逢七月十五，一轮明月，此时已升上了东南方的杨柳树梢头。院子里今天车少，显得格外空旷，清冷如水的月光已经洒了满地。宋守信先自在场地上来回走了两趟，活动了一下腿脚筋骨，热了一下身子。可这马车店里哪儿寻得到柔韧合手的棍棒？先是找来几根竹竿，但宋守信拿在手中，一撅则断为两截。他只有苦笑摇头份了。段乡长只得为之解释。

"演示武术的棍棒，必须坚韧兼优，才能抡棍如同风驰电掣，呼呼作响；鞭地如同闪电炸雷，震耳欲聋……可这些物件，实在是……"

"可也是，难为人了……要不，日后，找机会，再……"王大麻子倒还通情达理。

"不！"宋守信说，"不妨，随方就圆吧。"

宋守信说着，在天井院里走了一圈，寻来了一根抬马粪筐的长扁担，权作表演的武器了。宋守信轮着扁担才走了一个来回，周围围观的喽啰

土匪听说宋守信武艺高强，酒后求宋表演武术。

则惊得目瞪口呆。那个"东湖鲶鱼"急忙示意他们提高警惕，他自己右手也紧握了腰间的手枪把子。

宋守信冲王大麻子拱了拱手，王大麻子点点头，干咳两声，说："弟兄们，这位是水泊梁山头领宋公明的后人宋守信，得老宋家枪棒功夫真传。如今给诸位演示几路，让大家开开眼，怎么样？"

"好！欢迎——"

在众喽啰乱哄哄地喊叫中，宋守信走出人群，并步站立，左手持棍，屈臂胸前，右手成掌，附于左手，行持棍礼，并大声说道："在下献丑了！"

"不必客气，不必客气！"王大麻子高兴地说。

宋守信口中应了声"喏"，掣了扁担，尽心使个旗鼓，开始表演。或进或退，或来或往，或翻或滚，或盘或旋，什么弓步背棍、仆步摔棍、歇步搅棍、转身抢棍，什么扫棍、戳棍、崩棍、劈棍、舞花棍、云拨棍……逐一演示。看得人们眼花缭乱、连声喝彩。

可在这时"东湖鲶鱼"却冒出一句不怀好意的要求："别光耍花架子，来点儿真格的硬功夫！"

宋守信收住扁担，用衣袖随便抹了一把额上的汗珠，笑着说："在下只会耍花架子，没有什么真格的硬功夫，不过，很愿意与诸位切磋。不知哪位兄弟，愿意与小可走上几路、过个招、扠一扠、较量一棒？小可一定认真领教！"

多时无人敢于出头应答。

"鲶鱼，别不服气，接招啊！是骡子是马，拉出来遛遛啊！"王大麻子冲"东湖鲶鱼"喊着，"怎么，乌龟缩头了吧？会看的看门道，不会看的看热闹。行家一出手，便知有没有。怎么，哪是把火烧天？哪是拨草寻蛇？哪是鹞子翻身？哪是雄鹰展翅？你看出名堂来了？今日能亲眼见得宋武师演示，咱们开开眼，好好学几招吧！宋老师，不要与他们计较，再走几路啊！"

宋守信微微点了点头，突然将扁担往地上一戳，他"嗖"地一翻身，拄着扁担便来了一个倒立；在一片惊呼喝彩声中，他收起身子，双手紧握扁担的一端，向前跑了五步，突然，用扁担的另一端点地一撑，他飞身空中，继之轻轻落在了北屋的房顶。然后，又抢着扁担，飘然落下……

围观者无不瞠目结舌，随即齐声叫好……

"拿酒来，再敬宋老师一碗！"王大麻子高兴了大声喊着。

当众敬酒之后，王大麻子对于宋守信，可谓佩服得五体投地。把他拉回屋里，又相互敬了几碗酒，声言一定要拜师学艺。

可就在这当口，院子里一阵喧哗骚乱，是另一队土匪，用绳子捆着三个人，押解着拖了进来。段乡长从窗棂中一看，便呆了。原来正是联庄会他们的同伙，会计：小王、小张、小李！

段乡长着急了，一把抓住了王大麻子的衣袖，恳求地说："王头领，我等承认无能，栽倒你们手里啦……可是，那些钱款，没有一分一厘是我们自己的，全是灾民赖以活命的赈济款。王头领啊，你们替天行道、杀富济贫，这笔赈济钱款可万万不能劫持啊！"

"好了，好了，我们相信你说的话，既然是灾民的活命钱，我们分文不取，行不？"王大麻子虽然已经喝醉，但一看便明白了怎么回事。连连挥动着双手，大声说，"分文不取，放人，放人……"

"大哥！你喝醉了！""东湖鲶鱼"想把他架走。

"我没醉！"王大麻子把桌子一拍，声嘶力竭地吼道，"少啰嗦，服从命令，给我放人！"

"是，是……"

"段乡长，我王某闯荡江湖几十年，说一不二。走，咱当众放人！"王大麻子说着，拉着段乡长来到院子里，喊着，"抓来的三个人，在哪儿？带过来！"

几个喽啰将小王、小张、小李押了过来。

"段乡长，是不是他们仨？"

"是。"

"他们的钱款呢？谁拿着？还给他们！这是灾民们活命的赈济款，咱不能要。吞噬这笔钱款，天地不容啊！"

王大麻子亲手为他们三人解开绑绳，讨回钱款，又亲自交给了小王，这才说："你们先回去，就说，段乡长和宋老师，再住几天，教我几套枪棒功夫，然后再回去。让他们两家人尽管放心……"

然后又目送他们三人骑上车子走远了……

6

这天夜里，王大麻子因酩酊大醉，"东湖鲶鱼"让人搀扶去了一家小旅店住下睡了。段乡长和宋守信则安排住在马车店的一间小西屋里睡觉，竟然派了四个喽啰荷枪实弹门外看守。

"东湖鲶鱼"和他的一个亲信——负责打探的小安子，睡在马车店北屋的一个大间里。吹熄了蜡烛之后，两人可翻来覆去不能入睡。

"胡哥（鲶鱼姓胡），你说说，咱费了九牛二虎的力气，起早摸晚，好不容易弄到手的钱，还给了人家；逮住的人，给放了；却留下了两个难伺候的二大爷。这，算办了个什么差？是怎么回子事呀？"

"小安子，钱不钱的，那是小事。留下这两个爷，却是后患。尤其这个姓宋的,我听说,跟大当家的——黄三虎,还是亲戚。我去找朱贵才的时候,遇到过他。日后,他若是跟三虎头子一说,还不得要我的小命……"

"呀,还有这事?胡哥,这可不能心慈手软……"

两人嘀嘀咕咕商量了半宿,终于想出了杀害段、宋的办法。

半夜之后,小安子起来,将看管段乡长的岗哨撤走,在大门外却悄然安排了八个伏兵。果如所料,不到半个时辰,段乡长和宋守信则蹑手蹑脚开门走出小屋,沿墙下黑影躲躲闪闪摸出大门之外。正想撒腿快跑,脚下却被绳索羁绊,扑倒在地。还没闹明白怎么回事,就被围上来的众人擒获,口中塞上毛巾,在小安子指挥下,拖到村外,将二人用枪把子击昏之后,找了一个河水冲出的土坑埋掉了。

第二天清早,王大麻子来找段乡长和宋守信一起去吃早饭,"东湖鲶鱼"才告诉他,说宋守信夜间打倒站岗的卫兵,喊段乡长逃跑时,被门外的岗哨开枪打死了。害怕天亮之后不好处理,只得趁黑夜拖到村外河边埋掉了。

"你,说的是真话?"

"哥,你信不过鲶鱼?"

王大麻子黑着脸没有吭声。他一把拉住站在旁边的小安子,命令道:"走,埋在哪里,领我去瞧瞧去!"

小安子吓得浑身颤抖,只得领王大麻子来到村外河边。在王大麻子的威逼下,小安子扒开了埋葬段乡长尸体的泥土。

王大麻子仔细检验了段的尸体,并没发现有一处枪伤。脑门子上却有棍棒的砸伤……他明白了。他胸膛里,那种因自己的部属亲信背叛、欺骗而引发的怒火,正在熊熊燃烧……

"小安子,他们是怎么死的?说一句假话,我立即崩了你!"王大麻子掏出了手枪,对准了小安子。

"我,说。我,说……"

小安子将"东湖鲶鱼"与他如何密谋,如何收拾他们二人的经过说了一遍。王大麻子听完,一脚将小安子踩进土坑,冲着他的脑门,"砰——砰——"就是两枪。

当王大麻子回到马车店的时候,喽啰们向他报告,"东湖鲶鱼"已经骑马向西跑了……

7

段乡长与宋守信失踪已经五天了。联庄会的李会长带着凌春来等人,在小王、小张、小李的指引下,先后来到了黄家油坊。经过仔细访查,终于在村外河边的土坑里，挖出了他们的尸体，用苇席包裹，雇马车运回了永安联庄会。次日打造棺材，进行了装殓。因他们都是出公差遇难，联庄会又向垦区申报，对于直系亲属进行抚恤。

段乡长的尸首由他的几个弟弟家人运了回去，找地方暂时浮厝灵柩，以待有机会运回老家东平另行安葬，暂且不提。

宋守信的棺材如何处置，前后却大费了周折。本来，在守信出发后的第四天，三菊便顺利生下一个白胖的男婴，合家正高兴着哪！如何能接受这个如同晴天霹雳的噩耗？可是，又无法隐瞒、无法拖延、必须硬着头皮豁出去立马处理！凌春来与岳父存忠、叔父砚楷商量了一番，决定除了三菊，暂时不能告诉她，其他人就用不着保密了！

宗贤、三菊娘吕氏、守信娘严依霞等人，闻讯便风风火火赶来了。是亲隔不的，平素具有"侠客"之称的严依霞，而今却是披头散发，面无血色，看见棺材，浑身颤抖，一句话没说，扑上前，双手就把棺材盖子掀了下来。刚哭喊了一声，就截了气，昏厥了过去……

大兰连忙抱住了她，宗贤让孙尚香和大兰两人将她放在了床上，砚楷用指甲狠扭了几下唇上的"人中"穴位，严依霞才慢慢苏醒过来。

"你们先不要哭，过来再辨认一下，我看，这不是守信！不是啊！"吕氏在开棺验尸时，看了一眼，便大声喊了起来，"守信个头还高，头发还长，衣裳也不对。这鞋，更不对。他什么时候穿过牛鼻子鞋？"

她这一喊，大伙全都惊愕了。回头仔细一辨认，除了面部被血污模糊，看不清楚，身体衣着则全然不对。那么，这是谁？

他们哪儿知道，这便是被王大麻子踢下土坑当场击毙的小安子！

那么，守信哪儿去了？

8

守信在哪儿？凌春来又纠集了几个人，立即返回了黄家油坊到马车店查访，到村外河边寻找，可是，没找到任何踪迹。大家推测，无非有两种可能：一种可能是被杀害后扔进了黄河的洪流中，冲向了大海；另一种可能是没有被杀死，被王大麻子带走了。于是，联庄会又雇上了五六艘渔船，沿黄河向东直至大海进行探查，可二十多人寻找了七八天，仍然毫无踪迹。

这时，因宋守信半月未归，连三菊也瞒不住了，她到处打问，外人是不给保密的。三菊知道后，心急火燎，不吃不睡，几天工夫就病倒了，连喂孩子的奶水也回去了。可是，还不死心啊，万一是被王大麻子掳走了呢？王大麻子会藏在哪儿呢？有人说，可能在东南海边的烂泥滩；有人说在东北铁门关外的芦苇荡里；还有人说，王大麻子是黄三虎的部下，找到黄三虎就不难找王大麻子了。于是，分别在方芊头、宁小娥等当地人的带领下，砚楷、春来、满囤、满堂、以及王文龙、王文虎兄弟都参加了，结伙分组，外出打听寻找。可是，七八天又过去了，一帮一伙，先后陆续归来，仍旧杳无音信。

用句当地人的土话讲，全都长长眼珠子，没咒念了！

别人没咒念了，撒手不找了，可亲娘不会死心。半个多月了，不，连同伺候三菊临盆生产，至少有二十天了，她没有吃过一顿安稳饭，没有睡过一夜囵囫觉。尤其是儿子失踪，这一晴天霹雳，来势太猛烈了，太残忍了，一下子就把她击倒了。她，创巨痛深，肝肠寸断，脑袋里一片空白。她跟着干儿子方芊头，从黄家油坊一路向东，走啊，走啊；问啊，问啊；从这个村，走到那个村；从这一家，问到那一家。而今，向东已是大海，没有村庄了，没有人可问了！她彻底垮了——精神垮了，身体垮了。她跌倒坐在了一望无垠的海滩上，再也爬不起来了……

没有了儿子，活着还有什么意思？难道这就是他老宋家和我严依霞的命运吗？也太太太苦了吧！当年，守信刚生下来，没满月，就传来了他爸爸——宋有秋，在战场牺牲的消息；而今，孙子刚刚呱呱落地，儿子，又……难道老宋家，就注定父子不能见面吗？

老天爷啊，你对待老宋家也太残酷！太心狠了！

老天啊，你既然孕育造就了人，为什么又清浊不辨、纵恶欺善？难怪老子咀咒"天地不仁"！

她已经没有了眼泪，只剩下了愤愤的诅咒……

人到了悲痛欲绝、走投无路的时候，"死"，兴许就是最好的选择，最好的了断，一了百了嘛。但是，她严依霞，如今却死不起！她没有权力去死！过月子的三菊还卧病在床，出生不到半月的小孙子还嗷嗷待哺。这个家，还有待自己支撑啊……

她挣扎着从海滩上想站起来，可第一次没有站稳，又跌倒了；她又挣扎着想站起来，还是没能站稳。可是方芊头那双大手搀扶住了她。

方芊头一句话也没说，弯腰背起了她。方芊头"闷咻闷咻"驮着她，走了四十多里，回到了永安"百顷地"的家。

这兴许就是人生的一种缘分，这个干儿子，则成了她的亲儿子！

9

段乡长和宋守信是被土匪王大麻子的部下逮去的，如今终于打听明白，王大麻子是黄三虎的部下。也就是说，要弄清楚守信的死活，得找到黄三虎。而找到居无定处的黄三虎，必先找到黄三虎的老婆杏花。怎么才能找到杏花呢？凌春来悄悄向二婶吕氏献计：逼问黄三虎的俩侄子满囤和满堂。他俩尽管不知道三虎叔与王大麻子有啥关系，但可能知道杏花在哪儿。

吕氏先找了宋香菱，他是守信的姑母，因守信失踪，她已经几天吃不下饭、睡不着觉，白了头发。吕氏和香菱两人又逼迫满囤、满堂兄弟俩终于吐露了实话：来荒洼之后，他们兄弟俩打着去赶集的旗号，已经偷偷去探望过三虎家小婶子——杏花。杏花和她们的孩子如今就住在黄河口大孤岛上，一个叫作茅茨坨的小渔村里。茅茨坨，几十户人家，十分荒凉。村庄的东边，是数十里荒无人烟的原始芦苇滩涂。再向东则是大海。尽管这儿外人罕至，但黄三虎还是警告过他的两个侄子满囤、满堂，半年之内，决不能再来。驻军正在通缉捉拿他，朱贵才也数次派密探暗地查访他。万一露出破绽，杏花和孩子的生命就很危险。

既然，满囤、满堂兄弟俩，如今都不宜出面前去，经过再三权衡斟酌，第二天，天刚麻麻亮，吕氏和小娥，扮作串乡卖针线的婆娘，带上了烧饼和水罐，便悄然出了百顷地村，冲北先去了六村、万儿庄。穿过老堤坝，向北到了辛庄场。吕氏在老家时，出门多是骑毛驴，很少步行。如今在这漫无边际的大洼里单步量，不到一个时辰，就感到腿疼腰酸，十分吃力了。小娥只得接就她，走走歇歇，两人赶到小高家，已是晌午。她们在村外一棵老柳树下，每人啃了一个干烧饼，喝了几口凉开水，算是打了个尖，解解热汗，又冒着午后火辣辣的酷热上路了。这儿的道路，连小娥也不熟悉，她们只得不断寻人打问着往前走。到了宋升阳屋子，吕氏已经筋疲力尽。她喘着粗气，脸红胀得就像是要出血。小娥劝她到河沟边，撩水洗把脸，歇息歇息再走。可吕氏苦笑着摇了摇头，望望天边翻滚的乌云，说："小娥，这么闷热，说变天，下大雨，刮大风，都是转眼间的事儿。在这漫洼里，前不着村，后不着店，遇上风雨，可没地场藏躲！再说，小娥，守信生死未卜，也不敢拖延啊！"

没的说，小娥只得搀扶着她，咬着牙继续往前走。可是，两人的赶路速度却越来越慢。穿过赵家屋子，小娥又背着她蹚水过了宋春荣沟。小娥告诉她，黄河入海，多次改道，在这儿成了一个马叉。黄河向西是叉杆，向东有三道河沟就像三个叉齿：南边那条靠近宋春荣屋子，叫宋春荣沟；中间那条宽的叫甜水沟；北边那条叫神仙沟。三条沟中间，形成了两个三角岛子，南边叫小孤岛；北边叫大孤岛。

"娘，咱蹚过宋春荣沟，已经进入小孤岛了。往北再过了薄家屋子，就是甜水沟。"

"走吧，尽力往前赶呗！"

第二十二章　天地不仁

463

可赶到薄家屋子村北的时候，血红的太阳眼看就要落进西边的柳林。薄家屋子村北的甜水沟，往年只有三五丈宽，水不深，浅地方还露着芦苇和蒲草，男女老少都是挂着锹镢蹚水过河种地。可今年秋上接连下了两场大雨，几天工夫河面就扩展到里多路宽了。那雨后的浑浊河水，急流滔滔，掀波起浪，莫说妇女，就是大男人，过河种地，也得撑坐木筏或小船。望着横亘面前，被夕阳染红的滚滚东去河水，她们无可奈何了。

"娘，趁着天还没落黑，咱回薄家屋子，找户人家投宿吧？"

"小娥，再等等，看有没有过河种地的人撑小船回来？咱求求人家，多给人家点儿钱，送咱过河。俗话说，日没走十里。咱再咬咬牙，加把劲，争取赶到锅腔子庄、或是杏子园，打听一下，若是路不难走，咱就连夜赶到茅茨坨……"

"娘，我是在荒洼里长大的野闺女，什么蹚水、浮水，什么顶风、淋雨，什么荒滩、野林，什么苇湾、蒲沟，什么走白道、走黑道，我是从来不知道什么叫害怕。娘，我是怕你……撑不住，累坏了身子。临出门儿的时候，爷爷又把我叫到他屋里再三嘱咐，说是伺候不好你，把你折腾病了，回去得跟我算账哪！"

"哟，爷爷还那么厉害？"

"可是，家里人都说，爷爷再厉害，还都是听娘的，娘比爷爷还厉害！"

"是吗？"吕氏给说得笑了。自从守信出事，吕氏就不曾有过笑模样了，这还是头一回。

正说着，在河对面的小树林里，影影绰绰走出了三个人来。

"娘，你看，有人来了。"

"小娥，千万别急。来，咱先到荆条墩子后边藏着别露头，看明白是些什么人，再……"

两人猫下身子悄然躲进了荆条丛中。

看清了，是三个打渔的汉子，都戴着苇笠，遮着脸分辩不出什么模样。一色短裤半袖褂。有两个高个，肩上背了渔网；一个矮胖的提溜着木筲。他们走到岸边，那个矮胖的放下木筲，从一片茂密的蒲子丛里，转眼间拖出一个长长的木筏。然后三人依次小心登上筏子，由矮胖的撑篙，斜刺里向南岸靠了过来。

"娘，不像歹人，是三个打渔的。"

"再等等看……"

直到木筏靠岸，三人下筏，吕氏才放话："走,求求他们，试试看……"

吕氏走在前面，迎头拦住了三个渔民。她说，河北面的杏子园村的亲戚，捎信说病得不轻。想连夜赶过河去看看，小兄弟能否行行好、帮帮忙，把俺娘俩用木筏子送过去？你们要多少钱，只要俺拿得起，没说的……

三个打渔的人，你看我，我看你，望望已经擦黑的暮色，很有些为难了。那个矮胖的人岁数最大，他说："你俩看看，天这么晚了，俺赶回家还有七八里路，家里的人都在等着。再送你们俩，就晚大发了……大嫂，对不起了！"

　　正在说话间，小娥突然认出了这个矮胖人就是多年没见的四叔。

　　"四叔，不认的我了？我是小娥嘛！"

　　"小娥，哪个小娥？"

　　"你侄女，宁小娥！"

　　"是吗……"

　　"嗨，我八岁那年春天，生麻疹，发烧，昏迷。是你——四叔，正在俺家院子里补渔网，问我，小娥，你想吃啥？叔给你买去。我说，我想吃糖蘸儿。我到现在还记得，四叔跑了五里路，花了六分钱，给我买来三支糖蘸儿。我接过来，一气儿吃了三个山楂。谁也没想到，自从吃了您给买的糖蘸儿，病就一天天好了……四叔，你再想想……"

　　"噢，噢，小娥，快十年了吧？你都长成大闺女了，叔哪儿还认识？"

　　"四叔，这些年，你到哪儿去了？我，我都找婆家了……"

　　出乎意料，小娥遇上了她四叔，那就不管天色晚不晚了。她四叔立即答应撑筏子，送她们娘俩过河……

　　但是，等她们脱了鞋袜，搀扶她们上筏子的时候，却费了好大一番折腾。木筏子不同于小船，没帮没舷，就是用绳索捆绑起来的一排圆木。不经常乘筏的人，很难保持平衡。筏子略微一倾斜，河水就会漫过筏面。如果几个人站立不稳，一脚踩偏，翻筏淹死人都是可能发生的。小娥的四叔望着吕氏直摇头，说不出的话却写在脸上，只三个字："怎么办？"

　　"大兄弟，你尽管放心，我老家就在东平湖边，多次坐过筏子，不怕……"吕氏笑着说。

　　"那好吧。"四叔说。

　　小娥找来一小捆芦苇，安置在木筏上，这才回身搀扶吕氏登筏。待吕氏在苇捆上坐定，小娥在吕氏身后站稳，四叔这才在另一端上筏撑篙。口中还模仿驶船艄公那么大声念叨着："坐稳了，开船了，莫惊，莫动；顺水，顺风；龙王护佑，风平浪静喽……"

10

　　小娥的四叔撑了木筏，可谓小心翼翼地安全平稳地把她们娘俩送过了甜水沟，他才直腰仰头喘了口粗气。有惊无险啊！

　　这时辰，头顶有两颗星星已经开始闪亮，可天气还是那么闷热。

吕氏下筏穿上鞋袜，对小娥四叔自然是千恩万谢，拿出钱来就往人家手里塞。可小娥的四叔哪儿肯收！

　　小娥问明白四叔的住处，说回来以后，再去登门看望。

　　小娥的四叔执意要送她们去杏子园村后再返回，说是天晚了，这儿常有歹人出没，两个女人走夜路，他不放心。

　　可去杏子园那是吕氏情急之下信口随意说的，这儿哪有什么亲戚？如是她们娘俩便一齐婉言谢绝。

　　四叔在岸边四处寻找，撅来两根柳木棍棒，交给了小娥，让她们走夜路防身，又叮嘱了半天，这才告别。

　　他们娘俩都很感动，直到目送四叔登上木筏向南岸撑去，她们才转身继续赶路。根据四叔的指点，先穿过了岸边的锅腔子村，又向北赶到了杏子园。村里的人家已经张灯吃晚饭了，小娥向人一打听，离茅茨坨只有七八里路了。娘俩一商量，异口同声："走！"

　　这人啊，到底有多大的潜在力，还真说不清。本来是又累又饿，浑身没有了一点儿力气，向前每走一步都觉着很难很难了。可是，等啃上一个烧饼——不，小娥啃了两个，又灌了几口凉开水之后，就像是干旱萎蔫的禾苗，一浇水又苏醒过来，立时浑身有了力气……

11

　　像是突然间，红彤彤的大月亮便爬出了东方的海面。吕氏这才记起今日是八月十三，到后天就是中秋节了。去年一场洪水，一家死了三口。而今，儿女天各一方。女婿守信，又被土匪绑票，生死不明。今年的中秋节，真不知还能咋过？

　　"娘，你又想啥？"

　　"我能想啥？到后天，是中秋节了……这是个团圆节啊，家破人亡，妻离子散，连咱们都赶不回去……家里人，咋过？"

　　"娘，你不是常说，国家兵荒马乱，难民妻离子散，老少不能团圆，是一家一户吗？再说，娘也不是没见识的庄稼婆娘，咋往窄巴路上想呢？"

　　吕氏苦笑着摇了摇头。她那头上，仿佛转眼间，满头黑发就变得花白一片了！这人啊，心肠再硬，胸怀再宽，即便是苍松翠柏，也经不得一场接一场的风雪！

　　娘俩在昏黄的月亮底下，沿着荒草野林间的小路，悄没声息地走着。不时有野兔、狐狸从眼前的草丛中窜出来，吓人一跳；小路两旁的柳树林里，猫头鹰"咕咕喵——咕咕喵——"的叫声，忽远忽近，忽低忽高，也令人毛骨悚然……

"小娥,害怕吗?"

"害啥怕?兔子能吃了我?猫头鹰能吃了我?"小娥说不怕,那是给干娘壮胆。其实,她的手早紧紧地抓住了干娘的胳膊,"娘,这么热的天,月亮地里赶点儿夜路,挺好。只是,今夜,也没风,还挺热……"

按说,已是中秋,又是夜晚,理应月光如水,凉风习习了。可是今晚没有一丝儿风,又闷又热。白天被火红太阳炙烤的大地,到这般时辰,仍然热气蒸腾,像是烧开锅的大蒸笼,让人汗流浃背,气喘吁吁。而且,蚊虫嗡嗡成群结队,紧追着人不放,落在皮肉上毫不客气插嘴就咬。也就是说,再热也得穿长衣裤,包扎得头严脚紧。

"娘,昨晚我跟你说,这儿的蚊子多,咬人狠,必须带着长袖褂子,你还不信。咋样,听我的话,没吃亏吧?"小娥为了让干娘少想那些闹心事,便夸张地拍打着身上的蚊子,借机岔开了话题。

"这里的蚊子确乎厉害。咱走着路,甩搭着胳膊,蚊子也能落上。你看,才多大一会儿,我这手上就给咬起了两个大疙瘩!"吕氏露出手背让小娥看。

小娥一撸胳膊,上面也是好几个红疙瘩了。

"娘,守着蚊子,咬着也不能吱声。你一吱声,蚊子们听见了,以为你那肉格外香,便齐呼喇地跟上你,围起来啃你!"

说得干娘笑了。小娥挺得意,又顺嘴诌了下去。

"我七八岁的时候,就缠磨着哥哥带我到这孤岛上逮鱼。哥哥不愿领我,就吓哄我说,不说别的,那儿的蚊子,连大人见了都害怕。一个一个都跟大公鸡一般大,巴掌根本拍不死它,都是用棍棒打。打它一棒子,它一歪身子,仰仰头,根本不理睬你;打它两棒子,它回头恶狠狠地瞪你一眼,满不在乎;直到你抡起棍棒三棒、四棒、五棒、六棒……连续打下去,它才扑拉扑拉翅膀飞走了……"

吕氏听着,又憋不住"扑哧"笑了。

第二十二章 天地不仁

467

第二十三章　进出茅茨

1

"小娥，咱去的这个茅茨坨，你知道不，这个庄名是咋起的？昨晚上，我说，按字面讲，'茅茨'就是用茅草盖的小房屋；古书上有'茅茨不剪，土阶三尺'。墨子曰：'昔者尧舜，有茅茨者。'就是说，尧舜居住在简陋的茅屋。可满囤、满堂都说，哪有那么复杂？茅茨就是茅厕。要是真这样，嗨，咋起这么个庄名，脏儿巴唧的？"

"庄稼人起名，就是信口一说，没有那么多讲究。茅茨，就是茅厕，大小便的栏圈。名字咋起得这么窝囊？我自小就纳闷儿，向大人问道，可没人讲得清楚。有人说，原来这里是个没有人迹只长茅草的鸟岛，是大雁南来北去，半路歇息的地方。坨子上有青草吃，河沟里有鱼虾吃，离村庄又远，没人打扰。春天来，秋天去，都经过这里，一群一群大雁——其实还不光大雁，什么鸟也有：黑的，白的，长嘴长腿的，短嘴短腿的，大大小小，谁也叫不清什么名字。一起飞来，铺天盖地，头顶上就像是突然被乌云遮盖了，阴天了。它们是在这儿宿夜，天一亮，群鸟飞走，留下的则是厚厚一层黄的绿的臭烘烘的粪便，太阳一晒，臭气熏天，顺风时几十里外都能闻得到。确实就是茅厕的那股臭味，就起了茅茨坨这个名字。还有人说，这儿原来就是个高出地面三五尺的坨子，经过几次大海潮，茅草全碱死了。从此，周遭二三里路，光秃秃的寸草不生，变成了大碱场。那些出海打渔的人，常常把船停在这儿修补渔网。于是也常常把女人带到这儿帮忙。有时来的女人多了，夜晚睡觉在渔船上还能将就对付，可这光秃秃的土坨子上面无遮无拦，一眼看三里路，白天解手便成了难题。活人不能让尿憋死！于是这土坨子上最早建造的，不是房屋，而是用芦苇把子围起来的男女茅厕。茅厕，茅茨，是最早的'光景'，也就起了这么个肮脏名字……"

"哟，别看俺小娥不认字，可讲起故事来，还是有头有尾，有声有色，明明白白的。小娥，等回家去，跟着娘认字吧，行不？"

"咋不行。我看见学竹妹子看书、写诗，我就馋（羡慕）得慌。早就想学，就是怕自己鲁笨，学不会，才没好意思开口。"

娘俩就这么说着话，不知不觉，七八里路就走下来了。前面已经有微弱的灯光闪烁了。可正在这时，一阵阵东南风刮了起来，凉飕飕的。小娥高兴地张开了长胳膊，喊着："好爽快啊！"

"你先别高兴，我看大雨来了，快走！"

还真是说时迟那时快，吕氏的话还没落地，乌云就把天上的月亮遮住了。狂风是从东南大海上刮来的，越刮越大，越刮越凉。"隆隆"的雷声、"云磨"声，由远而近，仿佛在追赶着她们。紧接着，风里裹挟着又腥又咸又大又凉的雨点，从身后鞭子似的抽下来，抽得脊背又疼又冷，苇笠给刮飞，全身湿透，衣服贴在了身上。

"娘，快——"小娥的话还没说完，一道耀眼的闪电，划破长空，照亮了大地；接着就是一声震耳欲聋的霹雷，在身边炸开……小娥惊得"啊"了一声，就从吕氏身后扑了上去，也不知她哪里来的那股力气，抱起吕氏就跑，"娘，别怕，在荒洼里遇到这样的雷雨，是常事，你别怕……"

小娥抱着干娘，一脚高，一脚低，歪歪拉拉一口气跑到村头上一户人家大门口的檐子底下，才把干娘慢慢放了下来。

"娘，咱先避避雨，喘口气。我看他们屋里还亮着灯……"

吕氏这才撸了两把满脸的雨水，"噗、噗"地喷了两口气，慢慢醒过神来，说："小娥，你可真楞啊！"

小娥笑了。她为自己能在关键时刻给干娘仗胆，能当机立断保护干娘而自豪。接着，她又拉干娘，开始考察这户人家的情况，决定今夜能否在这儿投宿……

"娘，芋头跟我说，他妹妹的婆家就在这儿，是进庄后路东头一户……"小娥前后左右观察着，"兴许这家就是……"

"小娥，你跟小姑，不是……"

"俺小姑，那是个没有人心肠的白眼狼，进门不到半年，就跟公婆分了家，占了新盖的大房子。芋头说，年前，她公爹下河逮鱼，掉进冰窟窿里淹死了，芋头还来送过殡。如今就剩下她婆婆领着小儿子，还有个童养媳妇一起过，住在村头三间破房子里。芋头再三说，她这个婆婆心地善良，是个好人……"

2

这户人家，北面堂屋是三间平顶房，院子里靠西还搭了个棚子，有个小烟囱立在棚顶，看得出这是个夏天的饭屋。院子四周有土坯垒砌的院墙。院墙南面偏东还有个简易的门楼。从这些房屋样式、院落格局、门窗安排，不难看出，这是当地的利津人。过日子显然比鲁西灾民讲究，但院墙很矮，在墙外不用跷脚，就能看清三间堂屋里的摆设。中间的屋门已关。东西两间都有窗户，窗棂很稀，没糊窗纸，还亮着油灯。东边一间，有个中年婆娘，正在蹬着小织布机"咔哒、咔哒"地织布。在西边一间里，是一个二十岁上下的小媳妇，坐在炕头上，拧着纺车在纺棉花。让人惊奇的是，在她的前怀里的裤筒里，还装着一个两三岁的大头娃娃。这大热天，咋装在裤筒里？甭问，肯定是在院子里玩水受凉了。显然这是老少三辈。除了这个大头娃娃，还没看见有男爷们儿在家。若果真如此，求她们留个宿那是再合适不过了。眼下，雨还在"哗哗"下着，她们娘俩的头顶上方虽然有门檐遮盖，但身上的雨水还是一直不断地滴着，小娥已经冻得牙关"得得"直响了……看来，找地方避雨、投宿已经刻不容缓。

"娘，一点儿不错，就是她婆婆家……"小娥没再征求干娘的意见，便轻轻敲响了门环……

屋里不但没人应声，而且立即将油灯都吹灭了。

"这，咋办？"

"夜晚，黑灯瞎火的，人家害怕坏人呗！小娥，只得耐心叫门了。"

小娥又轻轻敲了几声门环，然后大声叫门："大娘，俺娘俩不是坏人，是来走亲戚的，迷路了，遭雨了，大娘——大妹子——行行好吧，就俺娘俩，两个女人……没地场可去了，想问问路……"

屋里开始有了动静，是那个大头娃娃的声音："谁呀？你们是谁啊？是好人吗？"

"给我闭嘴……"是那个小媳妇训斥孩子的声音，同时还听到"啪"的一响，是巴掌打屁股蛋的声音。娃娃放声"哇哇"大哭起来。

小娥又敲敲门环，又"大娘、大妹子"地喊了一遍。

这一次东一间的"大娘"点亮了油灯，接着屋门"吱扭——"一声打开了。大娘还是小脚，她"嘎扎"着走出来，连声问着："谁啊？这么晚了，你是去哪儿的？"

小娥和昌氏两人几乎是用恳求的口气接连回答着，"大娘"也没再犯疑惑，开开大门，就领她们进了堂屋。

"哎呀，咋让雨淋成这模样了？腊月，你也起来，快找几件衣裳，让她们俩换上。快，别冻闪着伤风感冒的。快……"

她的话还没落地，小娥就"咔嚏——咔嚏——"接连打了两个喷嚏。与此同时，西房间里也点亮了灯盏。一会儿，那个叫腊月的小媳妇，一手抱着孩子,一手提领着几件衣裳,走了出来。

接着,"大娘"又下了命令:"二柱子,下来,帮你媳妇拿草烧姜汤。把炕头也烧热……这夏秋热季里,让冷雨浇过冰冻着,可不是闹玩的,染上病难好啊……"

果然,"大娘"——小娥小姑的婆婆,是个热心肠的好人。让小娥惊奇得张开口多时没闭上的是,这个光腚娃娃,竟然是小媳妇腊月的丈夫!

小娥和吕氏没再客气,接过小媳妇递给的衣裳,娘俩便到东间屋里把湿透的衣裤换了下来。娘俩自然冲着"大娘"又感谢了一番。那个"大娘"也再三说:"到这荒洼里来,都是逃荒躲难的穷苦人,出门在外,谁不用着谁?甭客气!"

腊月,这个小童养媳妇,一声不吭,把小丈夫大头娃娃递到那个"大娘"怀里,便去准备烧姜汤。她先到院里小饭屋里抱来一些柴草,放在堂屋东边灶窟里。锅里添上水,又取来葱姜,洗净切碎,放进水里,这才点火、拉风箱、烧姜汤。小媳妇文文静静,干活一板三眼,不慌不忙。但还是一声不吭,默默做活,对谁也不看一眼。这便引起了吕氏的特别注意。

腊月,比小娥差不多矮半头,看相貌大概不足二十,头上包了蓝印花布,细看,还露出根又粗又黑的大辫子——童养媳妇,在丈夫未成人、未合房前,媳妇是不盘头、不绾纂的。可看她那体态,胸脯屁股却已经发育,像个媳妇了。她丈夫二柱子,兴许还不到三岁。刚才还撒娇掀开娘的大襟,缠磨着要吃"嫲嫲"(奶)哪!孩子还这么小,他娘看上去却挺老相,似乎得有五十多岁了。刚刚一问,她才四十二岁,吕氏只得改称大妹子了。

姜汤烧好了。腊月舀了两碗,放在锅台上。她先端起一碗,走到吕氏面前双手递过来,吕氏赶紧双手来接。可在这一接的刹那间,她俩的目光也禁不住碰到了一起。这一碰,却碰出了火花,碰出了闪电!腊月那眉那眼那神情,似曾相识啊!像是三菊?像是小三儿?不,最像是自己的丈夫存孝吧?不,最最最像的,那是当年的婆母娘——小名叫黑妮的!而且,就在这一刹那间,吕氏还清清楚楚地看清了,腊月下巴底下的脖子上有两块铜钱大小的紫红色胎记!

难道,她面前的腊月,就是十六年前,在兖州火车站丢失的小学竹吗?确凿无疑。天啊!她与小三儿是双胞胎,今年带虚岁才十八。可是,纺棉花时,裤筒里竟然装着个大头娃娃的小丈夫了!她这是遭了什么劫啊?可又一想,不幸中也算有幸,无缘中还是有缘!今日假若不遭雨淋,兴许母女就擦肩而过了。今日遇雨投宿,冥冥之中似有神明导引,就可

第二十三章 进出茅茨

471

巧来敲了她家的门，俺母女就算是万幸了！这世界说大也真大，说小也真小，世人万万千千，熙来攘往，无缘的对面不相识，有缘的千里来相会。俺母女也算是有割不断解不开的血缘！

"娘，愣什么？大妹子既然给烧了姜汤，就快趁热喝吧！"小娥见干娘盯着腊月发呆，看得腊月有点儿尴尬了，就过来悄悄提醒。

"哦，哦……"吕氏多时没醒过神来。

娘俩每人喝了两大碗热姜汤，身子才慢慢暖和过来。吕氏就主动地与二柱子的娘啦扯起家常呱来。在谈话中她了解到，这户人家姓薄，柱子的爹叫薄万勤，正如小娥所说，年前在黄河上破冰逮鱼时，不慎掉进冰窟窿里淹死了。大柱子已经娶了媳妇，媳妇不论理，跟婆婆过不在一起，于是分居单过了。吕氏很想问问腊月的来历，但唯恐操之过急，把事情弄僵，便没敢提。而是赶紧打听有关三虎头子的女人杏花的消息。吕氏既不敢提三虎头子，又不知杏花如今用什么名字，也不知杏花的三个孩子叫啥，因此打听起来也很费劲。

吕氏说："俺是鲁西人，今春上刚从老家来，住在永安镇的百顷地村。来的时候给一个老乡捎来一封信，说是住在茅茨坨村。在老家时小名叫杏花——五十多岁的人了，按说，不能提人家的小名了。她有三个孩子，男人叫什么，家里的老人讲不很清楚，只知道姓黄……大妹子，您想想，这庄里有没有这么家人？也麻烦你帮着打听打听。"

"这个人，你认识？"薄家的女人问。

"我认识。在老家时我见过。我叫她是婶子，是表婶儿。俺公爹姑家的表弟媳妇。信是托付给俺的公爹，俺公爹年纪大了，身体不好，来不了。这才让俺娘俩来找……"

吕氏说得很实在，老薄家的女人也没犯疑，一听，立时叫过腊月说："腊月，我觉着，像是村西头你那个黄大娘……"

"那个黄大脚？"

"嗨，咋这么不会说话？什么大脚小脚的。你去瞅瞅，黄大娘睡觉了没有？若是没灭灯，就喊她过来认认……"

腊月应声往外就走，吕氏又叫住了她。

"你说的对，她就是个大脚。您告诉她，我是鲁西阮家岭人，俺两个公爹，一个叫阮宗圣，一个叫阮宗贤，是她丈夫姥姥家的表哥。我是他表哥的儿媳妇，姓吕……"

腊月点点头出门去了。这时，风雨已经停了，大圆月亮不知什么时候又钻出了乌云，照得满院子树影婆娑，冷冷清清。

吕氏目送腊月出门后，便想借机向薄家的女人询问有关腊月的情况。又怕话直了引起薄家女人猜疑，只得转弯抹角慢慢来。可是，当娘的心急，哪儿慢得上来啊！

"薄家妹子，你可是个有福之人啊，儿子才这么大，就给他聘订了这么一个又俊秀又贤惠的好媳妇。请问，这媳妇是什么地方人啊？看样范儿，有点儿像俺鲁西来的老乡，是不是？"

"大姐，你还真有眼力。她还没开口，你就看出是您老乡了？她是济宁人。去年秋上，俺柱子他爹去广饶大王乡卖鱼，回来的路上，在九十六户南边的大荒洼里用毛驴把她驮回来的。本来，她是跟着她爹娘来逃荒的，从南辛店、临淄、广饶，一边讨饭一边赶路，想奔这大洼里的桃花园子。可过了小清河，进了大洼之后，正遇上大热天，他们没有带水，走出几十里后就干渴得头昏眼花了。他们开始向东找水，可是，大海潮过后，海沟子里全是咸水，他们不懂，越喝越渴。在九十六户南边十几里的地方，三个人全都昏倒了。等俺柱子他爹路过那里发现他们，只救活了腊月自己。她爹，她娘，往嘴里灌水，都不会下咽了。俺柱子他爹说，脸色都变得紫红紫红的，挺吓人……"

"噢，从那以后，腊月就给你当了儿媳妇？"

"不。是先给俺当了干闺女。后来才……你兴许还不知道，在这荒洼里穷人给儿子娶个媳妇有多么难。为了给俺大柱子说媳妇，他爹狠心把老家薄家庄那四间北屋和六大亩地全卖光了，才好歹把方家的闺女娶到家。方家的闺女，模样长的挺俊秀，可万万没有想到，那么可恶，那么不论理儿……唉！"

"方家的闺女？哪庄的？"小娥插嘴问。

"老家是寿光的，如今住在罗家屋子。听说，她在娘家，把她嫂子都折磨得跳了黄河。你认识她？"

小娥一听，则更证实了就是她小姑。可她还是摇了摇头，说："不，不，不认识……阖天下，这么可恶的媳妇，也真少找啊！"

"俺柱子他爹活着的时候，也是天天这么说。他还说，等二柱子长大了，说媳妇，无论如何得先打听明白，品性好坏。俺二柱子去年刚会啰啰着说话，他就大声对他爹说，我长大了，就娶腊月姐姐当媳妇！他爹说，你呀，怕是没那么个福气！谁也没有想到，就小孩子这么一句闹玩的话，腊月就当了真。她立时说，爹，你和娘如果不嫌，我愿意给二柱子当媳妇，伺候爹娘一辈子……他爹摇着头连连摆手说，二柱子扒瞎话，别当真。不行，不行，咋说，俺也不能干这么缺德的事情。可是，去年冬天他淹死在黄河里以后，腊月在黄河大坝上，跪着哭着，发了狠誓，要他爹放心，一定给二柱子当媳妇，好好伺候我一辈子……"

薄家的女人说着，已是眼泪汪汪。她抬头再看吕氏的时候，吕氏也是满脸泪水纵横了……

第二十三章 进出茅茨

473

3

再说，吕氏和小娥在薄家正焦急地等待着腊月的消息，这时，外面的门环敲响了。小娥忙说："哎，腊月妹子回来了。"

薄家女人说："不是，腊月回来，还用敲门环了？您娘俩先到里间屋里避一避，我去看看是谁？"

吕氏和小娥只得按主人吩咐"避一避"。但明显地感到这儿的蹊跷：咋外边来个叫门的，主人还这么紧张，还得让客人"避一避"？

薄家的女人抱着二柱子去开门了。

院子里，门内门外的对话，一听竟然是娘俩。却像做贼一般，真是世间之大，无奇不有。

"谁啊？"

"娘，我，大柱子嘛，开开门……"儿子的声音很低。

可娘听得清爽，立时给开了大门。

"柱子，你拿的啥？"

"月饼，还有二斤猪肉。过中秋节嘛！娘，过节，我就不过来了。挺忙……"

"你，拿这些东西，你媳妇，知道不？"

"让她知道，能行？"儿子声音更低了。

可这时门外突然就像一声霹雷。

"让我知道，还就是真不行！咋着，又是月饼，又是猪肉，瞒着媳妇，吃里扒外，行吗？让媳妇往后还怎么做人？"大柱子媳妇跟来了，嗓门儿震天价响，"这才是龙生龙，凤生凤，老鼠生来会打洞，黄鼠狼子拖鸡吃，茅茨坑里，生蛆虫、飞苍蝇。我先问问你们老薄家，老的不像老的——暗地里拉皮条让干闺女养汉；少的不像少的，黑灯瞎火，偷偷摸摸，像个偷鱼吃的野猫。这是个什么人家？"

"你胡咧咧些什么？"大柱子小声劝道。

二柱子"哇——"地一声给吓哭了。

柱子娘也哭了，她擦把眼泪，说："他嫂子，俺求求你了，你小点儿声行不？你不怕丢人，俺怕。大柱子拿来的月饼、猪肉，这不，全在这儿，你都拿回去。他爹死了，他娘不爱吃猪肉。拿回去吧！"

"拿回去就拿回去，咋着？"大柱子媳妇从婆婆手里一把夺过月饼和猪肉，转身就想走。

"放下——"她们身后又是一声霹雷，吓得大柱子媳妇浑身一哆嗦，手一松，刚夺来的月饼、猪肉就掉在了地上。来人又喊道，"拾起来！

拾起来递到你婆婆手里!"

大柱子媳妇很不情愿地拾了起来,看了一眼黄大脚,却没往婆婆手里递。她想试一试,黄大脚到底有多大能耐?便壮着胆子说:"黄,黄大娘,你,你,你兴许还不知道是咋回子事吧?儿子送猪肉孝敬老娘,老娘吃斋,不吃猪肉,就不能拿回去,另换换别的?黄大娘,这可是俺老薄家的家事儿,你老,是不是管得也太宽了一点儿?"

"路不平,有人踩。别的事儿我不管,可这件事儿,我管定了!你才来了几天?我跟你婆婆在茅茨坨住了四五年了,她什么时候吃过斋?什么时候不吃猪肉?大柱子,你哑巴了?你个没骨头的土鳖!把东西还给你娘!"

"大娘,这……"大柱子不敢去媳妇手里接东西。

"大柱子——"黄大娘一把推开大柱子,从他媳妇手里夺过了东西,交给了他娘,冲着他娘又吼了一声,"你呀,就教育出这么个没脊梁骨的软蛋!"

还就是一物降一物,卤水点豆腐。大柱子媳妇到底给镇住了,没敢再理论。她一看周围站满了"嚎嚎"起哄的人,全在给黄大脚助威。于是抢了个风,扭头就走了。大柱子哪敢逗留,跟在媳妇屁股后边,也屁颠儿屁颠儿溜了……这场吵闹,才算落局。

4

"黄大娘""黄大脚",还真是杏花!

在老薄家屋里,吕氏借着灯光又端详了一番,当年那个面皮白净,眉眼水灵,身强力壮却很苗条的杏花变了,大变了。她脸色黑了,身子胖了,块头更大了!唯一没变的是声音,还是那么响亮,可听刚才在门外与大柱子媳妇的较量,她如今脾气火爆了,说话硬气了,敢于出面打抱不平了!

吕氏感到杏花大变了,可杏花进门一眼便认出了吕氏。

"呀,这不是姥姥家他二侄存孝媳妇吗?什么时候来的?家里都好吧?还认识我不?杏花嘛!不过,是老杏花了。不,怕是老核桃吧?你还认识?不赖。走走走,回家说话……在这茅茨坨,兔子不拉屎,人影看不到。十多年了,与外界隔了不知几道山,老家的事儿,任么也打听不着,可想死我了。走走走,一件一件,一桩一桩,慢慢跟我念叨念叨……"

杏花的嘴,就像放连珠炮一样,谁也插不上话。一边说着,一边拉着吕氏,就要回家。吕氏告诉她,自己的衣服都湿透了,身上穿的,全是薄家的。老杏花说,没的事儿,明天再还她的不迟。一个村,没二里路。她还真是个急性子。看来,这些年藏躲在这荒洼里,确实把她憋屈坏了!

再说，她和三虎头子都敬重老阮家的人，这不，老杏花一见吕氏就像见了亲人……

杏花家住在村庄的最西头。五间北屋，都是高拔台子盖的，不怕大水。她告诉吕氏，她和三虎头子，有了两个儿子，一个女儿。两个儿子都到外地——（去哪儿？想了想，却没说）上学去了。家里只剩下一个丫头片子，小名叫榆钱儿，已经十四岁，跟她在家作伴。她喊过小榆钱儿相认，小榆钱儿红着脸冲吕氏叫了声表嫂，就领小娥到自己房间去了。

老杏花还真是个急性子，吕氏进门还没坐稳，她就跟问上了。其实她最想知道的，也是最最想不通的是：她与钱存粮的儿子欢欢（混混），自小就在老黄家长大，大龙二龙像自家的孩子那样疼他，他怎么会参与了谋杀黄二龙的命案？

"嗨，孩子长大了，自然就知道爹亲娘亲，对吧？他本来对于存粮的死就有疑问，你们又撂下他走了，朱贵才就造谣挑唆，说老黄家是想害死存粮而霸占你，欢欢能不相信？"

老杏花扬起大手往大腿上"啪"地一拍，"呜呜"地哭了……

"噢，这祸根儿，还就是在我身上啊！我一步走错百步歪。人家从雪地里把俺俩抬到炕头上救活了命，帮助俺俩盖了房屋，存粮断了腿人家套上大车拉着到处找先生医治，存粮死后又把欢欢拉巴成人，唉，有恩不报，反而成仇，这不是喂了个白眼狼，回头又把恩人咬死吗？老天爷爷，善恶全颠倒了！"

老杏花自责了一通之后，抹了一把满脸的泪水，接着又问，欢欢是怎么被抓进监狱的、怎么死的？吕氏就自己知道的，一五一十对她讲述了一遍。直等到老杏花无甚可问了，吕氏才打断了她的话。

"三婶，你怎么就没问问我是来干啥的？"

"不是来看我的吗？"

"不错。可还有一件天大的事情，没顾迭上告诉你哪！"

"啥事？你咋不早说呢？"

"你知道，满囤媳妇吗？"

"知道。叫宋香菱嘛！"

"宋香菱的嫂子认识吗？"

"认识，叫严依霞。那可是个狭义人。大高个、瓜子脸，穿城里人的洋制服、洋裙子。会看病，存粮那年长大疮，就是她给看好的。人家那么干净，可给存粮割疖子挤脓，一点也不怕脏。阮家岭老老少少都沾过她的光，是个好人啊！"

"她有个儿子，叫宋守信，知道不？"

"咋不知道，生他'睡倒地'的时候——嗨，我又说这洼里话，咱老家叫'坐月子',俺还送去二十鸡蛋,给下的汤……"

吕氏这才把女婿宋守信和段乡长,被王大麻子绑票、活埋,却没找到尸首的事,前前后后说了一遍,并央求她想办法尽快与黄三虎联系,打听打听守信是死是活?还说,家里人为此快要急疯了。

老杏花一听竟有这等事,一个鲤鱼打挺从炕上起来,跳下地,披上褂子,二话没说,就往外走。

"三婶儿,这半夜三更的,你上哪儿去?"

"你甭管了。我得去找芒种——噢,芒种,就住在这村里,是俺干儿子,让他骑马,连夜去找你表叔……"

"三婶儿,你就是性急……既然,有人去,我带来了俺爹写的一封书信,麻烦转给俺三叔……"吕氏从内衣口袋里取出书信,双手交给了大脚婶子。

大脚婶子收好书信,又说:"人命关天的大事,迟延不得。"

5

在这茅茨坨,没人知道她叫杏花。当地妇女中像她这般岁数的,多数缠脚,尽管多数不够"三寸金莲"的标准,可像她这双七八寸长的大脚,绝无仅有,格外显眼。黄大脚的称号,虽然多含贬义,但她大大咧咧,满不在乎。即便年轻人当面直呼"大脚婶子"、或"大脚奶奶",她也都是乐乐呵呵从不计较。至于黄三虎在外是干什么的?这才是最大的秘密。黄三虎每次回来,都是长袍马褂,整整齐齐,装束十分讲究,有时跟人说在天津卫跑买卖;有时又说在海上帮"中和堂"搞运输。最初,来茅茨坨安家,还真是费过一番心思。

茅茨坨村,十有八九是各地来的渔民。这儿的渔民,听说有几条不成文的心照不宣的规则:一、只要自己不报家门出身,别人是不能询问的。也就是说,来这兔子不拉屎的地方活命,多万不得已。二、既然大家走到一起,就是缘分,不管交情厚薄,都有义务守望相助。走到哪家、哪条船上,坐下就吃,倒头就睡,不必客气。三、邻居乡亲们船只、网具、牲口、钱财,可以借,可以要,不能偷。若是偷盗被逮,立即逐出村子。四、男人长期出海,风险大,老婆在家可自愿与其他男人一起过活,自己的男人归来不加追究。但是,对于强暴女人的,必严惩不殆。或罚或打或逐或杀,只要女方提出,村长与三老四少即可议定……

黄三虎对于这些村规民俗,除了第四条都十分赞同。而他对于老婆杏花的操守又深信不疑,所以,便毅然选定来这儿定居。这不,一住五六年过去了,几乎没人在意他是什么职业。相反人们倒是很敬重他。他家日月过得宽裕,处事交往出手大方。尤其对鳏寡孤独困难户,多由黄大脚出面，时常主动帮助接济。因此，人缘挺好，口碑不错。前些年，村里一个姓高的渔民，在海上遇上大风浪，船翻人亡，家里撇下了老婆孩子，没法过活，就是亏了大脚及时救助。尔后，她又收高家的儿子芒种作了干儿子，还资助他到县城"中和堂"商号当了几年学徒，后来，芒种跟随"中和堂"运大豆的货轮，去过天津、大连、烟台等大都市，见过世面。可芒种从此花花了肠子，学了一些"吃喝嫖赌"的本领，不久就被"中和堂"辞退。回来后，被干娘劈脸掴了两巴掌，骂了个八开，罚了半天跪。尔后让他跟了干爹，闯荡了两年江湖。他们孤儿寡母，再有个三长两短，不好交代。干娘与干爹商量，便让他留在茅茨坨，好好伺候他老娘，还给他开着饷，帮他买了头好马，给干娘干爹当个秘密联络员。

　　这高芒种好热闹，对干娘说，今年上边的大村庄，过中秋节都请了"戏耍"——有的请了广饶时殿元（艺名时鸭兰儿）共和班的化妆扬琴，唱五王：《王小赶脚》《王汉喜借年》《王定保借当》《王登云休妻》《王天保下苏州》；有的请了陈官庄张延水的花鼓秧歌队；还有的请了龙居盐垛村的斗虎班；还有的自己村里跑高跷、耍龙灯的。他便撺掇干娘出点儿钱，今年茅茨坨也请个戏班、杂耍，让老少爷们儿乐呵乐呵。黄大脚一高兴，立时就拍了板。请谁？这不，芒种骑了大马外出跑了三五天，最后跟大王镇的"枣木杠子乱弹"扬琴班签了约。可跟干娘黄大脚一汇报，干娘连连摇头说，你小子是不是把我给的钱打了钩子，咋就没请个好的？芒种说，这，您老就外行了吧？这"枣木杠子乱弹"相传有二三百年历史了，有"九腔十八调七十二哼哼"，曲调优美好听。什么《拙老婆做鞋》、什么《大闺女做梦》、什么《许仙游湖》、什么《砸面缸》，你愿意听啥？人家就会唱啥，热闹着哪！我要是晚去一步，就让利津城西关请去了。干娘不耐烦地说，好了好了，你既然跟人家签了约，还说个啥？她这干儿子，这二年，变得油嘴滑舌，没点儿正经事了！

　　不过，明天下午戏班就到，这夜里再让芒种去找他干爹，他肯定不愿意去……可不去不行，人命关天！

　　黄大脚一边走，一边这么盘算着。

　　芒种娘俩住在庄东头的三间小屋里。按说，芒种已经二十五六岁，能顶家过日子了。干爹干娘也没少给他钱，要是有出息，早收拾个正经房屋，娶妻生子，成家立业了。可是……黄大脚站在芒种家的屋前，一看这家道，气就不打一处来——家里没有院墙，没有大门，连个篱笆障子也没扎。马棚就搭在东屋山墙上，这一下雨，那马粪的臭味，真能顶人个跟头！去年，黄大脚给了他娘八十块钱，让他找泥瓦匠帮着修理修理房舍。可他娘给了芒种，芒种跑到县城赌场，一晚上就输了个精光。

她来逼问芒种，芒种娘还帮着儿子撒谎，说他舅得了急病借去了。嗨，这娘俩，儿子又懒又歪，老娘护犊子，日子过成这等模样，谁家正经闺女愿意给你当媳妇？

"咋就领不上正道呢？这才真是荒货！这才真是冤家！"她一想起这，心里就开始骂人了，"三间屋里，全灭了灯，天才啥时辰？月亮刚刚东南响就挺尸啊？"

可还没等她开口，屋里突然传出了芒种的声音，字字句句，清清楚楚，都像是一锤一锤砸在了她的心头上。

"告诉你，腊月，我跟你再说一遍，你，你们老薄家几个人的小命，就攥在大爷我的手里。你若是三心二意，不好好伺候我个高兴，我让你死，让二柱子死，让薄老婆子死，就像碾死个臭虫。懂吗？把裤子全脱下来……趴下！"

雨后夜间的风，真凉啊！黄大脚站在房前听着，心头颤抖着，浑身颤抖着，差点儿没背过气去！怪不得大柱子媳妇红口白牙咒骂，还真他娘的没屈枉你！你小子作孽啊！欺负人家孤儿寡母，还真下得了狠手！俺还蒙在鼓里哪，他凭什么横得让人死呀活呀？还不是有个土匪干爹，已经给他当了靠山？

"不，你再逼我，我就找你干爹干娘！"是腊月的声音。

"嘿嘿……"芒种冷笑着说，"你以为俺干爹干娘就是原配？嘿嘿，也是偷鸡摸狗的露水夫妻。直到在老家混不下去了，才私奔到这荒洼里来的。你想想，他们能管我这些闲事？"

"哼，养不熟的狼崽子。凭你这些话，老娘我管定了！"

她听见芒种竟然讲出这话，心里愤愤地开始吼叫，牙齿咬得"咯吱咯吱"响了……她真想一脚踹开门，揪住头发把这个畜生拖出来，拳打脚踢，痛痛快快收拾一番。这是个流氓，无赖，恶棍啊！可是，今夜还得用他，用他去找他干爹。他干爹也必需立即赶回来……看来得先咽下这口恶气了，人命关天啊！

她用力干咳了两声，然后才发话："芒种，早睡了？起来，起来，娘有急事找你……"

"干，干娘，娘，你，你等等，我这就起……"芒种慌了脚丫子了，说话也结巴起来。开门出来的时候，褂子只穿上一条袖子，脚下也只趿拉着一只鞋，屋里也没敢点灯……

"娘，有什么事，捎个口信过来，儿子立马就赶过去了，何必劳驾你老，半夜三更的亲自走一趟？"

"少啰嗦……你娘呢？"

"俺娘，去姥姥家了，明天回来。娘，有什么急务，尽管吩咐。"

第二十三章 进出茅茨

479

"这儿有一封书信，你必须尽快给你干爹送去。"

"好，明天一早，我就上路……"芒种接过了书信，装好。

"不行，必须连夜就走。人命关天！"

"好，好，我，我，这就收拾，立马启程。"

老杏花耐心地一直站在屋前，等着芒种收拾停当，去棚里牵出马，骑马上路。她不愿让腊月下不了台，便没进屋，咳嗽了一声，扭头就往回走，脚步声故意重了一些。这是告诉腊月，我走了……

她心里活像吞下一个屎壳郎，又懊恼，又恶心！

6

老杏花黄大脚回到家，就有些掩饰不住的垂头丧气。

"书信，派芒种，送走了……"

"谢谢三婶儿了……"

她给吕氏伸好被褥，又说了一句："天晚了，你准累了，睡吧……"

没等吕氏上炕躺下，也没吹熄油灯，她自己倒头便睡。显然，她不愿再吱声了。吕氏见状，也没敢再提问关于腊月的事，便先去吹灭灯，又悄没声息地上炕躺下。可是，两个人各有各的心事，哪儿能睡得着？尤其是这个大脚婶儿，"闷哧闷哧"喘着粗气，翻过来，覆过去，一会儿便憋得哀声叹气了。

"三婶儿，没睡着？既然睡不着，咱娘俩再拉个呱行不？"

"咋不行？"

"我想问问，老薄家那个童养媳妇——腊月，您跟她熟不？"

"腊月？你……"三婶儿一惊，她呼地坐了起来，莫非刚才……她跟着我来？不，不可能……"你，问她啥？"

"我听大柱子媳妇，那话里，是说她，不正经……是真的吗？"

"这……嗨，狗嘴里吐不出象牙，顺着嘴胡咧咧呗，那句话能气死人，她准说那句……唉，腊月这孩子，跟我差不多，命苦啊！我替腊月打过抱不平，当面责问过薄老婆子。薄老婆子却说，这是腊月自己愿意的。呸，这是人说话吗？这个薄老婆子，命苦，老实，让人可怜，可也是个糊涂蛋，死牛蹄子不分瓣儿，那双泥蛋子眼，就看二指远近，不认好人坏人，能活活把人气煞！"

吕氏已经摸清了这个三婶儿的真实想法，觉着到了该吐露真情诉说原委的时候了。

"三婶，我还有件大事，想求你帮着拿个主意，看该咋办？"

"你说，只要我能办到的，决不推辞。"

"那，我就跟你说实话……"

"说！"

"腊月，是俺的亲闺女！"

"什么？是您亲闺女？"三婶儿，又一次坐起来，跳下炕，点上了油灯，"当真？您跟三婶，仔细说说。"

"好……"

吕氏把十六年前，跟严依霞一起坐车，在兖州火车站，去解了个手，回来小闺女就丢了的经过，前前后后，细讲了一遍。又补充说，她与儿子小三是双胞胎，下巴底下有铜钱大小两块紫色胎记。今日一见，那眉眼，那神态，还跟她当年的奶奶一模一样。

"不错。你这么一说，还真是……以前，总觉得，这孩子有些面熟，可一时又想不起像谁。你这么一提，我一想，还真是那回事儿！"

"三婶，确凿无疑啊！可是，是人家的童养媳妇了，能咋办？"

"咋办？救孩子，出火坑！这事，是挺难办，那个薄老婆子，死牛筋，不通情理啊！可这是咱孩子一辈子天大的事情。骨头再难啃，也得啃；头再难剃，也得剃。你放心，这事，我管定了。就包在三婶儿身上了……"

吕氏立即从炕上擦下地来，给三婶儿磕头了。

"起来起来，莫说咱是亲戚，就是换上别人，我也不会含糊，也不能见死不救……"

她本来为腊月受欺侮的事，气得发疯，憋得难受。如今可找到了一条名正言顺搭救腊月的途径，也为腊月找到了亲娘，有了好的归宿而高兴。于是，她心里立时透亮了，畅快了。重新拉吕氏上炕，躺下，没等吕氏合眼，她已经开始打呼噜了。

吕氏心里叹道："她，真是个好人啊！"

7

第二天，是八月十四。大清早，黄大脚没等到吃饭，就自个去了村东头的老薄家。腊月敞开大门，一见是黄大脚，就像老鼠见了猫，浑身发抖了。

"大娘……"腊月从嗓子眼里送出这两个字之后，就埋下头，脸红到了脖子。直到把黄大脚领进屋，搬马扎子让黄大脚坐下，她也没敢抬起头来，看一眼黄大脚。

"你娘呢？"

"她，领二柱子，去了菜园。"

"正好，大娘有话跟你说……"

腊月一听，浑身痉挛了一下，双腿一曲，就冲黄大脚跪下了。嘴唇哆嗦着，却没送出一个字来。

"你……应该明白，大娘为啥，大清早就来找你。"

"我，大娘，我，不是个坏女人……他有枪，他是土匪……他先用枪顶住俺婆婆的脑袋，说，如果我不从，他先崩了二柱子，然后……俺婆婆胆儿小，夜里给我下跪，逼我答应……老天爷，俺是走投无路啊！大娘，求求你了，千万别给张扬。老薄家还得活命啊……"

腊月说着，便哭成了泪人儿，随后，因抽泣说不下去了。

"起来，甭怕，有大娘给你做主！"她拉起了腊月。

"谢谢大娘。"

"腊月，也是老天开眼，有人救你来了。"

"谁？"

"你亲娘。"

腊月呜呜哭了……

多时，腊月才说："我，我没有亲娘。"

黄大脚也跟着流泪了。她把吕氏跟她说的，在兖州车站丢失的过程，以及腊月脖子上的印记等，细说了一遍。

腊月将信将疑。

这时，薄老婆子领着二柱子回来了。黄大脚把她叫到里屋，就先给她来了个下马威。

"你干的好事啊！原来，你大儿媳妇说那话，'老的不像老的，拉皮条逼干闺女偷汉子'，我还不信，原来还真有其事啊！"

"黄大嫂，还不是你那干儿子……"她看了一眼，黄大脚那凶狠的表情，没敢再讲下去。

"别说了，满茅茨坨都臭遍了，就瞒了我一个。你既然做出逼良为娼的丑事，坏事也算做到头了。现在，我告诉你，腊月她亲娘来领她了。这些事若是让她亲娘知道，她亲娘能跟你豁上……"

黄大脚这才把吕氏来找腊月的事细说了一遍。

薄老婆子听完，一屁股蹲坐在地上，抢着胳膊就号天哭地了……

"起来！"黄大脚大喊了一声。

薄老婆子立时停住了哭，乖乖地站了起来。

"甭放赖，以后二柱子娶媳妇，花多少钱，我黄大脚给出，行不？"

"那就谢谢嫂子你了……"

泼辣正直敢说敢干的黄大脚，审问腊月。

8

老薄家和腊月的事，黄大脚用了"程咬金的三斧子"，一清早三下五除二就搞定了，她十分高兴。可早饭后，她将腊月领来，让腊月与吕氏相认的时候，却让她十分窝火。

"腊月，这才是老天爷睁开眼了，喜从天降啊，你，你亲娘找你来了！"黄大脚一手拉着腊月，走到吕氏面前。

吕氏走近，端详着腊月，禁不住抓住了腊月的手，一时泪流满面了："孩子，让你吃苦了！"

"腊月，叫娘啊！"黄大脚提醒她说。

"不，我没亲娘。"腊月把手从吕氏手中抽出来，慢慢摇了摇头，说，"俺活了十八年了，没听说有亲娘。若是有亲娘，俺忍饿的时候，俺挨冻的时候，俺挨打受罪的时候，亲娘不来找我？我没有亲娘。俺亲娘去年就死了，在九十六户南边的荒洼里，是找不到甜水，渴死的。如今，薄家二柱子的娘，就是亲娘……黄大娘，没别的事，我回去了……"

腊月很平静，冷如冰霜，说完扭头就走。

黄大脚强忍着听下去，一股火气直冲脑门子，两眼似闪电那样放出火光，继之则是一声霹雷。

"回来，不知好歹的东西！"

"黄大娘，你别生气。我自小到大，这是第三回了。都是说，有亲娘来认闺女，其实都是另转卖一家，拿我赚钱！我今年十七八了，不会再上当受骗！"

"噢，还有这等丧尽天良的事情？腊月，你得相信，你黄大娘，决不是没良心的坏人。我和您娘，都是鲁西阮家岭的乡亲，知根知底，你尽管一百个放心……"黄大脚几乎没办法用语言更有力地表达了。

腊月似乎还是无动于衷，冷冷的，不再说话，不抬头，两眼盯着地面，可眼泪汪汪了。

"孩子，不怨你，从你一岁零八个月，在兖州车站让人抱走……娘没给你一口饭吃，没给你一件衣穿，没尽当娘的一分一厘心思。你恨娘，你埋怨娘，娘都认了。可是，有一点那是真的，你是娘身上掉下来的肉，你是娘的亲生女儿，这千真万确，不会有一丝一毫差错。认自己的孩子，不用什么人证物证，当娘的一眼就认定了。莫说人，就是猪狗马牛，是不是自己的崽子，瞭一眼模样，闻一闻气味，就不会错。腊月，你这眉毛眼睛、鼻子下巴、皮肤颜色、声音走手（姿式）……看哪儿，也是老阮家的闺女。你如果回去见见你的兄弟姊妹，就知道我说的一点儿不错了……孩子，娘不逼你，你回家看看，你若是还不相信，你可以再回来。这儿离永安五十多里，一天能走个来回……"

也许只有当娘的才有这份真挚、这种底气，这么苦口婆心吧？

腊月抬起了头，那"娘"字冲到嘴边了，可又被她咽了下去……

"唉，你这孩子，也是死猫扶不上墙头！"黄大脚见状更加焦躁了。可终归是守着她的亲娘，刚想发火，又给压了下去，"腊月，你咋不想想，你现在，是在火坑里、地狱里啊！要不，你大脚大娘，才不操这份儿闲心，揽这个胡萝卜地薅哪！你早晨没听见，我都一口答应，将来二柱子娶媳妇花多少钱，都由我包圆了。咋，腊月，你道你大脚大娘，是开钱庄的吗？"

"我，明白大娘是好意……可是……"

"还可是个啥？"

"还可是个啥"腊月再也没开口讲清楚。事情就僵持在了这儿。腊月走了，又回了老薄家。

"三婶儿，你看咋办？"吕氏这个平素火上房顶都不待慌张的人，而今一见女儿离去，却束手无策了。

"老二家，这件事，咱娘俩是看简单了。咱哪儿知道，孩子被人用认亲娘的幌子，已经诓骗转卖了三次！她是怕了。让谁摊上，也会怕！再说，老薄家终归救过腊月，对腊月有恩，腊月也不可能转身就走，对吧？你甭着急上火，在茅茨坨的事，你这个三婶儿，不帮你办妥，决不会撒手！"

"这件事，俺就拜托三婶儿您了。既然咱已经找到了孩子，早一天晚一天领回家，是不能太急。莫说别人，孩子自己也得认头，也得转过这个弯子来……"

9

说不急，能不急吗？

这一天，一直仰着脖子等芒种，直到吃了晚饭，也没等着。按说，只要三虎头子还在这利津洼里，他们骑着马，应该是能赶回来的。可是，他们是土匪啊，哪有个固定地方？是否就在洼里？芒种能否找得到？说不准啊！

吕氏和黄大脚都变成热锅上的蚂蚁了……

这人越是着急，也越不顺。本来，到明天就是中秋节了，这天下午，又突然乌云翻滚，刮起大风，下起大雨。正当大雨下得满街淌水的时候，广饶大王镇的"枣木杠子"戏班，顶风冒雨赶着大车进了村。负责联络的芒种又没在家，戏班的人，茅茨坨的村长，都像是没头苍蝇，到处找芒种，一时乱成一锅粥。没法子，黄大脚又不能告诉人家真像，只得亲自出马了。其实在这穷乡僻壤,再简单的事,只要牵扯到钱和粮,就难撕扯。说到底,他们找芒种,不就是为了解决这些人如何吃饭住宿吗?黄大脚喊来村长,没费多少唇舌,就安排妥当了。

"王村长,昨晚我肚子疼得厉害,挨不住,让芒种骑马进城,买药去了。他临走跟我说,戏班吃饭,由卖水煎包子的钱老五负责。戏班淋了雨,让钱老五给人家烧一锅姜汤,驱驱寒。村长,你甭怕,花多少钱,也是我出,由我结算。至于住宿嘛,安排到哪家哪户?芒种说,由您村长,着量着去办,咋样?"

"好,就先这么着……"王村长一边往外走,一边嘟囔着,"唉,天不作美啊!多少年不请一回戏班,请一回,又下雨……"

晚饭后,雨更大了。可就在这当口,一阵门环急响……

黄大脚从板凳上弹了起来,说:"呵,他爹回来了!"

她没顾上打伞,便去开了大门。果然,他爹回来了!

三虎头子和芒种,戴着苇笠,披着蓑衣,牵了大马,先后进了大门。三虎头子胡乱撸了两把脸上的雨水,问道:"小榆钱儿呢?"

小榆钱儿一听爹回来了,也冒雨冲出屋门,连声喊了起来:"爹——爹——"

"哎,哎!"三虎头子连声答应着,把马缰绳扔给了芒种,便把宝贝闺女拉到了身边,"哎,小榆钱儿,想爹了吧?来,先让爹抢个转转儿……"

小榆钱儿一甩大辫子,背过身子,让爹搂住后腰。爹便原地抡着闺女开始转圈。爹喊着,闺女咯咯笑着,也不知转了几圈儿?直到女儿娇声娇气儿地求饶,说头晕了,爹才喘着粗气,把女儿放下。当爹的,已经笑得前仰后合站立不住,一下子扑倒在满是泥水的地上。

"没个正行!十四五的大闺女了,还撒娇,还让爹抢转儿!"黄大脚连声吆喝着,又伸手把丈夫拉了起来,"当爹的,也不像个爹样子,嬉皮笑脸,真是的……"

站在屋门口的吕氏,羡慕地望着这对撒野嬉闹的父女,不由得想起了自己,禁不住心里酸酸的。眼圈儿一热,泪水就流到了腮边。

站在身旁的小娥,看得分明,则低声叫了一声:"娘……"

吕氏抽搭着鼻子,将小娥揽进了怀里……

"小娥,看到了吗?这就叫天伦之乐。你和腊月,都有家难回。苦命人啊!"

"不,有您这个娘疼我,我知足了……"

"其实,腊月也有娘,可是——"

诉说命运酸苦,都是一言难尽!词汇再丰富的语言,也总是那么贫乏,那么迂拙,那么无能,穷形尽相了,还是词不达意……

闲话少说，吕氏和小娥擦了一下脸上的泪水，也急忙上前迎接。

三虎头子仍然快人快语，刚走进堂屋，在老婆大脚的帮助下，摘下苇笠、脱下蓑衣，回身与吕氏一见面，就说："俺二表哥的书信，我看了，很对不起啊！与你们老阮家相比，俺们都是些粗人。粗人做事，都是管前不顾后。就是请守信当枪棒老师，也是绑票。全不顾家里人担惊受怕。"

"三表叔，你快说，守信到底怎么了？"吕氏亟不可待了。

"守信嘛，他如今好好的，安全无恙。你尽可放心。王大麻子每日三餐，好酒好肉，当师傅供着他呢！"

"他，在哪儿？"

"这，我可就说不准……"

"咋，说不准？这，不是屁话？"黄大脚急了，在一旁插嘴说，"你，六亲不认了？守信是谁？满囤媳妇香菱的亲侄子！守信媳妇是谁？是二表哥的孙女三菊。她如今在家里过月子哪，男人让你们绑了去，是死是活，音信全无。三菊在家里已经不吃不喝，喂娃子的奶水都没了。你，还在这儿嘻皮笑脸，当作儿戏。真是的……"

"我哪儿敢当作儿戏？这不，我一见信，就冒雨赶回来了……"

"那么，三表叔，守信到底在哪儿？"吕氏又跟问了一句。

"嗨，一讲起武功枪棒，他与王大麻子都很着迷。这不，结伙去了河南嵩山，上少林寺了。只给我留了个纸条，临走，根本没敢告诉我。纸条在这儿，你看，你看……"

三虎头子说着，从衣袋里掏出了那张皱巴巴的纸条儿，交给了吕氏。吕氏接过来一看，纸面上有几行毛笔字：

"弟学艺心切，今挟宋同去嵩山，恕不辞而别，秋后当归。王麻子顿首再拜。"

吕氏再看背面时，却突然发现了歪歪斜斜十几个小字："祈三爷想办法，告百顷地守信家母，切切。拜托。"

至此，吕氏一直悬着的心，总算像石头那样落了地。当她指给三虎头子看时，三虎头子则连叹自己粗鲁，当时只顾臭骂他们不告而别、无法无天，哪儿顾得上细看反面？

10

晚饭后，雨停了。

这晚上最兴奋的是小榆钱儿，她总在缠磨着爹，直到爹打哈欠、显出了疲劳、从衣袋里掏出发卡、耳坠、镯子几样珍贵小物件之后，她才捧着离开，拉小娥姐躲进自己房间，拨亮灯盏，拿着小镜子，佩戴首饰，让小娥姐品评哪件好看，哪件贵重。她走后，堂屋才开始安静下来。趁着三虎头子兴致勃勃向吕氏询问老家阮家岭的人各奔东西的情况时，老杏花黄大脚出门去了芒种家，狠狠地将干儿子臭骂了一通。最后警告他说："若是今后再欺侮腊月，小心你的狗命！"

直到芒种给她下跪求饶，发誓再也不敢，她才放心地回家。

她到家时，一向像青皮泥腿的丈夫，说话从来不容别人插嘴，他说一，别人不能说二，可今晚蹊跷，让个表侄媳妇"醋溜"得脸色红一阵白一阵十分尴尬了，额头冒热汗了，却还是态度谦逊，俯首恭听。老婆进门，他摆了摆手，示意她乖乖坐在一旁，莫要掺言打搅。

"三叔，话既说到这份儿上，我这当晚辈的也斗胆劝你几句。你兴许知道，俺老阮家，三菊的四叔——俺大爷的二儿子，绰号叫二棒槌的，也干刀刃上舔蜜的营生，与你算是同行……"

"我见过他。江湖上口碑不错，为人挺仗义。"

"三叔，尽管古人说，日月两轮天地眼，是非善恶分得清。但我更相信，染缸里淘不出白布。你信不？"

"我信。你说，往下说……"

"三叔，世人怎么称呼你们这个行当呢？好听的叫绿林好汉、江湖豪杰、草头天子、强人班头；不好听的叫响马、杆子、土匪、强盗、老缺。总之，是不种庄稼不做工，靠抢劫别人财物活命的，对吧？"

"对。可不该抢劫的，我们不抢不劫啊！"

"三叔，哪些财物该抢？哪些财物不该抢？莫说你们，就是高举'替天行道'大旗的梁山好汉们，分得清吗？及时雨宋公明就数次被绑在梁柱上，后来成为兄弟的那伙人还要挖出他的心肝当做下酒菜呢！十字坡的孙二娘不是也想把武松麻翻在地，抬上肉案要割肉蒸包子吗？三叔，你们那些弟兄们，我一个也不认识，可我知道，把俺家养了多年的耕牛偷去分着吃了；绑了张德厚的票，抢了他的粮，最后又要了他的命。尽管你亲手枪毙了凶手，可张德厚家破人亡了，十分可怜。再就是，眼下刚刚发生的，劫持救济款，活埋段乡长和宋守信……这些丧尽天良的事，我相信，都不是你亲手做的，你也不愿意看到这些。但都是你的属下干的，对吧？你能脱得了干系？"

"对，这，我全知道。"三虎头子扰头皮了，"当初，确乎是走投无路，逼上梁山。可是，上贼船容易，这下贼船，就难了……"

"三叔，人世间七十二行，阖天下千条道万条路，难道就没有一行可干？没有一条道路可走？想一想，你们有两个有出息的在外读书的儿子，还有小榆钱这个宝贝闺女，你和三婶儿也一把年纪了，依我看，即便吃糠咽菜，也不能再过妻离子散、担惊受怕的日子了。我说的对吧……"

"对。你讲的这些情理，我懂，我都懂。当土匪，就是上不要祖宗，下不顾子孙的差事。不瞒你说，我正在考虑……与你家女婿，春来，接过头……好了，谢谢你的提醒……"

这一夜，吕氏与小娥、榆钱儿睡在了西房间的炕上。三虎头子与老婆杏花则睡在了东边房间的炕上。

雨后的夜晚，凉凉爽爽。可仍然还是一个不眠之夜！

睡在西房间炕上的吕氏装作睡觉，独自想着心事；小榆钱，则不断地找题目向小娥询问外边世界的一些情况。

"哥哥回来说，他们坐过汽车、火车。汽车是烧洋油，火车是烧煤炭。我就想，车上点着了火，烧不着人吗？怎么敢坐？他们光笑话我，可不给我说明白，是咋回事。小娥姐，您知道吗？"

小娥就自己知道的就给她讲解，两人挺有兴味地啦着呱，直到月亮正响，月光照进窗棂，能看清她们的脸庞的时候，才先后睡去。可吕氏还在想着自己的心事，并且也不时扑捉到东房间三虎头子与老婆杏花的几句大声的对话……

"他爹，我是真没想到，狗日的芒种，竟敢……竟敢欺负人家孤儿寡母！若是那晚不碰上，别人咋说，我也不会相信……"

"你别一惊一乍的，说的那么严重。芒种都二十大几了，还没娶媳妇，看到腊月那样的小美人，能不动心？再说，让腊月给那个三岁娃子当童养媳妇，不是活活地糟践人家闺女吗？不行，我看只要腊月愿意跟芒种，咱就成就了他们。宁拆十座庙，不破一门亲……"

"这算是哪门子亲？这是强逼，这是偷鸡摸狗……"

"嗨，杏花，当初在高粱地里，我不也是强逼着你……"

"呸，那是我看上你了，要是我不愿意，你三虎头子就是三头六臂，也休想……"

"可那时也不容易，我不光挨过爷爷的鞭子，俺娘为啥往井里推我？为啥去吊死？还不是因为有我这个作孽的儿子？可反过来想想，若那时依了老人，有咱俩的今天？有咱们的两个儿子一个闺女？"

杏花沉默了多时，又说："男女这些事，是非对错，还真说不清楚。可是，芒种腊月的事，跟咱们不同……"

"有啥不同？我看两个挺般配的。"

"不，不一样。腊月跟我说，他芒种有枪，他先用枪顶住薄老婆子的脑袋，说，如果腊月不从，就先崩了二柱子……薄老婆子胆儿小，夜里给腊月下跪，逼着腊月答应……腊月说，她是走投无路，为了保老薄家的人活命，才屈从了芒种……他爹，还有一层，村里人都知道他是咱的干儿子，好像是咱给他撑着腰欺负人……"

489

"噢，没想到，还这样！不行，太可恶，太霸道，太欺负人了！咱得管，得收拾他，不能再让他胡作非为。杏花，在老家，因为张德厚，老少爷们不能原谅我；前些天，王二麻子的下属东湖鲶鱼又活埋了段乡长和宋守信……"

"咋，连守信也给活埋了？"

"埋是埋了，等王二麻子发现时，段乡长没救活，死了；守信会气功，是自己爬出来的……"

"你们这些人，伤天害理啊！"

"为这，王二麻子把凶手当场毙了，东湖鲶鱼吓跑了……可是，俺二表哥阮宗贤，给我那书信上，对我还是不依不饶。直接说什么，冤有头，债有主，血债早晚得用血来还。好像，我黄三虎就是个杀人如麻的刽子手了，得遭天雷霹雳了……"

"他爹，要是二表哥再知道，他的亲孙女腊月，让咱的干儿子用枪威逼强奸，就更仇更恨了。再见面，说不准能跟你拼命，信不？"

"咋不信，看来，芒种这小子得收拾。要不，咱在茅茨坨，也得让人戳脊梁骨，怕是呆不下去了……"

"依我看，你得听二侄媳妇的，得留退路了……"

两口子的话音越来越低了……

11

这天，就是八月十五日中秋节了。

茅茨坨也弥漫着浓浓的节味。大清早，就有串乡小贩，挑担进了村，高一声，低一声，用祖传花腔唱着卖"利源盛"特制大号的五仁月饼："八月十五月儿圆，西瓜月饼敬老天。要问月饼哪家好？利源盛的五仁月饼香又甜喽……"

不一会儿，来村里演出的"枣木杠子乱弹"戏班的演员，也陆续在村头"咿咿呀呀"亮嗓儿了；吹笛子的、拉坠琴的也在王村长的场院里开始练功。可谓吹拉弹唱，曲调悠扬。茅茨坨人很少听到这么好听的唱腔曲调，不仅孩子们，就是上了岁数的老人，也有许多拄着拐杖赶来观看，村子里骤然间热闹起来……

黄大脚在村里的人缘不错，大清早就有人来敲门儿，有送鲜鱼虾的，送毛芋头的，送点心月饼的，送红豆黄米的，简直接连不断。只听见黄大脚口里一直嘟哝着："这可咋办？这可咋办？又欠下这么多人情？让我咋还？"

"咋还？你人高马大腰带粗，这仨核桃俩枣的人情，就没法子还了？

他娘，混得不错，挺长脸啊！"三虎头子心里挺高兴，一起床就夸奖上了。

"你呀，也到街面上走走，看望看望那几个老交情……你不在家，人家没少帮忙操心……换换你那身老虎皮，在炕头上，我给找出来了……"

三虎头子倒很听话，他上街前，已经换上了商号老板的行头：白纱圆顶凉帽，米黄色柞蚕绸衫绸裤，礼服呢圆口皮底布鞋。他手里还拿了把折扇，优哉悠哉地围着茅茨坨村转了一圈。看见谁，不管老幼，都热情打着招呼，相互问候。当然，主要任务还是按照老婆的吩咐，去看望了几个上了岁数的老交情、老朋友。他不送实物，都是根据各自情况，塞给人家一撂厚薄不同的钱票。及至遇见王村长，还啦扯了一大阵子广饶大王"枣木杠子乱弹"演出的事。他对村长说，如果老少爷们愿意听，可以多留他们住几天。费用嘛，都由他襄助。两人临别时，他还递给了王村长一包哈德门香烟。王村长用惊诧的口气问道："老哥，以往不是吃红锡包，就是白锡包，咋换成这了？"他苦笑着摇摇头，答道："日本鬼子不光占了东三省，爪子已伸进了山海关。哪儿有发财的生意？除非是汉奸……"王村长长叹了一声走了。他三虎头子自然没有去场院围观演员的兴致，便信步转到了芒种的家门口，又立即走进了他家院子。这时，一路上晴和的笑脸可就变得乌云翻滚了。他干咳了两声，芒种就急忙迎了出来。

"你娘呢？"

"俺娘去了菜园。"

"你咋不去？"

"我，王村长让我伺候戏班，他们晚上演出，缺七少八的，我得帮他们凑集……"

"噢，芒种，来，进屋，我有话问你……"

芒种把干爹领进堂屋，那脸色则变得煞白，浑身开始"筛糠"（颤抖）了。他心里明白，干娘肯定已经告了他的黑状。没等干爹开口，自己便先开始检讨了。

"爹，儿子不懂事，错了。以后，一定改。再也不敢了……"芒种低头说着，感到事态严重，双腿一曲便冲干爹跪下了。

"芒种，你知道腊月是谁吗？她是俺表哥的亲孙女。她亲娘领她来了……"

"我，不知道。我，错了……"

"知道错了？好，改了就好。干爹暂不追究。可是，我不是光听你咋说，还得看看你往后咋做。是不是？若是不改，那就别怪干爹翻脸不认人！"

"我改，一定改。"

"那好。今日，先办两件事：一、把手枪缴出来；二、那匹马，我得牵走。"

"爹，这枪……"

"这枪留给你，你好顶着人家的脑袋，让你胡作非为啊？"

芒种走进内室，从炕桌的抽屉里拿出手枪。他看了看干爹，那身上并没带铁家伙，手里只拿了把扇子。便突然翻了脸，不软不硬地说道："爹，若是这枪，我不缴呢？"

"不缴？"

"我不想缴。"

"不缴不成。"

"还真不成吗？"

"真不成。你还想试试？"

"我还真想试试……"

"那我会砸断你的手腕子。你信不？"

"不信。"芒种说着就把手枪从盒子里掏了出来。

可说时迟，那时快。三虎头子手中的折扇"嗖——"地飞了过去，不左不右，不前不后，正好砸在芒种右手脖子上。芒种"哎吆——"喊了一声，手枪就掉在了地上。

原来，这是把特制的铁骨扇子。

三虎头子上前拾起铁扇子，又拾起手枪，从牙缝里挤出了几句狠话："我真瞎了眼，把你这个狼心狗肺的东西，当儿子养活了这么多年。你若是还想改，这手脖子半年就能长好；你若是知错不改，对外敢说半句不该说的话，我会随时随地要你的小命。听清了吗？"

"听，听清了……"

三虎头子找来一把竹筷子，喝斥着给芒种把手腕子绑缚好。然后去屋山墙外的马棚，牵出了大马，临走又回头说："芒种，学好学坏，两条路，你自个选。我再给你半年时间……"

他牵着大马走了。

芒种把嘴唇咬出了血珠，双眼里飞进出仇恨的火花……心里还在说狠话："总有一天，我会收拾你！"

12

强势人办事处处强势。

早饭后，按三虎头子的铺排，借了三头毛驴，驮着吕氏、小娥、腊月，由老杏花骑马亲自护送腊月跟随亲娘回家，让老阮家过一个团圆的中秋节。

因为预先三虎头子夫妇软硬兼施,薄老婆子没敢吭声,腊月没敢反对,芒种就更没敢露面。只有还不懂事的二柱子,嚎啕大哭,抱住腊月的双腿,说啥也不松开。最后,还是由他最怕的黄大脚出面,拿出一把"蛹子糖"递给他,连哄带骗,喝呼着让薄老婆子把他抱回了家。自然,腊月再也控制不住,一会儿便哭成了泪人儿……

能让腊月顺顺妥妥风风光光回家,吕氏对于三表叔夫妇自然是千恩万谢。黄三虎亲自送出村外,又对吕氏挺真诚地说:"老二家,回去跟俺二表哥说,三虎头子自知理亏,该死该死。可眼下往来多有不便,就不登门当面谢罪了。日后见面,任其打骂,再让他解解恨,泄泄火!"

人们正要挥手告别,小榆钱突然喊道:"爹,我也去。给娘作伴儿,也去见见俺那些表姊妹,表……"

"你去,不行,我不放心……"

"我跟着娘,你有啥不放心的?俺两人骑一匹马。"小榆钱说着,接过娘手中的马缰绳,挺利索地飞身上了马。小榆钱因是个女孩子从小没送出去上学(茅茨坨没有学堂),她的主要活儿就是割草、放牲口。这二年骑马已经十分熟练了。

"好吧,可要听说,别胡闹。你二爷家里家法严着哪!听见了?"

"听见了!"小榆钱撒娇地高声答应着,她一松缰绳,两脚一磕马肚子,那马就飞似的冲了出去。

当爹的见此情景,咧开嘴巴哈哈大笑。干脆把芒种的大马让老婆子骑了。并嘱咐道:"回来的时候,让满囤送送你们娘俩。两匹马三头驴,太惹眼。明白?"

"明白。"老杏花答应着。

小娥在吕氏耳边悄悄低声说:"娘,你看,人家老两口,倒是夫唱妇随,恩恩爱爱……"

吕氏茫然地点了点头。

有了大马大驴,一路上小榆钱走在前头,过河过沟,都由牲口驮着,过河蹚水,都在老杏花的带领下硬冲过去的。天东南晌,五个人就到了永安镇北的百顷地。

因为老杏花母女不敢露面,吃了午饭,就让满囤和满堂送她们娘俩悄悄回去了。虽然就待了一个中午,可小榆钱收到的小礼物不少:大兰给送的是一双藕荷色的长筒洋线袜子——她自小都是穿娘做的白布袜子,很短,只能到脚脖子。可这双洋线袜子,能撸到腿肚子上边,还带着一副能松能紧的花色腿卡子。太漂亮了!咋舍得穿在脚丫子上?学梅给她的是一件墨绿色的褶裙,就更珍贵了——她自小没穿过裙子,连见也没见过!这,能穿吗?风一刮,不会露出屁股?可二梅说,城里的闺女都穿。

第二十三章 进出茅茨

493

没等回到家,小榆钱就问娘了。
"娘,这裙子,在茅茨坨能不能穿?"
"不能穿。"
"那,啥时候能穿?"
"啥时候找婆家啥时候穿。"
"那么,明天就给我找婆家……"
"呸!不害臊!"

第二十四章　恩怨情仇

1

　　这天晚上，老天作美，天蓝、风清、月圆。是老阮家来利津洼过的头一个大节，也是一个团圆佳节。

　　尽管宋守信还没回来，可到底有了个准信。大家一直悬着的心可以放下了。尤其是严依霞脸上总算有了血色，有了笑模样。小姑子宋香菱搀扶着她，到院子里与大家一起摆了供品，拜了圆月，磕了头。

　　宗贤通知了儿子孙女各家，还邀请了亲戚朋友。大儿子存忠、春来、大兰带着女儿，砚楷和孙尚香，冯剑秋和李二姑，家驹和学梅，王文龙、王文虎两家，满囤、满堂两家，又让方芊头把爹妈接来，加上四位邻居，学竹查点了一下，五十多口。分了四桌，宗贤与成年男人一大桌，摆了四盘八碗，以喝酒为主；吕氏与上岁数的女人一桌，以吃饺子、拉家常为主；大兰带领小姊妹和孩子们两桌，则是以分月饼吃西瓜玩耍嬉戏为主。

　　在正式喝酒以前，冯剑秋提议让阮宗贤先来个开场白，阮宗贤也没推辞，干咳了两声就开口了：

　　"今晚上，咱们亲戚朋友老老少少，在这荒洼野坡，欢聚一堂，共度中秋佳节，就像唱戏，开台头一出，开得挺好。我扳着指头算了一下，总共有五件大喜事：第一，眼下满地庄稼，丰收在望。咱闯大洼，头一年，旗开得胜。收了秋，咱就不愁吃不愁穿了！第二，这几天，咱们都收到了老家亲人平安康泰的家信，大伙可以放心了！第三，今天，我失散多年的孙女——腊月，终于找到了，回来了，让我们骨肉团圆了……小腊月，站起来，让你叔叔婶婶哥哥姐姐们认识认识！"

　　小腊月在大兰、学梅的扶持下，站起来，含着泪，红着脸，望着大伙，嘴唇哆嗦着，却没送出话来。看模样，大兰说，像三菊；二梅说，像小三儿；爷爷说，还是最像她奶奶……爷爷满脸堆笑，再一次擦了一把流

495

阮宗贤邀请亲友，一起过中秋节。

到面颊上的老泪……

"第四件大喜事，家和业兴，德门集庆，三菊娘在收了学竹之后，又收了宁小娥这个干女儿；严依霞又收了方芋头为干儿子。今天芋头的爹娘都来了。亲爹娘与干爹娘相见了……"

说到这儿，才发现自己的儿子——存孝已经……他胡子颤抖着，脸上又老泪纵横了……

"这第五件大喜事，就是，宋家，您严姨添了大孙子，叫永宁；冯家，也添了个大孙子，叫永安。咱们人丁兴旺，后继有人啊！"

大家一齐拍着巴掌欢呼着……

"咱们五喜临门啊……"

"爷爷，还有一喜——六六大顺啊！"凌春来站起来喊道。

"你说啊！"

"刚才，我收到了守信兄弟的来信啦，是从嵩山少林寺寄来的！"凌春来说着将书信双手递给了严依霞，严依霞说眼花，没顾上看，又递给了儿媳妇三菊……

大伙又是一阵欢呼……

这天晚上，砚楷夫妇、冯家父子、凌春来各家，饭后便连夜返回了，其余的都留了下来。不仅王文龙兄弟俩、满囤兄弟俩这些年轻人，喝得酩酊大醉，连爷爷宗贤和芋头的老爹也豁出去喝了三大碗老烧酒。历经大难得以活命的人们，最容易满足，最容易发狂。今晚他们高兴啊，痛快啊，唠叨起来没完没了，直到月亮偏西，才在院子里的苇席上东倒西歪地睡下……吕氏怕他们被露水打湿身子，让小娥和学竹收集了各家的床褥单子，在院子里临时扯起了布蓬……

2

自从腊月进门儿，娘就交给学竹一项任务："腊月才回来，犯生，您多跟她聊聊，尤其是咱家的事儿，她知道的很少……"学竹自然心领神会，一直摽着腊月，半天功夫，她就变成腊月最亲近的四姐了。

"四姐，你的老家是哪儿？亲爹亲娘没来找过您吗？"

"没有。可我比您有福气。开始遇到了望湖楼的女掌柜孙尚香，后来就遇到了干娘，她们都是天底下最好最好的人……"

学竹从孙掌柜在望湖楼如何保护她；朱贵才如何勾结保安队毒打她；冯家驹如何背她到场院屋子里藏着请严姨疗伤；她如何出走流浪到戏班，又如何遇到干爹阮存孝；干爹如何被害，又如何跟干娘回家……遛根把梢地给腊月讲着。最后她说："我再三想过，我的几个救命恩人都在这儿,我这辈子,能在她们身边,她们给我遮风避雨,我清清白白,顺顺妥妥,过几年安稳日子,我也尽心尽力伺候她们几年,就心满意足了……"

也许是相同的命运遭遇,两人越啦扯越热乎。学竹把掏心窝子的话对腊月讲了,腊月也把自己几次被转卖,后来的养父养母如何在逃荒路上渴死,薄家老爹如何搭救,老爹又如何打渔淹死,自己如何跪在黄河大坝上发誓养活干娘、永远不离开老薄家的经过,仔细讲了一遍。可她没有学竹思路清晰,最后也是含糊其辞:"四姐,这些天,我像是在梦里,突然间亲娘出现了,突然间离开了老薄家,突然间认识了这么多的亲姊妹。可是,薄家的小孩子抱着我的两条腿嗷嗷大哭,我忘不下。亲娘亲?还是干娘亲?都亲。可亲娘,有饭吃;干娘没饭吃啊!怎么办?四姐,你帮我打个谱,拿个主意吧……"

"我?我的主意就是跟着娘,住在老阮家,有这么多亲人给我挡风遮雨,我便无忧无虑……"

"四姐,看来,我跟你不一样,我自己找到亲娘、回了家,可干娘和二柱子,都没法子活下去了……"

3

地里的豆子,叶开始黄落了,豆荚鼓满了,变黑了,也就是说,该抓紧收割了。农民到了起早贪晚的秋收季节。

爷爷宗贤虽然还天天撑着下地,可腰弯了,背驼了。

她严姨对吕氏说:"学竹这孩子眼贼,看人煞实。她说,爷爷走路的姿式变了:原来走路,两条胳膊在身子旁边前后摆;如今两条胳膊是在身子后边左右摆了……我一端详,还真是的,老人家腰弯了,背驼了。"

自从严姨说后,吕氏就跟大兰和春来说,有机会去利津城,给爷爷买条挂棒回来。没两天,大兰就把一条刻制修饰挺精致的紫竹手杖买来了。可爷爷挺执拗,说啥也不用。直到在水沟边,连续跌了两次跤,才拄上了手杖。

主人病了,方芋头夫妇几乎担起了收秋的全部重担。用小娥的话说,还真没想到,芋头在紧要节骨眼上能站出来,将这个百亩地的大家庭铺排得井井有条,让宗贤爷爷一个劲儿地夸奖。

收割豆子之前,芋头在土地中间,找了一个高坨子,锄草、铲平,泼上水,撒上苇叶蒲草,然后套上毛驴,拉着碌碡石磙,整整轧了三天。一个近三亩地的平平坦坦光光溜溜的大场院就造了出来。连满囤、满堂、文龙、文虎都来向芋头讨教。

轧好了场院，他又去永安大隅口雇来五个中年妇女，用苘麻细绳打了三十领芦草苫子。也就是说，豆子收割进来，即便遇上连阴雨，不开晴，也淋不了豆子。当然，这谱向都是芋头的老爹帮着打的。

芋头的老爹还建议，这么多地，全种的豆子。豆子一干就爆粒子，不能留在地里晒。必须一边收割，一边往场院里运。也就是说，得想法购置辆大车。宗贤说，何尝不想？可是，在这大洼里到哪儿买？芋头的老爹说，只要东家同意，这差使就交给俺爷俩吧！宗贤又让学梅找她公爹冯剑秋借了钱，不到五天，芋头爷俩牵了毛驴，到蒲台县大集上，把一辆八成新的铁瓦大车就买了回来。

收割前的一切准备事项全部就绪了。这天刚放亮，爷爷就派芋头去了永安街的大隅口雇人割豆子。可不一会儿芋头就返回来了。跟宗贤爷爷说："能割豆子的青壮劳力，工钱已经涨到每天半斗粮食了。我没舍得雇。咱还是自家起早摸晚忙活吧！"

"不行，咱这是一百亩地啊，割晚了，碰上干热天气，还不爆在地里？你呀，大处不算小处算。"

"爷爷，中秋节后，轻易遇不上太热的天气，咱老婆孩子齐上阵，一天咋也能割七八亩吧？就是遇上热天，我就不信，每天能爆在地里半斗豆子？"

爷爷笑了："你呀，也是个贪财不要命的主！"

说干就干，全家老幼，连爷爷、吕氏、严姨、芋头的爹娘也戴上苇笠拿起了镰刀，加上学竹、腊月、小娥、芋头，总共是九个人，只留下三菊在家做饭。忙了一天，真如芋头说的，就割了八亩多。第二天，砚楷夫妇、家驹和二梅，又来帮忙，人更多了。虽然俩人顶不上一个劳力干得多，但有说有笑，蚂蚁啃骨头，大家干得热火朝天……

爷爷笑着说，封芋头当总指挥，带领着人们收割；让小娥当车把式，赶大车运豆子。边割边运，既不窝工，也不受损失。收割的进程比满囤家还快。可是，豆子割了还不到一半，还真的来了连阴雨，连续五天不开晴。大多数人家的场院里，豆粒都发了绿芽。但宗贤家场院里有草苫子，遭雨淋的豆子很少……

可就在大伙齐呼喇抢收的节骨眼上，让人想不到的是，这天的夜里，腊月失踪了。吕氏问学竹，学竹说，割豆子身子又累又乏，夜里睡沉了，清晨一睁眼，才发现腊月不见了。这里姊妹给她的衣服一件没拿，厨房里只少了三个窝窝头……

"学竹，你知道不知道，她去了哪儿？"

"她没告诉我。我估计是回了茅茨坨。"

是啊，除了茅茨坨，她还能上哪儿去？

499

如今抢收抢种的季节，家里谁抽的出来去找啊？可再忙，还是找人要紧啊！真是的……

早饭，吕氏只喝了半碗汤，拿起窝窝头，看了看又放下了。谁也不是当娘的，她如今什么也咽不下去了……

"安排谁去找？"爷爷问。

"我去。只能我去……"吕氏说。

宗贤把毛驴牵来，让她骑驴去。

可是，吕氏刚走出门口，一头便栽倒了地上……

4

吕氏着急上火，病倒了。严姨、小娥都争着要去。最后，砚楷说："我割豆子，不顶个人。可我去找腊月，在行，不会比你们差。"

宗贤自然同意，如是砚楷骑上毛驴就去了茅茨坨。

长话短说，砚楷到了茅茨坨，先找到薄老婆子。她和她的小儿子二柱子，就是一个劲地哭，哭着要腊月。哭够了，她就一口咬定腊月让永安百顷地的人抢走了，从此没见个人影……

砚楷又去找到老杏花黄大脚——黄三虎已经走了，黄大脚一听就愣了。问："怎么，他老阮家的人，待腊月不好咋的？十八岁才找到亲娘，怎么会偷跑呢？"

砚楷急忙解释："别的我不知道，但我清楚，老阮家没人待她不好。亲还亲不够哪！"

"那，是……哎，三表侄，我想起来了……你坐着等等，我去去就来……"黄大脚突然想起了干儿子芒种。

她急三火四地来到芒种家。家里只有芒种的老娘躺在炕上，哼哼唧唧地说，自己浑身疼痛，病了，已经两天汤水没搭牙。黄大脚急忙去烧火做饭，给她下了一碗面条，做了一个荷包鸡蛋。逼着她吃。她只喝了两口汤，就把碗放下了。黄大脚这才开始问她。

"芒种呢？"

她摇摇头。

"见过腊月吗？"

她还是摇摇头。

这才是，一问摇头三不知，八洞神仙治不的。黄大脚叹了口气，便退了出来。可是她在回家的路上，突然醒悟，芒种娘的眼神不对呀！她光摇头，可连看也不敢看我一眼，她心里有鬼啊！

黄大脚扭头便返了回来。果不然，芒种娘一见她转回来，就吓哭了。

老实人，学不会撒谎啊！黄大脚板起面孔，一放高嗓门儿，芒种娘就全吐出了实话。

芒种娘说，芒种和腊月来往已经快半年了，腊月已经怀孕。腊月被亲娘领走后，芒种就发疯了。疯出去呆了五六天。前天，他回来，给了小榆钱一件红毛衣，便让小榆钱偷偷牵来了大马。昨天夜里，他骑马把腊月抢回来，收拾了几件衣物，两人便骑马走了。问他们去哪儿？他说，不知道……

芒种娘的话，简直是晴天霹雳！

黄大脚回来跟陈砚楷一说，砚楷也蒙了，咋也没有想到事情会闹到这般地步。看来事体复杂，要想找到腊月，还不能心急。于是，砚楷决定利用看相卜卦的老本行，在茅茨坨再多呆两天。

让人意想不到的事情又发生了，芒种娘在自己家里上吊死了。儿子无处可寻。茅茨坨人奔走相告，一片哗然！

5

黄大脚听到消息，更是大吃一惊，她顿时感到心在颤抖，眼前发黑！她觉着，芒种娘的寻死，兴许与自己昨天去她家盘问有关。昨天，自己一时恼火，肯定脸色难看，口气生硬。芒种娘又是个胆小怕事的人……若是为这想不开，那可就是自己的罪过了！她开始坐立不安。终归是个直肠子人，她没等陈砚楷询问，就把自己的想法说了出来。

陈砚楷深为这位表婶的坦率、善良所感动，便宽慰她说："表婶，高芒种的娘，之所以轻生、寻短见，是因为有这么个吃喝嫖赌、惹祸招灾的儿子，又没有法子管教他，她彻底断了念想，走投无路了，才寻了无常……至于咱去她家盘问，那都是理所应当的事情。儿子把人家的闺女强奸了，拐跑了，人家不该去问问清楚？他当娘的若是通情达理，也该如实告诉咱们，对吧？表婶，你别想多了。当然，人这么死了，也挺可怜的……"

"是啊，太可怜了！人心比人心，退一步想想，阖天下当娘的，哪一个不巴望儿女出息？当年，三虎的娘——就是俺那个婆婆，竟然把亲生儿子推到井里，自己去坟地吊死，原来我就想不通。咋那么狠心？如今上了岁数，自己也当娘了，就明白了。会说不如别摊着。遇上这号儿子，当娘真难……"

黄大脚跟陈砚楷合计了一番，就出门去了芒种家。芒种娘的尸首还停放在炕头上。她是在窗户棂子上拴裹腿带子吊死的。面色青紫，表情十分痛苦。黄大脚想帮她把留在嘴外的半截舌头收回去，却没能成功。

第二十四章 恩怨情仇

501

她只得用一条布手巾把她的脸蒙上。昨天给她煮的那碗面条，只吃了小半碗，还剩下的大半碗仍然在小炕桌上。她看着这一切，鼻子就酸了，泪水也像涌泉淌了满脸。禁不住站在炕下放开喉咙嚎啕大哭了一通。直到王村长进来喊住了她，她才抽抽鼻子停下来。王村长问她知道芒种在哪儿不？她说，自己也正找他哪！

"大脚嫂子，你说急死人不？已经派出三拨人找他，可谁也没打听着半点消息……这孩子，太不着调了！这就是俗话说的：爹死了，娘娇惯，好孩子，也操蛋。都给宠坏了！"

"村长，老高家嫂子，娇惯儿子，是气死人！可反过来想想，不是当娘吗？常言说，庄稼是人家的好，孩子是自家的强。孩子有不是，自己可以打，可以骂，但不能让别人说半句。老高家俺这老嫂子，护崽子就更出格了……这可好，娘死呀活的，他都不管了，天知道他疯到哪儿去了？"

"报应，报应，这就是娇惯孩子的报应。又是捧，又是敬，到底要了老娘的命！"

"王村长，事情到了这个地步，咱就不讲这些了。他老高家在村里单门独户，没有近便人。你看这样行不？再等芒种个五天六日的，芒种能回来最好，他再不回来，这天还热，灵柩也不能久停……俺看，你村长就费费心，把芒种他舅找来，再请请村里的三老四少，合计合计，就按通常路数，买个棺材，你照应着把老嫂子殡葬出去，尽尽乡里之情。老嫂子是个苦命人，怪可怜的，入土为安嘛！俺终归给芒种当过多年的干娘，花费多少不打紧，由俺出。行不？"

村长很受感动，自然就满口答应了。

说来也真是祸不单行，芒种娘的丧事还没料理完，茅茨坨又发生了一桩骇人听闻的恶性事件——黄大脚的女儿小榆钱在东坡放马的时候，被人杀害。手段十二分残忍恶劣：衣服被剥光，两腿之间砸上了荆条楔子……

惨绝人寰，触目惊心！

6

小榆钱在东坡被害，是一个放猪的哑巴来报的口信。他"啊啦啊啦"说不明白，可是，那惊慌、害怕、着急，看得出来，是发生大事了……哑巴拖了黄大脚就走，黄大脚挣扎着还想问个明白，可哑巴就是不松手……一直拖到东坡，黄大脚一眼望见，草丛里那赤条条的女人身子就是小榆钱时，她大喊了一声"小榆钱——"，便一头栽倒草地上，憋了气，昏迷了过去，多时才苏醒过来……

是陈砚楷和王村长招呼了几个人，好歹把小榆钱的尸首包裹起来运回了家，放在了她的炕上。陈砚楷又与黄大脚商量，第二天他按照黄大脚告诉他的秘密线路，亲自去烂泥滩把黄三虎找了回来。黄三虎一见小榆钱的尸首，也嚎啕大哭了一通。最后他一锤砸在炕上，竟把土炕砸了一个窟窿……

"小榆钱，爹会给你报仇的。他狠，爹比他还狠！不把凶手碎尸万段，千刀万剐，剥皮，抽筋，剜心，喝血，我就不是你爹！"

"呸，若是没你这号爹招惹，小榆钱得罪谁了？会遭这号劫？"黄大脚用拇指点划着丈夫的脑袋骂道。

黄三虎埋下头多时没有吭声。老婆说的不是没有道理，肯定是自己与人结下的怨仇而祸及女儿。

"三叔，你估计这是谁干的？"砚楷问。

"谁干的？芒种。除了他，不会是别人……"黄三虎非常肯定地说，"因为他糟蹋了腊月，我缴了他的枪——当时他就跟我翻了脸，已经掏出了枪，是我砸伤了他的手腕子，缴了他的枪。接着我又收回了大马。前几天他娘又上吊死了，兴许也认为是咱逼的。这许多事积攒在一起，他治不了我，拿小榆钱出气了。我想过，不会是别人……我估计他就藏在附近，我得尽快找到这小子，十成白眼狼，翻脸不认人，心狠手辣！"

陈砚楷不熟悉芒种，自然没有理由反对。可沉默了片刻，他说："三叔，我总觉着，这个杀害小榆钱的凶手，还有个人，值得可疑。"

"谁？"

"朱贵才。"砚楷慢条斯理地说出了自己的想法，"芒种刚刚抢走了腊月，还不知如何躲藏，他顾得上回来报复吗？我估计，芒种兴许还不知道他娘寻死。再就是，我总觉着，除了朱贵才……"

"可是，小榆钱娘俩住在茅茨垞，除了芒种，朱贵才不会知道。"

"你身边的人，还有谁知道？"

"没人知道。"

"这么多年了，就没人知道？"黄大脚不信。

"这……咱就拿不准了……"黄三虎自然也不敢肯定。

"官方悬赏通缉你的事，芒种知道不？"

"他肯定知道。"

"你手下的人，还有谁知道？"

"差不多，都知道。"

"以我看，是有人举报领赏，朱贵才前来报复！"

"这……"

第二十四章 恩怨情仇

503

"三叔，对于朱贵才，那是剥了皮，我也认识他的骨头。我总以为，如此杀害小榆钱，除了朱贵才，天底下再也不会有人这么歹毒，这么下流，这么残忍！"

陈砚楷把他所知道的朱贵才的罪孽，一件一件讲给他们听。

他说，特别是朱贵才在残酷枪杀他岳父全家时，最后剩下了两个孩子，女孩杀死后塞进了着火的灶窟窿；男孩先割下了"小鸡鸡"，想让他家断子绝孙，但孩子疼得喊叫时，喉咙里又给他捅进一支烧火炉用的铁钩子……

"杀人手段如此酷虐残忍，我就觉着杀害小榆钱的必定是朱贵才。只有他，这么惨无人道！"

"砚楷，可是，我听说你还给他当过师爷。真的？"

"真的。一来，他爷爷有恩德于我，他希望我能把他的孙子引上正路。二来，我那时确乎相信，没有教育不好的孩子。感到朱贵才聪明、机灵，兴许能出息个人物。可是，最后，我失败了。他是条没情没义、谁也喂不熟的野狼！"

"可是，朱贵才的宝贝儿子，还是由你养活着，那不也是条狼崽子吗？"

"不。他是朱贵才的儿子不错，可是，他俩不同。'疯狂'两个字是相连的，都是先'疯'再'狂'。朱贵才，自幼就亲眼看到他的父亲朱四海，是如何虐待毒打他的母亲，是如何娶多个小妾而把朱贵才赶到乡下的。他恨他的父亲，又崇拜他的父亲。另外，他自幼就被村里的人当作虎狼崽子，这都让他仇恨，恨得发疯。他十二三岁，就喜欢活剥猫皮、火烧活鸡，喝鸡血，以此发泄，使他心地阴毒、狂暴恣睢。而这个小耀祖，跟他很不同，有善根，有情味……我万万不能同意，一人犯罪，就得斩草除根、户灭九族。表叔，恕我直言，如果没有你烧死小耀祖的前科，决没有今日小榆钱的劫难。刚才表婶说的很对，女儿的灾祸，确实是你这个当爹的招惹的……"

"你，住口！"

"不，我不能住口。表叔，表婶，我说过，朱贵才是条恶狼，他决不会杀害了小榆钱，就此罢手。他若是知道那两个男孩子在哪儿上学，也决不会放过他们。眼下咱没时间争辩，当务之急，就是赶紧去让两个孩子躲一躲，避避祸！"

"这……对，对呀！"

"但是，我还是奉劝你，除了朱贵才该杀，你可千万不能图一时痛快，滥杀无辜了。仇报仇，怨报怨，睚眦必报，那将永无休止！"

陈砚楷的话，让他们夫妻打了个愣怔，如梦方醒。咋就没想到这一层呢？没等天亮，黄三虎就骑马上路，安排人救儿子去了……

7

回头再说永安百顷地的家中,自从陈砚楷走后,便焦灼地等待茅茨坨的消息。五天过去了,还不见砚楷回来,经过商量,宗贤又派满囤去了茅茨坨。隔了一天,满囤回来把那儿的情况说了一遍:腊月已经怀孕,被芒种抢走后不知去向;芒种娘在家上吊死了;小榆钱在放马时被杀,惨不忍睹;砚楷还在那儿帮助料理后事……

这简直是一颗炸弹,把人们全炸蒙了!

反应最为强烈的自然是腊月的亲娘吕氏。她本来就卧病在床,多日不思茶饭,精神恍惚。如今一听这些消息,则完全被击倒了。身边一直由学竹照料;二梅和三菊也轮流伺候。可她与谁都不说一句话。白天,黑夜,似乎都在睡梦里,嘟嘟哝哝说些吓人的梦话。

"腊月,走,回家。再也不要离开娘了。腊月——"她声嘶力竭地喊着。

"娘,娘,你醒醒……又做噩梦了?"学竹叫醒了她,"娘,又梦见腊月了?"

吕氏睁开了眼睛,一缕阳光,从卧棚的门口射了进来。天已经快晌午了……

"我梦见了腊月,可她又走了。这闺女与咱有缘无分啊……"

学竹跟娘说,她已经昏迷了三天……

在这期间,爷爷一直坐在卧棚外边,谁叫也不离开……

在这期间,冯剑秋父子来过;陈砚楷已经从茅茨坨回来了,他和孙尚香一起来过;大兰和他爹也来过……

在这期间,凌春来还领着学义回来过。可来去匆匆……

在这期间,凌春来还带着永安镇的龚先生来给号过脉,开了三副中药,她吃了两副就醒了过来……

等她身体略有好转,又开始念叨腊月了,公爹宗贤开口了。

"三菊娘,有件事,你得听我的……"

"爹,你说。"

"俗话说,一娘生百般,也有兔子也有獾。有的下生是来报恩的,长大成人,对爹娘孝顺,爹娘沾光;可也有的下生是来讨账的,爹娘好像欠了他多少债,那是总也还不完,最后把爹娘的老命都得搭上……我看,咱这个腊月,就是来讨债的。丢了可惜,疼人,可找回来了,剃头挑子一头热。咱热乎了几天,可她,没情没义,甩手就走……三菊娘,你是个明白人,可不能让她把你那老命拽了去。你还有三个儿子,两个闺女——还有两个干闺女学竹、小娥,也都比她强百倍……不能为了她一个……

陪不起啊！"

"爹，这理儿，我懂。可是，亲生的闺女，任啥理，也说不清。她有她的难处，苦处，而今，是死是活，也不知道……"她说着，眼里又闪着泪花花了……

8

爷爷和儿媳谈话后，没过两天，早晨学竹一开门，呀，腊月妹子回来了。可不是她自个，怀里还抱着那个大头娃娃二柱子，后面还跟着薄老婆子。

爷爷正在扫院子，学竹则先禀报了爷爷。爷爷皱了皱眉头，叹了口气，才说："去，跟您娘说说去……"

"娘——腊月妹子，回来了！"学竹高兴地喊着。

吕氏刚刚起床，才穿上一只袜子，没顾得穿另一只，也没顾得上穿鞋，赤着一只脚就跑了出来。边跑边喊："腊月——腊月——"

可她一看，还抱着二柱子，领着薄老婆子，就愣住了。

腊月把二柱子递给了薄老婆子，扑通就给吕氏跪下了。

她说："俺娘仨，走投无路了。您若是收留，俺仨就住下；若是不收留，俺仨这就走……"

"你得告诉我，芒种呢？"

"芒种不仁不义，向一个姓朱的报信，得了一百大洋奖赏。可姓朱的杀害了小榆钱……我为这，离开了芒种……可怕他贼心不死，才跑来求您……"

"好，好，能辨别黑白，能仗义了断，是俺闺女！起来，娘认了。只要老阮家有口饭吃，就饿不着你们娘仨！"

"娘，闺女给你磕头了……"腊月给吕氏磕了三个响头。

吕氏一看公爹在身后，接着又说："给你爷爷磕头……"

"爷爷，孙女腊月，给你老人家磕头了！"

娘和爷爷一起上前，将腊月拉了起来。

腊月扑进亲娘怀中呜呜大哭……

爷爷、学竹也都跟着流了眼泪……

9

这人活着，就是活个精气神！自从腊月这次回来，吕氏的病不到半月，便好多了；爷爷的脸上也开了晴，有了笑模样，身子骨也比以前硬朗了许多。在他的指挥下，又搭建了两栋较大的卧棚。不仅芋头的爹娘，薄家的母子，都有了个住处；今年收的豆子，大多也储藏到了里边。这还得从头说起。

收完了豆子，周边永安、民丰、西宋、西张几个集市上，街道两旁，全都摆满了禀豆子的口袋，有人开玩笑说，已经把个永安集撑破了，连十村的猪圈里也全是卖豆子的口袋。豆子的价钱，都是跟着利津"仁和号"在黄河边收粮船的行市跑，几天工夫跌落了几乎一半。卖，还是不卖？家家都拿不定主意了。

最舍不得卖的是芋头。爷爷喊他套车赶集禀豆子，他说闪腰岔气肚子疼，没办法套车了。这个老实巴交一向不会撒谎的庄户汉子，大白天躺在卧棚里睡觉，闹得爷爷苦笑不得。

"小娥，去卧棚里把芋头拉出来，锤他两拳头！"爷爷对小娥笑着说，"这豆子不卖咋办？躲得了初一，躲得了十五？"

"爷爷，我知道他是装病。可是，豆子毛成两块五一石，我也不舍得。爷爷，要是想法存到明年春天，少说也得五块……"

"可是，咱怎么存？莫说咱没有仓房，就是有，咱敢存？要是让土匪老缺瞄上……不，不行……小娥，去，把你公公、芋头都喊来，俺爷们好好商量商量……"

在爷爷卧棚外边，爷爷让小娥摆放了一个小饭桌，冲上了一壶茉莉香茶，爷爷还拿出了自己的旱烟管笸，与芋头爷俩，便开始商量主意了。在这荒洼里，若是啦扯私房话，不想让别人听见，就到卧棚外边说。大多院子外边连篱笆墙都没有，一眼能望出半里路。倒是在卧棚里讲，人家直接到卧棚跟前听门子，你却不知道。

爷爷望望老耿家那边没人走动，便开门见山了："事情明摆着，豆子贱，如今禀，不舍得。剩下的还有两条路：这一，往外运，走水路，去济南，去鲁西；走旱路，去周村，去博山，至少去青州、潍县，那些地方粮食贵，豆子更贵，眼下至少贵上六成。可是，往外运，得拉帮结伙，路上不安稳，有风险。另一条路，就是自己存。能存到打了春，二三月里再出手，这价钱也能翻番。可这风险也不小，没仓房，粮食怕霉烂；更怕让老缺一锅端。跟你们说实话，我是玩戏法的下了跪，没咒念了。想跟你爷俩啦扯啦扯，一块拿拿主意……"

"我看，应该……"

"你先别……"芋头刚想说，就让爹挡了回去。爹放下烟袋，看着宗贤的脸，说，"老掌柜的，甘蔗没有两头甜，贱卖不舍的，存放、外运都有风险，咋办？以我看，两头总得着一头。常言说，光听兔子叫，误了耩豆子。老掌柜，这大主意还得你拿，你得放声。俺爷俩，听你的。"

第二十四章 恩怨情仇

507

要外运，俺爷俩去；要挖窖存粮，也交给俺爷俩。只要您发话，俺爷俩不待含糊的！"

宗贤听完，笑了："芋头他爹，你还是不实在。前两天我不是跟你啦扯过嘛，往后，咱就是一家人了。这么说吧，老方，假如你自家有这么多豆子，眼下你咋办？"

"我，我挖窖储存。"

"在这黄河边上，土松，水浅，能挖？"

"能。我挖过，也存过。"

"你快说说，咋挖？"

"我端详过，在咱场院地里就可以挖。那儿地势高，先挖出个地窖子，离水皮两三尺就别挖了，底下放上二尺豆叶，踩结实。最好，铺上油布，没有油布，也没事，冬天的水位只有下落。四面墙，当然还是要厚厚地隔上豆秸草。然后，就往上倒豆子。关键是封顶，草要厚，要封严、踩实。决不能透气漏水。我看，咱上边再盖上马叉子卧棚，既保密，又不用专门看管……"

"好，好，好！"宗贤连声说了仨"好"。"咱们说干就干……"

"可是，对外咋保密？"

"当然得保密，我看，除了小娥，家里的其他人，也不能让他们知道。挖好之后，咱每天起早套车赶集卖豆子，别真卖，赶车回来就下窖，成不？"

"成！"芋头他爹说，"二爷，你给打更放哨，我与芋头干……"

"好，好，好！"宗贤又连声说了仨"好"。

10

这些天，除了永安枭豆子的爆满压破集市之外，人们议论的另一件事，就是驻军部队要开拔，土匪老缺要来"打秋风"了！

老百姓听到这个消息，用"谈虎色变"来形容，一点儿也不过分。

连冯剑秋家里如今都在谈论这个话题。

"学梅，你给我说说，什么叫'打秋风'？这几天，到处都在疯传，好像在喊'狼来了！'"李二姑一边在摘菜叶，一边向在看报纸的学梅问道。

"我也听说过。查了一下字典，'打秋风'，也叫'打抽丰'。意思就是'从丰稔处抽个份子'，通俗地说就是，你家富有嘛，抽一份给我。也叫分肥。即借用某种名义，向人索取财物或赠与。比如有些进京求取功名的穷书生，得寻一些亲友接济吃住，叫作'吃蹭饭'。待成名之后，他们回忆起当年'吃蹭饭'遭遇的冷脸和尴尬，自然苦涩难言，但书生嘛，总离不开酸文假醋，自嘲时也得用个雅称，叫作'打秋风'……"学梅就像在学校教学那么解释着。

"这么说,我倒还明白几分。原来这土匪老缺打家劫舍也斯文起来了,可真要命!"李二姑感慨地说,"咱中国话,词儿还就是真多,真复杂,真奥妙,真让人叹为……什么,观止矣!"

"你呀,也跟土匪差不多,半瓶子,假斯文!"冯剑秋笑着说。

"我这不是向学梅请教嘛。我不明白的是,打秋风也罢,吃蹭饭也罢,都是舔着脸,装可怜,乞求人家。可如今是土匪老缺,拿着枪,明火执仗地去抢、去夺。却又摆出一副可怜相说,富有的大老爷们,行行好吧,把你们吃不上的剩米剩饭,施舍一点儿给我们吧!真恶心!"

"不是恶心,我感到是瘆人,就像那些嬉闹狂笑着去抽筋剥皮的魔鬼,更令人毛骨悚然!"学梅说,"唉!一个放任土匪、老缺肆意横行霸道、祸害民众的国家,还有什么希望?"

"可不是嘛,今年,是鲁西灾民来利津洼开荒种地,头一次收秋,特别是丰收了,粮食打多了,本是件大好事,可土匪老缺明目张胆要来打秋风了。驻军呢,偏偏要立即开拔。见鬼啊,我一连两次上书告急,可至今未见回音!学梅说得对,这样的国家,还有什么希望?"

"我听说,爷爷在家正为卖不卖豆子,发愁呢!"

"学梅,抽空回去一趟,看看……需要帮忙,咱尽力!"

11

土匪老缺打秋风,其实并不清楚哪个村里,哪户人家收得粮食多,他们得收买一些通风报信的人,俗称"内鬼"。在这百顷地,人们最怕的"内鬼"则是耿老三。

宗贤跟芋头爷俩商量过如何储存豆子之后,想来想去还不踏实,惧怕"内鬼"啊!那天正好砚楷夫妇前来看望三菊娘,爷俩又借机商量了一番,于第二天,两人便一唱一和演了一出戏。

头天晚上,宗贤便亲自去拜访了耿老三,并邀请他第二天中午到老阮家吃酒。宗贤说,今年老天帮忙,邻里襄助,开台锣鼓总算不错,丰收了豆子,得庆贺庆贺。耿老三并未推辞,满口答应了。

第二天,宗贤喊上了满囤、满堂兄弟作陪,宴请了耿老三。酒菜上桌之后,宗贤与耿老三相互寒暄客气了一番。及至酒过三巡,宗贤又道:"三爷,兄弟我刚来乍到,人生地疏,眼下遇有一桩难事,不知如何处置才好,很想向三爷请教,斟酌再三,不敢相烦……"

"阮二爷,见外了不是?跟我耿老三相处,有话尽管盼咐,不必客套!"耿老三捋着白山羊胡子,笑容可掬,一副忠厚长者的风范。

宗贤便将收了豆子，眼下太贱，又舍不得出手的事说了一遍。

"这个……"耿老三一听是这，自然也没好法子，"不瞒二爷你，在下也有几百口袋，没能出手哪！"

"三爷，你不出手，不慌。俺不能与你老相比啊，买地的钱，俺是借的；盖房的钱，俺是借的；说好，收了豆子还钱……"

"咋说，也不能两块五一石，就贱扔吧？"耿老三眉头抖动了两下，又说，"二爷，俺有个朋友，在'仁和号'收粮船上，他与我定好了，再存两个月，他帮忙处理。价码，比眼下提高四成。怎么样？"

"好，好啊！"宗贤站起来双手抱拳，连连打拱相谢，"既然如此，那可就拜托了。谢谢，谢谢……"

宗贤借机敬了耿老三一大杯酒。满囤、满堂兄弟俩也借机敬酒相求，耿老三满脸堆笑、满口答应。他心里却在暗暗发笑，这回我得让你们哭都找不到个坟头！

就在这当口，砚楷带着一个背枪的士兵走了进来。

一看有个当兵的跟在后边，大伙便丈二和尚——摸不着头脑了，都一齐站了起来。

砚楷忙摆手让大伙坐下，说："打搅诸位了，不好意思。是这么回事，今年春天，二叔全家来利津洼的时候，要买地，借了驻军赵旅长三百大洋，是我和冯旅长做的中人，说好是收了豆子还账。这不，赵旅长今日就派俺俩来了。二叔，如果手头有钱，拿上……俺立马就走，有个带枪的小兄弟跟着，路上自然安全一些……你们该咋喝咋喝……"

"砚楷，你和这位小兄弟，先坐下，喝两杯。不好意思，实话告诉你……"宗贤挠着头皮，急头搔脑地解释，"刚打完场，豆子还没晒干。就是说，眼下还没钱。你回去求求赵旅长，再宽限一段时间……"

"二叔，其实我也知道，你们的豆子还没出手，手里没钱。如是就跟赵旅长通融了一下，说明咱俩是叔侄关系，求赵旅长高抬贵手，给个方便，你把豆子运去，直接抵债。二叔，怎么样？"

"砚楷，赵旅长，说没说，这豆子价码……？"

"二叔，这你就放心好了。赵旅长既然同意了，能亏着你？永安集上又不缺豆子。明白吗？"

"那好，那好……"

"一言为定。两天之内，把豆子送去。"

"好来。你们两个赶紧坐下，喝几杯再走……"

"不了，兄弟公事在身，就顾不得了……"那个士兵说。

送走了砚楷他们，宗贤接着当众安排芋头，连夜准备，明天天亮就出车，多运几趟，争取一天把豆子全部送去……

芋头爷俩答应着离席走了。第二天，芋头爷俩，装了二十口袋麦糠，呼呼隆隆，赶着大车出出进进，折腾了整整一天。

这一出，让耿老三以为，老阮家的豆子运走了的闹剧，演完之后，芋头爷俩便转入了以盖卧棚的名义挖地窖子储存豆子的差事……

12

宗贤和芋头爷俩，悄悄挖窖子存粮，成功了。他们细心操作，豆子晒得干，窖子隔潮措施得当，盖得严丝合缝，既没受潮发霉，也躲过了土匪的抢劫，直存到第二年三月清明之后，才慢慢悄然出手，跟小娥说的一样，豆子的价码翻了一番，每石升到了五块。这是后话。

可是，也有不少农户没能躲过这一劫。

那是九月底，王文龙、王文虎兄弟俩联合了十几家，租了一条船，想把豆子运到烟台去卖，可运粮船还没出莱州湾，就被"撸叶子"的海匪劫持了。因为王文龙兄弟都有些拳脚功夫，还凑集了三支土枪，在劫匪登船的时候，自然有一番搏斗。有两个土匪当场毙命，受伤的有四五个。就是说，王氏兄弟的祸，闯大发了。土匪不仅没收了全船豆子，还逼迫他们兄弟俩，必须凑集二百大洋，给两名毙命的土匪处理后事，否则就让他们抵命……

那天大清早，王文龙的老婆领着一个八九岁的男孩子，哭哭啼啼地找他来了。一见面，娘俩就跪下了。宗贤急忙把她们拉起来，王文龙老婆就把一张"报信刽子"递给了宗贤。

"报信刽子"——即土匪告知"肉票"家人的书信。宗贤两手颤抖着将"报信刽子"看了两遍，核心内容就是，须五日之内用二百大洋去赎王氏兄弟的性命，逾期撕票。王氏兄弟家里，都是老婆孩子，别无挺头男人，只得来求宗贤找关系搭救了。宗贤立即表示，一定尽心尽力想办法。可是，怎么搭救？他心里一点儿数也没有。

"爷爷，俺爹还能回来吗？"王文龙的儿子问。

"能，能，孩子，几岁了？"

"八岁。爷爷，俺爹哪天回来？"

"你爹……很快，很快，就能回来……"宗贤没办法回答孩子，他结巴着，鼻子一酸，眼睛里就涌满了泪水。

三菊娘将他们娘俩领进屋里，好歹弄了点饭吃，则让芋头牵驴先送他们回了家。

王氏兄弟既然已经打死了两个土匪，"撸叶子"却没有打死他们，而是先要二百大洋，显而易见，这是先让你"家破"，然后让你"人亡"。

第二十四章　恩怨情仇

511

就是说，即便送去二百大洋，王家兄弟的性命也保不住。

"送钱，得托人求情！找他耿老三，肯定会使反劲儿。他必然乘机落井下石，再趁火打劫。但不去求他，还能去找谁呢？"宗贤这么反复嘀咕着，心里就像堵了一团乱麻，一时抽不出个头绪来……

宗贤走投无路，只得拿着土匪的"报信劄子"，去找三菊娘商量对策。三菊娘看了信，沉默了多时，才说："爹，王家兄弟重情重义，对咱不薄，从黄河乘船，到制服耿老三，他们都是两肋插刀，不惜一切。如今搭救他们，咱也应该义不容辞。该借贷借贷，该破产破产，咱得尽力，咱得豁出去……"

"这，没的说！他老婆孩子在我眼前一跪，我那心，早碎了。可是，这个耿老三，心黑手辣。今春上，王家兄弟还羞辱过他。若是由他插手，小人得志，肯定会借机加码报复！"

"对，这是肯定的。不过，除了求他，还有路子可走吗？"

"没有……"

"爹，既然没有第二条路子可走，我看可以孤注一掷，就求他耿老三。咱砸锅卖铁，直接筹集三百大洋，给耿老三留一百。这家伙肯定见钱眼开，只要他收下大洋，我看，王家兄弟的性命，就有救了。"

"别忘了，这些地痞无赖，他们的话能当真？"

"好在跑了和尚跑不了寺……"

三菊娘放低了声音，又如此这般向公爹说了一番，公爹连连点头，然后以计而行。

13

不出所料，耿老三这个土豪恶霸，在宗贤的好话恭维乞求下，尤其是白花花的大洋摆在面前之后，两眼立时就放光了。

"二爷，你可能知道，我跟'撸叶子'这个孽障，早就井水不犯河水，断了来往。可是，人命关天，我也不能见死不救吧？特别是，二爷你亲自来吩咐……我，耿老三，义不容辞，头拱地也得去办办看……只要他这孽障还认我这个三叔，兴许，还能……"

宗贤赶紧说："那么，王家兄弟的性命，就托付给你了！"

可这小子也很老道，连忙推辞。

"二爷，我，一定尽心尽力，可，还是，丑话说在前头，倘若那荒货，六亲不认，我也就，无能为力了……"

耿老三既然收下了银元，在他写好书信，准备着人前去送钱的时候，凌春来撺掇联庄会的李会长，在冯剑秋旅长的协助下，以剿匪指挥部的名义就把耿老三暂时拘留了。让前去送大洋的人同时带去了剿匪指挥部的书信。信中言明，若王文龙、王文虎兄弟生命遇有不虞，则以耿老三全家抵偿……这信还真管用，数日后，王氏兄弟被放了回来。但是，他们租的船被扣了，豆子没收了。

王文龙回来后气得吐了血，病倒了，大半年没爬起来。宗贤和芋头赶着大车给他们送粮米的时候，王文龙跪在炕上给宗贤磕了头；王文虎发誓说："我这辈子，宰不了'撸叶子'，我就不姓王了！"

14

回头再说，黄三虎着人找儿子的事。两个儿子都在天津上学，大儿子去年考上了大学，二儿子在上中学。往年，儿子们开学、放假，多由芒种接送，因此芒种最清楚他们的学校和住处。但他在告诉朱贵才的时候，考虑再三，说只知道在天津上学，至于哪个学校，就不清楚了。因此朱贵才带人到天津找了半个多月，也没找到——不是没找到学校，而是学校的老师告诉他，黄家的学生参加了南下的宣传团，至于如今在哪儿，那是谁也说不清楚的。

不过，也是冤家路窄，朱贵才在天津火车站还就真与黄三虎的人遭遇了。因为火车站警察太多，双方都没敢掏枪。黄三虎用飞镖打朱贵才时，朱贵才身子一歪，他的一个随从中镖，当场倒地。双方各自逃匿，此后再也没有碰面。

黄三虎通过天津的朋友，弄明白大儿子已经南下，从上海、南京返回时去了老家鲁西。小儿子去了北平，参加什么学生示威游行去了。于是给朋友留下一笔钱，嘱咐了一番，便回了黄河口的大荒洼。

黄三虎回来之后，想办的第一件事情，就是去惠鲁村，对砚楷表示感谢。那天，他与老婆装扮成从鲁西老家逃荒的难民，来到惠鲁找到了砚楷。黄三虎佩服砚楷神机妙算，朱贵才果然去了天津。黄三虎与砚楷一见面，他就大声称呼砚楷是"活神仙"了！

砚楷沉吟半天，却十分严肃地说："三表叔，我哪儿是什么活神仙？我如果会算，朱贵才的儿子小耀祖，能被你们骗出去烧死？没有他被烧死，能有他对小榆钱的残忍报复？"

黄三虎这一次垂下了脑袋，没有再恼怒反驳。

砚楷又接着说："三表叔，我只是个走江湖混饭吃的。以往，对任何人，都只是告诉人家，做人的最最起码的德行，不能这么做，不能那么做，向来不敢指导人家如何去做。这是俺师傅当初教给我的楷则行规。但是，这一次，对于你，我得破破例了，我要告诉你，必须想办法尽早除掉朱贵才这个畜牲。不除掉他，你家人就不会安全。另外，还得继续找到每个孩子，让他们暂时躲避一下；三婶嘛，也得先离开茅茨坨……"

"这……"黄三虎一向大咧咧的，可如今让他藏藏躲躲，心里还真是别扭，"好，我听你的。"

"那好，最近我得回老家一趟。在菏泽上学的孩子，也不知跑到哪儿宣传抗日救国去了，老娘急坏了，来信催我立马回去找孩子！我走之后，就让三婶儿住在这儿，跟尚香做个伴儿，怎么样？"

这当然是求之不得的事情，黄三虎夫妇立即答应了。

"三叔，你既然知道大儿子回了家乡，那么咱俩搭个伴儿一块走，行不？另外，我估计如今朱贵才，既要躲你，又要寻找你儿子，说不准也回了老家……"

"那，咱说走就走……"

这天下午，砚楷去百顷地跟二叔宗贤打了个招呼，第二天便与黄三虎一起去了前坨子码头，还真巧，正碰上有船去济南，他们跟船老大交谈通融了一下，便顺利地上了船……

第二十五章 国难当头

1

自从过了中秋节,冯剑秋又病了。他是天天看报纸,看着看着则无端地哀声叹气,流泪;夜晚睡梦里,有时则抽抽搭搭地哭……挺吓人的。李二姑与学梅商量,又找来了严依霞和吕蕴玉。

她们二人来到之后,话没说几句,冯剑秋把眼一瞪,声嘶力竭地就讲起了当前的抗日形势……

"大姐,霞妹,你听我说……"

"好,你说,你说,我与依霞听着哪!"吕氏和蔼地说。

"咱中国的事情,坏就坏在这些投降派手里。喜峰口大捷,歼敌三千,后来偏偏又搞了个狗屁《塘沽协定》,29军撤出长城阵地,宋哲元撤销职务。难怪29军撤出时昭告全军说:'我以三十万之大军,不能抗拒五万之敌人,真是奇耻大辱。现状到此地步,我们对于时局,尚有何言?'可是,就是这个宋哲元,去年冬天,竟然就任什么冀察政务委员会委员长,与一帮汉奸搞什么华北五省自治……唉,丢尽西北军的脸面啊!难怪11月18日平津各大学校长、教授,联名公开发表宣言,呼吁华北全体民众与全国同胞一致奋起,共救危亡。接着,12月9日,北平学生,在共产党的组织和指挥下,举行了轰轰烈烈的,抗日救国游行示威。全国爱国学生一齐响应,涌上街头……特别是,12月26日,新编第一军参谋长续范亭在南京中山陵剖腹明志,抗议政府,坚持内战,消极抗日……好啊,有种啊!

"玉姐,霞妹,我从报纸上看到续范亭的消息之后,我就天天想啊,人家续范亭参谋长,那才是个爷们儿,可我冯剑秋,一日三餐,百无聊赖,酒囊饭袋,行尸走肉,苟延残喘,生不如死啊……呜呜……我就怕死吗?不,我得去济南,找韩复榘,大不了,死给他看!"

515

"剑秋，你先坐下，冷静冷静，行不？"吕氏眼含热泪，强拉冯剑秋坐下。

"姐，剑秋冷静不下来了！咱就要当亡国奴了！姐，咱中国没希望了！"

"剑秋，你还能听姐姐几句话吗？"

"能。"

"那么，你先坐下，行不？"

吕氏示意严依霞和李二姑强制冯剑秋坐下，又给他倒上茶水，逼他喝了两杯。冯剑秋终于冷静下来。

吕氏这才开口："剑秋，咱中国怎么就没希望了？连你老师蒋百里的论断，你也怀疑了？咱有四万万人，愿意当亡国奴的有几个？不说别人，就你们国民党这些兵，全国的老百姓几乎天天都在骂你们，是草包，不顶打。可是你们中的大多数，也包括张学良、宋哲元、张自忠，也包裹你，不是都为撤出阵地，放弃国土，感到奇耻大辱吗？多难兴邦，哀兵必胜，知耻者勇。剑秋，你年轻时候，经常说，生当作人杰，死亦为鬼雄。怎么，不等到与日本鬼子交手，自己就先趴下、当狗熊？再回头看看你这个家，你这命，是自己的吗？剑秋，不是。面对李二姑，面对小永安，都不允许你有死的想法。死不起啊，对不？"

冯剑秋沉默着……

"剑秋，你得表明态度，听姐的话，不能死。"

"好，我听大姐的话，不死！"

"对。第二件事，既然有病，就得积极治病。这，依霞比我明白，你得听她的。我看，得先治失眠……"

严依霞接着说："对，先治失眠，再调理肠胃，能吃能睡，百病后退。我回去找龚先生一起商量个治疗计划，你可得配合啊。"

"唉，我已经病入膏肓了……"

"剑秋，这就跟打仗一样，得有信心嘛！要，志在必得；要，战则能胜。你也得向我发誓，一定配合治疗！"

"既然大姐说了，我发誓，配合治疗！"

2

吕氏让凌春来帮忙，又把永安的龚先生请来。龚先生对严依霞和李二姑说，治疗精神疾病，必须帮助病人相信医生。严李连声答应。

龚先生经过诊断，恳切地说，既有原先的肝病，还新添了郁症。郁症（即抑郁病），厉害了，就是癫狂症。他与严依霞的意见一致，得先治失眠，调理肠胃。治愈难度很大，既要有信心，也得有耐心。"

冯剑秋说："我早晨起床，总感到头重脚轻，天旋地转；吃饭的时候，饿不饿？明知道肚子里空落落的没食，可什么放进嘴里，在舌头上卷来卷去，就是难以下咽……龚先生，病入膏肓了，说能治，那是安慰我。我明白，已经到了人生的尽头，末日，剩下的是自己受罪，别人受累。这些天，我是度日如年，苦不堪言，活着还有意思吗？不瞒你们说，我，多次想到死，怎么死……"

"冯旅长，你若是光想死，那好，我这就走。世界上没有一个医生，能治活一个一心想死的人。"龚医生冷下脸，收起听诊器，就走。

李二姑、严依霞赶紧上前劝阻。

"龚先生，你跟我说实话，我，还有一线希望？"

"有。用你们军人的话说，我可以立军令状：治不好你的病，从今以后，我不再当医生。但是，有一个前提，你得答应我，放下杂念，配合治疗。"

"好，我答应。"

3

冯剑秋的病，治疗起来，确乎十分艰难。不过，龚先生中西结合，标本兼治，冯剑秋见效果明显，也就有了信心。

这天上午，龚先生骑着一头小毛驴又来到了二十师。一个亲戚从五莲山里来，送给他二斤干酸枣。酸枣水能治愈失眠，他便给冯剑秋送来了。冯剑秋甚是感激，让李二姑沏上好茶，两人便又聊起了闲话。

"冯旅长的病，与心情焦虑关系很大。治疗失眠，必须先放下心事。否则，什么灵丹妙药也不会奏效。"

"龚先生，如今小学生都在唱：'中华民族，到了最危险的时候……'我一个职业军人，却在这儿苟延残喘，你说，放得下吗？"

"可是，日夜忧虑，把身子糟践坏了，还能为国家效力吗？冯旅长是个明白人，既然于事无补，又何苦自咎自残呢？"

"这，我何尝不明白？只是，如陷泥淖，不能自拔……龚先生，咱们这些天接触，我发现，你才是个心里透亮的明白人。多年来，有几件事，老纠结，咋想也想不明白。我很想请教请教先生您……"

"冯旅长，我一个看病医生，对于国家大事，孤陋寡闻，哪里敢班门弄斧……"

"龚先生不用客套，咱们讨论一下总可以吧？朋友嘛……"

"好，好，冯旅长既然以朋友相待，我想，朋友之间，即便龚某说错了，冯旅长也不会见怪，对吧？"龚先生谦和地说。

"对。龚先生，我就不明白，咱们中国，大大小小的司令长官，你说他们是汉奸吧，又不是。说不是吧，可一个一个见了日本鬼子，拱手哈腰，低眉敛目，那副德行，嘿，令人浑身起鸡皮疙瘩！他们啥时候都得软骨病了呢？一说抗日，简直谈虎色变啊！不知多少次，让我们这些军人蒙羞，让那些忧国忧民的爱国人士，肝肠寸断。这是怎么回事呢？梁启超先生说，这是人种退化。也有人说，中国的男人都被阉割了——阳刚气全部消失了。这当然是说气话，但是，也不是毫无道理。我，想来想去，咋也想不明白……"

"哟，这，可是个大题目。恐怕全中国人，如今都在议论这件事情。冯旅长，军中的事情，你比我清楚，就以'九一八事变'为例吧，那位不抵抗将军张学良的所作所为，各大学的师生，都以为，简直是荒唐儿戏、不可理喻……"

"东北军的事情，你也知道？"

"知道的可能不如你详细，但也决非道听途说。说的不对，你再纠正。据内部知情人士确认：事变那天夜晚，东北的军政大员都不在自己岗位上。东北边防军总司令长官张学良本人，这天在北平前门外中和剧院观看梅兰芳演出的《宇宙锋》；司令长官公署参谋长荣臻正忙着在家里为他父亲祝寿；黑龙江省主席兼东北副司令长官万福麟也在北平，他将在黑龙江的军政大权，交给了他儿子；吉林省主席兼东北边防军副司令长官张作相为父奔丧回了锦州。不说他们了，就是身处辽宁第一线的军政大员也多不在岗位。连驻守北大营第七旅的旅长王以哲此时也不在军营里。咱中国就靠这帮大爷领导抗日，还有胜利的那一天吗？日军进攻时，第七旅的参谋长赵镇藩下达命令，让部队进入阵地，同时用电话向王以哲旅长和总司令长官公署参谋长荣臻报告，荣臻给赵镇藩下达命令：'不准抵抗，不准动。把枪放在库房里，挺着死。大家成仁，为国牺牲。'这叫什么命令？亘古以来谁见过这种命令？有人说，中国的长官们简直是脑子里进水——疯了！不，这命令里边，你也可以咂摸出，他们满心的苦楚、牢骚！进攻北大营的日军650人，驻守北大营的东北军却有12000人，五时半赵镇藩带领部队撤出，六时半日军占领。至八时，东北边防军长官公署、省政府、兵工厂、飞机场、所有军政机关和金融机构悉被占领，军警全被缴械。东北边防军总共有30多万，入关的有11万，留在东北的还有20万哪！可是，1万多日本正规关东军，加上1万多非正规部队和3000警察，总共不过23000人，面对十倍多的中国兵，却如入无人之境！仅在一周内，几乎兵不血刃，相继占领了辽宁、吉林的三十几个城市。有人说，我们还没准备好，没有武器装备，可是，仅沈阳失守，日军从兵工厂就缴获了：步枪15万支，手枪6万支，重炮野战炮250多门，还有张学良从国外购来的飞机250架。冯旅长，这是飞机呀，这是250架呀……"

"哟，没想到，龚先生对这些情况，竟然如数家珍！我这个专业军人，却灯下黑，只知道是战略转移，万不得已……"

"不瞒冯旅长说，龚某在大学教书的时候，曾担任过抗日救国团体的宣传员。还带着几个学生到北平、沈阳等地考察过。"

"龚先生果然道行不浅，冯某失敬失敬。"

"那么，我可要继续宣传了……"

"欢迎欢迎。"

"边防军，不守边防，把大好河山拱手让给倭寇，罪莫大焉啊！然而，全怪罪他们吗？不能。不抵抗的命令，是张学良的司令长官公署下的。张学良的司令长官公署又是听命于谁呢？自然是蒋介石了。蒋介石，他正忙着调兵遣将打内战，心思并不在抗战守土。再说，蒋介石、张学良，都以为日寇过于强大，咱中国过于贫弱，根本没有力量与日本全面开战。一旦开战，可能在三个月、两个月，极短时间内就会全部沦陷。因此，只有忍耐，再忍耐；妥协，再妥协；退让，再退让。事变前，蒋介石给张学良的电报说：'无论日本军队此后如何寻衅，我方应不予抵抗，力避冲突。吾兄万毋逞一时之愤，置国家民族于不顾。'唉，是谁置国家民族于不顾？是非全被颠倒了！蒋百里先生针对国民党军中的恐日心理，还写过一本书……"

"是《国防论》。蒋先生是冯某的老师，这本书他送了我一本，我认真读过。他的结论就是：'跟日本打也好，拖也好，就是不能讲和。''中国根本不必怕日本。'对吧？"

"对，太对了。可是，如蒋百里这样的有识之士，实在是凤毛麟角，太少了！这，若是穷原究委，就不难理解了。"

"龚先生请讲……"

"有人问，咱中国人怎么了？怎么就如此懦弱？其实古代的汉族人，那是世界最强悍的民族。先秦史就是汉族的战争史。再翻开汉代司马迁的《史记》，有记载叛徒的篇章吗？有的学者统计过，在汉朝时，一个汉兵可以顶五个匈奴人。可到了宋朝，情况便颠倒了过来，一个金兵可以抵御十个宋兵。到了明朝，我看一个清兵恐怕可以抵一百个汉兵了。清朝入关的时候，满八旗、蒙古八旗、汉八旗、兵力加起来才十七万人。李自成就有百万大军，更遑论明军正规军。汉人上亿。可就是这十七万人，竟斩关夺将，势若破竹，一举灭亡了大明王朝。可及至清末，英国的几千人远征军，绕过大半个地球来打中国，清朝有常备军百万，竟被打得割地赔款，连声求饶了。我们应该想一想，输掉的仅仅是战争吗？不。我们输掉的是精神，是文化！德国有个哲学家黑格尔说："中国是灾荒亡国。"鲁迅也说过中国人是"灾民"。他们指的都不是自然灾害。受的是什么灾？那就是已经腐朽的儒教之灾。秦始皇搞了中央集权制度，汉武帝则独尊儒术，从汉代董仲舒到宋代程颐、程颢、朱熹——把孔子的《论语》，依照巩固皇权的需要加以重新阐释，而形成了三纲五常的儒教。儒教确立皇权，皇权确立独裁，独裁确立专制。专制主义最可恶的一个特点就是愚民政策。要做到这一点唯有高压。高压必造成顺从。顺从培养奴性，培养绵羊。儒教已经把中国人培养得有受虐倾向了，对凌辱有极强的忍耐力。人平时没有尊严，战时也很难有尊严。奴隶在奴隶主面前是奴隶，在外国侵略者面前就变成主人了？那是绝对不可能的。他们不仅不能杀敌，而且对于杀敌者，他们有能力告密、以莫须有的各种罪名进行陷害……年轻时读史，每每为岳飞、辛弃疾、文天祥等心碎、流泪、不平，其根源却在这里！专制吃人，专制愚民。把人民变成羊，汉民族就是羊。扬州城破，清军大屠杀，扬州顿成地狱。比地狱更难忘的场景是那些百姓引颈受戮的场面。史载：只要遇见一个满族士兵，"南人不论多寡，皆垂首匍伏，引颈受刀，无一敢逃者。"

"为此，一些有识之士，则看清了儒教误国。鲁迅不容儒。梁启超、林语堂、胡适，都不容儒。共产党的一些领袖就更不容儒。他们都认识到，一个奉儒教为宗教的民族则肯定是要堕落的……"

"看来，龚先生也是反对儒教的？"

"对。可我得解释一下，我自幼上学，《论语》《孟子》，我能全文背诵，那是中国优秀文化的经典，决不能乱加否定。我反对的是被宋儒和明儒加工改造过的儒教——三纲五常、三从四德。也许，我有些偏激，但是，至少面对目前国家、民族的革命情势，必须先革儒教的命。儒教全部学说的核心，则是'崇圣'。'圣'，后来，不再是孔子，而是皇帝。皇帝不仅称'陛下'，还称'圣上'。最浅显的道理是，既然国家是你一家一人之国，我凭什么拼着一腔热血去保卫它？所以，有人说，我们的军队，则是乌合之众……"

"龚先生，这，冯某就不尽同意了。在中国历史上，忠君与爱国，有时是分不开的。再看看我们的军队，也不全是乌合之众；我们的人民，也不全是任人宰割的羔羊……"

"不错。我说的是反帝的同时，必须反封建。封建文化，封建制度，其落后腐朽，已经到了必须批判、必须清除的地步。决不是对文化、对历史，不问青红皂白全盘否定，宋朝，还有岳飞；扬州十日，还有史可法……"

"对呀，岳飞是民族英雄吧？可是，忠君与爱国能分开吗？'待我重新收拾旧山河'，他还是要'朝天阙'，对吧？"

"正因如此，岳飞，仍躲不过风波亭被杀的悲惨结局。"

他们二人，这天是各抒己见，畅所欲言，有时争论得面红耳赤，有时又一拍即合。最后冯剑秋向他提了一个怪怪的问题："龚先生，你能否告诉我，原来，你曾经叫过什么名字？"

"这，你……"龚先生一脸疑惑，瞪大了眼睛盯着对方。

"龚先生，不要误会。我知道，你现在的名讳，叫龚自强。我，先父，冯文魁，早年在日本留学时，留下一张照片，照片上有个同学的名字叫龚无忌……"

"龚无忌？"

"对。这名字写在照片的后边。"

"你是，冯文魁的儿子？"

"对……"

"你还有那张照片吗？"

"有啊！"冯剑秋从抽屉里取出那张老照片，递给了龚先生。

龚先生捧着这张照片，双手颤抖着，泪水慢慢溢出了眼眶。

"我，就是龚无忌啊！"

原来如此！

自此二人则成了知交、至交。半年之后，冯剑秋身体基本康复，思想也有了较大变化。他从龚先生那里借阅了许多进步书籍和报刊，后来竟积极主动接受了龚先生和凌春来的组织安排，准备与李二姑一起回济南。任务是了解韩复榘及其内部的一些有关抗日的动向……

4

在冯剑秋临去济南之前，吕蕴玉、严依霞邀上惠鲁学田的孙尚香，一起到"二十师"村与他辞行。

中午饭时，孙尚香帮着李二姑下厨，忙了个四盘八碗，饭菜十分丰盛。冯剑秋拿出了一瓶储存日久的兰陵曲酒殷勤款待，吕、严、孙等亦破例饮了两杯。及至饭后，让大家没有想到的是，冯剑秋略带醉意，竟然又动了真情。

"剑秋这辈子没有姊妹，你们几个，就是我最亲最亲的姊妹。我冯剑秋，是个食军饷的军人，值此国家危亡之秋，理应拼杀疆场，为国捐躯。也就是说，与诸位姊妹，今日一别，就不知今后能否再见面了……这叫诀别……"他说到这儿，便眼泪汪汪、泣不成声了。

严依霞鼻子一酸，立时也红了眼圈。可她却没好气地说："冯哥，

霜夜沉沉,秋声苍凉,冯剑秋临窗吟诗。

有话你就说,我们听着哪,别这么婆婆妈妈的,行不?"

"依霞,让他说……"蕴玉递了个眼色给她,又平静地说,"剑秋,今日我们前来为你践行,巾帼不让须眉,破例牛饮,为你以壮行色。可是,你这出征将军,理应横刀立马,壮怀激烈,咋的倒先蔫了?"

"姐,这叫亲人诀别无诳语,铁石心肠也泪流……"冯剑秋擦了擦双眼苦笑着说。

"兴许你们还不知道,冯旅长如今已变成诗人、词人了。"孙尚香举着一张稿纸说。

李二姑说:"本来有病,就该好好歇息,可他,越是心焦,越是苦闷,就越是白天黑夜地趴在桌子上,冥思苦想,推敲什么诗词。唉,我看也没有多大才气,多少韵味……"

"有些人心绪不好,就借酒浇愁,发酒疯,摔盘子砸碗,打老婆骂孩子。可剑秋是写诗填词,发思古之幽情,高雅得很呀!"吕蕴玉打趣地说。

"那倒也是。吕姐就会圆盘子……"李二姑笑着说。

冯剑秋写的是一首词,孙尚香、严依霞、吕蕴玉传看了一遍。

浪淘沙
秋 夜

黄叶夜飘零,影碎窗棂,鸣蛩墙角吟秋声。
死别生离肠断日,冷月偏盈。
冷月见霜明,人瘦西风,年来疯病为愁成。
人到情痴情已尽,梦魇三更。

孙尚香看后连声说好,并说可以谱上曲子演唱。

严、吕相视默然。难以掩饰心情的沉重。

气氛有点儿尴尬……

吕氏想打破沉闷,说:"剑秋,我听说,你被龚先生说动了心,要像鲁迅,当绅士阶级的逆子贰臣,真的吗?"

"不错。龚先生是我们的先辈,与我父亲、阮先生、黄区长,都是留日同学。老骥伏枥,志在千里,是我们的楷模。这些日子,他对我的开导,确如醍醐灌顶,让我茅塞顿开……"

冯剑秋将这些天他与龚先生的谈话内容不厌其详地叙述了一遍,然后说,已决定与李二姑近日就去济南,于抗日救国能效几分力,也就心满意足了。

最后又说:"家驹已经回济南了,那儿的抗日宣传队需要他。学梅愿意带'小永安'暂时留在这里,你们就得多操心了。另外,我如果死在了战场上,李二姑,她没有家,还得回来找你们。拜托了……"

大家自然满口答应。冯剑秋显然有些神经质了,大伙又解劝了一番,劝他别把路想的太窄了……

这天下午,突然阴云密布,淅淅沥沥下起雨来。人不留天留,吕蕴玉、严依霞、孙尚香只得留下来过了夜。

第二天,冯剑秋把多年来写的六本日记,用一个印花包袱包了,双手交给了吕蕴玉。

"姐,这就是剑秋的心,留给您了。"

"剑秋,姐明白。"

5

冯剑秋的前妻朱氏,回了她爹在济南按察司街的老宅子。这儿离儿子冯家驹的学校较近,礼拜天儿子常来吃饭。冯剑秋与李二姑回到济南,也想离儿子近些,便租了临近大明湖南门的两间房子住了下来。

冯剑秋回济南之后,第二天则与韩复榘见了面。韩复榘让他先去医院看看医生,检查一下身体,如若没有大病,愿意上班,可以到参谋部办公室,帮助处理一些往来的密件。韩还说,有空闲还想跟他议论一下当前全国的局势。他很高兴,满口答应了。

说也怪,冯剑秋自此之后,按时去参谋部上下班,又按时搜集一些"情报"夜晚加以整理,写成一份份材料,日子过得既充实又规律,身体则日渐康健,脸上又泛起了红光。

可是,他原来答应龚先生和凌春来的事情,却突然间变卦了。

那天是礼拜天的下午,有一个青年学生打扮的年轻人,找到他家里,按照与凌春来约定的接头方法,先在门口与李二姑对了暗号,已无疑义,李二姑则把他领进门来。这个学生兴许也是头一次办这事,跟冯剑秋一见面,就说:"我是来取谍报的。"

"谍报"二字,顿时像一声霹雷,在他耳边炸响,使他多时没能醒过神来。他沉吟了多时,才抬起头来面对这个来取情报的年轻学生。

"对不起,你走错门儿了。李二姑,送客——"

那个年轻人还想解释,冯剑秋却把脸一沉,喝道:"出去,再啰嗦,我就抓人了!"

年轻人无可奈何地走了。

李二姑也给弄蒙了。她见冯剑秋脸色铁青,非常难看,自然没敢再问。

这天晚上冯剑秋喝多了酒,醉了。乘醉铺纸挥毫,写下了"羞为贰臣"的诗句:

年轻未作逆子，人老羞为贰臣。
明知穷途末路，亦难大义灭亲。

直到第二天晚饭后，李二姑陪他去大明湖遛弯时，他心情已经平复，李二姑才以责备的口气跟他说："你也是个大老爷们，咋出尔反尔，答应人家的事情，说不认账就不认账？"

冯剑秋沉吟多时，说："我一听什么'谍报'俩字，心里就咯噔一震。这不是做间谍吗？不行！"

"什么间谍不间谍，不是韩复榘光想跑，不想抗日，咱把情况透露给人家，共同做他的工作吗？你把事情咋看得那么严重？"

"不。好歹在他麾下半辈子，也表过态忠于他，以义断恩是对的，但感情这个门槛难迈啊！"

"你啊，哪像个研究战争的军人！《孙子》曰：'兵者，诡道也'……"

冯剑秋长叹了一口气，然后给她讲了冯玉祥、韩复榘的一些往事。

1929年5月26日，韩复榘发动"甘棠东进"背叛了冯玉祥，致使冯玉祥第二天通电辞职。当冯玉祥走投无路的时候，韩复榘又于1932年3月23日，派钢甲车至徐州迎接冯玉祥至泰安，蛰居泰山。10月6日，又根据冯玉祥的意愿，派钢甲车送冯一行赴察哈尔，组建抗日武装。至第二年8月，冯组建的"绥察抗日同盟军"解体，韩复榘再次派钢甲车迎冯至泰山。在冯蛰居泰山期间，身边除谋僚、随从外，还有一个手枪营警卫。其经济来源主要靠韩复榘、宋哲元供给。韩每月提供9000元及500袋面粉。都是由西北军的老军需闻承烈去办。韩复榘每次带着家人去泰山谒见冯玉祥，仍如在西北军时穿灰布军装，腰间虽不扎武装带，下边却打上裹腿。在冯面前，双手扶膝端坐，一向不敢抽烟。也就是说，尽管都是特立独行的人，相互也有不少恩恩怨怨，但袍泽恩义还是很深的。

如是李二姑不再劝他。可她看得出来，冯剑秋内心十分矛盾。那些按《千字文》字序编排的情况实录，他还是每晚都在进行。

6

这天是礼拜天，早晨一起床，冯剑秋就开始念叨儿子了。

"家驹这孩子，又是两个礼拜没回来吃饭了。也不知道还在济南不？前些天他说要去上海学什么话剧……"

李二姑明白，这是冯剑秋想儿子了。十天八天不见，他就念叨。

"吃了早饭，我去普利门外的菜市场，买些新鲜韭菜——头刀韭菜应该下来了。咱是包饺子，还是做水煎包？我看家驹最爱吃两面黄嘎渣的水煎包。好了，就做水煎包。十点钟我能做好，你得亲自去叫他，听见了？好，好……"

李二姑自从跟着冯剑秋来到济南，既希望与冯的儿子冯家驹把关系搞好，可又有点儿怵头见冯家驹。因为冯家驹对她这个老妈子并不认可。回家见面，与她既不打招呼，也从不拿正眼看她。兴许这也是冯家驹愿意早回济南的原因。但是，家驹回来吃过几次饭后，与李二姑的关系还是有所改善。有一次，家驹在山东剧院演出话剧，他还送回两张票，请他们去看，他们也高高兴兴去看过。

两天之后，冯家驹带着凌春来了。

显然，凌春来是为那"情报"来的。冯剑秋明知是自己悔约，却又不想改正，而是求对方谅解。中午与凌春来一起喝完了酒，冯剑秋带着几分醉意，哈欠连连，说是醉了，想睡觉。也没等凌春来开口，便把写的"羞为贰臣"的诗递给了凌春来。凌春来看完后倒是没有再说什么，他又顺手把诗稿递给了家驹。家驹却开口批驳了。

"爹，既然已经答应，就不该反悔。韩复榘显然已经步入歧途，难道还要效忠韩复榘，为他殉葬吗？"

"你放心，我决不会为他殉葬。春来，对不起，我喝醉了，得歇息歇息。"冯剑秋说着，向凌春来拱拱手，便由李二姑搀扶进了卧室。

李二姑侍候冯剑秋躺下，听见他打呼噜了，才悄悄退出来。凌春来和冯家驹还喝着茶等在那儿。

"俺爹睡着了？"

"嗯，睡着了。凌老师，实在不好意思，让你白跑一趟……"李二姑一边给他们二人倒水，一边说。

"李姨，你是个明白事理的人，你跟俺俩说实话，关于韩复榘的情况，俺爹写了没有？"

冯家驹还是第一次称呼李二姑为"姨"，不由的李二姑心头一热。既然冯的亲儿子出面祈求，自己何不做个顺水人情？

"家驹，凌老师也不是外人，我就实话实说了。你爹，有空就写，是按《千字文》顺序编的号，我见过。可就是抹不开面子，更听不得叫什么'谍报'。"

"李姨，在哪儿，能不能让俺俩看看？"

"这……都在他那个三抽桌的抽屉里，写完就锁上。"

"姨，钥匙在哪儿？"

"钥匙……自然是在他身上带着……"

"这……咋办？"家驹急得搔头皮了。

凌春来、冯家驹与李二姑，三人小声商量了一阵子，最后商定：偷出钥匙，另配一把，由李二姑在门口留暗号，只要冯剑秋不在家，就由冯家驹来抄写。说办就办，当下午冯家驹立即落实，偷出钥匙，另配了一把，趁他爹酒醉睡觉，打开抽屉，取出文稿，让凌春来粗粗看了一遍……

此后，由冯家驹抄写传出的"谍报"达七十余份，现择最初几节摘录如下——

【天字】12月12日，张学良、杨虎城西安兵谏，拘蒋介石及在西安的几十名军政要员，震惊中外。当日晚，张学良密电韩复榘说明兵谏原因，请速派代表赴西安"共商国是"。张、韩私交非同一般。民国二十年（1931年）7月，原西北军石友三受两广军人策动，对张学良用兵。石友三与韩复榘关系甚笃，曾一起脱离冯玉祥之西北军。但这次韩拒绝与石友三统一行动。并致电张学良表示："复榘等绝不因私废公，自当追随钧座。"张学良对此非常满意。民国二十一年（1932年）8月22日，韩受张邀请，去北平参加北方将领会议。会后，张学良与韩复榘互换兰谱，结拜为异姓兄弟。张学良并将一处房产——北平东绒线胡同47号赠韩。

【地字】12月15日，张学良派一架军用飞机至济南迎接韩复榘的代表。似是天意，成事不顺，济南机场跑道不坚实，飞机降落时螺旋桨折断，无法再用。韩复榘只得派亲信刘熙众于19日改乘火车去西安。而火车只通到洛阳。刘熙众无计可用，托关系找空军帮忙，空军副司令当面答应刘的请求，派了一架飞机，却故意把刘送到了太原。因一再延误，此时，蒋介石已被释放。

【玄字】韩复榘料到特使刘熙众不能预期到达，于21日以密码形式发马电致张学良[①]称赞张氏非常行动为"英明壮举"，并通知张、杨，他的部队将"奉命西开，盼两军接触时勿生误会"。"马电"发出之后，立刻被南京政府特工破译。南京高层极为震惊，立即派参议蒋伯诚飞抵济南晤韩，同时电询平津宋哲元的意见。蒋伯诚还假惺惺地说："蒋夫人及宋部长（子文）正准备亲赴西安谈判，委员长脱险指日可待，你怎么还发这种电报呢？"此时，韩复榘才明白"马电"已经泄露。

---

① 21日，平水韵目21为"马"，故称"马电"。

蒋伯诚，何许人也？身份是南京政府的参议，从民国18年中原大战期间，蒋介石即派他当作军事联络员，对韩予以协助（实际就是监军、卧底）。韩身边的孙桐萱、刘熙众等皆说，蒋伯诚是个有名的军人政客，诡计多端。就是他经常将韩的真实情况随时向蒋密报。可韩复榘却满不在乎。甚至拿蒋伯诚当作"蒋干"，有时故意讲一些抗日中的困难，让蒋伯诚向南京汇报，制造空气。可后来事实证明，韩复榘没有周瑜之精明，蒋伯诚也不像蒋干那么草包。

【黄字】12月25日，西安事变和平解决，下午5时50分，被释放的蒋介石到达洛阳。当时韩复榘正在济南省府打麻将，听到这一消息后，失望情绪已难掩饰，当着蒋伯诚的面，把眼前的牌一推，说："这叫什么事，没想到张汉卿做事情这么虎头蛇尾！"等蒋伯诚汇报蒋介石时，很可能就是："张学良没杀委员长，韩复榘非常失望……"

韩复榘在西安事变中始终站在张学良一边，当是犯了蒋介石之大忌，对此，蒋自然已经恨之入骨，无论如何不能原谅他了。

7

7月7日，日军在卢沟桥回龙庙附近进行挑衅性的军事演习，随后炮轰宛平城。中国守军奋起抵抗，全国抗战正式开始。

这几年，宋哲元的29军不仅分别驻守冀察两省和平津两市，而且各行政长官也由驻军首领兼任：副军长秦德纯兼北平市长；尔后38师师长张自忠接替萧振瀛兼任了天津市长。

可是，就在平津相继失守不久，全国各大报刊皆以头版头条咒骂张自忠的时候，张自忠却突然出现在济南省府门前，把名片投进去，把韩复榘吓了一跳。见面就问："你怎么敢……？"

"我怎么不敢……？"

"还是那个'张扒皮'的脾气？"

当年张自忠在西北军冬季练兵时，曾率先扒下棉衣与战士一起在雪地里滚。故得了个绰号"张扒皮"。

韩复榘端详着这个往日既彪悍、又标致的小兄弟，而今竟落魄到"流窜犯"的地步，禁不住长嘘一声，将桌子上的几分报纸，推到张的面前。张已很长时间看不到北平之外的报纸了。他拿起一看，脸色顿时苍白了。有的大标题则称他为"华北特号汉奸""张逆自忠，自以为忠""实张邦昌之后"……他拿报纸的手在颤抖着……

"荩臣（张自忠号荩忱，或荩臣），我就闹不明白，你们怎么就昏了头……"

"向方兄，如今是'关云长夜走麦城'了，一言难尽啊！"一提这事，张自忠顿时双眼盈满泪水，泣不成声了。

"嗨嗨嗨，别哭，我就受不了大男人家，哭鼻子！你们29军，怎么了？军座（指宋哲元）见面哭，师座见了也是哭……"韩复榘掏出手绢递给张自忠，又说，"荩臣，坐下，把情况跟老哥仔细说说。"

张自忠这才将"七七事变"之后这几十天的情况一五一十说了一遍。韩复榘听后大惑不解，问道："我还是不明白，鬼子在卢沟桥已经动真格的了，蒋介石又松了口让打，你们还跟他磨叽个啥劲？"

"向方兄，我跟你说心里话。这一，蒋介石的话，你能当真吗？四年前，宋先生在张家口就公开讲过：'谁再相信蒋介石真心抗战，谁就是个傻子！'他为何这么说？就是被哄骗的次数太多，怕了。这二，真跟日本人开打，是救国救民，咱虽死犹荣，不会怕死。可是，从武器装备到人员素质，得承认，相差很大。不仅29军不顶打，就是蒋介石的嫡系恐怕也不堪一击。第三，让我们鬼迷心窍的就是这第三，你有所不知，就在近期，日本决策的上层，'战''和'两派，斗争十分激烈，我们想再拖拖，再等等，看看结果。结果是'主和'一派下台，这才把我们坑惨了……"

"噢，怪不得，卢沟桥事变当天，北平秦德纯市长就给我们打电话说，局势还可能好转，不必紧张，原来窍在这里。不过，我还是认为，这是鬼子蒙你们吧？明摆着，他们也需要调兵遣将的时间。"韩复榘对此将信将疑。

"反正我们是相信了。不说了，一败涂地了，还说什么？"

"荩臣，我还不明白，直到北平沦陷的前一天，你是咋想的，还去背那个黑锅，还去接那个糟烂摊子？有人竟然说：张自忠这小子不地道，想过一把当封疆大吏的瘾，借机逼宫夺权了！"

张自忠又哭了。

"刚才我说了，事变之后，宋委员长（宋哲元）从老家返回，首先就是来天津找我商量。在这火烧眉毛的紧要关头，于天津一待就是七天（7月12日至7月19日），我深知这是他对我的倚重，掂得出自己肩头担子的分量，也下决心为其分担灾难。他对我不止一次说：'西北军是冯（玉祥）先生一生心血所建，留下的这点底子，我们得给他保留着，此事你得出力。蒋介石的援军能指望吗？29军战线过长，我们要把部队收容起来，咱得先和日本人谈判，哪怕再拖延一段时间……兴许形势有变……'在那些日子里，我几乎天天与日本人和汉奸们周旋。尔后，汉奸齐燮元、潘毓桂通知我到北平，说宋哲元已经答应了谈判条件，但是日本人认为：29军已经不听宋的指挥了，必须由你取代，方可答应停战。至28日拂晓，香月清司率日军铃木混成旅团、河边正三旅团和机械化旅团，自北苑、西苑、南苑一齐对北平城发起总攻击。我听说29军措手不及，损失惨重，当日则伤亡五千余人，副军长佟麟阁、132师师长赵登禹，于南苑壮烈殉国。午后宋哲元召开紧急会议，决定奉蒋介石命放弃北平，退守保定。我感到形势已经十二分危机，考虑再三，我不下地狱谁下地狱？于下午，硬着头皮，找到宋先生，把齐燮元、潘毓桂意思说了一遍。只见宋先生脸色苍白，略加沉吟，则挥笔写了一张'本人离平，冀察政务委员会委员长交由张自忠接替'的手条。29军到了这个地步，哪一个不是肝肠寸断？我哭了。送他们走的时候，我对秦德纯说：'你同宋先生成了民族英雄，我怕成了汉奸了！'果不其然，才几天？我张自忠真成了众矢之的汉奸。老天啊，有口难辨了，跳进黄河洗不清了！"

"也是，染坊里淘不出白布来。不过，我们决不相信你们会真当汉奸。那，后来，你是怎么跑出来的？准备上哪儿？"

张自忠说，日本的决策已定，大战不可避免，自己已无力摆平局面，也估计宋哲元等已经到达保定，则设计骑自行车——这是他们不会想到的，潜出北平到了天津，然后搭英国轮船到达青岛，又乘火车来到济南。想来与韩商量一下，如何去南京政府报告。

韩复榘听了感到有些为难，沉吟多时，没有开口。

"向方兄，不必为难，拿根小绳，把我这汉奸一捆，着人押解到南京即可……"

"怎么可能呢？"韩复榘苦涩地笑着摇了摇头，信口背起了《诗经》的《无衣》："岂曰无衣，与子同袍。王于兴师，修我戈矛，与子同仇……"

话既说到这个份上，两双大手就握在了一起，两双眼睛里都饱和了泪水……

正在这时，何思源来找韩复榘汇报请示，他与张自忠一见，又是握手，又是问候，表现十分亲热，十分动情。韩复榘灵机一动，说："何厅长，荩臣远道而来，就麻烦你帮我招待招待如何？"

何思源自然满口答应了。

张自忠还想问问，如何去南京政府的事，韩复榘忙说："不慌，不慌，咱们都想想，如何更稳妥一些……"

韩复榘将何思源叫到一旁，如此这般低声交待一番，就派汽车将张自忠悄没声息地送到了小东门何思源的家中。

张自忠与何思源经一夜商讨，决定邀请备受蒋介石信任的萧振瀛，陪张自忠尽快去南京。

萧振瀛到济南跟韩复榘见面叙旧之后，未多逗留，即陪送张自忠乘火车南下。谁知张自忠所乘火车车次早被某些报纸透露，火车到达徐州时，数百名学生即在火车站截住火车，一定要搜出"汉奸张自忠"方可放行。当学生们蜂拥登上火车时，萧振瀛急中生智，将张自忠推进厕所，外边锁上门。张自忠还不服，说心里没鬼，怕个啥？萧振瀛说，在这个节骨眼上，有时间去跟学生们辩理吗？学生们直到搜遍所有车厢没有搜到张自忠才悻悻离去。

"奇耻大辱，奇耻大辱啊！"张自忠于厕所里面捶胸顿足地吼叫着……

8

张自忠来济南期间，冯剑秋与张自忠相见，也安排了一次促膝长谈。在西北军时，张自忠一直非常敬重冯剑秋这个带书生气的年兄，通晓战事谋略、谦和正直，两人私交甚厚。因此今日见面，两双大手握在一起，张自忠又是双眼涌满了泪水……

让他们反复慨叹、痛感困惑的不仅是自身命运多舛，而是闹不明白，是什么把这些横冲直撞的军汉，扭曲压扁重塑成这等模样？为什么冀图报国的路子还这么坎坷？不过，最后的共同语言，仍然是：我心坦荡荡，唯天日可表！

后来听说，张自忠去南京与蒋表白之后，蒋未计前嫌，委任他当了59军代理军长，已率兵开赴徐州前线，冯剑秋这才放下心来。此后，凡有关乎张自忠的信息，哪怕点点滴滴，冯剑秋都在留心搜集。

及到1937年9月下旬，日寇沿津浦线南下，山东北部受到威胁，韩复榘万不得已，先后抽调展书堂的81师、曹福林的29师、李汉章的74师开赴鲁北前线的时候，冯剑秋内心又重新燃起了渴望上阵杀敌的激情烈火，他曾三次找韩复榘请求随部队上前线。

这一次，韩复榘只说了一句话："你瞎研究了半辈子兵书，如今去，白白送死啊？"

说完他转身欲走，又回头对冯说："你是个伤病员，就别胡思乱想了。回去，用点儿功夫，给我好好搜集一下淞沪战场的情况，抽空给我讲讲你的想法。"说完，没等冯剑秋答应，他便扬长而去……

当淞沪战役快结束的时候，韩与冯围绕战争决策，还是做了几次长谈……

9

11月13日，曹福林第29师一部在商河至济阳之间激战。韩复榘在手枪旅第一团团长贾本甲、副官杨树森等陪同下，率卫士及手枪旅一个加强排70余人赴济阳前线督战，分乘数辆摩托车和两辆卡车驰往济阳县城。韩一行在济阳西关附近一个村庄，与一支从惠民疾驰而来的由装甲车队和骑兵部队组成的日军快速突击部队不期而遇。因敌我力量悬殊，寡不敌众，韩一行几乎伤亡殆尽。在卫士硬将韩抱进摩托车跨斗里，杨副官驾车，在众卫士拼死掩护下突出重围，回到济南时，只剩下副官杨树森和9名士兵，其余全部阵亡。韩复榘说："我韩某人能活着从济阳回来，是六十多位弟兄用性命换来的。"

韩归来之后，给夫人高艺珍写去一信，大意为：我部与日寇浴血奋战，伤亡惨重。今后生死存亡，难以预卜。请大姐把孩子们带好，教育好……此信让副官送往曹县。韩夫人见信后失声痛哭……

11月16日，韩复榘下令全军撤退到黄河南岸。蒋介石从南京打电话令他炸毁黄河铁桥。在鲁北抗战的一个半月中，曹福林29师、李汉章74师、展书堂81师牺牲过半。此时，韩复榘愈感自己部队武器装备、战斗力与日军相去甚远、不堪一击。西北军人都知道韩复榘胆大包天，在他的字典里没有"怕"字。可是，他把部队撤到黄河南岸之后，那些他平时以为酸腐的读书人没怕，学生教师没怕，他要清剿的共产党人没怕，他韩某人却怕了。谁的劝说也当是耳旁风。他心里只想着一件事：保存剩余力量，有组织的撤退，别变成失控的溃退。

那是部队撤回到黄河南岸之后，冯剑秋去见韩复榘，再次诤谏。

"主席，你不是常引用古人的话教导我们，圣人无长心，以百姓心为心。你是山东三千万老百姓的主席啊！如今，能放下老百姓不管、自己走吗？不考虑百姓心，一意孤行，必定是绝路一条啊！"

"剑秋，你是学过军事的，在这千钧一发，生死关头，画地为牢，不识弃取，还婆婆妈妈，持乡愿之论，真让人失望！"

"主席，你怎么忘了，蒋公对于非嫡系杂牌，一向不恤将力，弃之如敝履，希望将领为战事殉葬。总讲套话'不成功、即成仁'。"

"我正是没忘，才……他逼我死守，其结果必是守死……"

"主席，正因如此，更须先行死守，求得国人谅解，方能断尾求生，舍小图大。主席，决不能为老蒋提供，报'西安兵谏后马电破译'一箭之仇的机会啊！"

"……"韩复榘低头沉默了。

冯剑秋双膝一曲，跪下，双手呈上《请缨书》。韩复榘接过去，看也没看，就慢慢撕碎了。

"韩主席，今日你若不准，冯某死给你看！"

冯剑秋说着就拔出枪，对准了自己的脑袋……

韩复榘一把将冯剑秋的手枪夺过去，"啪——"地摔到地下。骂道：

"我韩复榘能够跑回济南,死了六十多位弟兄!咋,你一个瘸巴腿,还得再去赔上我六十位弟兄?别来添乱了,行不?滚!"

冯剑秋灰心丧气,决定今后不再请战。他听说,连资格最老、韩的亲信20师师长(已改为12军军长)孙桐萱都再三规谏:"如果主席不打,恐怕连三路军的官兵都不同意,跟主席走的就不多了。"

对此,韩亦置之不理。

在韩复榘撤离、济南失守的前两天,他的副官给冯剑秋送来了一笔钱款。并说:"既然不能随部队撤离,韩主席说,你可以去香港暂避一时。"冯剑秋表示了谢意。可已感到话已说尽,无话再说。当晚,他于寓所填词一首。

破阵子
分　道

诤谏劝阻无效,肝肠寸断怊怊。
"与子同袍"十数载,分道扬镳值覆巢,临绝路一条。
兵败山河破碎,国殇旌落飘摇。
血沃中原肥劲草,心念黄河冰雪消,冲天掀怒涛!

10

济南沦陷之后,冯剑秋先打发儿子家驹回了黄河口的永安镇,然后扮成老百姓领李二姑回了老家阮家岭。老乡们都向他打听韩复榘的消息,他都是摇头摆手连声说:"不要提他,我什么也不知道。"

1938年1月11日,韩复榘在开封出席军事会议时以"不遵命令,擅自撤退"为主要理由被捕。押至武昌后,未经正式审判,于1月24日被击毙,胸中七弹。消息传来,冯剑秋几乎变成了哑巴,整天沉默,一句话不说。某日,突然,他跟李二姑说:"这人世间,既失天道,则苍天不佑。我这个主子韩复榘啊,假如去年11月13日他到济阳督战的时候,与其他弟兄一起牺牲,那么,何等壮烈!何等风光!全国都得为他开追悼会吧!可他,偏偏没有那个运气,没有那个命!为了保护他,死了六十多位弟兄,但他没有被打死,在十个随从的舍命护卫下突围逃回来了。当时多少人还念叨:多亏老天护佑啊!可是他整整又多活了两个月零十一天,共七十二天,就变成一个'抗命撤退''死有余辜'的钦犯。天意难违,在劫难逃啊!"

冯剑秋想起了白乐天的那首七律诗《放言》中说:"周公恐惧流言日,王莽谦恭未篡时,向使当初身便死,一生真伪有谁知?"

夜来仰天嘘叹，又填词一首。

鹧鸪天
悼 韩

一世枭雄八尺男，而今草葬九宫山。
北伐疆场称飞将，立马横刀捷报传。
明情者，悉悲叹，地盘盘算会兜翻。
济阳何不重围死？两月多活申辩难！

11

　　这年三月，从月初到月底，冯剑秋一直在密切关注庞炳勋、张自忠所部在临沂地区与倭寇艰难卓绝的苦战，点点滴滴信息，他都视为珍宝，仔细收藏。直到月底传来临沂大捷的消息，冯剑秋满脸喜泪纵横。他为中华民族的抗战高兴，他为老朋友庞炳勋、张自忠高兴！这是日寇侵华以来，继平型关受挫后遭到的第二次严重挫折。还听说，日军号称"铁军"的头子板垣征四郎寝食难安，恼羞成怒，几欲自杀。

　　至3月底，两次临沂大捷的消息相继传来，冯剑秋激动得眼含热泪、奔走相告。他秘密去了济南、泰安，与几个密友悄然议论起张自忠，无不慨叹：老天护佑，忠勇雪耻！他与韩复榘的结局正好相反：若是张自忠从北平骑自行车潜逃时被日本人逮住或杀死，他就是个名副其实的"华北特号汉奸"了！可是，老天爷没让他死，还不到半年——从头年9月北平潜逃至第二年3月临沂大捷，张自忠就成为驰名全国的抗日英雄。这说明，老天还是公平的，在人生这个大舞台上，生旦净末丑，你是什么角色就是什么角色，你得演完你的戏，才让你退场。冯剑秋"感慨系之"，又填词《鹧鸪天》一首：

鹧鸪天
贺临沂大捷

泰岳松涛声入云，惊蛰雷动雪纷纷。
临沂鏖战传捷报，"兄弟"山盟建殊勋。
松郁郁，柏森森，出生入死铸军魂。
千军万马雪冤日，青史垂芳张荩臣。

　　这年秋天，李二姑因大龄难产在济南医院去世。
　　冯剑秋已是木人石心，去泰安一个寺庙中出家当了和尚。两年后，因刺杀一个游泰山的日本军官被逮捕,死于济南狱中。

死后其弟子了凡,遵照他的遗愿,将一部《政治体制与战争胜负》的书稿送交重庆国防部某理论研究人员。据说,此书稿在后来内战中遗失。又有人说,几十年后,有人译成英文在国外某军事理论刊物发表……

12

那是台儿庄战役胜利祝捷之时,何思源率领的山东教育厅演出剧团去前线慰问,见到了张自忠。历经出生入死,相见如同隔世。张自忠先自热泪盈眶,何思源亦异常激动,互吐衷肠,话如涌泉。

在何思源看来,张自忠已经变得十分笃挚,几乎三句话不离一个"死"字,什么"以死报国""以死明志",在老朋友听来,既感到悲怆,也感到不祥。

"荩臣,自从平津沦陷,你受报刊谴责,压力很大,我都理解。如今既然已经以战功雪耻,就该放下沉重包袱,轻装上阵才好。"

"仙槎兄,岂不闻,人言可畏,积毁销骨?"

"所以,我想将黄庭坚的两句诗送给你:'三人成虎事多有,众口铄金君自宽。'荩臣,万万不可作茧自缚、过于冒险轻生啊……"

"谢谢,谢谢……"张自忠眼眶里又闪着泪花了。

继之张自忠问及何思源今后的打算,何思源说:"在人们眼里,我就是个文人书生。可以当大学教授,可以当教育厅厅长,却不能当将军带兵打仗。但是,既然是个文人书生,就得读书明理。如今,有钱人有的逃到美国、有的逃到香港、有的跟随政府西迁,只有贫苦大众留在了家乡。我们平素教育学生'爱国、爱民',喊得震天响,可鬼子来了,却撇下老百姓自己先跑了,那,算个什么人?莫说负国负民,就是自己的良心,也对不住啊!我想,把家属安排一下——你知道,我妻子是个法国人,白皮肤蓝眼睛,带着她在群众中活动不便。我想,找个偏僻地方把她安排下,然后到鲁北做些动员民众、组织民众、团结抗战的事情……"

张自忠对何思源的抉择非常赞同。因为他在天津当过市长,熟悉天津的情况,便建议何思源将家属安排到天津的外国租界,并帮助解决了一些具体困难。并对何思源的"鲁北敌后抗战计划"提了许多行之有效的建议,同时从自己部队里抽出一批枪支,赠送给了何思源。这更坚定了何思源坚决抗日的信心。还把自己身边的一位年轻军官阮学礼,派去担任何思源的作战参谋。何思源可谓感激涕零了!

第二十六章　时乖命蹇

1

自1936年秋天冯剑秋去济南之后，这二年在永安镇"百顷地"的老阮家，日子过得也不安生。

遇到的第一个难题是，腊月的肚子越鼓越大了，她本人似乎又不知道怎么掩饰。背后叽叽喳喳说长道短的白毛风却悄然刮了起来。风传的源头似乎出自芋头他娘，这个女人不地道。

严依霞实在听不下去了，才找表姐吕氏商量。

"姐，你听说了吗？"

"什么事？"

"腊月……"

"我没听说。可我知道。"

"咋办？"

"让她生下来。"吕蕴玉不容置辩地说，"事情明摆着，在这荒洼里，没有像样的医院，逼她打胎，闹不好，就是两条生命。对吧？你我都是受过现代教育的人，难道还能愚昧到那个地步？"

吕姐的清醒决断，令严依霞叹服。但是……

"姐，你可别把这件事看轻了。一、她那个婆婆——二柱子娘薄老婆子，早就放风了，她说，腊月敢生下这个私孩子，她就敢掐死他！二、我看二爷（宗贤）这一关也不好过。他也放过狠话：'说破天，老阮家也容不得不结婚就生野种！'三、积毁销骨，众口铄金，唾沫星子淹死人。如今人们的主要话题就是这……"

吕氏沉默了。她满眼里闪动着泪花。

"姐！"

"这些，姐想过不知多少遍了……"

"那咋办？"

"别无选择，硬着头皮扛过去。依霞，我是她的亲娘，自小到大，我没能尽一个娘的责任，我欠这孩子的。这孩子，没受过教育，是个野嫚儿，非常执拗，认准的事情，三头大牛也拉不过来。幸好，她天性淳厚善良。她为了报答老薄家的救命之恩，她可以委屈自己答应给当童养媳妇；她为了保护老薄家母子，她可以舍身屈从芒种；可一旦发现芒种投靠朱贵才残酷杀害小榆钱儿，便毅然离开他；即便在走投无路的困难境地，也没忘赡养老薄家母子……这，可不是一般女子能够做到的。对吧？就这，我就认定了，无愧我吕蕴玉的闺女，无愧是老阮家的后人！我，我得舍弃一切保护她，不能让她再受伤害！"

"可是……"

"依霞，没有什么可是了！"吕氏有点儿激动。

"我是说，既然想保护她把孩子生下来，就必须想法子，有措施。"

"那倒是……"

2

头年辞灶（腊月二十三），就早早立了春，年后自然春脖子短。

节气不等人，刚进二月门儿，芊头爷俩就招呼着人们套牲口下地了。可是，老婆孩子们都感到年后不久，冷冷呵呵地下地干活，未免太早了。于是跟着芊头下地的除了小娥和腊月，别人都没参与。

芊头娘老远望见东家宗贤站在门口抽烟，就故意放话了："这长工就是长工，掌柜的就是掌柜的！俺老方家的人当牛做马，得认命啊！"

"爹，你听俺娘说了些啥？你管管她。"小娥向公爹告状了。

芊头爹怕站在大门口的宗贤叔听见，走到老婆身边，放低声音，狠狠地骂了一句："闭嘴，臭婆娘！"

"咋，我说的不对吗？"芊头娘的嗓门儿更大了，"我就想不明白，来这大荒洼里，荒地到处可开，你愿意种多少亩抡镢头开就是了，爷俩咋就这么贱？当'泥汉'（长工）有瘾咋的？天天看人家的眼色，丫头奴才一般，连大声说句话都吓得腿肚子转筋……"

"啪！"芊头爹大手一抡，打了老婆一巴掌。

"你，敢打我？好，你打死我吧，打死我吧！我不活了……"芊头娘哭着，嚎着，一低头，弯下腰，就冲芊头爹牴去。芊头爹没防备，倒退了两步，蹲跌在地上，小娥和腊月急忙去拉……

爷爷宗贤远远瞧见这一切，退回了门里，叹了口气，心里说："疖子不出脓，早晚乱鼓囊。看来，捆不到一起了……"

那是去年秋后，爷爷宗贤曾两次向芋头爷俩提出：如今老阮家、老宋家、老薄家，全剩了一帮老婆孩子，干活的人不多，吃饭的人不少。再这么一混塘子捆着过，芋头爷俩太亏。想分三十亩土地给他们单独耕种单独过。可爷爷的话刚落地，还没等当爹的回答，儿子芋头就先开了口："爷爷，三菊的娘，是小娥的干娘；三菊的婆婆是俺的干娘。没有爷爷您和这两个干娘，哪儿还有俺这家人家？爷爷，不能让人家笑话俺芋头不仁不义……"

"二叔，这事，往后就别提了。"芋头的老爹也是个厚道的实在人，他说，"俺心里烂明白，兴许是俺屋里——芋头他娘，背后又嚼什么舌头，灌进您老耳朵里。俺这老婆，混账！"

"老方，芋头的娘，说的也不错。这十几口人的大家，就劳累一个芋头。去年秋上，小娥又因为运庄稼，累得小产掉了孩子……唉，让谁也心疼。三菊娘跟我提醒好多回了，不能光拖累你们……"

"二叔啊，俺求求你，今后不能再提这事了，不提了。要是翻弄这事，媳妇小娥能跟俺豁上。俺不能凭着安稳日子不过……"

"好好好，不提了……"

不提归不提，可问题并没解决。

有人说，因为嫉妒，某些人也会丧失善良的本性。芋头娘一次一次的瞎折腾，就出在"嫉妒"这两个字上。

她先是嫉妒亲家——小娥的父母，几乎没花费多少钱财——只用了他们给小娥的聘礼，就给小娥的哥哥娶回一个俊秀贤惠的媳妇。媳妇进门不仅带回许多箱柜桌椅嫁妆，而且刚满十个月就生了一个大胖小子。再想想方家，娶小娥的聘礼，那是卖闺女的钱。闺女婚后不到一年，因生孩子难产就死了……看见小娥，就想起死了的闺女，窝在心里的那口恶气，始终没有出来。

来到"百顷地"村，时间不长，她就明明白白地看出：小娥、芋头敬重、孝顺的是三菊的娘和三菊的婆婆。赶集买回来的物件，哪怕是几块糖、几个甜瓜、一把红枣、几尺花布等等，首先想到的都是他们的干娘。最让她受不了的是，在外边对待他们的干娘，都是有说有笑、嘻嘻哈哈，可一进自己家门，特别是儿媳妇小娥，那脸一呱哒，立时就阴了天。再说，老阮家、老宋家的人，不仅大人，就是孩子，没人拿正眼看过她。好像都知道，她曾经逼迫儿媳妇跳过黄河！

嫉妒，在她心里不断发酵、不断膨胀，给她的精神负担太沉重了，给她的内心阴影太黑暗了。她多么想，老阮家、老宋家的人在家生病、出门被劫、坐车翻车、乘船翻船……她变得阴毒，幸灾乐祸，甚至喜怒无常，看谁都不顺眼，日夜忿忿不平，含屈抱冤，指鸡骂狗，造谣生事……

她曾经在三菊烧菜的大锅里，偷偷倒上了半碗盐，闹得一家人没法吃，埋怨三菊没心没肺，不知放了几遍咸盐！她还在严依霞的被窝里偷偷放过蚆棘螯子（斑螯），螯刺把严依霞蜇得浑身红肿，又痛又痒，难受得一连几宿没法睡觉。

每当这时，芋头娘便偷偷笑了。

有一天，她在永安镇集市上遇见一个老家亲戚，就放开嗓子扯上了。偏偏让赶集的大兰在一旁听了个正着。

"哎呀，真是三里没准信儿。不错不错，老阮家，那才是窗户棂子吹喇叭——名声在外，谁不说是个忠厚善良的书香人家？可是，知根知底的才明白，那是麻子不叫麻子——叫'坑人'。他们老的老、小的小，一窝子十几口，全仰着脖子、张着大口吃饭，就俺芋头一个人给他们当牛做马硬撑着。唉，这才叫吃人不吐骨头哪！再说，是个什么人家？"她放低了声音，"有个孙女子，叫腊月，还没成亲，男人在哪儿？鬼才知道。可天天挺着个大肚子，这样，这样……出来，进去，没皮没脸，呸，呸！可丢死个人哟……还有俩识文解字的孙子，你猜在外边干啥？干老缺……不，不是老缺，比老缺还厉害，抓住要枪毙的那一派，叫什么……什么？对，叫什么共产党……"

大兰虽然性子急、气黄了脸，可在集市上还是装作不认识，没跟她计较。她立即赶到百顷地，叫上爷爷，叫上芋头爷俩和小娥，把听到的，遛根把梢说了一遍。小娥听完，当场就冲公爹说："爹，媳妇求你了，让俺娘走人，立马走。她不走，俺走！"

事情闹腾了两三天，直到最后，芋头的爹逼着他娘给宗贤爷爷下了跪，再三赔礼道歉，这事才算落了局。没想到，今年一开春，芋头娘又要闹腾了……可是，这一回，芋头爹这个闷汉子没二乎，下手也狠，一耳光就镇了下去，总算没闹腾起来。宗贤托严依霞从中交涉，意思是和风细雨地分开地各自耕种，可芋头爹对依霞发了狠誓：老婆再胡搅蛮缠，立马就赶她走人！这矛盾又一次搁置下来，不了了之。

3

自从冯剑秋父子去了济南，学梅因孩子小，已经没法教学，便抱了孩子从惠鲁村搬到了"二十师"公爹的房子里。娘知道学梅不会干家务活，就考虑找个人去与她作伴。学竹想跟着学梅学习诗词，其实更重要的是，学竹住卧棚睡地铺最害怕蛤蟆和蛇，有一次，她晚上伸开被子，一个癞蛤蟆从被子底下蹦了出来，她当时就给吓得背气挺了过去。她知道二十师住的是砖瓦房屋，睡的是木床。因此吕氏一提给二梅找伴的想法，学竹就毛遂自荐了。但是两人以前有"过节"——因误会学梅投过湖，再说两个书呆子到一起……有些不妥。可学竹要求迫切，学梅也回娘家要学竹作伴，当娘的才松了口。

学竹走后，吕氏借机把腊月叫到自己屋里睡。一来，她得弄明白，腊月对于怀孕这件事情是咋想的？二来，一早一晚还得接替学竹去照料爷爷。腊月粗手笨脚，不知如何伺候，头一天就为难地转了圈。

"娘，你教教我，咋个伺候爷爷？"

当娘的"扑哧"笑了，说："你去问问你三姐，在老家的时候，都是她伺候两个爷爷。两个爷爷，都夸奖她。"

腊月去找三菊，三菊从清早去爷爷房间倒尿桶、送洗脸水、叠被褥、生炉子、扫地抹桌子，一直说到晚上要烧洗脚水烫脚……

"三姐，还这么复杂？我笨手笨脚的，真怕爷爷骂我……"

三菊笑了，说："不会的。别看爷爷脾气火爆，对于孙女，可疼爱了。自从奶奶去世，先是大兰姐伺候他，大兰姐姐出阁后，我就接了班。我伺候了他六年，也常常丢三落四、犯浑出错。有一回，我提着开水壶给他沏茶，没小心脚下让马扎子拌了个趔趄，开水就溅到了爷爷的脚面子上。他'哎哟'一声，疼得连连跺脚。可马上问我，烫着了没有？我告诉他，没有。他连声说：'没烫着就好，没烫着就好！'可是，当我帮他脱下袜子的时候，连脚面子上的皮肉都脱了下来。我吓哭了。他却还是重复着：'俺三菊没烫着就好，俺三菊没烫着就好！'腊月，你比学竹吃得苦，有力气，也勤快，爷爷会疼爱你的。放心吧！"

腊月终于放心了，她刚想转身走，可三菊又喊住了她。

"腊月，到爷爷眼前，你这肚子……可得……"

"三姐，我，我也没法子……"

"爷爷尽管疼爱孙女，可是，他也非常看重名声。这些天，方芋头他娘——那婆娘不地道啊，她那张臭嘴……到处嚼你的舌头……"

"我，我知道。三姐，大风刮倒梧桐树，别怪旁人说短长。嘴长在人家身上，咱没办法去堵啊！"腊月哭了。

"腊月，咱是亲姊妹，姐跟你说掏心窝子的话，这孩子，不能留。留下这孩子，妹子你一辈子比人矮半截，在人眼前永远抬不起头来。"

"是吗？姐，有那么吓人？"

"对。可是，在这荒洼里，没医没药，闹不好，就……为这，姐才没有开口；咱娘，兴许也是为这，拿不定主意……"

"有那么严重？姐，在俺那茅茨坨，打渔的人，可不在乎这些。有的兄弟姊妹好几个，一个一个模样，都明白是怎么回事，可谁也不去计较。也没人去操那闲心，管那闲事。"

"妹子,那兴许是海边渔民,出海遇上风浪,就难说活着回来,所以……可是,咱是书香门第,礼仪之家,是绝对容不得……"

"那,姐,咋办?你说,我听你的。"

"我,也没主意……你,还是听娘的吧,娘,老道……"

三菊放低了话音,在腊月耳边如此这般嘀咕了半天,说得腊月连连点头。

4

不错,伺候爷爷,那就是一早一晚、帮爷爷清扫屋里屋外、提壶倒水、照料吃饭穿衣。腊月陪着小心接替了学竹,开始几天,按照三菊的主意,用布条把鼓出来的肚子,尽量束紧,再穿上娘的黑大褂子,戴上豆青色的大围裙,应该说是看不出鼓胀的肚子了。可是,爷爷几乎不拿正眼看她,脸阴得像要下雨。回答腊月的各种请示,不是一个"中"字,就是两个字"不中"。几乎没有仨字的时候。可是,自从他吃蟹子闹肚子之后,脸色总算开了晴。让爷爷没想到的是,腊月伺候人竟然那么耐心周到、不怕累、不怕脏。况且,腊月那脸盘儿,那眼神,那黑黝黝的皮肤,那双大手,跟她奶奶——黑妮儿,年轻的时候,简直一模一样……爷爷望着腊月,有时恍惚中就错以为是梦见黑妮儿,就禁不住怦怦心跳……

春天,黄河上游盛产一种刀鱼。虽然也叫刀鱼,但跟海产刀鱼并不是一个品种。黄河刀鱼学名叫刀鲚(ji 音季)鱼。就筷子那么长,形状像单面尖刀,体扁鳞细,身薄色亮,肉质细嫩,味香可口。今年刚开春,宗贤就联络王家兄弟和满囤、满堂,说准备一下渔网,邂伙去捕捞刀鱼。王文龙扑哧就笑了:"这事,我们兄弟就干了,哪儿用劳动您老爷子?您老在家里等着就行。"

那天,满囤和王文龙兄弟俩带上渔网去了黄河口,忙活了三天三夜,刀鱼没打着几条,倒是带回了二十多斤海蟹。因为天气转暖,赶回来已经是第三天,不那么新鲜了。腊月再三劝大家不要吃,吃上肯定闹肚子。可是吃了不疼扔了疼。别人吃的不多,可爷爷吃的不少。

"爷爷,有白酒吗?"

"有。"

"我给你烫一壶热酒,赶紧喝上,兴许……"

"没事,在老家我不知吃过多少次螃蟹,我有数,没事儿……"

爷爷满不在乎,好说歹说由芋头他爹陪着喝了那壶热酒。可是到了半下午,爷爷就蜷缩在炕上喊肚子疼了,疼得脸色蜡黄,额头上汗珠子直滚。腊月剥了两棵大葱,让爷爷用葱白去捅搅喉咙,使其恶心呕吐。

腊月给他捶着后背，总算吐出了一些。腊月又烧了姜汤，劝爷爷喝了下去，这才给盖上被子，让他睡觉。家里人凡吃蟹子的，都开始上吐下泻，也都采用腊月的办法催呕止泻。

第二天一早，腊月刚推开爷爷的房门，就嗅到了一种臭味，接着又看见爷爷卷了一团衣服要自己去洗。

"爷爷，给我——"

"不，闹肚子，沾脏了……"

"爷爷，我是你的亲孙女啊，咋不实在呢？"

腊月说着，上手将爷爷的两条肮脏了的裤子夺了过去，又将铺炕的褥单揪了下来，端了泥盆冲洗去了……打这之后，爷孙的隔阂似乎消除了。晚上，腊月将严姨兑来的草药熬好，等稍凉之后，又一勺一勺喂爷爷喝了下去，爷爷就催腊月回去歇息。

"爷爷，不急，不急。等爷爷睡着了，我再回去……"

可是，爷爷哪儿还睡得着？时间一长，腊月就开始磕头打盹了。爷爷又催她回去，可她用湿毛巾抹几把脸，又在炕边坐下了。

"腊月，既然你不回去，就跟爷爷啦啦呱，行不？"

"行。爷爷说，我听着。"

"腊月，你答应过，给老薄家当童养媳妇？"

"我，我，答应过。柱子他爹，救过我的命，待我好……"

"可是，柱子才几岁？等他长大成人，你该多大岁数了？"

"爷爷，只要柱子能长大成人，我就算对得住他老薄家了。别的，我还没想……"

"噢，还有，那个什么……叫芒种的小子，你，喜欢过他吗？"

"这……没有。他用枪逼俺婆婆，说，我不从他，他就杀他全家……我知道，他这种人，说得出，做得到。要是为我，毁了他们全家，那我就真对不住老薄家了……"

"这么说，你恨芒种？"

"对。恨得牙根都疼！"

"那，为什么，还保着他的孩子？"

"爷爷，好歹这是条性命啊，对不？再说，我也不知道如何打胎啊，爷爷，你有好法子吗？"

"这，我……"

一句话把爷爷问堵了。半天，才吐出了一句话："腊月，这事你得跟你娘商量，让她帮你拿个主意。"

"我跟她掏主意，娘说，打胎，危险。生下来再说。"

"她是这么说的？"

"是。爷爷，你老，也帮我想想法子，行不？"
"……"
"爷爷……"腊月哭了。
"苦命的孩子……"

5

爷爷说，种地最好别犯重茬。去年来的晚，全种了豆子，今年咱多种些秫秫谷子，调调茬。为这，芋头和满囤俩，推着木轮小车到青州府，用黄豆换来了秫秫良种。可是，路途太远，赶回来就误了节气。芋头爷俩便动员全家齐出动，抢时间播种了。

连三菊、腊月也主动参与了拉耧耩地。三菊劝腊月不要逞强，可腊月说："没事儿，我自己有数。"

可腊月还真没数，接连拉了两天耧，就伤着了。先是三菊发现腊月的脸色变黄；继之小娥惊叫了一声，她发现鲜血从腊月的脚脖那儿流了出来！小娥没犯二乎，背起腊月就往家跑。因为薄老婆子的卧棚在最东头，离庄稼地最近，小娥背着腊月跑来的时候，又恰巧碰见薄老婆子正在卧棚门口与芋头他娘在倒棉线，一见这情景，上前就拉小娥进了自己的卧棚。不大一会儿，三菊又把婆婆和娘叫了过来。

严依霞还是经验多，在吕氏耳边嘱咐了几句，让她和三菊好好给腊月收拾一下，她骑了毛驴就去了永安镇，很快就把龚先生请来了。

经过龚先生仔细诊断，说腊月是伤了胎，当务之急是止血。如果血止不住，怕是胎儿就保不住了。他留下一些止血的西药，又开了五副中药，再三叮嘱，务必按时用药，用心护理。当晚，严依霞和吕氏都没有回自己的卧棚，守候了腊月整整一夜。第二天下午，腊月的病情明显有所好转，两位长辈这才回去歇息……

6

吕氏和严依霞两人刚刚离开薄老婆子的卧棚，芋头他娘就来了，假惺惺地问了一番，使了个眼色就把薄老婆子叫到了自家卧棚。

"柱子娘，老天爷关照你了，你老薄家有福啊……"芋头娘说。

"方家嫂子，你说啥？俺老薄家有啥福，俺咋听不懂？"

"你不是对我说，媳妇怀了个杂种，你恨得牙根都疼，可就是没个好招儿，给她打下来，对吧？"

"可不是嘛，二柱子还不满四岁，媳妇就生孩子，这不活活丢死个人吗？俺一想起这，心里就火烧火燎……"

"妹子，俺看机会来了。昨天，你没听那个龚先生说，如果血止不住，胎就保不住了……"

"可是，止不住血，不光胎儿保不住，怕是大人也危险哪！"

"嗨，你咋就那么死心眼？先把小杂种流下来，再救大人也晚不了。不瞒你说，俺年轻的时候，就小产过三回。"

"不危险？"

"得有多么大的危险？俺这不是好好地站在你眼前吗？"

芋头娘又放低声音，对薄老婆子如此这般指教了一番。这才从一个小木箱里取出三包中草药，说："这就是去年秋天，小娥给他老阮家往家运豆子，让牛牴了一角，把胎儿给牴死了。胎儿死在肚子里下不来，就是吃的这药。我想，兴许有用……"

"这管用？"薄老婆子还有点儿犹豫。

"反正是坠胎药，我想，能管用。总共开了五副，小娥吃了两副，死胎就下来了。嗨，你也别丝丝磕磕的，像是我求着你。你得明白，过了这个村，怕是再也没有那个店了……"

薄老婆子一跺脚，揣着草药回去了。

芋头娘给的草药还真灵，调包换药没两天，腊月就小产了。可这一次，再把龚先生请来诊断，龚先生大吃一惊。他用尽浑身解数，在严依霞协助下，抢救了三个昼夜，也没能将腊月从阎王爷那儿拉回来。

在腊月咽气之前，她突然睁开眼睛望着娘，嘴唇哆嗦着，却送不出话来，那一眨不眨的眼睛里，倒滚出了三四颗亮晶晶的泪珠……

"腊月，还有什么话，跟娘说！"

娘说着，把耳朵贴在腊月的唇边。

"娘……"腊月嘴唇抖动了半天，总算送出了一丝儿声音，"娘，替我，养大……二柱子……"

"好，娘答应，把二柱子拉扯大……"

"娘，婆婆，糊涂人……别怪她……"

"好，不怪她……"

"娘，我，不能孝顺您了。爷爷，让三菊姐再……再……"

腊月脖子一挺，脸上痛苦地痉挛了一下，头一歪，她走了……

腊月的眼睛向上瞪着再也没有合上……

娘用手轻轻抚摸着闺女的额头，帮他合上了双眼……

"苦命的孩子啊，娘对不住你啊……"娘放声哭了一声，就背过气去……

把腊月埋葬后，严依霞连夜审问了薄老婆子。比预想的简单得多，严依霞把掌握的情况一摆，一瞪眼，"啪"地一拍桌子，薄老婆子浑身就"筛糠了"。她结结巴巴将如何与芋头娘商量，如何调包换药的事，全部招认了。严依霞又立即让芋头把他娘喊来，芋头娘在与薄老婆子的对质中，还想狡辩，给气蓝了眼睛的严依霞，抡起巴掌就掴了她一个耳光。最后，在人证物证面前，芋头娘终于供认不讳……

可没等到第二天禀报腊月的娘和爷爷，当天夜里，芋头的爹娘偷偷离开了百顷地村，去向不明。

在整理腊月遗物的时候，严依霞发现了腊月跟着娘学识字的小本本，《三字经》歪歪扭扭写了不到十句："人之初，性本善……"

从此，腊月永远不会学写字了！

"姐，我怀疑'人之初，性本善'了。就说芋头他娘，能逼得儿媳妇跳黄河；能下阴招儿害腊月。这种人，性不善，从骨子里就坏！"

"唉，我真后悔，在自己家里，在自己眼皮子底下，竟然没能保住自己的女儿！没尽到一个当娘的最起码的责任！"

7

学梅本来就是个读书刻苦勤奋，可不善操扯家务的书呆子。来荒洼后，她在学校教书，校长学生都反应很好，婆家的事又有李二姑张罗着，用不着她再插手。因此谁也没觉出有什么欠缺。可是，公爹和李姨在家驹走后也去了济南，一切全由自己操扯了，这个母子两人的小家，就开始大乱了！孩子每天要吃五六顿，做饭的柴禾村外有的是杂草，但是必须自己拿镰刀去割，背回来晒干后才能生火烧灶；喝的水，也必须自己去村外大湾里，用担杖铁桶挑回来。这些事，以往公爹家由勤务兵来办，但是，如今得靠自己了；小孩子每天不仅要吃要喝，而且吃后喝后还要拉屎撒尿，拉屎撒尿他是不会打招呼的，既不按钟点，也不选地点，于是乎，或白天，或半夜，或地下，或炕上，给糟践下除了咧开大口嚎啕大哭，也是决不会道歉的……没用半月功夫，三间小屋，就给闹得没里没外，乱七八糟，臭气熏天；再看看学梅和孩子，也黄焦腊气、不成模样了……

知女莫如娘，娘来了，闺女哭了，娘笑了……

学梅要搬到娘家去住，可百顷地哪儿还能安插得下她娘俩？吕氏这才松了口，同意学竹前来帮忙的。

学竹到"二十师"村的头五天，首先熟悉了周围环境，解决了几项难题——到哪儿挑水？她先把大水缸挑满；到哪儿去割拾柴禾？她借了邻居一辆小推车，用了两天的时间，去荒子里砍了许多柳树棍棒，又割了一些老苇子，总共推了八车子，晒干之后，在院子里堆了一个大草垛，足够两个月烧锅灶的了。然后开始清理房间，洗涤衣物。

学竹话很少，却很谦和。学梅的答复也都十分客气。

"二姐，这些尿布，晒干了，放哪儿？"

"随便，还放炕头上小包袱里吧，拿起来，方便些。"

"姐，这儿见过老鼠吗？粮食是不是该放进小瓮里？"

"老鼠倒是没见过。不过，放进小瓮里，肯定安全一些……"

"姐，书架子放在桌子旁边，你看行不？"

"好，好，当然好。学竹，甭问我，你感到怎么好，就怎么做……"

学竹在望湖楼当过"商女"，训练有素，这么三间屋里俩人的家务活儿，对她来说，确乎是小菜一碟。不到十天，家里已经清清爽爽，条条理理。两人轮流着哄"小永安"玩耍，既有趣，又清闲。等小家伙一睡觉，两人倒是没事可做了。每到这时，学竹便有那么多关于诗词的问题提出来，求学梅解答。譬如，什么叫诗境？什么是韵味？先学古体好，还是先学近体好？学梅赧然一笑，很少直接解答，而是去书箱里，翻找半天，取出一本，递给学竹，说："至少读两遍，然后，再……"就是让学竹自己先读书，去体会、去领悟。

学竹读起书来，非常痴迷，经常通宵达旦。姐姐催促睡觉无效，便起身给她吹灭灯盏。可是，姐姐越来越喜欢这个小妹妹了。

不过，后来突然传来了腊月病故的噩耗，两人急忙返回了"百顷地"。安葬腊月之后，学梅就回了"二十师"，可学竹为了陪伴娘，又多待了半个多月，直到给腊月上了"二七坟"（殡葬第二个七日）才回来。可能她受刺激太大，夜里又经常失眠，有时候则变得神魂恍惚，仿佛见神见鬼的。

有一天清早梳洗，她突然惊叫了一声，把个小镜子都摔碎了。学梅急忙过来询问，是怎么了？只见学竹，脸色蜡黄，大汗淋漓，浑身瑟瑟颤抖。咋问，摇着头什么也不回答。学梅只得搀扶她上床，强迫她躺下，盖上被子休息……

学竹昏睡了整整两天两夜，还不时地说一些谁也听不懂的胡话。学梅十分害怕。她没敢惊动"百顷地"的娘和爷爷——他们自从腊月死后，也因过度伤心而废寝食，卧床多日。二梅便把住在惠鲁学田的三婶儿孙尚香请来——她是学竹原来的掌柜，连黄家三表奶奶老杏花也跟着来了。

"学梅，腊月死后，小桂花见过吗？"孙尚香问。

"见过。殡葬那天，开棺辞灵的时候，是她给腊月擦洗了一遍下身，她还拿了自己的一条新裙子，给腊月穿上……"

"噢，噢，她大概是受了惊吓……"孙尚香说，"我在她床边坐了好长时间，你猜她嘴里嘟嘟哝哝说了些啥？她说，'你看，我不是学竹吗？不，我是假学竹，小桂花嘛。你腊月，才是真学竹……我在镜子里，看见你了，呀，我就是你……'学梅，她自来胆小，这次受刺激太大，精神就有点儿错乱了。没啥，我去请龚先生给她看看，吃几副药，歇息几天，我想就会好的。"

黄家三奶奶却说："我看，这就是腊月的魂灵附体。她们姊妹俩要好，腊月不舍得和她分离，缠磨着不走……甭吃药，到腊月的坟头上，多烧些香纸钱，念吧念吧，送送腊月，早升仙界，病就会好的。"

孙尚香尽管不信这些，可还是说："三婶，这，我们不懂，就麻烦你了。既然是附体，我看也不用去坟头，在家门口，烧些香纸，你给送送，行不？"

在黄三奶奶的安排下，孙尚香买来香纸，于当天夜晚，黄三奶奶用黄表纸铰制成"长钱"——纸钱的长串，她拖着"长钱"，一边在学竹的身上、床四周，来回拖扫着；一边口中不停地低声念叨着："腊月啊，好孩子，不认识我了？我就是茅茨坨，老黄家你大脚奶奶嘛，甭害怕。我知道，你最听话，走吧，上路走吧！你们姊妹俩，再要好，该分手也得分手，阴阳两界嘛！"

在蜡烛闪烁的光亮里，黄三奶奶声音亲切，完全就像是面对着一个活着的腊月，在耐心地劝导着。让一旁的孙尚香和学梅，都禁不住心在发抖，脊梁沟里透凉气，毛骨悚然了……

黄三奶奶继续劝导着。仿佛从学竹的床铺上搀扶起了那个"腊月"，然后像是拉着了她的手，向门外引领着，慢慢地，慢慢地，一步一步，向外走。同时，她仍在念叨："腊月，来，好好拉住大脚奶奶的手，出门了，有门挡，高抬脚，别绊倒。好，好，出来了……"

这时，黄三奶奶一挥手，让孙尚香点燃了大堆的香纸。香纸很快着旺了，火苗窜动着，那些飞起来的一片片红色的纸钱，一直飞过房檐，活像是一群闪动光亮的小蝴蝶，飞舞着，在高空消失了……

黄三奶奶的声音也逐渐放大了："腊月，放心走吧，上西南——光明大路，平平坦坦；你旱路有车，水路有船；箱柜有衣，褡包有钱。菩萨保佑，一路平安……腊月，放心走吧……"

她连续念叨了三遍，这才跪下，磕头祷告："救苦救难的观世音菩萨，求你保佑俺孩子腊月，俺给你磕头了！"

说来也怪，第二天晌午，学竹醒了过来，一睁眼，就问学梅："二姐，腊月妹子走了？"

"噢，噢，走了，走了……"

孙尚香终究不相信这些迷信，她又骑了驴去永安镇把龚先生请来，

第二十六章 时乖命蹇

547

诊断了一番，开了几副中药，主要还是让她睡觉休息。孙尚香和黄三奶奶又在"二十师"村陪伴学梅住了半月，等学竹彻底恢复了健康，这时，砚楷也从老家回来了，她们才回了惠鲁村。

直到这时，学竹才告诉学梅当时是怎么回事。

"二姐，你说怪不，我自从给腊月上了'二七'坟回来，几乎每天夜里都梦见腊月，跟她活着的时候一模一样。那天早晨，我用木梳蘸了水，刚把头发梳好，拿过小镜子一照，二姐，你道我在镜子里看见谁了？是腊月……我也是学竹，我才是真学竹！那，咱们两个……本来是一个人嘛……二姐，人突然发现了另一个自己的时候，是让人毛骨悚然的，十分恐怖……"

"学竹，龚先生说过，因为你受了太大的刺激，又接连睡不好觉，精神错乱，产生了幻觉。"

"不，不完全是那么回事吧？我没感到神智不清，相反，记得非常清晰，镜子里就是腊月……"

"我也说不清楚，可是我相信科学，你就是你，腊月就是腊月……腊月一天学也没捞着上，不会看书，不会写诗。不过，若是去地里干农活，你就远远不如腊月妹子了……"

"假如，腊月襁褓中不被偷走，她就是学竹，她肯定识字、读书、写诗……可是，从来就没有什么'假如'，一个人一个命啊！"

这次谈话的第二天夜里，学竹写了一首律诗。

哭腊月

我从镜子里照出了另一个我——原来就是腊月妹子，令我大吃一惊。多日魂不守舍，夜来秉烛书七言韵句以记之。

前秋与妹初相逢，
夜话卧棚到曙红。
名姓缘自诸户变，
音容宛如一娘生。
失亲买卖同牲畜，
流离西东似转蓬。
泣血荒丘思妹子，
秋风潇飒雁哀鸣……

8

为了让学竹尽快从腊月的阴影里走出来，学梅便接连不断地向学竹推荐一本又一本诗集，让学竹阅读。随后，两人则一起议论一些诗词理论。

时过不久，学竹的兴趣越来越浓，见解也逐渐多了起来，甚至侃侃而谈，能提出一些很专业、很深奥的问题了。

"姐，我发现了一条规律。"

"好啊，俺小妹变成学者大家了，能发现规律了？"

"不，说发现规律，不准确。是，是我体会出了一些道道儿……"

"说来听听。"

"姐，自从《诗经》创建四言体式，屈原又创骚体，用四、六、七长篇与《诗经》分庭抗礼；《汉乐府》又离散四、六、七整齐句式而为参差错落的杂言；至汉魏六朝，在五言兴起备受青睐之际，曹丕、鲍照又力推七言；可是，在革新大潮向前推进的时候，曹孟德却又反潮流祭起四言大旗，尽管写了不少好诗，终因逆潮流而动，被某些人侧目……"

"谁敢侧目？"

"钟嵘的《诗品》，将汉魏齐梁122位诗人分为上中下三品，上品11人，中品39人，下品72人。竟然把个赫赫有名的曹孟德，贬到了三品。为啥？"

"我觉着，钟嵘是不是对他有成见？"

"我想，他肯定以为，曹孟德手执权柄，理应顺乎潮流，力推五言。然而，曹孟德却墨守成规，坚守四言，令他失望了……"

"从四言，到五言，就多了一个字，就那么重要？"

"姐，增加这一字，可不得了，进化发展，历经千年。这说明，社会生活、语言，日趋丰富复杂。《诗经》以后的四言，用钟嵘的话说，已经沦为'每苦文繁而意少，故世罕习焉，'可增加了这一个字，在容量扩展上、音节韵律上、抑扬顿挫上、起伏跌宕上，则有了巨大变化。钟嵘高兴地说五言诗：'指事造形，穷情写物，最为详切。'可是，钟嵘哪里想得到，到了唐代，五言、七言古体，五言、七言近体，乐府，新乐府，歌行，长短句，可谓众体皆备，百花齐放了。这就到头了？没有。仅长短句，宋人又由小令发展到中调、长调。元人再创，可加衬字，也可以连唱数支的散曲套数。然而，这就停止脚步了？没有。民国以来，新文化运动，又砸碎桎梏，自由解放，产生了新诗，不仅让有学问有天才的诗人，愿意咋写咋写，愿意咋唱咋唱；而且，将诗词门槛放低了，吸引广大民众有更多的人走进来。姐，诗歌这一路走来，你就没有发现，这里边有一些道道儿？"

"这就是你发现的规律？"

"其实，不是我发现的，应该说是我刚刚悟出了这些道道儿……"

"什么道道儿？"

学梅、学竹姐妹二人在家议论诗词。

"就是,什么事物,什么格式,什么套路,都是由单纯、简易,逐渐发展、完善。可是停不下来,则越来越细致、越来越复杂,一直变得繁琐、变成桎梏。碰壁了,讨人嫌了,然后,则回过头来,进行简化、缩减,由多到少,由大到小,由难到易,由粗到精。就像计时,开始中国用日晷,看日影;还用漏壶,看水滴,非常简单,可不准确。直到六百年前,欧洲人发明了钟表,是塔钟,要建钟楼才能装得下,听说老大老大。又过了三百年,变小了,可以携带了。而今上海女人戴的,就指甲盖那么小……"

学梅没等听完,哈哈大笑。

"哎呀,俺妹子这是在讲形而上的大哲理,事物的反方向发展变异了!"

"你先别打岔,我还有许多问题要问哪。比如,《尚书》提出了'诗言志',似乎已被公认,可是,汤显祖在《牡丹亭题词》中提出'以情反理',到底谁说的对?还有,如何'造境'?如何择韵?写新诗用韵好,还是不用韵好?如何才有诗味?"

"好了,好了,咱以后一项一项慢慢讨论行不?"

"行。可是,我最近还尝试写了几首小诗——是新诗,百分之百,是处女作,大闺女上轿——头一遭,你给品评品评……"

"是不是,也急着上轿了?"

"姐,俺这是跟你谈正事!"

"我也没跟你扯闲篇啊,上轿,那是终身第一大事……好,不说了……把你那处女大作拿出来!"

学竹从她的被褥底下,取出三张书纸,是三首小诗。

学梅反复读了几遍,半天,渊默而不言。

学诗自问

孔丘无奈叹逝水,
庄周奇想逍遥游,
李太白白发三千丈,
王之涣黄河入海流,
苏东坡明月几时有?
李后主春水几多愁?
罗贯中一支笔演义三国,
曹雪芹一把泪描绘红楼……
人来世上走一遭,
几春秋?几字留?

不堪回首

人比人，该死，
货比货，该丢。
小桂花，花季没开花，
身心唯有暗伤留：
当宠物，如小猫小狗，
数转手，卖到望湖楼。
遇恩师，春风风人知人事，
学弹唱，月儿弯弯照九州；
世间有，披人皮的食人兽，
龙王庙，黉夜遇救鱼脱钩；
工棚里，侍义父殉职，
惊涛中，泊生死洪流……
历大难九九八十一，
蝉蜕蛇皮桂花变学竹，蝴蝶梦庄周！

愿作蜗牛

庄周梦蝴蝶，迷失自己，
那是他对翅膀的渴求，
有了翅膀，获新生，获自由，
就能离开这污浊的地球。

我见识过，外面的世界，
树上小鸟唱，水里鱼儿游，美不胜收！
然而，君知否？
空中有鹰鹫，水里有鱼钩！

我，比羔羊还弱，
　　比黄花还瘦；
我，面对禽兽，
　　只会颤抖。
于是，我想，
　　作只蜗牛！

学梅读完诗稿，半天才说："学竹，你这新诗，确乎放开脚丫子了，不再受什么格律句式束缚。但注意了节奏顿挫，通畅上口。在内容上，力避浮华，能直抒胸臆。当然，还是过于直白了一些。我感到，这都是小事……"

"那么，什么才是大事？"

"古往今来的大诗人，首先得有大胸怀。其实你在学诗中也感受到了。《学诗自问》开始八句，你推举了六位诗人、两位作家——当然，这两位作家也是诗人，你能崇敬他们，而扪心自问：'人来世上走一遭，几春秋，几字留？'我读到这儿，简直太高兴了。你已经被大诗人激发出了热情，感到时光有限，必须奋力一搏，写几首传世大作了！可是，再读完后两首，可就越来越抽抽了……"

"是吗？"

"第二首还是庄周梦蝶，第三首，干脆就想当蜗牛了。你知道不知道，有一种大水鸟，经常到水边吃蜗牛，一低头啄起一个，一仰头咽下去，囫囵吞。你躲进硬壳里有用吗？"

"呀，这么可怕？"

"物竞天择，弱肉强食，这就是大自然的生存规则。你怕，你躲进硬壳里，是没有用的。古代的大诗人，咱不说屈原、李白、苏轼这些豪放派，就是写不尽'愁'的李易安，不是也有'生当作人杰，死亦为鬼雄'的壮烈胸怀？"

"对，对，我没想到二姐你，看起来文质彬彬、温文尔雅，却也怀有儒家的自强不息精神！"

"我自幼也是爱读书、特别爱读诗词，受大爷爷的影响颇深。大爷爷一辈子，可谓胸怀大志，救国救民，追求真理，历经坎坷，而不退避。直到晚年，处极端困境，亦不认输。甚至明知不可为而强为之。用'女娲补天''精卫填海'，来激励自己……"

"噢，噢……可是，姐，我好像更喜欢老庄，特别是庄周的《南华经》里那些故事，涉笔成趣，言之成理，奇思妙想，深入浅出。"

"好，也好。对于读书，咱娘有个说道，我很佩服。她说，许多经典好书，无论是古代的、近代的、中国的、外国的，都是一些大作家，呕心沥血，去解读人生；因此，都值得我们用点心血去细细品读。读懂了这些经典好书，从而学会读懂人生。"

"噢，噢，还是娘体会深切。"

9

时过不久，家驹就从济南回来了。

因为学竹与家驹的关系，十分特殊，至今见面，仍然尴尬。学竹从不与其正视，一句话不说，她的脸便先自通红通红……

家驹曾经搭救过小桂花，背着小桂花藏进小庙的那个夜晚，两个青年男女的身体接触过，还接过吻；尔后，因小桂花的介入，他老冯家曾闹了个地覆天翻：朱氏嫁祸学梅毒害小桂花，而招致学梅投湖；老阮家在二爷的带领下围攻过老冯家；家驹的外祖父朱金旺气极吐血，不久去世；家驹的父母由此永远离异……

这些事的因果，都是用语言难以表白清楚的。况且，时至今日，已成为谈话的禁区，相互都是极力回避，哪儿还有什么表白机会？学竹与学梅在一起住了这么长时间，已经到了无话不谈的地步，情同亲姊妹了，但对于当年那一章，也是一页也不曾翻检！

家驹回到"二十师"的当天，学竹则收拾衣物，与学梅说，她要回"百顷地"了。

未等学梅开口，家驹便说："我在家里住不下。走到永安镇的时候，大姐夫凌老师和学校的老校长留我吃饭，在饭桌上便提出聘我去学校教学，尽快把抗日救国宣传队组织起来，我立时就答应了。也就是说，你不能走，还得继续帮助你姐姐拉扯孩子。你又不是不知道，你这位二姐，操扯家务，必须配备助理……"

"好了，好了，如今男女平等，咱们换一下，你在家里拉扯孩子，我们去教学。论教学，我敢说，我与妹子决不比你差！"

就这么，学竹又留了下来。继之，家驹了解到这段时间，她们姊妹俩，不是抱着孩子、唱着小曲儿到村外遛弯儿，就是在家谈诗论词，小日子过得满滋润，他便开始奚落她们了。

"杜牧有首诗，你们还记得吗？"

"什么诗？"学梅问。

"烟笼寒水月笼沙，夜泊秦淮近酒家，商女不知亡国恨，隔江犹唱后庭花……"

让家驹没有想到的是，学竹只听了两句，脸一红，抱起小永安，转身就出了门。

"这是怎么回事？开个玩笑，就恼了个大花脸？"家驹很不理解。

"我想，是'商女'两个字，伤了她的尊严。她在望湖楼当个几年商女嘛，对不？"

"噢——是了。和尚面前，不说秃子！"

不过，说归说，相处时间长了，自然就逐渐没了戒备。尤其是家驹天天哼唱那些抗日的歌曲，也感染了学梅和学竹，她们俩也就跟着他学唱，隔阂则逐渐消除了。

唱歌是学竹的长项，她嗓音甜润，悦耳动听。她又会拉二胡、弹琵琶、吹笛子吹箫，给别人伴奏。时过不久，在永安中心学校的抗日宣传文艺晚会上，家驹拉去学竹，和他一起演出了活报剧《放下你的鞭子》，学竹还独唱了《九一八小唱》《渔光曲》。

学竹的演唱太动人了，太出人意料了。特别是《渔光曲》描写渔民苦难生活的歌词，是那么真实、质朴、通俗、易懂，让这些住在海边的孩子，听起来就像在唱自己的父兄生活。加上学竹唱出的曲调，又那么舒缓、轻柔、哀婉、凄凉，把学生们都唱哭了。笔者翻阅资料，找到了1934年安娥作词，任光作曲的《渔光曲》。现将歌词首段敬录如下：

云儿飘在海空，鱼儿藏在水中。
早晨太阳里晒渔网，迎面吹过来大海风。
潮水升，浪花涌，渔船儿飘飘各西东。
轻撒网，紧拉绳，烟雾里辛苦等鱼踪。
鱼儿难捕船租重，捕鱼的人儿世世穷。
爷爷留下的破渔网，小心再靠它过一冬……

学竹唱完，掌声经久不息。学竹又唱了"我的家在东北松花江上"。这一次同学们不仅是流泪，而是义愤填膺，振臂呼喊起抗日的口号。

学竹的演唱轰动了。在学生们的强烈要求下，学校校长亲自出面，动员学竹到学校当音乐教师。后经与母亲商量同意，学竹则成了永安完小的教书先生。

此后不久，学校帮家驹在永安镇的五村，租赁了三间小土房，把学梅母子接来居住。学竹也住在这儿，仍然抽空帮助二姐料理家务。

但是，相处时间一长，不知'亡国恨'的不是'商女'，而是学校'抗日救国宣传队'的队长冯家驹了。一有空闲，就缠磨着学竹给他唱以前在望湖楼时唱的一些俚曲情歌小调。一提唱这类东西，学竹马上就会变脸，像是被揭以往的疮疤那样痛苦。所以，她总是用各种借口婉拒。时过不久，学竹离开了。她宁愿走四五里路回"百顷地"家中住宿，也不再去二姐家了。别人问她为什么？她说，娘要她作伴。

后来，在三姐学菊的追问下，学竹只透露了一句："家驹这个人，不像个姐夫，轻浮。"

10

回头再说，老阮家自从腊月死后，母亲吕氏和爷爷宗贤，二人都一病不起了。严依霞三日两头请龚先生前来诊治，但也不见起色。直到这年六月里，小琴家，老少五口，辗转到来——特别是还捎带来了秋鸿和小四儿，一闹腾，娘和爷爷才先后下了病床。

这，还得从春天学义媳妇小琴家遭官府敲诈说起。

因为乡里传扬她家存粮很多很多，土匪虽然用棍棒砸死了她爹张德厚，但是并没有抢去多少粮食。这信息通过朱贵才早就传进了吴县长的耳朵。吴县长比黄三虎聪明得多，通知所在区乡公所，拿了一张三寸纸条，让小琴家为救灾、为抗日捐粮五十石，限期十日交齐，强令执行。完成任务，可发奖状以表彰鼓励。

接到纸条之后，面临倾家荡产也没办法完成的"捐献"，小琴娘和齐巧儿各自抱了小孩子哭泣，哪儿还有什么主意？可小琴反倒冷静下来，她跟娘打了个招呼，拔腿就去了老阮家。她先找到了潘奶奶，潘奶奶又找来了儿子二棒槌。议论了半天，最后潘奶奶斩钉截铁地说："棒槌，就交给你了，两件事：一、粮食今夜装船运走；二、小琴家五口，另外雇船逃离，想办法再去利津洼。总之，明天关门，不留任何痕迹。能办到吗？"

"这，太仓促了……怕是……"二棒槌抓头皮了。

"不行。再难，也得办，火烧到房顶了，闹不好就会家破人亡啊！"

"那，好吧！"

潘奶奶将家里的现钱，拿出来交给了小琴，先垫支了部分粮款。

"奶奶，你，多保重……"小琴双膝跪地，给潘奶奶磕了头，就按照二棒槌叔的嘱咐，回家去做准备。

这天夜里，二棒槌雇来一条大船，四五个人扛麻袋装粮。二棒槌自然不便出面，他过去的四个绿林弟兄都穿了保安队的服装，端着大枪吆三喝四地监工押解。从半夜月在南天，一直忙到公鸡打鸣，总算把船装完。乡亲们都认为这是官府巧取豪夺，欺侮孤儿寡母，哪儿还敢靠前询问。老远望见小琴母女哭鼻子擦眼的，很是可怜。可天亮之后，大门上就挂了铜锁。两天之后，县上的真保安队来了，破锁进门，已家徒四壁，空空如也。再拷问乡邻，则个个摇头，一问三不知了！

在小琴全家乘船逃离的时候，潘奶奶让她们把秋鸿和小四儿学智也一起带上了。因为小三儿学礼从部队连续回来过几次，秋鸿就怀孕了，潘奶奶感到还是让她到婆婆身边生育更好，可平素又难找个妥实的人做伴，就拖了下来，这回正好把她带上……

11

小琴等人的到来，亲人团聚，自然给全家带来了欢乐，但是一个很实际很难解决又必须立即解决的问题：就是吃和住。

本来家里就是个由阮、宋、方、薄四家组成有九口人的大家庭，而今一下子又涌进来七口，立马又变成了由五个小家庭十六口人组成的特大家庭。夜晚得有地方睡觉、白天三顿得有饭可吃。咋办？

遇到家务难题，自然还得内当家吕氏亲自出面筹划安排。巧妇难为无米之炊，这些吃饭住宿杂事，说来话长，恕不赘述。

而今，吕氏已是心力交瘁，便不由地想起阮家老爷子跟老张家攀亲的初衷；再看小琴，外示浑厚，内存精明，也像个担大事、成家业的主儿。夜晚，她便与小琴做了一次测试性交谈。

婆婆搬出老爷爷的嘱咐，郑重其事地一说，把个小琴说得不好再推辞，可她还是立时红了脸。

"娘，我常想，我们那些老祖宗，一代一代，除了官府苛捐杂税，还遭受水灾、旱灾、涝灾、虫灾各种灾害，缺衣少食、饥寒交迫，饿怕了，穷怕了。因此，祖辈相传，省吃俭用，丰年要当歉年过，一粥一饭当思来之不易。俺老张家，比一般就更甚一筹，不但勤劳节俭，还得精打细算到吝啬小气的地步，就是，更抠门！娘，你给俺爹写的碑文，我看了很多遍，分析得很透彻。土匪绑票，砸死俺爹，是罪大恶极；对俺爹，也该同情。但是，娘，活在当世，也得看明白，像俺爹这样人的命运、遭遇、下场，恐怕是难以逃脱的！对吧？"

"我，说实话，真不愿意承认这个残酷的现实。如果，农民都不敢勤劳致富了，不去省吃俭用了，我们这个国家，我们这个民族，还有希望国富民强吗？"

"娘，最近我从潘奶奶那儿借了一本《庄子》，看了几段，特别有意思。其中有这么一段说，人们为了防备翻箱撬柜的小偷，如是变得聪明起来，把箱柜用绳索捆紧，再用大锁锁牢。总以为，这样小偷就撬不开了。可是，大盗来了，并不撬锁，而是抄起箱柜，搬了就走。我想，俺爹就是那种加锁的'聪明人'，他的一切努力，都是为了大盗积聚财富而提供了方便。不是吗？他那粮仓，都是黑夜偷偷挖洞建在了地下，地下粮仓的墙壁全用石头砌好，又用'洋灰'（水泥）抹平。遭那么大的洪水，都没受多大损害。三虎头子的土匪，都没有找到。可是，吴县长送来了一张三寸纸条儿，让你捐粮五十石，俺和娘立时傻眼了。俺爹的存粮总共不到二十石，可'大盗'的胃口太大……幸亏四叔二棒槌啊，才逃过了'人财两空'的一劫……"

"这，小琴，你娘都给我说过了……"

"娘，我为什么再跟你老说一遍呢？就是说，咱不能再像俺爹那么过日子了。"

吕氏恍然大悟，扑哧笑了："噢，我让你接班当家，你这是先让我解绳开锁——松绑啊,对不?就是说,咱这日子,以后甭那么认真过了,胡二马三就可以,过好过歹一个样?"

"娘,我来到这儿,听说的第一件事,就是爷爷和芋头两人想办法挖地窨子存粮食。如果征求我的意见,我肯定不会同意。这跟俺爹的做法没有两样,这是闯侥幸,太冒险了。娘,让我说,来这荒洼里过日子,虽然不能今天吃了不管明天,但是,也决不能给盗贼积攒着、保存着,而难为自己了。"

"好,好,我赞成。那么,明天我跟你爷爷和你霞姨商量商量,你就准备接班。"

"不成不成,你得让我见习一段时间——至少仨月。古人怎么说来?'君子信而后劳其民','信则任焉'。有了威信,大家信任你,你才能任事,大家才会听你支派。对吧?我刚来乍到,既没功劳,也没苦劳,根本谈不到有甚威信。这是其一。其二,俗话说,家有十五口,七嘴八舌头。而咱这个家,还不止十五口,又是五个小家组成,长辈不少,品性不一,肯定众口难调。我又没有严威峻法,只能陪着笑脸铺排事。娘,这是个讨人嫌的差事,怕是出力不讨好啊,娘,你老还是饶了我吧,行不?"

经过这一番谈论,吕氏心里更有了底:这孩子胸中有城府、有丘壑。于是斩钉截铁地说:"不行!你这是替我、替你霞姨挑重担子嘛,不能推辞!"

"那,让我再考察考察,仔细想想,再跟你老禀报。你老在后边摇着羽毛扇子,我在前面跑腿、挑担子,行不?"

事情就这么说定了。

12

过了不到俩月,收了麦子,由吕氏出面召集了一个大家庭的会议,除了孩子,全部参加。

吕氏说,根据当年老爷爷的嘱托,根据自己年老多病的实情,经与几个长辈商量,决定由小琴总览家务,当家主事。小琴自然也从各个方面谦让了一番。大伙也都先后表态:一定尊重小琴,服从小琴支派,把日子越过越好。走完了这个过场之后,小琴则板起面孔,谈了自己的一些打算,让大伙讨论,然后约法三章。

她说:"我以为,一、坡里、家里,可以分成两大块:坡里,由爷爷打谱,芋头和小娥负责铺排;家里,由娘和严姨打谱,我与三菊负责铺排。二、吃饭,忙时吃三顿,由大厨房统一做饭;闲时吃两顿,分大小厨房——有孩子的可以在自己住处用小锅自己做。三、全家大项收入开支，由爷爷、娘、严姨、芋头和我，共同商议确定，由我遵行分付，由秋鸿记账待查。小项开支，落实到小家，到人、到月：全家每月开支一次，人员分为三等：爷爷、娘、严姨、芋头四人，对外处理亲友邻里关系多，花费大，定为一等；俺娘、柱子娘、三菊、小娥、秋鸿、巧姨和我，七人为二等；五个孩子为三等……"

没等小琴说完，小娥就开腔了："芋头是晚辈，也不请客送礼，应该划为二等。芋头，我说的对吧？"

芋头红着脸忙说："对，对，我愿意二等。"

"不，芋头是家里的顶梁柱子，这些差事，我明白，买种买肥、集市请工，不光出力，有时还得出钱——出人情钱，与人交往嘛，自然不能太小气，太抠门。我以为芋头必须定一等，或是列个特等。"爷爷说。

小琴笑着说："最初，我跟爷爷的想法一样，也想给芋头兄弟列个特等。可跟娘和霞姨一商量，她们说，列个特等，有时候也不够用。还是有特殊事项，另外单独开支。"

"那好，那好……就这么着……"爷爷一言敲定了。

小琴说："另外，我还想提几条要求：第一，一家人不说两家话。有意见可以跟长辈说，不能出去乱说。第二，不属于自己的东西，不能乱拿；不属于自己管的事情，不能乱管……"

等小琴一条一条说完，大伙又议论了半天，表示了赞同。

在一个家庭中，这么开会的，这么分工管理的，这么认真立规矩的，就是上了岁数的老人，也是头回见识。

这次会后不久，秋鸿就坐月子了，她为老阮家生了第二个重孙子——头一个是小琴生的，名字叫东平，已经三岁；秋鸿生的这个，名字是爷爷起的，叫东升。爷爷高兴得摆了酒宴：请了亲戚朋友。

另外，小四儿说，爷爷还增加了一项"闲情逸趣"：喂鸟。

那是麦后不久，锄二遍豆子的时候，芋头下地回来，用苇笠头托着一窝小鸟送了过来。

"爷爷，你瞧，这是啥？"

"哟，小家雀！"

"不是家雀，鸭兰儿。城里人好像叫'亚灵'，也叫'小百灵'。俺老家叫鸭兰儿，潍县人叫'啊啦儿'。有三种，我小时候都喂养过。个头大的叫大鸭兰儿，羽毛花纹黑，也叫'洼燕子'；还有一种叫凤头鸭兰儿，头上有两撮毛高高的竖着；再就是这一种，叫小鸭兰儿，咱这洼里最多，嘴也最巧，高了兴，能唱好多好多曲儿。吃饱了，就飞到天上云彩里打哨，我估摸着，书上称'云雀'的、称'叫天子'的，就是咱这种鸭兰儿……"

"哟，芋头还这么懂鸟？"

"我自小喂养过多次，有瘾。只是这些年，缺吃少穿的顾不得了。"

"芋头，这么小，养得活？"

"爷爷，不小，正好喂养。再大，它就认生了，喂不熟。"

小鸭兰儿，大概刚睁开眼睛没几天，一身茸茸黄毛，堆挤在一起。你嘴唇一嘬，发出声响唤它，它们会立即张开红红的口，向你讨吃食，非常可爱。尤其是孙子小四儿学智，对喂小鸟儿特有兴趣，上学回家，路上经常去逮些蚂蚱，带回来喂鸟。鸟长大了，会唱曲了，逮蚂蚱喂鸟，调教小鸟上台、飞舞，听小鸟唱歌，则成了爷爷每天最有兴致的"功课"。

13

那年初秋，满坡的豆子，绿油油的望不到边，有的已经没过了人的六腰，大多开始挂荚了，长势十二分喜人。可是，7月17日，突然一场大海潮，一夜之间，把下镇、十四村、惠鲁村以东的庄稼和护村坝低矮的村庄，变成了汪洋。住在二十二村的王文龙、王文虎兄弟俩，他们在村东种了五十五亩豆子，在南边胡绿豆屋子以北开荒种了三十亩高粱，全泡了汤。最为不幸的是，文虎媳妇回家找牲口时，卷进大潮，淹死了。

十几天过去，海潮退下去了，淹死的人掩埋了。村里，淤泥漫过了大车轱辘、漫过了房屋的窗台；人们的眼泪已经流干了，今年的希望也全部破灭了……

王文龙、王文虎兄弟俩带着家人，又来到了百顷地，找到了阮宗贤。爷爷宗贤说："住下吧，没有过不去的火焰山，有我吃的，就有你们吃的……"

可是，让王家兄弟俩住在哪儿呢？没法子，小琴又动员娘和齐巧儿与薄老婆子挤到一起，腾出卧棚让给了王氏兄弟。

这就是说，房屋居住问题到了非解决不可的地步。

14

这年的秋天，寒露后没几天，就有消息传来，日本鬼子已经占领了山东北部的平原、禹城等地，永安镇人心惶惶。小琴急忙与爷爷和婆母商量，今年收秋以后粮食如何处理？爷爷仍然主张用地窖子储藏；婆婆和小琴却主张，留足口粮，全部卖出去。爷爷也没有再反对。

这年，秋收、秋耕、秋种、破例的是，坡场完全由小琴与小娥两个女人主持，集中雇工（从惠民无棣来的难民很多，雇短工非常容易），边收、边打、边晒、边卖；她们还贱钱又添置了一挂马车，由芋头负责，王氏兄弟帮忙，悄悄过河，运往寿光潍县卖出。当大宗黄豆上市，土匪强人开始集市抢劫的时候，他们的粮食早已脱手。

小琴还让芋头买来了三台织布机——因逃难的人多，集市上到处堆积了难民要处理的大小家具，价格非常便宜。有了织布机，这年冬天，女人们都开始纺线织布，自己解决了穿衣问题。过春节的时候，家里十六口人，全部换上了崭新的棉袄棉裤。另外，小琴还从永安集上买回一盘小磨，可以推水磨子，做豆汁，做豆腐。自然老老少少都很满意。

15

小琴来的第二年春天，清明节一过，砚楷给捎来了她家的卖粮钱款，她便与爷爷、婆母商量，张罗盖房子了。

爷爷问："盖房子？你想盖几栋？钱够吗？"

小琴说："爷爷，我想，要盖，就盖七栋，每栋三间。咱阮家一栋；霞姨和三菊一栋；俺娘和巧儿姨一栋；芋头和小娥一栋；王家两位叔叔每户一栋；薄婶和二柱子一栋。既然早晚脱不了盖，还不如咬咬牙，一次完成，省工省料。再说，如今王家两位叔叔来了，让他们有了住处，安家才能立业。到明年种地，咱就人强马壮了。"

爷爷一听，从心底就佩服孙子媳妇有魄力、有眼光，也立即表示了支持。既然爷爷热情支持，婆母吕氏在一旁便没有开口。直到夜晚孩子们睡了觉，婆媳才又啦扯起盖屋的事情。

"小琴，有个典故叫'鸟焚其巢'，知道什么意思吗？"

"好像是说，鸟巢筑得太高，毁坏的危险就越大。"

"对。所以古人'诵颜氏之箪瓢，咏原宪之蓬户'。"

"颜回，'一箪食、一瓢饮、在陋巷、人不堪其忧，回也不改其乐。'我学过。至于原宪……蓬户……是什么典故，我就不知道了。"

"原宪，是孔子的弟子。家里贫穷，居'环堵之室，茨以生草，蓬户不完，桑以为枢，而瓮牖二室，褐以为塞，上漏下湿，匡坐而弦。'"

"娘，我明白了。总之，就是要安于清贫，对吧？"

"对。小琴，这兵荒马乱的，人家都拖儿带女逃难去，你还大兴土木，要盖新房子，我想问问，你是怎么想的？"

小琴这才放低了声音，说："古人说，狡兔三窟。咱家里，除了爷爷、芋头、王家叔叔，剩下的近二十口，都是女人孩子，万一鬼子哪天来了，咱不能跑，不能颠，那么，咱藏在哪儿呢？"

"噢，你想挖藏身的地窖？"

"对。这黄河口大荒洼里,鬼子可能来抢劫,但可以断定,决不会在这儿安营扎寨。俺爹当年挖的藏粮地窖,三虎头子的土匪到底没有找到。我想,咱用来藏人,兴许可以躲过一劫……可是,挖地窖,必须保守秘密。名义上,就是盖屋。盖又矮又差的茅屋,不会让别人犯疑,对亲戚也得保密,咱自己家里,连孩子也不告诉……"

婆母娘终于明白了小琴的良苦用心。

16

盖什么样子的房屋?小琴原来确实不懂。经过多方请教和磋商,借鉴当地人的经验,最后终于拿定主意:高拔台子矮盖屋。至于盖屋过程就不多说了。直到放了鞭炮,喝了完工酒,外雇的工匠全部撤出之后,小琴才与芋头、小娥、王家两位叔叔,秘密商议,分好工,夜间悄悄挖地洞。因为这儿全是黄河冲积土,土松,没有筋骨,容易坍塌。另外,水位太高,地基下边不到三米则会渗水。因此,头半个月,挖的洞,全都失败了。怎么办?这心往一处想了,办法就多。后来,他们到潍县、寿光等地,千方百计买来了"洋灰"(水泥),在屋内挖到地基下一米半的时候,即横向挖,边挖边砌砖发碹(像桥梁洞上边那样砌成弧形),砖缝都用"洋灰"灌好抹平,凝固一米,推进一米。如此这般,经过两个多月的夜战,他们的秘密地洞终于完工了。这一秘密地洞在后来的数次鬼子扫荡中,他们家的老婆孩子,几乎无一伤亡。

第二十七章　薪尽火传

1

1937年，12月23日，济南沦陷。接着，胶济铁路以北、津浦铁路以东的多数县城也被日寇先后占领。离永安镇最近的利津县城，即在12月底亦被攻占。

日军所到之处，烧杀掳掠，无所不为。散兵游勇，土匪地痞，趁火打劫，齐鲁大地，一片混乱，人民陷入水深火热之中。

韩复榘被枪决之后，国民党山东省流亡政府在鲁北设立行署，沈鸿烈任命何思源为行署主任。阮家小三学礼也跟随何思源来到了鲁北，何思源到垦区永安镇视察的时候，小三也顺便去"百顷地"看望了一下爷爷、母亲和家人。

在这段时间里，老大学仁、老二学义，也先后来垦区几次，他们都是与凌春来联系，住在大兰家。抽空——多是利用夜晚，才去"百顷地"看看家人。那还是小琴酝酿盖屋之前，学仁、学义兄弟俩一同回来了，两人一分钱也没拿出来孝敬老人。爷爷沉不住气了，说："学仁，学义，你们俩是咱老阮家的老大、老二，也数着您俩上学多、花钱多，如今，都成家了，生儿育女当爹了！可是，把老婆孩子扔给老人，自己满天飞，瞎闯荡，属铁公鸡的———毛不拔。上不管老，下不管小，你们就没半点儿责任心？"

兄弟两个都苦涩地点头承认。老大学仁先开口进行解释。

"爷爷说的很对，很对。我们俩，不仅一毛不拔，在我坐牢期间，为了救我，大爷爷把老阮家的传家宝都拿出来，送给了那些贪官污吏。不过，爷爷，你得相信，你这两个孙子，干的这个事业，就是想把洋鬼子赶出中国，打倒贪官污吏，让天下的穷苦老百姓都有饭吃，都有衣穿，过上永远平平安安的好日子。要实现这个目标，难不？很难很难。不光

563

顾不得自己的家庭,有时还得把命搭上。爷爷,我实话告诉你老人家,山东,让国民党,让韩复榘丢了,日本鬼子来了,走到哪儿,杀到哪儿!在许多战场上,说是血流成河,尸积成山,一点儿也不夸张。我们共产党人,在国家危亡的关头,得站出来,得打先锋,得发动群众,团结一心,挑起打鬼子重担。在济南失守的前三天,我就跟随我们的领导,去胶东的天福山发动了武装起义,建立了抗日救国的队伍。二弟在咱鲁西老家,也参加了范筑先领导的抗日队伍,还当了副县长……"

听完两个孙子的解释,爷爷由责备两个孙子不顾家庭,到担心两个孙子的安全了。

"嗨,嗨,你们两个,总不让人省心!兴许这就是,忠孝不能双全……可是,兵荒马乱,枪林弹雨,就得自己留心保护自己了……"

"爷爷,你尽管放心……"

2

数日之后,爷爷从凌春来那儿才闹明白,学仁赴临淄城,去发动组织武装起义;学义来垦区,是募集钱款,购买粮食,运往鲁西,支援范筑先的抗日队伍。没等凌春来动员,爷爷就自报奋勇,愿意捐献二十石豆子。

范筑先,老家鲁西馆陶县南彦寺。先后担任过沂水县、临沂县县长,1936年11月升任山东省第六区行政督察专员、保安司令兼聊城县县长。日寇入侵山东后,范筑先在一些共产党员的反复劝说下,拒绝执行韩复榘南撤的命令,决心返回聊城,领导守土抗日。

在地下共产党组织的帮助下,很快便筹集了一百多石粮食,又从寿光租来了运粮的船只,寻找船工的时候,不仅王文龙、王文虎兄弟积极参加,最后因艄公不够,爷爷和满堂也很坚决地报了名。

对于爷爷宗贤的报名,负责这件事情的学义和凌春来,都以年龄太大为由多次劝阻,但爷爷根本不听,学义只得搬出了母亲和霞姨。

"爹,不服不行,你终归是年过花甲,这二年又接连生病,身子已经非常虚弱,去永安镇赶趟集,都累得张口气喘。爹,这是顶水掌舵日夜行船,连续三天五日得不到歇息,你就是硬撑也怕撑不到底。那,就给人家耽误大事了。爹,是不是这理儿?"

"二叔,俺姐说的都是实话。"严依霞也帮着吕姐劝说,"这是从鬼子眼皮子底下硬闯过去,年轻人都得一个人顶俩人去拼命,哪儿有功夫再照料你?二叔,老了就是老了,得服老!再说,咱家里还有将近二十口人,得过日子,离了你老铺排,也不成。"

"你俩，就别枉费唇舌了，我阮老二答应的事情，那就是板上钉钉。你们放心，我不会连累他们年轻人。我吃的盐比他们吃的粮食多，我过的桥比他们走的路多。我帮不上钱，却能帮得上言。关键时候，还能提醒他们几句吧？俺老阮家，除了我，都读书明理，懂得为国为民。就我是个粗人，这把老骨头如果能献出来打鬼子，也算这辈子没有白活，也算为老阮家争光了。对吧？"

　　最后吕氏都急得哭了，也没能留得下公爹。

3

　　学义几十年后还记得，那是台儿庄战役结束（四月十五日结束）一个月后的五月二十三日。农历正好晚一个月，是四月二十三日。初八二十三，出没半夜天。这天半夜之后，小梳子似的一钩新月才从东边大海上升起。月光虽然那么暗淡，但还是把船后的浪花照得如撒金散银，闪烁晶亮。

　　这是从黄河口前坨子港出发的六艘风船。运粮船四艘，总共装载了一百五十余石粮食。每艘船上安排了四名便衣战士，化装为镖局人员，持枪护卫。另外，还有两艘小船，每艘船上十名便衣战士，还配备了一挺机枪。一艘在前冲锋探路；另一艘负责护卫断后。

　　运粮船必须避开沿岸鬼子的据点。行驶中临近鬼子据点的时候，就必须停下隐蔽起来，等夜晚再走。过了道旭渡口之后，他们都是日停夜行，直到第三天傍晚，才到达济阳地面。原来的泺口大桥早已炸毁，但在南面河岸，鬼子却设了炮楼据点。那灯光好像魔鬼的眼睛，蓝幽幽的，让人浑身发冷。

　　"怎么办？冲过去，还是……？"

　　各艘船上的艄公都在等待总指挥在头船上发出的信号。

　　总指挥阮学义，在头船上；副总指挥凌春来，在后卫船上。第一艘粮船上的艄公是王文龙；第二艘是王文虎；第三艘是饭店的范师傅。这三位艄公年轻时都在黄河上当过多年船工，是训练有素的老把式，即使黑夜灭灯行船，也决不含糊。可是第四艘船上的艄公黄满堂，驶船功夫就勉强凑合了。他只是在东平湖里驶过渔船，在黄河里跟过船，却没当过艄公。幸好宗贤二叔在旁指点，也充满了信心。

　　这次行船的规则是，越过鬼子据点，必须安排在半夜之后；船与船的距离是80—100米；如果前面的粮船发现情况，后面的粮船必须立即调转船头尽快顺水后撤；如果前面的粮船已经顺利通过，而后面的粮船出现情况，前面的粮船不需回头支援，必须全速前进，尽快脱离险境；

但头尾两艘护卫船必须立即参战，全力救援。至于什么情况下使用铁钩棍棒，什么时候可以开枪射击，都有详细规定……

也是老天帮忙，晚上9点之后，天空乌云翻滚，连星星也全被遮蔽，黑洞洞的，伸手不见五指。东风强劲，呼啸怒号，把行船的浪花声响全部吞没。当然，这也给艄公安全掌舵带来极大困难。眼睛完全失去效用，只能靠耳朵听水声来判断水的深浅，从而不偏离航道。总指挥通过联络员下达命令：十点通过泺口，全速前进，有没有困难？前三艘的艄公都说没问题。可询问黄满堂时，他犹豫了："我，我，在这么黑的夜里，没开过船。说实话，没把握……"

"没把握，也得有。总不能留下咱一条船吧？"宗贤厉声说。

"好，好，没问题。"

十点过后，敌人据点的灯光，多数已经熄灭。

开路先锋的头船终于冲过去了，敌人没有发觉。

第一艘粮船，也冲过去了！

第二艘粮船，也冲过去了！

第三艘粮船，几乎是紧跟，听声音也冲过去了！

"满堂，紧跟，紧跟，不要拉下！"宗贤说。

"好，我，我知道……"

"满堂，沉住气。"宗贤低声嘱咐。

"二叔，我，我，沉住气了……你，放心……"满堂直喘粗气。

"别慌！"

风帆鼓满，粮船飞速前进……

"满堂，偏北了？"

"我想，离据点稍远一点儿……"

"不行。离开航道，会搁浅。小兄弟们，拿篙，准备！"宗贤对四个船工下了命令。

说时迟，那时快，"砰——"的一声，船接连蹦了四五个蹦，停了下来。船真搁浅了。几乎与此同时，南岸据点的探照灯刷地照射过来，鬼子用喇叭头子喊话了。

"哪儿的船？靠过来，靠过来，皇军要检查。不听号令，皇军要开炮啦……"

"二叔，你把舵，指挥着把船退出来，我对付他们！"满堂把船舵交给宗贤，用双手拢成喇叭状，向南岸喊话，"不要开炮，我们，给皇军运粮食的——天太黑，搁浅了——"

接着，满堂用日本话，咦哩哇啦说了一通……据点的鬼子汉奸相信了，探照灯一直亮着，在宗贤指挥下，多位船工用篙前撑后摆，折腾了

驾船给鲁西抗日部队运粮,老英雄阮宗贤中弹牺牲。

好大一阵子,粮船终于退出岸边淤泥,返回河道。满堂又冲据点喊话:"谢谢了,我们得赶路了,好向城西皇军交差去……"

粮船又张帆前进。

"靠过来,靠过来,必须检查。不听号令,皇军要开炮了——"南岸的鬼子汉奸已经犯疑,"靠过来——"

"奶奶的龟孙,你吼吧!"满堂一边骂着,又用日语跟鬼子汉奸"哇啦"了一通。

粮船鼓满风帆,又全速前进。但探照灯仍然紧随照射,并发出最后警告。这时,我们最后护卫船上的机关枪"咕咕咕咕"打响了。转眼间,探照灯给打灭了。护卫船在全力掩护运粮船尽快脱离险境……

一时间,鬼子的枪弹,在河面上如电光石火闪耀着、呼啸着、轰响着、爆炸着……

在一片炮火中,六艘船终于冲出了鬼子抢弹的射程!我们胜利了,脱险了!

但是,尾船上四位战士当场牺牲,三人受了重伤。第四艘粮船上,有两名青年战士牺牲,爷爷宗贤受了重伤……

天亮之后,船队过了齐河,进入东阿境内,确定已经脱险之后,首船发出靠岸休息的信号。船停下之后,满堂这才招呼学义过来,告诉他爷爷伤重,流血太多,恐怕……

宗贤的右胸部中了一枪,左胳膊中了一枪,鲜血一会儿就将包扎的布条洇透了……

"都是因为我,太紧张,太慌张,惹的祸……连累了二叔……"满堂流着泪,抱着宗贤,对学义重复着这几句话。

在学义地哭喊中,爷爷终于睁开了眼睛。

"学义,不哭,不哭……"宗贤嘴唇哆嗦着,吃力地说,"船,全……全脱险了?"

"爷爷,咱六艘船,都脱险了。已经到了东阿码头……"

"好,好啊!爷爷,不行了,别哭……学义,爷爷还有几句话……"

"爷爷,你说。"

"学义,把我送回老家,与你奶奶埋在一起……我,跟你大爷爷,跟你爹一样,没给老阮家丢人。给我立栋石碑,碑文,让你娘写……"

"好,爷爷,你放心。"

"告诉你娘,让小三儿,回来干八路,八路打鬼子……"

"好,我记住了。"

"你,得好好待小琴,小琴有能耐,她接班当家,我放心……"

"我明白。"

"另外，另外……"

"爷爷！"

爷爷昏迷了过去。在学义的喊叫中爷爷又睁开了眼睛。爷爷的嘴唇颤抖着却送不出声音。学义俯下身子，把耳朵贴在爷爷的嘴边，终于听到他说："你文虎叔，好人。让齐巧儿嫁给他，成个家。让小琴娘，别阻挡……"

"好，好，我明白……"

爷爷闭上了眼睛，再也没有睁开……

4

范筑先亲自到黄河码头迎接了学义一行，并再三向凌春来代表的黄河口荒洼共产党地下组织表示感谢，还立即安排人将伤员送往医院，并亲扶烈士灵柩，隆重举办了安葬仪式，召开了追悼大会，范筑先致辞激昂慷慨、泪流满面……

范筑先虽然年过花甲，但每战必身先士卒，带头冲锋杀敌。1938年3月，曾率抗日部队两次攻入日军据守的范县，攻歼城内日寇。1938年，徐州会战期间，为配合中国军队作战，率部阻击了增援的日军土肥原师团。后组织了济南战役，一度率军突入济南市。6月14日至16日，接受八路军一二九师副师长徐向前邀请在威县南关会晤共商抗日大计。7月，在东阿县黄庄阻击日军运输队，毙敌数十人，缴获满载大米的汽车13辆及其他军用器材。8月，其次子，青年抗日挺进大队长范树民在济南战役中光荣殉国。为表示与日寇血战到底的决心，他把年仅二十岁的二女儿范树琨任命为挺进大队队长，并先后将长子、长女、三女儿都送到延安抗日军政大学学习，表现了忠于民族，誓死抗日救国的爱国精神。11月初，毛泽东派人捎去给范筑先的亲笔信，对其表示慰问和嘉勉。11月13日，日军两个联队从济南出发，进犯聊城。14日，日军将其所部六七百人包围。范筑先率部应战，打退了日军多次进攻。15日，日军在得到大批增援部队后强行攻击，双方血战多时，他手臂负重伤，裹伤再战，终因敌众我寡，城门被日军攻破。他亲率余部与日军展开激烈的巷战。战斗中，身受重伤，不甘被俘，举枪自戕。壮烈殉国后，举国震悼，国共两党都为其举行了隆重的追悼会。中国共产党在重庆和延安分别召开了隆重追悼会，高度评价了范筑先的抗战业绩。1953年其遗骸由聊城移至邯郸"晋冀鲁豫烈士陵园"。聊城建有范筑先将军纪念馆，馆内立有由邓小平亲笔题写的"民族英雄范筑先将军殉国处"的纪念碑。

5

　　回头再说学义在王文龙、王文虎、黄满堂等人的帮助下,将爷爷阮宗贤的灵柩运回阮家岭安葬。安葬仪式非常隆重,参加葬礼的五六百人,各界抗日团体送了花圈,范筑先先生亲自书写了挽联。

　　后来,那个打铃铛牛骨头说快板儿沿街乞讨的瘸腿刘,主动为阮宗贤守墓。潘奶奶听说后,将老阮家墓地旁边的五亩好地送给他耕种。他在此守墓二十多年,直到去世……

　　再说学义,仍然留在了鲁西,在范筑先属下一个县里任副县长。时过不久,则与范筑先的一个秘书一起去了延安抗日军政大学学习。走之前,他还动员四叔"二棒槌"参加了范筑先的抗日队伍。住在黄河口惠鲁中学的陈砚楷和孙尚香后来听到这一消息,便又回了老家阮家岭,好照料老母亲和孩子们。

　　另外值得一提的是,黄满堂随学义回乡之后,自然要先去看望爹娘。他一进家门,白发老娘就迎了出来,扑进儿子怀中便嚎啕大哭。

　　"娘,娘,俺爹呢?俺爹呢?"

　　"你爹……你爹……他……"老娘没说完,身子一挺,就截了气。

　　满堂把老娘抱进屋,放在炕头上。当娘苏醒过来,告诉他,老爹已经不在人世了,是饿死的……

　　"娘,你咋不捎信告诉我?我不是给你说过,家里'有事',就立马寄信嘛!"

　　读者是否还记得,满堂临去利津洼前,求吕氏给写好了两种信:一种是"平安"二字;一种是"有事"二字。在离家之后,满堂共收到二十封"平安"家信。但爹死了,娘也没给寄"有事"的家信。

　　"你爹这病,来得及吗?你赶回来,救得了他吗?再说,这路上到处是鬼子据点,兵荒马乱,你往回走,娘能放心?"

　　这就是当娘的心啊!

　　儿子到爹的坟头上大哭了一场,临走,将老娘和女儿带上,一起回了永安镇"百顷地"。

6

　　在凌春来率领下,六艘风船回到黄河口之后,对于宗贤爷爷的牺牲,暂时还瞒了吕氏和严依霞。年轻人都知道了,有时擦眼抹泪留下痕迹,娘亲追问,便支支吾吾,找些托辞。唉,能瞒几天算几天吧!

一同回来的，还有宋守信和黄三虎。凌春来一路上做好了黄三虎的工作，回来后，他率领一千多人，去寿光清水泊投靠了八路军，参加了抗日。因作战勇敢，屡立战功，确实成为一员虎将。抗日战争胜利后，他随司令员杨国富去了东北。据说当了副团长，不再赘述。

至于宋守信，已经离家出走两年多，回来一看儿子小永宁都会满地跑了，媳妇三菊，除了满眼热泪，还说什么呢？亲娘却不依不饶，结结实实地骂了儿子个八开。娘甚至说，你再走，我就给你砸断腿！儿子当然就赶紧说，再也不敢了。可是，两天之后，宋守信在院子里手抡棍棒，给娘和媳妇走了几路，露了几招。当娘的就禁不住"啧啧"称赞了。

7

那一天，是大爷存忠的生日，正逢星期日，学梅和家驹，三菊和宋守信，小琴、学竹、秋鸿，领着小四儿学智，一起来到了永安镇大爷的家里。名义上是给大爷过生日，实际上是大爷设了个简易灵堂，为爷爷宗贤举行悼念祭奠仪式。

灵堂是武秋生老师帮助存忠舖排的。中间是"中华烈士阮公讳宗贤"的神位，两旁有复制的范筑先等人的挽联、挽幛，还有武老师撰文书写的悼词。上午10时许，人员到齐之后，在武老师的主持下，则正式开始。其实，程序很快就被打乱了，默哀、敬拜、宣读悼词还没结束，年轻人跪在灵牌前，早已捶胸扑地、嚎啕大哭了……

虽然是大爷存忠的生日，但因祭奠悼念爷爷，中午饭大兰拿出酒来，谁也没喝。草草吃了饭，大伙一边喝茶，便不由自主地议论起当前的抗日形势。

武老师说，要谈这个问题，春来消息最灵通。春来也没推辞，就讲起了山东当前最有影响的几次武装起义：1937年12月27日，长山中学校长马耀南先生在共产党人姚仲明、廖容标、赵明新等同志的帮助下举行的黑铁山武装起义，建立了"山东人民抗日救国军第五军"；李曼村、宋乐生、方子诚等同志于1938年2月在章丘、邹平、长山交界的小长白山举行了武装起义，成立了"山东人民抗日救国义勇军"；在此前后，共产党的鲁东工委书记鹿省三在昌潍（昌邑、潍县）北部地区，领导了武装起义，成立了"八路军鲁东游击第七支队"；马保三、韩明柱等同志在寿光县牛头镇领导了武装起义，成立了"八路军鲁东游击第八支队"；李人凤、李曦晨、陈梅川等同志在临淄领导了武装起义，成立了"学生志愿军训团"……各地武装起义，可谓风起云涌……

听后都很受鼓舞。有人直接提问，共产党什么时候能来？

8

在大爷家祭奠爷爷回来,小四儿说是中午吃得太饱,没吃晚饭,回房间上炕蒙头就睡了。这天夜里,狂风大雨,电闪雷鸣,小四儿起身关好门窗,再也没有睡着。

他今天偷看了大爷存忠的日记,日记中写道:"年逾花甲的老爹,尚能驾船运粮,支援抗日,为国献身。作为他的长子,却偷生荒洼,苟延残喘,真乃天下第一罪人也!"

三位哥哥,都在抗日前线,我小四儿学智还像个不晓事的孩童,在……可是,我能做些什么呢?我也要学爷爷的样子,做个真正的男子汉。我也要学哥哥那样,去抗日前线当一名战士……小四儿一宿没有睡好,做了许多梦,全是打鬼子的……

没等到天亮,鸟笼里的鸭兰儿,就开始鸣叫了。歌喉嘹亮、婉转,可今天听起来,又觉得那么凄楚、悲凉……

以往,早起的是爷爷,一边调教着鸭兰儿鸟,一边唠唠叨叨喊小四儿起床……可是,爷爷永远永远走了!鸭兰儿,你知道吗?你肯定知道了,你今天的叫声,哪儿像是歌唱?简直是哭诉!对,如泣如诉……小四儿心有灵犀,拿出笔纸,伏案写下了下面这首词。

采桑子
哭爷爷

天崩地坼噩耗到,
风也哀号,雨也潇潇,
胸内熊熊怒火烧!

鸭灵清早依然叫,
歌也唠唠,曲也叨叨,
今日听来泪滔滔……

小四儿从十岁就开始学写诗,二姐学梅给他钉了一个小本本,每写一首,修改后都抄在小本本上。二姐说,积攒到三百首的时候,帮他出版印书。他一直在为此努力着。他诗、词、顺口溜什么都写,已经写了二百三十多首。原来是先让二姐看;后来是先让潘奶奶看;现在是先让娘看。这一次虽然没敢给娘看。但他上学去了,这首《采桑子·哭爷爷》没有藏好,还是让娘发现了。娘在家里没有哭,而是在霞姨的陪同下,去村外冲着西南自己的家乡，祭奠了一番，然后放声哭了个痛快。回来后，她又病倒了……

9

1941年的1月8日，八路军第一次进驻了永安镇。但因这年2月，许世友旅长奉命率领三旅主力挺进胶东，去支援反投降派赵保原的战役，赵寄舟团长在这儿住了不到十天，则率9团开赴胶东。

直到8月26日，旧历七月初四，八路军三旅首长许世友、杨国夫、刘其人、徐斌洲、马千里等率领部队进驻了永安镇。清河行署主任李人凤、区党委组织部长苏杰等率领垦区工作团也随部队一同到达。军区后勤部机关和行署机关也陆续迁入以永安镇为中心的垦区。

七月初四，这是永安的老人们能记一辈子的日子！从这一天开始，永安人才逐渐明白了八路军是老百姓自己的队伍；从这一天开始，永安才变成了山东北部的"小延安"；也是从这一天开始，实现永安的梦想才坚实地迈出了第一步！

百顷地村，虽然是个"成分复杂"的村子，没安排后勤机关进驻。但作战部队、剧团宣传队、卫生员培训班还是住过几次。老百姓称他们是"公家人"。

最留意观察的是吕氏和严依霞，她们给这些"公家人"总结了几条特点：一是嘴甜，开口就叫大爷大娘，对人热情礼貌；二是勤快，清早起来，上操之前，都是给房东挑水扫院子；三是纪律严明，就是一针一线，也是有借有还；四是能吃苦，入冬了，下雪了，有的还没穿上棉鞋，脚上长了冻疮。但还是按时出操。五是官兵一致，吃住在一起，一律称同志；六是，重视宣传鼓动，剧团的团长在家里住了半个月，就教会了小四儿四五支歌曲；还让学竹动了心，一心参加剧团。在这年的春节军民联欢会上，学竹、小四儿就与战士们联合演唱了《军民鱼水情》：

同志们呀我要问问你，吃的饭穿的衣是哪里来的？
吃和穿咱都要依靠老百姓，咱离开老百姓就像离水鱼。

鱼儿离水不呀不能活，咱离开老百姓就不能打胜仗。
老百姓爱护咱如同爱儿郎，咱爱护老百姓如同爱爹娘！

经过一番考察，依霞对吕氏说："姐，共产党若是与老百姓永远保持住鱼水关系，日后得天下者，必然是共产党。你那两个儿子——学仁、学义，没有走错路。"

"我也这么想。得天下者，心里得装得下天下。光能打仗是一方面，李闯王打进了北京城，逼死崇祯，怎么样？功败垂成。什么原因？说到底，他还是个庄稼人。他的眼睛，虽然越过了自己那一亩三分地，却没越过秦岭太行山。对吧？不过，共产党，好像看得远……"

正因如此，当学竹想去报考剧团当演员的时候，她点头同意了。

不过，当娘的提出了要求："学竹，你得答应我，从今往后，登记填表，要如实说，自己是被人拐骗买卖的丫头，是奴隶出身。过去学的那些商女小曲，也永远不要再唱。"

"为什么？"

"没弄明白，就先不要去。"

"娘——你告诉我……"

"很简单，共产党是无产者的党。我们老阮家，原来是没落财主，是乡绅，如今是灾民……我自己也说不清。牵扯上说不清，那是自找麻烦。懂吗？"

"我……懂。"

"学竹，还得学会保护自己，离开家，自己也得疼苦自己。"

"娘，你放心。"

10

吕氏为什么要对学竹嘱咐这些事？因为此时，她从大兰那里（大兰已经成为共产党员）了解到，部队正在开展"肃托"运动。

正当杨国夫司令员带领部队摸据点、打鬼子、捉汉奸、逮土匪捷报频传；景晓村书记、李人凤专员带领群众丈量土地、发放"地照"（土地契约）、安排新难民、轰轰烈烈掀起垦荒大生产热潮之际，却有一种神秘的黑风、恐怖的暗流向垦区悄然袭来，让干部战士们毛骨悚然、谈虎色变。这"肃托"除内奸的运动，莫说群众，就是带"长"字的各级领导，也感到身处迷雾之中闹不清楚。突然上边来个指令，说某某是"托派分子"须限期正法。这个某某则会在人群中悄然消失。

"什么是托派？"许多人都在问。

作者经过查阅资料才知道：托派原本是指二十世纪三十年代苏联共产党中以托洛茨基为首的一个派别，斯大林曾开展了大规模的反托斗争，在党内外，大肆清洗、镇压他认为的公开和潜在的政治对手。这种清洗、镇压在1937年后变成了超级恐怖的大屠杀。

在中国抗战期间，托派并无统一的组织，中共党内更不曾潜伏一个从上到下系统完整的托派组织。荒唐的是，1937年11月，王明和康生从苏联回国后，便照搬苏联模式，大肆鼓吹"肃托"。1938年8月，康生担任中共中央情报部和中央社会部部长后，直接掌管"肃托"大权，滥杀无辜，恶劣影响波及全党。

　　山东抗日根据地的"肃托"，自1939年春从鲁南开始，到1942年夏结束，历时三年多，各抗日根据地都造成了多起"肃托"冤案。

　　就在这一时期，清河区有200余名地方和军队干部被定为托匪，有26人被杀害。有位被杀害者的后人，向作者描述过——那天深夜，没有月亮，风很大，在广北央上村一个农户的小南屋里，两位负责看押的战士嘀咕了一番，便给几名托派嫌疑犯解了绑缚，悄悄说："都知道，你们是冤枉的。俺俩，装作睡觉，你们赶紧逃命去吧……"

　　被押解的杨国夫司令员的秘书苏敬轩，却笑着说："同志，谢谢你们的好意了。我们参加八路军，是来抗日打鬼子的。又没犯什么罪，怕个啥？我们相信组织，会搞清楚的，决不会冤枉我们！"

　　"对！"嫌疑犯刘巨卿和王敏都表示赞同。

　　可是，第二天，遇上了敌人追击，就把这些嫌疑人枪杀了。埋在了村后"七分地"的乱葬岗子。在枪杀前，一位留着黑胡子的年龄稍大的嫌疑犯，对行刑战士说："兄弟，你就节省一颗子弹吧，留着替我多打死个日本鬼子……"说完，这位同志一头撞死在路边一棵大树上……

11

　　那是八路军进驻永安的第二年夏天，刚被收编的一支土匪队伍涌进了"百顷地"村。这支队伍，跟老百姓说话，骂骂咧咧，横鼻子竖眼。村民一打听，原来是"撸叶子"的队伍……呸！俺勒紧裤腰带省下的米粮，是喂你们这些龟孙呀？以前俺怕你，而今俺怕你个毯？队伍进村的当天，军民争斗撑了架子的就发生了两起。

　　八路军的领导急忙来给他们开会，进行"三大纪律八项注意"的教育；另外对群众也进行了宣传，他们既然投诚了，以前的事情就别再计较了。他们不当土匪了，就是个大进步。学好嘛，也不是三日两早晨能办得到的……不能急嘛！

　　几百年了，荒洼里的土匪，那是棉袄缝里的虱子，谁也不会逮干净的。但是，八路军来了，说到做到，还真让土匪彻底绝了迹。你能不服？八路军进驻永安镇的当月——1941年的9月，刚建立的垦区建设委员会则发布了《劝绿林兄弟》的布告。劝告分散在垦区的土匪及各杂牌部队的散兵游勇，改邪归正、弃暗投明，走上抗日救国的道路。在专员李人凤的直接领导下，垦区建设委员会的主任刘汉卿亲自带"抗协"办事处的某些同志深入匪穴，进行招抚。数股土匪见形势逼人，则借坡下驴、很快归顺。至第二年夏天，对黄河口一带七股土匪又进行了招抚。最顽固的"撸叶子"见今后已难继续逍遥法外，在刘汉卿主任亲自前去谈判，满足他保留原队伍不另行整编的条件下，他在刘家屋子西南的树林里也向八路军投诚。投诚收编后，他们的队伍被编为清河军区司令部的特务大队，"撸叶子"耿文俊任大队长。暂时住在永安北面的"百顷地"。可他们匪性不改，没几天就出事了。

在机关工作的凌春来，一听说百顷地发生了军民殴斗事件，原以为是在老阮家住的王文龙、王文虎兄弟，前年他们被"撸叶子"绑过票，差一点儿家破人亡。如今仇人相见，岂能善罢甘休！但来到"百顷地"一打问，两起吵闹都与老阮家无关，这才放了心。

其实，此时还发生了一件无头案，却与王氏兄弟有关，只是没人追究。那还是船队给范筑先的部队送粮回来，过了一段时间，凌春来找了个合适的机会，将二爷爷阮宗贤的嘱咐对二婶吕氏仔细说了一遍。自然就包括了他希望帮王文虎成个家，并挑明物色了齐巧儿作为对象。吕氏听后，也感到挺合适，便应承了下来。事过不久，分别说通了小琴娘和齐巧儿，很快则玉成了此事，并为他们举办了简单的婚礼。婚后二人体贴恩爱，自然难分难离。这几天，在二十二村干活的文虎突然听说"撸叶子"的队伍整编后进驻了"百顷地"，一股想报仇雪恨的火气立即就冲上了脑门子。他跟哥哥打了个招呼，说明缘由，要立即回家。哥哥怕他闯祸，便陪他一起往回赶。及至回到"百顷地"，已是半夜时分。这人世间的事情，有时候还真像鬼使神差，他们刚抹黑走进院子，就蓦然听见齐巧儿喊了一声"救命"。声音不高，可既尖厉，又恐怖。文虎一个箭步冲进屋内，在小油灯昏暗闪动的光亮里，一个粗壮的汉子拦腰抱住了齐巧儿，齐巧儿在拼命挣扎，她的嘴巴好像已被捂住，喊叫变成了"哞哞"地牛喘。文虎哪儿还来得及多想，冲着那小子的脑袋，猛地就是一拳。那小子好像被打昏了，身子晃了两晃，就栽倒在地。文虎没二乎，冲着脑袋又跟上了一脚。哥哥文龙明白已经闹出人命，这才喊住弟弟。端过油灯细看了看，这小子腰间还背着匣子枪，肯定是"撸叶子"的人了。已经满脸是血，伸腿死了。

"哥，咋办？"

"还能咋办？装麻袋，丢进苇子湾。"

哥哥的话，那就是命令。文虎让齐巧儿去找口袋，齐巧儿已经吓得浑身颤抖瘫坐在地上爬不起来……

还是文虎找来装粮食的口袋，兄弟俩将这家伙的尸体装袋套严，用绳子捆好，两人用扁担悄悄抬出去，绕了个大圈子，到苇子湾的南岸，丢了进去……

兄弟俩返回家收拾好现场，连老阮家的人都没敢惊动，各自悄悄回屋睡了。第二天，刚放亮，哥哥王文龙又背了粪筐，悄悄沿着抬尸体走的一路，将所有血迹消除……

尔后传出的消息竟然是，某某副连长开小差跑回家去了。

幸好，没过几天，"撸叶子"的部队就闯了大祸，哪儿还顾得上查这档子事情？

原来，"撸叶子"被收编后仍匪性不改，依旧派人到海上绑票、抢劫。我们海防队有个驶船的李老四，他刚娶的媳妇和他妹妹，一起去羊角沟拾凸鲁子（小螃蟹），被"撸叶子"的人弄了去，糟践了四五天，回来后都爬不起来了。我们军区领导立即开会研究，感到问题严重，留着这个土匪头子，将来是一大祸害。会后刘其人政委则把除掉土匪头子的任务，交给了专员李人凤同志。李人凤同志又与教导营的同志进行了密谋，第二天，便以统一换军装、与领导一起照相为由，把"撸叶子"和他的人都召集到教导营操场，然后由行署直属队（警卫队）的正副队长徐宗乐、孟兆宽，盯紧"撸叶子"，听到唢呐吹响"接官号"（民乐曲牌）的信号后，就把"撸叶子"逮捕了。"撸叶子"被捕之后，随部队行军带到了北隋村。一天晚上，他打死了一名警卫员，抢了一支枪逃跑了。咱们派骑兵把他追回来枪毙了。从此，黄河滩涂这个几百年的土匪窝子，第一次土匪绝迹。

12

战时形势的发展变化，一切都难预料。让吕氏这个半辈子的明白人，变得没了主意。西边百余里的利津，鬼子占着；南边百余里的广饶，鬼子占着。谁知道什么时候来"扫荡"？这二年，冒不透风地来过三四回了。一来，进村就抢，杀人放火，无恶不作。每到这时，媳妇们都来问："娘，咋办？"得到的回答则是："我哪儿知道咋办？赶紧派人去问大兰去！"

大兰是党的人，春来是区里的负责人，他们信息灵通。

可是，大兰最近在村里当了妇救会长，与一个大爽嫂到永安以南、"十方里"村以东，建了个"八路屋子"——表面看是个老百姓的种地屋子，实际是接济来垦利八路军后勤机关的人员，特别是去后方医院的伤病员。为这，仨月俩月跟大兰见不到一面。另外，前方每打一仗，就转来数十名、甚至数百名伤员，分别送往各处医疗所。医务人员紧缺，便开始动员各村青年妇女报名参加，经过十天半月的培训，就立即安排到医院工作。老阮家的学梅，把儿子交给了母亲，没经培训，便去了14村的伤员救护队。她还回"百顷地"请过两次严依霞，她知道霞姨在治疗骨伤方面有祖传妙方。无论是大兰，还是二梅，在做这些事情之前，统统没有跟家里商量。吕氏作为一家之主就感到有些不对味，可二梅说："火上房了，咋，还得请示老娘，救不救啊？"当娘的还能说啥？

吕氏渐渐感到被家里人隔到圈子外边了，难免有些失落。只有小儿子学智，在去《群众报》社当小记者以前，与学竹去剧团一样，是预先请示、经过老娘点头同意后才去的。而且，此后一直与老娘保持沟通，事事请示汇报，老娘十分满意。但是，突然有一天，小四儿学智回家后，脸上阴沉沉的，他告诉娘，鬼子要来大扫荡了……

13

1943年的初冬，日寇纠集了两万六千多人，对垦区发动了一次规模最大，时间最长、手段最为残酷的"拉网合围"大"扫荡"。扬言要彻底摧毁鲁北共产党的老巢，把八路军赶进东海里。

11月18日的黄昏，军区政治部的徐斌洲主任带领军区机关一部分和直属团一个营，从广北突围后来到了永安镇。向垦利县委书记王林等同志介绍了广北突围的情况，安排了各村的坚壁清野，要求避其锋芒，迅速转移。并指示设在永安镇周围的各后方机关，由军区教导营掩护，向东北大小孤岛的芦苇荡红荆林疏散隐蔽……

19日，鬼子汉奸则先后向永安镇四周各村扑来。一时间，地雷"轰——轰——"的爆炸声；机关枪"咕咕咕咕"的扫射声；枪弹飞子在空中拉长的"吼——吼——"哨声；伴随着鬼子汉奸"咣咣"的砸门声；"哇啦哇啦"的嚎叫声；家狗见到盗贼时"汪汪"的狂吠声；公鸡母鸡飞墙跃屋逃命时"咯咯咯——"的惨叫声等各种声音交杂一起，让没有转移，藏在村内地窖子里的人、藏在村外芦苇荡里的人心惊胆战。

这期间，百顷地的男人：黄满囤、黄满堂、王文龙、王文虎、宋守信、方芋头六人，在扫荡的前两天，则被农救会统一调动去了张家圈后方医院，帮助抬担架转移伤病员。家里的小孩子分别安排给吕氏、小琴娘、薄老婆子、严依霞、宋香菱几个老年女人看管。玉莲、秋鸿、三菊、小娥、齐巧儿，由小琴统一铺排，做些类似八路军"坚壁清野"的活路：秋鸿坐在大门外纳鞋底儿放哨；齐巧儿与黄家、王家的几个嫂子忙着摊煎饼，至少备下半月口粮；小琴与小娥、三菊，做地洞内"吃喝拉撒睡"等各项秘密工作。每家准备一个水缸，储满水。还想了一些防火、防水的办法。三菊、小娥都佩服小琴想得周全，连尿盆、尿布、手纸，都作了安排。

有备无患，鬼子进驻永安当天，除留一人放哨，老婆孩子全部下了地窖。但让小琴无论如何想不出办法的是，大牲畜怎么藏？有两匹马，一匹骡子、两头驴，还有一头牛。

鬼子进永安镇的第二天，芋头和宋守信回来了。方芋头说，无论如何要保住这几头牲口。没了牲口，明年咋种地？

商量来商量去，最后他乞求宋守信跟他一起，骑上牲口，沿着海边，转移到寿光、潍北、甚至昌邑去。宋守信会武功，还有短枪，由他保镖，万无一失。宋守信没推托，立马同意了。

但是，谁也没有料到，芋头与宋守信收拾好吃的用的准备起程时，芋头的爹娘来了，还同时带来了他妹妹和妹夫——薄老婆子的大儿子大柱子。小娥一见这几个人，气就不打一处来。可没等开口，她公爹和婆婆就冲吕氏跪下了。再一看，她小姑子面色蜡黄，怀里还抱着个刚出生的孩子……他们说，家里的房屋被鬼子烧了，孩子是在荒洼野坡里生的，起名叫"坡儿"，才三天……大伙一听，傻眼了，连芋头也跪下了……

"他婶儿，俺实在没脸来见你。如今是走投无路，再在荒洼里熬，闺女、小外甥就没命了。你大人不拿小人怪，高抬贵手，救救俺吧……"

"大哥，起来，都起来吧！"吕氏没犹豫，"小琴，快去，商量商量咋安排？先去地窖子住下，与二柱子娘俩住在一起，行不？秋鸿，快去熬些米汤……"

忙了半天，好歹安排就绪。因涌进了芋头一家子人，芋头自然是不能走的。那么，只得动员刚跑回来的满囤与宋守信搭帮，骑上马、带上骡子和驴，连夜上路。那头黄牛，芋头咋说，他们也没有带。黄牛腿脚太慢，带上是个累赘。

但是，留下的大黄牛，第二天就被汉奸抢去宰杀吃肉了……

14

《群众报》接到敌人扫荡的通知后，首先把机器埋好，组成了20多人的护厂队在周围活动，其他人北进沾化，不幸进入了敌人的包围圈，一部分同志在突围中牺牲……

小四儿学智，还不是正式记者，领导就让他与几个同志留在了"八大组"周围的各村里，与老百姓一起白天藏到荒洼野草中，晚上则回村活动。这几天他听说了三条消息，回家后则亟不可待地告诉了母亲。

一条是，十方里村东南的"八路屋子"的几个中年妇女，在大姐阮学兰的带领下，于这次反扫荡中，先后接待过二十四次运送伤病员的担架队。最后被汉奸包围，大爽嫂等三人牺牲。大兰姐也受了重伤，经八路军医务人员及时抢救，已经脱离了生命危险。

第二条是，日伪军在过甜水沟（黄河故道）时，把许多老百姓抓来，强逼他们弯腰站在已经结了薄冰的河水里，搭成人桥，他们踩着人们的脊梁过河。黄满囤和王文龙在返回家的路上被他们逮住，也被押来当了人桥。王文龙气愤不过，故意将一个鬼子军官颠下水里。接着十几个鬼子连续跌了下来……

（可是，小四儿学智，没敢告诉母亲，王文龙和黄满囤在逃跑时被鬼子用机关枪打死了。）

第三条是，朱贵才在国民党保安队中随一团长投敌当了汉奸，在这次大扫荡中，他带领汉奸队去了茅茨坨，妄图对黄三虎家斩草除根。但黄三虎早有准备，让朱贵才扑了个空。朱贵才气急败坏，放火烧了黄家的五间房屋。可在搜索黄家的地窖时，朱贵才被地雷炸死。同来的汉奸，将他扔进了熊熊燃烧的大火，烧成了灰烬……

15

因为前坨子、后坨子都有兵工厂，西十四村有伤病员治疗所，在鬼子扫荡中，自然都是重点，伤亡也最惨重。

这一次是旧历十月初六来的。兵工厂的机器都掩埋了，工作人员与医疗所的轻伤病员都向东北部的芦苇荡深处转移了。但是，不能行动的重伤员没办法转移，则分别隐藏在荆条林和茅草地的小地洞里。扫荡十几天过去了，也没被敌人发现，人们便有些麻痹。

可是，这天清早，鬼子突然进村，将回村拿饭食的男女老少逮了个正着，先后驱赶到了村头的场院，软硬兼施，就是逼问八路军伤员藏在哪儿？粮食埋在哪儿？

西十四是杨司令一家住过的村子，人们对于八路军感情深，自然得到的回答就是三个字："不知道。"鬼子急了，一个人一个人地往外拉，单个进行审问。但还是没有结果，鬼子的狰狞面孔就开始显露出来了。先是拳打脚踢，继之用刺刀杀人了……

当时八路军的一个20岁上下的女干部，名字叫李静，面对这一切，愤怒的表情已经很难掩饰，便引起了鬼子的注意。她本来留的是短发，为了打扮成个农村媳妇，她戴了一个假发髻。但她面色白净，长得俊秀，也不像个本地农妇。鬼子让汉奸把她拖了出来，上前一把揪下了她的假发髻，就狰狞地哈哈大笑起来……

就在这个当口，在疗养所当看护员的阮学梅，两步抢上前去，大声说："你笑啥？她是俺妹子……"

没用多说，李静和学梅的口音不同，显然不是姐妹。

"八路伤兵，到底藏在哪儿？说！"鬼子用中国话反复嚎叫着。

没得到答案之后，一个鬼子军官，挥动指挥刀，将她们二人先后劈死……

"伤员藏在哪儿？"

日寇从始至终，没有从十四村任何一个老百姓的口中得到答案。

16

夜晚，采访归来的小四儿，多是潜回百顷地，钻进地窖，睡到母亲的身边。往日回来，都是又饥又渴，抢过母亲给准备好的饭食，狼吞虎咽大嚼一番。但这几天回来，却是面色苍白，倒头便睡。逼他吃点东西，吃几口就恶心呕吐。睡下之后，一会儿就会被噩梦惊醒，或者于神志不清的昏朦中大喊大叫……母亲明白，他终究是个十七岁的孩子，从没见过杀人流血的场面……

经过母亲轻轻的呼唤和拍打，儿子逐渐清醒过来之后，母子相靠，躺在地窖的草窝窝里，则开始推心置腹地交谈。小四儿长大了，提出的许多问题，母亲也得思索半天，才能回答。

"娘，战争太残酷了。过去，阅读所有历史书籍，都没看到过如此的残酷！我刚刚明白，什么叫'兽性发作'、什么叫'血肉横飞'？"

"四儿，你看的书还少，《战国策》上就写过，'长平之战'，秦国白起坑杀四十万赵国降卒。四十万啊，还不残酷？满人进扬州，屠城十日，还不残酷？前几年日寇在南京大屠杀，杀我同胞三十万，还不残酷？只是你没有亲眼看见。"

"过去，读书的时候，只是崇拜那些英雄，至于他杀过多少人，总是忽略不计的。"

"鲁迅先生在《拿破仑与隋那》这篇文章中，批评过英雄崇拜的混乱和颠倒。隋那是牛痘疫苗的发明者，他救活了无数孩子，但有谁记得这发明者隋那的名字呢？而拿破仑侵略了大半个欧洲，杀了无数人，但人们总是不断地赞颂拿破仑，敬佩他是英雄。甚至于自己的祖宗，做了蒙古人的奴隶，我们还在恭维成吉思汗。"

"我听说，日本人信仰的武士道精神，就是崇拜杀人多的屠夫。"

"这种英雄崇拜的混乱和颠倒，贻害不浅啊！"

"娘，我发现，我们的编辑，也是只喜欢报导那些光辉灿烂的通讯，而对于血战杀戮，反文明、不人道的惨剧，则往往是一笔带过，或只字不提。我采访了那么多日寇在各村的杀人暴行，写了十几篇稿件交给编辑后，多数被放到了一边。我就不明白，为什么？"

"孩子,你长大了。你在思考大问题了。古今中外书写历史的人,正像你说的,都喜欢记录那些光辉灿烂的事情。我们不去记录,恶人不但不愿记录,还要千方百计掩盖自己的罪恶。结果,流传下来,再忠实的历史,也只是记录了该记录的一半内容。司马光说,以史为镜,镜子里的人只有半张脸,真实吗?孩子,你采访本本上记录了日寇在十几个村里屠杀老百姓的罪恶事实,我都看过了,非常珍贵。这就是日寇欠下垦利人民的一笔笔血债,垦利的子子孙孙都是不能忘记的!"

"娘,我还写了几句诗,念念你听听……"

"好,你念……"

死难父兄祭

擦干眼泪,不再哭泣……
我想把整个泰山当作碑石,
刻下每个死难父老的名字!

倭寇一笔笔血债,
中华儿女,世代铭记。
要卧薪尝胆,崛起挺立!

母亲听后说:"写的好,写的好啊!德国尼采有句名言,我国的王国维曾经引用。尼采说:'凡一切已经写下的,我只爱其人用血写的书。用血写书,然后你将体会到,血便是经义。'这,我也赞同……"

17

气急败坏的豺狼,临死还要咬你几口。在鬼子撤走的头一天,百顷地的耿老三,向汉奸队密报老阮家隐藏着八路卫生员。汉奸队经过搜查,一无所获。恼羞成怒,将耿老三毒打一顿,扔进了苇子湾。又放火烧了老阮家三间房子,因小琴已做准备,每三间隔有防火层,烧着三间之后,火焰没有串烧相邻房屋。但在汉奸搜索期间,隐藏在地窖中的小娥,因刚满周岁的孩子啼哭,她用双手紧紧捂住了孩子的嘴巴和鼻子,以致把孩子憋死。幸亏严依霞及时抢救,方得活命。

鬼子大扫荡的二十一天,这是垦利历史上最最黑暗的二十一天,是横祸飞灾、腥风血雨的二十一天!

当老阮家的人,从地窖里灰头土脸爬上来的时候,院子里停放了男人们刚刚抬回来的三具仍在滴血的尸体:是阮学梅、黄满囤、王文龙……

人们嚎啕大哭……

吕氏看看，面前剩下的多是孤儿寡母。她擦把眼泪，咬着嘴唇，说："别哭了，先给孩子们做饭去。咱有这么多好孩子，咱就有希望！"

18

这次反扫荡，龚无忌老先生与数位重伤员未能转移，在护卫张家圈医院的战斗中，壮烈牺牲。殡葬装殓时，凌春来同志于其衣袋内发现他最后写的一首词《送战友——调寄诉衷情》，诗稿已被鲜血染红。特敬录如下：

诉衷情　送战友

　　倭寇扫荡，余请缨与数位重伤员留守。送战友转移之际，执手久久，无语凝噎。夤夜于地窖内烛光下以长短句记之。待赠故友阮宗圣之孙小记者学智留念。

敌倭扫荡骇听闻，风劲雪纷纷。
转移伤病情迫，担架出荒村。
分手夜，霭沉沉，月昏昏，
离情难禁，心也恂恂，泪也涔涔……

去留肝胆两昆仑[①]，热血染征尘。
雪松啸傲寒岁，风雨化龙鳞！
别战友，嘱宽心，莫逡巡，
今朝薪尽，火有传人，世有阳春。

---

① 谭嗣同诗句。

后　记

　　垦利县东部的农民，多是1935年黄河在山东鄄城决口后迁来的鲁西十几个县的灾民。灾民思乡，心拳拳，口念念，亦每每称许故乡的"人杰地灵"。有的说，昆仑地脉泰山收，结穴结在东平州。这里诞生的英雄豪杰、志士才俊，举不胜举。被誉为"第一才子书"《三国演义》的作者罗贯中据说是东平州人。《水浒传》的作者施耐庵，也可断定，与此地结缘深厚。至于梁山一百单八位好汉，人人耳熟能详，且留存大量古迹，成为旅游胜地。

　　在与鲁西人长期相处交往中，我发现那英雄豪杰的"基因"在他们身上仍然印记鲜明：多数男人性格粗犷、豪放、刚直、强悍；吃大苦而不叫屈，行大善而不图报；崇尚侠肝义胆，喜结四海兄弟；敬重君子，鄙薄小人；重武重艺，重情重义，关键时刻能为朋友两肋插刀，路见不平，拔刀相助。

　　但也有弱项：有的争强好胜，粗鲁蛮横，好斗狠、好动手、重面子、轻规矩，认人不认理，吃软不吃硬；缺乏"忍""让""礼""恕"；易于被人煽动、聚众殴斗。这，鲁迅先生称之为"水浒气"。鲁迅先生曾提醒："中国确也还盛行着《三国演义》和《水浒传》，但这是为了社会还有三国气与水浒气的缘故。"

　　所谓"三国气"和"水浒气"，兴许是指《三国演义》中对"阴谋权术"的崇拜；《水浒传》中对"暴力杀伐"的颂扬。他严肃指出，"三国气"与"水浒气"，已经进入了中国人深层文化心理结构，成为中国"国民性"的一部分。就是说，"水浒气"绝非鲁西人才有。

历经三四年采访,从多位高寿老人讲述中,我又发现:

其一,上世纪之初,那些先读《五经四书》,又去国外读过洋书的人,他们受"山河破碎"内忧外患的强烈刺激,以天下兴亡为己任,怀着"甲午耻,犹未雪;屠城恨,何时灭"的愤慨,怀着"以敌为师、以强手为师"不耻下问的精神,去学习先进的思想、知识,以圆救国强国之梦。有的像鲁迅所比喻的普罗米修斯那样去"窃火",给黑暗如同地狱的祖国以光明;有的是我国最早通晓民主政治,并敢于为民主政治在中国的流布和奠基添砖献瓦的"精卫";有的是先炼"三民主义"、后炼"马列主义"之石力补苍天的"女娲";有的则是剜心为炬的丹柯……他们是民族的骄子,救亡的国士,社会的良心,时代的先锋!是科学、民主、自由、公正的倡导者和维护者。他们自觉握有一种神圣使命,各自按照自己榫头大小,在祖国大地苦苦寻找合适的卯孔,然后打了进去。同时,他们"身在江湖,心在魏阙",忧国忧民。也有的能从"文死谏""武死战"的愚忠中,进而"以义断恩"或"浴火重生",其艰难悲壮,亦令人扼腕赞叹。

在鲁西这方"水浒之地",此时除少数革命先锋、学界翘楚脱颖而出,如明星在祖国夜空闪光亮彩,最多的是历经挫折碰壁,返回故土当了教书先生。这些迂阔的穷儒贫士,胸中有大义,肩上有担当,一方面,治学严谨,诲人不倦,一派长者风范;另一方面,又汲取国外先进教育经验对旧私塾进行了大刀阔斧的改革。在穷乡僻壤中,自觉地挑起起引领社会向现代文明步步进展的担子。他们坚信,生命的精彩,不在明日的天堂,不在精神的解脱,而在于当下的自强不息中……一个民族崛起的基础,其首要因素是人心的改变。他们的功劳,正是为"人心的改变"所做出的不懈努力和贡献!

其二,我开始认识到,家庭家教家风的传承,家族文化伦理秩序,与家国进步发展的紧密关系。价值连城的遗产,不是金银财宝,不是高楼大厦,而是祖辈父辈在往昔峥嵘岁月的坎坎坷坷中,以自己的生命语言给子孙留下的永久记忆和塑就的高尚形象。让你敬畏、学习、效法,教你做个好人。鲁西的灾民,沿着黄河奔流的方向,去黄河尾闾生存创业。顺流而下的生命和灵魂,仍然也带来了那朴厚善良的家教家风,带来了梁山儿女的血脉,在新的土地上开花结果、繁衍生息。

其三，在那打打杀杀的疯狂劫难中，仍须坚信中国人的一句老话："天下总是好人多！""十室之邑，必有忠信；十步之内，必有芳草。"。即使社会变得如同一团烂泥，大地上还是有绝对善美的心灵跳动着。"尘世世界"需要"和为贵"，"弱肉强食"那是"动物世界"。有了这个信念，我、你、他，才能求同存异、和衷共济，人活得才有信心，中华民族才有希望！才不至于崇尚阴谋权术、无视凶残暴力；天天疑神疑鬼，谆谆教诲孩子："到处都有狼外婆，对谁也不能相信……"如此这般，还能有"夜不闭户，路无拾遗"那一天吗？

我是一个从上世纪六十年代开始发表小说的业余作者，在半个世纪的业余创作经历中，也有些许感悟。窃谓作家不仅要像医生，揭示病痛，"引起疗救的注意"（鲁迅语）。而且还得像厨师，在制作精神食粮的时候，得考虑提供营养。就是说，文学固然不可把自身蜕化为空头道德说教，但"以美启真""以美储善""劝善惩恶"，还是文学的天职和价值。这是我创作《跟着黄河走》的初衷和理念。

最后，还有几点需要说明：

（一）《跟着黄河走》原分两部，第一部《芳草情》，第二部《永安梦》。后来，吸取意见，修改压缩，成为单本，但基本内容未变。主要是反映上世纪三四十年代的鲁西农民，是如何被逼反、被压榨、被奴役？是如何团结一心与贪官土豪斗争、如何同舟共济办学、抗洪？是如何背乡离井，到黄河口大荒洼垦荒谋生？又如何在共产党领导下，参加抗日斗争的。

这是一部长篇小说，不是报告文学。其中人物、事件，虽源自生活，但生活素材，已根据小说创作需要，做了多番加工处理，可谓"真而不真，假而不假"了。所以不能再与任何真人真事对号。然而，凡以真实姓名出现的人物及其事件，皆有当时知情人所写资料或口头叙述可查，作者不敢随意编造。

（二）向传统学习，用中国方式，讲中国故事，是我的追求。我不很在乎主题是否鲜明集中，用现在某些提法则是"主题消解"。也不在乎谁是一号二号人物。但很在乎语言是否通俗易懂？人物形象能否立得住、留下印象？也很在乎是否合乎情理，读者能否有兴趣读下去？我很赞同林语堂先生的见解：文学的最高境界是，像对老朋友诉说知心话，知无不言，言无不尽，娓娓道来，从容不迫（不是原话）。所以，我不太喜欢"删繁就简"的"三秋树"，我更喜欢春天的草木，尽管有些多余枝蔓，但自然真实、接地气、富有生机。

（三）这部小说，从2012年春天开始酝酿、采访、创作，直至2016年出版，在这五年中，垦利县宣传部、文广新局、县史志办的领导同志，永安镇委、镇政府，特别是永安镇的隋艳珍、黄文卿、周立城、许志刚、苟云鹏、张景智、翟东明等多位同志对我的采访、创作、生活各个方面，都给与了全力支持和热情关怀。最让我感动的是山东作协原副主席曲延坤老师，年逾八十岁高龄，是用放大镜逐字逐句阅读我的书稿，然后跟我谈修改意见；还有潍坊市文艺创作室的王汝凯主任，是在住院期间于病床上艰难阅稿后，提出极其中肯的修改意见。另外，需要提及的是，单连涛、段思科、戴永昌、申宝柱、于志平、李长梅、张英士、陈崇禧、宋振华、武桂兰等等同志在提供素材、资料、阅读初稿后多次提出修改意见等诸多方面，都给与了全力支持和帮助；后来，我的老学友张鹤泉、王金文、徐延年、高志辰、姜在亮、刘鸿超等，亦提出多项宝贵修改意见。可以说，没有大家的支持和关怀，我一个年逾古稀的老人，想完成这部长篇小说创作，是不可能的。值此，一并深表谢意！

（四）更加让我感动的是，今年8月7日，《时代文学》《百家评论》、山东人民出版社、东营市垦利区宣传部在济南共同主办了"长篇小说《跟着黄河走》研讨会"。会议由山东省作协副主席、《百家评论》主编、山东师范大学李掖平教授主持，先后发言的有：山东省作协党组书记杨学锋同志；山东省作协副主席、《时代文学》主编、山东大学谭好哲教授；山东省人民出版社胡长青社长；以及评论家、作家、学者、教授张丽军、孙书文、吴承笃、从新强、马兵、张艳梅、王晓梦、贺彩虹、石玉奎、李言英、陈谨之、周建功诸位老师和东营市委宣传部、垦利区委宣传部的领导同志等。在十八位领导和老师的发言中，不仅对作品给予了肯定和鼓励，而且提出了许多中肯宝贵的修改意见。对此，用简单的"感谢"已不足表达自己的心意！我只有将这些意见细心梳理和消化，纠偏救正，披沙拣金，认真修改，争取再上一层台阶，以报答诸位的关爱和期望。

最后，我想说的是，从20岁至40岁，我是在垦利县度过的。垦利是我的第二故乡，更是我深深眷恋神牵梦绕的心灵故乡。我多么想把我采访后编出的故事，奉献给这儿的父老乡亲，以表达我的感恩之情！但愿乡亲们不以迂拙见弃，喜欢这部小说。

作者　魏金永

写于 2014 年 12 月 22 日　垦利永安镇
改于 2016 年 12 月 8 日　潍坊东方世纪城

封面设计：画家王胜华（盛华）、刘胜军简介

王胜华，中国美术家协会会员、山东画院高级画师、山东书画协会学术委员、山东设计学院教授、山东政协联谊书画院画师，中华东岳书画院常务副院长。艺术创作以花鸟画为主，极富个性，人称"点彩花鸟画法"。其作品多次参加全国性大展并获奖。

刘胜军，中国美术家协会会员、国家一级美术师，山东画院院聘画家。发表和出版过大量书画作品、插图、连环画等。其作品多次参加全国性大展并获奖。《海伦·凯勒》彩色连环画获联合国教科文组织特别奖。

插图画家杜成垠艺术简历（第一章至第十六章与第十九章、第二十七章插图）

杜成垠，安徽淮北市人，现居苏州。从事绘画创作近40年，创作了大量探索性的钢笔画作品。多次参加国内外大型的展览并获奖。国内多家博物馆、画廊、美术机构和私人收藏。获中国钢笔画联盟"优秀中青年钢笔画家"称号。现为中国钢笔画联盟常务理事、安徽省美术家协会会员、安徽省工艺美术学会书画艺术委员会常务委员，淮北画院特聘画家。

插图画家李承东简介（第十七章至第二十六章插图）

李承东，1956年生于济南。祖籍昌邑。1980年毕业于泰山学院美术系。现为山东科学技术出版社美术副编审。中国工艺美术学会会员，山东美术家协会会员、民革山东中山书画院画师，"山东文学"书画研究院副秘书长。出版多部连环画、插图作品，并多次获得国家及省市各种奖项。